Kerstin Pflieger

Der Krähenturm

Roman

GOLDMANN

Verlagsgruppe Random House FSC-DEU-0100
Das FSC®-zertifizierte Papier *Super Snowbright* für dieses Buch
liefert Hellefoss AS, Hokksund, Norwegen.

1. Auflage
Originalausgabe Januar 2012
Copyright © 2011 Kerstin Pflieger
Copyright © dieser Ausgabe 2012
Wilhelm Goldmann Verlag, München,
in der Verlagsgruppe Random House GmbH
Dieses Werk wurde vermittelt durch die
Literarische Agentur Thomas Schlück GmbH,
30827 Garbsen.
Umschlaggestaltung: UNO Werbeagentur, München
Umschlagmotiv: Jürgen Gawron / FinePic, München
NG · Herstellung: Str.
Satz: DTP Service Apel, Hannover
Druck und Bindung: GGP Media GmbH, Pößneck
Printed in Germany
ISBN: 978-3-442-47679-4

www.goldmann-verlag.de

*Hinter den Nebeln,
jenseits der Schleier
wartet die Wahrheit,
fühlst du es nicht?*

S̲altatio M̲ortis, Equinox

1

Hexenjagd

In der Nähe von Tübingen, 18. Octobris,
Anno Domini 1771

Tötet die Hexe!« Der untersetzte Mann, dem das Atmen schon hörbar schwerfiel, streckte Silas einen Lederbeutel entgegen, der verheißungsvoll klimperte.

Die beiden Männer standen sich in einem kleinen Forst gegenüber, gerade außerhalb der Sichtweite des kleinen Dorfs Hirsdingen, das einen halben Tagesritt von Tübingen entfernt lag.

Obwohl es bereits später Nachmittag war, besaß die Sonne nicht die Kraft, das Land zu erwärmen, dachte Silas bei sich. Im Schatten der Bäume, deren Blätter welk und kraftlos aussahen, war eine empfindliche Kälte zu spüren, die seine Hände rot färbte. Er nahm den Beutel entgegen und blickte prüfend hinein. Immerhin waren es wirklich Münzen, nicht viele, dennoch besser als in der letzten Ortschaft, in der ein habgieriger Pfaffe versucht hatte, ihn zu betrügen. Er hätte eine Nacht am Feuer und eine warme Mahlzeit als Bezahlung vorgezogen, aber ein Mann, wie er einer war, wurde nur selten eingeladen. Die Menschen fürchteten den Zorn der Toten, deren Seelen er ins Jenseits befördert hatte.

»Sie ist schon tot. Sie weiß es nur noch nicht.« Silas befestigte den Beutel an seinem Waffengurt, den er um seine schmalen Hüften geschlungen hatte. Zahlreiche Dolche und Messer gewährleisteten, dass er immer die richtige Waffe zur Hand hatte. Zusätzlich trug er auf dem Rücken einen schlichten Säbel, den er vor vielen Jahren von seinem Vater geschenkt bekommen hatte, und eine Muskete hing griffbereit am Sattel.

Er wandte sich seinem Maultier zu und kraulte die Nüstern des dunkelbraunen Tieres. Adele war größer als die meisten Reitpferde. Ihr eines Ohr, abgeknickt und eingerissen, erinnerte an den Kampf mit einer Pythonissa, einer Hexe, die Macht über die Toten besaß.

Der untersetzte Mann, Gernot, Bürgermeister von Hirsdingen, nickte ihm unsicher zu, bevor er sich umdrehte und in die Ortschaft zurückeilte.

Silas seufzte, dann stieg er in den Sattel. Seine Muskete legte er quer über seine Beine. Es war immer dasselbe. Für die Drecksarbeit war er gut genug, aber in den Dörfern wollte man ihn nicht sehen. Sein Magen knurrte. Vielleicht besaß die Hexe etwas Vernünftiges zu essen. Wenn er sie schon töten musste, wäre es eine Schande, ihre Vorräte verkommen zu lassen. Silas fasste sich an den Bauch, fühlte unter seinem Umhang aber nur seine hervorstehenden Rippen. Er hatte bereits zu viel Gewicht verloren wegen dieser verfluchten Kälte und der dadurch verursachten Hungersnot, die bereits das zweite Jahr anhielt. Hager war er zwar zeit seines Lebens gewesen, aber inzwischen war sogar der Stamm einer jungen Weide dicker als seine Beine.

Er ritt aus dem Wald hinaus und kam auf einen schmalen Weg, der entlang der abgeernteten Felder zu der Hexe Hela führte, die er töten sollte. Angeblich lebte sie an einem kleinen See, von dem der Bach gespeist wurde, der durch Hirsdingen floss. In dem Ort war eine Krankheit ausgebrochen, und nun brauchten die Bewohner einen Schuldigen. Alleinstehende Frauen boten sich als Sündenbock an. Selten vermochten sie Widerstand leisten, und man konnte auch gut ohne sie leben. Da sie zumeist ungelernt waren, fiel keine gelernte Arbeitskraft aus, wie es zum Beispiel bei einem Hufschmied oder Schreiner der Fall gewesen wäre. Erstaunlich war nur, wie oft die Menschen mit ihren Verdächtigungen tatsächlich richtig lagen und es dann, ohne es zu ahnen, mit wahren Hexen zu tun bekamen. Dieser hinterhältigen Brut, wie es das Hexenpack war, gelang es häufig über Jahre oder gar Jahrzehnte, sich erfolgreich zu verbergen. Es waren gute Zeiten für Hexenjäger. Seit die Hexenjagd zum Erliegen gekommen war, Kirche und Regierung nichts mehr von Magie wissen wollten, waren die einfachen Menschen bereit, viel Geld zu zahlen, damit man sie von dem Übel befreite.

Die Sonne sank hinter den sanften Hügeln, raubte dem Land den letzten Hauch von Wärme und veranlasste den Hexenjäger, seinen Umhang enger um sich zu schlingen. Nebelschwaden zogen über die Wiesen und Felder. Gespenstische Stille breitete sich langsam aus, je näher Silas dem Wald kam, in dem die Hexe lebte. Nur das leise Schlagen von Fledermausflügeln konnte er hin und wieder hören.

Schließlich zeichneten sich die Umrisse des Waldes in der schnell hereinbrechenden Nacht ab. Sobald der Hexenjäger die ersten Bäume erreichte, stieg er von Adele ab, befestigte die Muskete am Sattel, sodass er sie mit einem Handgriff lösen konnte, und zog den leicht gekrümmten Säbel mit den spitz zulaufenden Parierstangen. Er bevorzugte diese Waffe vor jedem Degen. Falls man eine Hexe erwischte, musste man sie so schwer wie möglich verwunden, da diese Biester die kleineren, wenn auch tiefen Stichwunden eines Degens ignorierten. Silas zog aus seinem Stiefel einen Dolch und hielt ihn in der linken Hand, dann trat er in den Schatten der sich leicht im Wind wiegenden Baumkronen. Adele folgte ihm auf einen unmerklichen Wink hin. So störrisch sie auch war, sie wusste, wann sie zu gehorchen hatte.

Der Weg ging nach wenigen Schritten in einen schmalen Pfad über, der sich auf den Bach zuwand, um eng an ihn geschmiegt im Dunkeln zwischen den Bäumen zu verschwinden. Ein Käuzchen rief einsam in der Nacht. Der Nebel verdichtete sich und zog in Schwaden in den Wald hinein, dessen Baumstämme fahlen Säulen gleich dicht an dicht standen. Das Mondlicht fiel wie Perlenschnüre durch das herbstliche Blätterdach und tauchte alles in ein düsteres Zwielicht. Silas packte seine Klingen fester. Ein Rascheln war in der Nähe zu hören. Er versuchte in der Finsternis etwas auszumachen, konnte aber nicht mehr als einen grauen Schatten, der geduckt vorbeihuschte, erkennen. Die Suche in der Dunkelheit stellte sich als keine gute Idee heraus. Der Hexenjäger wollte schon umdrehen, um die Suche bei Tageslicht fortzusetzen, da lichtete sich der Wald, und ein kleiner See, der seltsamerweise frei vom Nebel im Sternenglanz schimmerte, wurde sichtbar. Am gegenüberliegenden Ufer stand eine kleine Holzhütte, dicht an eine Trauerweide geschmiegt, deren lange Äste das Wasser berührten und die Hütte unter einem Vorhang aus Blattwerk verbargen. Aus einem schmalen Fenster drang gelbliches Licht und schien einsame Wanderer einzuladen, näher zu treten.

Silas steckte seine Waffen weg, nahm Adeles Zügel in die Hand und schritt, äußerlich gelassen, auf die Hütte zu. Ob es eine wahre Hexe war oder nicht, es war nie klug, seine Absichten zu früh zu verraten. Zudem schmerzte die Kälte in seinen Knochen. Vor zehn Jahren hätte er die Feuchtigkeit einfach abgeschüttelt, doch er musste sich eingestehen, dass auch Männer wie er nicht jünger wurden. Und an einem anstrengenden Kampf war er heute Nacht nicht mehr interessiert.

Adeles Hufschläge klangen dumpf auf dem angefrorenen Grasboden, der den See umgab. Langsam näherten sie sich der Hütte, hinter der sich ein kleiner Schuppen und ein sorgsam gepflegter Garten befanden, in dem Kräuter und Samen abgedeckt überwinterten.

Die Bewohnerin dieses einsamen Fleckchens schien ihre Ankunft bemerkt zu haben und spähte aus dem Fenster.

Silas befahl seiner Stute zu warten, dann ging er zur Tür und klopfte.

»Was wollt Ihr?« Eine hohe Stimme drang gedämpft durch das Holz.

»Ich bin ein Reisender. Mein Maultier lahmt, sodass ich den nächsten Ort nicht mehr vor Einbruch der Dunkelheit erreichen konnte. Ein freundlicher Wanderer empfahl mir, bei Euch um Unterschlupf und eine warme Mahlzeit zu bitten.« Silas klimperte mit dem Beutel an seinem Gürtel. »Ich werde Euch dafür natürlich entlohnen.«

Die Tür öffnete sich einen Spalt. »Zeigt mir die Münzen.« Eine schmale, feingliedrige Hand schob sich hinaus.

Der Hexenjäger drückte einige Kreuzer hinein, woraufhin sich der Türspalt weitete und er einer kleinen, zierlichen, aber wohlgerundeten Frau gegenüberstand. Silas konnte nicht anders, als die üppigen Rundungen ihrer Brüste, die sich unter dem leichten Leinenmieder abzeichneten, zu bewundern. Dann wanderte sein Blick zu ihrem Gesicht und blieb an den vollen, leicht geschwungenen Lippen hängen. Wie sie sich wohl anfühlen mochten? Weich und nachgiebig oder prall und fest? Ihrer abwehrenden Haltung und der Muskete, die sie quer vor der Brust hielt, schenkte er keine

Beachtung. Trotzdem musste er sich vorsehen. Wieso sollte ein hübsches Ding wie sie alleine im Wald hausen, wenn sie an der Seite eines reichen Kaufmanns oder Gutsherren ihr Auskommen finden könnte? Es war die erste und wichtigste Regel eines Hexenjägers: Hüte dich vor schönen Frauen. Silas hatte diese Lektion viel zu oft schmerzhaft lernen müssen, und sie zu beachten, fiel ihm noch immer am schwersten.

»Ihr könnt im Schuppen übernachten. In einer halben Stunde gibt es Essen. Eintopf.« Ihre braunen Augen schimmerten golden.

Das war nicht gut.

Silas deutete mit dem Kopf auf die Muskete. »Die werdet Ihr nicht brauchen.«

Ihre Lippen verzogen sich zu einem belustigten Lächeln. »Das werde ich später entscheiden. Wollt Ihr Euer Maultier nicht absatteln? Ihr könnt es ebenfalls im Schuppen unterstellen.«

Silas nickte. Er fühlte sich unbehaglich, als er ihr den Rücken zudrehte. Aber noch durfte er sich nicht verraten. Erst musste er wissen, was sie war. Mensch oder Hexe?

Er führte Adele zum Schuppen. Als er die Tür öffnete, schlug ihm der beißende Geruch von Hühnerkot entgegen, doch außer ein paar Gartengeräten und dem vorbeihuschenden Schatten einer Ratte lag der Raum leer und erstaunlich trocken vor ihm. Er sattelte seine Stute ab und striegelte ihr staubiges, dichtes Fell. Anschließend massierte er die Ohren des Maultiers. »Es wird vermutlich laut werden, aber du kennst das ja, meine Kleine«, murmelte er, sein Kopf an ihre breite Stirn gelehnt.

Später ging er mit gemischten Gefühlen zurück in die Hütte. Die vermeintliche Hexe hatte bereits den Tisch gedeckt. Der schlichte Raum wurde nur durch das Feuer in der Kochstelle erhellt. An den Wänden befanden sich Regale mit Kochgeschirr und Vorräten. Getrocknete Kräuter hingen von der Decke und verbreiteten einen würzigen Duft, der es unmöglich machte, den Geruch des Todes wahrzunehmen, der womöglich unter der Oberfläche lauerte. Ein grob gezimmerter Tisch stand in der Mitte des Zimmers; in einer Ecke lud eine einfache Schlafstatt, die aus einem dicken Stapel Ziegenfell bestand, zum Verweilen ein. Insgesamt ein beunruhigend unverdächtiges Bild.

»Verratet Ihr mir Euren Namen, Herrin?«

Die Frau versicherte sich mit einem schnellen Blick, dass die Muskete noch immer neben ihr an der Wand lehnte.

»Hela.« Sie rührte bedächtig in dem Topf. »Es ist viele Monde her, dass mich jemand mit Herrin ansprach.«

»Ihr seid jung, so lange kann es nicht her sein.«

Sie lächelte tiefgründig.

»Ich bin Silas-Vivelin Ismalis.«

»Was führt Euch in diese Gegend?«

»Ich bin Jäger und auf dem Weg in den Schwarzwald, um dort meine Dienste anzubieten. In meiner Heimat sind nahezu alle Wildtiere den harten Wintern zum Opfer gefallen.«

Hela holte mit ihrem hölzernen Kochlöffel etwas von dem Eintopf aus dem Kessel und pustete, um es abzukühlen. Der köstliche Geruch von Karotten und Äpfeln stieg Silas in die Nase.

»Ihr tragt ungewöhnliche Waffen für einen Waidmann.«

»Auf einer solch weiten Reise muss man sich zu verteidigen wissen.«

»Hier benötigt Ihr sie nicht.« Sie kostete von dem Eintopf und nickte zufrieden.

Silas verstand die unausgesprochene Aufforderung, war sich aber zugleich der Gefahr bewusst, in die er sich begab, wenn er seine Waffen aus der Hand legte. Diese goldfarbenen Augen gefielen ihm immer weniger. Dennoch nahm er den Waffengurt ab und stellte seinen Säbel in die Ecke.

Sie lächelte ihn an, legte die Muskete in ein Regal und füllte dann zwei Schalen mit Eintopf.

Silas wartete, bis sie den ersten Bissen genommen hatte, doch wirklich sicher fühlte er sich auch dann nicht. Viele Hexen töteten mit Gift, leider waren sie oft gegen ihre eigenen Tinkturen immun. Bildete er es sich ein, oder belauerte ihn die goldäugige Schönheit und amüsierte sich über seine Sorgen? »Wie kommt es, dass so eine hübsche Frau alleine hier draußen lebt?«

»Mein Gemahl war ein Jägersmann wie Ihr. Dann wurde er von einem morschen Baum erschlagen.« Eine Träne kullerte über ihre Wange.

Verdammt, nicht hinsehen! Doch es war zu spät. Er war in die Falle getappt. Aus dem leichten Anflug von Mitgefühl, das Helas Tränen bei ihm hervorrief, wurde der unbezwingbare Drang, sie zu beschützen. Zudem verspürte er ein unbändiges Verlangen nach ihrem Körper. Hela war eine Hagzissa, für einen Mann die gefährlichste Hexenart! Sobald jemand Mitgefühl, Liebe oder eine andere positive Empfindung für sie verspürte, verstärkte die Hexe es um ein Vielfaches, sodass man in ihren Bann geriet. Einzig die goldenen Augen vermochten einen zu warnen. Zumindest wenn man nicht so leichtsinnig und überheblich war wie er, verfluchte sich der Hexenjäger. Seine Erfahrung hatte ihn zwar vor dem Hexenbann nicht schützen können, aber zumindest ein Teil seines Verstandes war unversehrt geblieben und vermochte seine Handlungen zu analysieren. *Ich hätte sie gleich beim Anblick ihrer goldfarbenen Augen töten sollen.*

»Wärst du so freundlich, den Tisch abzuräumen?«

Silas sprang sofort auf, nichts wünschte er sich mehr, als ihr zu gefallen. Außer sie zu töten vielleicht. Er sammelte das Geschirr auf. »Ich wasche es draußen am See.«

»Nein, später.« Sie fasste seinen Arm. »Schau mich an.«

Der Hexenjäger wollte sich abwenden, doch sein Kopf drehte sich zu ihr, als wenn ein zweiter Mann in seinem Körper wohnte, der nun die Kontrolle übernahm. Er beobachtete, wie sie die Schnüre ihres Kleides löste und es abstreifte. Ein dünnes Hemdchen schmiegte sich eng an ihren Leib und offenbarte mehr, als es verbarg. Die harten Spitzen ihrer Brüste zeichneten sich unter dem Stoff ab. »Komm her.«

Silas vermochte nicht, ihr zu widerstehen. Fast schon ehrfürchtig streckte er seine Hand nach ihr aus, streichelte ihre Kehle und fuhr über ihren Busen. Ein Stöhnen drang über seine Lippen. Seine Männlichkeit drückte gegen seine Hose.

Mit flinken Fingern zog sie ihm das Hemd über den Kopf, öffnete seinen Gürtel und zog seine Hose herunter.

Der Hexenjäger riss ihr das Hemd vom Körper und drückte sie an sich. Er konnte fühlen, wie ihre nackte Haut auf seinem Leib brannte und wie sich seine Lust steigerte, so sehr, dass er kurz davor war zu kommen, was sein Ende wäre. Nichts rief so starke Emotionen hervor wie der Liebesakt. Nichts würde ihr eine bessere Möglichkeit geben, ihn für immer an sich zu binden. Er musste etwas unternehmen. Doch wie konnte er, wenn ihre geschickten Finger ihn in den Wahnsinn trieben?

Als Hela ihre Lippen auf seine legte, konnte er fühlen, wie weich und nachgiebig sie waren. Aber als ihre Zunge in seinen Mund glitt, schmeckte er Fäulnis. Andere Männer hätten bereits zu sehr unter ihrem Bann gestanden, um es zu bemerken, Silas hingegen half es, ein weiteres Stückchen seines Verstandes zurückzuerobern. Er musste aber noch etwas durchhalten, den passenden Augenblick abwarten. Er ließ zu, dass sie ihn auf ihre Schlafstätte zog, die Beine spreizte und ihn in sich einführte. Keuchend rang er um Beherrschung.

Während Helas Finger die zahlreichen Narben, die seinen Körper bedeckten, nachzeichneten und sich ihr Leib unter ihm ekstatisch wand, kämpfte er weiter gegen ihren Bann an. Immer wieder rief er sich in Erinnerung: Hagzissas ließen ihre Opfer für sie arbeiten; benutzten sie, bis sie tot umfielen, um sich dann an ihrem Fleisch zu laben. Kein Wunder, dass sich niemand aus dem Dorf zu ihr gewagt hatte. Seine Hüften bewegten sich rhythmisch auf und ab. Er konnte nicht anders. Hela stöhnte wollüstig und bog sich ihm entgegen. Ihm blieb nicht mehr viel Zeit.

Dann war es so weit, mit all seiner Willenskraft riss er sich von ihr los, packte sie und schleuderte sie zum Feuer.

Sie schaffte es zwar, rechtzeitig auf die Füße zu kommen, torkelte aber einige Schritte nach hinten und trat dabei in die Flammen.

Ihr schriller Schrei brach den Bann, den sie um Silas gewirkt hatte. Doch noch war die Gefahr nicht ausgestanden. Im Kampf war eine Hagzissa den anderen Hexenarten wohl unterlegen, dennoch durfte man sie nicht unterschätzen.

Fauchend schritt sie auf ihn zu. »Dann nehme ich nur dein Fleisch.« Mit einem Kreischen sprang sie auf ihn los. Ihre Fingernägel verlängerten sich zu elfenbeinfarbenen, schimmernden Krallen, und ihre Lippen entblößten eine Reihe weiterer spitzer Zähne, die hinter ihrem menschlichen Gebiss hervorwuchsen. Ihre Zunge, die aussah wie die einer Schlange, schoss hervor.

Aber Silas war schneller. Er warf sich zu Boden, rollte zur

Seite und eilte zum Kamin, wo er den Schürhaken packte, doch Helas nächster Angriff kam so rasch, dass er nicht mehr ausweichen konnte. Ihre langen Krallen kratzten über seine Brust, wo sie tiefe Furchen hinterließen, aus denen sofort das Blut schoss.

»Das könnte ich die ganze Nacht machen.« Die Schlangenzunge leckte das Blut von ihren Klauen.

Der Hexenjäger stieß grimmig hervor: »Genieß es. Es war deine letzte Mahlzeit auf Erden.« Er täuschte einen frontalen Angriff an, nur um sich dann zu ducken und der Hagzissa den Schürhaken in die Seite zu rammen.

Hela schrie gellend auf. Blut spritzte ihm entgegen, als sie sich losriss. »Das wirst du büßen.« Mit beiden Händen zerrte sie das Metall aus ihrem Leib. »Damit kannst du mich nicht aufhalten.«

Silas sah sie angewidert an. Dann sprang er auf sie zu, wirbelte sie herum, sodass ihr Rücken gegen seine Brust gedrückt wurde, packte sie mit einer Hand unter dem Kinn und brach ihr Genick. Sofort erschlaffte Helas Körper. »*Damit* aber schon.« Er atmete tief ein und ließ sie dann achtlos zu Boden fallen.

Die Kratzer auf seiner Brust schmerzten, bestätigten ihm aber, dass er noch lebte. Mit einem Anflug von Bedauern blickte er auf Hela hinab: Im Tod verwandelte sie sich wieder in eine unschuldig wirkende, junge Frau. *Was für eine Verschwendung.*

Seelenruhig durchstöberte Silas die Regale. Hela hatte offensichtlich nicht schlecht gelebt. Er würde seine Vorräte reichlich aufstocken können. Von Draußen konnte er das unruhige Stampfen von Adele hören, was ihn veranlasste, seine Suche zu unterbrechen. Das Maultier wurde ungeduldig, wenn es Kampflaute hörte und Blut roch. Er ging in den

Stall und kraulte die Stute zwischen den Ohren, während sie ein paar kümmerliche Karotten verspeiste.

Aber er hatte noch etwas zu erledigen. Daher ging er noch einmal in die Hütte und hackte Helas Kopf ab. Dann befestigte er ihn so an der Weide, dass ihr langes Haar im Wind wehte und mit den Spitzen das Wasser berührte. Anschließend nahm er ihren Körper und hängte ihn an den Füßen auf. Es war ein mühseliges Unterfangen, aber er hatte in den umliegenden Dörfern gehört, dass die Menschen glaubten, eine Hexe wäre erst dann tot, wenn sie mit den Füßen nach oben hing. Ein gefährlicher Irrglaube, doch wenn es ihm einen guten Ruf als Hexenjäger, oder Hexenschlächter, wie manch einer ihn nannte, einbrachte, befolgte er selbst solch einfältige Wünsche. Morgen würde er nach Hirsdingen reiten und den Rest seiner Belohnung einfordern. Zuerst brauchte er allerdings Ruhe. Seufzend legte er sich in Helas Lager. Es war über eine Woche her, dass er in einem richtigen Bett geschlafen hatte. Ohne sich an den Blutflecken auf dem Boden und den Spritzern an den Wänden zu stören fiel er in einen tiefen Schlaf.

Hirsdingen lag in einer Senke direkt an einem Bach. Der Ort war in so dichten Nebel gehüllt, dass nur noch die Dachgiebel herausragten. Das Blöken von Kühen, die sich anscheinend vergewissern wollten, dass sie nicht allein auf der Welt sind, hallte über die Wiesen.

Silas saß auf Adeles Rücken und ließ die Stute mit losen Zügeln Weg und Tempo bestimmen. Oft wurde er gefragt, warum er sich mit einem hässlichen, sturen Maultier abgab, anstatt sich einen schönen, stattlichen Hengst zu kaufen. So wirklich wusste er auch keine Antwort darauf, es war einfach so passiert. Nachdem eine besonders hinterhältige Pythonissa den ihr hörigen Todesgeistern befohlen hatte, sein letztes Pferd zu zerreißen, war er in Tübingen auf den Markt gegangen, um sich ein neues Tier zu besorgen. Dort hatte er Adele entdeckt, und die Stute hatte es ihm gleich angetan. Der Händler war ihr stures Wesen und hässliches Aussehen leid gewesen, sodass sie am nächsten Tag beim Schlachter geendet wäre. Daher hatte sie Silas für wenige Münzen erstehen können. Er hatte es seither keinen Tag bereut. Sie war ausdauernd, ruhig, erstaunlich furchtlos und wich seitdem nicht mehr von seiner Seite.

Als er in den Ort hineinritt, war er sich der Blicke der Menschen, die aus den Fenstern starrten, nur zu bewusst. Die Muskete lag quer über dem Sattel, den Säbel trug er auf dem Rücken, und in seinem Waffengurt steckte eine Vielzahl an Dolchen und Messern in allen möglichen Formen und Größen. Die lange Narbe, die von seiner Stirn zur Wange verlief und so sein Gesicht in zwei Teile zu teilen schien, erschreckte die meisten Menschen mehr als der harte, kalte Blick aus seinen stahlgrauen Augen.

Vor der Hütte des Bürgermeisters hielt er an und stieg ab. Gernot würde nicht erfreut sein, ihn wiederzusehen. Er hatte den Mann in dem Glauben gelassen, dass er nicht wusste, wer er war und wo er wohnte. Der Hexenjäger hatte es sich zur Gewohnheit gemacht, seine Auftraggeber und deren Umfeld zuerst auszuspähen, bevor er sich mit ihnen traf. Obwohl er am späten Nachmittag mit Gernot im Wald verabredet war, beabsichtigte er nicht, hier so viel Zeit zu verschwenden. Zwei Tagesritte von Hirsdingen entfernt ging das Gerücht um, dass drei Schwestern ihr magisches Unwesen im Süden trieben und die Menschen bereit waren, jedem eine ansehnliche Belohnung zu zahlen, der sie von der Plage befreite. Silas wollte dort sein, bevor ihm jemand anderes zuvorkam oder die Bevölkerung töricht genug war, sich mit echten Hexen anzulegen.

Nachdem er nur kurz angeklopft hatte, riss er auch schon die Tür auf. Bei dem Haus des Bürgermeisters handelte es sich um ein kleines, zweistöckiges Steingebäude mit Strohdach und Holzdecke. Im unteren Stockwerk gab es drei Räume, in deren Wohnstube sich Silas nun wiederfand. Auf dem Herd kochte zäher Haferschleim, ein wahrer Luxus in diesen Zeiten, und ein Wasserkessel steckte in den Kohlen. Um den Tisch herum saß die Familie. Zwei Mädchen, die sich im Sticken übten, und ein Junge, der an einem Holzstück schnitzte.

Gernot blickte erbost auf den Eindringling. Als er Silas erkannte, wich alles Blut aus seinem Gesicht. »Geht nach draußen«, befahl er den Kindern.

»Aber Vater!«, begehrte der Knabe auf.

Ein scharfer Blick brachte ihn zum Verstummen. Der Bursche nahm seine Schwestern bei der Hand – das kleine Mädchen fing dabei an zu weinen – und zog sie hinaus. Als er an Silas vorbei zur Tür hinausging, blickte der Junge Silas finster in die Augen.

Der hat Mut. Schade, dass er hier verkommt.

Gernot wartete, bis sich die Tür hinter den Kindern geschlossen hatte. Seine Frau trat an seinen Stuhl heran und umklammerte die Lehne so fest, dass die Knöchel ihrer Hand weiß hervortraten.

»Was wollt Ihr?«

»Die Hexe ist tot, und ich verlange meinen Lohn.«

»Wir waren heute Nachmittag verabredet. Dafür, dass Ihr Euch nicht daran gehalten habt, sollte ich Euch keine weitere Münze geben.« Der Bürgermeister gewann mit jedem Wort mehr Selbstsicherheit. »Wer sagt mir, dass Ihr die Hexe wirklich getötet habt?«

»Mein Ehrenwort. Ihr kennt meinen Ruf, sonst hättet Ihr mich nicht engagiert.«

»Das Wort eines Mörders.« Gernot spuckte ins Feuer.

Silas trat an ihn heran, zog ein Messer, prüfte dessen Schärfe mit der Spitze seines Fingers. »Wollt Ihr mir meinen rechtmäßigen Lohn vorenthalten?«

Die Frau des Bürgermeisters packte die Schulter ihres Mannes. »So gib ihm doch das Geld.«

»Was soll er denn tun?« Gernot schüttelte ihre Hand ab. »Ich muss nur einmal schreien, und das ganze Dorf steht vor der Tür.«

»Glaubt Ihr wirklich, dass ich Euch genug Zeit lasse, um auch nur einen Laut von Euch zu geben?« Silas balancierte das Messer auf der Spitze seines Fingers. »Oder Euren Kindern?« Mit einer kurzen Bewegung, die zu schnell war, um ihr folgen zu können, warf er die Klinge in Richtung Fenster, wo sie im hölzernen Fensterkreuz stecken blieb.

Von draußen war ein Schrei zu hören, und das Gesicht des Jungen, der heimlich hineingespäht hatte, war verschwunden.

»Das nächste Mal wird kein Holz dazwischen sein.«

Die Frau zitterte. Dann fasste sie sich ein Herz, ging zu einem Regal und holte aus einer Dose einige Münzen. Sie zählte den offenen Betrag ab und drückte Silas das Geld in die Hand. Ihr ganzer Körper bebte, und ihre Augen schimmerten feucht. »Nun geht«, flüsterte sie. »Kommt nie wieder.«

Silas verbeugte sich übertrieben tief und schritt zur Tür.

»Wartet!« Der Bürgermeister stand auf. »Ein Kurier hat einen Brief für Euch gebracht.« Er holte einen zerknitterten Umschlag aus seiner Westentasche.

Silas nahm ihn wortlos entgegen und verließ das Haus.

Adele bemerkte seine Unruhe, als er auf ihren Rücken stieg, und trabte zügig aus der Ortschaft heraus. Erst nachdem die letzten Häuser schon nicht mehr zu sehen waren, hielt Silas an und betrachtete den Brief mit gerunzelter Stirn. Er kannte das Siegel, es gehörte Adele von Orvelsbach, seiner Stiefmutter, zu deren zweifelhaften Ehren er sein Maultier benannt hatte. Seit dem Tod seines Vaters hatte er keinen Kontakt mehr zu ihr gehabt und jeden ihrer Spione einfach getötet. Offensichtlich war er dabei nicht gründlich genug gewesen. Dann blickte er zum Himmel. Er konnte das Gefühl nicht loswerden, dass sich gerade eine düstere Wolke voll Unheil über seinem Kopf zusammenbraute. Fast glaubte er, sie sehen zu können. Dann brach er das Siegel und fing an zu lesen.

Dein Bruder ist verschwunden.
Man benachrichtigte mich, dass er eines Morgens nicht zur Andacht in Heidelberg erschien und sein Bett unberührt vorgefunden wurde.
Finde ihn!
   Adele von Orvelsbach

2

Alte Wunden

19. Octobris, Karlsruhe

Die Kirchenglocken erklangen plötzlich mit einem lauten Getöse und schienen die Stadt daran zu erinnern, sich an Gottes Gebote zu halten. Icherios zuckte zusammen und durch die hastige Bewegung rutschten seine Füße auf den glatten Pflastersteinen weg, sodass er unsanft auf dem Boden landete. Obwohl die Sonne am klaren Himmel stand, hatte sich eine dünne Eisschicht gebildet, die den Boden in eine Rutschbahn verwandelt hatte. Fluchend rappelte er sich auf, strich seinen schmal geschnittenen, dunklen Gehrock glatt, aus dem die überlangen Ärmel seines weißen Hemds hervorragten, und fuhr sich durch die schulterlangen dunkelbraunen Haare. Mit einem flauen Gefühl im Magen beugte er sich herunter und hob seinen Hut auf.

Es führte kein Weg daran vorbei. Er musste in die Kanzlei, die den Ordo Occulto beherbergte. Nach seinem letzten Auftrag, bei dem er einen Serienmörder gestellt hatte, war nicht viel Zeit vergangen. Jetzt schien der geheime Orden der Rosenkreuzer, der sich mit der Erforschung übernatürlicher Phänomene beschäftigte, wieder etwas für ihn zu haben, was ihn nervös machte.

Mit beiden Händen betätigte er den Türklopfer, der die Form eines Basiliskenschädels hatte, und wartete. Doch nicht lang danach wurde die Tür einen Spalt geöffnet. Anselm von Freybergs listige Augen spähten nach draußen und erkannten den jungen Gelehrten. Dann wurde dieser auch schon gepackt und hineingezogen. »Jetzo, mein Jungchen, sei leise.«

Die Perücke saß wie üblich schief auf dem Kopf des alten, gebeugten Mannes. Puderflecken zierten seine Schultern und zogen ein feines Muster über seine dunkle Weste.

Der Chronist der *Kanzelley zur Inspektion unnatürlicher Begebenheiten* zerrte Icherios mit gehetztem Blick in die Bibliothek, die gleichzeitig als Arbeitsraum für alchemistische Experimente und als Ausstellungsraum für Skelette, ausgestopfte Tiere und in Alkohol eingelegte Präparate diente. Die hohe Decke des ehemaligen Ballsaales wurde von einer Reihe großer, metallener Rohre gesäumt, aus denen an manchen Stellen pfeifend Dampf entwich. Sie spendeten der Bibliothek eine wohlige Wärme, erzeugten aber auch die ungewöhnlich hohe Luftfeuchtigkeit, unter der die Bücher und Pergamente sich in weiche, nachgiebige Lappen verwandelten. Auf wundersame Weise verloren sie dabei jedoch nicht ihre Lesbarkeit.

Die Gebeine eines riesigen, urzeitlichen Ungetüms, vor denen sich Icherios bei seinem ersten Besuch erschreckt hatte, hingen noch immer vor der Eingangstür. Inzwischen war er den Anblick des gewaltigen Skeletts gewöhnt und beachtete es ebenso wenig wie die hoch aufragenden Regale und Pergamentstapel auf den Tischen. Helles Tageslicht fiel durch die prunkvollen Fenster, deren Schönheit auch die von innen befestigten Gitter nicht verbergen konnten.

Freyberg schloss die Tür und sperrte sie sorgfältig zu. Icherios hatte große Mühe, währenddessen nicht auf dessen prankengleiche, weiß behaarte Hände zu starren. Erst nachdem der Chronist auch den letzten Riegel vorgeschoben hatte, entspannten sich seine Gesichtszüge.

»Ist etwas geschehen?« Trotz seiner Unruhe vermochte Icherios seine Neugierde nicht zu bezwingen.

»Nur ein paar Feenkobolde.« Freyberg schnaubte. »Hartnäckige Biester, wenn sie einmal entkommen sind. Ich werde mich beim Lieferanten beschweren.«

»Lieferanten?« Der junge Gelehrte glaubte, sich verhört zu haben.

»Was glaubst du denn, Jungchen? Dass ich selbst durch die Wälder des Riesengebirges schleiche, um diese Kreaturen zu fangen?«

»Nein«, stotterte Icherios und lief rot an. »Ich habe mir darüber noch nie Gedanken gemacht.«

Der Chronist tippte ihm mit seinem runzeligen Zeigefinger gegen die Stirn. »Denken ist wichtig.« Dann ging er zu einem Tisch voller Pergamentrollen und Bücher. »Jetzo, ich habe ein Handbuch des Ordo Occulto aufgetrieben.« Er wühlte in einem Stapel Pergamente und holte ein kleines Büchlein hervor, das in dunkelgrünes Leder eingebunden war. Auf dem Buchrücken stand in hellroten Lettern *Codex Nocturnus*. Er drückte es Icherios in die Hand.

Neugierig betrachtete der junge Gelehrte die Hülle und schlug die erste Seite auf.

Den hochehrwürdigen Mitgliedern des Ordo Occulto überlassene Anweisungen zum Überleben von Begegnungen der übernatürlichen Art und ihrer Handhabung im Einklang mit den Grundsätzen der Rosenkreuzer.

Icherios widerstand der Versuchung weiterzulesen. »Warum habt Ihr mich hergerufen?«

»Der Ordo Occulto befiehlt dich nach Heidelberg, um ein Medizinstudium aufzunehmen.« Freybergs Augen funkelten.

Der junge Gelehrte konnte nicht verhindern, dass sich auf seinem Gesicht die Begeisterung widerspiegelte, die er in seinem Inneren verspürte. Ein Medizinstudium! Bis vor kurzem hatte er sich mit der Herstellung von Mottenkugeln seinen Lebensunterhalt verdient. Hin und wieder durfte er der Stadtwache bei der Aufklärung von Todesfällen zur Seite stehen und als billige Alternative zu einem ausgebildeten Arzt Leichen untersuchen. Ein Medizinstudium, sein größter Traum seit seiner Kindheit, hatte aufgrund seiner Armut in weiter Ferne gelegen. Bis zu dem Tag, an dem ihn sein Mentor Raban, ein uralter Vampir, den er zu dem Zeitpunkt noch für einen Menschen gehalten hatte, zur Kanzlei geschickt hatte, wo er Anselm von Freyberg, den Chronisten und Leiter dieser Einrichtung, kennengelernt hatte.

»Ich dachte, ich wäre ein Rekrut des Ordo Occulto und soll Aufträge für Euch erfüllen?«

»Ich brauche dich in Heidelberg.« Der Chronist fuhr sich unruhig durch die Haare.

»Eine neue Serie von Morden?«

Freyberg zögerte. »Nein.« Dann blickte er Icherios prüfend an. »Deine Ausbildung zum Mediziner kann sich als hilfreich für uns erweisen.«

Doch der junge Gelehrte war nicht bereit, sich so leicht ablenken zu lassen. »Das ist doch nicht die ganze Wahrheit.«

»Jetzo, Jungchen, wer bestimmt, was die Wahrheit ist?« Er hob mit einem Arm einen gewaltigen Stapel Bücher hoch, ohne das geringste Anzeichen von Anstrengung zu zeigen. »Du sollst deine Augen für mich in Heidelberg offen halten. Seltsame Dinge gehen dort vor. Menschen verschwinden.«

Freyberg holte tief Luft. »Und dem dortigen Sitz des Ordo Occulto ist nicht zu trauen.«

Icherios lief ein Schauer den Rücken hinunter. Freyberg schickte ihn also wieder in eine ungewisse Zukunft, an einen Ort, an dem er Gefahren vermutete. Sein letzter Auftrag hatte ihn nach Dornfelde geführt, eine kleine Ortschaft im Nordschwarzwald, deren Bewohner – Vampire, Werwölfe und Menschen – von einem brutalen Serienmörder bedroht wurden. Er spürte, dass der Chronist ihm auch diesmal Informationen vorenthielt, aber die Aussicht auf ein Medizinstudium ließ ihn seine Bedenken in den Wind schlagen. »Wann soll ich abreisen?«

Unter dem Bücherstapel, den Freyberg zur Seite gestellt hatte, kam ein flacher Kasten aus dunklem Holz zum Vorschein. Er öffnete ihn, holte einen kleinen, dunkelroten Lederbeutel heraus, den er vorsichtig schüttelte. »Zur Mitternacht des übernächsten Tages. Du wirst im Magistratum, dem Sitz des Heidelberger Ordo Occultos, wohnen. Ich habe Auberlin, den Leiter der dortigen Außenstelle und dritten Schatzmeister des Ordens, bereits verständigt.«

»Warum in der Nacht?« Den jungen Gelehrten behagte der Gedanke nicht, in der Dunkelheit reisen zu müssen.

»Du wirst mit der Geisterkutsche fahren.«

Icherios blieb die Luft weg. Das klang nicht gut.

»Aufgrund des schlechten Wetters sind die gewohnten Reiserouten zu unsicher.« Freyberg löste die Schnüre des Beutels und zeigte ihm den Inhalt: ein rötlich-graues Pulver. »Folge der Straße, die durch das Durlacher Tor führt, bis zur ersten Wegkreuzung. Dort streust du das Pfauenblutpulver in einem Kreis um dich herum.«

»Das ist getrocknetes Pfauenblut?« Icherios fragte sich unwillkürlich, wie viele Tiere dafür hatten sterben müssen.

»Nein, das ist nur eine Bezeichnung.« Der Chronist seufzte. »Ich vergesse immer wieder, wie viel du noch lernen musst.«

Er zog aus einem Stapel aufgequollener Pergamente einen mehrfach gefalteten Zettel und drückte ihn Icherios in die Hand, der ihn beinahe angeekelt fallen gelassen hätte. Das Papier fühlte sich wie eine schleimige Schnecke an.

»Darauf befindet sich die Anleitung zur Herstellung der Substanz.«

Icherios überwand seine Abscheu, entfaltete ihn und begann, die verschnörkelte Handschrift zu entschlüsseln.

Zwei Teile gemahlene Pfauenfedern, ein Teil getrocknete und zerkleinerte Mäuseherzen, Brennnessel, Salz und Schwefel; vermengt in den letzten Strahlen der Sonne, entfaltet es seine Wirkung durch die Zugabe von vier Einheiten Mondlicht.

»Du wirst noch einiges davon anfertigen müssen, um genug für deine Reisen zu haben. Ich erwarte von dir regelmäßigen Bericht, persönlich.« Der Chronist blickte ihn ernst an.

Der junge Gelehrte war irritiert, warum sah der Chronist ihn so eindringlich an? Wusste Freyberg, was mit ihm los war, dass er seit Dornfelde kein Mensch mehr war? Vertraute er ihm nicht mehr? Er legte Zettel und Beutel auf einen Tisch, verschränkte die zitternden Hände vor seinem Körper. »Wieso wird sie Geisterkutsche genannt?«

»Ein Kutscher beging den Fehler, eine Hexe zu verärgern, und wurde von ihr verflucht. Seitdem ist er gezwungen, im Antlitz der Nacht die Straßen der Pfalz und angrenzenden Städte zu bereisen. Legenden ranken sich um ihn, da selbst gewöhnliche Sterbliche die Kutsche im Licht eines Blitzes sehen können.« Freyberg ergriff Icherios' Hand. »Merk dir eines, Jungchen. Auch wenn dein Kopf voller Flausen ist, blicke ihm niemals in die Augen, oder du wirst des Todes sein.«

Icherios schluckte. »Wie finde ich ihn, wenn er nur im Blitzschein zu erkennen ist?«

»Der Kreis aus Pfauenblut wird es dir ermöglichen und den Kutscher zwingen anzuhalten. Die Reise ist schnell und sicher, vorausgesetzt du begehst keinen Fehler.«

Icherios steckte das Handbuch, die Anweisungen und den Beutel in seine Manteltasche. »Sollte ich sonst noch etwas wissen?«

Freyberg zögerte. »Sieh dich vor den Bewohnern des Magistratum vor.«

Der junge Gelehrte nickte und ließ sich schweigend nach draußen begleiten. Dabei bemerkte er, dass der Chronist ungewohnt nervös wirkte. Seine Hände fuhren fahrig in der Luft umher, als wenn er mit sich selbst streiten würde. Nachdem sich die Tür hinter ihm geschlossen hatte, blickte er sorgenvoll an dem Gebäude empor. Was würde ihn in der fremden Stadt erwarten? In dem Moment, in dem er sich zum Gehen wandte, öffnete sich die Tür erneut.

»Die Vorgänge in Heidelberg hängen eventuell mit den Narben an deinen Handgelenken zusammen«, flüsterte Freyberg ihm zu. »Mehr kann ich dir nicht sagen.«

Icherios stand wie erstarrt, nahm nicht einmal wahr, wie die Tür zufiel und ein lautes Quietschen erklang, als sie von innen verriegelt wurde. Erinnerungen, Ängste und Selbstzweifel, die er versucht hatte zu verdrängen, brachen mit Gewalt hervor. Gedankenverloren krempelte er seine überlangen Ärmel hoch und strich über die wulstigen Narben an seinen Handgelenken, die er sonst sorgsam verbarg. Die meisten Menschen sahen in ihnen die Male eines fehlgeschlagenen Selbstmordes. Für Icherios waren sie ein Andenken an die Todesnacht seines besten Freundes, Vallentin Zirker. Vor zwei Jahren war er schwer verletzt neben Vallentins blutüberströmter Leiche aufgewacht. Seitdem quälte ihn die Angst, dass er Schuld an dessen Tod trug oder ihn gar selbst getötet hatte.

Warum hatte Freyberg ausgerechnet jetzt angedeutet, dass er etwas von dieser Nacht wusste? Noch bei ihrer ersten Begegnung hatte er vorgegeben, aufgrund der Narben in Sorge zu sein, dass Icherios selbstmordgefährdet sein könnte.

Zorn brandete in ihm auf. Er war es leid, ständig wie eine Marionette nach dem Willen anderer zu tanzen. Wütend trommelte er mit den Fäusten gegen die Tür der Kanzlei. Es war schließlich sein Leben!

Doch es blieb still, und die Tür bewegte sich keinen Deut. Frustriert wandte er sich ab. Passanten waren stehen geblieben und tuschelten hinter vorgehaltener Hand. Es war Zeit zu gehen, bevor noch jemand die Stadtwache rief.

Zurück in seiner feuchten Kellerwohnung, die er von dem griesgrämigen Schreiner Meister Irgrim gemietet hatte, wanderte Icherios unruhig zwischen Bücherstapeln und alchemistischen Geräten auf und ab. Der Geruch von Schimmel, der sich durch Möbel und Bücher fraß, vermengte sich mit dem Gestank von Schwefelöl, Bleiessig und anderen Reagenzien, die er für seine Experimente verwendete. Eigentlich sollte er packen, aber die Erinnerungen an Vallentin und die neuen Fragen, die er sich wegen dessen Tod stellte, wühlten ihn zu sehr auf, um sich zu konzentrieren. Er blickte zu Maleficium, seiner zahmen Ratte, hinüber, die in ihrem aus Weidenzweigen gebauten Käfig ungeduldig hin und her lief und darauf wartete, dass er sie beachtete. Seufzend ging er zu seinem erbärmlich leeren Vorratsregal und holte eine Dose hervor, aus der er einen Streifen Trockenfleisch nahm. Dann öffnete er den Käfig und hielt dem Tier das Futter hin, das es gierig verschlang.

Maleficium hatte sich verändert, seitdem sie von diesem Trank, der Unsterblichkeit versprach, gekostet hatte: Die Augen leuchteten in einem dunklen Violett; außerdem hatte die Ratte eine Vorliebe für frisches, noch blutiges Fleisch entwickelt und war ein ganzes Stück gewachsen.

Nachdem Icherios das Tier gefüttert hatte, zog er seinen alten, angeschimmelten Koffer unter einem Regal hervor und begann einige Kleidungsstücke einzupacken. Das war der leichteste Teil, die Auswahl der wenigen Bücher und Gerätschaften, die er mitnehmen konnte, würde ihm viel schwerer fallen.

Ein Klopfen an der Haustür riss Icherios aus seinen Gedanken. Er hatte es sich angewöhnt, an die Tür zu stürmen, bevor Meister Irgrim sich die Treppe hinuntergewuchtet hatte und seine Besucher abfangen konnte. Zu oft war es vorgekommen, dass dieser Sendungen für Icherios in Empfang genommen und geöffnet oder Botschaften verschwiegen hatte. Auch dieses Mal war der Gelehrte schneller und für die Fettleibigkeit des geldgierigen, poltrigen Schreiners dankbar.

Ein kleiner, magerer Junge mit dreckverschmiertem Gesicht und Sommersprossen überbrachte ihm mit einem frechen Grinsen die Nachricht, dass er sich zur Abendstunde beim Anwesen von Raban von Helmstatt einzufinden hätte. Icherios drückte dem Burschen eine Münze in die Hand, ignorierte die gebrüllten Fragen seines Vermieters und kehrte in sein Zimmer zurück.

Was wollte Raban von ihm? Es konnte kein Zufall sein, dass er ihn zu sich bestellte, kurz nachdem er von seiner bevorstehenden Reise nach Heidelberg erfahren hatte. Ging es um die Geschehnisse während seines Aufenthalts in Dornfelde, die Maleficium und ihn so sehr verändert hatten?

Hatte Icherios früher nichts als Bewunderung für seinen Mentor empfunden, sah er ihn inzwischen mit anderen Augen. Es waren nicht so sehr Rabans Geheimnisse – er hatte Icherios nie verraten, dass er ein Vampir war – oder dass er den jungen Gelehrten ohne Warnung in ein gefährliches Abenteuer geschickt hatte, sondern etwas hatte sich in seinem Verhalten seit Icherios' Rückkehr verändert. Manches Mal ertappte Icherios ihn, wie er ihn mit einem seltsamen Glitzern in den Augen abschätzend musterte. Auf Fragen nach dem Ordo Occulto und Rabans Verstrickungen in dessen Aktivitäten erhielt er nur ausweichende Antworten. Sollte er ihn tatsächlich besuchen oder vorgeben, dass der Bote ihn nicht erreicht hatte? Aber Icherios' Neugierde war stärker. Auch wenn er nichts Gutes erwartete, wollte er wissen, warum ihn der Vampir zu sich zitierte.

Nachdem er seine Kleider gepackt hatte, begann Icherios mit der mühseligen Aufgabe, die wichtigsten Reagenzien, Tinkturen, Gerätschaften und Bücher zusammenzusuchen. Seine beiden Koffer boten kaum genug Platz für das Nötigste. So verging die Zeit bis zum Aufbruch für Icherios' Geschmack viel zu schnell. Widerstrebend zog er seinen langen Mantel an, setzte die Brille mit den gelb getönten Gläsern und seinen drei Fuß hohen Kastorhut auf und sperrte Maleficium in seinen Käfig.

Als der junge Gelehrte aus dem Haus trat, heulte ein eisiger Wind durch die Gassen, der totes Laub aufwirbelte und den Obdachlosen die letzte Hoffnung raubte, die nahende Nacht zu überleben.

Icherios lebte in einer schmalen Seitenstraße am Rand von Karlsruhe. Die Stadt war erst im Jahr 1715 nach sorgfältiger Planung gegründet worden und erinnerte in ihrer Gestalt an eine Sonne, deren Straßen wie Strahlen vom Karlsruher Schloss ausgingen. Ihr einstiger Glanz ließ sich jedoch nur noch erahnen. Der Winter hatte seine Klauen den ganzen Sommer über nicht vom Land genommen und tiefe Spuren hinterlassen. Die von der andauernden Kälte der vergangenen Jahre verursachte Hungersnot weitete sich durch die anhaltenden Wettereskapaden aus. Aber die Menschen starben nicht nur an Hunger, sondern erfroren teilweise einfach auf der Straße, weil sie keinen ausreichenden Schutz fanden. Vor den Toren Karlsruhes brannten in den Hungerlagern die Feuer, doch die Holzvorräte schwanden rasch, und die Heimatlosen zündeten alles an, dessen sie habhaft werden konnten.

Icherios schlug den Kragen seines Mantels hoch und vergrub seine Hände in den Taschen, während er sich auf den Weg zu Rabans Anwesen machte, das in der Nähe der Fasanerie lag. Je näher er dem Schloss kam, desto leerer wurden die Straßen. Die Bettler hatte es in die ärmeren Viertel getrieben, in denen sie nicht gleich von der Stadtwache verjagt wurden, wenn sie sich im Schutz von Hauseingängen zusammenkauerten. Rabans Haus lag in einer kaum besiedelten Gegend, umgeben von einem kleinen Wäldchen, das zusammen mit einem hohen, gusseisernen Zaun Schutz vor ungebetenen Besuchern versprach.

Gegen den Wind konnte Icherios' schäbige Kleidung keinen Schutz bieten, sodass er zitternd und mit rot angelaufener Nase die nahezu zwei Fuß große, bronzene Glocke an dem massiven Eingangstor läutete. Kurz darauf erklangen die schlurfenden Schritte von Dred über dem Kiesweg, Rabans treu ergebenem, hinkendem Diener. Icherios war dessen schauderlichen Anblick gewohnt, sodass er nicht erschreckte, als die gekrümmte, bucklige Gestalt in der Abenddämmerung sichtbar wurde.

»Seid gegrüßt. Mein Herr erwartet Euch.«

Es mutete seltsam an, diese gewählten Worte aus dem verzerrten Mund zu hören, doch der junge Gelehrte hatte gelernt, dass man sich nicht von Äußerlichkeiten täuschen lassen sollte. Hinter Dreds grausiger Fassade versteckte sich ein gebildeter Mann von nicht zu unterschätzender Intelligenz.

Nachdem der Bucklige ihn eingelassen hatte, gingen sie den schmalen Kiesweg zum Haus hinauf, das ursprünglich ein Kloster gewesen war. Bereits vor der Erbauung Karlsruhes war es aufgegeben worden, und Raban hatte es unter Einsatz von viel Geld renoviert, ohne dabei den alten Charme der zahlreichen, steinernen Türme und Giebel zu zerstören.

»Ich muss Euch unbedingt einen Brief von Sir Gallam zeigen«, sagte Dred mit unverkennbarer Aufregung in der Stimme. »Ihm gelang ein bahnbrechendes Experiment, indem er Oleum antimonii über mehrere Stufen reinigte und dann in der dritten Stunde des Vollmondes mit den sieben Elementen vereinte. Laut seinem letzten Bericht aus Indien wirkt es wahre Wunder gegen das Schwarze Fieber.«

»Aber behauptet nicht Vincenze Dari, dass das Schwarze Fieber auf Miasmen im Erdreich zurückzuführen sei?«, fragte Icherios interessiert. Dred wusste über viele Bereiche der Medizin noch immer mehr als er selbst.

Bis sie das Haus erreichten, waren sie so in das Gespräch vertieft, dass sie in der weitläufigen Eingangshalle weiterdiskutierten, bis Louise, Rabans Hausmädchen, sie unterbrach und Icherios aufforderte, ihr zu folgen.

Dred senkte den Kopf. »Ich habe Euch zu viel Eurer Zeit gestohlen, verzeiht.«

Der junge Gelehrte lächelte ihn aufrichtig an. »Es war mir wie immer ein Vergnügen, mit Euch zu plaudern.« Dann verbeugte er sich tief und folgte Louise durch einen breiten Gang in das Speisezimmer des Anwesens, dessen Wände von dunkelgrünen Stofftapeten mit goldenen Bordüren geziert wurden. An der hohen weißen Decke prangten üppige Stuckverzierungen, und die Ecken waren in helles Gold gefasst.

Raban saß an einem runden Eichenholztisch, dessen Oberfläche mit wirren Mustern bemalt war und Platz für ein Dutzend Gäste bot. Er hielt einen Kelch in der Hand. Wie üblich trug er ein robenartiges Gewand aus schwerem, dunkelrotem Samt, eine dicke Goldkette mit einem schlichten, aber dafür umso größeren Kreuz und zahlreiche edelsteinbesetzte Ringe. Obwohl von seinem schwarzen Haar, das selbst im Alter kaum ergraut war, nur ein Haarkranz übrig geblieben war, fiel es stark gelockt bis zu seinen Schultern. Das Auffälligste an ihm war allerdings sein mächtiger Bart, der, ordentlich gestutzt, bis hinunter zu seiner Brust reichte.

Icherios deutete auf den Kelch in Rabans Hand. »Blut oder Wein?«

»Wein. Ich bin doch kein Barbar.« Der alte Vampir musterte ihn. »Ihr habt Euch verändert. Daran ist nicht nur der Biss schuld.«

Die Worte trafen Icherios in ihrer Unverblümtheit. »Ich hätte Euch nie davon berichten sollen.«

Bei seinem letzten Auftrag war er von einem Vampir gebissen worden. Seither breitete sich in ihm die Saat des Bösen aus, oder, wie er noch immer hoffte, die Krankheit. Eine Tatsache, die er bisher nur seinem Mentor anvertraut hatte. Der Biss hatte ihn in einen Strigoi verwandelt, ein Mischwesen aus Vampir und Mensch. Das bedeutete, dass er sich fortan in jeder Andreasnacht, der letzten Nacht im Oktober, und auch nach seinem menschlichen Tod in eine rasende Bestie verwandeln würde. Deshalb war es unabdingbar, dass man ihm mit seinem letzten Atemzug den Kopf abschlug und einen Pflock durch sein Herz rammte. Icherios trug diese Anweisungen seitdem ständig auf einem Stück Papier in seiner Brusttasche mit sich herum.

»Nun ist es zu spät«, erwiderte Raban ungerührt.

Icherios setzte sich dem Vampir gegenüber hin. Auch wenn er innerlich vor Nervosität zitterte, bemühte er sich um äußerliche Gelassenheit. Eines hatte er gelernt: Vor Blutsaugern durfte man keine Schwäche zeigen.

»Ihr habt mich gerufen?«

»Freyberg informierte mich, dass Ihr beabsichtigt, nach Heidelberg zu gehen.«

Als Icherios ihm nicht antwortete, fuhr er fort. »Was ist mit der Andreasnacht? Euch bleiben nur wenige Tage.«

»Ich werde mich einschließen und fesseln.«

Der Vampir stand auf und lief im Raum auf und ab. »Ihr werdet nicht allein leben. Heidelberg ist eine dicht bevölkerte Stadt. Denkt Ihr wirklich, dass Ihr in einem Studentenzimmer oder gar im Magistratum unbemerkt wüten und toben könnt, ohne dass jemand Fragen stellt?« Raban blickte ihn eindringlich an. »Ihr habt keine Ahnung, wie stark und blutgierig der Strigoi sein wird. Was, wenn Ihr ausbrecht?«

»Geht es nur darum? Oder habt Ihr etwa Angst, dass Euer eigenes Geheimnis auffliegen könnte?« Der junge Gelehrte glaubte nicht, dass es Raban nur darum ging, da musste noch etwas anderes dahinterstecken. Sowohl Freyberg als auch der alte Vampir verfolgten eigene Ziele, und er war sich nicht sicher, ob er in ihre Pläne verwickelt werden wollte. Allerdings war es für solche Überlegungen wohl zu spät. Man hatte ihn in einen tiefen Brunnen geschmissen, und nun musste er zusehen, wie er überlebte.

Raban schüttelte den Kopf. »Wollt Ihr das Risiko eingehen, einen weiteren Menschen zu töten? Könntet Ihr damit leben?«

»Wie könnt Ihr es wagen?«, zischte Icherios, während sich zugleich das flaue Gefühl von tiefer Schuld in seinem Magen ausbreitete. Bei seinem letzten Auftrag war er gezwungen gewesen, einen Mann zu töten. Niemand bezichtigte ihn des Mordes, dennoch fühlte sich Icherios wie ein Mörder. Er hatte ein Leben beendet. Diese Tatsache lastete schwer auf seiner Seele.

»Mir liegt nur Euer Wohl am Herzen.«

»Ihr seid ein Vampir. Was kümmert Euch das Schicksal eines Menschen?«

Raban legte auf seltsam echsenartige Weise den Kopf schief und musterte ihn. »Auch Vampire können sich Sorgen machen.«

Unwillkürlich tauchte Carissimas Antlitz vor Icherios' Augen auf, eine wunderschöne Vampirfrau, der er bei seinem letzten Aufenthalt nähergekommen war. Sie war temperamentvoll, hungrig nach Leben – bei ihr hegte er keinen Zweifel am Vorhandensein von Emotionen. »Wenn es Eure einzige Sorge ist, dass ich in der Andreasnacht in Schwierigkeiten geraten könnte, kann ich Euch versichern, dass ich ausreichende Vorkehrungen treffen werde.«

»Kommt wenigstens in dieser Nacht nach Karlsruhe zurück. Ich werde über Euch wachen.«

Icherios goss sich Wein ein und nippte an dem trockenen Rebensaft. »Ich werde es in Erwägung ziehen.«

Doch Raban war offensichtlich nicht bereit, es damit auf sich beruhen zu lassen. »Am besten wäre es, wenn Ihr hierbleiben würdet, um an einem Heilmittel zu arbeiten, bevor Ihr Euch von Freyberg durch die Weltgeschichte schicken lasst.«

»Erst sorgt Ihr dafür, dass ich in die Kanzlei aufgenommen werde, und nun wollt Ihr mich davon überzeugen, dass ich meine Stellung dort aufgebe?«

»Die Dinge haben sich geändert. Das wisst Ihr ebenso gut wie ich. Und glaubt Ihr wirklich, dass Freyberg nur Euer Bestes im Sinne hat? Auch er hat seine Geheimnisse.«

Icherios stand auf. »An Geheimnisse bin ich inzwischen gewöhnt. Ich werde über Euren Vorschlag nachdenken, aber nun entschuldigt mich bitte. Ich habe zu packen.«

»Nun gut«, Raban senkte seine Stimme zu einem Flüstern. »Aber hütet Euch vor dem Leiter des Magistratum. Er und Freyberg sind alte Feinde. Lasst Euch nicht in diesen Konflikt hineinziehen.«

Der junge Gelehrte nickte ihm steif zu, bevor er wortlos ging.

3

In schwarzen Nächten

19. Octobris, Karlsruhe

Zurück in seiner Wohnung fuhr Icherios fort, seine Sachen zu packen. Dabei gingen ihm allerdings so viele Fragen durch den Kopf, dass er sich nicht konzentrieren konnte und ständig etwas Falsches in die Koffer legte, nur um es einen Moment später wieder herauszunehmen. Vor allem Freybergs Hinweis auf Vallentin beschäftigte ihn. War es möglich, dass er endlich erfahren konnte, was in jener unglückseligen Nacht passiert war? Was wusste Freyberg wirklich? Kannte er die Lösung zu dem Rätsel um Vallentins Tod? Icherios fühlte sich verraten, benutzt und so alleine wie nie zuvor. Einzig Maleficium war ihm als Freund geblieben, aber nur mit einer Ratte zu sprechen, konnte nicht gut für die geistige Gesundheit sein.

Nachdem er einen Glaskolben und einen Mörser zerbrochen hatte, weil seine zittrigen Hände nicht seinen Anweisungen gehorchten, beschloss er, zur Beruhigung etwas spazieren zu gehen. Zuvor holte er aber aus einem kleinen, roten Lederbeutel einen Ring hervor mit einem großen, schwarzen Obsidian in goldener Fassung, auf dem die Monas Hieroglyphica, das Erkennungssymbol des Ordo Occulto, in ebenfalls goldener Schrift eingelassen war, und steckte ihn an seinen Finger. Freyberg hatte ihn für Icherios anfertigen lassen, nachdem er seinen ersten Auftrag erfolgreich abgeschlossen hatte. Er war nun offiziell ein Mitglied des Ordo Occulto, auch wenn es ihm seltsam anmutete, sich mit dem Ring zu schmücken, und er ihn ständig vergaß.

Auf der Straße roch es nach Fäkalien, schmutzigen Leibern und Dreck. Trotzdem haftete dem Gestank eine Lebendigkeit an, die ihm neuen Mut einflößte. Er legte seinen Kopf in den Nacken, wobei er seinen Kastorhut, unter dem Maleficium saß, mit einer Hand festhielt, und blickte zum Himmel hinauf, der sich inzwischen zugezogen hatte und sich als graue Decke dem Boden entgegenwölbte. Doch anstatt sich davon erdrückt zu fühlen, spendete ihm die Eintönigkeit Trost. Ziellos wanderte er durch die Straßen, vorbei an den einstöckigen Mansarddachhäusern der bürgerlichen Bevölkerung, dem Rathaus und über den Marktplatz, bis er sich in einer schmalen Gasse am Rande der Stadt wiederfand, in der die niedrigen Häuser alt und verwittert aussahen, obwohl sie wie ganz Karlsruhe erst wenige Jahrzehnte alt waren. Hier lebten arme Menschen, die sich die Instandhaltung ihrer Häuser nicht leisten konnten. Hier hatte auch Vallentin gelebt.

Beim Anblick des Gebäudes, in dessen erstem Stock die ehemalige Wohnung seines besten Freundes lag, konnte Icherios seine Erinnerungen an die schönen Zeiten nicht mehr zurückhalten, was sein Gefühl von Einsamkeit noch verstärkte. So viele Stunden hatten sie zusammengesessen, geredet, philosophiert und gescherzt. Sie waren seit ihrer Kindheit Freunde gewesen. Mit Vallentins Tod war auch ein Teil von Icherios gestorben. Vallentin war der einzige Mensch gewesen, dem er vertraut hatte. Jetzt sehnte sich Icherios nach jemandem, dem er seine Gedanken anvertrauen konnte, ohne fürchten zu müssen, dass er benutzt oder betrogen würde.

Eine Schneeflocke fiel auf seine Nasenspitze, dann setzte ein leichter Schneeregen ein, der seine Wangen vor Kälte erfrieren ließ. Er ging um das Gebäude herum, bog in die schmale Straße ein, die an dem Haus entlangführte. Müll stapelte sich an den Wänden, und Ratten huschten quiekend davon. Der anhaltende Regen hatte Teile des Abfalls herausgespült, sodass eine dicke Schicht schlammigen Drecks das Pflaster bedeckte. Im Haus brannte kein Licht. Keine Bewegung wies auf die Anwesenheit eines Menschen hin. Ein Rankgitter ragte die Hauswand hinauf. Es sollte wildem Wein Halt bieten, doch in der dunklen, dreckigen Gasse hatten die Pflanzen keine Chance zu überleben. Sehnsüchtig blickte Icherios zu dem Fenster empor, hinter dem ihn früher warmer Lichtschein und heißer gewürzter Wein erwartet hätten. Wie es dort inzwischen aussehen mochte? Ob noch etwas von Vallentins Geist in den Zimmern schwebte, ihn spürbar machte? Fand sich dort vielleicht sogar ein Hinweis auf das Geschehen in Vallentins Todesnacht? Seit jener Nacht hatte Icherios die Räume nicht mehr betreten. Seine Neugier und sein Bedürfnis, seinem Freund nahe zu sein, gewannen überhand. Er versicherte sich, dass niemand in der Nähe war, dann setzte er seinen Hut ab und verbarg ihn an einer einigermaßen sauberen Stelle. Maleficium steckte er in eine Tasche im Innenfutter seines Mantels, die er extra für den Nager hatte anfertigen lassen. Vorsichtig ergriff er das morsche Holz des Gitters und begann an ihm hinaufzuklettern, wie er es vor Jahren regelmäßig getan hatte. Die Vermieter hatten nächtliche Besucher nicht gutgeheißen, sodass Icherios nur der heimliche Einstieg geblieben war.

Sein Herz raste. Die Angst erwischt zu werden trieb Schweißperlen auf seine Haut. Doch sein Wunsch, die Nähe seines Freundes zu spüren und eventuell eine Spur zu entdecken, war zu groß. Sobald er im ersten Stock angekommen war, schob er das Fenster auf. Es ließ sich noch immer nicht verriegeln, wie er zugleich erfreut und verärgert feststellte. Dann spähte er in den düsteren Raum. Nur wenig Licht drang zwischen den Hausfronten in die Wohnung. Niemand schien da zu sein.

Icherios krabbelte durch das Fenster in das dahinter liegende Zimmer. Seine Knie zitterten. Leise knarrte das Holz unter seinen Füßen. Gebannt hielt er den Atem an und lauschte, ob er Schritte hören würde. Aber einzig das vertraute Heulen des Windes an den Dachkanten, das selbst die leichteste Brise wie einen Sturm erschienen ließ, und das Krabbeln kleiner Tierchen im Mauerwerk durchbrachen die Stille. Icherios' Magen verkrampfte sich, als er die Veränderungen in dem Raum wahrnahm. Wo sich einst Bücher gestapelt hatten, lag nun dreckige Wäsche. Die Möbel waren zwar unverändert, doch eine dicke Schicht Staub bedeckte sie. Ein ungeleerter Nachttopf stand in der Ecke neben der Tür zum Schlafraum, und schimmeliges Geschirr stapelte sich auf dem wackligen Esstisch.

Darauf bedacht, kein Geräusch zu verursachen, schlich er in die Kammer, die Vallentin als Schlafzimmer genutzt hatte. Auch hier standen noch dieselben Möbel: das alte, knarrende Bett und der Kleiderschrank mit den schräg in den Angeln hängenden Türen. Nur der Geruch hatte sich verändert. Der Gestank von Sex und Fäkalien schlug ihm mit widerwärtiger Eindringlichkeit entgegen.

Vallentin hatte eine Vorliebe für historische Karten gehabt, aber auch die Erstellung neuer Karten begeisterte ihn. Nun prangte anstelle eines Panoramas aus dem 17. Jahrhundert, das die Straßen Roms darstellte, ein schwarzer Schimmelfleck an der Wand über dem Bett. Icherios fühlte tiefe

Trauer. Zwar riefen die Möbel Erinnerungen hervor – der zerbeulte Türrahmen zum Beispiel. Icherios konnte sich genau erinnern, wie Vallentin während eines spielerischen Schlagabtauschs aus Versehen seinen Stock mit solcher Wucht dagegengeschlagen hatte, dass noch heute eine Delle darin zu erkennen war. Aber von der einstigen Geborgenheit war nichts mehr zu spüren. Die Veränderungen, die in der Wohnung vorgegangen waren, brachen Icherios das Herz. Sie führten ihm drastisch vor Augen, dass sein Freund für immer verloren war. Mit hängendem Kopf wendete er sich dem Fenster zu, als sein Blick auf eine hervorstehende Diele fiel. Früher hatte ein handgewebter Teppich sie verborgen. Icherios trat näher. An einer Seite des Holzes hatte jemand ein kleines Symbol eingebrannt. Es war die Monas Hieroglyphica, dieselbe Rune, die auf dem Ring prangte, der ihn als Mitglied des Ordo Occulto auszeichnete. Das konnte kein Zufall sein. Icherios schob ein dreckiges Unterhemd zur Seite, dann kniete er sich auf den Boden. Beherzt griff er nach der Diele und versuchte sie zu lösen. Doch sosehr er sich auch bemühte, sie bewegte sich keinen Fingerbreit. Er fluchte leise. So würde er es nicht schaffen, er brauchte etwas, um das Holz anheben zu können.

In diesem Augenblick vernahm er Stimmen auf der Straße. Ein Schauder lief ihm den Rücken hinunter. Hoffentlich waren es nicht die Bewohner des Hauses. Auch Maleficium hatte seine Sorge bemerkt und war sogar aus seinem tiefen Schlaf aufgewacht. Icherios spürte sein unruhiges Trippeln in seiner Jackentasche. Da! Ein Messer steckte zwischen einem Stapel angeschlagener Keramikteller. Ungeschickt zog der junge Gelehrte es heraus und brachte dabei das Geschirr zum Klirren. Furchtsam hielt er den Atem an, doch bisher schien ihn niemand gehört zu haben. Die Stimmen kamen allerdings immer näher. Rasch wandte er sich der Diele zu. Dieses Mal hatte er mehr Glück. Nach einigen Versuchen gelang es ihm schließlich, das Holz zu lösen, als er unten die Tür quietschen hörte. Voller Schrecken griff Icherios in das Loch, bekam etwas zu fassen und zog es heraus. Es war ein schmales Buch, in dem ein Brief steckte und ein kleiner, schwarzer Samtbeutel. Beide waren sie feucht und schimmelig. Icherios drückte die Diele an ihren Platz zurück und versuchte sie so lautlos wie möglich festzuklopfen. Sein Herz schlug heftig in seiner Brust. Dann legte er das Messer beiseite. Keinen Moment zu früh! Schritte erklangen auf der Treppe. Eilig kletterte er hinaus, schloss das Fenster, wobei der Rahmen so laut zufiel, dass es ihn wunderte, dass niemand auf die Straße rannte, um zu überprüfen, wo der ohrenbetäubende Lärm herkam. Schließlich hangelte er sich das Gitter hinunter. Kurz über dem Boden rutschten seine Füße ab, und er landete mit einem lauten Klatschen auf dem Pflaster. Seine Kleidung saugte sofort das dreckige Wasser auf und kühlte seine Haut innerhalb von Sekunden ab. Maleficium krabbelte lauthals protestierend aus der Tasche und setzte sich vor Icherios hin. Seine Augen funkelten vorwurfsvoll. Sobald der junge Gelehrte wieder Luft bekam, rappelte er sich auf, holte seinen Hut aus dem Versteck, schnappte sich Maleficium und stürmte davon.

Während er rannte, setzte er Ratte und Hut auf. Seine Lungen brannten, doch er wagte nicht, innezuhalten, bis er eine belebtere Straße erreicht hatte, wo er zwischen den Menschen untertauchen konnte. Das Büchlein und den Beutel presste er dicht an den Körper, um sie vor der Witterung zu schützen. Immer wieder drehte er sich um, voller Angst, hinter sich die Stadtwache zu erspähen. Aber er hatte Glück. Niemand verfolgte ihn. Zumindest hoffte er das.

Trotz der späten Stunde beäugte Meister Irgrim, Icherios' Vermieter, ihn misstrauisch vom oberen Stock aus, als er triefend nass die Haustür aufsperrte. Doch der junge Gelehrte war nicht bereit, sich auf ein Gespräch mit dem alten Geizkragen einzulassen. Das frustrierte Gebrüll des fetten Schreiners begleitete ihn, als er in den Keller zu seinem Zimmer hinabstieg. »Ceihn, verdammter Bursche. Machen Sie den Hausflur sauber!«

Icherios beachtete ihn nicht weiter, schloss die Tür hinter sich und legte den Riegel vor. Eines der wenigen Dinge, die er sich nach seiner Rückkehr aus Dornfelde gegönnt hatte, um sicher zu sein, dass sein Vermieter nicht jederzeit bei ihm hereinplatzen konnte. Aufatmend legte er das Büchlein und den Beutel auf eine Truhe, in der verschiedene gläserne Kolben und Röhren lagerten. Anschließend holte er Maleficium aus dem Hut und streichelte den verwirrten Nager, bevor er ihn auf dem Boden absetzte. Das Tier krabbelte sofort zum Bett, kletterte hinauf und verschwand unter der Decke.

Zum ersten Mal an diesem Tag stahl sich ein Lächeln auf Icherios' Lippen. Er ging zu der Truhe und begutachtete seinen Fund. Es würde nicht einfach werden, die feuchten Blätter voneinander zu trennen, ohne die Schrift vollkommen zu verwischen. Deshalb zog er zuerst seine nasse Kleidung aus, hängte seinen Hut an einen Haken neben dem Kamin und entzündete ein Feuer. In einer Kiste, die ihm als Kleiderschrank diente, suchte er nach einer sauberen Hose und einem Hemd. Er musste dringend waschen, stellte er seufzend fest.

Nachdem er sich umgezogen hatte, holte er aus einem Behälter einen Streifen getrocknetes Fleisch und lockte damit Maleficium unter der Decke hervor. Der Nager knabberte genüsslich an dem Leckerbissen, während er Icherios beobachtete, wie er seinen unordentlichen Schreibtisch freiräumte. Dann legte Icherios das Büchlein auf den Tisch, setzte sich davor und hielt einen Moment den Samtbeutel in der Hand. Schließlich kippte er dessen Inhalt auf seine Handfläche. Ein Ring fiel zuerst heraus, der seinem eigenen, der ihn als Mitglied des Ordo Occulto auswies, bis ins kleinste Detail glich. Der junge Gelehrte starrte mehrere Minuten schweigend auf ihn herab. Dann nahm er eine Lupe, drehte den Ring um und betrachtete die Fassung. An einer Seite fand er die Buchstaben »V« und »Z«, Vallentins Initialen. Das durfte nicht sein! Hatte er seinen Freund so wenig gekannt? War Vallentin ein Agent des Ordo Occulto gewesen und seine Anstellung bei einem Weinhändler eine einzige Lüge? Icherios' erster Impuls war, zu Freyberg zu rennen und ihn zur Rede zu stellen. Aber er bezweifelte, dass er ihn einlassen würde. Wütend schlug er mit der flachen Hand auf den Tisch und stieß einen Schrei aus. Er wollte jetzt nicht darüber nachdenken. Mit zusammengebissenen Zähnen wandte er sich dem Buch zu und wählte sein schärfstes Skalpell. Zuerst trennte er das Papier von dem vermoderten Einband. Im Anschluss daran begann er, Seite für Seite herauszuschneiden. Wann immer sie miteinander verklebt waren, tauchte er ein Tuch in Wasser und feuchtete das Papier an, sodass er die Blätter voneinander lösen konnte. Anschließend legte er sie glatt ausgestrichen auf seinen Schreibtisch. Es war eine mühsame und eintönige Arbeit. Aber der junge Gelehrte war dankbar für die Ablenkung. Zu sehr quälten ihn Rabans Andeutungen und die Tatsache, dass sein bester Freund offensichtlich Geheimnisse vor ihm gehabt hatte.

Der Morgen graute bereits, als er endlich die Mitte des Büchleins, in der der Umschlag steckte, erreicht hatte. Vorsichtig löste er ihn von den Buchseiten und legte ihn vor sich auf den Tisch. Dann fuhr er fort, die restlichen Seiten zu lösen. Doch sein Blick fiel immer wieder auf den Brief.

Die von einem dünnen Wolkenschleier verdeckte Sonne berührte in ihrer blassen Schönheit gerade die Dachgiebel, als er seufzend aufgab und ihn behutsam mit dem Skalpell öffnete. Das Buch und der Umschlag hatten das Papier ausreichend geschützt, sodass er nicht vollkommen verrottet war. Trotzdem war die Tinte zu großen Teilen verwischt oder von Dreck und Schimmel verdeckt. Icherios erkannte Vallentins vertraute, verschnörkelte Schrift und begann damit, den Anfang zu entziffern.

Mein lieber Freund Icherios,
wenn du dieses Buch findest, bin ich vermutlich tot, und meine Untersuchungen stießen auf ein wahres Verbrechen, dessen ...

Dann folgte ein Abschnitt, der nicht mehr zu lesen war. Er konnte zwischendurch nur die Anschrift des Weinbauern erkennen, bei dem Vallentin angeblich Wein für einen Händler gekauft hatte. Die letzten Zeilen waren wieder lesbar.

... vorsichtig. Er ist sehr gefährlich.
Ich hoffe, dass du mir verzeihen kannst. Du warst mir all die Jahre ein treuer Freund.
  In ewiger Freundschaft und Hochachtung
  Vallentin Zirker

Icherios' Hände zitterten, als er den Brief zum Trocknen auf einen Stuhl legte. In wessen Auftrag hatte Vallentin gearbeitet? Der Kanzlei oder des Magistratum? Und warum hatte er sich an Icherios gewandt und nicht an seine Vorgesetzten und Mitarbeiter?

Trotz der unzähligen Fragen war es schön und erschreckend zugleich, Vallentin regelrecht aus dem Grab sprechen zu hören. Und doch stach es ihn mitten ins Herz, dass sein Freund mit dem Ordo Occulto in Kontakt gestanden, es aber vor ihm verheimlicht hatte. Ebenso Freyberg. Warum hatte er ihm nie anvertraut, dass Vallentin für den Ordo Occulto gearbeitet hatte? Es konnte kein Zufall sein, dass er nun ebenfalls angeworben worden war. Freyberg musste von ihrer Freundschaft gewusst haben. Und von was für einer Gefahr sprach Vallentin? Hatte Icherios mit seinen Befürchtungen recht, dass Freyberg nicht der freundliche Mann war, für den er sich ausgab? Der junge Gelehrte wanderte unruhig im Zimmer auf und ab. Das Feuer im Kamin war erloschen, die Feuchtigkeit drang ungehindert in die Kellerwohnung ein. Maleficium kuschelte sich tiefer ins Bett. Seit seiner Verwandlung hatte er eine Vorliebe für warme und weiche Plätze entwickelt.

Schließlich zwang sich Icherios, an dem Buch weiterzuarbeiten. Er musste so viele Seiten wie möglich retten, wenn er Vallentins Geheimnis ergründen wollte, und ihm blieb nicht mehr viel Zeit, da er schon in der kommenden Nacht nach Heidelberg aufbrechen musste. Vielleicht befanden sich in dem Buch, das eine Art Tagebuch zu sein schien, weitere Hinweise. Als er bei der letzten beschriebenen Seite angekommen war, vergewisserte er sich, dass in den übrigen Blättern nicht doch noch einzelne Bilder oder Worte zu finden waren. Danach blickte er sich im Raum um. Beim Anblick des Kamins kam ihm eine Idee. Er holte einen Bindfaden aus einer Schublade und spannte ihn zwischen einem Kleiderständer und einer Halterung zur Befestigung von Glaskolben und anderen Vorrichtungen auf. Die Konstruktion stellte er dicht an den Kamin, schürte das Feuer noch einmal und hängte dann mithilfe von hölzernen Wäscheklammern die Buchseiten auf. Nachdem er sein Werk vollendet hatte, beobachtete er zufrieden, wie Dampf von den Seiten aufstieg und sich das Papier wellte, als es trocknete.

Einige Stunden später, Icherios hatte inzwischen gepackt, waren die Blätter getrocknet, sodass er sie abhängen konnte. Das Papier war leicht gewellt und an vielen Stellen stark ausgefranst, verschimmelt und verdreckt. Obwohl seine Neugierde groß war, nummerierte er das Tagebuch sorgfältig, bevor er anfing, es zu studieren. Ohne Bindung war die Gefahr zu groß, dass es durcheinandergeriet. Er hatte die ganze Nacht nicht geschlafen, weshalb ihn bei der monotonen Tätigkeit Müdigkeit und Schwäche überfielen. Sein Körper verlangte nach Ruhe, um die Eindrücke der letzten Stunden zu verarbeiten.

Leicht gebeugt ging Icherios nach draußen und hielt sein Gesicht dem Schneeregen, der inzwischen auf die Erde prasselte, entgegen. Hinter dem Wolkenschleier wirkte die Sonne wie das getrübte Auge einer Leiche. Die Kälte erweckte seine Lebensgeister wieder, während er die eisige Luft tief einatmete. Er lehnte sich an die Wand und genoss das Stechen der eisigen Schneetropfen auf seiner Haut.

Noch immer fragte er sich, ob er womöglich doch Schuld an Vallentins Tod trug. Er konnte sich nicht mehr an die Nacht erinnern. Vielleicht hatte er ja erfahren, dass sein Freund ihn über Jahre belogen und betrogen hatte und ihm dann aus Wut etwas angetan? Icherios raufte sich die Haare. War er eventuell nicht nur mit dem Bösen infiziert worden, sondern trug den Keim der Verderbnis schon immer in sich?

Die Zähne des jungen Gelehrten fingen an zu klappern. Die Kälte fraß sich in seine Knochen. Die Arme eng um den Körper geschlungen ging er wieder hinein und begann das Tagebuch zu studieren. Vallentin hatte es geliebt zu zeichnen, daher waren auch hauptsächlich Abbildungen von Gebäuden, Menschen und Tieren darin zu finden. Anfangs waren es vertraute Bilder. Vallentins und Icherios' Familie, Meister Irgrim, die Rothaarige, für die Vallentin geschwärmt hatte, das Karlsruher Schloss, das Rathaus, das Durlacher Tor und vieles mehr. Darunter befanden sich belanglose Kommentare, Namen und kleine Anekdoten. Doch dann waren da noch Porträts unbekannter Personen, Straßenzüge und Anwesen. Erst das Bild eines großen Schlosses, das an einem bewaldeten Hang stand, vor dem ein rauschender Fluss entlangströmte, bestätigte Icherios' Vermutung: Es handelte sich um Heidelberg. Die Stadt, in der Vallentin angeblich für einen Händler Wein gekauft und den Anbau überwacht hatte. Aber anscheinend hatten ihn auch andere Geschäfte in die ehemalige Residenzstadt geführt. In diesem Teil des Tagebuches waren die Schäden am größten, sodass Icherios kaum etwas entziffern konnte. Er fand nur Bruchstücke von Namen, Bezeichnungen von Häusern und kurze Anmerkungen zur Geschichte Heidelbergs. Frustriert blätterte Icherios noch einmal durch das Buch. Es würde viel Arbeit erfordern und lange dauern, um die Schrift wieder lesbar zu machen.

Dann fiel ihm etwas auf. Neben den meisten Bildern befanden sich auf der rechten Seite Kommentare. Manchmal nur wenige Worte, die keinen Sinn ergaben, oder kleine Reime. Er betrachtete die Tinte genauer. Vermutlich hatte Vallentin die Anmerkungen am selben Tag geschrieben, an dem er die Bilder gezeichnet hatte. Es handelte sich um dieselbe Tintenmischung, und die Handschrift verlief in einem ungewohnt zittrigen Schwung. Aber was hatte Vallentin damit gemeint? Icherios schüttelte den Kopf. Er war zu müde, um darüber nachzudenken. Stöhnend erhob er sich, löschte das Licht und zog seine Kleidung aus, die er danach achtlos über einen Stuhl warf. In der kalten Morgenluft breitete sich Gänsehaut auf seinen langen, schmalen Gliedern aus. Die Rippen zeichneten sich deutlich an seiner Seite ab, als er sich vorbeugte, den schlafenden Maleficium hochhob und unter die Decke kroch. Während er versuchte einzuschlafen, um wenigstens ein wenig Erholung zu finden, ging eine Frage immer wieder in seinem Kopf herum: War es Zufall, dass er in dieselbe Stadt geschickt wurde, in der Vallentin sich kurz vor seinem Tod aufhielt?

4

Die Geisterkutsche

20. Octobris, bei Karlsruhe

Icherios stand an der Kreuzung, die ihm Freyberg beschrieben hatte, nicht weit vom Durlacher Tor entfernt. Die schmale Sichel des zunehmenden Mondes spendete nur wenig Licht, wann immer sie sich durch die schwarzen Wolkenberge kämpfte. Im Osten verdunkelte sich der Himmel, und erste Blitze erhellten die Nacht. Der eisige Wind peitschte über das Land und brachte Bäume und Gräser zum Wogen.

Der junge Gelehrte versuchte gerade, sein Zittern in den Griff zu kriegen, als er ein Stöhnen vernahm. Es schien von dem von Büschen umrahmten Wegekreuz zu kommen, an dem ein magerer Jesus mit verzerrtem Gesicht zu sehen war. Während er auf das Kreuz zuging, musste er sich immer wieder denselben Satz vorsagen: *Die höchste Tugend ist die Freiheit von Emotionen.* Das machte es allerdings auch nicht leichter, die warnende Stimme in seinem Inneren zu ignorieren. Nicht zum ersten Mal wünschte er sich eine Muskete oder einen Degen herbei, obwohl er sich sonst strikt weigerte, eine Waffe zu tragen. Nervös näherte er sich dem Kreuz. Er hielt den Atem an, als das Stöhnen erneut erklang. Vorsichtig schob er die Äste beiseite. Vor ihm befand sich der hölzerne Pfosten, an dem das Abbild Jesu befestigt war. Nichts, das auf die Ursache der Laute hindeutete. Er blickte in die aufgerissenen Augen des Gekreuzigten. Es musste der Wind sein, redete er sich ein.

Dann wehte er ein anderes Geräusch immer näher heran, es klang wie ein lautes Flattern, und plötzlich drang ein schriller Schrei durch die Nacht.

Icherios warf sich auf den Boden. Schlamm sickerte in seine Kleidung. Ein Schatten huschte über den Himmel, dann landete ein Totenvogel, ein Uhu, auf dem Kreuz und starrte ihn aus kalten, schwarzen Augen an. Der junge Gelehrte richtete sich vorsichtig auf und entfernte sich langsam rückwärtsgehend von dem unheimlichen Vogel. Bei seinem Gepäck angekommen, versicherte er sich, dass Maleficium unversehrt in seiner Tasche saß. Der Uhu verfolgte jede seiner Bewegungen, als wenn er wüsste, dass Icherios eine Leckerei vor ihm verbarg. Das Tier im Auge behaltend griff der junge Gelehrte in seine Jackentasche und holte das kleine Glas mit dem Pfauenblutpulver heraus. Er hatte es noch kurz vor seiner Abreise nach Freybergs Anweisungen zubereitet. Auch wenn es ihn viel Geld gekostet hatte, die Pfauenfedern zu erstehen. Er nahm es und streute es um sich und seine Koffer herum auf den Boden. Dann besserte er die Bereiche aus, in denen das Erdreich durchschimmerte, bis er von einem gleichmäßigen Kreis umgeben war. Im Geiste ging er noch einmal durch, was er alles eingepackt hatte, um sich zu vergewissern, nichts Wichtiges vergessen zu haben. Zahlreiche Bücher und persönliche Schätze hatte er allerdings zurücklassen müssen. Bei seinen Besuchen in Karlsruhe, um Freyberg Bericht zu erstatten, würde er sie nach und nach mitnehmen.

Obwohl er so viele Kleidungsstücke übereinander trug wie möglich, um Platz in seinen Koffern zu schaffen, fröstelte er. Was ihn wohl erwarten mochte? Sollte es tatsächlich so etwas wie eine Geisterkutsche geben, die man nur sehen konnte, wenn die Nacht von einem Blitz erhellt wurde? Icherios seufzte. Das klang schon wieder viel zu sehr nach Magie.

Das Geräusch von Kirchenglocken ertönte und verkündete den Anbruch der unheiligen Stunde. In den Pausen zwischen den Schlägen glaubte er, das Trappeln von Hufen hören zu können. Mit einem lauten Ruf flog der Uhu davon. Eine Wolke schob sich vor den Mond, sodass sich das Land vollends verdunkelte. Dann erklangen die Glocken ein letztes Mal, die Wolke gab den Mond frei, und Icherios sah, wie eine große schwarze Kutsche auf ihn zuraste. Sechs nachtschwarze Pferde mit langen Mähnen und Schweifen, aus deren Nüstern weißer Dampf aufstieg, zogen das gespenstische Gefährt. Aus dem Inneren der Kutsche drang ein dunkles, rotes Licht.

Er schluckte. Das Gefährt hielt direkt auf ihn zu. Fast wäre er aus dem Kreis herausgesprungen, als die Pferde kurz vor ihm die Hufe in den Boden gruben und die Kutsche krachend und knirschend abbremste, sodass sie mit der Tür vor seiner Nase zum Stehen kam. Icherios sah unzählige, in verzweifelten Schreien aufgerissene Münder, die über die ganze Kutsche verteilt ins Holz geschnitzt waren. Dann wanderte sein Blick zum Kutschbock, auf dem ein großer Mann mit Zylinder saß, ganz in roten Samt gekleidet. *Blick ihm nicht in die Augen!*, hallte Freybergs Warnung in seinem Kopf wider. Icherios fixierte schnell den Boden, als sich die Tür vor ihm wie von Geisterhand öffnete. Dann spürte er plötzlich eine Hand auf seiner Schulter. Er zuckte zusammen und blickte instinktiv auf. Der Kutscher saß noch immer auf dem Kutschbock, die Zügel in erschreckend langen, behandschuhten Fingern haltend. Der Druck der Hand verstärkte sich, und er wurde ins Innere geschoben.

Icherios wagte nicht sich umzudrehen, sondern senkte den Blick erneut zu Boden. Rasch verstaute er seine Koffer und setzte sich hin, woraufhin sich die Tür hinter ihm schloss. Dann zog die Kutsche auch schon mit einem gewaltigen Ruck an, wodurch er in den Sitz gepresst wurde. Erst jetzt bemerkte er, dass er nicht alleine war. Dicht in die Ecke gedrückt, saß ein Mann, der mehr Schatten als Mensch zu sein schien. Die Gestalt war in eine schwarze Robe gehüllt, deren Kapuze sie tief ins Gesicht gezogen hatte. Von dem Gewand stiegen kleine, schwarze Wölkchen empor, als würde die Dunkelheit verdampfen. Icherios zuckte vor dem Wesen zurück und rutschte weiter in die gegenüberliegende Ecke. Er schob den dunkelroten Vorhang zur Seite und spähte mit einem Auge hinaus. Die Kutsche raste durch die Nacht, schneller als ein Pfeil, so kam es ihm vor. Bei einem Sprung hinaus würde er sich alle Knochen brechen. Es blieb ihm also nichts anderes übrig, als mit diesem Wesen weiterzufahren.

Dann züngelte ein Blitz in der Ferne über den Himmel und enthüllte einen schaurigen Anblick. Das Fleisch schien plötzlich von den Pferden abgefallen zu sein. Zurück blieben nur die galoppierenden Skelette.

Icherios schloss die Augen. Erst nachdem das Licht des Blitzes erloschen war und das ruhige Mondlicht die Herrschaft zurückerobert hatte, wagte er es, sie erneut zu öffnen. Erleichtert stellte er fest, dass die Pferde wieder ihre ursprüngliche Gestalt angenommen hatten.

Icherios kauerte sich noch tiefer in die Ecke und versuchte das Schattenwesen so unauffällig wie möglich im Auge zu behalten. Eine behandschuhte, klauenartige Hand, von der die Schwärze hinuntertropfte, schoss hervor und packte Icherios' Handgelenk. Der Gelehrte keuchte und wollte sich losreißen, doch der Griff war eisern.

»Tintenflecken«, schnarrte das Wesen. Seine andere Hand grub sich in Icherios' Finger und zwang ihn, seine zur Faust geballte Hand zu öffnen. »Weiche Hände, die das Arbeiten nicht gewöhnt sind. Ihr seid ein Mann des Wissens? Oder wäret zumindest gerne einer?«

Icherios biss sich auf die Unterlippe. Er wollte nicht mit der Kreatur reden. Das Schweigen breitete sich aus. Der Griff um sein Handgelenk wurde fester. Das Schattenwesen richtete sich auf, verströmte tiefste Schwärze und Gefahr wie ein Tiegel voller Schwefel seinen Gestank.

»Ich arbeite …«, setzte Icherios stotternd an, überlegte es sich dann aber anders. Dieser Kreatur wollte er nichts über die Kanzlei verraten. »Ich studiere Medizin.«

»Ah, Heidelberg ist Euer Ziel.« Die schnarrende Stimme zog die Silben so zusammen, dass die Worte miteinander verschwammen. Der Griff lockerte sich. »Was für ein angenehmer Zufall, ist dies doch ebenfalls mein Bestimmungsort. Ihr habt sicher nichts dagegen, Euch ein wenig zu unterhalten, damit die Zeit schneller vergeht?«

Icherios wusste, dass ihm keine Wahl blieb. »Natürlich. Sehr gerne«, presste er hervor.

Die knochige Hand löste sich von seinem Handgelenk. Das Schattenwesen zog sich auf seine Seite zurück. »Wie lautet Euer Name? Trotz der späten Stunde sollten wir die Gebote der Höflichkeit beachten.«

»Icherios Ceihn aus Karlsruhe.«

Das Schattenwesen neigte den Kopf. »Man nennt mich Doctore. Lasst uns sehen, wie weit Eure Studien gediehen sind. Welches ist das längste Blutgefäß, das durch den menschlichen Körper läuft?«

Icherios antwortete ohne Zögern. »Die Vena cava inferior.« Das war vertrautes Gebiet.

»Sehr gut. Und aus wie vielen Knochen besteht der menschliche Körper?«

»206.«

»Wie ich sehe, habt Ihr tüchtig gelernt. Nun eine etwas schwierigere Frage. Ihr verfügt nur über den Oberkörper einer Leiche. Wie findet Ihr heraus, wie groß dieser Mensch einst war?«

Icherios zögerte. »Ich stelle seine Maße ins Verhältnis zu meinen?« Er hatte keine Ahnung. Seine Hände zitterten. Hastig presste er sie auf seine Oberschenkel.

Das Schattenwesen beugte sich zu ihm vor, ein fauliger Geruch schlug ihm aus der Kapuze entgegen. »Nein. Die ausgestreckten Arme von Fingerspitze zur Fingerspitze geben die Körpergröße des Menschen an.«

Das Wissen seines Gegenübers rief, trotz dessen schauerlichem Äußeren, Bewunderung in dem jungen Gelehrten hervor. Er nahm für die nächsten Worte all seinen Mut zusammen. »Darf ich mir das notieren?«

Ein knurriges Lachen erklang. »Nur zu. Die Lehre ist eines der höchsten Güter der Menschheit.«

Von da an prasselten auf Icherios Fragen ein, auf die er zwar teilweise antworten konnte, aber zumeist hörte er den Ausführungen des Doctore zu. Sein Gegenüber beeindruckte ihn, und in seinem wissenschaftlichen Eifer verlor er nach und nach seine Angst.

Plötzlich stoppte die Kutsche. Icherios wurde nach vorne geschleudert. Ächzend rappelte er sich auf und schob den Vorhang zur Seite. In einem Kreis aus Pfauenblutpulver wartete ein grauhaariger Mann, dessen runder Bierbauch im grotesken Gegensatz zu seinen dürren Armen und Beinen stand. Er hielt einen alten Lederkoffer in der Hand. Der junge Gelehrte senkte den Kopf. Er wollte nicht in Gefahr geraten, dem Kutscher in die Augen zu blicken. Unvermittelt tauchte der Doctore neben ihm auf. Icherios erschrak. Weder hatte er ein Geräusch gehört, noch hatte die Kutsche gewackelt.

»Oh mein Gott! Das Gesicht!«, brüllte das Schattenwesen.

Icherios fuhr zusammen, hielt aber tapfer den Blick gesenkt. Dann hörte er einen entsetzten Schrei von draußen. Er spähte auf die Füße des wartenden Mannes, dann weiter hoch. Vor seinen Augen lösten sich dünne Fleischfetzen samt Kleidung von ihnen und schwebten wie Staubflocken auf die Pferde zu, um sogleich von den Kreaturen absorbiert zu werden. Die Schreie nahmen an Entsetzen zu. Die Beine knickten ein. Der junge Gelehrte blickte nun starr vor Angst in das sich auflösende Gesicht des Unglückseligen. Die Schreie gingen in ein Wimmern über, das verstummte, als sich der Kopf auflöste und zu einem Teil der Geisterkutsche wurde.

Der Doctore kicherte. »Was für ein Narr.«

Icherios war zu erschüttert, um zu antworten. Als die Pferde anzogen und das Fragespiel erneut begann, wollte er den Schatten anschreien, um eine Antwort darauf zu bekommen, warum er den armen Mann dazu verleitet hatte, aufzuschauen. Aber er wusste es bereits: Weil er es konnte und die Schwachen es nicht verdienten zu leben. Eine Einstellung, der er schon häufig in der Wissenschaft begegnet war. So spielte Icherios aus Angst um sein eigenes Wohlergehen das Spiel weiter mit und versuchte das Geschehene zu vergessen.

Der Doctore zog die Vorhänge zur Seite. »Seht!«

Zu ihrer Rechten lag ein breiter Fluss, der Neckar, in dessen reißenden Fluten sich das Mondlicht spiegelte. Hinter ihm ragten die bewaldeten Hänge des Odenwaldes auf.

Die Kutsche hatte einen Bogen geschlagen und näherte sich entlang des Flusses der Stadt. Es war ein zugleich gespenstischer als auch wunderschöner Anblick. Immer wieder zeichneten sich die Umrisse alter Festungen und Türme auf den Gipfeln ab. An den Stellen, an denen der Neckar sich verbreiterte und sein Lauf ruhiger wurde, fanden sich kleine Orte und zahlreiche Fischerboote. Schließlich tauchte nach einer weiteren Flussbiegung Heidelberg vor ihnen auf. Die meisten Gebäude befanden sich am gegenüberliegenden Ufer des Neckars, dicht an den Hügel gedrückt, und überwacht von den Ruinen des Heidelberger Schlosses, die im Dunkeln verborgen lagen. Die Stadt folgte in ihrer Breite dem Neckar, säumte ihn mit Wegen und Wiesen. Rauch stieg aus den Schornsteinen, spielte einige Augenblicke mit dem Mondlicht, bevor ein eisiger Wind ihn davontrug. Äußerlich schien alles in Ordnung zu sein, doch irgendetwas stimmte nicht und ließ Icherios fröstelnd seinen Mantel enger um sich schlingen. Sein Blick fiel auf einen Berg, der auf der anderen Seite des Neckars, gegenüber dem Schloss lag: der Heiligenberg. Das Unheilvolle strahlte von ihm aus. Gegen die dünne Mondsichel vermeinte er, die Silhouetten unzähliger Flügel und schmaler Leiber zu erkennen. Ein Vogelschwarm, der mit glühenden Augen die Nacht feierte.

Endlich hielt die Kutsche an, und die Tür öffnete sich. »Wir sind da.« Der Doctore klang fast fröhlich. Ohne ein Geräusch oder eine Bewegung des Gefährts stieg er aus.

Icherios folgte ihm und stürzte beinahe hinaus, doch seine Gepäckstücke blieben in der schmalen Tür stecken. Er konnte die Blicke seines eigentümlichen Reisegefährten spüren, während er seine Koffer nach draußen zerrte. Kaum hatten seine Füße den Boden berührt, schlug die Tür zu, und die Kutsche stürmte davon. Der junge Gelehrte blickte ihr nach und nahm die Umgebung in sich auf. Sie befanden sich am Fuße einer alten, ehrwürdigen Brücke, die auf acht massiven Steinpfeilern den Fluten trotzte. In ihrer Mitte ragte eine Statue empor. Ein unbewachtes Tor, dessen Gitter offen standen, führte in die Stadt.

»Werdet Ihr abgeholt?« Der Doctore wandte sich Icherios zu.

»Nein.« Icherios verfluchte innerlich seine Dummheit. Er hatte die Adresse, aber was half es ihm, wenn er keine Straßenkarte besaß und es tiefe Nacht war? Er hätte sich vorher erkundigen sollen, wie er zum Magistratum gelangte.

Hufgeklapper erklang. »Ich kann Euch mitnehmen.« Das Schattenwesen zeigte auf eine Kutsche, die über die Brücke auf sie zukam. In seiner Stimme klang die Warnung mit, sein Angebot nicht auszuschlagen.

Vor Icherios' Augen tauchte das Gesicht des unglückseligen Mannes auf, dessen Leben das Wesen so einfach beendet hatte. Ihm behagte der Gedanke nicht, dass der Doctore wusste, wo er lebte. Aber hatte er eine Wahl?

»Sehr gerne«, erwiderte er und zwang ein Lächeln auf seine Lippen.

Die Kutsche fuhr in einem Bogen um sie herum, sodass sie bereits der Stadt zugewandt neben ihnen zum Stehen kam. Es war ein prächtiges Gefährt, gezogen von vier Falben, gesäumt von einem goldenen Band und mit goldenen Laternen, die die Nacht erhellten. Der Kutscher, ein breiter Mann, dessen Nase von zahlreichen Brüchen krumm und schief zusammengewachsen war, wirkte wie ein getarnter Schläger in seinem schwarzen Anzug mit goldenen Litzen und der großen, weißen Perücke.

Der Doctore öffnete die Tür und forderte Icherios mit

einem herrischen Wink auf, einzusteigen. »Wo darf ich Euch hinbringen?«

Der junge Gelehrte nannte ihm die Adresse, wobei er die Hausnummer ausließ, während er sein Gepäck im Inneren verstaute. Der Doctore nickte und gab dem Kutscher die entsprechenden Anweisungen. Für kurze Zeit herrschte Schweigen, nachdem die Pferde auf einen lauten Peitschenknall hin angetrabt waren. Icherios fühlte sich in der Stille unwohl wie ein Versuchstier in einem Käfig.

»Warum verbergt Ihr, wer Ihr wirklich seid?«, verlangte der Doctore zu wissen.

Icherios stockte der Atem. »Ich verberge nichts.«

»Der Strigoi in Euch, das magische Wesen, Ihr lasst ihm keinen Raum.«

Icherios drückte sich in die Polster. »Woher wisst Ihr davon?«

»Wenn man die Zeichen kennt, ist es nicht schwer zu erraten. An Euch klebt der Geruch von Verwesung, Eure Fingernägel sind dicker als die eines gewöhnlichen Menschen, und Eure Augen erkennen in der Nacht mehr, als einem einfachen Mann möglich wäre. Nur unterdrückt Ihr das magische Wesen in Euch, sodass es seine volle Macht nicht entfalten kann.«

»Es gibt keine Magie.«

Der Schatten lachte. »Wenn Ihr das wirklich glaubt, seid Ihr kein guter Gelehrter.«

»Der Strigoi verlangt nach Menschenleben.«

»Was sind schon ein paar Leben im Vergleich zu dem, was Ihr mit Euren Forschungen und Eurem Heilwissen an Gutem bewirken könnt? Nur wenige sind mit Eurer Intelligenz gesegnet. Die Magie unterliegt ebenso wie alles andere gewissen Gesetzen. Erkundet sie, und Ihr könnt sie ebenso wie

Euer Wissen über Alchemie und menschliche Anatomie nutzen.«

Icherios schüttelte abweisend den Kopf. Doch insgeheim faszinierte ihn der Gedanke. Hatte der Doctore recht? Bereits jetzt war er in der Lage, den Menschen zu helfen. Wenn er Medizin studierte, würden sich ihm ganz neue Möglichkeiten auftun. Konnte er noch mehr Gutes bewirken, wenn er den Kräften des Strigoi gestattete sich zu entfalten? Würde er eventuell bahnbrechende Erkenntnisse zum Wohle der Menschheit gewinnen, wenn er die Natur des Strigoi in sich ergründete?

Die Kutsche hielt auf einer breiten Straße, die durch den gelben Schein einer Straßenlaterne beleuchtet wurde. Feiner Nieselregen ging auf das Pflaster nieder und verlieh ihm einen gespenstischen Glanz. Der Doctore öffnete die Tür. Icherios stieg aus, wobei er sich bemühte, das Schattenwesen nicht zu berühren. »Vielen Dank«, sagte er zögerlich.

Der Doctore nickte ihm zu. »Wir werden uns wiedersehen. Und wer weiß, vielleicht sind wir magischen Wesen eines Tages diejenigen, auf die es ankommt, und müssen uns dann nicht mehr im Verborgenen halten.« Daraufhin schloss er die Tür, und die Kutsche raste davon.

5

Das Magistratum

21. Octobris, Heidelberg

Der nachtschwarze Himmel senkte sich dem Boden entgegen und schien die alten Steinhäuser, aus deren verschlossenen Läden nur dünne Lichtfäden drangen, in seiner eisigen Umarmung zu ersticken.

»Kronengasse sieben«, murmelte Icherios vor sich hin. Er folgte der Straße, bis er an eine Kreuzung kam. An einer Hauswand stand in schwarzen, geschwungenen Lettern *Grisolder Weg*. Auch die davon abzweigenden Straßen trugen den falschen Namen. Er ging an die Stelle zurück, an der die Kutsche ihn abgesetzt hatte. Von dort zweigte eine Gasse ab, die so schmal war, dass er sie zuvor übersehen hatte. Ein rostiges Blechschild hing an einem Haus. Icherios vermochte den Buchstaben *K* zu entziffern. Der Rest war durch Feuchtigkeit und Alter unlesbar geworden. Hatte hier einst der Name *Kronengasse* geprangt?

Der junge Gelehrte spähte in die Gasse. Einzig die Umrisse einer Treppe stachen in einigen Metern Entfernung aus der Dunkelheit. Der Geruch nach Fäkalien hing schwach in der Luft, nur wenig Unrat bedeckte das Pflaster. Er trat einen vorsichtigen Schritt in die Gasse. Plötzlich ertönte ein Schrei. Icherios' Herz setzte einen Schlag aus, die Härchen auf seinen Armen richteten sich auf. Dann sprang eine rotweiße Katze hinter der Treppe hervor und stürmte an Icherios vorbei. Der junge Gelehrte fasste sich an die Brust und lehnte sich ungeachtet der Feuchtigkeit und dem schleimigen Moos gegen eine Hauswand. Er wartete, bis sich sein Herz beruhigt hatte, bevor er weiterging.

Vor dem Hauseingang, über dem eine gusseiserne Sieben prangte, blieb er stehen. Er war am Ziel. Das Gebäude wirkte schief, als wenn es jeden Augenblick in sich zusammenfallen könnte, aber es strahlte Schönheit und Stolz aus, wie es nur alte Häuser vermochten. Dicke Sandsteinblöcke, deren Farbe sich im Laufe der Jahrzehnte verdunkelt hatte, trugen ein Dach aus braunen Schindeln, auf denen Moos wucherte und in deren Rissen Gräser wuchsen. Holzläden verbargen Fenster, die seltsam willkürlich in ihrer Höhe angeordnet waren, als wenn ein Kind sie im Spiel platziert hätte. Auch in ihrer Größe und Form erkannte Icherios kein Muster. Es gab große und kleine; runde und dreieckige; quadratische und zahlreiche andere Formen. Ihre einzige Gemeinsamkeit bestand in den schwarzen, verschlungenen Runen, die ihre Rahmen bedeckten. Neben der Eingangstür, die in ihrer Gestalt an einen alten Torbogen erinnerte, hing ein Schild, auf dem *Magistratum* zu lesen stand. Darunter wurde die Schrift immer kleiner. *Fyr* entzifferte Icherios, während er die Stufen hinaufstieg und sich zum Schild hinunterbeugte. »Magistratum fyr …«, das letzte Wort vermochte er nicht zu erkennen, obwohl aus dem danebenliegenden Fenster Licht darauf schien.

»Gib dir keine Mühe. Niemand weiß, was da geschrieben steht«, erklang plötzlich eine Stimme hinter ihm.

Erschrocken fuhr der junge Gelehrte herum und verlor dabei auf den glitschigen Stufen das Gleichgewicht. Mit wild fuchtelnden Armen, die verzweifelt nach einem nicht existierenden Geländer suchten, fiel er seitlich hinunter und landete unsanft auf dem feuchten Boden.

Icherios sah zur Treppe hinüber und machte dort einen unscheinbaren Mann aus, der nur schwer zu beschreiben war: Er war weder besonders groß noch besonders dünn, nicht alt, aber auch nicht jung, und trotzdem brannte sich sein Anblick in Icherios' Gedächtnis ein. Denn er strahlte etwas aus, das Misstrauen erweckte. Lag es an der zerknitterten Kleidung oder der spitzen Nase? Oder waren es die merkwürdigen Stoppelhaare, die seinen Kopf bedeckten und eher an den dunkelgrauen Pelz eines Tieres erinnerten als an das Kopfhaar eines Menschen?

»Da ist aber jemand schreckhaft«, grinste der Mann und entblößte eine Reihe gelber Zähne. Geschickt sprang er von den Stufen herunter und bot Icherios eine Hand an.

Der junge Gelehrte zögerte, die langen, dünnen Finger zu ergreifen. Dann besann er sich auf die Grundregeln des guten Benehmens und griff zu. Beinahe wäre er wieder zurückgefallen, als er den Ring an der Hand des Mannes erkannte: das Signum Hieroglyphica Monas! Es musste sich um ein Mitglied des Ordo Occultos handeln.

»Ich habe Sie nicht kommen hören«, erklärte Icherios verlegen, während er seine Kleidung abklopfte.

»Ich bin Franz, und das *Sie* kannst du dir sparen. Was willst du, Kleiner?«

»Ich gehöre zum Ordo Occulto Karlsruhe.« Icherios deutete auf den Ring an seiner Hand. Voller Schrecken wurde ihm bewusst, dass er das Signum hätte ablegen sollen, bevor er in die Geisterkutsche gestiegen war. Der Doctore schien viel zu wissen, vielleicht nun auch, für wen Icherios arbeitete und wo er ihn finden würde.

»Dann bist du der Neue!« Franz griff in einen Beutel, der

an seinem Gürtel hing, und schob sich eine Haselnuss in den Mund. »Auberlin schläft bereits.« Franz zwinkerte ihm zu. »Aber ich kann dich umherführen. Zuerst muss ich allerdings etwas essen.« Er schob sich eine weitere Nuss zwischen die unregelmäßigen Zähne. »Also entweder kommst du mit in die Küche, oder du suchst dir selbst einen Platz.«

»Ich nehme Ihr … dein Angebot gerne an«, versicherte Icherios eilig und schnappte sich sein Gepäck.

Franz holte einen Schlüsselbund hervor, an dem über zwei Dutzend Schlüssel klimperten, deren Köpfe Buchstaben darstellten. Er nahm den K-Schlüssel, steckte ihn ins Schloss und öffnete die Tür. Doch zu Icherios' Überraschung befand sich dahinter gleich die nächste Tür. Franz ergriff nun den A-Schlüssel, öffnete auch diese Tür, nur um vor der nächsten zu stehen.

»Du bekommst auch noch einen Bund mit Alphabetschlüsseln«, erläuterte Franz gelassen, ohne Icherios' verblüffte Miene zu beachten. »Für den Eingang wählst du sie in einer bestimmten Reihenfolge wie in dem Wort *Kalypso*.«

»Ist das nicht ein wenig umständlich? Ein Einbrecher könnte ebenso gut durch ein Fenster einsteigen.«

»Ja, aber Trolle passen nicht durch Fenster.« Franz zuckte mit den Schultern. »Seit ein erbostes Exemplar unsere Eingangstür mit einem Tritt ins Jenseits befördert hat, besteht Auberlin auf dieser Sicherheitsmaßnahme. Trolle sind nicht sehr gut auf ihn zu sprechen, musst du wissen.«

Nach der achten Tür eröffnete sich endlich der Eingangsbereich vor ihnen. Während Franz eine Tür nach der anderen hinter ihnen zuzog und abschloss, blickte sich der junge Gelehrte um. Es war das eigentümlichste Gebäude, das er je gesehen hatte. Sie befanden sich in einem schmalen Korridor, der von vier einfachen Holztüren gesäumt wurde. In der

Mitte lag eine kreisförmige Fläche, von der sich alle erdenklichen Arten von Treppen nach oben wanden und jeweils an einer Tür endeten. Dabei waren die dahinterliegenden Räume, die zum Teil nur von gewagten Balkenkonstruktionen in der Luft gehalten wurden, farblich so angepasst, dass man sie erst auf den zweiten Blick entdeckte. Zuerst hatte man das Gefühl in einer Halle zu stehen, in der sich nur die Treppen in die Höhe schraubten. Diese verrückte Anordnung erklärte auch die seltsame Positionierung der Fenster, über die Icherios sich zuvor gewundert hatte. Welch irrsinniger Architekt erschuf ein derartiges Gebäude? Und weshalb wirkte es von innen so viel größer als von außen?

Franz deutete auf eine breite Holztreppe, auf der ein Läufer von der Farbe getrockneten Blutes lag. »Diese führt zum Sekundum. Wir befinden uns im Primum. Vom Sekundum wiederum gelangt man zum Tertium.«

»Zu bitte was?«

»Das Magistratum besteht aus drei Gebäuden, die miteinander verbunden sind und mit zahlreichen Zaubern belegt wurden.«

Icherios stöhnte auf. Wie sollte er sich hier jemals zurechtfinden?

»Das Sekundum bildet das Zentrum, von dem aus man auch in das Verlies gelangt.«

»Verlies?« Icherios' Stimme krächzte wie ein rostiges Scharnier.

Franz lachte. »Unser Keller. Gismara, eine unserer Agentinnen, hat eine Vorliebe für dramatische Bezeichnungen. Trotzdem solltest du dich davon fernhalten, bis wir Zeit finden, dir das System zu erklären. Irgendjemand dachte, es wäre spaßig, ein Labyrinth als Keller zu haben.«

»Warum nennt ihr es dann nicht Labyrinth?«

»Es ist doch bloß der Keller.« Franz schüttelte den Kopf und ging auf die Tür hinten links zu. Dahinter lag eine Küche, die groß genug war, um einem halben Dutzend Köchen und ihren Gehilfen Platz zu bieten. Sie reichte bis in das Nachbargebäude und verfügte über eine gemauerte Zwischenwand, durch die ein hoher Bogen führte. Vermutlich die Trennwand zum anderen Haus. Zahlreiche Herde und Regale säumten die Wände, die Krönung war ein Steinofen von gewaltigem Ausmaß. Durch eine Reihe von Fenstern, die in Tropfenform gehalten waren, konnten Dämpfe und Rauch entweichen. Eine kleine Kammer diente als Vorratsraum, in dem Räucherschinken, Würste und getrocknete Kräuter von der Decke hingen. In der Mitte der Küche stand ein großer Tisch, umringt von acht Stühlen.

»Der beste Ort auf der Welt neben dem Bett«, grinste Franz und schob sich eine weitere Nuss in den Mund. »Du kannst dich jederzeit bedienen. Zum Morgengrauen bereite ich das Frühstück, und sobald es dunkel wird, gibt es ein kräftiges Abendessen. Wenn du die Mahlzeiten verpasst, musst du dich selbst um deine Verpflegung kümmern. Kannst du kochen?«

»Nein, aber ich bin gut im Essen.«

Franz lachte und schnappte sich eine Pfanne. »Das sind mir die Liebsten.«

Er entfachte das Feuer in einem Herd und setzte die Pfanne auf die Flammen. Dann holte er aus der Vorratskammer Wurst, Eier, eingelegte Tomaten, Pilze und ein Fass Butter und machte sich an die Zubereitung eines deftigen Rühreis. Während er arbeitete, herrschte Stille. Icherios setzte sich an den Tisch, lehnte sich zurück und schloss die Augen. Hier konnte er es aushalten.

Als Franz fertig war, brachte er zwei Holzteller, Becher,

Gabeln, ein frisches Brot und einen Krug schäumendes Bier. Mit geschickten Handgriffen verteilte er alles, stellte die brutzelnde Pfanne in die Mitte und schaufelte Icherios einen Berg Ei auf den Teller. Der Duft ließ dem jungen Gelehrten das Wasser im Mund zusammenlaufen. »Ihr scheint keinen Mangel zu leiden.«

»Die Hungersnot traf Heidelberg nicht so sehr wie andere Städte. Zudem verfügt der Ordo Occulto über die Mittel, uns alles zu besorgen, was wir benötigen. Auberlin mag gutes Essen.«

»Auberlin ist der Leiter des Magistratum?«

Franz' Lächeln erstarrte für einen Augenblick. »Ja, schau ihn dir an, und bilde dir dein eigenes Urteil. Er ist etwas speziell und wünscht nachts nicht gestört zu werden.«

Auf einmal fiel Icherios auf, dass Franz noch nichts gegessen hatte. Der Bissen in seinem Mund fühlte sich plötzlich nicht mehr so gut an. Waren die Speisen vergiftet? Er zögerte und starrte das Stück Wurst an, das auf seiner Gabel hing.

»Glaubst du, ich will dich vergiften?« Franz' Worte klangen spöttisch, doch dem jungen Gelehrten entging der scharfe Ton nicht, der in ihnen mitschwang.

»Ich genieße nur.«

»Sicherlich, und Schweine lernen fliegen.« Der Mann schüttelte den Kopf. »Sieh, ich esse selbst.« Er spießte eine Tomate auf die Gabel und verspeiste sie genüsslich.

»Es tut mir leid«, nuschelte Icherios. »Es ist alles so neu.«

Franz blickte ihn eindringlich an, dann grinste er. »Noch grün hinter den Ohren.« Er seufzte. »Ich mag kein Gift im Essen. Die reinste Verschwendung. Nichts geht über ein ordentliches Blutvergießen, wenn man jemandem ein Ende bereiten will.«

Icherios schluckte schwer. Die folgenden Minuten konzentrierte er sich aufs Essen. Franz schien damit zufrieden zu sein. Ihm schien nur wichtig, dass es dem jungen Mann schmeckte. Während er sich eine Tomatenscheibe aufspießte, beschloss Icherios, heimlich etwas von dem Essen für Maleficium abzuzweigen. Der Nager musste ebenfalls großen Hunger verspüren. Er spähte unauffällig zu seinen Koffern. Da bewegte sich etwas! Maleficium saß auf dem abgewetzten Lederkoffer, der die Bücher beherbergte, und hob witternd die Nase in die Luft. Der Gelehrte gab dem Tier ein Zeichen, sich wieder zu verstecken, aber sein kleiner Gefährte ignorierte seine Erziehung und trippelte auf ihn zu. Was sollte er tun? Franz wäre sicherlich nicht erfreut über eine Ratte in seiner Küche. Er musste das Tier schnell verschwinden lassen!

Er lehnte sich in seinem Stuhl zurück und seufzte wohlig. »Das war sehr gut.« Unauffällig streckte er dabei seinen Arm so weit dem Boden entgegen, dass der Nager an ihm heraufklettern konnte. Aber Maleficium hatte andere Pläne. Verzweifelt beobachtete Icherios, wie das Tier sich einem heruntergefallenen Stück Wurst zu Franz' Füßen näherte. Er wollte gerade aufstehen, um den Mann abzulenken, als dieser einen Schrei ausstieß.

»Eine Ratte!«

Icherios sprang hastig auf, sodass sein Stuhl polternd umfiel, und stellte sich schützend vor Maleficium. »Tu ihm nichts!«

»Warum sollte ich dem Tier Leid zufügen?« Franz runzelte verwirrt die Stirn. »Es ist so eine anmutige Kreatur.«

Nun war es an dem jungen Gelehrten, verwirrt die Stirn zu runzeln. Als anmutig hätte er seine Ratte wahrlich niemals bezeichnet. Er pfiff leise, woraufhin der Nager mit der Wurst im Maul zu ihm rannte und auf die dargebotene Handfläche hüpfte.

»Das ist Maleficium, mein Haustier.«

Franz strahlte ihn an.

»Eine gute Wahl und solch ein kräftiges Tierchen.« Er trat an Maleficium heran und krabbelte ihn am Kopf. Die Ratte blickte ihn zuerst misstrauisch an, dann fuhr sie fort, das Wurststückchen zu verspeisen.

»Er scheint dich zu mögen.«

»Natürlich. Ratten sind intelligente Tiere und spüren, ob man sie mag. Aber das ist keine gewöhnliche Ratte. Seine Augen haben eine eigentümliche Farbe.«

Icherios schluckte. Was durfte er verraten? »Es gab einen Unfall bei einem Experiment.«

»Er ist doch wohl hoffentlich nicht blind?« Franz blickte ihn vorwurfsvoll an.

»Nein, nur seine Augenfarbe hat sich verändert, und er hat eine Vorliebe für Fleisch.«

»Nun gut, du solltest besser auf den Kleinen aufpassen.« Franz stellte die Teller ineinander und brachte sie zur Spüle. »Ich räume die Küche auf, und du gibst Maleficium noch etwas Wurst und Käse. Dann zeige ich dir dein Zimmer. Es liegt im Tertium. Direkt unter meinem.«

Icherios setzte sich und fütterte seinen kleinen Gefährten mit Leckereien, während Franz durch die Küche wirbelte. Das Klappern von Geschirr und Töpfen wirkte einschläfernd. Entspannt lehnte er sich zurück und schloss die Augen.

Nachdem Franz mit dem Aussehen der Küche zufrieden war, gingen sie gemeinsam in den zentralen Flur hinaus und stiegen die Treppe zum Sekundum hinauf. Franz öffnete die Tür, und Icherios verschlug es erneut den Atem. Über das gesamte untere Stockwerk erstreckte sich eine Bibliothek, in der sich Regal an Regal reihte, dicht gefüllt mit Büchern. Gemütliche Tische und Sessel luden zum Lesen ein. Oberhalb der Bibliothek, abgestützt durch mehrere dicke Holzbalken, ragten Räume in die Luft, zu denen wacklige Hängebrücken und gewundene Treppen führten. Vom Zentrum der Bibliothek schraubte sich eine eiserne Wendeltreppe in die Höhe und endete im Dachgeschoss, welches eine weitere Ebene bildete.

»Da oben lebt Auberlin.« Franz zeigte mit seinem dürren Zeigefinger an die Decke.

Um zum Tertium zu gelangen, mussten sie eine Hängebrücke überqueren. Icherios stolperte mehrmals auf dem schwankenden Untergrund und klammerte sich panisch mit einer Hand an dem Seil fest, das als Geländer diente, bis Franz der Geduldsfaden riss, er die Koffer schnappte und ihn vor sich herschob. Auf der anderen Seite angekommen, wischte sich der junge Gelehrte seine schweißnassen Hände an seiner Hose ab, bevor er durch die Tür ins Tertium trat und sich auf der mittleren von fünf galerieartigen Ebenen wiederfand, die abwechselnd in das Gebäude hineinragten. Von jeder Galerie führten Türen in die dahinter liegenden Wohnungen. Von der untersten Ebene ragten steinerne Säulen in die Höhe, die die darüber liegenden Galerien stützten. Unten befand sich ein von Steinmauern umgebener, hufeisenförmiger Raum, den eine schlichte Tür verschloss.

»Das ist das Badehaus«, erklärte Franz. »Benutze es, wann immer du willst. Aber sei vorsichtig, dass sich Gis nicht gerade darin rumtreibt. Sie ist ziemlich prüde.« Franz zwinkerte ihm verschmitzt zu. Dann führte er ihn über eine Treppe zur vierten Ebene und deutete auf die Tür zur Linken.

»Dahinter befinden sich deine Räumlichkeiten. Ich lebe in der rechten Wohnung im obersten Stock.«

Icherios nickte ihm lächelnd zu. »Danke.«

Nachdem Franz gegangen war, öffnete er die Tür und bewunderte sein neues Heim. Es bestand aus drei Zimmern. Das Wohnzimmer verfügte über einen großen gemauerten Kamin, einen üppigen Sessel, einen Tisch mit Platz für sechs Personen und Bücherregale, in denen bereits Shakespeares Werke, Goethe und Lenz auf wissbegierige Leser warteten. Vom Wohnbereich führte eine schmale Tür in das Schlafzimmer, in dem ein schlichter hölzerner Schrank und ein gemütliches Bett den Mittelpunkt bildeten. Ein kleiner Kamin, neben dem ein Korb mit Holzscheiten stand, würde hier auch in kalten Nächten für ausreichend Wärme sorgen. Langsam ging Icherios in das Wohnzimmer zurück und öffnete vorsichtig eine hohe Tür, die leise schabend über den Boden glitt. Dahinter befand sich ein Arbeitsraum, von dem der junge Gelehrte sein ganzes Leben geträumt hatte. Ein großer Arbeitstisch in der Mitte dominierte das Zimmer. Regale für Bücher und Utensilien und eine lang gestreckte Arbeitsbank boten ihm genügend Platz für seine Studien und Experimente. Während die anderen Zimmer Fischgrätparkett und flauschige Teppiche aufwiesen, hatte man in dem Arbeitsbereich robuste Steinfliesen verlegt, sodass er sich keine Sorgen um Flecken und Brandgefahr machen musste. Die Wände bestanden aus Teakholz, das unempfindlich auf Hitze, die meisten Säuren und Laugen reagierte. Zudem gab es keine Vorhänge. Der perfekte Arbeitsraum.

Er kehrte ins Wohnzimmer zurück und fiel in den bequemen Sessel. Seine Finger glitten über das glatte Leder. Er erfreute sich an dem Luxus, den er so lange vermisst hatte. Seine Familie war zwar reich, aber sein Vater Donak, ein erfolgreicher, aber ebenso skrupelloser Geschäftsmann, konnte nicht akzeptieren, dass sein jüngster Sohn nicht in seine

Fußstapfen treten wollte, sondern sich den Wissenschaften zuwandte. Er hatte mit ihm gebrochen, sodass Icherios seitdem in Armut lebte. Seine finanzielle Situation hatte sich erst durch die Aufträge vom Ordo Occulto verbessert.

Icherios fühlte sich wohl in seinen neuen Räumen. Die Aufregung der Fahrt war vergessen. Es schien, als ob seine Träume in Erfüllung gingen. Er blickte zum Fenster hinaus und bewunderte die Umrisse der Mondsichel hinter den aufziehenden Wolken.

Einige Zeit später stand er auf und spähte in den Hof des Magistratum hinunter. Vor den Häusern auf der gegenüberliegenden Seite konnte er im düsteren Licht Wäscheständer, Tische und Stühle erkennen. Vor dem Magistratum stand hingegen nichts, als ob nie jemand dort hinausging. Er schlenderte in sein Schlafzimmer, zog sich aus, legte sich in das ungewohnt weiche Bett und kuschelte sich in die geblümte Bettwäsche. Wenige Minuten später war er eingeschlafen.

Langsam öffnete Icherios die Augen und versuchte sich zu orientieren. Die Wolken, die vor dem Mond vorbeizogen, hinterließen ein sich ständig wechselndes Muster aus Licht und Schatten auf dem Boden. Es sah aus, als würden in jeder Ecke kleine graue Wesen herumtanzen.

Ein Klopfen an seiner Zimmertür erinnerte ihn daran, dass er von eben diesem Geräusch geweckt worden war. Er stand auf und streckte sich. Unschlüssig wippte er auf den Zehen. Die Geister der Nacht wirkten so lebendig nach, dass er zögerte, die Tür zu öffnen. Er strich dem noch immer schläfrig zusammengerollten Maleficium über den Kopf. Das warme Fell unter seinen Fingern und das unwillige Fiepen beruhigten ihn.

Das Klopfen erklang erneut. Diesmal ungeduldiger. Icherios holte tief Luft und öffnete die Tür. Erleichtert atmete er auf, als ihn Franz gut gelaunt angrinste, während er an einem leuchtend grünen Apfel nagte.

»Guten Morgen, Grünschnabel! Auberlin erwartet dich.«

»Um diese Zeit?« Icherios gähnte.

»Wenn der Meister ruft ... Außerdem muss ich das Frühstück zubereiten.«

Icherios zog sich an, während sich Franz gemütlich in den Sessel in seinem Wohnzimmer lümmelte und seinen Apfel verspeiste.

»Kein Gebäck, Nüsse oder eine Schale mit Früchten für deine Gäste?«, beschwerte er sich.

»Ich bin doch erst seit ein paar Stunden hier«, erwiderte Icherios mit dem Kopf halb in seinem Hemd steckend.

»Man sollte immer vorbereitet sein, um Gäste zu bewirten.«

Nachdem der junge Gelehrte sich fertig angezogen hatte, ging er zurück ins Wohnzimmer. Er trug seinen besten Anzug und seine gelb getönte Brille mit den runden Gläsern. Auch wenn die meisten Menschen nicht dieser Ansicht waren, so war Icherios der Überzeugung, dass sie ihm eine besondere, geheimnisvolle Ausstrahlung verlieh. Vor allem in Kombination mit seinem hohen Kastorhut, den er im Haus jedoch nicht trug.

»Brauchst du die?« Franz sprang auf, zog Icherios die Brille von der Nase und warf sie auf den Sessel.

Der junge Gelehrte versuchte sie noch in der Luft aufzufangen, griff aber daneben.

»Nicht wirklich, aber ich mag sie.«

»Lass sie besser hier. Auberlin ist kein Freund von nutzlosen Dingen.«

Seufzend fügte sich Icherios und folgte Franz, der bereits aus dem Zimmer marschiert war. Als er die Tür hinter sich zuzog, stutze er.

»Gibt es eigentlich keine Schlösser?«

»Wozu? Im Magistratum gehen nur Leute ein und aus, die sowieso jede Tür öffnen könnten.«

Icherios verkniff sich ein ironisches Lachen. Er dachte an Freybergs Warnung. Bisher gefiel es ihm in Heidelberg. Franz schien ein netter Kerl zu sein. Was Freyberg wohl mit seiner Bemerkung gemeint hatte? Ging hier wirklich etwas Seltsames im Magistratum vor, oder verfolgte der Chronist eigene Pläne?

Franz führte ihn ins Sekundum und dann über eine Wendeltreppe zu einem der Räume in der oberen Ebene.

»Das ist Auberlins Büro.«

»Ich dachte, das läge im Dachgeschoss?«

»Nein, dort sind seine privaten Räume. Er gestattet nur selten jemandem Zutritt zu ihnen.«

Franz klopfte ihm aufmunternd auf die Schulter, drehte sich um und verschwand über schwankende Brücken und Treppen zum Primum hinunter.

Der junge Gelehrte überprüfte, ob seine Weste richtig saß und alle Knöpfe geschlossen waren. Er verwünschte Franz dafür, ihm seine Brille abgenommen zu haben. Mit ihr hätte er sich nicht ganz so wie ein kleiner Bursche gefühlt, der auf eine Tracht Prügel vom Vater wartete. Dann pochte er an die Tür.

»Ja, bitte?«, erklang es aus dem Inneren.

Icherios öffnete die leichte Tür aus Birkenholz und spähte vorsichtig in den Raum hinein. Es handelte sich um ein ordentliches, aber überfülltes Büro. An den Wänden reihten sich Regale mit Akten und Büchern. In der Mitte des

Raumes stand ein gewaltiger Schreibtisch, überladen mit weiteren Aktenstapeln und einem dicken Wälzer, in dem Auberlin Zahlenkolonnen addierte. Er war ein kleiner Mann mit weißen Haaren und einem schmalen Kinnbart. Die buschigen Augenbrauen wurden zum Teil von einem großen Monokel verdeckt, das er vor dem linken Auge trug. Seine strengen, blauen Augen fixierten den Neuankömmling.

»Icherios Ceihn?«

Der junge Gelehrte nickte.

»Ich bin Auberlin zu Hohengassen, Leiter des Magistratum und dritter Schatzmeister des Ordo Occulto.«

Er trat hervor und reichte Icherios mit einem freundlichen Lächeln die Hand. Dabei fiel dem jungen Gelehrten der teure, maßgeschneiderte Anzug auf, dessen enger Sitz die schlanke Figur des ältlichen Mannes betonte. Aber am auffälligsten waren die schwarzen, glänzenden Lederschuhe mit den großen, goldenen Schnallen. Der Leiter des Magistratum wies auf einen Ledersessel, der vor seinem Schreibtisch stand.

»Nehmt Platz. Ihr dürft mich Auberlin nennen. Hier im Magistratum sind wir nicht so förmlich.«

Icherios' Füße versanken in dem weichen Teppich. Der Sessel knarrte, als er sich setzte.

»Dann sind Sie also Freybergs neuester Spitzel?«

Icherios' Hände verkrampften sich um die Armlehne aus dunklem Mahagoni.

Auberlin lachte. »Lassen Sie uns doch offen darüber sprechen. Wir beide wissen, dass Freyberg versucht, mir eins auszuwischen. Er kann einfach nicht verzeihen.«

»Was soll er Euch denn verzeihen?«, wagte Icherios zu fragen.

Auberlin trommelte, die Daumen in die Brusttaschen eingehängt, ungeduldig mit den Fingern auf seinen Brustkorb. Die Freundlichkeit war wie weggewischt aus seinem Gesicht.

»Ich kann Ihr bester Freund sein, aber versuchen Sie nicht, mich für dumm zu verkaufen.«

»Das war nicht meine Absicht.« Icherios schluckte.

»Gut. Und nun sagt mir die Wahrheit.«

»Ich wurde geschickt, um Medizin zu studieren und meine Ausbildung zum Agenten im Dienste des Ordo Occulto zu beginnen.«

Auberlin stieß pfeifend die Luft zwischen seinen spitzen Zähnen hervor.

Icherios suchte verzweifelt nach einem Ausweg. Sollte er wirklich eingestehen, dass er die Vorgänge im Magistratum im Auge behalten sollte?

»Ich wurde von Freyberg nur gewarnt, dass ich es aufgrund unserer Bekanntschaft nicht einfach hier haben würde.«

»Nun gut, für heute werde ich es darauf beruhen lassen. Doch lasst mich ebenfalls eine Warnung aussprechen: Hütet Euch vor Freyberg und seinen Ränken.«

Plötzlich erhellte sich das Gesicht des älteren Mannes, als ob ein anderer Mensch in ihn gefahren wäre.

»Ich habe aber auch eine erfreuliche Nachricht für Euch. Ihr könnt gleich heute Euer Studium aufnehmen.«

Auberlin schob Icherios einen Stapel Papiere, die mit offiziellen Siegeln versehen waren, hinüber.

»Findet Euch zur elften Stunde in der Domus Wilhelmiana ein. Im Südflügel befinden sich die Verwaltungsräume. Hier ist Euer Stundenplan.«

Auberlin reichte ihm einen dicht beschriebenen Zettel. »Ich habe veranlasst, dass Ihr bereits zum Hauptstudium zugelassen werdet. Macht uns keine Schande.« Er musterte ihn noch einmal gründlich. »Ihr dürft hier wohnen und müsst nicht wie die anderen Studenten in billigen Unterkünften leben. Dafür erwarte ich, dass Ihr Euer Bestes gebt. Wenn Ihr Fragen habt, könnt Ihr jederzeit zu mir kommen.«

Icherios überlegte, ob er sich nach Vallentin erkundigen sollte, aber eine innere Stimme warnte ihn davor. »Franz erwähnte, dass ich einen Schlüssel für das Gebäude erhalten würde?«

»Ich sehe, Ihr denkt mit.« Auberlin lächelte, schloss eine Schublade an seinem Schreibtisch auf und holte einen Schlüsselbund hervor. Erst jetzt fiel Icherios auf, dass die Tür zu Auberlins Arbeitszimmer im Gegensatz zu allen anderen, die er gesehen hatte, ein Schloss aufwies. War es eine spezielle Anfertigung? Immerhin hatte Franz behauptet, dass Schlösser hier nutzlos wären. Und warum vertraute Auberlin seinen eigenen Mitarbeitern nicht?

Icherios nahm die Schlüssel entgegen und dankte dem Leiter höflich, dann drängte sich ihm aber noch eine Frage auf: »Über wie viele Angestellte verfügt das Magistratum eigentlich?«

»Mit uns beiden sind es sieben, aber drei befinden sich derzeit im Ausland und werden in den nächsten Wochen nicht zurück erwartet. Ihr werdet Euch mit Franz, Gismara und mir vorerst begnügen müssen.«

»Ich freue mich auf meinen Aufenthalt.« Icherios war überrascht, als er bemerkte, dass er die Wahrheit sagte.

Auberlin nickte ihm zu. »Ihr gefallt mir. Ich kenne einige einflussreiche Männer an der Universität. Euer Hauptinteresse gilt der Medizin und Alchemie?«

»Ich beschäftige mich seit meiner Kindheit mit diesen Themengebieten.«

»Sehr gut, wir haben zu wenig Wissenschaftler in unseren Rängen. Gismaras und Franz' Talente liegen in anderen Bereichen. Ich werde ein paar Freunde zum Essen einladen, die Euch bei Euren wissenschaftlichen Studien und Eurem allgemeinen Fortkommen behilflich sein können. Ihr werdet sie als angenehme Gesellschaft empfinden.«

»Vielen Dank,« stotterte Icherios überwältigt. Er war es nicht gewöhnt, dass man seine Studien ernst nahm und sogar unterstützte.

»Ihr dürft nun gehen. Franz wird Euch ein Frühstück bereiten und alles Weitere erläutern.«

Icherios reichte ihm die Hand, um sich zu verabschieden. Nachdem er die Tür hinter sich geschlossen hatte, holte er tief Luft. Wenn Freybergs Warnung nicht gewesen wäre, hätte er vor Freude einen Luftsprung gemacht. So misstraute er seinem Glück und war sich nicht sicher, was er von der Begegnung halten sollte.

6

Heidelberg

21. Octobris, Heidelberg

Adeles Hufe klapperten im langsamen Rhythmus über das Pflaster. Silas ignorierte die grinsenden Gesichter, die ihn anstarrten, und das Getuschel, das er hören konnte. Ein Krieger auf einem Maultier. Er wusste, dass er sich damit der Lächerlichkeit preisgab, und doch hätte er Adele gegen kein Streitross auf der Welt eingetauscht. Er zog die Kapuze seines Mantels tiefer ins Gesicht und war erleichtert, als er vor einem lang gestreckten, zweistöckigen Haus mit angebautem Stall hielt. Er hasste es, Aufmerksamkeit auf sich zu ziehen. Ein Schild schwankte im Wind, auf dem eine fette Maus mit überlangem Schwanz abgebildet war – das nicht sehr einfallsreiche Symbol des *Mäuseschwanzes*, Kneipe und Gasthof in einem. Menschen, die am Rande der Legalität und der Gesellschaft lebten, hielten sich hier bevorzugt auf. Rothgar, der Besitzer, bezahlte der Stadtwache eine ordentliche Summe, damit sie den Vorgängen im *Mäuseschwanz* keine Beachtung schenkten.

Silas führte Adele zum Stall, drückte einem Burschen eine Münze in die Hand und befahl ihm, das Maultier abzusatteln und sorgfältig zu striegeln. Bevor der Junge abdrehen konnte, packte er ihn an der Schulter und zwang ihn, ihm in die Augen zu schauen. Der Knabe erblasste unter dem kalten

Blick. »Wenn du ihr ein Haar krümmst, hänge ich dich in der Sattelkammer auf und versohle dir den Hintern, sodass du dir die Haut in Streifen abziehen kannst.«

Dem Jungen schossen die Tränen in die Augen. Er nickte und tätschelte Adeles Hals, sobald Silas ihn losließ.

Mit der Gewissheit, dass sich das Maultier in guten Händen befand, ging Silas in den Gastraum. Dort fand er einen langen Tresen mit abgewetzten Barhockern vor, hinter dem eine Tür in die Küche führte. Zahlreiche Tische standen auf einem Boden aus verklumptem Sägemehl, das vor Jahren das letzte Mal ausgewechselt worden war. Die Sonne war noch nicht ganz untergegangen, sodass nur wenige Männer hier saßen. Die Hälfte von ihnen besaß so rote Nasen, dass sie vermutlich nichts anderes taten, als zu saufen. Rothgar selbst stand hinter dem Tresen und beäugte Silas abwägend. Der Hexenjäger drückte dem bärtigen, blonden Hünen einen Gulden in die Hand.

»Ich brauche ein Zimmer.«

Rothgar nahm die Münze und testete ihre Echtheit, indem er draufbiss. Er schien mit dem Ergebnis zufrieden, denn er holte unter dem Tresen einen Schlüssel hervor.

»Dritte Tür auf der linken Seite, wenn du die Treppe herauf kommst. Ich stelle keine Fragen, aber sieh zu, dass du keine Sauerei in meinem Haus hinterlässt.«

Silas ging in das obere Stockwerk. Hinter einer dicken Tür, an der zahlreiche Fäuste, Klingen und Schlagwaffen ihre Spuren hinterlassen hatten, befand sich ein karger Raum, in dem Spinnenweben von der Decke hingen. Ein Strohsack, dessen Füllung faulig roch, lag auf einem einfachen Holzgestell und diente als Schlafstatt. Der Hexenjäger blickte unter das Bett. Mäusekot und Staubflocken bedeckten den Boden und sammelten sich in der Ecke. Ein wackliger Stuhl und ein kleiner Waschtisch rundeten das Bild ab. Immerhin würde er hier vorerst unbemerkt bleiben, bis er den zweiten Teil seines Planes in Angriff nehmen konnte. Um heimlich Nachforschungen anstellen zu können, war es aber überlebenswichtig, nicht erkannt zu werden. Niemand vermochte ihm dabei besser zu helfen als Oswald, ein gewiefter Auftragsmörder und alter Freund. Silas hatte direkt beim Betreten der Stadt einen Botenjungen geschickt, um ein Treffen im *Mäuseschwanz* zu vereinbaren.

Er stellte sein Gepäck in eine Ecke und streckte sich auf dem Bett aus, um zu dösen, bis seine innere Uhr ihm bedeutete, dass es Zeit war, aufzustehen und nach unten zu gehen. Während er sich anzog, blickte er durch das verschmierte Fenster nach draußen. Ein alter Nachtwächter, bewaffnet mit Laterne und Hellebarde, in Begleitung eines angejahrten, grauen Hundes, entzündete entlang der Straße die Lampen. Nur um den *Mäuseschwanz* herum blieb es auffällig dunkel.

Der Gastraum war gut gefüllt, und der Hexenjäger bewunderte einmal mehr Rothgars Geschmack bei der Auswahl seiner Schankmädchen. Alle wiesen ausgesprochen weibliche Kurven auf, die sie in knappen Miedern offen zur Schau stellten.

Silas wählte einen kleinen Tisch, der in einer Ecke stand, sodass er die Tür und den gesamten Raum überblicken konnte. Nur die Treppe blieb verborgen, was dem Hexenjäger zwar nicht gefiel, aber mit den zahlreichen Klingen an seinem Körper fühlte er sich sicher.

Auf dem Weg zu seinem Tisch fasste er eine dralle Blonde, mit Brüsten, die er zu gerne entblößt hätte, um die Taille und bestellte einen Krug Bier und etwas zu essen.

»Sofort, Süßer.« Das Blondchen lachte, während sie mit schwingenden Hüften zum Tresen eilte.

Im *Mäuseschwanz* aß man entweder das, was der Koch an dem Tag verbrochen hatte, oder man ließ es bleiben. Niemand legte sich mit dem zwei Zentner schweren Herrn in der Küche mehr als einmal an. Da Silas fettiges Fleisch und zerkochtes Gemüse zu schätzen wusste, hatte er ohnehin selten etwas an dem auszusetzen, was man ihm vorsetzte.

Kurze Zeit später setzte ihm die Blonde einen schäumenden Krug zu warmen Biers und ein Holzbrett mit Fleischstücken, deren Ursprung der Hexenjäger gar nicht wissen wollte, und labbrigen Möhren vor. Auch wenn Heidelberg weniger von der Hungersnot beeinträchtigt wurde als andere Städte, so war es den Einwohnern dennoch nicht möglich, Gemüse gedeihen zu lassen. Während er aß, schweifte sein Blick ruhelos durch den Raum. Dadurch überraschte es ihn nicht, als ein dünner, athletischer Mann mit kurzen, schwarzen Haaren und einem langen Ziegenbart sich ihm gegenüber niederließ. Oswald ließ dabei demonstrativ seine kunstvoll verzierte Steinschlosspistole unter seinem Mantel hervorblitzen.

»Hast dich gut gehalten, Goldjunge.«

Sie reichten sich die Hände und umfassten herzlich den Unterarm des anderen, während sie sich auf die Schultern klopften.

Goldjunge war Silas' Spitzname, seit Oswald herausgefunden hatte, dass der Hexenjäger der uneheliche Sohn eines Adligen und am Hof seines Vaters aufgewachsen war.

»Wie gehen die Geschäfte?« Silas bot seinem Freund von der Mahlzeit an.

»Die Hungersnot macht sich bemerkbar.« Oswald schob sich ein Stück Fleisch in den Mund und entblößte dabei mehrere Zahnlücken. »Die Menschen sind immer weniger bereit, für einen anständigen Mord zu zahlen. Zudem drängen mehr und mehr Stümper auf den Markt. Aber was soll ich klagen, sobald die Menschen wieder ein paar Münzen übrig haben, werden sie den Frust der letzten Monate herauslassen wollen, und dann brechen goldene Zeiten an.«

Silas nickte. »Es staut sich einiges an Wut an. Gut für das Geschäft.«

Kurze Zeit herrschte Stille, dann wurde Oswald ernst. »Was führt dich hierher?«

»Ich suche jemanden.«

»Ist dir eine Hexe entwischt, oder hast du endlich einen vernünftigen Auftrag angenommen?« In Oswalds Stimme schwang Hoffnung mit. Er hatte nie akzeptiert, dass Silas Frauen tötete, selbst wenn es Hexen waren. Seiner Ansicht nach ging das gegen die Berufsehre.

»Weder noch. Ich muss Zacharas finden.«

»Deinen Bruder?« Oswalds Augen weiteten sich. Er gehörte zu den wenigen Menschen, die Silas' wahren Familiennamen kannten: Silas-Vivelin von Orvelsbach. Adele, seine Stiefmutter, hatte seine Anwesenheit, ein Bastard, der sie ständig an die Untreue ihres Gatten gemahnte, allerdings nur widerwillig geduldet. Trotz der Liebe zu Vater und Halbbruder hatte er sich daher nie wie ein Teil der Familie gefühlt und beschlossen, den Namen seiner Mutter, Ismalis, zu führen.

»Er ist verschwunden.«

»Andere wären froh darüber. Jetzt stehen nur noch zwei Brüder zwischen dir und dem Erbe.«

»Ich pfeif auf die Kohle. Kannst du dir vorstellen, wie ich in Perücke und aufgeplusterten Samtroben herumstolziere? Ich werde mein Bestes geben, um das zu verhindern, und wenn ich sie aus jedem Ärger persönlich herausboxe.«

Silas wusste, dass Oswald seine Kaltblütigkeit durchschaute. Der Hexenjäger liebte Zacharas trotz dessen kleinen Tick, der ihn vor allem in seiner Jugend zwang, ständig ein Symbol zu zeichnen, abgöttisch, ebenso wie seinen verstorbenen Vater, der sich seiner annahm, als seine Mutter viel zu früh starb.

»Hörst du dich für mich um?« Silas wollte sich nicht ausmalen, was seinem Bruder zugestoßen sein könnte. Zacharas war ein weicher und sanfter Mann, der kein Verständnis für Gewalt aufbrachte. Umso erstaunlicher war das enge Band zwischen den Brüdern.

Oswald nickte. »Ich schulde dir noch etwas für die Sache in Worms.«

Silas grinste. »Da hatten wir Spaß.«

»Du vielleicht. Bei mir endete es mit gebrochenen Armen und ausgeschlagenen Zähnen.«

»Irgendeinen Preis muss man immer zahlen.«

»Darauf stoßen wir an!« Oswald hob seinen Krug und nahm einen kräftigen Zug. »Falls du dir ein paar Münzen extra verdienen willst. In Heidelberg soll ein Hexenzirkel sein Unwesen treiben. Wer ihn findet und die Namen der Mitglieder verrät, erhält hundert Gulden.«

»Hundert Gulden? Ohne ihnen den Hals umzudrehen?«

Oswald zuckte mit den Schultern. »Mag sein, dass es für tote Hexen mehr gibt, aber du kennst ja meine Meinung.« Er stand seufzend auf. »Ich muss weiter. Kundschaft wartet.«

Sie umarmten sich, dann verschwand Oswald so unauffällig, wie er gekommen war.

Silas blieb grübelnd zurück. So viel Geld konnte er gut gebrauchen, allerdings durfte er sich nicht von seiner Suche nach Zacharas ablenken lassen.

7

Die Universität

21. Octobris, Heidelberg

Die Domus Wilhelmiana befand sich im Zentrum Heidelbergs und überschattete in ihrer barocken Pracht und Größe den Universitätsplatz. Die unzähligen, vierflügeligen Fenster schienen den jungen Gelehrten anzustarren wie kalte, gläserne Puppenaugen. Die goldene Uhr auf dem schieferbedeckten Turm, der aus dem schwarzen Hausdach emporragte, zeigte wenige Minuten vor elf. Icherios blickte auf die jungen Menschen, die in das Gebäude hineinströmten. Sollte er von nun an wirklich zu den Studenten gehören?

Ein Strigoi, eine menschenfressende Bestie, bist du, flüsterte eine gehässige Stimme in seinem Kopf. Er holte tief Luft, verdrängte die düsteren Gedanken und eilte mit gesenktem Haupt in die Universität hinein. Die Schritte der Studenten auf den steinernen Fliesen hallten von den kahlen Wänden wider, deren ehemals weißen Glanz man nur noch zu erahnen vermochte, und füllten den Raum mit einem vielfachen Echo. Ein großes, eisernes Schild prangte an der Wand gegenüber der Eingangstür, das ihm den Weg zu den Verwaltungsräumen im oberen Geschoss wies, in dem ihm eine griesgrämige, bucklige Frau in Empfang nahm. Immerhin waren die Formalitäten schnell und unkompliziert erledigt, sodass Icherios wenige Minuten später zu seiner ersten Vorlesung in Physiologie eilen konnte.

Das Auditorium befand sich im Untergeschoss und erinnerte an ein verkleinertes Kolosseum, in dem die Studenten als Zuschauer die Sitze füllten, während der schwarz gekleidete Jesuiten-Pater als Gladiator in den Kampf mit dem Verstand seiner Zuhörer trat. Als dieser Icherios bemerkte, runzelte er die Stirn, wobei seine ganze Miene Missfallen ausdrückte. »Und Ihr seid?«

Der junge Gelehrte blieb stehen. Er spürte Dutzende Augenpaare, die sich abschätzend auf ihn richteten. »Icherios Ceihn, Herr.«

»Sprecht mich mit Professor oder Hochwürden Frissling an.«

»Verzeiht.«

»Pünktlichkeit ist eine Tugend in Gottes Augen. Ich erwarte eine fünffache Abschrift der Zeilen achtzehn bis einundzwanzig in Kapitel einundzwanzig des fünften Buches Moses bis morgen.«

»Aber ich war in der Verwaltung, um mich anzumelden«, wandte der junge Gelehrte ein.

»Eine Lektion in Gehorsam und Demut steht Euch ebenfalls gut an, will mir scheinen. Fünf Abschriften der Zeilen sechs bis zehn im vierten Kapitel des Jakobus.«

Icherios ballte seine Hände zu Fäusten. Was für ein selbstgerechter Wicht! Vor Wut und Enttäuschung zitternd wegen dieses unerfreulichen Studienbeginns setzte er sich auf den ersten freien Platz.

Den Rest der Vorlesung bemühte er sich, dem Vortrag des Jesuiten zu folgen, der Passage um Passage aus Galens *Methodi medendi* rezitierte. Er hatte es bereits gelesen und wusste, dass neue Studien aus Italien zahlreiche der alten

Dogmen widerlegten, sodass seine Gedanken immer wieder abschweiften. Er war sich nicht sicher, ob er Auberlin auf Vallentin ansprechen sollte. Wenn sein Freund tatsächlich für den Ordo Occulto gearbeitet hatte, war es wahrscheinlich, dass der Leiter des Magistratum ihn kannte. Trotzdem hatte er ein ungutes Gefühl bei der Vorstellung mit Auberlin zu sprechen. Lag es nur an Freybergs Warnung, oder steckte mehr dahinter?

Icherios schielte zu seinem Sitznachbarn hinüber: ein großer, schlanker, junger Mann mit grünen Augen und auffallend kupferroten Haaren, die ihm regelrecht zu Berge standen. Er bemerkte Icherios' Blick und schenkte ihm ein breites, jungenhaftes Lächeln. Dann fuhr er hastig fort, den Vortrag mitzuschreiben. Icherios guckte sich um und stellte fest, dass sämtliche Studenten eifrig mitschrieben und sich zum Teil in Gruppen absprachen. Kam einer nicht mehr mit, setzte der Nächste ein, um ja kein Wort zu verpassen. War er der Einzige, der Galens Werk bereits kannte? Ernüchtert lehnte er sich zurück. Er hatte mit neuen Erkenntnissen und angeregten Diskussionen gerechnet – nicht damit, dass ihm ein engstirniger Jesuit ein veraltetes Buch vortrug.

Am Ende der Doppelstunde verabschiedete sich der Professor mit den Worten, sich gut auf die morgige Prüfung vorzubereiten. Sogleich erhob sich lautes Gemurmel im Saal. Icherios starrte seinen Sitznachbarn entsetzt an. »Morgen findet ein Examen statt?«

Der junge Mann strahlte und reichte ihm die Hand. »Ich bin Marthes Ringeldück. Es freut mich, deine Bekanntschaft zu machen.«

Icherios lächelte zurück und stellte sich ebenfalls vor.

»Der olle Frissling liest immer einen Tag vor und am nächsten prüft er uns. Wir müssen alles auswendig lernen.«

»Gut, dass ich das Buch bereits gelesen habe«, seufzte Icherios.

»Lesen allein reicht nicht. Wir müssen es Wort für Wort wiedergeben.«

Der junge Gelehrte erbleichte. Er hatte das Buch in Karlsruhe zurückgelassen, da er es als veraltet betrachtete.

»Diesen Gesichtsausdruck kenne ich.« Marthes grinste ihn verschmitzt an. »Wir haben eine Freistunde. Du kannst meine Aufzeichnungen haben.«

»Das wäre meine Rettung. Frissling kann mich jetzt schon nicht leiden.«

Sie gingen gemeinsam nach draußen. Icherios fühlte sich von der ungewohnten Menge an Menschen, die in das Gebäude hinein- und herauseilten, überwältigt und sehnte sich nach einem Moment der Stille und Einsamkeit in seinem Zimmer, um seine Gedanken ordnen zu können.

»Ich wohne direkt nebenan mit einigen anderen Studenten«, erklärte Marthes und führte Icherios zu einem einstöckigen Steinhäuschen. In dessen oberem Stockwerk wohnte der junge Mann zusammen mit zwei höhersemestrigen Studenten. Es war üblich, dass die Fortgeschrittenen den Anfängern halfen und dafür freien Wohnraum erhielten. Unweigerlich fragte Icherios sich, ob es nicht auffällig war, dass er weder in einer der Gemeinschaften lebte noch eine Familie für Zimmer und Bewirtung bezahlte. Er unterdrückte einen erneuten Seufzer. Würde er jemals wirklich zu etwas dazugehören?

Marthes deutete auf einen großen Tisch, dessen beste Zeiten schon lange hinter ihm lagen. Icherios setzte sich auf einen wackligen Stuhl, sodass er aus dem kleinen Fenster auf die Straße blicken konnte. Es waren nur wenige Menschen unterwegs, die schnellen Schrittes ihrem Ziel entgegeneilten. Ihre Hände waren damit beschäftigt, Kapuzen, Hüte und Perücken gegen den stürmischen Wind auf dem Kopf zu halten. Selbst durch die Ritzen im Gemäuer drückte der Sturm die kalte Luft hinein.

Marthes entfachte ein Feuer in einem kleinen Kachelofen.

Icherios versuchte sich auf die heimelige Atmosphäre in der Studentenwohnung einzulassen. In einer Ecke stapelten sich Stelzen, Bälle und allerlei andere Dinge, womit man sich die Zeit vertreiben konnte. Auf dem Tisch lagen aufgeschlagene Bücher, Tintenfässer und Bögen von Papier. Trotz des Chaos herrschte eine überraschende Sauberkeit.

»Bedien dich!«, rief ihm Marthes aus einem Nebenraum zu, während er in einem Kleiderstapel, der auf dem unteren Bett eines Stockbettes lag, wühlte. Die Größe des Zimmers erinnerte an einen Abstellraum und bot gerade genug Platz für das Bett und einen kleinen Tisch mit Waschgelegenheit. »Da sind sie ja!« Marthes hielt triumphierend ein paar graue Wollhandschuhe mit abgeschnittenen Fingerspitzen in die Höhe. »Du solltest dir auch welche besorgen. Bei dem Mistwetter werden die Finger sonst zu steif zum Schreiben.« Er deutete erneut auf das Obst. »Nun nimm dir schon. Keine Hemmungen, meine Familie schickt mir jede Woche ein Fresspaket.«

Icherios nahm eine Weintraube und verzog das Gesicht, als der saure Saft in seinen Mund schoss.

»Deine Familie muss sehr reich sein.«

Marthes zuckte mit den Schultern und räumte den Tisch frei. »Deshalb wurde ich auch hierher verdonnert.« Er zog ein paar Blätter aus seiner Mappe. »Das sind meine Aufzeichnungen. Am besten fängst du gleich zu schreiben an. In einer halben Stunde müssen wir wieder los, wenn wir pünktlich zu Professor Hösslen kommen wollen.«

Icherios holte Papier und Tinte hervor und begann mit der langweiligen Aufgabe. »Möchtest du denn nicht studieren?«

»Mein Gehirn ist nicht fürs Lernen geschaffen. Weiber, Spielen und Handel, das sind meine Leidenschaft. Leider habe ich einen älteren Bruder, der das Geschäft erben wird. Deshalb beschloss mein Vater, mich aus meinem Müßiggang zu reißen und mich nach Heidelberg zu schicken, damit aus mir was wird. Mich hat natürlich keiner gefragt.«

Icherios runzelte die Stirn. Jahrelang hatte er von einem Medizinstudium geträumt, und nun lernte er diesen jungen Mann kennen, der sich nichts mehr wünschte, als abhauen zu können. Dabei lebte er Icherios' Traum.

Marthes griff vier Äpfel und jonglierte sie mit flinken Händen. Sein kupferfarbenes Haar schien in Flammen zu stehen, da gerade ein Lichtstrahl durch die Wolkendecke ins Zimmer drang und sich in seinem Schopf verfing.

»Ohne Ehrgeiz kann man hier dennoch ein vergnügliches Leben führen. Die Weiber sind ganz scharf auf Studenten.«

Trotz der Ablenkung durch Marthes, der ein Kunststück nach dem anderen vorführte, gelang es Icherios, noch rechtzeitig die Aufzeichnungen zu kopieren. Dann eilten sie zur Domus Wilhelmiana zurück. Dort wiederholte sich das Schauspiel vom Vormittag. Zumeist leierte ein Jesuit gelangweilt Passagen aus Büchern herunter, die die Studenten mit Müh und Not mitschreiben konnten. Dies änderte sich erst in der letzten Stunde bei einer Vorlesung des Professors Crabbé über *Questiones medico-legales*, Fragen der Rechtsmedizin.

»Der nimmt sich ganz schön wichtig«, raunte ihm Marthes zu, als sie sich setzten.

Trotz der Warnung erlebte Icherios nun die erste interessante Vorlesung. Professor Crabbé hatte ein menschliches Skelett mitgebracht und erklärte nun verschiedene Details, während er immer wieder Fragen an die Studenten stellte.

»Ringeldück, nennen Sie die körpernahen Handwurzelknochen.«

Marthes duckte sich, aber es war zu spät. Alle Augen ruhten auf ihm. Langsam erhob er sich.

»*Os scaphoideum, os lunatum, os triquetrum, os pisiforme*«, flüsterte Icherios.

Marthes wiederholte die Aufzählung laut, doch seine Worte klangen wie eine zögerliche Frage. Er kämpfte sichtlich mit den lateinischen Begriffen.

»Korrekt, aber in Zukunft erwarte ich, dass Sie die Antwort auch ohne die Hilfe Ihres Nachbarn finden. Wie heißen Sie, junger Mann? Ich kenne Sie noch nicht.«

Icherios erhob sich und stellte sich vor, wobei er sich respektvoll verbeugte.

»Es ehrt Sie, dass Sie Ihrem Kommilitonen helfen wollen, doch er sollte selbst lernen, um seine Prüfungen bestehen zu können.«

»Jawohl, Professor.« Icherios senkte den Kopf und setzte sich wieder.

»Trotzdem danke«, raunte ihm Marthes zu.

Vor dem Vorlesungsgebäude hatten sich die Studenten dicht gedrängt auf der überdachten Treppe versammelt. Der tosende Wind schmetterte den Eisregen, der aus dem tristen, grauen Himmel niederprasselte, auf das Pflaster. Die Schatten der Häuser wurden immer länger, vereinten sich an manchen Stellen zu Teichen aus Dunkelheit, bereit für die Nacht. Marthes Augen strahlten. »Die erste Runde Bier im *Neckartänzer* geht auf mich!«, rief er in die Runde.

Freudiges Gegröle antwortete ihm. Marthes legte einen Arm um Icherios' Schulter. Er war beinahe genauso groß wie der junge Gelehrte. »Du musst unbedingt mitkommen. Ich kenne da ein paar süße Mädel, die ich dir gern vorstellen möchte.«

»Aber ich muss ...«

»Kein aber! Heute wirst du in das Heidelberger Studentenleben eingeführt!«

Er zog Icherios von den Stufen herunter, und gemeinsam mit einem Dutzend anderer junger Männer schlitterten sie über die glatte Straße. Wann immer einer hinfiel, brach lautes Gelächter aus. Manchmal schnappte sich einer den Fuß eines Unglücklichen und zog ihn einige Meter, bis auch er stürzte und sie gemeinsam weiter rutschten, nur gestoppt von Hauswänden oder Laternenpfählen.

Schließlich kamen sie an einem hoch aufragenden, verlassenen Turm aus rötlichem Sandstein vorbei. Das Gebäude hatte etwas Unheimliches, seine Farbe erinnerte an rostiges Eisen. Die Schatten schienen sich um ihn herum zu verdichten und über das stumpfe Pflaster zu tanzen.

Icherios blieb stehen. »Was ist denn das?«

»Der Hexenturm. Komm lieber weiter, das ist kein Ort zum Verweilen.«

»Der Hexenturm?«

»Hier wurden früher Hexen gefangen gehalten und auf dem Platz davor verbrannt.«

Kein Wunder, dass den Turm eine Aura von Tod und Zerfall umgab, dachte der junge Gelehrte. Im Weitergehen drehte er sich noch einmal um. Die sechs an Torbögen erinnernden Fenster schienen ihm in der Nacht drohend zuzuzwinkern.

Der *Neckartänzer* befand sich, wie schon der Name verriet, in der Nähe des Flusses, nicht weit von der alten Brücke entfernt. Die Wirtsstube lag im unteren Stock eines großen, zweistöckigen Fachwerkhauses. Das Innere war gemütlich eingerichtet mit Tischen aus hellem Holz, die im Kontrast zu den dunklen, massiven Holzbalken standen, die das Gebäude trugen. Ein langer Tresen lud mit zahlreichen Hockern zum Verweilen ein. Icherios stieß beinahe mit dem Kopf gegen einen der Balken, als er mit seinen Kommilitonen zu einer Eckbank ging. Marthes trug dem Wirt im Vorbeigehen auf, ihnen Bier zu bringen, und kurz darauf kamen zwei hübsche, junge Frauen mit schäumenden Bierkrügen, die sie schwungvoll auf den Tisch knallten. Die kleinere von ihnen, eine niedliche Schwarzhaarige mit herzförmigem Gesicht und hochgesteckten Haaren, aus denen sich einzelne, widerspenstige Locken gelöst hatten, schenkte Icherios ein freches Grinsen. Marthes boxte ihm in die Seite.

»Das ist Julie. Sieht aus, als würde sie dich mögen.«

Icherios' Wangen röteten sich. Hastig griff er nach seinem Bierkrug und verbarg sein Gesicht dahinter, während er einen tiefen Zug nahm.

Die folgenden Stunden wurden von Wein, Bier und Gelächter bestimmt. Mit jedem Schluck Alkohol verlor der junge Gelehrte seine Hemmungen mehr und mehr, bis er begann, Gefallen an Julies zunehmender Zutraulichkeit zu finden. Mal berührte sie ihn wie zufällig am Arm, dann beugte sie sich so weit vor, dass er ihr üppiges Dekolleté bewundern konnte, oder fragte ihn mit einem frechen Lächeln nach seinen Wünschen, wenn sie die Bestellung aufnahm. Deshalb zögerte er so weit wie möglich hinaus, dem Drang seiner Blase nachzugeben und nach draußen zu gehen, um sich zu erleichtern. Schließlich blieb ihm aber nichts mehr anderes übrig, als dem Ruf der Natur zu folgen. Er stellte sich vor eine Hauswand, an der übermütige Studenten Markierungen mit Punktzahlen hinterlassen hatten. Icherios hatte bereits von dem Brauch gehört, das man am Ende eines trunkenen Abends gerne einen Wettstreit im Zielpinkeln austrug. Daher ergriff er gleich die Gelegenheit, etwas zu üben, um auf einen möglichen späteren Wettkampf vorbereitet zu sein.

Plötzlich trat jedoch jemand von hinten an ihn heran und schlang seine Arme um ihn.

»Du bist gut ausgestattet, mein Süßer.«

Julie! Vor Schreck pinkelte Icherios auf seine Schuhe. Verlegen beobachtete er, wie der Strahl versiegte, schloss dann hastig die Knöpfe, während ihre Finger zutraulich über seine Brust glitten. Das Schankmädchen zog ihn in den Schatten eines Gebäudes. Icherios war sowohl zu betrunken als auch zu erregt durch ihre direkte Art, um Widerstand zu leisten.

»Magst du mich nicht später noch besuchen?«

Sie gab ihm einen verführerischen Kuss auf die trockenen Lippen. Ihr Mund war süß und warm, doch als Icherios sie an sich zog, löste sie sich und zeigte auf ein dem Neckar zugewandtes Fenster.

»Wirf ein Steinchen, sobald das Licht brennt.«

Dann streichelte sie sacht über seinen Schritt, drehte sich um und verschwand im Haus.

Der junge Gelehrte blieb schwer atmend stehen, bis sich sein Körper beruhigt hatte, bevor er zu den anderen zurückkehrte. Hastig stürzte er sein Bier hinunter und verlangte gleich ein weiteres. Seine neuen Freunde, allen voran ein blonder Jüngling, prosteten ihm in betrunkener Freude zu.

In den folgenden Stunden trank Icherios sich Mut an. Normalerweise bevorzugte er dunkle Rotweine, aber an diesem Abend war ihm jedes Getränk recht, das seine zittrige

Aufregung betäubte und ihm das Gefühl der Zugehörigkeit vermittelte.

Nachdem der Wirt sie spät in der Nacht trotz aller Proteste hinausgeworfen hatte, torkelte Icherios zu Julies Fenster. Bereits nach dem ersten Klimpern eines Steinchens öffnete sie und warf ein altes, faseriges Seil hinunter. Seine Höhenangst ignorierend fing der junge Gelehrte an, daran hinaufzuklettern. Auf halber Höhe blickte er nach unten. Schwindel erfasste ihn, und sein Griff lockerte sich, sodass er ein Stück hinabrutschte. Das Seil brannte in seiner Handfläche. Panisch klammerte er sich daran fest und traute sich nicht, sich zu bewegen.

»Wo bleibst du denn?« Julies Gesicht tauchte über ihm auf.

Er durfte jetzt nicht schwach werden! Icherios zwang sich, den Blick nach oben zu richten, und kletterte weiter. Endlich konnte er sich über die Fensterbank ins Innere schieben.

Die Schankmaid bewohnte einen kleinen Raum mit einem gemütlichen Bett, einem Waschtisch mit Spiegel und verschiedenen Schminksachen. In der Ecke stand ein üppig bemalter Kleiderschrank.

Sie verlor keine Zeit, schloss das Fenster und griff Icherios zwischen die Beine, während sie ihren Mund auf den seinen drückte. Der junge Gelehrte stöhnte.

»Psst«, raunte sie ihm zu. »Wenn sie uns hören, fliege ich raus.« Eilig knöpfte sie ihr schlichtes Leinennachthemd auf und presste ihren festen Körper an ihn.

Mit zitternden Fingern versuchte Icherios, die Knöpfe an seinem Hemd zu lösen, ohne dabei ihre Brüste zu berühren. Der Alkohol machte ihn ungeschickt, und seine Nervosität gab ihm den Rest. Ungeduldig schob Julie seine Hände zur Seite und zog ihn aus.

Die nächsten Momente verschwammen vor Icherios' Augen in einem Taumel der Lust. Nachdem er viel zu schnell gekommen war, brach er schwitzend über dem Mädchen zusammen. Sie schob ihn routiniert zur Seite und kuschelte sich an ihn. Nur langsam beruhigte sich sein Atem. Mit jedem Schweißtropfen drang der Alkohol aus seinem Blut, und ihm wurde bewusst, was er getan hatte.

Verdammt, muss ich sie jetzt etwa heiraten? Er blickte auf ihr gerötetes Gesicht. Es gäbe wahrlich Schlimmeres. Zumindest für ihn. Für sie vermutlich nicht, immerhin war er kein Mensch mehr, sondern ein halber Strigoi. Er beschloss, es erst mal nicht anzusprechen. Es war ja nur in ihrem Interesse, versuchte er sich einzureden.

Mit kundigen Fingern strich Julie über seinen Körper und entfachte seine Leidenschaft erneut. Nachdem sie sich diesmal ausgiebiger geliebt hatten, zog Icherios sich an und verabschiedete sich. Mit dem Schwinden des Alkohols waren die Erinnerungen an die Prüfung am nächsten Tag und die fälligen Strafarbeiten zurückgekehrt.

Mit klopfendem Herzen rannte er durch Heidelbergs enge Gassen zum Magistratum. Während er sich durch die Eingangstüren kämpfte, verfluchte er jede einzelne.

In seinem Zimmer begrüßte ihn Maleficium stürmisch und verspeiste gierig eine große Portion Trockenfleisch. Icherios würde nichts anderes übrigbleiben, als die Ratte, verborgen in einer Tasche, mit zu den Vorlesungen zu nehmen. Er fühlte sich schändlich, seinen kleinen Gefährten so lange alleine gelassen zu haben.

Dann setzte er sich in einen Sessel und versuchte, seine Aufzeichnungen auswendig zu lernen. Er wusste, dass der morgige Tag kein guter werden würde, als er kurz vor der Morgendämmerung über seinen Unterlagen einschlief.

8

Die Heiliggeistkirche

23. Octobris, Heidelberg

Silas stand im Schatten eines zweistöckigen Hauses und betrachtete die hoch in den Himmel ragende Heiliggeistkirche. Das im gotischen Stil errichtete Bauwerk mit den barocken Türmen, in denen vier riesige Glocken zum Gebet riefen, weckte ungute Erinnerungen in ihm. Zusammen mit seinem Halbbruder Zacharas hatte er auf Veranlassung seiner Stiefmutter eine Ausbildung zum Priester begonnen, doch die zahlreichen Regeln, Schläge und die offenkundige Heuchelei einiger Geistlicher hatten ihn zur Flucht veranlasst, wodurch er seinen Vater zum ersten Mal enttäuscht hatte.

Unruhig rieb sich Silas die Arme. Die Soutane aus dünnem schwarzem Stoff kratze auf der Haut. Er hatte sich von einem kleinen Händler, der allerlei illegale Dinge unter der Hand tauschte, die Alltagskleidung eines katholischen Geistlichen besorgt. Nun stand er kurz davor, sich als der angekündigte Ersatz für seinen Bruder auszugeben, der bis zu seinem Verschwinden als Diakon in der Heiliggeistkirche gedient hatte. Seine Waffen lagen in dicke Tücher eingewickelt gut verborgen in den Taschen auf Adeles Rücken. Dennoch hatte er das Zimmer im *Mäuseschwanz* behalten. Es war immer gut, über einen Zufluchtsort zu verfügen. Silas fragte sich, wie lange er die Tarnung aufrechterhalten konnte. Zwar hatte er gemeinsam mit Zacharas in einem Kloster studiert, aber das ihm dort eingebläute Wissen schnell wieder vergessen, als er zum Söldner und Hexenjäger wurde.

Zumindest hatte er in der letzten Nacht einige nette Stunden mit einer hübschen, nicht mehr ganz jungen, dafür aber umso erfahreneren Hure verbracht. Die nächsten Wochen würde er sich allerdings beherrschen müssen, stellte er seufzend fest, während er auf das Gotteshaus zuging.

Durch eine schmale Tür betrat er den Chor der Kirche, der durch eine dicke Mauer, die den Triumphbogen verschloss, vom Schiff abgetrennt war. Der Chor gehörte der katholischen Kirche, während das Schiff von den Reformierten genutzt wurde. Diese eigentümliche Aufteilung der Heiliggeistkirche und der Streit darum waren der Grund, dass der Kurfürst Karl Philipp im Jahr 1720 Heidelberg als Residenzstadt aufgab und nach Mannheim zog. Doch Silas interessierten die politischen Hintergründe wenig. Er wollte nur herausfinden, was mit seinem Bruder geschehen war.

Es war früher Nachmittag und die Kirche leer. Der Chor erstrahlte im Licht unzähliger Kerzen und verlieh den zahlreichen Heiligenbildern einen überirdischen Glanz.

Oswald hatte sich gegen eine kleine Summe bereit erklärt, sich um den tatsächlichen Ersatz für Zacharas zu kümmern und versprochen, dass er ihn am Leben lassen würde. Silas traute ihm nicht ganz über den Weg, aber ein Pfaffe weniger bedeutete in seinen Augen keinen großen Verlust.

Der Hexenjäger war erst wenige Meter in den Chorraum getreten, als ein eifriger Messdiener ihm entgegeneilte. »Ihr müsst Diakon Alois zur Hohenweide sein. Wir haben Euch bereits erwartet.«

Silas stöhnte auf. *Einen dämlicheren Namen gab es wohl nicht!*

Der Junge blickte ihn besorgt an. »Eure Reise muss sehr beschwerlich gewesen sein. Gott sei gedankt, dass er Euch auf sicheren Pfaden führte.«

Was für eine Pferdekacke! Silas lächelte und hoffte, dass es nicht wie Zähnefletschen aussah.

»Gott ist gnädig«, presste er mühsam hervor. Das würde schwerer werden, als er gedacht hatte.

»Ich werde Euch Eure Räumlichkeiten zeigen. Ihr wohnt nur wenige Meter von der Kirche entfernt zusammen mit den Akolythen in einem bescheidenen Haus.«

Silas senkte nur demütig den Kopf. Er sagte besser nichts, denn er traute seiner Stimme noch nicht zu, das Erschrecken zu verbergen, das ihn bei dem Gedanken überkam, von morgens bis abends den frommen Deppen geben zu müssen.

»Ich kann Euch direkt hinführen. Mein Name ist übrigens August Machtolder.«

»Möchte mich Hochwürden Kossa nicht sprechen?«

»Er ist ein viel beschäftigter Mann.« Die Brust des Ministranten schwoll vor Stolz an. »Ich werde Euch wissen lassen, wenn er Zeit für Euch zu erübrigen vermag.«

Silas kämpfte um Selbstbeherrschung. Da war er wohl an den Liebling vom Chef geraten. Wie gerne würde er ihm das überhebliche Grinsen aus dem Gesicht schlagen. Ein Gutes hatte es aber, wenn sich seine Hochwürden so wenig um seine Schäfchen kümmerte: So würde er einiges unbemerkt erledigen können.

Er folgte August nach draußen und deutete auf Adele. »Das Tier hat mich hierher begleitet.«

Das Gesicht des Ministranten erstrahlte. »Ein Maultier! Ich sehe, Ihr seid ein wahrer Mann Gottes, voller Demut und Bescheidenheit, dass Ihr Euch mit einer solch hässlichen Kreatur abgebt.«

Der Hexenjäger ging zu Adele und gab vor, ihr Zaumzeug zu richten. »Mach dir nichts draus«, flüsterte er ihr ins Ohr. Am liebsten hätte er August in das feiste Hinterteil getreten, während er ihm zu einem zweistöckigen Fachwerkhaus folgte, an dessen Fassade wilder Wein rankte.

»Hinter dem Haus befindet sich ein Stall, in dem Ihr Euer Tier unterstellen könnt.« August führte sie in den Hof, stapfte auf die Eingangstür zu und bedeute Silas ungeduldig ihm zu folgen, als dieser kurz innehielt, um Adele zu kraulen und ihr aufzutragen, auf ihn zu warten.

Der Ministrant öffnete die unverschlossene Tür. »Der neue Diakon ist angekommen!« Seine Stimme klang glockenhell durch das Haus.

Es war ein einfaches Gebäude. Von der Diele gingen mehrere Türen in die anliegenden Zimmer ab, und eine schlichte Holztreppe führte in den ersten Stock.

Eine Frau mittleren Alters mit roten Wangen und einem grauen Zopf kam aus einer Tür, hinter der offensichtlich die Küche lag.

»Ich bin Margret.« Sie streckte Silas eine kräftige, mehlige Hand entgegen. »Es ist eine Ehre, so viele Diener Gottes im Haus zu haben.«

»Der Herr segne Euch.« Der Hexenjäger bemühte sich, väterlich zu klingen.

Margret knickste ausgesprochen anmutig für ihren Leibesumfang. »Frühstück gibt es eine halbe Stunde nach dem ersten Hahnenschrei. Folgt einfach dem Duft des frischgebackenen Brotes.«

Silas nickte ihr freundlich zu – immerhin war sie zu etwas zu gebrauchen – und beobachtete, wie sie schwerfällig in den Nebenraum watschelte. Zumindest würde sie ihn nicht in Versuchung führen, das Zölibat zu brechen.

Margret kehrte mit einem Schlüsselbund zurück. »Der Große ist für die Haustür, der Kleine für Eure Räume.«

»Vielen Dank, liebe Frau.«

»August wird Euch herumführen.« Sie warf dem Jungen einen strengen Blick zu. »Ich muss mich um das Abendessen kümmern.«

Der Hexenjäger ging zusammen mit dem Messdiener in den ersten Stock, der denselben Aufbau wie das Erdgeschoss aufwies.

»Ihr dürft Euch im mittleren Zimmer einrichten.«

Silas entfuhr beinahe ein Fluch. Wie sollte er sich hier unbemerkt rausschleichen? Mittleres Stockwerk, mittleres Zimmer und mittleres Fenster – schlimmer hätte es gar nicht kommen können.

»Heute werdet Ihr nicht mehr gebraucht, aber kommt morgen früh in die Kirche.«

»Was werden meine Aufgaben sein?«

»Euer Vorgänger, Diakon Zacharas von Orvelsbach, war hauptsächlich damit beschäftigt, sich um die Menschen zu kümmern, die priesterlichen Beistand benötigen und nicht in der Lage sind, in die Kirche zu kommen. Leider hatte er ebenfalls eine Vorliebe für verlorene Seelen und wollte nicht erkennen, dass manche unwiderrufbar dem Teufel verfallen sind.«

Das sah seinem Halbbruder ähnlich. Wie oft hatte er sie beide mit seiner naiven Mildtätigkeit in Schwierigkeiten gebracht?

»Was geschah mit diesem Zacharas? Wurde er versetzt?«

August schüttelte den Kopf. »Er verschwand.«

»Wieso sollte jemand sein Amt auf solch schändliche Weise niederlegen?«

Der Messdiener senkte die Stimme verschwörerisch. »Wir

vermuten, dass er tot in einem Straßengraben liegt. Es gehen Gerüchte um, dass er sich mit einer Hexe eingelassen haben soll, deren Seele er zu retten versuchte.« Dann hielt er kurz inne und blickte hastig um sich. »Aber ich habe schon zu viel gesagt, meine Pflichten erwarten mich.«

Silas erkannte an dem gehetzten Ausdruck in Augusts Augen, dass dieser jetzt nichts mehr sagen würde, und begleitete ihn nach unten, um Adele zu versorgen und seine Waffen ins Haus zu schmuggeln. Er konnte sich vorstellen, dass an den Gerüchten etwas dran war. Schließlich brachten Frauen immer Ärger, vor allem, wenn es vermeintliche Hexen waren. Er musste diese Person finden.

9

Auf Spurensuche

27. Octobris, Heidelberg

Aber Morgagni weist in seinem Werk *De sedibus et causis morborum per anatomen indagatis* nach, dass zumindest einige Krankheitssymptome auf organische Ursachen zurückzuführen und nicht einem Ungleichgewicht der Säfte zuzuschreiben sind.« Während Icherios noch in die beklemmende Stille des Hörsaals sprach, wurde er sich bereits seines Fehlers bewusst. Aber er hatte das stupide Auswendiglernen von veralteten Büchern satt. Seit knapp einer Woche besuchte er die Universität, und bis auf wenige Ausnahmen zwang man ihn überholte, falsche Dinge zu lernen. Besonders die Jesuiten, die etwa alle drei Jahre ausgewechselt wurden, verfügten nicht über die Zeit, sich auf ihren Fachbereich einzulassen und Vorlesungen vorzubereiten.

Der schwarz gewandete Professor Frissling unterbrach ihn. »Sie berufen sich tatsächlich auf einen Italiener?«

Icherios war sprachlos.

»Es ist allgemein bekannt, dass die Italiener zügellos und von Gott abgewandt leben. Der Teufel regiert dort.«

»Dann lasst uns doch diese Untersuchung widerlegen. Lasst uns Experimente durchführen und den Gottlosen beweisen, wie Unrecht sie haben!«, versuchte der junge Gelehrte den Jesuiten zu überzeugen.

»Alles, was wir wissen müssen, berichtet uns Galenos in seinem *Methodi medendi*. Es wird seit Jahrzehnten gelehrt.«

»Und in dieser Zeit sind neue Erkenntnisse gewonnen worden. Sollten wir uns diese nicht zum Nutze der Menschheit aneignen?« Icherios' Hände zitterten. Er war selbst verwundert, welchen Mut er nun hervorbrachte. War dies eine Folge des Vampirbisses?

»Wir sind nur Gottes Werkzeuge und vollenden sein Werk, egal welch weltliche Bestrebungen oder Hochmut uns verleiten.«

Im Hörsaal breitete sich Unruhe aus. Die Studenten waren offene Streitgespräche nicht gewohnt, einige scharrten mit den Füßen.

Frissling fuhr wütend herum. »Es reicht!« Dann wandte er sich erneut Icherios zu. »Noch ein Wort und ich werde den Pedell rufen, um Sie in den Karzer zu geleiten. Ich erwarte innerhalb einer Woche einen Aufsatz von fünfzig Seiten mit einer Analyse der verwerflichen Moral italienischer Universitäten.«

Icherios wollte schon aufbegehren, doch Marthes legte warnend eine Hand auf seinen Oberschenkel. Widerwillig setzte er sich.

»Mit dem Karzer ist nicht zu spaßen«, flüsterte Marthes. »Es sollen schon Studenten darin verschwunden sein.«

Erst jetzt wurden dem jungen Gelehrten die Konsequenzen seiner Handlung bewusst. Seine Knie fingen an zu zittern, Schweiß brach ihm aus. Professor Frissling würde ihm nie vergeben. Was, wenn er mit den anderen Jesuiten sprach? Er konnte es sich nicht leisten, hier zu versagen. Er wollte doch unbedingt Arzt werden, da musste er sich eben mit dem Auswendiglernen veralteten Wissens abfinden. Was war nur in ihn gefahren?

Marthes betrachtete ihn besorgt. »Alles in Ordnung? Du bist ganz blass.«

Der junge Gelehrte schüttelte den Kopf. »Er wird mich das büßen lassen.«

»Keine Sorge, du bist gut, und das wissen sie auch.«

Icherios war sich dessen nicht so sicher. Den Rest der Vorlesung bemühte er sich, so unauffällig wie möglich zu sein. Sein Magen wollte nicht aufhören zu schmerzen.

Es war die letzte Stunde des Tages. Seit fast einer Woche war er nun in Heidelberg, und wenn man von seinen Problemen mit Professor Frissling absah, ging es ihm recht gut. Seine erste Prüfung hatte er mit Mühe und Not bestanden und seither einen vernünftigen Lernrhythmus entwickelt, der ihn allerdings nicht davon abhielt, nahezu jeden Abend in den *Neckartänzer* zu gehen und einige vergnügliche Stunden mit Julie zu verbringen. Er mochte ihre Sorglosigkeit und ihre lebensbejahende Art.

Das Leben im Magistratum war ruhig. Der geheimnisvollen Gismara war er bisher nicht begegnet, aber Franz war offensichtlich vernarrt in sie, obwohl er sie zugleich zu fürchten schien. Icherios hatte versucht, mehr über sie zu erfahren, doch Franz schwieg trotz ihrer sich langsam entwickelnden Freundschaft beharrlich. Es gab Icherios ein Rätsel auf, warum Auberlin Franz im Ordo Occulto duldete. Er war weder gelehrt noch fleißig oder mit besonderen körperlichen Fähigkeiten versehen, dafür aß er mehr als jeder Mensch, dem Icherios zuvor begegnet war, und verschlief den halben Tag.

Am Ende der Vorlesung eilte Icherios hinaus, seine Ledertasche fest an die Brust gedrückt und den Kopf gesenkt, damit er nicht weiter auffiel. Seinen Kastorhut hielt er zusammen mit seiner Brille in der linken Hand. Maleficium schlief friedlich in der Innentasche seines Mantels. Bisher war die Ratte zum Glück niemandem aufgefallen.

Draußen presste sich Icherios mit dem Rücken gegen die steinerne Wand und holte tief Luft. Seine Knie zitterten noch immer. Er zog seinen monströsen Hut auf und setzte seine Brille mit den runden, gelb getönten Gläsern auf. Dann schloss er die Augen und streichelte Maleficium. Das weiche Fell des Nagers beruhigte ihn.

»Da ist er ja!«

Icherios fuhr zusammen. Er sah eine Gruppe von Studenten, mit denen er die letzten Nächte im *Neckartänzer* gefeiert hatte, auf ihn zueilen.

»Dem hast du es aber gezeigt!«

»Wenn ich nur auch so mutig wäre!«

»Es war wirklich an der Zeit, dass ihm mal jemand die Meinung sagt!«

Alle redeten gleichzeitig auf ihn ein, klopften ihm immer wieder auf die Schulter. Icherios fühlte sich unbehaglich und stolz zugleich. Sein ganzes Leben lang war er ein Außenseiter gewesen, und nun beachteten und respektierten ihn die anderen, das war ein neues Gefühl für ihn. Getragen von der guten Stimmung wäre es Marthes beinahe gelungen, ihn dazu zu überreden, den Tag mit einigen Bechern Wein und Bier ausklingen zu lassen, doch er hatte andere Pläne. Zu sehr quälte ihn das Gefühl, auf der Stelle zu treten. Das Studium entsprach nicht im Geringsten seinen Vorstellungen, und im Magistratum hatte es bisher auch keine seltsamen Vorkommnisse gegeben. Aus reiner Langeweile hatte er sogar schon den *Codex Nocturnus* gelesen, aber außer ein paar alten Weisheiten waren dem Handbuch des Ordo Occulto keine neuen Erkenntnisse abzuringen. Er wusste, dass er sich eigentlich auf die Suche nach einem Heilmittel gegen den

Strigoi in ihm begeben solle, aber er konnte sich nicht dazu überwinden, sich mit dem unangenehmen Thema zu befassen. Sein Gewissen flüsterte ihm unaufhörlich zu, dass er schon immer gut im Verdrängen von Problemen gewesen war. Schmerzlich erinnerte es ihn daran, dass das auch einer der Gründe ist, warum er jahrelang von Laudanum, einer Opiumtinktur, abhängig gewesen war.

Die einzige Abwechslung hatte Auberlin geboten, als er sein Versprechen einlöste und ihn bei einem förmlichen Dinner mit einem halben Dutzend hoher Persönlichkeiten der Universität und sogar einem Berater des Kurfürsten bekanntmachte. Außer einigen vagen Versprechungen hatte es Icherios jedoch nichts gebracht. Stattdessen hatte er mehrere Stunden den gegenseitigen Lobpreisungen lauschen müssen, während er zugleich den starken Drang verspürt hatte, den aufgeblasenen Männern zu erklären, dass die Lehre an der Universität in keinster Weise den modernen Standards entsprach.

Nachdem er sich in der letzten Nacht noch einmal Vallentins Tagebuch angesehen hatte, beschloss Icherios, heute den Winzer aufzusuchen, bei dem Vallentin angeblich im Auftrag eines Händlers Wein gekauft haben soll. Es musste einen Grund geben, warum er die Adresse notiert hatte, obwohl seine Anstellung bei dem Weinhändler offensichtlich nur Tarnung oder gar eine Lüge gewesen war. Marthes kannte das Weingut und beschrieb ihm den Weg, nachdem Icherios behauptet hatte, dass er ein Geschenk für einen Freund in Karlsruhe benötigte, den er demnächst besuchen wollte. Eigentlich wäre es ein Fußmarsch von über einer Stunde gewesen, aber Icherios hatte das Glück, einen großen Teil der Strecke auf einem Karren mitfahren zu dürfen.

Das Weingut lag mitten in den Weinbergen, die in der

Kälte kahl und trostlos wirkten. Im Zentrum stand ein niedriges, dafür umso ausladenderes Steinhaus, um das sich zwei Scheunen und ein Geräteschuppen gruppierten. Eine dichte Reihe Büsche und Bäume schützte die Gebäude vor dem aus Norden um den Hügel pfeifenden Wind. Um einen überdachten Brunnen, der im Sommer mit Kästen voller Geranien geschmückt war, gackerte ein halbes Dutzend Hühner.

Kaum betrat Icherios den Hof, kam ein älterer, drahtiger Mann mit einer breiten Zahnlücke aus einer der Scheunen.

»He, Sie! Kann ich Ihnen helfen?«, rief er nicht unbedingt unfreundlich.

Der junge Gelehrte ging zu ihm hinüber und stellte sich vor.

»Kilian Dirfel, nennt mich einfach Kil.« Der Mann musterte Icherios, dann blieb sein Blick auf dessen Ring mit der Monas Hieroglyphica hängen. »Wird auch Zeit, dass einer von Euch kommt, um die restlichen Papiere abzuholen.«

»Wovon sprecht Ihr?«

»Seid Ihr nicht von der Gilde der Kartenzeichner? Ich dachte, nur die trügen diesen Ring.« Kil deutete auf Icherios' Finger. »Habt Ihr ihn etwa gestohlen?«

Was für eine Frage. Wenn dem so wäre, würde er es wohl kaum zugeben, überlegte Icherios, aber seine Neugierde war geweckt. Er hatte noch nie von einer Gilde der Kartografen gehört, aber der Mann schien zumindest einem Mitglied des Ordo Occulto begegnet zu sein.

»In unseren Unterlagen existieren einige Fehler«, sagte er mit gespielter Zerknirschtheit und senkte seine Stimme zu einem verschwörerischen Flüstern. »Der Verantwortliche trinkt zu viel, müssen Sie wissen. Ich benötige deshalb einen Bericht von Ihnen, damit ich unsere Dokumente vervollständigen kann.«

So leichtgläubig, wie Icherios gehofft hatte, war der Mann nicht. Misstrauisch beäugte er den Ring. »Das soll ich Ihnen einfach so glauben? Was, wenn Sie den Ring tatsächlich gestohlen haben? Man könnte mich zur Rechenschaft ziehen.«

Der junge Gelehrte starrte ihn stumm an und suchte nach einer sinnvollen Antwort.

Kil wirkte genervt. »Eine kleine Motivationshilfe wäre da durchaus angebracht.«

Jetzt verstand auch Icherios, worauf der Mann hinauswollte, und kramte in seiner Tasche nach einigen Münzen, die er dem Weinbauern dann in die Hand drückte.

»Das ist aber eine sehr kleine Hilfe.«

Icherios seufzte und gab dem Mann einen weiteren Kreuzer.

Kil nickte. »Kommen Sie mit.« Gemeinsam gingen sie auf das Wohnhaus zu. »Vor zwei oder drei Jahren kamen zwei Männer.«

»Wie sahen sie aus? Oder nannten sie ihre Namen?«

Kil runzelte die Stirn. »Zirkel und Hoherweg, oder so.«

Er musste Vallentin Zirker und Auberlin von Hohengassen meinen! Icherios unterdrückte seine Aufregung. Endlich eine Spur und ein Beweis, dass die beiden sich kannten!

»Und warum waren sie hier?«

»Sie wollten in meinen Keller.« Kil blickte ihn misstrauisch an. »Euer Schriftführer muss mehr als nur ein wenig betrunken gewesen sein.«

Icherios zuckte mit den Schultern. »Ich überprüfe nur, ob seine Angaben stimmen.«

»Natürlich.« Kil grinste spöttisch. »Also mein Urgroßvater, Gott hab ihn selig, war besessen von Geistern und anderen Geschöpfen. Er sammelte jedes Dokument über diese Wesen, derer er habhaft werden konnte, und begann, eine gewaltige Karte zu zeichnen, in die er alle Sichtungen und Mythen eintrug.«

Vallentin liebte das Anfertigen von Landkarten. Deshalb hatten sie ihn also nach Heidelberg geschickt.

»Dieser Zirkel kam regelmäßig. Zuerst kopierte er die Karte, dann fing er an, sie zu vervollständigen. Doch dann, kurz bevor er fertig war, verschwand er einfach. Nur dieser Hoherweg kam noch einmal, um die Karten mitzunehmen.«

Sie betraten das Haus, das aus hellem Sandstein gebaut worden war und an dem alte Werkzeuge und Hufeisen als Dekoration hingen. Die Decke und der Boden waren im Inneren mit Holzdielen gedeckt, die leise knarrten, als sie darüber gingen. Eine große Wohnküche mit einer Kochstelle, über der Töpfe, Pfannen und Küchengerätschaften an der Wand hingen, war der erste Raum. Dort standen ein Tisch und eine Eckbank, auf der geblümte Kissen lagen. Der Geruch von einer bunten Mischung von Kräutern, die an einem Regal zum Trocknen aufgehängt waren, lag in der Luft. Von der Küche ging es in den Lagerraum, der offensichtlich auch von jemandem als Schlafplatz genutzt wurde. Zwischen Säcken, Kisten und einem halben Räucherschinken lagen ein Strohsack und eine dünne Decke. Kil schob beides beiseite, wodurch eine Luke zum Vorschein kam, durch die sie über eine wacklige Leiter in den Gewölbekeller stiegen, dessen Decke etwa zwei Mann hoch war. Im vorderen der zwei Räume lagerten Weinfässer, die sorgfältig beschriftet in riesigen Holzkonstruktionen lagen.

»Die meisten sind leer«, brummelte Kil. »Schlechte Zeiten, der Wein ist saurer als Essig.«

»Fiel Ihnen etwas an diesem Zirkel auf, bevor er verschwand?«

Kil runzelte die Stirn. »Wenn Ihr mich so fragt. Er wirkte die letzten Tage etwas beunruhigt und bedrückt. Vorher war er immer zu einem Scherz aufgelegt gewesen, aber als ich ihn das letzte Mal sah, stritt er sogar mit jemandem.«

»Wissen Sie, wie der andere aussah?«

»Groß, dünn, irgendwie grau. Er stellte sich nicht vor, und ich sah ihn auch nie wieder.«

Franz! Was hatte er damit zu tun? Icherios wollte sich nicht vorstellen, dass der freundliche und gelassene Mann in Vallentins Tod verwickelt war.

Kil holte einen Schlüssel hervor und öffnete die Tür zum nächsten Raum, bei dessen Anblick es dem jungen Gelehrten den Atem verschlug. Die Wände waren von Regalen gesäumt, in denen sich Pergamentrollen in dichten Schutzhüllen und Bücher aus allen erdenklichen Zeiten, manchmal auch nur lose Blattsammlungen, stapelten. Auf einem riesigen Tisch standen Tintenfässer, Pulver zum Anrühren von Farbe und verschiedenste Pinsel und Messer. Icherios malte sich aus, wie Vallentin stundenlang hier gestanden hatte und dabei seiner liebsten Beschäftigung, der Erstellung von Landkarten, nachgegangen war. Er musste sich wie im Paradies gefühlt haben.

»Für drei Monate ist noch bezahlt. Sehen Sie zu, dass das Zeug hier wegkommt.«

»Was passiert sonst damit?«

Kil zuckt mit den Schultern. »Ich brauche den Platz. Irgendwann wird das Wetter wieder besser werden, und ich habe einem der Taugenichtse vom alten Milbrecht einen Weinberg abgekauft. Bald werden hier Fässer bis unter die Decke lagern, also muss der ganze unnütze Tand verschwinden. Entweder es endet als Zunder, oder Ihr nehmt es mit, gegen eine kleine Entschädigung natürlich. Papier brennt wunderbar, müssen Sie wissen.«

Icherios starrte den Mann fassungslos an. Wie konnte nur jemand auf die Idee kommen, diesen Schatz zu verbrennen? »Ich werde mich darum kümmern.«

10

Nächtliches Kartenspiel

27. Octobris, Heidelberg

Du siehst aus, als hättest du ein Gespenst gesehen.«
Icherios fuhr zusammen, als Franz' Stimme hinter ihm erklang. Dieser stieg gerade die Treppe vom Sekundum herunter. Während er noch genüsslich auf einer Nuss kaute, legte er ihm einen Arm auf die Schulter. »Ich hörte Geräusche und dachte mir, dass du endlich nach Hause gekommen bist. Gismara und ich spielen Karten. Zu zweit macht es aber nicht halb so viel Spaß. Also hol Maleficium, und dann hilfst du mir, dieses Teufelsweib zu besiegen.«

Icherios war gar nicht danach zumute, Karten zu spielen, auch wenn er neugierig auf diese Agentin des Magistratum war, von der er schon so viel gehört hatte.

»Ich bin zu müde.«

»Papperlapapp, wir müssen uns mal etwas vergnügen.«

»Franz …« Icherios holte tief Luft. »Kanntest du Vallentin Zirker?« Von Franz' Antwort hing es ab, ob zumindest eine kleine Hoffnung bestand, dass er ihm vertrauen konnte.

»Ja klar, er kam wie du aus Karlsruhe und sollte für Auberlin eine Karte anfertigen. Ist er ein Freund von dir?«

»Er ist tot.« Der junge Gelehrte beobachtete Franz' Reaktion genau. War seine Überraschung und der Anflug von Trauer echt, der sich auf dessen hagerem Gesicht widerspiegelte?

»Das tut mir leid, aber warum fragst du nach ihm?«

Icherios wagte es nicht, sich Franz vollkommen anzuvertrauen, obwohl er sich nichts mehr wünschte als einen Menschen, mit dem er über seine Probleme reden konnte. Obwohl, zur Not würde ihm auch ein Vampir genügen, dachte er bei sich, und sofort fiel ihm Carissima ein. Sie würde ihn verstehen, ihm zuhören und mit ihrem Wissen zur Seite stehen. Sie hatte ihm schon in Dornfelde beigestanden. Schuldbewusst musste er an Julie denken. Es war nicht richtig, sich mit ihr zu vergnügen, während er sich zugleich nach einer anderen Frau sehnte. Julie war einfach und unkompliziert, alles Eigenschaften, die Carissima nicht aufwies. Dafür war die Vampirin aufregend und eine wahre Freundin.

»Ich weiß erst seit Kurzem, dass er für den Ordo Occulto gearbeitet hat, und bin neugierig.«

Franz blickte ihn nachdenklich an. »Mach nicht denselben Fehler wie er, und lass dich nicht in den Streit zwischen Auberlin und Freyberg hineinziehen.«

»Worum geht es in dem Streit?«

»Das weiß niemand, eine Frauengeschichte wird gemunkelt. Jedenfalls habe ich ihm noch geraten, sich für keine Seite zu entscheiden, aber er wollte nicht auf mich hören. Kurz darauf wurde er nach Karlsruhe zurückberufen, und ich habe ihn nicht mehr wiedergesehen. Ich hoffe, dass er trotz dieses Fehlers noch einige interessante Aufträge bekam.«

»Er starb direkt nach seiner Rückkehr.«

Franz blickte ihn einen Moment schweigend an.

»Gismara wartet, lass uns Karten spielen.«

Icherios hatte inzwischen gelernt, dass man Franz nicht mehr von einem einmal gefassten Plan abbringen konnte. Seufzend willigte er ein und ging zu seinem Zimmer, um Maleficium zu holen.

Als der junge Gelehrte seine Wohnung betrat, lag Maleficium auf seinem Kopfkissen. Ein wässriger Fleck breitete sich unter dessen Schnauze aus. Eine weitere Veränderung durch den Unsterblichkeitstrank – die Ratte sabberte im Schlaf. Trotzdem war Icherios froh, seinen kleinen Gefährten zu sehen. »Wenn du nur sprechen könntest«, murmelte er.

Das Tier öffnete die violett leuchtenden Augen, blinzelte ihn an und riss erwartungsvoll das Maul auf. Der junge Gelehrte lächelte, holte aus einer Dose ein Stück Trockenfleisch und gab es dem Nager. Dann wanderte er im Zimmer auf und ab. Sein Kopf schwirrte vor lauter offenen Fragen. Wer hatte Vallentin ermordet? Was ging im Ordo Occulto vor? Und wie konnte er sich von diesem Strigoi befreien? Viel zu viele Rätsel. Jedenfalls ging irgendetwas Seltsames in Heidelberg vor. Ein Frösteln lief Icherios' Rücken hinab.

Als er die Küche betrat, verschlug es ihm bei Gismaras Anblick den Atem. Sie war eine hochgewachsene, zierliche Frau, deren enges Kleid aus dunkelgrünem Taft ihre schmale Taille betonte. Auf dem Kopf trug sie einen passenden extravaganten, kleinen Hut, der mit einem Band, in dem zwei Raubvogelfedern steckten, verziert war. Ihre kastanienfarbenen Haare, die im Feuerschein rötlich violett schimmerten, trug sie zu einer kunstvollen Frisur hochgesteckt, aus der einzelne, dicke Locken sich herausgestohlen hatten und das schmale, spitze Gesicht umspielten. Durch ihre blasse Haut schienen ihre opalblauen Augen regelrecht zu leuchten, während sie Icherios zugleich eiskalt musterte.

»Das ist also der Neuzugang?«

Der junge Gelehrte fühlte sich trotz der Wärme, die in der Küche herrschte, als wenn er in einen Eissturm geraten wäre. Franz sprang hilfsbereit auf.

»Ja, das ist Icherios Ceihn. Er macht sich ganz gut.«

»Ach ja, was hat er denn bisher geleistet?«

»Ich studiere Medizin.«

»Ein Student?« Sie lachte abfällig. »Nichts Besseres zu tun, als hinter Röcken herzurennen.«

Icherios errötete.

»Dachte ich es mir.« Ihre Augen verdunkelten sich. »Und was hat diese Ratte auf seiner Schulter zu suchen?«

»Lass den Jungen in Ruhe, Gis. Du verschreckst ihn sonst noch.«

»Irgendeiner muss es ja tun.« Sie lächelte Franz an, und mit einem Mal wirkte ihr Gesicht viel weicher und bekam einen zarten Glanz.

Franz spürte, dass der junge Gelehrte unkonzentriert war, und schob ihn zu einem Stuhl.

»Spielst du Pharo?«

Icherios verneinte. Sein Blick wanderte zwischen Gismara und Franz hin und her.

Mit einer beschwichtigenden Geste zu der blauäugigen Schönheit holte Franz tief Luft und erklärte Icherios die Regeln des aus Frankreich stammenden Kartenspiels, bei dem bis zu vier Spieler gegen die Bank spielten, die von Gismara übernommen wurde. Trotz seiner Nervosität lernte der junge Gelehrte schnell, doch Gismaras Geschick war unbezwingbar. Sie gewann Partie um Partie. Ihre Augen strahlten vor Freude. Nur wenn sie Icherios anblickte, verdüsterte sich ihre Miene. Er fragte sich, wie er sie verärgert hatte, oder ob sie von Natur aus so garstig zu Männern war.

Nach Freybergs außergewöhnlichem Aussehen und seinen Begegnungen mit Vampiren und Werwölfen überraschte es ihn, in Auberlin, Gismara und Franz augenscheinlich ganz normale Menschen vor sich zu haben. Aber was war ihre Aufgabe? Wo hielt sich Gismara die meiste Zeit über auf?

Der junge Gelehrte streckte sich und gähnte. Seine innere Unruhe ließ allmählich nach. Schläfrig blickte er nach draußen und beobachtete, wie die aufgehende Sonne den östlichen Himmel in rote Flammen tauchte.

Franz legte seine Karten zur Seite. »Nicht schummeln, ich setzte Wasser fürs Frühstück auf.«

Gismara erhob sich ebenfalls und trat an ein Fenster, dessen Läden sie nicht geschlossen hatten, um der frischen Nachtluft Einlass zu gewähren. Der junge Gelehrte bewunderte ihre schmale Silhouette, die sich gegen das Morgenlicht abzeichnete.

»Wie kommt eine Frau zum Ordo Occulto?«

Icherios ahnte, dass er einen Fehler begangen hatte, als sie blitzschnell zu ihm herumfuhr.

»Glaubt Ihr, nur weil ich eine Frau bin, wäre ich Euch unterlegen?«

»Nein, natürlich nicht«, stotterte Icherios.

»Was wundert es Euch dann, dass ich hier bin?«

»Ihr seid sehr schön. Viele Männer müssen Euch als Frau begehren.«

Sie ballte die Hände zu Fäusten. »Und Ihr glaubt, dass ich zu Mann und Kindern hinter einen Herd gehöre?«

Der junge Gelehrte sah sich Hilfe suchend nach Franz um, doch dieser blickte kein einziges Mal von seinen Frühstücksvorbereitungen auf. »Setz ihm nicht so zu, Gis«, versuchte er sie zu beschwichtigen. »Er hat es nicht böse gemeint.«

»Das tun sie nie.«

Icherios fühlte, wie er zornig wurde. War es ein erstes Anzeichen dafür, dass der Strigoi die Kontrolle über seine Gefühle übernahm? Oder war es seine eigene Wut?

»Wenn ich eines gelernt habe, dann ist es, bei Frauen auf der Hut zu sein und sie nicht zu unterschätzen.«

Gismara betrachtete ihn argwöhnisch. »Das wäre eine außergewöhnlich vernünftige Einstellung.« Sie drehte sich wieder zum Fenster. »Ich habe Hunger, wie lange brauchst du noch, Franz?«

Icherios starrte sie einen Moment verwirrt an ob des unvermittelten Themenwechsels. Dann zwang er sich zur Ruhe und öffnete seine zu Fäusten geballten Hände.

»Wenn ihr eure faulen Hintern in die Speisekammer bewegen könntet und schon mal Brot, Käse und nach was es euch sonst gelüstet holen würdet, ginge es deutlich schneller.«

Gismara zog ihre dünnen Handschuhe aus, warf sie auf den Tisch und schlenderte in den Vorratsraum. Icherios stand ebenfalls auf. Auf dem Weg zur Vorratskammer stieß er beinahe mit Gismara zusammen, die bereits mit Krügen beladen zurückkam. Sie warf ihm einen zornigen Blick zu, dann glitt sie an ihm vorbei.

Kurze Zeit später war das Frühstück vorbereitet, und Franz brachte zwei Pfannen mit Eiern, Speck, Tomaten und Schinken. Die Nacht ging in den Tag über, die ersten Hahnenschreie erklangen, und ein grauer Morgen brach an. Sie begannen gerade damit den Tisch abzuräumen, als Auberlin die Küche betrat.

»Es gibt Arbeit.«

Franz klatschte in die Hände. »Endlich etwas zu tun, aber erst nach einem Schläfchen.«

Gismara war nicht ganz so begeistert. »Ihr wisst, dass ich sowieso schon viel zu tun habe und bereits erwartet werde.«

Der Leiter des Magistratum wirkte selbst im Gegensatz zu der zierlichen Frau klein und schmächtig. »Das ist wichtig, aber Eure Anwesenheit wird erst am Nachmittag benötigt.«

»Möchtet Ihr frühstücken?« Franz hielt Auberlin hoffnungsvoll eine Pfanne hin, in der er die Reste gesammelt hatte.

»Ein Bissen kann nicht schaden.«

Während Franz einen Teller vollhäufte, fuhr Auberlin fort. »Wir wurden vom Besitzer der Katharinenmühle gebeten, einen Geist auszutreiben, so nannte er es jedenfalls.«

»Wissen wir, ob es nur eingebildeter Hokuspokus ist, oder gibt es ein echtes Problem?«, fragte Gismara.

»Im sechzehnten Jahrhundert wurde eine vermeintliche Hexe dort am Mühlrad ertränkt. Vielleicht hat sie jemand zurückgeholt oder bedient sich ihrer Geschichte.«

Gismara nahm sich ein Stück Schinken aus der Pfanne und knabberte an ihm. »Dann geschieht es ihnen recht.«

Franz legte ihr eine Hand auf die Schulter, um sie zu beschwichtigen. Icherios schauderte noch immer bei dem Gedanken, von diesen viel zu langen, dürren Fingern berührt zu werden.

»Ich kenne die Mühle. Der Vorfall geschah vor mehreren Jahrhunderten, seither hat sie mehrfach den Besitzer gewechselt. Wir müssen ihnen helfen.«

»Wenn du es sagst.« Gismara schüttelte seine Hand ab. Dann richtete sie ihre Aufmerksamkeit wieder auf Auberlin. »Mir bleibt ohnehin keine Wahl, nicht wahr?«

Icherios war froh, nicht das Ziel ihres eisigen Blicks zu sein.

»Wir treffen uns am Nachmittag.«

»Wir gehen auf Geisterjagd?« Der junge Gelehrte konnte nicht glauben, was er da hörte. Er hatte gehofft, der Ordo Occulto würde sich mit der Erforschung vermeintlich übernatürlicher Gegebenheiten beschäftigen, aber nicht aktiv gegen sie vorgehen.

»Wir schauen uns zumindest an, ob es einen Geist gibt, oder ob wir nur einem Menschen ins Handwerk pfuschen müssen«, erklärte Franz. »Leg dich hin. Es wird eine lange Nacht werden. Ich werde dich später wecken, um dir dein Pferd zu zeigen.«

»Pferd?«, krächzte Icherios. Er war kein guter Reiter, und diese Geschöpfe jagten ihm Angst ein.

»Ich beabsichtige nicht, dahin zu laufen, Grünschnabel.«

Mit einem flauen Gefühl in der Magengrube zog sich der junge Gelehrte in sein Zimmer zurück.

Als er einige Stunden später aufwachte, erwartete ihn ein klarer, kalter Herbsttag. Die Wolkendecke hatte sich aufgelöst, und blasses Sonnenlicht drang in sein Zimmer. Maleficium lag auf seiner Brust und hatte mit seinem Speichel das Hemd seines Herrn durchweicht.

Gähnend nahm Icherios den Nager und legte ihn aufs Bett, dann stand er auf und wusch sich Hände und Gesicht. Danach teilte er sich einen saftigen Apfel mit Maleficium. Trotz dessen Vorliebe für Fleisch wusste der Nager ab und an ein Stück Obst oder eine Nuss durchaus zu schätzen.

Anschließend fasste er in einem Notizbuch, das er zusammen mit Vallentins Tagebuch und Brief unter einer lockeren Diele verbarg, seine neuesten Erkenntnisse zusammen. Daraufhin holte er ein mächtiges, in Ölzeug eingeschlagenes Buch aus einer Schublade und legte es voller Ehrfurcht auf seinen Schreibtisch. Vorsichtig öffnete er die schützende Umhüllung. Es war sein größter Schatz: das *Monstrorum Noctis*. Darin enthalten war eine Aufzählung sämtlicher Kreaturen der Nacht und solcher, die aufgrund ihrer Gefährlichkeit als derartige empfunden wurden. Vampire, Werwölfe, Hexen, Harpyien – die Geschichte all dieser Wesen stand in kunstvollen Bildern und Schriften verewigt auf dem dicken Papier. Das Besondere an dem Buch war aber etwas ganz anderes. Es war eine der wenigen unveränderten Kopien des Originals. Icherios hatte zuvor bereits eine Ausgabe des *Monstrorum Noctis* besessen, doch es war eine Fälschung gewesen; von Vampiren gekürzt und in Umlauf gebracht, um nicht alles Wissen preiszugeben, das ihr Schöpfer Hermes Trismegistos hinterlassen hatte. Jetzt besaß er aber ein echtes, das ihm als Dank für die Aufklärung der Morde in Dornfelde vom dortigen Fürst übergeben worden war.

Icherios hatte gerade einen Abschnitt gelesen, um mehr über Strigoi zu erfahren, als es an die Tür klopfte.

»Es ist an der Zeit, dass du dein Pferd bekommst«, drang Franz' Stimme zu ihm vor.

Icherios seufzte. Ihm graute es bei dem Gedanken reiten zu müssen. Zudem hatte er Wichtigeres zu tun, als sich mit Spukgeschichten herumzuschlagen. Verärgert schlug er das Buch zu. »Ich komme.« Er nahm Mantel und Hut, setzte Maleficium auf seine Schulter und ging zu Franz hinaus. Dieser warf einen Blick auf den Kastorhut, riss ihn dem jungen Gelehrten aus der Hand und hängte ihn an die Garderobe.

»Den weht es dir nur vom Kopf.« Damit schloss er die Tür und schob Icherios auf die Treppe zu. »Die Stallungen befinden sich im Hof.« Er hielt ihm einen Beutel mit Nüssen und Rosinen hin. »Möchtest du eine?«

»Nein, danke.«

»Du siehst aus, als hättest du reichlich Muffensausen bei dem Gedanken an das Pferd.«

Icherios hob abwehrend die Hände. »Ich reite einfach nicht gerne.«

»Aber du kannst es doch, oder?«

»Sagen wir mal so, es gelingt mir, mich oben zu halten.«

»Das will ich mir lieber anschauen, bevor wir heute Nacht den Neckar entlangreiten. Wen die Strömung einmal in ihren Klauen hat, den lässt sie nicht mehr los.«

»Das haben die meisten Flüsse so an sich.«

»Hier ist es etwas anderes.« Franz runzelte die Stirn. »Irgendetwas scheint die Toten zu verspeisen, bevor sie wieder auftauchen können. Nur selten treibt die Leiche eines Ertrunkenen an das Ufer. Für gewöhnlich verschwinden sie, ohne dass man je wieder von ihnen sieht oder hört.«

Icherios zuckte mit den Schultern. »Vermutlich eine starke Strömung.«

»Wenn du meinst.« Franz klang nicht überzeugt. »Zumindest wirst du dich sicher nicht vor Gismara blamieren wollen.«

»Ist diese Frau immer so schrecklich?«

»Sie mag Männer nicht besonders. Sie braucht einige Zeit, bis sie einem vertraut. Dann ist Gis aber eine entzückende Person.«

»Wenn du meinst.« Diesmal klang Icherios nicht sehr überzeugt.

Der Stall schloss sich an die Rückseite des Tertiums an. Es war ein einfaches, flaches Steingebäude, an das eine kleine, umzäunte Grünfläche angrenzte.

»Wer kümmert sich um die Tiere?«

»Ein Bursche aus der Nachbarschaft ist ganz versessen auf Pferde und reinigt die Ställe für ein paar Kreuzer Lohn.«

»Ich bin auch zu Fuß recht schnell.«

Franz lachte erneut auf. »Bei deinen langen Beinen glaube ich das gerne, aber du solltest nicht keuchend auf dem Boden liegen, falls wir heute Nacht einem zornigen Geist ge-

genübertreten sollten.« Er riss die Tür auf und schubste Icherios in den nach Dung und Leder riechenden Raum. »Dein Prachtstück nennt sich Mantikor und steht in der letzten Box.«

»Warum nicht Butterblume?«, murmelte Icherios, während er der Boxengasse nach hinten folgte. Er zählte fünf prächtige Pferde, die ihre Köpfe über die Türen hängten. Dann sah er Mantikor und wurde blass. Das Tier war riesig!

Franz lachte. »Keine Angst, er ist ein lieber Kerl.« Er öffnete die Box und holte einen stämmigen Fuchs mit dunkelbrauner Mähne und einem weißen Stern auf der Stirn heraus. »Ich sattle ihn für dich, und dann machen wir einen Ausritt.«

Icherios hob zu einem Protest an, doch als er in Mantikors dunkle Augen blickte, strahlten sie eine tiefe Ruhe und Sanftheit aus, die ihn seine Furcht vor Pferden vergessen ließ.

Sobald Franz mit Mantikor fertig war, ging er zu einem kleinen Apfelschimmel, den er ebenfalls sattelte.

Anschließend führten sie die Tiere hinaus und saßen auf. Trotz seiner Größe bereitete es Icherios Schwierigkeiten, auf Mantikors breiten Rücken zu klettern, sodass er mehrere Versuche benötigte, bis er oben saß. Dabei hörte er immer wieder Franz' unterdrücktes Kichern, während dieser munter eine Nuss nach der anderen kaute. Schließlich war der junge Gelehrte bereit, und sie konnten loslegen. Sie ritten zum Wald am Fuße des Heidelberger Schlosses. Icherios gewöhnte sich schnell an den mächtigen Wallach. Es war ein friedliches Tier, das sich durch nichts aus der Ruhe bringen ließ. Allmählich fasste er Vertrauen und begann das Gefühl zu genießen, den kräftig arbeitenden Körper unter sich zu spüren. Bei ihrer Rückkehr ins Magistratum fühlte er sich für den Ritt zur Katharinenmühle bereit.

11

Leichenfund

28. Octobris, Heidelberg

Gott, der unser Herz erleuchtet, schenke dir die wahre Erkenntnis deiner Sünden und lasse dich Seine Barmherzigkeit spüren.« Silas musste bei diesen Worten ein Würgen unterdrücken. Wer war nur auf die hirnverbrannte Idee gekommen, ihn die Beichte abnehmen zu lassen? Ihm, dem Hexenjäger, brach in der Enge des Beichtstuhls der Schweiß aus. Nicht dass es ihn störte, die schmutzigen, kleinen Geheimnisse der Menschen zu teilen. Nein, das war schon in Ordnung. Es war gut zu wissen, dass der Bäcker seine Frau jeden Mittwoch mit einer Hure an der alten Brücke betrog, oder dass Felix von der Stadtwache seine diebischen Finger nicht unter Kontrolle hatte. Doch dieses heuchlerische Gebrabbel von Gott schlug ihm auf den Magen. Die Büßer mochten sich ja reumütig geben, dessen ungeachtet würde der Bäcker es kommenden Mittwoch wieder mit der Hure treiben und Felix den nächsten Händler um sein Geld erleichtern. Dann würden sie wieder in die Kirche kommen, ein paar Münzen spenden und glauben, alles wäre mit einem Dutzend Gebeten in Ordnung. Silas wusste zwar um seine eigenen Verfehlungen und Schwächen, aber immerhin hatte er den Mumm zu ihnen zu stehen.

»Hebe dich, Satan, von mir! Du bist mir ärgerlich; denn du

meinst nicht, was göttlich, sondern was menschlich ist.« Silas hörte ein überraschtes Aufkeuchen. Er grinste. Wer hätte gedacht, dass er noch Verwendung für die unzähligen auswendig gelernten Bibelstellen haben würde? Der Mann, der gekommen war, um sein Gewissen zu beruhigen, versuchte durch das Gitter einen Blick auf sein Gesicht zu erhaschen. Silas senkte den Kopf.

»Wie kann ich dir helfen, mein Sohn?«

»In Demut und Reue bekenne ich meine Sünden. Meine letzte Beichte war vor acht Tagen.« Der Mann stockte kurz. »Ich habe meine Frau belogen und mich betrunken.«

Der Hexenjäger wartete darauf, dass der Mann fortfuhr. Er hatte ihn an seiner Stimme erkannt und wusste, dass dies nicht all seine Verfehlungen waren. Doch sein Gegenüber schwieg.

»Wer der Versuchung erliegt, sollte niemals sagen: *Diese Versuchung kommt von Gott. Gott lässt sich nicht zum Bösen verführen, und er verleitet auch niemanden zur Sünde.*« Silas räusperte sich. »Mein Sohn, hast du sonst noch etwas zu beichten?«

»Nein, Hochehrwürdiger Herr.«

Heuchlerischer Bastard! Selbst in der Beichte stand er nicht zu seinen Fehlern. Dabei hatte er ihn Abend für Abend volltrunken im *Mäuseschwanz* gesehen, in jedem Arm eine Prostituierte. »Ich möchte, dass Ihr ein Vaterunser sprecht.«

Silas schloss die Augen, während Grenalt Faßbinder routiniert das Gebet runterleierte.

»Diese und alle meine Sünden tun mir von Herzen leid. Mein Jesus, Barmherzigkeit.«

Silas schüttelte sich vor Ekel über diese Heuchelei. Trotzdem sprach er seinen Vers. »Ego te absolvo a peccatis tuis in nomine Patris et Filii et Spiritus sancti.« Er musste Zacharas zuliebe durchhalten.

»Amen.«

»Danket dem Herrn, denn er ist gütig.« *Deshalb lässt er auch unschuldige Frauen in seinem Namen verbrennen.*

»Sein Erbarmen währt ewig.«

»Der Herr hat dir die Sünden vergeben. Geh hin in Frieden.« *Und gib dich deinen Lastern hin, solange du beim nächsten Mal genug Zaster bringst.*

Nachdem der heuchlerische Bastard den Beichtstuhl verlassen hatte, seufzte Silas auf. Das war der Letzte für den Tag. Einer mehr, und er hätte sich nicht länger beherrschen können. Ein leises Klopfen an der Tür ließ ihn auffahren. Nicht mal ein Augenblick der Ruhe war ihm in diesem Wespennest vergönnt. »Diakon Hohenweide?«

Silas setzte sein freundlichstes Gesicht auf und öffnete die Tür. Vor ihm stand der feiste Augustus, aber dieses Mal wirkte er aufrichtig bestürzt. Er zog ihn in eine dunkle Ecke und flüsterte ihm ins Ohr.

»Ihr müsst mit uns kommen. Wir haben Euren Vorgänger, Zacharas von Orvelsbach, gefunden. Er ist tot.«

Silas war es nicht möglich, seine Bestürzung zu verbergen. Zitternd stützte er sich an der Wand ab. Er hatte es die ganze Zeit geahnt – sein Bruder war zu pflichtbewusst, um sein Amt einfach zurückzulassen –, doch die Gewissheit ließ sein sonst so hartes Herz brechen.

August beobachtete ihn besorgt. »Es ehrt Euch, dass Euch der Verlust eines jungen Lebens so sehr berührt.«

Silas hörte die Falschheit in den Worten des Messdieners. Wut staute sich in ihm auf. Nicht auf den fetten Ministranten, sondern auf die Welt, die ihm seinen Bruder nahm, sein letztes wahres Familienmitglied.

»Hochwürden Kossa hat angeordnet, dass ihr Euch um den Leichnam und die Benachrichtigung der Familie kümmern sollt. Da Ihr von seinem Tod profitiert, schien es ihm nur angemessen.«

Silas wollte August für diese Worte am liebsten die Nase mit seinen Fäusten ins Gehirn schmettern. Aber er musste sich beherrschen. Er musste Zacharas Mörder finden und ihn rächen. *Auge um Auge, Zahn um Zahn.* Manchmal verfügte die Bibel durchaus über Weisheit. Sollte eine Hexe ihre Finger im Spiel haben, würde sie sich die Inquisition herbeiwünschen, anstatt ihm ausgeliefert zu sein.

Der Messdiener führte ihn hinunter zu den Neckarwiesen und deutete auf eine Gruppe von Trauerweiden, die mit ihren Ästen eine dichte Wand gewoben hatten.

»Mir hat der Anblick gereicht. Ihr findet mich in der Kirche.«

Silas atmete tief ein, bevor er auf die Bäume zuschritt. Aus dem Inneren des aus Zweigen gebildeten Kreises drangen gedämpfte Stimmen. Mit zitternden Fingern schob er die Äste auseinander und trat ein. Drei Männer der Stadtwache blickten ihn erwartungsvoll an. Auf dem Boden lag das, was von Zacharas übrig war. Er musste tagelang im Fluss getrieben sein; sein Fleisch war bläulich, aufgedunsen und an vielen Stellen angefressen. Von dem Gesicht war nur noch verwesendes Gewebe und Knochen zu erkennen. Eine Identifikation wäre nicht möglich gewesen, hätte er nicht die Robe eines Diakons und das silberne Kreuz getragen, das Silas ihm geschenkt hatte. Eine unfreiwillige Gabe eines seiner Opfer aus seinen Zeiten als gewöhnlicher Auftragsmörder. Zacharas wusste natürlich nichts von dessen Herkunft, aber Silas vermutete, dass sein Bruder es geahnt und es nur aus Liebe zu ihm angenommen hatte.

Der Hexenjäger lehnte sich an den Stamm der Weide und verfluchte dabei seine Schwäche. Er wurde wirklich alt.

»Geht es Euch gut, Hochehrwürden?« Ein hakennasiger Mann mit bläulich durchscheinenden Adern im Gesicht blickte ihn besorgt an. »Kein schöner Anblick. Er muss unvorsichtig gewesen und in den Fluss gefallen sein.«

»Oder man brachte ihn um«, murmelte Silas.

Die Stadtwache räusperte sich. »Niemand würde es wagen, Hand an einen Diener Gottes zu legen.«

Die Naivität dieses Mannes nervte den Hexenjäger. Aber immerhin bedeutete das auch, dass er leicht zu manipulieren sein würde, versuchte Silas sich zu beruhigen. Er kniete sich neben die Leiche in das schlammige Ufer. Ein fauliger Gestank schlug ihm entgegen, den er nur am Rande wahrnahm. Sacht legte er ihm die Hand auf die aufgedunsene Brust und schloss die Augen. Eigentlich sollte ein echter Priester hier knien und ihm den letzten Segen geben. Zacharas hätte es so gewollt. Aber er würde verstehen, dass er seinen Mörder fangen musste. Er hatte immer alles verstanden. Silas wusste, dass es kein Unfall war. Sein Bruder war ein sehr bedachter und vorsichtiger Mensch gewesen. Niemals wäre er in den Fluss gefallen, wenn nicht jemand nachgeholfen hätte.

Er stand wieder auf, und die Stadtwache bekreuzigte sich. Der Mann mit der Hakennase fasste Mut und fragte: »Was soll mit ihm geschehen?«

Silas fühlte sich einen Moment hilflos. Was war in Heidelberg üblich? Begutachteten Universitätsärzte die Leiche?

»Derselbe Ablauf, wie immer.«

Der Mann nickte. »Wir bringen ihn zur Begutachtung in die Universität.«

»Die Familie wünscht eine schnelle Beerdigung.« Er wusste, dass Adele alles andere als einverstanden damit wäre, aber er wollte Zacharas nicht ihren garstigen Klauen ausliefern. Sein Bruder hatte Heidelberg und die Kirche geliebt. Nun sollte er auch hier beerdigt werden ohne die heuchlerische Trauer seiner Mutter.

Die Stadtwachen senkten demutsvoll den Kopf. »Wir werden es veranlassen.«

Silas nickte ihnen zu und kämpfte sich wieder durch die Äste hindurch. Er musste so schnell wie möglich fort von diesem Ort.

12

Die Mühlenhexe

28. Octobris, Heidelberg

Franz führte sie einen schmalen Pfad entlang, der durch die Ausläufer des Waldes dem Lauf des Neckars folgte. Zwischen den dicht stehenden Bäumen verlor Icherios den Mond aus den Augen. Einzig das Glitzern des Wassers gab ihm die Gewissheit, dass sie sich nicht in den Tiefen des Forstes verirrten. Trotz des Frostes, der Zweigen und Laub einen weißen Schimmer verlieh, rann dem jungen Gelehrten der Schweiß den Rücken hinunter. Starr blickte er in die Dunkelheit, beobachtete die Schatten, die überall lauerten. Die Stromschnellen glitzerten im Mondlicht, während hinter ihnen die finsteren, bewaldeten Hügel aufragten. Eine unheimliche Stille lag über dem Land, die nur vom Klappern der Hufe und dem gelegentlichen Schnauben der Pferde durchbrochen wurde. Icherios' anfängliche Unsicherheit im Sattel wandelte sich in zögerliche Freude. Auch wenn er wusste, dass sein Hinterteil später schmerzen würde und seine Beine bereits jetzt schon protestierten, genoss er das Spiel von Mantikors Muskeln unter seinen Schenkeln. Der Wallach folgte Franz' Schimmel, ohne dass er irgendwelcher Anweisungen bedurfte, und schielte nur ab und an zu Gismaras rassiger Fuchsstute hinüber.

Schließlich tauchten vor ihnen die Umrisse einer alten,

steinernen Wassermühle auf, deren Mühlrad sich leise quietschend gegen die Sperre auflehnte, die sie festhielt.

Icherios trieb Mantikor an, um an Franz' Seite zu reiten. »Warum steht die Mühle allein?«, flüsterte er.

Franz zügelte seinen Hengst und deutete auf einige Felsen und Sträucher am Ufer. »Früher standen hier noch andere Häuser – das ist alles, was von ihnen übrig ist.«

Der junge Gelehrte ritt ein Stück näher und erkannte, dass es sich um die Reste von steinernen Wänden und Kaminen handelte, die nach und nach von der Natur zurückerobert worden waren. Man hatte die Steine abgetragen, um neue Gebäude zu errichten.

»Vor etwa einem Jahrhundert lag hier noch eine kleine Siedlung, die aber einst in einer einzigen Nacht niederbrannte. Seither ist jeder Versuch, sie erneut aufzubauen, gescheitert. Innerhalb eines Jahres brennt jedes Gebäude ab – nur die Mühle bleibt immer bestehen.«

»Und trotzdem wird erst jetzt von einem Spuk gesprochen?«

»Die Katharinenmühle stand fast zwei Jahrzehnte leer, bis Meister Dobaldius sie übernahm. Seither hat man keine neuen Häuser gebaut, sodass der Fluch in Vergessenheit geriet.«

»Es gibt tatsächlich einen Fluch?«

»Wie immer einzig durch die Verblendung der Männer verursacht«, schaltete sich Gismara ein. »Eine Frau wurde der Wasserprobe unterzogen und ertrank dabei. Allerdings hatten die Trottel tatsächlich eine echte Hexe gefangen, eine Maleficia, die sie noch mit ihren letzten Atemzügen verfluchte.«

»Was ist eine Maleficia?«

Gismara hob spöttisch eine Augenbraue. »Ich dachte, Ihr seid ein Gelehrter?«

»Und kein Scharlatan, der sich mit Aberglauben beschäftigt«, gab Icherios schnippisch zurück.

»Um die Kanzlei in Karlsruhe muss es schlecht bestellt sein, wenn sie uns solch einen Narren zur Ausbildung schicken. Eine Maleficia ist eine geborene Hexe, die auf Schadenszauber und Flüche spezialisiert ist. Sie zu verärgern ist gefährlich.«

»Und nun spukt diese Hexe in der Mühle herum?«, fragte Icherios verächtlich.

Bevor die Situation eskalieren konnte, schaltete sich Franz ein. »Um das herauszufinden, sind wir hier. Es wäre allerdings verwunderlich, da in den Überlieferungen nur von den Bränden die Rede ist, aber niemals von einem Geist.«

»Niemand der heute Lebenden kennt den genauen Wortlaut des Fluches«, erklärte Gismara etwas freundlicher und streichelte dabei versonnen den Hals ihrer Stute. »Vielleicht schützt sie nur die Mühle, um nicht in Vergessenheit zu geraten. Der einzige Grabstein, der ihrer armen Seele gewährt wurde.«

Arme Seele? Icherios blickte die Frau verwundert an. Sollte die Geschichte wahr sein, hatte diese Hexe unzählige Menschenleben auf dem Gewissen. Wie konnte sie Mitleid mit ihr empfinden?

Franz führte sie einige Meter weiter, dann stieg er ab, drückte Gismara die Zügel in die Hand und hob die Nase in den Wind, als wenn er eine Witterung aufnehmen würde. Icherios lief es kalt den Rücken hinunter. Er hatte Derartiges bereits in Dornfelde gesehen – bei den Werwölfen, getarnt in ihrer menschlichen Gestalt.

»Ich erkunde die Umgebung. Wartet hier.«

Nachdem Franz in der Dunkelheit verschwunden war, gewann bei Icherios die Sorge Überhand. »Ist es nicht gefährlich? Selbst wenn kein Geist, sondern Menschen ihr Unheil treiben, könnte er in Schwierigkeiten geraten.«

Gismara lachte übertrieben. »Mit Menschen wird er schon fertig, und er ist erfahren genug, um keinem Geist in die Falle zu tappen.« Sie wandte sich ab und blickte auf den Neckar hinaus. Das Thema schien für sie erledigt zu sein.

In Icherios blieb ein ungutes Gefühl zurück, sodass er erleichtert war, als Franz' Stimme gedämpft aus dem Dunkeln drang. »Alles verlassen, keine Spuren von Menschen.«

»Bist du dir sicher?«, fragte Gismara.

»Ja, wir scheinen es tatsächlich mit etwas Älterem zu tun zu haben.«

»Du weißt, was das bedeutet?« Zum ersten Mal schwang Unsicherheit in der Stimme der Frau mit.

»Der Grünschnabel und ich werden dich beschützen, sobald wir drin sind.«

Icherios verstand kein Wort. Unruhig rutschte er im Sattel hin und her. »Wovon sprecht ihr?«

»Es ist kein Mensch, der die Probleme verursacht«, erklärte Franz ausweichend.

»Wie kannst du so sicher sein?«

»Ich habe keine entsprechenden Spuren gefunden.«

»Du willst mir doch nicht erzählen, dass wir es mit einem Geist zu tun haben?«

»Ist das so abwegig?«

Icherios dachte an seine Begegnung mit der Grabenden Helene in Dornfelde, trotzdem weigerte er sich weiterhin, die Existenz von Geistern vollständig zu akzeptieren, bevor nicht alle anderen Möglichkeiten ausgeschlossen worden waren.

»Die Vorkommnisse könnten auch andere Ursachen haben.«

»Ja, könnten sie, doch wir sind gerufen worden, um sicherzustellen, dass kein Geist, Fluch oder ein anderes nichtmenschliches Wesen hier Unheil verbreitet«, fuhr Gismara den jungen Gelehrten ungeduldig an.

»Was wollt Ihr dagegen unternehmen?« Icherios hatte in seinen Büchern einiges über Geister gelesen, aber niemals einen Hinweis gefunden, wie man sich ihrer zuverlässig entledigte.

»Hexenzauber bekämpft man am besten mit Hexenzauber.« Sie blickte Franz an. »Ich habe alles dabei, lasst uns gehen. Der Kreis muss um Mitternacht stehen.«

Franz nickte. »Ich erkläre dir, was du zu tun hast, Grünschnabel. Befolge einfach meine Anweisungen.«

Schweigend ritten sie auf das niedrige Gebäude zu. Die Tür stand offen, als wenn jemand sie erwarten würde. Sie stiegen ab, und während seine Begleiter die Satteltaschen abnahmen, blickte Icherios auf den dunklen Strom hinaus. Er fühlte sich beobachtet. Die Stromschnellen erzeugten ein ständiges Wechselspiel aus Licht und Schatten, aus dem blau leuchtende Augen ihn anzustarren schienen. Ein düsteres und zugleich verlockendes Lied erklang in seinem Kopf, das ihn darüber nachdenken ließ, sein Leben in die Hände des Neckars zu legen.

»Ich bringe die Pferde in Sicherheit.« Franz ergriff die Zügel der Tiere und verschwand in Richtung Waldrand. Der junge Gelehrte starrte ihm hinterher. Das Lied war verstummt und hinterließ eine Sehnsucht und Leere in seinem Inneren, die er nur schwer abschütteln konnte.

Widerstrebend folgte er Gismara in die Mühle und durch einen schmalen Gang, von dem zahlreiche Lagerräume und eine Treppe in den Keller abzweigten, in einen großen Raum hinein, in dem noch der schwere Geruch von Mehlstaub hing. Massive Holzbalken stützten das Gebäude, während die Achsen und Gewinde der Mühle ein verwirrendes Geflecht bildeten, in dem unzählige Spinnen ihre Netze gespannt hatten.

Ohne sich umzublicken, begann Gismara den Inhalt ihrer Taschen auszuräumen: Kerzen und Kreiden in den verschiedensten Farben, ein Bündel silberner Nadeln und Dolche, eine goldene Schüssel, ein Kristallkelch und ein mit Smaragden besetzter Ritualdolch. »Ich benötige etwas von Eurem Blut.«

»Wie bitte?« Icherios glaubte, sich verhört zu haben, so beiläufig hatte sie es vorgebracht.

»Ich sagte, ich brauche Euer Blut.«

»Wozu?«

»Wonach sieht es denn aus?«

»Ich gebe mich nicht für irgendwelchen Hokuspokus her.«

Gismara sprang auf ihn zu – viel schneller, als es einem Menschen möglich sein sollte –, packte ihn an der Kehle und hob ihn hoch. Ihre Augen glühten in einem faszinierenden Blaugrün. »Sehe ich aus, als wenn ich Hokuspokus betreiben würde?«

»Lasst mich runter«, krächzte Icherios.

Sofort ließ sie ihn los, woraufhin er auf den Boden plumpste. »Was seid Ihr? Ein Vampir?«

»Sie ist eine geborene Hexe, eine Incantatrix, um genau zu sein«, erklärte Franz betont lässig, während er den jungen Gelehrten sorgfältig beobachtete.

»Es gibt keine Hexen. Sie wurden von der Inquisition ausgelöscht«, wandte Icherios ein.

»Entscheide dich, entweder wir existieren überhaupt nicht, oder wir wurden verfolgt.« Gismara lächelte spöttisch.

»Allerdings geschah es selten, dass jemand einer Incantatrix auf die Schliche kam. Meist erwischte es andere Arten, und noch viel häufiger waren es unschuldige Frauen, deren Intelligenz die Männer erschreckte.«

»Wie Hellseherinnen?«

»Die Saga, ja, sie sind die Schwächsten im Kampf, wenn auch mit der mächtigsten Gabe.«

Icherios dachte an Eva, eine Frau, die ihm in Dornfelde geholfen und dafür mit ihrem Leben bezahlt hatte. Die Trauer schnürte ihm die Kehle zu. »Ich kannte eine Saga. Sie hat mir geholfen.«

Überraschung spiegelte sich auf Gismaras Gesicht wider.

Icherios kam ein absurder Gedanke. »Dachtet Ihr, dass ich Euch verbrennen will?«

»Ihr wärt nicht der Erste.« Sie wendete sich erneut ihren Utensilien zu, aber die Anspannung, die sie die ganze Zeit gezeigt hatte, ließ nach.

»Ich hatte dir doch gesagt, dass er kein übler Kerl ist.« Franz lächelte Icherios stolz an.

»Jaja, genug geredet. Ich brauche sein Blut.«

»Warum meines?«

»Weil ich Menschenblut benötige.«

»Nehmt das von Franz.« Icherios wusste, dass er sich lächerlich machte, aber beim Anblick seines eigenen Blutes fiel er regelmäßig in Ohnmacht.

»So schnell trägt er seine Freunde zur Schlachtbank«, lachte Franz.

Gismara war weniger amüsiert. »Ich sagte, ich brauche Menschenblut. Der Fluch wurde gegen Menschen gerichtet, also muss ich ihn mit Menschenblut aufheben.«

Der junge Gelehrte blickte Franz erstaunt an. War er ebenfalls kein Mensch? Dann erinnerte er sich, wie der Mann die Nase witternd in die Luft gehoben hatte.

Franz schob sich genüsslich eine Nuss in den Mund und zuckte mit den Achseln. »Jeder hat seine Geheimnisse.« Bevor Icherios ausweichen konnte, schnappte er dessen Arm, packte ein Messer und schnitt ihm in die Handfläche.

Der junge Gelehrte jaulte auf, hielt dann aber seine Hand über die goldene Schale, die Gismara schon bereitgehalten hatte. Beim Anblick seines Lebensaftes, der nun in das Gefäß tropfte, wurden ihm die Knie weich, aber es mischte sich dieses Mal eine ungewohnte Faszination darunter. Wie hypnotisiert beobachtete er, wie das Blut aus der Wunde quoll; roch den metallischen und zugleich süßen Geruch.

»Pflanz dich hin.« Franz riss ihn aus der Erstarrung und zwang ihn, sich zu setzen. »Bist halt doch noch ein Grünschnabel.«

Icherios bekam kaum mit, wie Gismara ein komplexes Muster auf den Boden zeichnete und auf dessen Eckpunkte hohe, schwarze Kerzen stellte. Ihm war zu übel – diese Faszination für Blut musste auf den Strigoi zurückzuführen sein. War er überhaupt noch er selbst? Zum ersten Mal zog er ernsthaft in Erwägung, zur Andreasnacht nach Karlsruhe zurückzukehren. So sehr er Raban auch misstraute, aber wer konnte einen Strigoi besser kontrollieren als ein Vampir? Und es war in dessen eigenem Interesse, dass Icherios in dieser Nacht nicht ausbrach.

»Es ist bald Mitternacht.« Franz spähte aus einem Fenster. »Wir müssen anfangen. Wie geht es dem Grünschnabel?«

»Es wird schon gehen.« Der junge Gelehrte stand vorsichtig auf.

»Vielleicht sollte er zu mir in den Kreis kommen. Da ist er wenigstens etwas geschützt.« Gismara saß in der Mitte des

Ritualkreises, umringt von einem Lichtteppich aus kleinen und großen Kerzen, die ein interessantes Muster bildeten.

»Ich werde auf ihn aufpassen. Wie soll er lernen mit solchen Situationen umzugehen, wenn er sich versteckt?«

Icherios war sich nicht sicher, ob er diese Lektion lernen wollte. »Was wird geschehen?«

»Gismara wird einen Gegenzauber sprechen, um den Fluch der Maleficia zu brechen. Manchmal geschieht gar nichts, manches Mal taucht der Geist auf und macht uns das Leben schwer. In jedem Fall ist es wichtig, dass Gismara nicht unterbrochen wird.«

Icherios nickte. »Ich gehe auf die andere Seite und halte die Augen offen.«

»Hast du eine Waffe?«

Icherios schüttelte den Kopf. Franz nahm einen der silbernen Dolche aus Gismaras Tasche. »Du wirst ihn nötig haben.«

Icherios lief es kalt den Rücken hinunter.

»Im Namen der alten Götter segne ich diesen Ort«, sang Gismara, während sie sich mit geschlossenen Augen vor- und zurückwiegte. Sie hielt einen Zweig Rosmarin in die Flamme einer Kerze, die zwischen ihren gekreuzten Beinen stand. Schwarzer Rauch stieg auf, als er vom Feuer verzehrt wurde.

»Sinthgut, Nachtwanderin,
deine Tochter ruft dich in dieser dunklen Nacht,
Sinthgut, Nachtwanderin,
die über mich wacht.
Alter Zauber aus dem Schoß der Ahnen,
muss spüren deine Macht.«

Plötzlich fuhr ein Windstoß durch den Raum, riss Gismaras Hut vom Kopf und ließ ihr langes, rotes Haar im Wind flattern.

»Das ist nicht gut!«, brüllte Franz.

Icherios kauerte sich auf dem Boden zusammen. Spinnweben wirbelten durch die Luft und zwangen den jungen Gelehrten, die Hände schützend über das Gesicht zu legen. Unbeirrt setzte Gismara ihren Gesang fort, verbrannte verschiedene Kräuter und rief die Elemente an.

Der Wind wurde immer stärker, drohte Icherios mit seiner Wucht zu ersticken. Wie von Geisterhand schlugen plötzlich die Fenster auf. Glas zersplitterte, Scherben flogen durch die Luft. Icherios duckte sich, doch es war zu spät. Schmerz durchfuhr ihn, als sich ein Splitter in seinen Oberschenkel bohrte. Er traute sich nicht nachzuschauen, als er das Blut an seinem Bein herunterrinnen spürte. Er durfte nicht ohnmächtig werden! Nicht jetzt.

Ein lauter Schrei erklang. Icherios ging würgend in die Knie.

»Sieh dich vor!« Franz rannte auf den jungen Gelehrten zu und warf sich über ihn.

Icherios fühlte, wie etwas über sie hinwegstrich. Als er die Augen wieder öffnete, erblickte er an der Decke eine grausige Gestalt. Eine fast unsichtbare Frau schwebte in der Luft, deren weite Gewänder sich im Wind aufblähten, während ihre langen, weißen Haare sie wie ein Schleier umwehten. Doch das war nicht das Schreckliche an ihr. Vielmehr erschreckte ihn ihr aufgedunsener Leib und das Gesicht, das einer Wasserleiche glich, deren Augen nur noch schwarze Löcher waren und deren Fleisch an zahlreichen Stellen bis auf die Sehnen und Knochen abgenagt war.

»Ihr könnt mich nicht besiegen.« Ihre Stimme löste in Icherios erneut einen Brechreiz aus.

»Steh nicht auf«, brüllte ihm Franz ins Ohr, während dieser sich aufrichtete und sein Hemd vom Körper riss. Nein, er riss es nicht herunter, es wurde förmlich zerfetzt, während sein Körper sich streckte, die Haut aufriss, die blutige Unterseite sich nach oben kehrte und dichter dunkelgrauer Pelz zum Vorschein trat. Franz' Arme wuchsen in die Länge, die Finger dehnten sich, die Nägel verformten sich zu scharfen Krallen. Aus seinem Rücken wuchs ein langer, schuppiger, kahler Schwanz, der aufgeregt hin und her peitschte, während sich sein Gesicht zu einer Schnauze verlängerte, Schnurrhaare herausschossen und das Schwarz seiner Iris auslief, um das Weiß des Auges zu überfluten. Er war ein Werwesen, eine Werratte!

Franz griff nach den silbernen Nadeln, sprang in die Höhe und rammte sie der Maleficia in den Leib. »Ich habe sie!«, brüllte er gegen das Tosen des Windes und das Kreischen der Hexe an. »Sie ist verwundbar. Bring es zu Ende.«

Gismara stand auf. Inzwischen hatten sich auch die letzten Klammern aus ihrem Haar gelöst, sodass es ihr unbändig um den Kopf flatterte. Ihre Augen leuchteten in intensivem Opalblau. »Es funktioniert nicht. Etwas hält sie an diesem Ort. Ihre sterblichen Überreste befinden sich noch hier.«

Franz rang mit der Maleficia. Ihre Nägel zogen tiefe Furchen in sein Fleisch, die sich jedoch in Sekundenschnelle schlossen. Immer wieder schaffte sie es, die Nadeln aus ihrem Körper zu ziehen, aber der Werratte gelang es auch, ständig neue in sie hineinzustoßen. Als er ihr in die leere Augenhöhle stach, ertönte ein erneuter Schrei.

»Du musst sie suchen, Grünschnabel. Ich kann ihr nicht mehr lange standhalten.«

Icherios kämpfte sich gegen den Wind auf die Knie. Wo sollte er suchen? Gismaras Gesicht war schmerzverzerrt. Ihre Wangen eingefallen. Sie würde bald zusammenbrechen. Ihre Stimme stockte schon jetzt.

Was wusste er über die Maleficia? Und dann kam ihm eine Idee: Sie war hingerichtet worden, am Mühlrad! Vielleicht fand er dort etwas. Der junge Gelehrte kämpfte sich gegen den Sturm nach draußen. Blätter flogen um ihn herum. Die Mühle lag in völliger Dunkelheit, der Mond war verschwunden. Immer wieder erklangen die Schreie der Hexe und brachten Icherios' Magen zum Revoltieren. Endlich erreichte er das Rad. Es ging erstaunlich leicht, die Sperre zu lösen, sodass es langsam anfing, sich in der Strömung zu drehen. Aber so sehr er sich auch anstrengte, er konnte nichts erkennen. Tränen der Verzweiflung traten ihm in die Augen. »Verfluchte Hexen. Kein Wunder, dass man sie hingerichtet hat.«

Und dann sah er es: Ein dickes Tau hing an der Nabe des Rades und führte ins Wasser. Icherios stoppte das Rad, kletterte auf das glitschige, von Algen überwucherte Holz, auf dem sich allerlei Getier befand, und versuchte das Tau zu packen. Immer wieder griff er daneben, bis er das Seil endlich mit der rechten Hand zu fassen bekam. Er zog daran und spürte einen leichten Widerstand. Mit dem Seil in der Hand sprang er auf den Boden und begann es Stück für Stück aus dem Wasser zu ziehen. Plötzlich zerbarst Holz über ihm, und die Maleficia schoss, die Krallen auf das Gesicht des jungen Gelehrten gerichtet, auf ihn zu. Icherios warf sich zu Boden, doch er konnte nicht verhindern, dass sich ihre Finger in seine linke Schulter bohrten. Ihr fauliger Atem schlug ihm entgegen. Trotzdem ließ er das Seil nicht los. Vor Schmerzen ging er in die Knie, versuchte sie abzuschütteln. Doch da wurde sie schon mit einem Ruck von ihm heruntergerissen.

»Hab ich dich, du Miststück!«, brüllte Franz triumphierend, während er die fauchende Hexe umklammert hielt und

Nadeln in ihren Körper rammte. Er blutete aus zahlreichen Wunden, die sich nur noch langsam schlossen.

Icherios spürte, wie ihn seine Kraft verließ. Ihm blieb nicht mehr viel Zeit. Die Schmerzen fuhren wie glühende Kohlen durch seinen Leib, als er wieder an dem Seil zog. Endlich gelangte etwas an die Oberfläche. Es war eine Leiche! Die Überreste der Hexe! Sie war trotz ihres Alters das genaue Ebenbild des Geistes. »Ich habe sie!«, schrie er gegen den Wind.

»Bring sie zu Gismara!«

Als die Maleficia ihren Körper sah, entfuhr ihr ein Laut, der alles Leid der Welt in sich zu vereinen schien. Icherios schossen die Tränen in die Augen. Die Leiche war leicht, sodass der junge Gelehrte sie trotz seiner Verletzungen zu Gismara schleifen konnte, die kraftlos auf dem Boden kauerte. Ihr Gesicht war eingefallen und blass, aber dennoch zeugte es von unbändiger Entschlossenheit. »Das ist ihr Ende.«

»Sinthgut, Nachtwanderin, Hekate, dunkle Göttin,
vereint Eure Macht und erlöst meine Schwester.«

Mit diesen Worten beugte sich Gismara vor und küsste den verquollenen Mund der Leiche. Icherios wandte sich angewidert ab.

»Mein Kuss soll ihr Frieden schenken,
Meine Liebe sie in Eure Arme legen.«

Abrupt ließ der Wind nach. Das Fleisch löste sich von den sterblichen Überresten, verwandelte sich zu Staub und sammelte sich zwischen den blank polierten Knochen.

Franz sprang durch das Loch in der Wand und gesellte sich schwer atmend zu ihnen. Er blutete aus unzähligen Wunden. »Das wird schon wieder«, beruhigte er Gismara, die trotz ihrer eigenen Schwäche seine Verletzungen untersuchte. Dann sank er zu Boden und schloss die Augen. Gismara fing zu schluchzen an und vergrub ihren Kopf in seinem Schoß. »Sie war schwanger. Wie konnten sie das tun?«

Icherios blickte auf das Skelett und erkannte tatsächlich die winzigen Knochen eines Babys, das eingebettet in den Überresten seiner Mutter lag.

Franz fuhr sanft durch Gismaras zerzauste Haare. »Ich weiß es nicht. Ich weiß es nicht.«

Der Mond war ein ganzes Stück gewandert, bevor sie sich ausreichend erholt hatten, um den Rückweg anzutreten. Betroffenes Schweigen beherrschte ihre Heimkehr, und Icherios verspürte nur noch den Wunsch nach seinem Bett und viel Schlaf. Doch als er die Tür zu seinem Zimmer öffnete, wartete ein Brief auf ihn, den jemand durch den Türschlitz geschoben hatte. Icherios erkannte die Schrift auf den ersten Blick: es war Rabans.

Mein lieber Freund,
ich möchte Euch noch einmal mit allem gebührenden Respekt bitten, Euch zur Andreasnacht bei mir einzufinden. Ich verspreche Euch, dass ich alle notwendigen Vorkehrungen treffen werde, damit Euer Geheimnis gewahrt bleibt und Euch kein Leid geschieht.
Ich bin mir der Unstimmigkeiten zwischen uns durchaus bewusst, bitte Euch aber, Euren Groll für diese Nacht zu vergessen.
   Ich erwarte Euch in Karlsruhe.
   Hochachtungsvoll
   Raban von Helmstatt

13

Die rote Witwe

29. Octobris, Heidelberg

Am nächsten Morgen schwirrte Gismara der Kopf. Sie hatte eine Hexe getötet! Wie konnte sie das nur mit ihrem Gewissen vereinbaren? Dabei half es ihr nicht zu wissen, dass es für die Maleficia vermutlich eine Erlösung war. Letztendlich trug Gismara die Verantwortung für ihren endgültigen Tod. Eines Tages würde sie dafür brennen müssen – das hatte ihr eine Hexe, eine Saga, prophezeit. Nicht wann es geschehen würde oder wo, nur dass sie diesem Schicksal nicht wird entrinnen können.

Sie öffnete die Augen und genoss den Anblick der wunderschönen Stofftapete mit dem verspielten Blumenmuster über ihrem Kopf. Niemand sonst würde eine Zimmerdecke tapezieren, aber ihr gefiel es, dass sie, sobald sie aufwachte, gleich etwas Schönes im Blick hatte. Sie wohnte nicht im Magistratum. Nicht mehr. Nicht, seit Auberlin ihr diesen furchtbaren Auftrag erteilt hatte. Doch sie hatte ihm einen Schwur geleistet. Nachdem sie ihren Mann getötet hatte – der elendige Bastard schmorte hoffentlich in der Hölle –, wäre sie beinahe hingerichtet worden. Auberlin verhinderte es, und sie war jung und leichtfertig genug, ihm gegenüber ein Treuegelöbnis abzulegen, und eine Hexe brach niemals ein Versprechen.

Sie lebte in einer Dachwohnung nicht weit vom Magistratum entfernt, die aus zwei Zimmern bestand – ihrem kleinen, aber eleganten Schlafzimmer und dem Raum, den sie als Arbeitsplatz nutzte. Trotz ihrer Anstellung beim Ordo Occulto arbeitete sie weiterhin als Hutmacherin. Nicht nur, weil sie diese Arbeit liebte. Es war zudem eine gute Tarnung.

In ihrem Arbeitszimmer drängten sich die Modellköpfe mit fertigen und unvollendeten Hüten. Dennoch herrschte eine penible Ordnung und Sauberkeit.

Gismara stand auf. Ihr weiches Nachthemd wehte um ihren Körper. Nachdem sie Wasser aufgesetzt hatte, räumte sie auf. Sie war gestern sehr unkonzentriert gewesen, sodass Scheren auf den falschen Tischen lagen und Stofffetzen über den Stühlen hingen. Anschließend goss sie etwas von dem heißen Wasser in ihre Waschschüssel, mischte es mit kaltem, bis es eine angenehme Temperatur hatte, und wusch sich. Dann verbrachte sie eine kleine Ewigkeit mit der Auswahl ihrer Garderobe – ein hellblau geblümtes Kleid und ein tiefblauer Hut mit Pfauenfedern.

Zwei Stunden später eilte sie durch schmale Gassen zum Magistratum. Auberlin hatte eine Besprechung angesetzt, und auch wenn es immer wieder gefährlich für sie war, erwartete er ihre Anwesenheit. Sie ging über Umwege und versuchte den Anschein zu erwecken, dass sie sich bei einem Einkaufsbummel vergnügte. Nachdem sie sich vergewissert hatte, nicht beobachtet zu werden, schloss sie die Türen zum Magistratum auf. »Verfluchter Auberlin mit seiner Angst vor Trollen!«, schimpfte sie leise. Sie bedauerte, dass es ihr durch den gewaltigen Schlüsselbund nicht möglich war, eine der kleinen, eleganten Taschen zu tragen, die die meisten Frauen bevorzugten, sondern dazu gezwungen war, einen großen Beutel aus Kalbsleder mit sich herumzuschleppen.

Schlecht gelaunt stapfte sie in die Küche, dem üblichen Versammlungsort der Mitarbeiter, aus der ihr schon der Duft warmer Pfannkuchen entgegenschlug. Ein Lächeln stahl sich auf ihre Lippen.

Franz und der Neuzugang warteten bereits. Sie konnte sich nicht entscheiden, was sie von diesem Icherios halten sollte. Auf der einen Seite schien er keine Vorurteile gegen Hexen zu hegen, auf der anderen war er ein schwacher, leicht verführbarer Bursche. Prinzipiell keine schlechten Eigenschaften bei einem Mann, aber wenn sie jemandem ihr Leben anvertrauen sollte, konnte sie das nicht gebrauchen.

»Gismara.« Franz lächelte, wischte sich die Hände an seiner Schürze ab und ging auf sie zu.

Blutwurst und Bratkartoffeln brutzelten in einer kleinen Pfanne neben den Pfannkuchen. *Warum kann ich ihn nicht lieben?* Sie gab Franz einen Kuss auf die Wange. Der Neue nickte ihr schüchtern zu. Als sie zu ihm hinging, riss er erschrocken die Augen auf. Was für ein Mondkalb! »Ich will mir nur Eure Wunden ansehen.« Sie knöpfte Icherios' Hemd auf und schob den Verband zur Seite. Die Verletzung heilte schnell. Zu schnell für einen Menschen. Hatte es doch mehr mit ihm auf sich, als es den Anschein hatte? Auberlin hatte ihnen nicht viel über ihn erzählt. Der letzte Karlsruher war eine Enttäuschung gewesen und einfach verschwunden. Sie hoffte, dass Icherios nicht wie dieser Vallentin war. Als sie in die Knie ging, um seinen Oberschenkel zu untersuchen, rückte er mit hochrotem Gesicht von ihr ab. »Das war doch nur ein Kratzer.«

Franz hüstelte, um ein Lachen zu unterdrücken. Dabei versuchte er zugleich, sie vorwurfsvoll anzuschauen und den Kopf zu schütteln.

Sie überlegte gerade, ob sie den Jungen fragen sollte,

was für ein Geschöpf er sei, als Auberlin den Raum betrat. Schlagartig verflog die Unbeschwertheit. Sie wusste nicht, was zwischen dem Leiter des Magistratum und Franz vorgefallen war, aber die Werratte hasste ihn aus tiefster Seele. Und auch ihre Einstellung gegenüber ihrem einstigen Mentor hatte sich gewandelt, seit er sie zum Verrat an ihrer eigenen Art gezwungen hatte.

»Guten Abend, meine Lieben.« Auberlin ignorierte gekonnt den Umschwung der Stimmung. »Ich hörte, ihr seid erfolgreich gewesen.«

»Wenn man es als Erfolg bezeichnen kann, den Geist einer Schwangeren vernichtet zu haben.« Gismara gelang es einfach nicht, den Anblick der Babyknochen aus ihrem Gedächtnis zu verbannen.

»In den Augen des Müllers ist es ein Triumph. Er und seine Mitarbeiter haben Familien, die sie ernähren müssen.«

»Aber warum wurde sie erst jetzt aktiv?«, fragte der Neuling. »Und wieso ist nie jemandem aufgefallen, dass das Seil an dem Mühlrad hängt?«

Das waren nicht die dümmsten Fragen, musste auch Gismara zugeben.

»Was für ein Seil?« Anscheinend wusste Auberlin doch nicht alles.

»Ihre Leiche hing an einem Tau im Wasser. Der Grünschnabel fand sie, sodass wir sie vernichten konnten«, erklärte Franz.

»Es sah aus, als wenn sie sich daran festgehalten hätte«, fügte Icherios hinzu.

»Vielleicht war es Teil des Fluchs.« Franz stellte einen Teller mit einem Stapel Pfannkuchen, einen Krug mit Honig und eine Pfanne mit den gebackenen Apfelscheiben auf den Tisch und teilte jedem eine üppige Portion zu. Für Gismara schöpfte er Wurst und Kartoffeln in eine Holzschüssel und gab sie ihr mit einem verschwörerischen Lächeln. Dieser Mann wusste wahrlich, was sie begehrte.

»Etwas muss ihren Zorn erweckt haben«, grübelte Gismara.

»Sie war schwanger, sagtet Ihr?« Auberlin entfaltete sorgfältig seine Serviette und befestigte sie am Kragen.

Gismara zog ihre Handschuhe aus. Sie hasste diese Dinger. »Ja, es war unverkennbar.«

»Vor etwa einem Monat bekam die Frau des Müllers ein Baby. Es war keine Zeit mehr, sie nach Hause zu bringen, sodass das Kind in der Mühle geboren wurde.«

»Das wird sie erbost haben. Irgendwie sogar verständlich«, sagte Franz.

»Ihr seid sicher, dass das Problem erledigt ist?«

Gismara nickte. »Es war kein anderer Fluch spürbar.«

»Und ich habe keine verdächtigen Spuren gerochen«, fügte Franz hinzu.

Gismara blickte zu Icherios hinüber. Immerhin wusste er, wann er den Mund zu halten hatte.

Wolkenschwaden hatten sich vor die blasse Sonne geschoben, sodass die Küche in Schatten versank, die einen Reigen mit den Flammen zu tanzen schienen. Das Gespräch wandte sich belanglosen Dingen zu. Nachdem sie das letzte Stück Blutwurst genüsslich verspeist hatte, lehnte sich Gismara wohlig seufzend zurück und streifte ihre Handschuhe wieder über. »Das war gut.«

Franz strahlte sie an.

»Ich muss mich leider verabschieden.« Auberlin stand auf. »Gismara, würdest du mich bitte begleiten?« Der Leiter des Magistratum faltete seine Serviette sorgfältig. »Danke für das Mahl. Es war wie immer vorzüglich.«

Was wollte er nun schon wieder? Die Hexe erhob sich ebenfalls und lächelte nicht gerade überzeugend. »Selbstverständlich. Braucht Ihr eine Stütze? In Eurem Alter muss man vorsichtig sein.«

Franz drehte sich hüstelnd ab. Sie wusste genau, dass er lachte, während Auberlin sie zornig anstarrte.

Schweigend gingen sie in sein Büro. Nachdem der alte Mann die Tür hinter ihnen geschlossen hatte, kam er ohne Umschweife zur Sache. »Du musst etwas für mich erledigen.«

Es bedeutete nichts Gutes, wenn Auberlin so direkt war. Das hieß, dass er sie so wütend machen würde, dass es auch keinen Unterschied gemacht hätte, wenn er sie vorher noch in gute Stimmung versetzt hätte. Wütend wäre sie so oder so geworden.

»Ich bin bereits mit deinem anderen Auftrag beschäftigt.«

»Sie hängen zusammen.«

Gismara starrte ihn erbost an. Warum hatte sie ihm jemals Treue geschworen?

»Hazecha besitzt einen Ring. Ich will, dass du ihn mir besorgst.«

»Reicht es nicht, dass ich meine eigene Art verrate? Nun soll ich sie auch noch bestehlen?«

»Ich weiß, wie schwer es dir fällt, aber es ist wirklich wichtig.« Beschwichtigend legte er eine Hand auf ihre Schulter. Wütend schüttelte sie sie ab.

»Sie trägt keine Ringe.«

»Dieser liegt in ihrem Gemach in einer Schatulle.«

»Sie lässt niemanden in ihr Schlafzimmer.«

»Ihre Geliebte schon«, widersprach Auberlin. Der Satz hing einen Moment im Raum.

»Das kannst du nicht verlangen!«, keuchte Gismara. »Ich werde nicht zu einer Hure!« Hazecha war wunderschön und aufregend, aber sie verführen zu müssen, um sie bestehlen zu können, war schlimmer als jeder Verrat. »Es würde sie umbringen, von einer Frau derart hinters Licht geführt zu werden.«

»Sie muss es nicht erfahren.«

»Und falls doch? Sie hasst schon jetzt jeden Mann, was glaubt Ihr, was sie mit ihrer Macht anrichten wird, wenn sie auch die Frauen nicht mehr verschonen will?«

»Deshalb brauche ich den Ring. Sie ist zu mächtig.«

Gismara wurde hellhörig. Er log nicht, das konnte sie spüren, aber er verschwieg etwas. Irgendetwas schwang in seinen Worten mit.

»Wie sieht er aus?«

Gismara wusste, dass sie keine andere Wahl hatte, als ihm zu gehorchen. »Wie ein goldener Ehering. Vermutlich verbirgt sie ihn in einem Kästchen aus Ebenholz.«

»Ich will nur hoffen, dass es auch wirklich wichtig ist. Ich warne Euch.« Gismara wandte sich ab und stürmte mit rauschenden Röcken aus dem Zimmer. Die Tür fiel mit einem Knall ins Schloss.

Auberlin blickte ihr hinterher und lächelte. Alles entwickelte sich nach Plan.

Wütend schlug Gismara gegen die vierte Tür, die aus dem Magistratum führte. »Verfluchte Dinger. Nicht mal verschwinden kann man so schnell, wie man will.« Schluchzend sank sie zu Boden. Sie erlaubte sich die Schwäche nur für wenige Augenblicke, denn sie wollte Auberlin das Wissen nicht gönnen, sie so sehr verletzt zu haben. Dann stand sie auf und strich ihr Kleid glatt. Äußerlich gefasst öffnete sie die letzten

Türen und eilte nach Hause. Das Magistratum ließ sie unverschlossen zurück. Sollten sie doch die Trolle holen!

In ihrer Wohnung angekommen legte sie sich in ein heißes Bad, in das sie Rosenblüten und Veilchenessenz gab; so erwartete sie die Nacht. Aber sie kam nicht wirklich zur Ruhe. Sie brauchte Ablenkung. Dann dachte sie an den *Mäuseschwanz* und dass sie dort immer auf andere Gedanken kam.

Sie hüllte sich in ein warmes, weiches Handtuch und wählte ein tiefrotes Kleid, einen spitzen, ebenfalls roten Hut und passende Handschuhe aus. Dann setzte sie ihre kunstvolle Maske auf, die ihre Augenpartie bedeckte. Im *Mäuseschwanz*, wo sie als Wahrsagerin arbeitete, war sie als rote Witwe bekannt. Dank der Bestrebungen des Wirtes konnte sie ihrem Gewerbe ungestört nachgehen. Ab und an fand sie dort sogar einen Mann, der ihren Ansprüchen genügte und mit dem sie sich vergnügen konnte. Das war es, was sie heute brauchte. Einen hübschen Kerl, der sie für einige Stunden die Realität vergessen ließ.

14

Der Mäuseschwanz

29. Octobris, Heidelberg

Silas saß über einen Krug Bier gebeugt in einer dunklen Ecke des *Mäuseschwanzes*. Es war schwierig gewesen, sich heimlich davonzustehlen, aber er hatte es keine Minute länger bei den Betbrüdern ausgehalten. Nicht heute, nicht an dem Tag, an dem er seinen Bruder zu Grabe getragen hatte und nicht mal seine Trauer hatte offen zeigen können. Ehregott Kossa hatte, unterstützt von August, die Trauerfeier abgehalten, allerdings so steif, als wenn ihm ein Stock im Hintern gesteckt hätte. Silas' einziger Trost war die aufrichtige Betroffenheit gewesen, die er in den Gesichtern der großen Trauergesellschaft ablesen konnte. Man würde Zacharas nicht so schnell vergessen.

Es ärgerte ihn, dass er dem Mörder keinen Schritt näher gekommen war. Oswald hatte ihn am Morgen überrascht und eine etwas andere Beichte abgelegt, leider ohne neue Erkenntnisse mitzubringen. Für den Hexenjäger blieb damit nur eine Verdächtige: die Hexe, die der Ministrant erwähnt hatte. Zweifellos brachte jemand von dieser verschlagenen Brut es fertig, einem harmlosen Priester Leid zuzufügen. Aber so sehr er sich auch bemühte, er fand keinen Hinweis auf sie. Sämtliche Messdiener, Akolythen, Priester und was sonst noch an gläubigem Gesocks in der Kirche beheimatet war, wussten nur, dass Zacharas sich mit einer atemberaubend schönen Frau getroffen hatte, die angeblich eine alte Bekannte gewesen war.

Silas stürzte sein Bier schnell hinunter und bestellte sogleich ein weiteres. Vielleicht war es ja auch gar keine Hexe, sondern nur eine Frau, die ihrem Gatten untreu geworden war. Ein gehörnter Mann war zu jedem Mord fähig. Silas schüttelte den Kopf und stocherte lustlos in seinen verkochten Bohnen herum. Dieser Gedanke war geradezu absurd, sein Bruder hätte nie sein Zölibat gebrochen. Die runde Brünette stellte gerade einen Krug Schwarzbier auf seinen Tisch, als ein Raunen durch die Menge ging. Eine rothaarige Schönheit, ganz in Rot gekleidet mit einer Maske, die ihre Augen verdeckte, betrat den Raum.

»Die rote Witwe«, flüsterte das Mädchen ehrfürchtig.

»Wie?«

»Die rote Witwe.«

Silas seufzte. Die Brünette war offenbar nicht ganz hell im Kopf.

»Sagt bloß, Ihr kennt sie nicht?«

Sonst hätte ich wohl nicht gefragt. »Ich bin neu in der Stadt.«

»Ach so, ja dann. Sie ist eine Wahrsagerin.«

Silas zuckte zusammen. Sollte er plötzlich einen Hinweis auf den Hexenzirkel gefunden haben? Die hundert Gulden Belohnung konnte er gut gebrauchen, um seine Nachforschungen zu finanzieren. Zudem konnte er so vielleicht auch etwas über die angebliche Hexe in Erfahrung bringen. mit der Zacharas Kontakt gehabt hatte. Als Diakon verfügte er nur über wenig Geld. Er hätte sich zwar auch auf andere Weise ein Zubrot verdienen können, aber er wollte Oswald nicht in das ohnehin schlechte Geschäft pfuschen.

»Seid vorsichtig. Sie ist wie eine dieser Spinnen, diese Witwen-Dinger, die Männer auffressen. Da sie immer Rot trägt, nennt man sie die rote Witwe.«

Die Brünette war wirklich nicht besonders schlau. Wie lange es wohl gedauert hatte, bis sie die Zusammenhänge verstanden hatte? Silas drückte ihr eine Münze in die Hand. »Danke.« Es gab keinen Grund, seine miese Laune an dem Mädchen auszulassen.

An seinem nächsten Bierkrug nippte er nur, während er die Wahrsagerin beobachtete. Eine echte Saga hätte es nie gewagt, so offen aufzutreten, sie hätte ihre Macht heimlich ausgeübt. Hatte er es mit einer Hochstaplerin zu tun? Er sah, wie sie lachte und mit den Männern flirtete, denen sie die Karten legte und die Zukunft aus Spiegelscherben vorhersagte. Es gab nur eine Möglichkeit das herauszufinden. Er warf ein paar Münzen auf den Tisch und schlenderte zur roten Witwe hinüber. Ihr spitzes Kinn und die schmalen Lippen verliehen ihr trotz ihres Lachens eine berechnende Kälte. Hexe oder nicht, mit ihr sollte sich ein Mann nicht anlegen.

Der Hexenjäger setzte sich zu der Gruppe, die sich um die schöne Frau versammelt hatte. Er beobachtete, wie Rothgar sie mit offensichtlich gemischten Gefühlen vom Tresen aus im Auge behielt. Silas konnte sich vorstellen, was in dem Mann vorging. Auf der einen Seite musste es ihm gefallen, dass diese Attraktion sein Geschäft ankurbelte, auf der anderen Seite strapazierte er die Geduld der Wachen sehr, wenn er eine Hexe in seiner Kneipe duldete. Die Kirche besaß noch immer große Macht in Heidelberg, auch wenn sie durch den Streit der Katholiken, Reformierten, Jesuiten, und wie das ganze Pack sich nannte, geschwächt war.

Während er der roten Witwe lauschte, musste er sich eingestehen, dass sie gut war. Sie gab den Männern, was sie wollten, sprach von Reichtum, Frauen, vielen Kindern und Gesundheit. Um es glaubwürdig zu halten, mischte sie hin und wieder mal eine Prise Unglück bei.

Nachdem sich Silas das Spiel eine Weile angeschaut hatte, beschloss er einen Vorstoß zu wagen. Er zog seine Kapuze tiefer ins Gesicht, um nicht erkannt zu werden. Was für ein Skandal, wenn der gute Herr Diakon zur Hohenweide in einem solchen Etablissement bei einer Hexe gesehen werden würde! »Macht Ihr auch private Vorhersagen?«

Die Männer grölten, doch die rote Witwe schenkte ihnen keine Beachtung. »Wer es sich leisten kann, dem lege ich die Karten auch ohne unerwünschte Zuhörer.«

»Das kann ich.« Er warf einen Beutel Münzen auf den Tisch.

Sie wog ihn prüfend in der Hand, um dann zufrieden zu nicken. »Rothgar wird Euch den Weg zeigen. Ich komme nach, wenn ich diesen braven Männern ihre Zukunft vorhergesagt habe.«

Sie schenkte der angetrunkenen Bande ein bezauberndes Lächeln, das über die Kälte ihrer Augen hinwegtäuschte.

Der Wirt führte den Hexenjäger in ein Zimmer, das seinem eigenen nicht unähnlich war, nur dass hier offensichtlich eine Frau zu leben schien. Der Boden war blitzblank, auf dem Bett lag eine dunkelrote Samtdecke, und den Tisch deckte eine zarte Spitzendecke.

»Wohnt sie hier?«

Rothgar verneinte. »Sie geht hier nur ihrem Gewerbe nach.«

»Und dafür braucht sie ein Bett?«

»Ich stelle keine Fragen. Sie ist gut fürs Geschäft.«

Das glaube ich gerne. Nachdem Rothgar hinausgegangen

und die Tür hinter sich geschlossen hatte, ging Silas zum Fenster und zog die Fensterläden zu. Dann zündete er eine Öllampe an. Das war ja fast romantisch, dachte er sich. Ein zynisches Lächeln stahl sich auf seine Lippen, als er sich an Hela erinnerte. Wollte er wirklich schon wieder etwas mit einer Hexe anfangen? Er wusste doch, dass das nie gut endete. Rothgar wäre wohl nicht gerade begeistert, wenn er seine Kneipe verwüstete und dabei eine Frauenleiche zurückließ.

Die Tür öffnete sich leise. Gismara trat ein. Noch immer trug sie ihre Maske. Silas bewunderte ihre schmale Taille und ihr kleines Hinterteil. Schade nur, dass sie nicht sehr viel Oberweite besaß.

»Ihr seid nicht das, was Ihr vorgebt zu sein.«

»Braucht Ihr nicht Karten, um dies zu sehen?«

»Manche Dinge sind so offensichtlich, dass sie selbst ein Blinder sieht.«

»Ich bin, wer ich bin.«

»Und dennoch tretet Ihr als einfacher Mann auf, obwohl Ihr von adliger Herkunft seid. Ich mag es nicht, wenn man versucht, mich zu überlisten.«

»Verraten Euch das Eure Karten?« Silas' Finger trommelten auf den Tisch. War sie womöglich doch eine Saga?

»Nein, Eure Aussprache. Ebenso wie ich den Weihrauch an Euren Kleidern riechen kann. Was für ein Grund treibt einen Kirchgänger dazu, eine Hexe aufzusuchen?«

»Vielleicht weil er die Wahrheit sucht?«

»Hat das einen Mann jemals interessiert?«

Silas ging im Kopf die Liste der Hexenarten durch. Welche davon konnte er vor sich haben? Die rote Witwe war zu jung und schön für eine Striga, besaß nicht die goldenen Augen einer Hagzissa, ihr Auftreten war zu forsch für eine Saga, und der faulige Geruch einer Pythonissa fehlte. Blieben noch Maleficia und Incantatrix. Aber warum sollte sich eine wahre Hexe als Saga ausgeben? Er brauchte Eisen! Der einzig zuverlässige Weg, eine Incantatrix zu identifizieren, war, sie mit Eisen zu berühren. Das Metall verbrannte ihre Haut sofort, während es allen anderen Hexenarten keinen Schaden zufügte. Aber wollte er wirklich riskieren, sich in einer vollen Kneipe mit einer Incantatrix oder Maleficia auseinanderzusetzen? Er durfte keine Aufmerksamkeit auf sich ziehen. Sein Blick fiel auf ihre Hände, sie trug Handschuhe. War das wirklich nur ein Zufall oder ein unauffälliger Schutz?

»Legt mir die Karten. Ich verspreche, dass ich Euch heute kein Leid zufügen werde.«

Sie zögerte. Der Tag würde in wenigen Stunden enden. Seine Worte beunruhigten sie.

Gismara deutete auf den Tisch, nahm die Spitzendecke herunter und stellte das Gesteck zur Seite, bevor sie aus ihrer Tasche ein Bündel geschliffener Scherben und eine blaue Kerze hervorholte.

Silas nahm ihr gegenüber Platz und beobachtete gespannt ihre Bewegungen. Nachdem sie ihre Vorbereitungen abgeschlossen hatte, ergriff sie seine linke Hand. Er fühlte ihr warmes Fleisch unter den Handschuhen und spürte Lust in sich aufkeimen. Beherrsche dich, ermahnte er sich. Seine Schwäche für alles, was einen Rock trug, war seiner Arbeit wahrlich nicht zuträglich.

Dann warf sie mit der rechten Hand die Scherben leicht in die Luft, sodass sie klimpernd auf dem Tisch lagen. Sie musterte sie einige Minuten schweigend, bis der Hexenjäger ungeduldig wurde und versuchte seine Hand wegzuziehen.

»Wartet«, befahl sie ihm. »Eure Zukunft ist geprägt von Gewalt und Tod.«

Silas verkniff sich ein verächtliches Schnauben. Die Zukunft eines jeden Besuchers des *Mäuseschwanzes* war mit Sicherheit nicht friedlich.

»Ihr sucht Antworten und werdet nie genügend finden.« Sie krallte sich an seiner Hand fest. »Ihr werdet lieben, was Ihr hasst, und schützen, was Euch den Tod bringt.«

»Das reicht«, Silas entzog ihr seine Hand. »Für derart kryptische Andeutungen bezahlen Euch die Männer?«

Die rote Witwe schüttelte den Kopf, wobei die Sehnen an ihrem Hals anmutig hervortraten.

»Nehmt Euer Geld, wenn Ihr mir nicht glaubt, aber seht Euch vor, ein Schatten liegt über Eurer Zukunft.«

Das übliche Geschwafel, um den Kunden Angst einzujagen und sie dazu zu bringen, ständig wiederzukehren, weil sie mehr über die Bedrohung erfahren wollten. Bei ihm würde das nicht funktionieren. Er setzte gerade dazu an, den Raum zu verlassen, als sie die Hand hob und ihn aufforderte zu bleiben.

»Wart Ihr nur an meinen Fähigkeiten als Hellseherin interessiert, als Ihr mich nach oben begleitet habt?«

Der Hexenjäger erstarrte. Hatte er sie richtig verstanden? Du solltest gehen, mahnte ihn seine innere Stimme, aber dem Lockruf einer schönen Frau hatte er noch nie zu widerstehen vermocht. Er trat von hinten an sie heran und ließ seine Finger über ihren Nacken gleiten. Ein leiser Seufzer drang über ihre Lippen, wodurch seine Leidenschaft entfacht wurde. Er fasste ihr sanft unter das Kinn, beugte ihren Kopf leicht nach hinten und küsste ihren Hals. Ihre Haut war so zart. Ihm fiel es schwer, sich zu beherrschen. Verführerisch drehte sie sich um, schenkte ihm ein Lächeln und legte ihre Lippen auf seine. Ihr Atem schmeckte süß, und als seine Zunge in ihren Mund glitt, konnte er Honig und Blutwurst kosten. Blutwurst? Für einen Moment hielt Silas verwirrt inne, dann besann er sich auf die schöne Frau und zog sie an sich. Ihr Körper war fest und gelenkig. Als sie ihre Finger unter sein Hemd schob und seine Brust streichelte, brandete das Verlangen ungezügelt in ihm auf. Vergiss das Eisen, war sein letzter Gedanke, bevor er mit ihr aufs Bett sank. Sie war erfahren, und ihre schlanken Hände schenkten ihm einen Höhenflug der Lust, während sie sich gegenseitig entkleideten. Als er in sie eindrang, wollte er ihr die Maske abnehmen, aber sie wich aus und verschloss seinen Mund mit ihren Lippen. Dann begann sie, sich rhythmisch unter ihm zu bewegen.

15

Karlsruhe

31. Octobris, Karlsruhe

»Jetzo, Jungchen, nimm dir einen Apfel.« Freyberg balancierte einen hohen Stapel Bücher auf einer Hand, während er Icherios eine Obstschale aus angelaufenem Kupfer hinhielt.

Zaghaft nahm sich der junge Gelehrte eine der rotwangigen Früchte. »Danke.«

»Setz dich«, der Chronist der Kanzlei zog einen von der andauernden Feuchtigkeit modrig riechenden Sessel herbei.

Icherios zuckte zusammen, als Dampf unter lautem Zischen aus den Rohren an der Decke schoss. Durch die Fenster hindurch konnte er Menschen, die sich wegen der Kälte in sich zusammenzogen, vorbeihasten sehen.

»Ich habe nicht viel Zeit.« Ihn quälten Müdigkeit und Kopfschmerzen. Die Reise mit der Geisterkutsche in der vergangenen Nacht hatte an seinen Nerven gezehrt. Fast hatte er sich den Doctore herbeigewünscht, als er einsam in der Ecke gekauert hatte. Zudem zürnte er dem Chronisten, dass er ihm verschwiegen hatte, dass Vallentin für den Ordo Occulto gearbeitet hatte und vielleicht sogar wusste, warum sein Freund gestorben war. Sein Vertrauen in den Leiter der Kanzlei war erschüttert. »Nun gut, Jungchen, was hast du zu berichten?«

Icherios hatte sich während der Herfahrt bereits Gedanken darüber gemacht, was er Freyberg anvertrauen durfte, dennoch fühlte er Unsicherheit in sich aufsteigen.

»Die Universität ist enttäuschend.«

Freyberg wackelte mit dem Kopf. »Jetzo, als ich dich kennenlernte, warst du bereit, alles zu geben, um dort studieren zu können.«

Der junge Gelehrte setzte sich in den feuchten Sessel, um seine Antwort etwas verzögern zu können. War er undankbar?

»Das stimmt, und ich bin dankbar für diese Möglichkeit, doch Ihr wolltet einen Bericht.«

»Verkauf mich nicht für dumm, Jungchen. Du weißt, dass meine Interessen anderem gelten.«

»Eine Hexe und eine Werratte arbeiten im Magistratum.«

»Gismara und Franz.« Freyberg nickte.

»Ansonsten kann ich von keinen besonderen Vorkommnissen berichten.«

»Kannst du nicht, oder willst du nicht?«

Icherios errötete und senkte seinen Blick zu Boden, dann blickte er dem Chronisten fest in die Augen.

»Stimmt etwas nicht?« Freyberg hob fragend eine seiner buschigen Augenbrauen.

»Nein, ich frage mich nur die ganze Zeit etwas. Kennt Ihr Vallentin Zirker?« Icherios beobachtete Freybergs Reaktion genau. Dessen Augen wanderten flink über Icherios' Gesicht, als ob er abschätzen wollte, was dieser wissen konnte.

»Der Name kommt mir bekannt vor, Jungchen.«

Icherios spürte, wie der Zorn in ihm hochkam. »Das sollte er auch. Immerhin kannte er Euch und trug diesen Ring.« Er war aufgesprungen und ziemlich laut geworden, als er die

Hand anklagend erhob und auf das Signum Hieroglyphica Monas zeigte, das er in Vallentins Zimmer gefunden hatte. Der junge Gelehrte hielt den Atem an. Woher war nur diese Wut gekommen? Wurde er jetzt endgültig verrückt, oder war es erneut der Strigoi, der ihn unberechenbar machte? Erwachte die Kreatur jetzt schon zum Leben?

Freyberg lächelte ihn geradezu väterlich an. »Jetzo, Jungchen, setz dich wieder hin.« Er deutete auf den Sessel.

Widerwillig nahm Icherios Platz.

»Woher weißt du von Vallentins Verbindung zum Ordo Occulto?«

Icherios war sich nicht sicher, was er antworten sollte. Immerhin hatte Freyberg ihn mit seinen Bemerkungen bei seinem letzten Besuch erst zu Vallentins Tagebuch und dem Weingut geführt.

»Ich habe in einem Buch, das mir Vallentins Vater aus dessen Hinterlassenschaften gegeben hat, einen Zettel gefunden mit Eurem Namen.« Er spürte, wie seine Wangen rot anliefen. Er war ein schlechter Lügner.

Freyberg blickte ihn prüfend an. »So, so.« Dann legte er eine Pause ein. »Geheimnisse kommen immer ans Tageslicht.«

»Wenn sie nicht sorgfältig verborgen werden.«

Icherios fuhr beim Klang der Stimme herum. Raban, ganz in dunklen Brokat gehüllt, trat hinter einem Regal hervor. Der junge Gelehrte sprang auf. »Ihr habt uns belauscht!«

»Jetzo, Jungchen, hör mit dem Rumgehopse auf.« Freyberg umschloss Icherios' Arm mit festem Griff und drückte ihn zurück in den Sessel. »Ich habe Raban gebeten zu kommen, um mit dir über deine Zukunft zu sprechen.«

Icherios' Miene versteinerte sich. »Er hat es Euch gesagt?«

»Verkauf mich nicht für dumm«, gab der Chronist schnippisch zurück. »Glaubst du, ich sehe nicht, wenn ich einen Strigoi vor mir habe?«

»Was werdet Ihr nun mit mir machen?« Die Stimme des jungen Gelehrten zitterte, als sein Blick auf Freybergs übergroße Pranken fiel.

»Dich aufhängen natürlich.« Der Chronist lachte beim Anblick von Icherios' blassem Gesicht. »Du musst dich endlich davon befreien. Ich kann nicht dulden, dass ein potenzielles Monster frei umherläuft. Zudem gibt es Gruppen unter den Vampiren, die dich jagen werden, sobald sie von deiner Existenz erfahren.«

Icherios schluckte. »Warum das?«

»Könnt Ihr Euch das nicht denken?«, fuhr Raban dazwischen.

»Weil es ihr Leben im Verborgenen gefährdet«, setzte er an. »Wenn ein Strigoi mordend durch die Straßen einer Stadt zieht, fangen die Menschen an, Fragen zu stellen.«

Freyberg tippte ihm mit einem seiner wulstigen Finger gegen die Stirn. »Streng dein Hirn das nächste Mal an, bevor du deinen Mund öffnest.«

»Er wird bestimmt bald ein Heilmittel finden, dessen bin ich mir sicher, aber bevor es so weit ist…« In Rabans Stimme lag kein Zweifel.

Icherios blickte den alten Vampir schweigend an, sein Zorn und seine Enttäuschung waren nicht geringer geworden. »Ich werde mich Eurem Wunsch beugen und diese Nacht bei Euch verbringen, aber ich weigere mich, weiterhin wie eine Schachfigur benutzt zu werden.«

Freyberg schnalzte ungeduldig mit der Zunge. »Darum geht es doch jetzt nicht.«

Raban zog sich einen Sessel herbei und setzte sich.

»Vallentin war der Sohn eines Freundes. Sein Vater half mir vor vielen Jahren in einer schwierigen Lage. Nachdem sich Vallentin als äußerst wissbegieriger junger Mann erwiesen hatte, bat sein Vater mich, ihn auszubilden.«

Freybergs Augen blickten gedankenverloren zur Decke, als wenn er das Vergangene vor sich sehen konnte. Oder dachte er sich die Geschichte gerade erst aus?

»Raban hatte dich bereits entdeckt und empfohlen. Aber wir dürfen immer nur einen neuen Rekruten ausbilden. Vallentin war älter, sodass wir uns für ihn entschieden und zur Verschwiegenheit verpflichteten.«

»Ihr habt ihn zum Verrat an mir gezwungen.« *Es fiel ihm offensichtlich nicht schwer,* ging es in Icherios' Kopf herum.

»Jetzo, wir hätten dich früher oder später angesprochen und dir die Wahrheit enthüllt, aber die Regeln des Ordo Occulto ließen es zu diesem Zeitpunkt nicht zu.«

»Und weshalb musste Vallentin sterben? Warum war er überhaupt in Heidelberg?«

Freyberg blickte schnell zu Raban hinüber, der unmerklich nickte. »Dein Freund wurde zum Zwecke der Weiterbildung ins Magistratum geschickt.«

Icherios entging Freybergs Zögern nicht. Irgendetwas schien er ihm zu verheimlichen. Wenn es nur um Weiterbildung gegangen wäre, warum hatte sein Freund dann diese Karte anfertigen sollen?

»Vermutlich wurdet Ihr in eine Prügelei verwickelt, die eskalierte«, fuhr Raban gespielt gleichmütig fort.

Der junge Gelehrte spürte, wie ihm der letzte Rest Vertrauen in die beiden Männer verloren ging. Sie wussten genauso gut wie er, dass das unwahrscheinlich war. Niemand konnte seine Narben mit einer Schlägerei erklären.

Freyberg erhob sich und ging zu einem der Tische unter den Fenstern. »Wir hatten keinen besonderen Auftrag für Vallentin, sodass er sich voll und ganz auf seine Ausbildung in Heidelberg konzentrieren konnte.«

Nun glaubte Icherios, die Lüge förmlich riechen zu können.

»Das könnt Ihr mir doch nicht wirklich weismachen wollen. Er war Euer Spion, und nachdem er starb, habt Ihr ihn durch mich ersetzt, ohne Euch auch nur einen Deut um mein Schicksal zu kümmern.«

»Also gut, Vallentin sollte die Augen für uns offen halten. Das war aber nur nebensächlich. Denn eigentlich war er für seine Studien in Heidelberg. Mit seinem Tod hat das Ganze aber überhaupt nichts zu tun.« Freyberg setzte erneut sein väterliches Lächeln auf. »Jetzt versuch dich aber nicht weiter mit der Vergangenheit zu quälen. Unglücke geschehen, und wir können sie nicht rückgängig machen.«

Icherios dachte an den Biss des Vampirs. War das ebenfalls ein Unglück, das sich nicht ungeschehen machen ließ?

»Konzentriert Euch auf Euer Studium, und erforscht ein Heilmittel«, fuhr Raban dazwischen. »Es ist zu Eurem eigenen Besten, wenn Ihr Euch so schnell wie möglich vom Strigoi befreit.«

»Ihr meint wohl eher zu Eurem Besten«, fauchte Icherios. »Damit Ihr Euren Spion nicht verliert.«

»Verwechselt mich nicht mit einem Mitglied des Ordo Occulto. Ich bin nur ein Freund.«

»Warum glaube ich Euch nur nicht?«, fragte Icherios.

»Ich sehe schon, das führt zu nichts. Wir reden besser heute Abend weiter. Entschuldigt mich bitte.« Raban verließ nahezu geräuschlos den Raum.

Freyberg nickte erleichtert. Ohne die Anwesenheit von

Icherios' ehemaligem Mentor würde sich das Gespräch entspannter gestalten. Er begleitete den Vampir zur Tür und schloss sie sorgfältig hinter ihm. Dann kehrte er zu dem jungen Gelehrten zurück. »Wir sprachen über das Magistratum, bevor wir unterbrochen wurden.«

»Mir ist nichts Verdächtiges aufgefallen. Wir haben den Geist einer Hexe, die ihr Unwesen in einer Mühle trieb, beseitigt, ansonsten beschäftige ich mich mit meinem Studium.« Das war immerhin nicht gelogen. Wenn Freyberg nicht diese Andeutungen gemacht hätte, würde ihm das Magistratum als sicherer Zufluchtsort erscheinen.

»Und Auberlin, hat der etwas gesagt?«

»Er hat mich vor Euch gewarnt.«

Freyberg stieß einen ärgerlichen Pfiff aus. »Das sieht ihm ähnlich.«

»Was geht eigentlich zwischen Euch vor?«

»Er ist einfach gefährlich, das ist alles, was du wissen musst, Jungchen.«

Icherios stand auf und ging zur Tür. »Dann haben wir uns nichts mehr zu sagen.«

»Alchemistendreck«, fluchte Freyberg. »Warte, kannst du mir nicht vertrauen, wenn ich sage, dass er eine Gefahr darstellt?«

»Bei all dem Vertrauen, das Ihr mir bisher entgegengebracht habt? Bei all den Geheimnissen, Halbwahrheiten und Lügen?«

Der Chronist stieß einen tiefen Seufzer aus. »Ich hatte doch keine Wahl.«

»Aber ich habe eine, und ich werde mich nicht wie Vallentin abschlachten lassen, ohne zu wissen warum. Ich bin kein Bauer in einem Schachspiel, den man opfern kann. Und Vallentin war auch keiner.«

Freyberg trat an einen Tisch, auf dem ein ausgeweidetes, fremdartiges stacheliges Tier lag.

»Ich kenne Auberlin seit unserer Jugend, er ist einige Jahre älter als ich. Wir studierten an derselben Universität, wo ich auch Cäcilie begegnete.« Freybergs gewaltige Hände zitterten, als die Erinnerungen ihn übermannten. »Wir waren einander in Liebe zugetan. Zu dem Zeitpunkt ahnte ich nicht, dass ich, indem ich eine von Auberlins Arbeiten widerlegt hatte, seinen Zorn auf mich gezogen hatte. Er wollte sich deshalb an mir rächen und sprach bei Cäcilies Vater vor. Da er im Gegensatz zu mir reich und aus gutem Haus war, gab dieser ihm Cäcilie zur Frau.« Der Chronist umklammerte die Tischkante, presste sie so hart zusammen, dass das Holz knirschte. »Doch er wollte sie nicht als Gemahlin, niemals rührte er sie an, und als sie nach zwei Jahren kein Kind in sich trug, schaffte er sie heimlich in ein Kloster und spielte den unglücklichen Gatten. Sie starb wenige Monate später an gebrochenem Herzen.«

»Dann verlangt es Euch nun nach Rache?« Icherios war enttäuscht. Hinter all diesen Ränken steckte nicht mehr als eine unglückliche Liebe?

»Wäre das so falsch? Aber es ist wahrlich nicht der einzige Grund für meine Sorge. Seit Jahren beobachte ich Auberlin. Seltsame Ereignisse, Todesfälle und das Verschwinden von Menschen häufen sich in seiner Umgebung. Ich vermochte ihm nur noch nie etwas nachzuweisen.«

Icherios sank in den Sessel, als er begriff. »Ihr habt Vallentin nach Heidelberg geschickt, um Beweise gegen Auberlin zu sammeln. Und nun, da er tot ist, benutzt Ihr mich.«

»Irgendjemand muss ihn aufhalten.«

»Ich muss jetzt erst mal darüber nachdenken.« Der junge Gelehrte stand langsam auf.

Freyberg drehte sich zu ihm um. »Denk nicht zu lange nach, Jungchen. Er ist gefährlich.« Seine Stimme versagte für einen Augenblick. »Ich will dich nicht auch noch verlieren.« Icherios blickte ihn skeptisch an. Sollte er ihm etwa vertrauen? Dem Mann, der offen zugab, ihn zu benutzen?

16

Die Andreasnacht

31. Octobris, Karlsruhe

Das kalte Metall brannte auf Icherios' Haut. Mit einem lauten Klacken schlossen sich die Ketten um seine Handgelenke. Er war gefesselt; angekettet an eine Wand, die von einem schleimigen Film überzogen war, in dem sich kleine, schuppige Wesen tummelten.

»Die Füße auch.« Raban ergriff eine weitere Eisenkette und legte sie um die Knöchel des jungen Gelehrten. Sein goldbestickter Mantel sog sich langsam mit der dreckigen Brühe voll, die den Boden bedeckte. Der Saum war schon ganz grau braun eingefärbt.

Goldene Lampen erhellten das Verlies, konnten ihm aber nichts von seiner Trostlosigkeit nehmen. Icherios blickte durch das schmale, vergitterte Kellerfenster in den grauen Abendhimmel. Würde er in dieser Nacht tatsächlich zu einem Strigoi werden, dieser verstandeslosen Bestie voller Verlangen nach Blut und Fleisch? Bisher verspürte er jedenfalls nichts davon.

Trotz seiner verbliebenen Zweifel ließ er sich an diesem letzten Abend im Oktober, an dem die aufziehenden Wolken so tief hingen, dass man glaubte, sie mit den Händen ergreifen zu können, in dem Keller seines ehemaligen Mentors anketten. Diese Nacht, in der Jungfrauen hofften, im Wasser das Ebenbild ihres zukünftigen Gatten zu sehen, war zugleich die Nacht der lebenden Toten.

Raban trat zurück und betrachtete ihn. »Das sollte reichen.« Es war das erste Mal, dass er ihm ins Gesicht sah, seit sie die Treppen hinuntergestiegen waren.

Der junge Gelehrte nickte stumm und verschränkte seine zitternden Finger ineinander. Raban wirkte kalt und mitleidslos. Nachdenklich blickte er in dessen grünbraune Augen, Zweifel an seiner Zuverlässigkeit keimten in ihm auf. Prüfend zog Icherios an den Ketten. Die Verankerung hielt, die Glieder gingen gleichmäßig ineinander über. Sollten sie dennoch reißen, gab es eine weitere Absicherung: ein Käfig mit fingerdicken Eisenstäben, die eine dicke Rostschicht bedeckte und dadurch wie in Blut getaucht wirkten. Icherios' lange, schmale Finger klammerten sich an dem Gitter fest, als Raban den Käfig verriegelte. Obwohl Raban ein großer Mann war, überragte der junge Gelehrte ihn um einige Fingerbreit.

»Wird es wehtun?«

Ein kurzes Aufblitzen von Mitleid zeigte sich in den Zügen des alten Vampirs. »Vermutlich. Aber es wird vorübergehen.« Er streckte eine Hand durch die Gitterstäbe, tätschelte Icherios' Schulter und ging dann zur eisenbeschlagenen Tür. »Ich werde dich morgen früh wieder herauslassen.«

Im Geräusch, welches das Einrasten des Schlosses begleitete, schwang etwas Endgültiges mit. Icherios wusste trotz aller Zweifel, dass er nicht mehr derselbe sein würde, wenn er den Keller wieder verließ. Er drehte sich zurück zur Wand und lehnte sich gegen den kalten Stein. Er fühlte sich einsam und hatte eigentlich auf Rabans Gesellschaft und seinen Beistand in dieser Nacht gehofft. Sein ehemaliger Mentor war schließlich ein Vampir, was konnte Icherios ihm selbst als Strigoi schon antun?

Einige auf dem Boden verteilte Kerzen kämpften mühsam gegen die feuchte Luft und spendeten ein unstetes Licht. Icherios beobachtete, wie sich sein Atem in kleinen Wölkchen vor seinem Mund sammelte. Das stete Tropfen von Wasser stand im Kontrast zum rasenden Stakkato seines Herzens. Wie würde es beginnen? In was würde er sich verwandeln? Trotz aller Nachforschungen hatte er kein genaues Bild eines Strigoi gefunden. Die Zeichnungen reichten von grotesken Riesen bis zu langzahnigen, am Boden kriechenden Geschöpfen.

Er spürte, wie sich sein Magen vor Angst zusammenzog. Krampfhaft versuchte er, an etwas anderes zu denken, doch es war zwecklos. Sein Atem beschleunigte sich, ging in ein nervöses Hecheln über, während er gleichzeitig glaubte zu ersticken.

Plötzlich drang ein neuer Geruch an seine Nase. Bohnerwachs. Er schüttelte den Kopf. Louise, Rabans Hausmädchen, hatte bei seiner Ankunft den Boden poliert und ihm strafende Blicke zugeworfen, als er mit dreckigen Schuhen über ihr Tagewerk getrampelt war. Aber warum waberte der Geruch auf einmal durch den Keller? Dann stellte er fest, dass er noch andere Dinge wahrnahm. Sein Ärmel roch nach Maleficium; auf seinem Hosenbein witterte er Brotkrumen, die von dem mit Sägespänen versetzten Brot, das sein Mittagsmahl gewesen war, stammten. Als Nächstes hörte er das Trappeln von Ratten in den angrenzenden Räumen und ein Stöhnen. Ein Stöhnen, das er vorher nicht bemerkt hatte. Es schien ebenfalls aus den benachbarten Kellerräumen zu dringen.

Wieder spürte er eine Veränderung. Seine Umgebung erhellte sich. Konturen stachen hervor, die zuvor verschwommen in der Dunkelheit gelegen hatten. Die Rostflecken auf den Gitterstäben erlangten eine neue Schönheit, indem sie dem jungen Gelehrten komplexe Muster offenbarten. Fasziniert betrachtete Icherios seine Hände, verlor sich in den geschwungenen Linien seiner Haut, während seine Nase all die verschiedenen Gerüche wahrnahm.

Dann durchzuckte ihn ein Schmerz. Keuchend sackte er an der Wand herab. Von Grauen geschüttelt beobachtete er seine Finger. Sie fühlten sich an, als ob sie auf einer Streckbank liegen und ihm langsam ausgerissen werden würden. Icherios schrie vor Schreck auf. Sie veränderten sich! Mit einem Knirschen brach der Knochen. Das vordere Bruchstück schob sich bis an die Fingerspitze, drückte gegen die Haut, dehnte sie, bis der Finger seine Länge verdoppelt hatte und die Knochenfragmente sich miteinander verbanden. Als Nächstes wandelten sich seine Fingernägel. Entsetzt betrachtete der junge Gelehrte die langen Krallen, deren gebogene Kanten messerscharf hervortraten. Ein Schrei drang über seine Lippen, als die Schmerzen auf seinen Nacken und in seinen Kiefer übergingen. Sein Fleisch spaltete sich, Blut sammelte sich in seinem Mund, als eine Reihe neuer, spitzer Zähne wuchs, während die alten als tödliche Fangzähne in die Höhe schossen. Dann brachen seine Beine. Icherios fühlte, wie sich die Knochen fetten Maden gleich durch seinen Körper wühlten, um geknickt und von dicken Muskelsträngen geschützt wieder zusammenzuwachsen.

Schlagartig hörte die Pein auf. Zitternd lag er auf dem Boden und horchte dem Echo des Schmerzes hinterher. Leere breitete sich in ihm aus. Nach einer Weile stützte er sich keuchend auf die Ellbogen. Er schloss die Augen. Er wollte seinen entstellten Leib nicht sehen. Tränen rannen ihm über die Wangen. Ruckartig warf er sich gegen die Wand, als etwas in ihm erwachte und in einer grellen Explosion seinen Geist überrannte: maßloser Hunger, gepaart mit unbändigem Zorn. Ein tiefes Grollen drang aus seiner Kehle. Das Gefühl, die Beherrschung über seinen Körper und seinen Verstand zu verlieren, peinigte ihn mehr als die vorausgegangen Schmerzen. Kontrolle unterschied den Mensch vom Tier. Kontrolle über die Instinkte, die zum Töten verleiteten. Er wollte nicht zum Tier werden. Icherios kämpfte um seine Seele, während die Schmerzen zurückkehrten und er sich auf den feuchten Steinen hin und her wälzte. Er vergaß alles um sich herum, zog sich in sein Innerstes zurück. Für einen Augenblick glaubte er, den Kampf zu gewinnen. Dann bemerkte er Raban. In seinem unerbittlichen Griff hing ein magerer Mann von etwa sechzig Jahren, der nach Angst roch. Bei Icherios' Anblick erlahmten dessen Versuche, sich von seinen Fesseln zu befreien. Ein gelber Fleck breitete sich auf seinem Lendenschurz aus. Urin rann seine dürren, haarigen Beine hinunter. Flehentliche Worte kamen über seine angstverzerrten Lippen, doch der alte Vampir beachtete ihn nicht. Sein Blick ruhte auf dem sich am Boden windenden Icherios.

»Es tut mir leid, mein Junge.«

Dann schloss er den Käfig auf und schubste den Mann hinein. Mit einem verzweifelten Aufschrei stürzte er neben Icherios auf den Boden. Ein Schwall von Gerüchen strömte durch den Raum. Süßes, warmes Blut, das aus aufgeschürften Handgelenken tropfte. Saftiges Fleisch. Angst. Icherios hörte das pochende Herz, spürte den stoßweisen Atem des Mannes auf seiner Haut. Es verlangte ihn nach dem Lebenssaft des Mannes. Sein Magen knurrte in Vorfreude auf das menschliche Fleisch. Ein letztes Aufbäumen seines Verstandes zwang ihn zurück an die Wand. Weg von der Versuchung. Doch er hatte keine Chance. Das Verlangen war zu stark, überflutete seinen Geist. Er spürte, wie er die Krallen in das nachgiebige Fleisch des Mannes grub, wie Knochen brachen und Sehnen rissen. Dann versank alles hinter einem roten Schleier.

Icherios wachte langsam auf. Nur ein winziger Lichtstrahl drang zu ihm hindurch. Zuerst wunderte er sich, warum sein Bett so kalt und feucht war. Hatte es so stark geregnet, dass das Wasser wieder in seine Kellerwohnung gelaufen war? Er streckte seinen Arm aus, um sich aufzurichten. Das Klirren von Eisen erklang. Schlagartig überfielen ihn die Bilder der letzten Nacht. Hastig blickte er sich um, in der Hoffnung, dass seine Erinnerungen an den Mann nur ein irrer Traum gewesen waren. Auf den ersten Blick sah er nichts Auffälliges. Jemand hatte seine Ketten gelöst. Die Käfigtür stand offen. Unter dem Fenster befand sich ein kleiner Tisch mit frischer Kleidung, einer Schüssel und einem Wasserkrug. Doch sobald seine anderen Sinne ihre Aktivität aufnahmen, wurde sich Icherios bewusst, dass irgendetwas nicht stimmte. In der Luft hing der süßliche Geruch beginnender Verwesung. Er blickte in die der Tür zugewandte Ecke des Käfigs. Auf dem Boden schimmerte es dunkel. Er strich mit zwei Fingern über den Stein und hielt sie dicht vor sein Gesicht, um im düsteren Licht etwas erkennen zu können. Eine Mischung aus geronnenem Blut und Dreck bedeckte seine Fingerkuppen. Seine Kehle zog sich zusammen. Von Ekel geschüttelt wischte er die Hände an den Fetzen seines Hemds ab. Dann fiel sein Blick auf etwas. Er zögerte. Wollte er wirklich wissen, um was es sich dabei handelte? Icherios holte tief Luft und stand schwankend auf. Langsam ging er auf den Gegenstand zu. Es war ein Finger! Offensichtlich abgerissen, der Knochen ragte aus dem Stumpf, das Fleisch war angenagt. Würgend stürzte er aus dem Käfig und erbrach sich neben der Tür. Als er die blutige, fleischige Masse sah, die aus seinem Mund quoll, übermannte ihn der Ekel. Der Drang sich zu erbrechen wurde immer heftiger. Es fühlte sich an, als würde er seine Innereien mit hinauswürgen. Irgendwann beruhigte sich sein Magen jedoch wieder, und er schwankte zum Tisch, spülte sich den Mund aus und schrubbte sich das Blut von seinen Händen. Beinahe musste er sich erneut erbrechen, als er erkannte, dass an seiner Kleidung eine Mischung aus Blut und dem Inhalt der Gedärme seines unglückseligen Opfers klebte. Schaudernd riss er sie sich vom Leib. Er spürte eine widerwärtige Kraft und Energie durch seinen Körper fließen. Noch nie hatte er sich so kräftig und gesund gefühlt, doch mit jedem Herzschlag glaubte er, das Flehen des Mannes und die Präsenz eines bösartigen Wesens in sich wahrzunehmen. Wieder musste er sich übergeben. Was hatte er nur getan? Raban hatte ihn verraten. Warum? In Icherios kochte Zorn empor, brodelte wie ein schwefeliger Sud in seinem Inneren. Er hatte nicht gewusst, dass er zu so einer Wut fähig war. Rasch zog er die frischen Kleider an, die am anderen Ende des Raumes auf einem Tisch lagen, und stürmte die Treppe hinauf.

Das Hausmädchen Louise starrte ihn erschreckt an, als er die Kellertür aufriss und sie dabei beinahe umstieß.

»Herr«, stammelte sie, einen Stapel frisch gewaschener Tücher schützend vor die Brust haltend. »Kann ich Euch helfen?«

Ein Blick aus Icherios' rot unterlaufenen Augen traf sie. Sofort verstummte die Frau.

Der junge Gelehrte eilte zu Rabans Studierzimmer, dessen Tür er so schwungvoll aufstieß, dass sie mit einem lauten Knall gegen die Wand krachte. Er stand in einem großen

Raum mit hohen Spitzbogenfenstern, vor denen dicke, grüngoldene Vorhänge hingen. Ein Kamin, mehrere mit Büchern beladene Tische und Stühle luden zum gemütlichen Schmökern ein. Die Wände wurden von Regalen mit Enzyklopädien aus allen Epochen der Menschheit gesäumt. Lange Leitern lehnten an ihnen, um den Wissbegierigen den Zugriff auf die Kostbarkeiten zu ermöglichen.

Der alte Vampir saß in einem mit grünem Samt gepolsterten Sessel aus Kirschholz und las in Shakespeares *Romeo und Julia*. Gelassen blickte er auf. Den dramatischen Auftritt und Zorn seines jungen Freundes schien er nicht wahrzunehmen.

»Wie konntet Ihr mir das antun?«, fuhr Icherios den alten Vampir an. Seine Hände zitterten vor Wut. Bilder tauchten in seinem Kopf auf, in denen er Raban mit aufgeschlitzter Kehle vor sich liegen sah. Er zuckte zusammen. Woher kamen diese Gedanken?

»Ihr wärt sonst gestorben. Was nirgendwo geschrieben steht, ist, dass ein Halbwesen wie Ihr qualvoll vergeht, wenn es in der Andreasnacht keinen Menschen tötet. Gott fordert ein Leben für jedes Jahr, das ein Verfluchter auf Erden wandelt.«

Über Icherios' Rücken lief ein Schauder. »Gott verlangt doch keine Menschenleben.«

»Er hat das Leben seines eigenen Sohnes genommen.«

»Es wäre dennoch meine Entscheidung gewesen, ob ich leben oder sterben will.«

»Der Mann, den Ihr getötet habt, war nur ein Mörder und Vergewaltiger.« Der alte Vampir zuckte mit den Schultern. »Ausgelöst aus dem Gefängnis für ein paar Münzen und wohlüberlegte Worte. Verschwendet keinen Gedanken an ihn. Man hätte ihn ohnehin hingerichtet.«

Icherios stützte sich auf den niedrigen Tisch vor Rabans Sessel und blickte ihm in die Augen. »Es war trotzdem ein Menschenleben. Ein weiteres.« Noch beherrschte Wut seine Gefühle, aber er fürchtete den Augenblick, wenn die Erkenntnis, dass er einen zweiten Menschen getötet hatte, zu ihm durchdringen würde.

Doch in Rabans Miene lag kein Mitgefühl. Icherios wurde sich bewusst, dass er ihn nach all den Jahren immer noch nicht kannte. Raban war ein Vampir, wie konnte man mit einem Blutsauger über den Wert von Menschenleben diskutieren?

Der Samt seines robenartigen Gewandes raschelte, als sich Raban erhob. Wie immer trug er ein dickes, goldenes Kreuz um den Hals. Icherios fand es erschreckend, dass sich Vampire in so unterschiedlichen Gestalten verbargen. Wie vielen von ihnen war er bereits unwissend begegnet? Wie oft war er kurz davor gestanden, ausgesaugt in einer dunklen Gasse zu enden?

»Folgt mir.« Ohne sich zu vergewissern, dass der junge Gelehrte ihm gehorchte, verließ Raban das Studierzimmer und ging die kunstvoll geschwungene Holztreppe hinauf in den oberen Stock. An den Wänden hingen zahlreiche goldgerahmte Gemälde mit den Porträts von Rabans Vorfahren. Es war Icherios nie zuvor aufgefallen, dass das jüngste aus dem vierzehnten Jahrhundert stammte. Wie alt mochte sein Mentor in Wirklichkeit sein?

Der alte Vampir führte ihn durch einen Gang zu einer schwarz bemalten Tür, um deren Schlüsselloch sich filigrane Zeichnungen von dunkelroten Blüten und Blättern rankten. Leise klimpernd holte er einen Schlüssel hervor und öffnete die Tür. Das Zimmer war relativ klein, und auch wenn es regelmäßig geputzt wurde, hing der Geruch von Staub, modernden Stoffen und Mäusekot in der Luft. Die Einrichtung stammte aus dem vierzehnten Jahrhundert. Schwere Eichenholzmöbel und Truhen mit Tierreliefs gaben dem Raum eine gemütliche Atmosphäre. In einer Ecke stapelten sich Gemälde, die alle dieselbe Frau darstellten. Sie war mittleren Alters, aber ihre Schönheit war noch nicht verblasst, sondern schien durch die Jahre zu gewinnen. Dunkle Haare, in denen sich einzelne silberne Strähnen abzeichneten, umrahmten ein zartes, herzförmiges Antlitz. Am auffälligsten waren ihre schwarzen Augen, die, selbst in Öl gebannt, Icherios in die Seele zu blicken schienen.

»Alisandra.« Rabans Stimme brach, als er den Namen flüsternd aussprach. Sein Blick glitt liebevoll die Konturen ihres Gesichts entlang. »Sie war die Liebe meines Lebens und zugleich mein größter Fluch.«

Icherios zuckte überrascht zusammen. Sein Mentor war verliebt gewesen? Der Gedanke erschien ihm ebenso absurd und abstoßend wie die Vorstellung, seine Eltern könnten sich im Bett vergnügen. Gleichzeitig schämte er sich für seine Naivität.

»Ich war Erzbischof von Trier, bemüht, die Macht meiner Familie weiter auszubauen. Dann traf ich Alisandra. Undenkbar für einen Geistlichen sich zu verlieben, aber mir geschah es.« Raban senkte den Blick. Seine Finger verkrampften sich. »Was ich nicht wusste: Sie war eine Vampirin, und in einer finsteren Nacht verwandelte sie mich. Damit begann eine Zeit der Qual und des Glücks. Auf der einen Seite schenkte sie mir mehr Freude, als ich es mir je erträumt hätte.« Ein kurzes Lächeln umspielte Rabans Lippen. »Auf der anderen Seite wurde ich zu einer verfluchten Kreatur und brach mein Gelübde. Ich tötete unzählige Menschen, während ich Gott anflehte, diese Prüfung enden zu lassen.«

Der alte Vampir kehrte den Gemälden den Rücken zu. Den Blick aus dem Fenster in den grauen Morgen gerichtet, fuhr er mit harter Stimme fort. »Unser Glück währte nicht lange. Vampirjäger der Kirche wurden auf sie aufmerksam und verbrannten sie, ohne dass ich etwas dagegen unternehmen konnte. Seitdem ist mein Leben einsam, und ich sehne den Tod mit jedem unseligen Herzschlag herbei.«

Icherios erkannte die tiefe Traurigkeit, die Raban beherrschte und die er sonst so gut verbarg. Er musste an Carissima denken. Er war sich nicht sicher, was er noch für die wunderschöne Vampirin empfand, vor allem da nun auch Julie in sein Leben getreten war. Carissima hatte ihm bei seinem Besuch in Dornfelde angeboten, ihn in einen Vampir zu verwandeln, doch er war nicht bereit gewesen, seine Sterblichkeit aufzugeben. Nachdem er nun einen Vorgeschmack auf das Dasein als Vampir bekommen hatte, war er das noch viel weniger als zuvor.

»Ihr seid meine letzte Hoffnung.«

Der junge Gelehrte blickte ihn verwirrt an. Doch dann begann er zu verstehen. »Ihr habt mir das nur angetan, damit mein Hass auf Euch groß genug ist, um Euch zu töten?«

Raban seufzte. »Wenn Ihr mich umbringen möchtet, nur zu. Ich warte seit Jahrhunderten auf jemanden, der mich erlöst. Aber ich habe Euch nicht deswegen auserwählt. Ich hoffe, dass Ihr in der Lage seid, eine Heilung vom Vampirismus zu finden. Ihr wollt kein Strigoi mehr sein und ich kein Vampir, damit ich altern und sterben kann. Ihr könnt uns beiden helfen.«

Icherios' Beine zitterten. Die Täuschung, der Mord an dem unglückseligen Mann, das alles war zu viel für ihn. Dann gewann der Zorn die Oberhand und spülte die Schwäche davon.

»Warum bringt Ihr Euch nicht selbst um? Stürzt Euch in ein Feuer, schneidet Euch die Adern auf.«

»Selbstmord ist eine Sünde.«

Icherios lachte verächtlich auf. »Ihr seid ein Vampir. Ihr habt unzählige Menschen getötet.«

»Gott hat mich zu dem gemacht, was ich bin«, donnerte Raban und fuhr zornig herum. »Gott erlegte mir diese Prüfung auf als Strafe für den Bruch meines Gelöbnisses. Ich werde nicht versagen. Ich werde keine weitere Sünde begehen.«

Der junge Gelehrte schüttelte den Kopf. Er konnte seine Logik nicht nachvollziehen, ebenso wenig wie sein unerschütterliches Vertrauen in Gott. Er wendete sich ab, ließ ein letztes Mal den Blick durch den Raum schweifen und ging zur Tür. Am Bett hielt er kurz inne. Er glaubte, den schwachen Geruch nach Veilchen wahrzunehmen und die Schemen einer schlanken Frau, die sich an der weißen Wand abmalten. Doch einen Lidschlag später war der Duft verflogen und die Erscheinung verblasst. Icherios drehte sich noch einmal um.

»Dann war all das nur ein Plan?«

»Es ist immer ein Plan. Menschen handeln nie aus Gefälligkeit und Vampire erst recht nicht. Ich unterstütze den Ordo Occulto seit Jahrzehnten. Ich hatte fast schon die Hoffnung aufgegeben, jemanden zu finden, der ein Heilmittel entwickeln könnte, bis Ihr kamt. Ihr seid der Einzige, in dem ich das Potenzial erkenne. Ich durfte nicht das Risiko eingehen, dass Ihr aus falschem Mitleid sterbt.«

»Und wenn ich mich vor der nächsten Andreasnacht umbringe oder mich von jemand Verlässlicherem einsperren lasse?«

Raban schüttelte den Kopf. »Ihr habt noch nicht genug Leid erlebt, um dies zu tun.«

Icherios zwang sich, bei seinen nächsten Worten ruhig zu klingen. Er wollte dem alten Vampir nicht zeigen, wie sehr er ihn verletzt hatte.

»Selbst wenn ich ein Heilmittel finde, habt Ihr verdient, für immer zu leben.«

Der junge Gelehrte verließ den Raum und eilte die Treppe hinunter. Kurz bevor er auf die Straße trat, hörte er Rabans tiefe Stimme durch das Haus schallen.

»Ich werde nach Heidelberg kommen, um Euch bei Euren Untersuchungen zu unterstützen.«

Icherios zögerte. Raban stand oben an der Treppe, seine Hände umklammerten das Geländer so fest, dass es knirschte.

»Vielleicht werdet Ihr erkennen, dass Ihr meine Hilfe benötigt, selbst wenn der Preis meine Errettung ist.«

Konnte es noch schlimmer kommen?, fragte sich Icherios, als er wortlos aus dem Haus stürzte.

Das Blut rauschte durch Icherios' Adern. Hatte das Laudanum, von dem er jahrelang abhängig gewesen war, ihn im Rausch verwirrt und betäubt, so schärfte das Menschenblut seine Sinne um ein Vielfaches. Die Eindrücke, die auf Icherios einprasselten, während er zu seiner Wohnung zurückrannte, überwältigten ihn. Keuchend schloss er die Tür zu seinem Zimmer auf, froh, wieder in seiner gewohnten Umgebung zu sein. Maleficium begrüßte ihn mit einem erfreuten Quietschen und rannte aufgeregt in seinem Käfig auf und ab. Doch der junge Gelehrte ignorierte seinen kleinen Gefährten und stürzte direkt zu dem Krug Wasser, der auf einem Waschtisch stand, und spülte sich den Mund aus. Trotzdem vermeinte er, den Geschmack von Blut und Menschenfleisch immer noch auf der Zunge zu spüren. Icherios nahm seine Zahnbürste aus Eberhaaren und schrubbte grob über seine Zähne. Er war dabei so verzweifelt darum bemüht, auch die letzten Reste des fremden Gewebes zu entfernen, dass die rauen Borsten sein Zahnfleisch nahezu zerfetzten. Prüfend fuhr er mit der Zunge über die ebenmäßigen Reihen seiner etwas zu großen Zähne. In einer Zahnlücke hing ein Stückchen Fleisch. Würgend ergriff er einen hölzernen Zahnstocher und bohrte zwischen seinen Zähnen herum, bis er das Menschenfleisch ausspucken konnte. Der glibberige Klumpen klebte nun in der Waschschüssel. Icherios übermannte die Übelkeit. Würgend erbrach er sich in seinen Nachttopf. Dann spülte er sich den Mund erneut aus und putzte seine Zähne, bis aus seinen Mundwinkeln Blut rann. Die Schmerzen nahm er in seinem Ekel kaum wahr. Schließlich wurde ihm schwindlig. Die unseligen Kräfte des Strigoi ließen langsam nach und ließen ihn als zitternden Haufen Elend zurück.

Taumelnd ging er zu Maleficiums Käfig und holte den Nager heraus. Den warmen Körper in seiner Armbeuge haltend, rollte er sich auf seinem Bett zusammen.

Zuerst war Maleficium zufrieden, bei seinem Herrn liegen zu dürfen. Dann zitterten seine Schnurrhaare. Der Geruch von Blut drang an seine Nase. Flink krabbelte die Ratte zu Icherios' Kopf und fing an das Blut aufzulecken. Stöhnend schob der junge Mann das Tier zur Seite und vergrub seinen Kopf in den Kissen. Die Minuten verschwammen. Schließlich verlor er jedes Gefühl für die Zeit und konzentrierte sich einzig auf das Pochen von Maleficiums und seines eigenen Herzens. Er freute sich, wenn sie im Gleichklang schlugen, und bewunderte die Klanggebilde, sobald das kleine Rattenherz seine eigenen Herzschläge überholte.

Nachdem sich die Übelkeit und das Zittern gelegt hatten, fiel Icherios in einen unruhigen Schlaf.

17

Ein unverhofftes Wiedersehen

2. Novembris, Heidelberg

Icherios überwand seine Angst, setzte sich auf einen wackligen Stuhl, von dem die Farbe bereits abgeblättert war, schloss die Augen und stach sich mit einer goldgefassten Spritze in die *Vena mediana cubiti*, der dicken Vene in der Ellenbeuge. *Bloß nicht ohnmächtig werden!*, beschwor er sich und wagte einen vorsichtigen Blick. Dunkelrot sprudelte sein Lebenssaft in den Glaskolben, doch die erwartete Übelkeit blieb aus. Im Gegenteil: Der Anblick seines eigenen Blutes sandte wohlige Schauer durch seinen Körper. Fasziniert beobachtete der junge Gelehrte, wie sich die Spritze füllte, bewunderte die glänzenden, sattroten Tropfen. *War dies eine weitere Veränderung, die dem Strigoi in ihm zuzuschreiben war? Was an ihm war überhaupt noch er selbst?* Das Wohlgefühl wandelte sich in Entsetzen. Mit zitternden Fingern zog er die Nadel aus dem Arm, drückte den Daumen auf die Einstichstelle, bis der Blutstrom versiegt war, und gab dann einige Tropfen seines Blutes auf einen Objektträger aus hauchdünnem Knochen, den er unter das Mikroskop legte. Er hatte Karlsruhe regelrecht fluchtartig verlassen und war in den frühen Morgenstunden mit der Geisterkutsche nach Heidelberg zurückgekehrt. Heute gab es keine Vorlesungen, sodass er sich ganz seinen Forschungen widmen wollte.

Icherios blickte durch das Objektiv. Seine Blutkörperchen waren größer als die eines gewöhnlichen Mannes und bewegten sich, wenn er mit einer feinen Nadel durch die Probe strich, selbstständig entgegen der so erzeugten Strömung.

Icherios vergrub seinen Kopf in den Händen. Vor ihm lag der Beweis, dass er tatsächlich kein Mensch mehr war. Jetzt musste er unbedingt eine wissenschaftliche Erklärung für die Existenz von Vampiren, Werwölfen und Geistern finden, sonst würde sein Weltbild völlig aus den Fugen geraten. Er lehnte sich in seinen Stuhl zurück, hielt seine gespreizte rechte Hand gegen das Licht einer Kerze und betrachtete die feinen Äderchen in der dünnen Haut zwischen seinen Fingern.

Er blickte zu Maleficium hinüber, dessen Augen in einem dunklen Violett leuchteten. Seufzend stand er auf und holte aus einer Dose ein Stück Trockenfleisch. In der einen Hand den Leckerbissen, in der anderen die Spritze, schlenderte er auf das Tier zu.

»Das wird jetzt ein wenig wehtun, mein Kleiner«, murmelte er betrübt. Er lenkte die Ratte mit dem Fleisch ab, hielt sie am weichen Rückenfell fest und stach mit der Nadel kurz in die Oberseite ihres Schwanzes, sodass ein Tropfen Blut hervorquoll. Der Nager bemerkte den Stich nicht, sondern fraß unbeirrt weiter, selbst als Icherios einen Objektträger nahm und das Blut darauf verteilte. Dennoch kraulte der junge Gelehrte seinen kleinen Gefährten einige Zeit, bevor er zu seinem Mikroskop zurückkehrte.

Hoffnungsvoll blickte Icherios durch das Objektiv. Vielleicht fand er eine Antwort im Blut des Nagers.

Die Blutkörperchen sahen äußerlich unverändert aus, doch wann immer Icherios versuchte, die beiden Blutproben miteinander zu vermischen, zogen sich seine Blutkörperchen von Maleficiums zurück und drängten sich beinahe ängstlich zusammen. Fasziniert beobachtete er das Phänomen. Er benötigte das Blut von normalen Ratten, um die Reaktion vergleichen zu können. Wenn er nur wüsste, ob Maleficium tatsächlich unsterblich war. *Ich könnte versuchen ihn zu töten.* Icherios erstarrte, erschüttert über seinen Gedanken.

Der Nager hörte auf, sich die Pfötchen zu lecken, trippelte zu dem jungen Gelehrten, krabbelte an ihm hoch und setzte sich auf dessen Schulter. Icherios' Finger glitten durch das warme, weiche Fell. Die Schnurrhaare kitzelten an seiner Wange. »Ist schon gut, mein Kleiner.« Noch brachte er diesen Schritt nicht fertig. Die kleine Ratte war sein letzter wahrer Freund, und Icherios war nicht bereit, das Risiko einzugehen, ihn zu verlieren.

Er setzte sich vor den Kamin und grübelte darüber nach, wie er eine lebende Ratte fangen könnte. Sie würde auf jeden Fall am Leben bleiben müssen, denn das verklumpte Blut toter Tiere nützte ihm nichts. Er erinnerte sich, in einem Buch Zeichnungen von Lebendfallen aus Weidenzweigen gesehen zu haben. Vielleicht fand er in der Bibliothek des Magistratum ein passendes Buch. Kurz entschlossen nahm er Maleficium, einen Bogen Papier und kletterte, nachdem er nach einigem Suchen den Weg gefunden hatte, die schwankende Leiter zur Bibliothek hinunter. Sie war genauso gemütlich, wie sie von oben wirkte, und bot ausreichend Platz für seine Nachforschungen. Die gewaltigen Regale bogen sich unter der Last der Bücher, und in unzähligen Kisten verteilt lagen die Zeitungen der letzten Jahre aus allen Ecken Europas. Für Icherios war das ein wahres Paradies. Ehrfürchtig bewunderte er die Bände, die sich allesamt mit Wissenschaft und Magie beschäftigten und zum Teil mehrere Jahrhunderte alt waren. Nach kurzem Suchen fand er auch schon ein passendes Buch: *Von der hohen Kunst allerlei Getier zu fangen.* Er setzte sich mit dem dünnen Buch in einem Einband aus hellem, abgenutztem Leinen an einen Tisch. Bereits nach wenigen Seiten hatte er eine passende Konstruktion gefunden. Die Materialien waren leicht zu beschaffen, denn es waren nur biegsame Holzzweige und Schnüre nötig. Zufrieden lehnte er sich zurück. Es war wohltuend, nicht mehr zur Tatenlosigkeit verdammt zu sein.

Plötzlich hörte er ein Räuspern hinter sich. Erschrocken fuhr er herum und sah Auberlin an ein Regal gelehnt stehen. »Wie seid Ihr hier hereingekommen?«, fragte Icherios ihn verwundert. Schließlich saß er direkt vor der Leiter, und es war unmöglich, dass Auberlin sie benutzt hatte, ohne dass es ihm aufgefallen wäre.

»Das Magistratum birgt viele Geheimnisse.« Auberlin lächelte. »Mit der Zeit werdet Ihr sie alle kennenlernen. Mit was beschäftigt Ihr Euch gerade?«

»Ich beabsichtige, Ratten für meine Forschungen zu fangen. In Anatomie haben wir gelernt, dass der Unterschied zwischen Mensch und Tier nicht so groß ist wie allgemein angenommen.« Icherios hoffte, dass er ihm die Lüge glaubte. Er fand es beunruhigend genug, dass Freyberg von dem Vampirbiss wusste. Er fürchtete Auberlins Reaktion. Ob er ihn aus Sicherheitsgründen sofort töten lassen würde, wenn er erführe, dass er ein Strigoi war?

»Ich sehe es gerne, dass Ihr so um Euer Studium bemüht seid. Fahrt so fort, und Ihr werdet es noch weit bringen – in der Forschung und im Ordo Occulto.«

»Danke.« Icherios neigte bescheiden den Kopf. »Darf ich Euch etwas fragen?«

»Nur zu.«

»Bei all den Büchern, die ich bisher gesehen habe, befindet sich keines, das sich mit dem Ordo Occulto und seinen Ursprüngen beschäftigt. Selbst hier im Magistratum konnte ich keines entdecken.«

Auberlin zog sich einen Stuhl heran. »Es wurde alles verbrannt, damit dieses Wissen nicht in die falschen Hände gerät. Es wird heutzutage ausschließlich mündlich überliefert. Freyberg hätte Euch unterrichten müssen. Es sieht ihm ähnlich, dass er selbst bei solch einer Kleinigkeit niemandem vertraut.«

»Werdet Ihr es mir erzählen?« Icherios beugte sich begierig vor. Würde er nun endlich mehr über diese Organisation erfahren?

»Vor etwa hundertfünfzig Jahren, kurz nach der Gründung des Ordens der Rosenkreuzer, stellte ein hochrangiges Mitglied, Michaelis Deodore von Albers, fest, dass die Kreaturen der Nacht, und allgemein die der Magie, tatsächlich existieren. Im Gegensatz zu vielen anderen betrachtete er sie allerdings nicht grundsätzlich als gefährlich oder vom Teufel gesandt, sondern sah in ihnen potenzielle Verbündete und interessante Forschungsobjekte.« Auberlin stand auf, ging zu einem kleinen Schränkchen und holte daraus eine Flasche Portwein hervor. Seine Hände zitterten etwas, als er ihnen jeweils ein Glas eingoss.

Icherios bedankte sich und nippte an dem herbsüßen Getränk, während er den Ausführungen des Mannes weiter lauschte.

»Unter den Rosenkreuzern entbrannte ein Streit. Einige wollten vergessen, dass sie jemals von Vampiren, Werwölfen und Hexen gehört hatten, andere wollten sie töten, und wieder andere stellten sich auf Albers' Seite. Um den Frieden wiederherzustellen, beschloss Albers einen geheimen Ableger der Rosenkreuzer zu erschaffen, der die Vorgänge im

Reich der Magie untersuchen und nur wenn nötig eingreifen sollte. Am ersten Februar des Jahres 1643 wurden die notwendigen Urkunden unterzeichnet, und der Hauptsitz des Ordo Occulto wurde in Jena gegründet.«

»Warum ausgerechnet dort?«

»Zur damaligen Zeit lag die Stadt nahe dem Mittelpunkt des Reichs, und es lag im Interesse des Ordens, dass die Mitarbeiter schnell an jeden Ort reisen können, wenn nötig. Nach und nach wurden weitere Außenstellen eröffnet – die genaue Anzahl kennt aber nur der Prior. Es wird gemunkelt, dass es über zwei Dutzend sind.«

»Und die Vorgänge werden noch immer von Jena aus kontrolliert?«

»Ja, wobei einzelne Ämter auch an einige Leiter der Außenstellen vergeben werden. So bin ich der dritte Schatzmeister. Mehr darf ich Euch aber nicht berichten, erst wenn Ihr weiter in den Rängen des Ordo Occulto aufsteigt, werdet Ihr Schritt für Schritt eingeweiht werden.«

Icherios nickte Auberlin dankbar zu. Immerhin wusste er nun etwas mehr über die Organisation, für die er arbeitete. Wenigstens ein Mensch, der ihm ein wenig Vertrauen schenkte und seine Geheimnisse nicht wie ein Festtagsgewand trug. »Ich hätte noch eine Frage.«

»Wenn es in meiner Macht steht, werde ich sie beantworten.« Auberlin lächelte ihn freundlich an.

»Ich möchte Euch nicht zu nahetreten, aber Freyberg hat schwere Vorwürfe gegen Euch vorgebracht.« Icherios hielt gespannt den Atem an. Würde er nun einen anderen Auberlin kennenlernen, den Menschen, vor dem ihn Freyberg gewarnt hatte?

Doch der Leiter des Magistratum schüttelte nur traurig den Kopf. »Er kann sich einfach nicht von der Vergangenheit lösen. Ihr müsst wissen, dass wir zusammen studiert haben. Und wie es junge Männer nunmal so machen, lagen wir in einem fortwährenden Wettstreit, nicht nur um unsere Leistungen in der Wissenschaft, sondern auch um das Herz einer Frau: Cäcilie.«

Einen Augenblick lang verdunkelten sich Auberlins Augen, Trauer überzog sein Gesicht.

»Wir verliebten uns, doch Freyberg begehrte sie ebenfalls und ertrug es nicht, dass sie sich für mich entschied und wir heirateten. Leider blieb unsere Ehe kinderlos, was ihre arme Seele nicht verkraftete. Ihr sehnlichster Wunsch waren immer eigene Kinder, selbst mein Angebot, uns einiger Waisenkinder anzunehmen, konnte sie nicht von ihrem Gram erlösen. Schließlich verließ sie mich, um ihr Leben ganz Gott zu widmen, doch ihre Seele war geschunden, und so starb sie trotz aller Bemühungen der besten Ärzte an einer Lungenentzündung. Seither erhebt Freyberg schwere Vorwürfe gegen mich, und das, obwohl ich sie mindestens so sehr liebte wie er.«

Icherios schluckte. Auberlin klang so ehrlich – war der ganze Streit tatsächlich nur entstanden, weil Freyberg die Zurückweisung nicht ertragen hatte? Doch warum war Vallentin dann tot? Zufall? Sie blieben noch eine Weile schweigend sitzen, dann verabschiedete sich Auberlin, und auch Icherios kehrte in sein Zimmer zurück.

Den nächsten Tag verbrachte Icherios mit weiteren Experimenten und dem Aufbau der Lebendfallen. Am Abend war er mit Marthes und seinen Kommilitonen im *Neckartänzer* verabredet. Vor seiner Reise nach Karlsruhe war es ihm als eine gute Idee erschienen, nun bereute er jede Minute, die er sich nicht mit seinen Nachforschungen beschäftigen konnte. Aber er wollte Marthes nicht enttäuschen und zumindest ein wenig Normalität in seinem Leben wahren.

Der Abend begann wie immer. Sie saßen an ihrem Stammtisch, tranken reichlich, und Julie zwinkerte Icherios zutraulich zu. Der junge Gelehrte fühlte sich dabei nicht wohl. Hin- und hergerissen zwischen seiner Zuneigung zu ihr und seiner Angst, was er ihr als Strigoi antun könnte, wich er ihren Berührungen aus.

Es war bereits dunkel, ein starker Wind fegte eisigen Regen durch die Straßen, als Icherios nach draußen ging, um sich zu erleichtern. Es überraschte ihn nicht, als er kurz darauf die zaghaften Schritte Julies hörte und ihre Finger unter sein Hemd kriechen spürte. »Ich freue mich auf später«, wisperte sie in sein Ohr, während sie an seinem Ohrläppchen knabberte.

Icherios lehnte sich zurück, konnte nicht anders, als die Wärme ihres Körpers zu genießen. »Wir müssen reden.«

Plötzlich wich Julie zurück und schrie erschrocken auf. Nach hinten taumelnd drehte sich der junge Gelehrte um und hielt bei dem Anblick, der sich ihm bot, die Luft an. Die Schankmaid lag zu Füßen einer wunderschönen, hochgewachsenen Frau mit langen, tiefschwarzen Locken. Sie trug ein edles Kleid mit einem weiten Reifrock aus tiefrotem Samt. Über ihren Schultern lag ein schwarzer Umhang aus dichtem Pelz. Die Frau packte Julie an der Kehle und hob sie wie eine Puppe hoch. Dann fletschte sie die Zähne und entblößte ein Paar spitze, weiße Fangzähne, die im Licht der Laterne glitzerten.

»Renn um dein Leben, Kleine, und kehre nicht zurück.« Sie stieß das Schankmädchen wie ein Stück Abfall zu Boden. Schluchzend rappelte diese sich auf und rannte weinend davon.

»Carissima«, krächzte Icherios.

»Ich sehe, du hast nicht gezögert, dir eine neue Spielgefährtin zu suchen.« Ihre samtige Stimme besaß einen scharfen Ton, der Icherios schmerzte.

Carissimas Anblick weckte in ihm sowohl schöne als auch grausige Erinnerungen, während es ihn zugleich beschämte, dass sie ihn mit dem Schankmädchen gesehen hatte. Kein gebührender Empfang für seine ehemalige Geliebte.

»Sie bedeutet mir nichts.« Icherios verfluchte sich für diese Worte. Wie sehr verachtete er sonst die Männer, die junge Frauen nur zu ihrem Vergnügen benutzten, und nun äußerte er sich genauso abfällig über Julie. Aber durfte er der Vampirin die Wahrheit sagen? Was würde sie dem Mädchen antun, sollte sie ihren Zorn erregen?

Carissimas leuchtend blaue Augen zogen sich zu Schlitzen zusammen.

»Wir wissen doch beide, dass das nicht stimmt.« Sie trat an ihn heran, und er roch ihren Atem, eine Mischung aus Veilchen und Blut. »Lüg mich nicht an.«

Icherios wich einen Schritt zurück. Plötzlich lachte Carissima und griff seine Hand. »Lass uns zum Magistratum gehen.« Sie hauchte ihm einen Kuss auf die Wange.

Der junge Gelehrte blieb benommen stehen und fuhr mit den Fingern über die Stelle, an der ihre Lippen ihn berührt hatten. Erinnerungen an Dornfelde und ihre gemeinsamen Nächte kamen ihm in den Sinn, während er zugleich Ekel verspürte, als ihm bewusst wurde, dass sie ihre Zähne vermutlich erst vor Kurzem in Menschenfleisch versenkt hatte. Seit der Andreasnacht konnte er darüber nicht mehr so einfach hinwegsehen.

»Du weißt vom Magistratum?«

Carissima lachte. »Ich bin 130 Jahre alt. Ich weiß vieles.«

Sie hakte sich bei ihm unter und führte ihn in eine dunkle Gasse. »Wir sollten die beleuchteten Wege meiden. Die Nachtwächter mit ihren verfluchten Hunden haben ein gutes Auge für Wesen wie mich. Sie gehören zu den wenigen Menschen, die sich nicht vor der anderen Welt verschließen.«

»Wieso bist du in Heidelberg?«

»Noch immer ganz der Gelehrte, wie ich sehe.« Sie griff in ihren Mantel und holte einen versiegelten Brief hervor. »Das sind Auszüge aus dem Lunalion und dem Solequium. Raban bat mich, sie dir zu bringen.«

Diese beiden Bücher waren vom Schöpfer der Vampire, Hermes Trismegistos, geschrieben worden und bargen viele alchemistische Geheimnisse.

Carissima hielt an und zwang ihn sie anzusehen. »Du weißt, dass ich dich von dem Strigoi befreien kann. Lass mich dich verwandeln, und du wirst ewig forschen können und Herr über deine Sinne bleiben.«

Icherios schrak zurück. »Du wusstest von Rabans Plan und kommst nun als seine Abgesandte, um mich bei meinen Experimenten zu unterstützen?«

»Wie kannst du es wagen?«, fauchte sie ihn an und riss sich los. Einen Moment lang sah es so aus, als ob sie sich gleich auf ihn stürzen würde, dann beruhigte sie sich wieder. »Wieso sagst du so etwas?«

»In der Andreasnacht versprach er mir, nicht zuzulassen, dass ich jemanden töte, und dann hat er mir einen Menschen zum Fraß vorgeworfen.«

»Du wärst sonst gestorben.« Ihre Stimme war teilnahmslos.

Icherios erinnerte sich an den Kerker unter ihrem Schloss, in dem sie Verbrecher wie Vieh hielt, um sich an ihnen zu laben. Wie sollte er einem solchen Wesen verständlich machen, was es für ihn bedeutete, einen Menschen zu töten?

»Warum hast du mir nichts davon gesagt?«

Sie zuckte mit den Schultern. »Was hätte es schon geändert?«

»Ich hätte eine Wahl gehabt.«

»Ich hatte auch keine Wahl, ob ich als Mensch oder Vampir geboren werde. Wir sind, was uns Gott bestimmt zu sein.«

»Wohl eher der Teufel. Ich kann mich jedenfalls nicht mit dem Leben als Strigoi abfinden.«

»Du wärst nicht der erste Mensch, der angesichts des nahenden Todes seine Meinung ändert. Denk immer daran, mein Angebot bleibt bestehen. Zumindest solange du im Bett noch zu gebrauchen bist.« Sie zwinkerte ihm zu und ging weiter.

»Wie lange bleibst du?«

»Einige Tage. Ich bin froh, dem eintönigen Dasein in Dornfelde für eine Weile zu entkommen. Außerdem werden in Heidelberg immer wunderbare Bälle gegeben.«

»Leben hier noch andere Vampire?« Der Gedanke erschreckte Icherios. Er hatte nie in Betracht gezogen, dass die Welt, wie er sie kannte, ebenfalls von mystischen Wesen bevölkert sein könnte. Ihm wurde bewusst, dass ihn Carissimas Anwesenheit deshalb so beunruhigte. Sie brachte die Magie und das Grauen aus dem Schwarzwald mit sich, das er versucht hatte, aus seinem Leben zu verdrängen.

»Nicht dass ich wüsste. Aber wir führen auch keine Listen, und neben uns zivilisierten Vampiren gibt es noch so viele, die für die Schreckgeschichten über uns verantwortlich sind, dass wir nie wissen, wann wir jemandem von unserer Art begegnen.«

Den restlichen Weg legten sie schweigend zurück. Icherios konnte sich nicht entscheiden, ob er ihre Gegenwart als angenehm oder erschreckend empfand, und er war erleichtert, als sie sich vor dem Magistratum verabschiedete. In seinem Zimmer holte er seinen Koffer hervor und öffnete das Versteck, das unter einem doppelten Boden verborgen lag. Darin lagen zwei Glasfläschchen, gefüllt mit einer giftgrünen Flüssigkeit, gut gepolstert in einem Bett aus Holzwolle. Laudanum. Er hatte sich die letzten Wochen beherrscht und gehofft, von seiner Droge losgekommen zu sein, aber die Erinnerungen an die Vorgänge in Dornfelde und daran, wie er den Mann zerfleischt und gefressen hatte brachten, ihn aus der Fassung. Außerdem waren da noch seine zwiespältigen Gefühle Carissima gegenüber, dann die Sorge um Julie – er traute Carissima zu, sich der Konkurrentin im Rahmen einer Abendmahlzeit zu entledigen. All das erweckte in ihm den unbezwingbaren Drang, sich dem süßen Vergessen hinzugeben.

Er setzte Maleficium auf sein Knie, während er vor seinem Koffer auf dem Boden saß. »Was soll ich nur tun, kleiner Freund?«, flüsterte er.

Die Ratte fiepte leise. Icherios griff nach einer der Flaschen. In dem Moment sprang der Nager hinunter und zwickte ihn in den Zeigefinger.

»Verdammt, was soll das?« Dann seufzte er auf. »Du hast ja recht, ich sollte das nicht tun.«

Er nahm Maleficium mit zu seinem Bett und ließ sich in voller Kleidung in die weichen Federn fallen. Kurz darauf fiel er in einen leichten Schlummer, der in einen furchtbaren Albtraum überging, in dem ihn der Mörder aus Dornfelde anfeuerte, während er einen Menschen nach dem anderen zerfetzte und deren Blut trank. Schweißgebadet fuhr er hoch. Er ignorierte Maleficiums Protest, stürzte zu dem Koffer und nahm einen großen Schluck Laudanum. Sofort überkam ihn eine beschwingte Leichtigkeit, und innerhalb weniger Minuten war er in einen gnädigen, ohnmachtsähnlichen Schlaf versunken.

18

Katerstimmung

4. Novembris, Heidelberg

Icherios erwachte am nächsten Morgen mit einem dröhnenden Kopf. Noch bevor er die Augen geöffnet hatte, wurde ihm durch die Helligkeit, die durch seine Lider drang, bewusst, dass er zu spät zur Vorlesung kommen würde. Stöhnend drehte er sich um. Die Mischung aus Wein, Bier und Laudanum hatte ihm übel zugesetzt. Wütend schlug er auf sein Kissen ein. So lange hatte er sich beherrscht und nun das!

Torkelnd stand er auf, spritzte sich etwas Wasser ins Gesicht und zog sich an. Kurz bevor er aus der Tür eilte, fiel ihm auf, dass er keine Schuhe trug, seine Weste verkehrt herum angezogen hatte und dass er Maleficium vergessen hatte, der noch unter seiner Bettdecke schmollte. Fluchend drehte er um, behob die Fehler und stürmte aus dem Haus. Mit dem grellen Sonnenschein hatte er allerdings nicht gerechnet, als er vor die Tür trat. Jammervoll schrie er auf. Seit Wochen regnete es, und ausgerechnet heute musste die Sonne scheinen! Er setzte seine Brille auf und wünschte sich, die Gläser wären dunkler getönt, bevor er seinen Weg fortsetzte.

Wie er nicht anders erwartet hatte, kam er zu spät. Professor Frissling begrüßte ihn mit einem hämischen Grinsen.

»Wie schön, dass Sie uns mit Ihrer Anwesenheit beehren.

Ich darf Sie somit über eine neue Lehrmethode informieren. Für jegliches Fehlverhalten, wie zum Beispiel Zuspätkommen, erhalten die Studenten einen Minuspunkt. Durch herausragende Leistungen können sie diesen aber wieder ausgleichen. Sobald ein Student drei Minuspunkte gesammelt hat, verbringt er einen Tag im Karzer.«

Icherios war sprachlos. Hatte dieses schwarze Schreckgespenst sich das nur für ihn ausgedacht? Er war zu erschlagen, um sich mit dem Jesuiten zu streiten, und setzte sich stumm auf seinen Platz, während ihm Frissling demonstrativ und unter viel Aufhebens den ersten Minuspunkt verpasste.

Marthes kritzelte hastig etwas auf einen Zettel und schob ihn zu ihm hinüber. *Wohin bist du letzte Nacht verschwunden?*

Der junge Gelehrte zögerte. Wie sollte er das Marthes erklären?

Weibergeschichte.
Julie war ganz aufgelöst.
Eine alte Freundin hat mich besucht.

Marthes grinste ihn an und klopfte ihm unauffällig auf die Schulter. *Auch du wirst noch ein echter Student!*

Icherios hoffte nur, dass Marthes niemals die ganze Wahrheit erfuhr. Er wollte sich gar nicht ausmalen, was das Wissen um blutgierige Vampire und Monster aus dem fröhlichen, jungen Mann machen würde.

An diesem Morgen hatten sie nur die Stunde bei Professor Frissling und danach bis zum Nachmittag frei. Obwohl seine Kommilitonen, allen voran Marthes, versuchten ihn zu überreden, weigerte er sich, mit ihnen zum *Neckartänzer* zu gehen. Nicht nur, weil er Julie nicht unter die Augen treten wollte. Die letzte Nacht hatte ihm gezeigt, dass er sich das freie Leben eines Studenten einfach nicht leisten konnte. Er musste zuerst ein Heilmittel finden, wenn er nicht sterben oder einen weiteren Menschen töten wollte.

Zurück im Magistratum fand er eine kleine Portion frischen Fleischs vor seiner Tür. Franz hatte es sich anscheinend zur Aufgabe gemacht, sich ebenfalls um Maleficiums leibliches Wohl zu kümmern. Icherios setzte den Nager mit der Leckerei in den Käfig, dann öffnete er den Brief, der bei den Aufzeichnungen lag, die ihm Carissima gebracht hatte.

Mein lieber Freund,
auch wenn ich Dein Bestreben um Heilung nicht gutheißen kann, so bin ich Dir doch zu Dank verpflichtet. Ich schicke Dir hiermit die gewünschten Abschriften, aber bedenke die Konsequenzen für Dich und die Menschen, sollten sie in die falschen Hände geraten.
Carissima wird Dir Gesellschaft leisten. Sie braucht Abwechslung vom ländlichen Leben, und sie kann die Hoffnung nicht aufgeben, Dich eines Tages für uns zu gewinnen.
Hochachtungsvoll
Calan, Graf von Sohon

Ein kalter Hauch wehte durch das Zimmer, der Icherios schaudern ließ. Die Drohung war offensichtlich. Auch wenn der Fürst von Sohon ihm dankbar war, so würde er ihn doch ohne zu zögern töten, sollte er das Wissen des Lunalions missbrauchen oder es wagen, zu irgendjemandem von den Schöpfungsbüchern der Alchemie zu sprechen. Anscheinend wusste der Fürst jedoch nichts von seinem Streit mit Raban.

Icherios faltete die dicken Bögen Papier auseinander. Carissimas filigrane Handschrift bedeckte jeden Zentimeter des Pergaments. Sie hatte sogar die Zeichnungen übertragen. Doch nach dem ersten Durchlesen legte sich bittere Enttäuschung über den jungen Gelehrten. Es befand sich kein Hinweis in den Aufzeichnungen, wie er die Verwandlung in einen Strigoi rückgängig machen konnte.

Niedergeschlagen verbarg er seinen Kopf in den Händen und schloss die Augen. Gleich sah er wieder das Gesicht des Mannes vor sich, kurz bevor er ihn zerfleischt hatte. Er durfte nicht aufgeben! Er zwang sich, seine Gedanken von der Hoffnungslosigkeit zu befreien, die ihn immer wieder befiel, und holte sich ein Glas Milch aus der Küche, um seinen knurrenden Magen zu beruhigen. Dabei fiel sein Blick auf einen Krug Wein, und seine Gedanken wanderten zu Julie und Carissima. Er hoffte, dass das Schankmädchen die Vampirin nicht verraten würde. Wie hatte Carissima nur so leichtsinnig sein können? Abergläubige Menschen gab es überall, die bereitwillig an jede Art Spuk glaubten. Zudem ärgerte es ihn, dass Julie sich vermutlich nie wieder in seine Nähe wagen würde. Carissima war aufregend, selbstbewusst und kannte ihn wie sonst keine Frau. Julie dagegen gab ihm das Gefühl, stark und normal zu sein. Bis gestern Abend war ihm nicht aufgefallen, wie sehr er sich bereits an ihre Gegenwart gewöhnt hatte.

Schließlich packte er seine Sachen und eilte zu der einzigen Vorlesung, auf die er sich freute: Medicina Legalis bei Professor Crabbé. Icherios betrat als einer der Ersten das Gebäude und beobachtete, wie der Professor menschliche Knochen auf einem Tisch anordnete, sodass ein vollständiges Skelett entstand.

»Traut Ihr Euch zu, es zusammenzusetzen?« Crabbé sprach, ohne von seiner Arbeit aufzusehen. Er gehörte zu den wenigen Dozenten, um die nicht dauernd eine Schar von Assistenten herumsprang.

Icherios überlegte kurz, dann nickte er. »Ich denke schon.«

»Versuchen Sie es.« Der Professor trat zur Seite und lud Icherios mit einer Geste ein, näher zu kommen. Der junge Gelehrte legte seine Unterlagen auf seinen Platz und ging zögernd zu dem Tisch. Auch wenn er Stunden über Zeichnungen des menschlichen Skeletts verbracht hatte, war es etwas anderes, die echten Einzelteile vor sich liegen zu haben. Unsicher griff er nach einem Schlüsselbein. Der weiße Knochen lag kühl und glatt in seiner Hand. Ohne überlegen zu müssen legte er ihn an die freie Stelle unter dem Kopf. Dann nahm er ein Daumenglied und legte es ebenfalls richtig an. Er war sich bewusst, dass der Professor jede seiner Bewegungen genau beobachtete. Doch je länger er an dem Knochengerüst arbeitete, desto sicherer wurde er. Schließlich fügte er den letzten Halswirbel in das Skelett ein. Inzwischen hatte sich der Hörsaal gefüllt, und die Studenten saßen tuschelnd auf ihren Plätzen.

Professor Crabbé nickte ihm anerkennend zu. »Sehr gut. Sie dürfen sich setzen.«

In dieser Vorlesung erklärte Crabbé den Aufbau des menschlichen Körpers und was das Skelett einem über den Menschen verraten konnte. Plötzlich blickte der Professor Icherios an.

»Da Sie sich so gut auskennen, sagen Sie mir doch bitte, wie man nur mithilfe des Oberkörpers abschätzen kann, wie groß der Mensch einst war.«

Icherios fühlte alle Blicke auf sich ruhen und lief rot an. Crabbé hatte bisher selten Fragen an die Studenten gerichtet. Das war vermutlich kein gutes Zeichen. Der junge Gelehrte dankte Gott für sein Gespräch mit dem Doctore und die Lektionen, die er von diesem seltsamen Wesen erhalten hatte.

»Die ausgebreiteten Arme spiegeln von Fingerspitze zu Fingerspitze die Länge des Körpers wider.« Icherios spürte, wie die Stimmung im Hörsaal kippte, als Professor Crabbé ihm anerkennend zunickte. Vom verehrten Aufständischen zum Streber innerhalb einer Stunde. Er warf einen Blick zu Marthes hinüber, doch dieser schien von dem Wandel unbeeinflusst und nickte ihm strahlend zu.

Am Ende der Vorlesung wollte Icherios so schnell wie möglich verschwinden. Er hatte beschlossen, Carissima zu besuchen, auch wenn er noch nicht wusste, was er ihr sagen sollte, doch dann rief Professor Crabbé seinen Namen. Erneut hörte er das Getuschel der anderen Studenten und fühlte ihre Blicke. Icherios drehte sich hilfesuchend zu Marthes, aber dieser zuckte nur mit den Schultern. Icherios' Kopf fing zu pochen an, als er sich zu dem weißhaarigen, untersetzten Mann stellte, der die Knochen in eine mit Holzwolle ausgelegte Kiste packte.

»Sie haben Interesse an der Rechtsmedizin.«

Icherios war sich nicht sicher, ob es sich um eine Frage handelte. »Der menschliche Körper und seine Funktion sind überaus faszinierend«, antwortete er ausweichend.

»Da haben Sie recht. Leider ist die Lehre an dieser Universität nicht mehr das, was sie einst war. Dennoch möchte ich den Studenten die Gelegenheit bieten, sich außerhalb der Vorlesungszeiten weiterzubilden. Sind Sie in der Lage, ein Geheimnis zu bewahren?«

Crabbé starrte ihn durchdringend an. Das Pochen in Icherios' Schädel verstärkte sich.

»Natürlich.« *Wenn der wüsste, was für Geheimnisse ich bereits bewahre*, dachte der junge Gelehrte.

»Kommen Sie morgen Abend zur zwanzigsten Stunde in die Heckengasse am Fuße des Gaisbergs. Dort befindet sich eine alte Grabkapelle.«

Icherios beschlich ein unbehagliches Gefühl. »Und was erwartet mich dort?«

Crabbé schenkte ihm ein Lächeln, das freundlich wirken sollte, aber die drei gelben Zahnstummel in seinem Mund verliehen ihm etwas ungewollt Komisches.

»Kommen Sie morgen, wenn Sie es wissen wollen.« Er packte den letzten Knochen ein, klemmte sich die Kiste und seine Unterlagen unter den Arm, grüßte knapp und verschwand dann durch einen separaten Eingang, den nur Dozenten und ihre Assistenten benutzen durften.

Draußen wartete Marthes auf ihn. »Was wollte der Alte denn?«

»Wenn ich das wüsste. Er hat mich für morgen Abend zu einem Treffen eingeladen, angeblich zur Weiterbildung.«

»Saufgelage für Streber.« Marthes grinste. »Aber heute gehörst du noch zu uns und bereicherst unsere politischen Diskussionen mit deiner Weisheit.«

Icherios schüttelte den Kopf. »Ich bin verabredet.«

»Mit deiner Freundin von gestern?«

»Ja, ich muss mit ihr reden.«

»So kann man das auch nennen.« Marthes' Schultern sackten enttäuscht hinab. »Man lässt Freunde doch nicht wegen eines Weibsbilds im Stich.«

»Sie ist nicht irgendein Weib, und es ist wichtig.«

»Hab schon verstanden.« Marthes klang zum ersten Mal wirklich verärgert. Er wandte sich ab und ging zur Gruppe der wartenden Saufkumpane hinüber. Ohne Icherios noch eines Blickes zu würdigen, stimmte Marthes in ihr Studentenlied ein und verschwand zwischen den Häusern.

Der junge Gelehrte blickte zum klaren Himmel hinauf. Die Sonne neigte sich dem Horizont entgegen und überzog das Blau mit einem hellen Leuchten. Er setzte Hut und Brille auf, versenkte seine Hand in der Innentasche seines Mantels, um Maleficium zu streicheln, und machte sich auf den Weg zu Carissima. Sie wohnte auf der anderen Seite Heidelbergs, wie er einer kleinen Notiz bei den Abschriften entnommen hatte. Icherios' Füße schmerzten, als er endlich vor einem eleganten Haus mit steinernen Figuren an der Fassade stand. Er atmete dreimal tief ein, dann stieg er die Treppe hinauf und bediente den schweren Türklopfer. Kurze Zeit später öffnete ihm ein hochgewachsener, dürrer Mann mit langer Nase. Nachdem dieser ihn von Kopf bis Fuß gemustert hatte, sprach er in nasalem Ton.

»Die Dame erwartet Sie bereits.« Er trat beiseite und verbeugte sich leicht, als Icherios eintrat.

»Darf ich um Ihren Mantel und Hut bitten?«

Der junge Gelehrte überlegte, was er nun tun sollte. Maleficium saß noch immer in seiner Manteltasche und war inzwischen zu groß, um ihn vor dem wachsamen Blick des Mannes zu verbergen. Aber Carissima kannte Maleficium. Er entschloss sich, es auf eine empörte Reaktion ankommen zu lassen, und holte den Nager mit vorgetäuschter Selbstverständlichkeit hervor. Der Diener musste eine ausgezeichnete Ausbildung genossen haben. Einzig seine Augenbrauen zuckten kurz, als er der riesigen Ratte gewahr wurde. Dann nahm er Icherios' Mantel und Hut und führte ihn die Treppe hinauf. Der junge Gelehrte setzte Maleficium auf seine Schulter und blickte sich im Gebäude um. Es war, ganz nach Carissimas Geschmack, üppig, aber geschmackvoll eingerichtet. Die edle Holztreppe bedeckte ein weicher Läufer. Von der Decke der Eingangshalle hing ein kristallener Lüster aus buntem Glas, und die Türen waren weiß gestrichen und mit kunstvollen Schnitzereien verziert.

Der Diener verließ Icherios an der Tür zu Carissimas Gemächern. Wie zu erwarten, bestanden sie aus einer verschwenderischen Pracht von schwerem Brokat, dicken Teppichen und Stofftapeten. Der große Empfangsbereich ging in ein weitläufiges Schlafzimmer mit einem gewaltigen Bett über. Die Vampirin stand auf dem Balkon und wandte Icherios den Rücken zu. Trotz der eisigen Kälte trug sie nur ein dünnes, kurzärmliges Kleid, das ihre Figur ideal betonte. Ein funkelnder Smaragd lenkte die Aufmerksamkeit auf die zarten Rundungen ihres Busens.

»Es fällt mir einfach zu schwer, mich unauffällig zu benehmen.« Carissima schenkte ihm ein Lächeln. »Ich genieße es, die Kälte auf meiner Haut zu spüren.«

»Woher wusstest du, dass ich komme?«

»Du hast viele Fragen und hoffst, dass ich dir einige beantworten kann.« Sie trat näher und kraulte Maleficium unter dem Kinn. »Darf ich ihn nehmen?«

Die Ratte wartete nicht auf Icherios' Einwilligung, sondern sprang ihr gleich auf die Schulter.

»Weißt du inzwischen, ob er wirklich unsterblich ist?«

»Nein, ich brachte es bisher nicht fertig, das auszutesten.«

»Du bist viel zu menschlich.«

»Vielleicht möchte ich es dabei auch belassen.«

»Dafür ist es zu spät.«

»Nicht wenn ich es rückgängig mache.«

»Soll ich es für dich tun?«

Icherios blickte sie verwirrt an.

»Ihn töten.«

»Nein!« Er nahm ihr den Nager wieder ab. Ein kalter Wind strich über sie hinweg. Icherios fröstelte.

»Lass uns reingehen.« Sie führte ihn zu einer gemütlichen Sitzgruppe und füllte zwei Kelche mit dunklem Rotwein. »Du hast Probleme.«

»Ich bin ein fleischfressendes Monster.«

Carissima fuhr blitzschnell zu ihm herum und fletschte die Zähne. »Vergiss nicht, mit wem du sprichst.«

Icherios wich zurück. Es war so leicht zu ignorieren, was Carissima war. Sie wirkte so menschlich, einfühlsam und wunderschön.

»Verzeih.«

»Das war es nicht, was ich meinte.« Sie drückte ihm ein Glas in die Hand. »Du hast Laudanum genommen. Ich rieche es in deinem Blut.«

Nur wegen dir!, wollte Icherios schreien. Stattdessen sank er in die weichen Polster.

»Ich kann mich nicht damit abfinden, kein Mensch zu sein. Versuch dir vorzustellen, wie es dir erginge, wenn du plötzlich kein Vampir mehr wärst.«

»Aber dir wurde etwas geschenkt anstatt genommen.«

»Man hat mir meine Menschlichkeit, meine Unschuld geraubt.«

Carissima grinste. »Das mit der Unschuld kann ich bestätigen.« Bei Icherios' verletztem Gesichtsausdruck wurde sie ernst. »Ich verstehe, zumindest versuche ich es zu verstehen. Aber das alleine würde dich nicht wieder zum Laudanum verführen.«

Icherios blickte sie zweifelnd an. Konnte er ihr vertrauen? Sie war mit Raban bekannt, der wiederum mit Freyberg unter einer Decke steckte. Doch irgendjemandem musste er sich anvertrauen, oder er würde noch wahnsinnig werden. Er wollte gerade zu sprechen ansetzen, da überfiel ihn ein ungutes Gefühl. Es war falsch. Er durfte niemandem trauen.

Carissima kniete sich zwischen seine Beine, nahm ihm das Glas ab und begann, seine Hose aufzuschnüren.

»Du brauchst Ablenkung.«

Icherios versuchte ihre Finger beiseitezuschieben, aber sie ließ sich nicht beirren, und sein Körper reagierte heftig auf ihre zarten Berührungen. Er hatte ihren kühlen Leib vermisst. Als sich ihre Lippen auf die seinen legten, wurde ihm bewusst, dass Julie es niemals mit der Leidenschaft einer Vampirin aufnehmen konnte. Carissima stöhnte, als er an ihrer Kehle knabberte und das Kleid von den Schultern zog.

Einige Zeit später lagen sie nackt auf ihrem Bett. Icherios fühlte sich schläfrig, entspannt und doch enttäuscht. Der Liebesakt mit der Vampirin hatte ihm zwar all seine Kraft geraubt und lullte ihn in wohlige Müdigkeit, aber es war nicht so gewesen wie früher. Sein Ekel über sein eigenes Dasein als Menschenfresser übertrug sich auf sie.

»Möchtest du mir nun erzählen, was dich bedrückt?«

Ohne an seine Zweifel von vorhin zu denken, berichtete ihr der junge Gelehrte von Vallentin, dessen Tagebuch, Rabans Verrat, der Warnung vor dem Magistratum und dem geheimnisvollen Treffen am nächsten Abend in der Grabkapelle.

»Der Ordo Occulto war schon immer eine Schlangengrube«, hauchte sie ihm ins Ohr. »Schlaf jetzt, mein Hübscher.«

Icherios nahm nicht mehr wahr, wie Carissima aufstand, sich an den Schreibtisch setzte und anfing, einen Brief zu schreiben.

19

Der Leichenkeller

5. Novembris, Heidelberg

Das Mondlicht ruhte sanft auf dem Gipfel des Gaisbergs und belegte die Straßen Heidelbergs mit einem silbrigen Glanz. Es war windstill, und nur der Widerhall von Icherios' Schritten drang durch die Dunkelheit. Der Teil der Stadt, in der die Heckengasse und somit der Treffpunkt mit Professor Crabbé lag, war nach der Zerstörung im Pfälzischen Erbfolgekrieg 1693 von den überlebenden Bewohnern verlassen worden. Unruhig spähte Icherios zu den einstigen Türen und Fenstern, die jetzt nur noch schwarze Löcher waren, aus denen ihn Tausende gieriger Augenpaare zu beobachten schienen. Nicht weit von seinem Ziel entfernt passierte er eine Straße, die ihm seltsam bekannt vorkam. Sie lag still und verlassen in der Dunkelheit, nur eine Katze sprang unter einem Karren mit zerbrochenem Rad hervor und verschwand unter einer verwilderten Hecke. Icherios betrachtete die alten Gebäude, die schief hängenden Fenster, bis es ihm wieder einfiel: Er hatte die Straße in Vallentins Tagebuch gesehen! Warum sein Freund sie wohl gezeichnet hatte? Es sah nicht so aus, als wenn es hier etwas Interessantes gäbe. Er zuckte mit den Schultern. Vielleicht hatte ihn auch nur die Trostlosigkeit, die dieser Ort ausstrahlte, gereizt. Trotzdem prägte er sich den Namen ein: Mansardengasse. Ein Blick zum Mond, der bereits ein Stück weiter gewandert war, erinnerte Icherios daran, dass er einen Termin hatte, und er eilte weiter, bis er die Heckengasse erreichte. Langsam schritt er auf die Kapelle aus gelbem Sandstein zu, die im Mondlicht glänzte. Ihr Eingang lag im Schatten eines tief heruntergezogenen Vordachs verborgen, welches von vier schlanken Säulen getragen im hinteren Teil in eine Kuppel überging. Ein großes Kreuz, einst das in den Himmel ragende Sinnbild des Glaubens an die Auferstehung Christi, hing nun kopfüber über der zweiflügeligen Tür. Alles wirkte alt und verlassen. Der junge Gelehrte blickte sich um. Kein Mensch war zu sehen. Auf dem Boden konnte er die feuchten Umrisse von Schuhen ausmachen, also musste er wohl am richtigen Ort sein. Zögernd ergriff er den Knauf des linken Türflügels und zog ihn einen Spalt auf. Finsternis schlug ihm entgegen, gepaart mit dem intensiven Geruch von Fledermauskot. Icherios lauschte, aber er konnte keinen Laut vernehmen. Er hätte eine Laterne mitbringen sollen, schoss es ihm durch den Kopf, während er in die Schwärze starrte. Vorsichtig setzte er einen Fuß in die Grabkapelle. Nach einiger Zeit konnte er fahles Licht ausmachen, das durch die Löcher im Kuppeldach kam. Nachdem seine Augen sich noch etwas mehr an die Dunkelheit gewöhnt hatten, konnte er die Umrisse von morschen und von Kot bedeckten Bänken erkennen. Zu seiner Linken befand sich ein Altar, hinter dem ein einfaches Holzkreuz an die Wand genagelt war.

Icherios folgte den Fußspuren zu einer Tür neben dem Altar, wobei er sich bemühte, möglichst kein Geräusch zu verursachen. Er ertappte sich dabei, wie er ängstlich die Luft anhielt. Wieso geriet er immer wieder in solche Situationen?

Vorsichtig öffnete er die Tür, die ebenso lautlos aufschwang wie das Eingangstor. Dahinter befanden sich eine kleine Kammer, die vermutlich als Vorbereitungsraum für die Priester gedient hatte, und eine breite Steintreppe, die in die unterirdischen Räume führte. Ein schwaches, gelbliches Licht war dort zu sehen, als wenn es von Fackeln käme. Dort musste Professor Crabbé sein. Icherios weigerte sich darüber nachzudenken, warum sie sich an solch einem Ort trafen.

Langsam stieg er die Treppen hinunter, bis er in eine Gruft kam. Sechs steinerne Särge säumten die Wand. Auf deren Deckeln ruhten marmorne Skulpturen von in fließende Gewänder gehüllten jungen Frauen. Dahinter befand sich eine große Tafel, auf der die Namen der Verstorbenen in goldener Schrift standen. Icherios lief es kalt den Rücken hinunter. Sie waren alle mit demselben Mann verheiratet gewesen und im Abstand von etwa zwei Jahren gestorben. Er fragte sich, was ihnen wohl zugestoßen sein mochte? Das Geräusch von sich nähernden Schritten holte den jungen Gelehrten aus seinen Gedanken. Suchend blickte er sich um. Licht drang aus einer Reihe von Öffnungen direkt unterhalb der Decke auf der gegenüberliegenden Seite. Sie lagen zu hoch für Icherios, um in sie hineinblicken zu können, und eine Tür war nicht zu sehen. Seine Hände fuhren tastend an der Wand entlang. Er konnte aber weder eine auffällige Wölbung noch eine Vertiefung fühlen. Verwirrt blieb er stehen und blickte an die Decke. Schließlich griff er mit beiden Händen in zwei der Löcher und versuchte sich hochzuziehen. Zuerst rutschte er ab, doch dann fand er Halt, zog sich hoch und vermochte einen kurzen Blick in einen lichtdurchfluteten Raum zu erhaschen, bevor ein hoher Schrei erklang und ihn etwas an der Taille packte und herunterriss. Icherios stürzte starr vor Schreck zu Boden. Vor ihm stand eine ganz in Weiß gehüllte Gestalt. Langsam richtete Icherios sich auf, behielt das Wesen dabei aber im Auge. Er spürte sein rasendes Herz, hörte das

Flüstern des Strigoi, den es nach Kampf und Blut verlangte. Plötzlich schrie die Kreatur auf und stürmte auf den jungen Gelehrten zu. Dieser warf sich mit einem Aufschrei zur Seite und wollte sich gerade, das Toben des Monsters in seinem Inneren ignorierend, zur Flucht wenden, als lautes Gelächter erscholl und die weiße Gestalt sich die Kapuze vom Kopf riss. Es war David, einer von Icherios' Kommilitonen, der eher zu den Strebern gezählt wurde. Ein zischendes Geräusch ließ Icherios herumfahren. Und er konnte sehen, wie eine zuvor noch verborgene Tür langsam aufschwang. Dahinter standen weitere Studenten, die ihn allesamt angrinsten.

»Hiermit darf ich feierlich den Nächsten begrüßen«, rief Markus, ein Student, der ein Jahr unter ihm war. »Leider sieht man durch die Schlitze in der Wand nicht viel.«

David klopfte dem jungen Gelehrten auf die Schulter. »Herzlich willkommen. Du hast unser Begrüßungsritual überstanden. Professor Crabbé wartet bereits.«

Icherios spürte Wut in sich aufsteigen. Er hatte zu oft um sein Leben fürchten müssen, um an solch dummen Scherzen Gefallen zu finden. Er ballte die Fäuste, zwang sich aber zu einem Lächeln.

»Und ihr seid also alles Studenten?« Er konnte ein knappes Dutzend junger Männer zählen.

David nickte. »Der Professor wird dir die Einzelheiten noch erklären. Jetzt komm erst mal mit.« Er führte ihn durch die Tür in einen weitläufigen Raum mit flacher Decke, an dessen steinernen Wänden Sägen, Messer und Zangen in jeder erdenklichen Größe hingen. Eine breite Wachstafel nahm fast die ganze linke Seite ein und zeigte die anatomischen Besonderheiten des Gehirns. Gleichmäßig verteilt standen drei Tische mit nach oben gewölbten Kanten und Löchern, die als Ablauf dienten. Auf ihnen ruhte jeweils eine Leiche, die sich in verschiedenen Stadien der Verwesung befanden.

Professor Crabbé blickte ihnen von einem weiteren Tisch, auf dem Skalpelle, Klammern, Tücher und andere Gerätschaften ausgebreitet lagen, entgegen. Mit einem Lächeln drehte er sich um.

»Willkommen, Icherios. Ich hoffe, die Jungs haben Sie nicht zu sehr erschreckt.«

Icherios zwang sich, seine Hände zu lockern. »Ich vermute, dass dies die übliche Begrüßung eines Neuen ist?«

Crabbé nickte. »Ich will ihnen den Spaß nicht verderben. Immerhin beschäftigen wir uns die restliche Zeit mit dem Tod, da schadet eine kleine Erinnerung an die Freuden des Lebens nicht.« Er deutete auf die Leichen. »In Heidelberg werden zu viele veraltete Theorien gelehrt, anstatt auf die Praxis vorzubereiten. Einige ausgewählte Studenten erhalten von mir die Gelegenheit, dies zu ändern.«

»Wir untersuchen die Leichen?« Icherios' Augen leuchteten vor Begeisterung.

»Nicht nur das, wir schneiden sie auf, vermessen sie, wiegen die Innereien und versuchen so viel Wissen wie möglich aus ihnen zu ziehen, damit die Spenden nicht verschwendet sind.«

Die Idee faszinierte Icherios. Wie oft hatte er bereits vor sterblichen Überresten gestanden und außer den offensichtlichsten Dingen nichts mit dem anfangen können, was er sah.

»Hat der Kurfürst uns die Leichen zur Verfügung gestellt?«

Crabbé lachte keckernd. »Nein, und auch die Universität würde mein Vorhaben nicht unterstützen. Es sind Schenkungen von Menschen, die nicht genannt werden möchten.

Deshalb darf ich Ihnen weder Namen noch Herkunft der Leichname verraten.«

Spenden? Das konnte viel bedeuten. Icherios war sich nicht sicher, was er tun sollte. Professor Crabbé wirkte nicht wie ein gewissenloser Wissenschaftler, aber er hatte sich schon zu oft in Menschen getäuscht. Allerdings bot sich ihm hier die Chance, neue Erkenntnisse zu gewinnen und sie zum Wohle der Menschheit einzusetzen. Das war eine gute Möglichkeit, den Mord, den er als Strigoi begangen hatte, wieder etwas auszugleichen, redete er sich ein.

»Wie oft finden diese Treffen statt?«

»Es hängt von der Spendenfreudigkeit ab, aber ich bemühe mich, mindestens einmal im Monat die entsprechende Anzahl Körper zu erhalten.« Crabbé bedeutete den anderen Studenten, näher zu kommen. »Lasst uns anfangen.«

Das Murmeln legte sich, während sich die jungen Menschen um den Professor sammelten.

»Wir haben heute drei Leichen, mit denen wir uns beschäftigen wollen. Ich teile euch in Gruppen auf und erwarte eine sorgfältige Dokumentation. David, du nimmst den mittleren Körper und weist Icherios in unsere Verfahrensweisen ein.«

David lächelte. Icherios war noch immer zu verärgert, um zurückzulächeln. Der Professor teilte ihnen zwei weitere Studenten zu, Ernst und Miche. Dann bedeutete er ihnen anzufangen.

Am Obduktionstisch erklärte David, dass die Studenten sich beim Führen des Protokolls abwechselten, damit die anderen sich auf die Arbeit konzentrieren konnten, und wies Miche an, als Erster ihre Erkenntnisse zu notieren. Zuerst begannen sie mit der äußerlichen Untersuchung. Vor ihnen lag ein gut genährter Mann mittleren Alters mit einem leichten Bauchansatz und einer beginnenden Glatze. Es fanden sich keine äußerlich sichtbaren Verletzungen oder Hinweise auf Ersticken. Auch nachdem sie ihn umgedreht und auf die Seite gelegt hatten, deutete alles auf eine natürliche Todesursache hin.

Beim nächsten Schritt war Icherios dafür verantwortlich, Protokoll zu führen, während David das Skalpell ergriff und den ersten Schnitt vollführte. Fasziniert beobachtete der junge Gelehrte, wie David den Brustkorb öffnete und mit einer Zange die Rippen durchtrennte. In den nächsten Stunden ging er völlig in der Arbeit auf. Das Kerzenlicht verlieh dem Blut, das sich nach und nach auf dem Boden ansammelte, einen goldenen Glanz, und der Duft der Kerzen überlagerte den Geruch von Verwesung und Fäkalien, der durch den Raum zog.

Dann war Icherios an der Reihe. Er sägte den Schädel auf, wog Organe und lernte in diesen Stunden mehr als in seinem bisherigen Leben über die Funktionen des menschlichen Körpers. Professor Crabbé ging derweil von einem Untersuchungstisch zum nächsten, stellte Fragen und erläuterte die Besonderheiten, die gefunden wurden.

Nachdem Icherios' Gruppe mit ihren Untersuchungen fertig war, blieb dennoch eine Frage offen. Woran war ihr Untersuchungsobjekt gestorben? Sie hatten weder eine natürliche noch eine unnatürliche Todesursache gefunden.

»Manchmal müssen wir uns damit abfinden, nicht alle Fragen beantworten zu können«, erklärte Crabbé. »Deshalb sind wir hier; um unser Wissen zu mehren und eines Tages für jedes Problem eine Lösung zu kennen.«

Icherios nickte, aber zufrieden stellte ihn das nicht. Er hatte den Verdacht, dass sie etwas Entscheidendes übersehen hatten.

Crabbé bedeutete ihnen an die Tafel zu treten, an der er die wichtigsten Erkenntnisse des Abends zusammengefasst hatte. Leiche Nummer eins war an Herzversagen gestorben, während Leiche Nummer drei ein gebrochenes Genick zum Verhängnis geworden war. Nur hinter Leiche Nummer zwei, die der junge Gelehrte untersucht hatte, prangte ein dickes Fragezeichen.

»Wir haben einen erfolgreichen Abend hinter uns. Nach der Tradition der Gruppe wird unser neues Mitglied die Leichen zunähen und den Raum reinigen, damit die Körper morgen zum Friedhof überführt werden können.«

Icherios erstarrte. Ihm behagte der Gedanke nicht, alleine in der schaurigen Gruft mit den Toten zu sein.

»Deo volente.«

»Deo iuvante«, antworteten die jungen Männer.

David warf Icherios noch ein mitleidiges Lächeln zu, bevor er plaudernd mit den anderen Studenten verschwand. Dann trat der Professor zu dem jungen Gelehrten.

»Gute Arbeit.«

»Danke.«

»Ihr müsst den Boden nur grob reinigen. In der Ecke stehen Eimer mit Wasser und Lappen. Legen Sie die Innereien einfach in die Leichen, und nähen Sie sie zu. Vergessen Sie nicht, die Kerzen zu löschen und die Tür zu schließen. Wir wollen nicht, dass jemand unser Versteck findet und unangenehme Fragen stellt.«

Der junge Gelehrte hatte sich nicht als neue Putzkraft der Gruppe gesehen, aber da musste er nun wohl durch. Während Crabbé seine Sachen packte und mit einem Gruß verschwand, begann er die Leichen eins und drei zu versorgen. Es ging erstaunlich schnell, die Organe an ihren Platz zurückzulegen, den Brustkorb zu schließen und mit einer großen Nadel die Haut zusammenzunähen. Für den Schädel brauchte er etwas länger und holte sich eine Kerze, um besser sehen zu können. Dann wandte er sich dem Leichnam zu, den er untersucht hatte, und begann die aufgeschnittenen Organe von dem Tisch mit der Waage einzusammeln. Als er sie zum Obduktionstisch trug, rutschte ihm ein Stück des Herzens zwischen den Fingern durch und fiel auf den Boden. Er kniete nieder, um es aufzuheben, und erstarrte mitten in der Bewegung. Die Organe warfen keinen Schatten! Er konnte die klaren Umrisse jedes einzelnen seiner Finger in den flackernden Schatten erkennen, den die Kerze auf die Wand warf, dabei dürfte das eigentlich gar nicht sein. Man müsste doch nur den Schatten eines unförmigen Klumpens erkennen können! Das konnte nicht sein! Icherios hob das heruntergefallene Stück auf und eilte zum Obduktionstisch. Er hob den Arm des Mannes, und tatsächlich, auch dieser warf keinen Schatten. Wieso war das bisher niemandem aufgefallen? Was hatte das zu bedeuten? Es war physikalisch unmöglich, keinen Schatten zu haben! Voll Grauen betrachtete er den Toten. Was lag da vor ihm? Was das wirklich ein Mensch?

Icherios trat einige Schritte zurück. Was sollte er nun tun? Crabbé informieren? Er würde ihn für verrückt erklären oder auf Dinge stoßen, die für normale Menschen nicht bestimmt waren. Dafür gab es ja eigentlich den Ordo Occulto, doch wem durfte er trauen? Er musste zuerst mehr erfahren, bevor er jemanden einweihte. Mit angehaltenem Atem ging er zu der Leiche zurück. Er fühlte sich beobachtet. Etwas war in den Raum eingedrungen, aber als er sich umblickte, konnte er nichts sehen. Nur die Flammen der Kerzen wurden immer kleiner, als ob sie langsam ersticken würden. Der Glanz wich aus dem Raum, wurde ersetzt von dämmriger Dunkelheit.

Mit einem unguten Kribbeln im Rücken drehte und wendete Icherios die Leiche und deren Organe, bis er sicher war, dass kein Teil davon einen Schatten besaß. Schließlich nähte er den Körper zu, reinigte die Instrumente und begann Blut und Gewebereste vom Boden zu wischen. Dabei verließ ihn nie das Gefühl, beobachtet zu werden. Außerdem ließ ihn das seltsame Verhalten der Kerzen immer wieder den Atem stocken. Die Morgendämmerung näherte sich, als er endlich fertig war. Er löschte eine Kerze nach der anderen. Beim Hinausgehen schweifte sein Blick prüfend über die Tische. Alles war sauber und ordentlich aufgereiht. Doch auf einmal konnte er sehen, wie sich etwas in der Ecke bewegte. Seine Hand, die eine Kerze hielt, fing zu zittern an. Der Schatten selbst schien zum Leben zu erwachen und schoss plötzlich auf Icherios zu. Mit einem Aufschrei stolperte er nach vorne, warf die Tür zu und betätigte die geheime Verriegelung. Kein Geräusch erklang aus dem Inneren. Hatte er es sich nur eingebildet? Da fielen ihm die Schlitze an der Decke ein. Ängstlich wie eine Maus in der Falle wandte er den Kopf. Dunkle Schatten strömten aus den Öffnungen und sammelten sich auf dem Boden. Icherios grauste, ohne zu zögern stürmte er die Treppe hinauf. Ihm war es egal, ob er ihr Versteck verriet, als er die Kapellentür hinter sich zuwarf, und so schnell ihn seine Beine trugen zum Magistratum zurückrannte. Immer wieder blickte er sich um. Was war das gewesen?

Icherios stand mit zitternden Fingern und klopfendem Herzen vor dem Magistratum und öffnete eine Tür nach der anderen. Bei allen Überlegungen zur Sicherheit hatte wohl niemand bedacht, dass auch jemand mal schnell ins Innere flüchten können müsste, um dort Schutz zu suchen. Immer wieder blickte er über seine Schultern, beobachtete jeden Schatten, zuckte bei jeder Bewegung zusammen.

Endlich drehte sich der O-Schlüssel, und die letzte Tür schwang auf. Hastig warf er eine Tür nach der anderen hinter sich zu, schloss sie sorgfältig ab und lehnte sich schließlich schwer atmend mit dem Rücken gegen die Wand.

Beklommen betrachtete er die Schatten, die in jeder Ecke lauerten. Ihm war nie zuvor bewusst gewesen, dass es ebenso viel Dunkelheit wie Licht gab. Der Drang, mit jemandem über den lebendigen Schatten und die schattenlose Leiche zu sprechen, wurde immer stärker, doch wem konnte er davon erzählen? Er mochte Franz, aber der war zu sehr in den Ordo Occulto verstrickt. Und auch wenn er Auberlin gerne glauben wollte, blieb doch ein Rest an Zweifel. Trotz seiner Angst zwang er sich, sein Verlangen nach Laudanum zu unterdrücken und sich ins Bett zu legen. Nach einiger Zeit fiel er tatsächlich in einen von Albträumen beherrschten Schlaf.

20

In den Strassen Heidelbergs

6. Novembris, Heidelberg

Als Icherios kurz vor der Morgendämmerung erwachte, vergewisserte er sich zuerst, dass alle Lampen brannten. Dann ging er in seinen Arbeitsraum hinüber. Auf einem Tisch stand ein mit einem Tuch abgedeckter Käfig, in dem zwei Ratten saßen, die er gefangen hatte. Er musste eines nach dem anderen angehen. Vor den Vorlesungen würde er Blut von den Tieren nehmen und seine Experimente fortsetzen, dann würde er das *Monstrorum Noctics* auf Hinweise auf das Schattenwesen durchsuchen. Um die Vorgänge im Ordo Occulto musste er sich ein anderes Mal kümmern. Er grübelte, ob er Professor Crabbé auf die merkwürdigen Vorkommnisse in der Kapelle ansprechen sollte. Er fühlte sich wie in einem Labyrinth, aus dem es kein Entkommen gab.

Schon nach kurzer Zeit merkte er, dass ihn die Versuche mit dem Blut gewöhnlicher Ratten nicht weiterbrachten. Maleficiums Blut reagierte überaus aggressiv und zerfraß die Blutkörperchen seiner Artgenossen in Sekundenschnelle. Icherios untersuchte zudem die Reaktionen auf verschiedene Substanzen, unter anderem Schwefel und Salz, zwei der sieben alchemistischen Elemente, und während die Blutkörperchen der gewöhnlichen Nager schrumpften oder zerplatzten, blieben Maleficiums unbeeindruckt.

Bevor er zur Universität aufbrach, errichtete er einen aufwendigen Aufbau aus Kolben, Kerzen, Glasröhren, Wasserbädern und Säulen, mit dem er versuchen wollte, sein eigenes Blut zu reinigen. Das war eine alte alchemistische Methode aus dem Spanien des 17. Jahrhunderts. Er hoffte damit, eine neue Substanz zu gewinnen, die Essenz dessen, was ihn in einen Strigoi verwandelte. Zufrieden betrachtete er die feinen Tropfen in den Röhren. Bisher verlief zumindest dieses Experiment nach Plan.

Darauf bedacht seine noch immer schmerzenden Wunden, die von seiner Begegnung mit der Mühlenhexe herrührten, nicht wieder aufzureißen, zog er sich an. Sie schmerzten zwar mehr, als sie sollten, dafür heilten sie seit der Andreasnacht aber auch ungewöhnlich schnell. Eine weitere Veränderung, die der Strigoi seinem Körper aufzwang. Seit seiner Verwandlung beherrschten heftige Albträume, in denen er nach Blut und Fleisch gierte, seine Nächte und suchten ihn oft sogar im wachen Zustand heim. Ob sich die Heilung durch den Verzehr von Menschenfleisch noch weiter beschleunigen ließe? So sehr ihn der Gedanke ekelte, vermochte er ihn dennoch nicht völlig aus seinem Kopf zu verbannen. Er erinnerte sich an sein Gespräch mit dem Doctore. Durfte er sich Grenzen auferlegen, wenn es um die Wissenschaft ging?

Während er sich anzog, betrachtete er sich im Spiegel. Von dem jungen Mann mit den schmalen, aber aristokratischen Zügen und dem sanften Lächeln war nicht mehr viel übrig. Seine graugrünen Augen wirkten fahl, die schulterlangen, braunen Haare hingen stumpf herab, und seine ohnehin blasse Haut wies einen ungesunden, grünlichen Schimmer auf. *Wer bist du?*, fragte er sein Spiegelbild. Ein Strigoi? Er schlug mit der Hand gegen das Spiegelglas. »Ich hasse dich.«

Mit hängenden Schultern ging er in die Küche hinunter, in der ihn Franz mit einem fröhlichen »Guten Morgen!« begrüßte und dann ein frisches Brot aus dem Steinofen holte.

»Hunger?« Die Werratte kaute wie immer auf irgendetwas herum.

»Natürlich!« Icherios versuchte ein Lächeln aufzusetzen, das ihm kläglich misslang.

»Wir sind heute Morgen allein. Auberlin hat Gis weggeschickt.«

»Du magst ihn nicht.«

»Ich schätze Gismara sehr.«

Selbst Icherios war aufgefallen, wie er die Hexe ansah. Er schätzte sie nicht nur. Er war in sie verliebt.

»Was hat das eine mit dem anderen zu tun?«

Franz seufzte. »Was möchtest du essen?«

Icherios antwortete ohne nachzudenken: »Ein Stück saftiges Fleisch, am besten vom Nacken und schön blutig.«

Franz blickte ihn einen Moment verwirrt an. Dann lachte er. »Da hast du mich fast gehabt. Guter Versuch, Grünschnabel.« Er holte ein paar Eier aus dem Vorratsraum. »Also Rührei mit Speck.«

Icherios war froh, dass die Werratte zu beschäftigt damit war, die Eier in die Pfannen zu geben und sie mit Kräutern, Pfeffer und Salz zu würzen, als dass ihm sein blasses Gesicht hätte auffallen können. Er hatte nicht gescherzt. Er spürte das unbändige Verlangen, seine Zähne in ein rohes Stück Fleisch zu schlagen. Was geschah nur mit ihm? Das war doch nicht normal, oder etwa doch? In den wenigen Informationen, die er über Strigoi gefunden hatte, war nichts über das Seelenleben der Infizierten zu lesen gewesen. In der Wissenschaft interessierte das wohl niemanden.

Franz stellte Butter, Früchte und Tomaten auf den Tisch.

»Du siehst aus, als könntest du eine kleine Freude gebrauchen.« Er verschwand in der Speisekammer und kam mit einem abgedeckten Korb zurück. »Frische Rosinenbrötchen.«

Der Duft ließ Icherios das Wasser im Mund zusammenlaufen. »Das riecht wunderbar.«

»Greif nur zu.«

Icherios nickte, während er sich ein halbes Brötchen auf einmal in den Mund schob. Er zögerte, seine nächste Frage zu stellen. »Du bist also eine Werratte?«

Franz stocherte in seinem Essen. »Ja.«

»Kannst du dich denn komplett in eine Ratte verwandeln?« Die Werwölfe, die Icherios kannte, waren dazu in der Lage, sich sowohl in ein Mischwesen als auch in echte Wölfe zu verwandeln.«

»Nein, der Größenunterschied ist zu groß. Als Entschädigung verfüge ich als Mensch über einen sehr guten Geruchssinn und einen robusten Magen.« Franz grinste.

»Was hat es mit Gismara auf sich? Sie ist so ...« Der junge Gelehrte suchte nach den passenden Worten.

»Launisch, unberechenbar, kalt und doch temperamentvoll?«, fuhr Franz fort. »Sie hat ein schweres Leben hinter sich. Sag ihr nicht, dass ich dir davon erzählt habe, aber du solltest wissen, mit wem du es zu tun hast.«

Icherios nickte.

»Als junges Mädchen wurde sie zwangsverheiratet. Ihre Mutter war früh gestorben, und ihr Vater wollte nicht akzeptieren, dass sie wie ihre Mutter eine geborene Hexe ist, die zudem den Kuss der Sinthgut erhielt und über Furcht einflößende Fähigkeiten verfügt.«

»Wer ist Sinthgut?«

»Eine Göttin der nordischen Mythologie. Die Nachtläuferin gilt als Mutter und Beschützerin der Hexen.« Franz seufzte. »Jedenfalls hasste ihr Mann sie für das, was sie war, und misshandelte sie. Als sie schwanger wurde, verprügelte er sie so unerbittlich, dass sie das Kind verlor. Daraufhin brachte sie ihn um. Ich erspare dir die Einzelheiten. Der Zorn einer Incantatrix ist grausam.«

Icherios dachte an die Maleficia. Es musste schwer für Gismara gewesen sein, sie zu vernichten, ähnelten sich ihre Schicksale doch so sehr.

»Zur Strafe sollte sie hingerichtet werden, aber Auberlin hörte von ihrem Los und rettete sie. Zum Dank schwor sie ihm ewige Treue. Dann bildete er sie aus und wurde so wie ein Vater für sie. Das änderte sich allerdings schlagartig, als er ihr einen Auftrag erteilte, den sie ihm nicht verzeihen konnte.«

Icherios blieb der Bissen vor Aufregung beinahe im Hals stecken. Rasch spülte er mit einem Schluck Milch nach.

»In Heidelberg hatte sich ein Hexenzirkel gebildet. Diesmal waren es nicht irgendwelche gelangweilten Edelfrauen, sondern eine Gruppe wahrer Hexen. Sie richteten zwar kein Unheil an, aber Auberlin wollte sie im Auge behalten. Also trug er Gismara auf, sich bei ihnen sozusagen als Spion einzuschleichen und ihm zu berichten. Nicht nur dass er sie dazu wegschicken musste, um ihre Identität zu verschleiern, nein, letztlich verlangte er von ihr, ihre eigene Art zu verraten. Das war für Gismara ein schwerer Schlag. Zudem entstand zwischen Hazecha, der Hohepriesterin des Zirkels, und ihr eine tiefe Freundschaft, die Gismara in ständigem Zwiespalt leben lässt. Seither fürchtet sie, Hazechas Zuneigung zu verlieren. Zugleich muss sie Angst um ihr Leben haben, da Hazecha mächtig genug ist, Gismara innerhalb eines Augenblicks zu vernichten.«

Icherios schluckte. So biestig die Hexe auch war, verspürte er dennoch Bewunderung für sie und gleichzeitig Mitleid mit ihr. Er glaubte nicht, dass er selbst einer solchen Belastung standhalten könnte.

Nach dem Frühstück ging er zur Domus Wilhelmiana, um die Vorlesungen zu besuchen. Pater Frisslings monotone Ausführungen waren nervtötend wie immer, und das Benehmen seiner sogenannten Freunde war seit der Einladung durch Professor Crabbé deutlich distanzierter. Nur Marthes lächelte ihn unbekümmert an.

»Wo warst du denn? Ich dachte, der Professor hätte dich in seine Präparate-Sammlung aufgenommen, als du nicht im *Neckartänzer* aufgetaucht bist.«

Icherios zuckte schuldbewusst mit den Achseln. »Tut mir leid. Ich hatte zu tun.«

Marthes neigte sich zu ihm hin.

»Lässt Crabbé dich nicht mehr aus den Fängen?«

Es wäre so einfach, *ja* zu sagen, aber wollte er den einzigen Menschen, dem er vertraute, belügen?

»Nein, es war etwas anderes. Ich arbeite nebenher.«

Marthes riss die Augen auf. »Deshalb kannst du dir es also leisten, allein zu wohnen?«

»Ja, außerdem verlangt mein Arbeitgeber, dass ich jederzeit für ihn da bin.«

»Was machst du denn?«

Icherios senkte verschwörerisch die Stimme. »Das darf ich nicht sagen, und wenn du jemandem davon erzählst, muss ich dich umbringen.«

Marthes atmete vor Schreck tief ein.

Icherios musste lachen, da entspannte sich der junge Mann. »Du hast mir einen ganz schönen Schrecken eingejagt.«

»Tut mir leid.«

In dem Moment betrat ein Jesuit mitsamt seinen Assistenten den Raum, und das Getuschel verstummte. Icherios zählte die Minuten, bis es endlich vorbei war und eine sterbenslangweilige Stunde *Therapie und Materia medica* begann. Nachdem sie auch diese überstanden hatten, verkündeten die Glocken den Beginn der Mittagspause.

»Kommst du mit zu mir? Ich habe ein neues Fresspaket von meinen Eltern bekommen, das auf Vernichtung wartet. Es ist sogar Honiggebäck dabei.«

Icherios fühlte sich hin- und hergerissen. Er wollte unbedingt in die Straße, die er auf dem Weg zur Grabkapelle aus dem Tagebuch wiedererkannt hatte, doch zugleich quälten ihn Schuldgefühle bei dem Gedanken, Marthes erneut zu versetzen.

»Ich muss noch etwas erledigen, aber du kannst mich begleiten.«

Marthes strahlte. »Was machen wir? Rauben wir einen arroganten Adligen aus?« Er brach in Gelächter aus.

Icherios verdrehte die Augen. »Komm einfach mit.«

»Gib mir eine Minute, ich hole schnell ein paar Äpfel und noch ein paar Sachen, ansonsten falle ich heute Nachmittag um vor Hunger.«

Seufzend willigte der junge Gelehrte ein. Sein Magen knurrte ebenfalls, auch wenn es ihn noch immer nach rohem Fleisch gelüstete und nicht nach Honiggebäck. Er bereute, Mantikor nicht mit zur Vorlesung gebracht zu haben. Es erstaunte ihn, aber er mochte das Pferd, und der gewaltige Wallach hätte ihn und Marthes problemlos tragen können.

Sie aßen im Gehen, wodurch die meiste Zeit Schweigen herrschte. Zudem musste sich Icherios auf den Weg konzentrieren, aber zu seiner Überraschung fand er ohne Schwierigkeiten zurück in die Mansardengasse. Bei Tageslicht glich sie noch viel stärker Vallentins Zeichnung als bei Nacht.

»Was willst du denn hier?«

Icherios zuckte mit den Schultern. »Ich weiß es selbst nicht. Lass uns einfach die Straße entlanggehen.«

»Hier wohnt nur ein alter Puppenmacher, garstiger Kerl, doch meine kleine Schwester liebt seine Puppen.«

Sie gingen die Gasse mehrfach auf und ab, ohne etwas Auffälliges zu finden. Die von unzähligen Jahrzehnten gezeichneten Häuser aus Sandstein, deren fest verschlossene Läden kein Zeichen von Leben nach außen dringen ließen, warfen lange Schatten auf den Boden aus groben Pflastersteinen. Wie die unregelmäßigen Zähne eines alten Mannes standen sie hervor. Der Geruch von brennendem Holz und Dung wehte in dünnen Schwaden an ihnen vorbei, vermischte sich mit dem Gestank von Moder, Staub und Verwesung. Eine eisige Böe schoss durch die Gasse hindurch. Icherios vergrub seine Finger noch tiefer in seinem Mantel. Dabei wachte Maleficium auf und quietschte leise.

»Hast du etwas gesagt?« Marthes drehte sich um.

»Nein, das muss der Wind gewesen sein.«

»Ich weiß doch, dass ich etwas gehört habe. Du quiekst.«

Icherios seufzte. Er wusste, dass sein Freund nicht lockerlassen würde. »Ich nicht, aber Maleficium.« Er holte den Nager aus seinem Mantel. Das Tier protestierte, als es aus der kuscheligen Manteltasche in die kalte Luft gezerrt wurde.

»Das ist ja eine Ratte.« Marthes verzog angewidert das Gesicht. »Die Augen sehen merkwürdig aus. Ist es krank?«

»Er ist eine besondere Rasse und mein Haustier.«

»Wenn du das sagst. Vielleicht findet dieses Vieh, was du suchst.«

Das war keine schlechte Idee. Icherios setzte seinen kleinen Gefährten auf den Boden. Der Nager blickte ihn fragend an. »Such.«

Der junge Gelehrte hatte Maleficium zahlreiche Tricks beigebracht. Bereits vor seiner Wandlung war er gelehrig gewesen und begriff fast ebenso schnell wie ein Hund, auch wenn er deutlich eigensinniger war. Durch den Trank hatte sich seine Intelligenz nur noch mehr weiterentwickelt. Doch dieses Mal blieb der Nager störrisch sitzen.

»Sehr beeindruckend«, spöttelte Marthes.

Icherios glaubte, so etwas wie Zorn in den Augen der Ratte aufblitzen zu sehen. Dann setzte sie sich in Bewegung, rannte in holperigen Sprüngen zu einer Hausecke und senkte die Nase auf den Boden. Ab und an hielt sie inne, um ein Stück Abfall zu inspizieren, und, wenn ihr gefiel, was sie roch, es rasch hinunterzuschlingen. Schließlich blieb sie vor einem Haus stehen, an dem ein Holzschild im Wind schwankte, das eine Holzpuppe und der eingebrannte Name *Nispeth* schmückten.

»Der Nager steht wohl auf Puppen. Vielleicht möchte er eine kleine Gefährtin aus Holz, mit der er spielen kann.«

Icherios ignorierte Marthes' Spötteleien, schritt zu Maleficium und hob ihn auf. Die Ratte starrte weiterhin auf das Gebäude. »Lassen wir es gut sein für heute.«

Auf dem Rückweg legten sie in Marthes' Wohnung eine Pause ein, um aus dem Fresspaket von seiner Familie ein saftiges Schwarzbrot mit Butter, Honig und Pflaumenmus zu verschlingen. Marthes zeigte sich zwar über die Anwesenheit von Maleficium alles andere als begeistert, aber der junge Gelehrte war dennoch froh, ihn nicht mehr vor seinem Freund verbergen zu müssen.

Am Nachmittag gingen sie zur Vorlesung von Professor Crabbé. Icherios grübelte darüber nach, wie er herausfinden konnte, wer die Leiche in der Grabkapelle gewesen war, während Marthes leise vor sich hin schimpfte – er mochte keine Dozenten, die ernsthaftes Interesse von ihren Studenten verlangten. Icherios wartete allerdings vergeblich darauf, dass Crabbé ihn oder die Studenten, die an den Sektionen im Keller teilgenommen hatten, beachtete. Anscheinend wollte er keine weitere Aufmerksamkeit erregen. Ob er Aufzeichnungen über die Leichen und ihre Untersuchungen führte? Immerhin galt sein Interesse angeblich der Wissenschaft. Er musste also irgendwo Dokumente aufbewahren. Vielleicht in dem Büro, das die Universität jedem Dozenten zur Verfügung stellte? Nachdem er seine Vorbereitungen abgeschlossen hatte, begann der Professor mit seinen Ausführungen, für die er das Skelett eines Hundes mitgebracht hatte. Eine gelehrige Stille, die nur vom gelegentlichen Husten eines Studenten durchbrochen wurde, legte sich über den Hörsaal. Während der Professor eine vergleichende Skizze, die den Unterschied zwischen einer Menschenhand und einer Hundepfote darstellen sollte, anfertigte, fasste Icherios einen abenteuerlichen Beschluss: Er würde in das Büro des Professors eindringen, um herauszufinden, woher der schattenlose Leichnam stammte. Er beabsichtigte ohnehin, die Bibliothek zu besuchen. Das *Monstrorum Noctis* hatte ihm keinen Hinweis auf die Ursache von Schattenlosigkeit oder die Entstehung einer Schattenkreatur gegeben, und er hegte die geringe Hoffnung, in der Universitätsbibliothek Informationen zu finden. Vielleicht entdeckte er ja sogar einen Anhaltspunkt dafür, wie er sich vom Strigoi befreien konnte.

Zuerst musste er allerdings Marthes loswerden, der sichtlich enttäuscht war, dass er nicht mit ihm in den *Neckartänzer* ging.

»Du entwickelst dich zu einem richtigen Streber.«

»Ich bin im Gegensatz zu dir freiwillig hier und möchte Arzt werden«, versuchte der junge Gelehrte ihn zu beschwichtigen. Es war zwar nicht die ganze Wahrheit, aber was sollte er seinem Freund sonst sagen?

»Schon in Ordnung«, Marthes schlenderte zu den anderen Studenten. »Ich gebe nicht so schnell auf!«, rief er ihm zu, während er sich bei einem großen, blonden Jüngling unterhakte.

Icherios verbarg sich in einer Nische, bis die Dozenten und Studenten entweder nach Hause gegangen oder in den Hörsälen verschwunden waren. Dann stieg er die breiten Treppen in den ersten Stock hinauf, in der sich die Bibliothek befand. Fröstelnd schlang er die Arme um sich. Im Hörsaal herrschte trotz der fehlenden Kamine eine erträgliche Temperatur durch die zahlreichen warmen Körper. Weiter oben, in den abgelegeneren Bereichen, regierte dagegen eine empfindliche Kälte.

Vor einer Tür, die sehr mitgenommen aussah und wohl erst durch Feuchtigkeit aufgequollen und dann gefroren war, blieb er stehen. Über ihr hatte jemand lieblos in Schwarz *Bibliotheca* geschrieben. Zögerlich drückte er sie auf und spähte hinein. Ein alter Mann mit Brille und rundem Bauch saß an einem Tisch und kopierte eine Seite aus einem dünnen, zerlesenen Buch. Erst als Icherios vor ihn trat, blickte er auf.

»Was willst du, Bursche?«

»Ich suche ein Buch.«

»Davon haben wir genug.« Ohne den jungen Gelehrten weiter zu beachten, wandte er sich erneut seiner Arbeit zu.

Icherios zuckte mit den Achseln und wanderte hoffnungsvoll durch die dicht stehenden Regale, die jedoch kaum zur Hälfte gefüllt waren. Enttäuscht lehnte er sich an eine Wand, von der die Farbe in dicken Stücken abblätterte. Er hatte mit einer umfangreichen Sammlung kostbarer Bücher gerechnet und nicht mit diesem armseligen Haufen gammliger Papiere. Er bezweifelte, dass er an diesem Ort etwas Brauchbares entdecken würde, dennoch setzte er seine Suche fort und fand seine Befürchtungen bestätigt. Außer ein paar alten Medizinbüchern, die selbst in der jetzigen Zeit der Aufklärung noch wertvoll waren, stieß er nur auf überholte Theorien und geistliche Abhandlungen. Damit blieb ihm nichts anderes übrig, als seine Nachforschungen in der Bibliothek des Magistratum fortzusetzen. Es behagte ihm nicht, sie zu benutzen, da er hoffte, seine Untersuchungen geheim halten zu können, aber vielleicht entdeckte er einen Hinweis in Professor Crabbés Büro.

Dessen Arbeitszimmer lag in einem alten Universitätsgebäude, welches nur selten benutzt wurde und sich etwas außerhalb des Zentrums befand. Icherios konnte sich an das einzige Mal erinnern, als der Professor einen Assistenten mit zur Vorlesung gebracht und dieser über die weite Entfernung zur Universität geflucht hatte.

Er entschied sich, in einem Gasthaus zu warten und dort ein Glas heißen, gewürzten Wein zu trinken, bis die Nacht hereingebrochen war und er das Gebäude unbemerkt von außen untersuchen konnte.

Als es so weit war, spähte er vorsichtig in jedes Fenster des Hauses, in der Hoffnung so herauszufinden, welches Crabbés Büro war. Wie so oft hatte er eine entscheidende Kleinigkeit vergessen: Er wusste nicht, in welchem Stockwerk es lag. Doch er hatte Glück – in einem Raum an der Rückseite brannte noch Licht, und er konnte den Professor dabei beobachten, wie er über einen Stapel Akten gebeugt an einem mit Büchern überladenen Tisch saß. Zahlreiche Öllampen beleuchteten ein Sammelsurium aus menschlichen und tierischen Skeletten, in Alkohol eingelegten Organen und Embryonen und unzähligen Skizzen des menschlichen Körpers.

Icherios kauerte sich unter dem Fenstersims zusammen, vergrub die Hände in seinem Mantel und wartete, bis das Licht in Crabbés Büro erloschen war. Dann schlich er zum Eingang und beobachtete, wie der Professor von einer großen, schwarzen Kutsche abgeholt wurde. Nachdem er lange genug ausgeharrt hatte, um sicher zu sein, dass er nicht zurückkommen würde, öffnete er die Tür des Hauptgebäudes und eilte festen Schritts den niedrigen Gang entlang. Sollte ihn jemand anhalten, plante er, sich als Assistent eines Dozenten auszugeben. Doch er hatte Glück und begegnete niemandem. Icherios stellte ernüchtert fest, dass die Tür unverschlossen war. Er bezweifelte, dass Crabbé so unvorsichtig sein würde, wichtige Unterlagen ungeschützt zurückzulassen. Er blickte sich noch einmal um, dann ging er in das Zimmer hinein und zündete eine Lampe an. Erst jetzt erkannte der junge Gelehrte, wie voll der Raum wirklich war, selbst den Boden bedeckten Bücher und Kisten, die nur eine schmale Gasse zum Schreibtisch ließen. Icherios fühlte Verzweiflung in sich aufsteigen. Niemals würde er alles durchsuchen können. Außerdem könnte jede Veränderung in den Stapeln Crabbé auffallen und ihm verraten, dass ein Eindringling sein Unwesen getrieben hatte.

Icherios beschloss, sich auf den Arbeitsplatz zu beschränken. Wenn er dort keinen Hinweis fand, musste er unverrichteter Dinge wieder abziehen. Er begann, die Papiere durchzusehen. Unzählige Aufsätze von Studenten, Aufstellungen über Zahlungen an seine Mitarbeiter, Anschaffungslisten, aber nichts, was dem jungen Gelehrten weiterhalf. Mit jeder Minute stieg Icherios' Unruhe. Er wagte nicht, sich auszumalen, was mit ihm geschehen würde, wenn man ihn hier erwischte. Sollte Crabbé tatsächlich nur ein harmloser Wissenschaftler sein, würde er vielleicht mit einem Ausschluss vom Studium und einigen Tagen im Karzer davonkommen, doch was würde er ihm antun, falls er in dunkle Machenschaften verstrickt war? Icherios wollte bereits aufgeben und den letzten Stapel zurücklegen, als sein Blick auf eine versteckte Schublade auf der Innenseite des Schreibtischs fiel. Vorsichtig öffnete er sie und fand gleich mehrere Listen. Auf einer befanden sich Namen, hinter denen jeweils ein Datum eingetragen war. Drei Namen gehörten zum vergangenen Freitag, dem Tag, an dem die Sektionen in der Grabkapelle stattgefunden hatten. In einer weiteren Tabelle standen die dazugehörigen Adressen und das Alter der Personen.

Icherios benötigte nur wenige Minuten, um herauszufinden, wer der schattenlose Tote war: Es musste Bruno Gluwark gewesen sein. Daneben stand eine Anschrift in der Kurfürstenstraße. Der junge Gelehrte prägte sie sich sorgfältig ein. Dann fiel ihm auf, dass für den heutigen Tag ebenfalls ein Name eingetragen war: Frytz Grenalt. Bekam der Professor auch Leichen für andere Zwecke? Er entsann sich, einen Terminkalender gesehen zu haben. Hastig begann er, ihn zu suchen, wurde aber von den näher kommenden, schweren Schritten eines Mannes unterbrochen. Rasch löschte er das Licht und presste sich an die Wand neben der Tür. Er hielt den Atem an, als die Person auf Höhe der Tür anhielt. Die Sekunden verwandelten sich in kleine Ewigkeiten, in denen sich Icherios' Magen schmerzhaft zusammenzog.

Doch Icherios blieb unentdeckt und der Mann ging weiter. Sobald die Schritte verklungen waren, holte der junge Gelehrte tief Luft. Das war knapp. Seine Knie zitterten so sehr, dass er sich setzen musste, während er weitersuchte. Schließlich fand er den Kalender in einer Schublade, blätterte ihn hastig durch und entdeckte eine Eintragung für den heutigen Tag: »GK zwanzigste Stunde«. Das musste ein Kürzel für die Grabkapelle sein! So schnell wie möglich legte Icherios wieder alles an seinen Platz und öffnete die Tür einen Spalt. Niemand war zu sehen. Rasch trat er auf den Flur hinaus, schloss die Tür hinter sich und eilte nach draußen.

Es war ein langer Weg zur Grabkapelle, und er bereute einmal mehr, Mantikor nicht mitgebracht zu haben. Seine Füße schmerzten, als er endlich in der Gasse stand und sich an das Gebäude heranschlich. Mit gemischten Gefühlen drückte er sich durch die Dunkelheit. Die Erinnerungen an seine Begegnung mit der Schattenkreatur waren zu lebendig, sodass er unruhig auf jede Bewegung lauerte.

Er war sich nicht sicher, ob er wagen würde, alleine in die Halle zu gehen. Nicht nachdem ihn das letzte Mal dieses Wesen verfolgt hatte. Ein Schauer lief ihm den Rücken hinunter, als er die alte Kapelle betrachtete, um die sich die Dunkelheit zu verdichten schien. Schneefall setzte ein, und Icherios fror noch mehr, als die Schneeflocken auf seinem Mantel schmolzen und die Feuchtigkeit in seine Knochen eindrang. Er fühlte sich steif und wollte bereits aufgeben, als sich die Eingangstür einen Spalt öffnete. Einen Augenblick später trat der Professor nach draußen, blickte sich vorsichtig um und schloss die Tür. Der junge Gelehrte drückte sich tief in die Dunkelheit zwischen zwei Häusern, als Crabbé die Straße hinunterging. An der Wegkreuzung hob er die Hand, woraufhin sich eine Kutsche aus der Nacht schälte, in die er einstieg und in Richtung Stadtzentrum verschwand.

Icherios wartete einige Minuten, während er mit sich

selbst haderte. Sollte er es tatsächlich wagen, dort hinunterzugehen? Seine Neugier gewann Oberhand. Mit klopfendem Herzen und kaltem Schweiß auf der Stirn eilte er zum Eingang und trat lautlos durch das Portal in die Dunkelheit. Icherios zögerte, dann nahm er eine Kerze und zündete sie an. Schnee rieselte durch das Loch im Dach und bedeckte Boden und Bänke mit einem dünnen Teppich. Leise ging er die Treppe hinunter, vorbei an den Särgen der sechs jungen Frauen zur Geheimkammer. Er presste ein Ohr an die Wand und lauschte mit angehaltenem Atem, konnte aber nichts hören. Nach einem Augenblick des Zögerns betätigte er die geheime Verriegelung, und die Tür schwang auf. Es war vollkommen finster in der Kammer, und der Gestank von Blut und Gedärmen schlug ihm entgegen. Kalter Schweiß perlte auf seiner Stirn, als er Schritt für Schritt in den Raum hineinging und die Kerzen und Lampen an der Wand entzündete.

Tatsächlich lag eine weitere Leiche auf einem der Obduktionstische. Es war ein Mann von etwa 60 Jahren mit starkem Übergewicht, dessen Brustkorb und Magen zwar in groben Stichen zugenäht worden waren, aber ebenso wie die geschlossenen Augen eigentümlich eingesunken wirkten. Auf einem Tisch standen Glasgefäße in den verschiedensten Größen. Als Icherios näher trat, sah er, dass in ihnen die Innereien, Augen und das Gehirn des Mannes schwammen. Zum Teil waren sie aufgeschnitten worden, um ihre innere Struktur zu präsentieren. Der junge Gelehrte erfasste sofort, was der Professor hier unten trieb: Er fertigte neue Präparate für seine Sammlung an!

Icherios wagte zuerst nicht, an den Leichnam heranzutreten, doch dann fasste er Mut und stellte seine Kerze neben die Leiche. Mit zusammengepressten Lippen, bemüht, nicht auf die Nähte am Leib des Toten zu starren, ergriff er einen

Arm und hob ihn hoch. Vor Schreck prallte er zurück. Der Mann hatte ebenfalls keinen Schatten! Auf was war er bloß gestoßen? Plötzlich hatte er erneut das Gefühl, beobachtet zu werden. Panik erfasste ihn. Hastig blies er Kerzen und Lampen aus, stieß dabei beinahe ein Gefäß mit der Präparation einer Herzkammer um und stürmte nach draußen. Er konnte förmlich spüren, wie sich die Schatten in den Ecken ballten. Er atmete kurz auf, als er die Tür hinter sich ins Schloss warf, dann rannte er auf die Gasse hinaus und hielt nicht inne, bis er mehrere Straßen weiter im Lichtkegel einer Straßenlaterne schwer atmend auf die Knie sank. Er wollte diese Nacht nicht alleine verbringen. Bevor er wusste, was er tat, eilte er zu Carissimas Haus. Sie empfing ihn mit offenen Armen und, wie so oft, erahnte sie genau, was er brauchte, und ließ ihn für einige Augenblicke die Schrecken der letzten Nächte vergessen.

21

In dunklen Gassen

7. Novembris, Heidelberg

Der nächste Morgen begann in gleißendem Weiß. In den vergangenen Stunden hatte es geschneit, und das blasse Sonnenlicht reflektierte von den kleinen Eiskristallen und blendete Icherios' Augen, als er aus Carissimas Anwesen trat. Nachdem sie sich geliebt hatten, war sie bei ihm geblieben, bis er eingeschlafen war. Wie alle Vampire, bevorzugte sie die Nachtstunden und war zu unternehmungslustig, um die Nächte schlafend zu verbringen. Der junge Gelehrte war sich nicht sicher, was er von ihrer eigentümlichen Beziehung halten sollte. Er mochte und fürchtete sie zugleich, aber er glaubte nicht, dass er sie liebte. Und sie? Laut ihrem Bruder hatte sie oft Vergnügen an menschlichen Liebhabern, da sie leidenschaftlicher seien als die kalten Vampire. Doch bot sie auch jedem ihrer Bettgefährten die Unsterblichkeit an? Icherios massierte seine Schläfen; sein Kopf schmerzte von der blendenden Helligkeit und den Fragen, die in ihm tobten.

Er musste sich förmlich zwingen, zur Domus Wilhelmiana zu gehen. Er hätte es zwar nie für möglich gehalten, aber er begann langsam daran zu zweifeln, dass das Studium das Richtige für ihn war. Er wollte viel lieber seinen eigenen Untersuchungen nachgehen, mehr über die Schattenkreatur und die Natur des Strigoi herausfinden, anstatt eintönigen

Vorträgen zuzuhören. Frustriert trat er hinter einem Stein her. Er wollte Arzt werden, daran zweifelte er nicht, aber gab es nicht noch andere Wege, dieses Ziel zu erreichen? Wie ein Guss kalten Wassers rann ihm die Angst den Rücken hinunter, als er sich Freybergs Reaktion ausmalte, sollte er tatsächlich sein Studium abbrechen. Ihm blieb keine andere Wahl, als das Medizinstudium fortzusetzen, vor allem, da es ihm die Möglichkeit bot, mehr über Vallentins Tod zu erfahren. Schuldgefühle flammten in ihm auf. Die Ereignisse der letzten Tage hatten ihn zu sehr abgelenkt.

Nach dem Tag an der Uni kehrte er zum Magistratum zurück, wo ihn dunkle Rauchschwaden empfingen, die aus der Küche zu kommen schienen. Franz eilte fluchend auf und ab.

»Verfluchtes Rezept! Anstatt anständig zu flambieren, jagt es einem den Herd hoch!«

Icherios lachte, als er die Fenster aufzog und in das verrußte Gesicht der Werratte sah.

»Das ist nicht witzig!«, Franz blickte ihn böse an, dann grinste er. »Hier«, er hielt ihm einen verkohlten Klumpen hin. »Apfeltaschen mit glasiertem Apfelschnaps. Musst nur das Schwarze abkratzen.«

Icherios erinnerte es eher an ein Stück Steinkohle als an etwas Essbares, aber er wollte nicht unhöflich sein. Also nahm er das schwarze Gebilde und fing an, die Kruste abzubröseln. Darunter kamen tatsächlich heller Teig und Apfelstücke zum Vorschein. Und es roch auch noch gut! Zufrieden sah Franz zu, wie der junge Gelehrte sich ein Stück in den Mund schob.

Während Icherios kaute, überlegte er, ob er es wagen durfte, sich Franz anzuvertrauen.

»Wenn ich in Erfahrung bringen will, wo man eine Leiche gefunden hat, wen kann ich da fragen?«

»Steckst du in Schwierigkeiten?« Die Werratte schloss die Fenster. Der Rauch war abgezogen.

»Nein, ich muss nur etwas herausfinden.«

»Und offensichtlich nicht verraten, was.« Franz wirkte gekränkt.

Der junge Gelehrte senkte schuldbewusst den Kopf. »Tut mir leid, ich möchte erst sichergehen.«

Franz musterte ihn prüfend. »Na gut. Es soll niemand davon erfahren?«

Icherios nickte.

»Hast du Geld?«

»Ja.«

»Geh heute Abend in den *Mäuseschwanz* und bring fünf Gulden mit. Du weißt, wo er ist?«

Icherios lief es kalt den Rücken hinunter. Er hatte von der Kneipe gehört. Sämtliche Studenten machten einen großen Bogen um diesen Ort. Einzig im Rahmen einer Mutprobe wagten die Mutigsten, dort ein Bier zu trinken.

»Ich werde es finden. Wie erkenne ich die Person?«

»Gar nicht, er wird dich ansprechen.« Franz hielt ihm ein weiteres verkohltes Teilchen hin. »Iss noch etwas und bemüh dich, nicht ganz so sehr wie ein Grünschnabel auszusehen.« Er musterte ihn von oben bis unten. »Soll ich nicht doch mitkommen?«

Icherios hätte ihn am liebsten angefleht, ihn zu begleiten, aber er riss sich zusammen. Solange er nicht wusste, was in Heidelberg vor sich ging, wollte er Vorsicht walten lassen.

Die Stunden bis zur Dämmerung verbrachte der junge Gelehrte mit den Ergebnissen seines alchemistischen Versuchs. Es hatte zwar alles nach Plan funktioniert, und er hielt nun verschiedene Flüssigkeiten und Kristalle in Händen, dennoch hatte er keine neue Substanz gefunden. Was auch immer ihn zu einem Strigoi machte, auf diesem Weg ließ es sich nicht extrahieren. Niedergeschlagen setzte er sich aufs Bett und kaute auf seiner Unterlippe. Er hasste das Dasein als Strigoi, aber sterben wollte er auch nicht. Er drückte seinen Kopf in die Kissen und schrie. Nichts gelang aber auch! Weder konnte er einen Hinweis darauf finden, wer seinen besten Freund getötet hatte oder warum, noch war er dem Rätsel um das Schattenwesen oder gar einem Heilmittel für sich näher gekommen. Er nahm eines der Laudanumfläschchen und drehte es zwischen seinen Handflächen. Die giftgrüne Flüssigkeit versprach ewiges Vergessen und ein Ende seiner Qualen. Ein leises Trippeln erklang, dann kletterte Maleficium an ihm hoch und bohrte seine spitze Nase in Icherios' Nacken. Der junge Gelehrte tätschelte seinen kleinen Gefährten. »Noch ist es nicht so weit.«

Icherios beschloss, auf Mantikor zum *Mäuseschwanz* zu reiten. Er hatte kurz erwogen, einen Degen mitzunehmen, aber er wusste, dass er sich damit vermutlich nur selbst verletzen würde. Zahlreiche Menschen bevölkerten die Straßen. Pärchen wollten trotz der beißenden Kälte die nächtliche, verschneite Landschaft am Fluss genießen, und Studenten veranstalteten Schneeballschlachten zwischen den Häusern.

Der *Mäuseschwanz* war innen heller, als er erwartet hatte. Dafür entsprachen die Besucher umso genauer seinen Vorstellungen: kräftige Schlägertypen, schwer bewaffnete, zwielichtige Gestalten und eine Schar leicht bekleideter Mädchen, die selbstbewusst an den Tischen vorbeieilten.

Es gab keine freien Plätze, sodass der junge Gelehrte an einen Tisch in der Nähe der Tür herantrat und darum bat, sich dazusetzen zu dürfen. Die Männer starrten ihn verblüfft an, dann brachen sie in grölendes Gelächter aus. Einer zog ihn auf einen Stuhl herunter, legte den Arm um seine Schulter und brüllte in Richtung der Bedienung.

»Der Jungspund möchte uns eine Runde ausgeben. Bring Bier, Weib!«

Die Truppe johlte vor Begeisterung. Icherios wagte nicht zu widersprechen und zählte im Geiste die Münzen, die er mitgebracht hatte.

Der Abend entwickelte sich für ihn zu einer einzigen Qual. Die Männer bestellten eine Runde nach der anderen auf seine Kosten, und obwohl er den Eingang ständig im Auge behielt, kam niemand herein, der ihm Beachtung schenkte. Endlich schlief der Erste aus der Runde laut schnarchend über seinem Bierkrug ein. Der Wirt, der die Vorgänge die ganze Zeit argwöhnisch beobachtet hatte, trat an ihren Tisch.

»Ihr solltet Euren Kumpel jetzt besser nach Hause bringen.«

Nach anfänglichen Protesten stand die Gruppe auf, zog ihren trunkenen Freund auf die Beine und schleifte ihn nach draußen. Icherios drückte dem Wirt einige Münzen in die Hand. Dieser biss auf jede Einzelne, ging zu seinem Tresen und kam mit einem Glas Schnaps zurück, das er vor den jungen Gelehrten stellte.

»Ihr solltet eine Weile warten, bevor Ihr geht. Ansonsten nehmen sie Euch auch noch den letzten Taler ab.«

Icherios nickte schaudernd.

»Kommt besser nicht wieder, und sagt Euren Studentenfreunden, dass ich diese Mutproben nicht mehr dulde.«

Der junge Gelehrte nickte wieder. Es war gut, dass der Wirt ihn für einen einfachen Studenten hielt. Einige Zeit später gab der Gastwirt ihm einen Wink, dass er nun gehen könne, woraufhin er schnell auf die Straße eilte. Enttäuscht atmete er die kalte Nachtluft ein. Warum hatte Franz ihn in die Irre geführt?

Der Unterstand für die Pferde, zu dem eine schmale Gasse führte, befand sich auf der Rückseite des Haus. Icherios zögerte, den düsteren Durchgang zu betreten, in dem sich die Schatten verdächtig ballten. Mit langen Schritten stürmte er hindurch und wollte gerade erleichtert Luft holen, als sich ein Messer an seine Kehle legte und eine Hand auf seinen Mund presste.

»Keinen Mucks, oder ich schlitze dir den Hals auf.«

Die Hand löste sich, dann zerrte der Mann den jungen Gelehrten in eine dunkle Ecke und drückte ihn gegen die Wand. Die Klinge ritzte die weiche Haut an seiner Kehle, sodass ein feiner Blutfaden sein Genick hinunterrann und schließlich von seinem Hemd aufgesaugt wurde.

»Hast du das Geld?«

Icherios griff mit langsamen Bewegungen in seine Manteltasche, holte seinen Geldbeutel hervor und ließ ihn klimpern. Mit einem heftigen Ruck riss ihn der Mann an sich. Sein Atem roch nach Bier und Rauch.

»Also, ich soll dir doch eine Frage beantworten.«

Der junge Gelehrte war zu verwirrt, um sofort zu antworten.

»Ich habe nicht die ganze Nacht Zeit.«

War das Franz' Informant? »Wo wurde die Leiche Bruno Gluwarks gefunden?«

»In der Friedrichsgasse hinter einer Treppe.«

»Und Frytz Grenalt?«

»Die Abmachung war eine Frage.« Die Klinge entfernte sich von seiner Kehle. »Wenn du mir folgst, steckt das Messer in deiner Brust.« Mit einem Satz verschwand der Mann in der Dunkelheit.

Der junge Gelehrte blieb einige Minuten an die Wand gelehnt stehen, dann hastete er zum Stall und drückte seinen Kopf an Mantikors Hals. Maleficium kam aus einer Satteltasche herausgekrabbelt und setzte sich auf seine Schulter. Nachdem er sich beruhigt hatte, beschloss er zu der Stelle zu reiten, an der die Leiche gefunden worden war. Er war ohnehin zu durcheinander, um schlafen zu können, und bei Tageslicht würde er zu viel Aufmerksamkeit auf sich ziehen. Er zog eine Karte Heidelbergs, die Franz ihm in weiser Voraussicht gegeben hatte, aus seinem Mantel und entfaltete sie. Die Friedrichsgasse war nur wenige Straßen vom *Mäuseschwanz* entfernt.

Während des Ritts legte Icherios eine Hand auf Mantikors Hals. Die Wärme des Pferdeleibs und Maleficiums Schnurrhaare, die seine Wange kitzelten, nahmen ihm die Angst vor den Schatten.

Die Friedrichsgasse verdiente ihren hochtrabenden Namen nicht. Müll und Unrat bedeckten den Boden und dämpften Mantikors Schritte. Der junge Gelehrte musste die Beine einziehen, damit sie durch den schmalen Durchlass zwischen den Häusern passten. Der Schnee war hier zu einer schmierigen Masse geschmolzen, und ein betäubender Gestank nach Fäkalien schlug ihm entgegen. Die Haare an seinen Armen richteten sich auf.

Nach einigen Metern wurde die Gasse etwas breiter, sodass Icherios wieder aufrecht reiten konnte. Am Ende des Weges erblickte er eine Treppe, die in das obere Stockwerk eines Lagerhauses hinaufführte, das offenbar seit langem nicht mehr genutzt wurde. Das musste der Ort sein, an dem die Leiche gefunden worden war.

Der junge Gelehrte saß ab und zündete eine Laterne an. Dann schritt er, den Boden gründlich im Auge behaltend, zur Treppe. Was hatte Bruno Gluwark hier gewollt? Der Tote war gepflegt und gut genährt gewesen. Menschen wie er trieben sich für gewöhnlich nicht bei verlassenen Lagerhäusern herum. Icherios ging um die Treppe herum, aber auch da entdeckte er keinen Hinweis, sodass er sich entschloss, die eisüberzogenen Stufen hinaufzuklettern, wobei er sich an dem morschen Geländer festklammerte. Die Tür zum Gebäude war verschlossen und das Schloss zu rostig, um es unauffällig knacken zu können. Er stieg wieder hinunter und spähte durch ein vergittertes Fenster in das Innere. Die Dunkelheit erlaubte ihm nicht viel zu sehen, doch die Halle schien leer zu stehen. Was war hier geschehen? Wer hatte den Mann getötet? Und vor allem, warum hatte er keinen Schatten?

Icherios führte Mantikor weiter, in der Hoffnung, auf der anderen Seite der Gasse einen Hinweis zu finden. Die Wolken lichteten sich für einen Moment. Und plötzlich – da war etwas! Der junge Gelehrte ging an der Hauswand einer weiteren Lagerhalle in die Knie. Jemand hatte ein handtellergroßes Muster aus kleinen Steinen gelegt: eine perfekte Doppelspirale.

Was hatte es damit auf sich? Plötzlich fühlte Icherios sich wieder beobachtet. Rasch blickte er sich um, aber er konnte niemanden sehen. Ängstlich fuhr sein Blick von einem Schatten zum nächsten. Nichts bewegte sich, dennoch war ihm, als könne er fast spüren, wie ein Paar Augen ihn im Blick hatten. Es war die Gegenwart von etwas Bösem. Hastig prägte er sich das Symbol und dessen Position ein, sprang auf Mantikors Rücken und trieb den Wallach zu einem schwerfälligen Galopp an, bis sie sich wieder auf beleuchteten Wegen befanden. Dann ließ er das Pferd in einen zügigen Schritt fallen und ritt zum Magistratum.

22

An unsichtbaren Fäden

8. Novembris, Heidelberg

Icherios saß Carissima auf ihrem Bett gegenüber. Hinter ihm lag ein eintöniger Tag an der Universität, an dem er sich vor lauter Fragen, die in seinem Kopf umherwirbelten, kaum auf die Vorlesungen hatte konzentrieren können. Die einzige Abwechslung hatte ihm ein Besuch bei einem Stadtbeamten in der Mittagspause geboten, der mit Marthes' Familie verbandelt war. Es hatte ihm nur das Versprechen von drei Freibier gekostet, um dem jungen Mann diesen Gefallen abzuringen.

Seitdem lag in seiner Jackentasche ein Zettel mit den Adressen von Frytz Grenalt und Bruno Gluwark. Er beabsichtigte, sich in den nächsten Tagen bei deren Angehörigen umzuhören, auch wenn er noch nicht wusste, wie er das anstellen sollte. Aber wenn das nur sein einziges Problem wäre. Er vermisste Vallentin und hatte ein schlechtes Gewissen, weil er immer noch nicht mehr über seinen Tod wusste.

»Durch deine Grübeleien wird Vallentin auch nicht wieder zum Leben erweckt.« Die Vampirin fuhr ihm zart über die Wange.

Icherios ließ sich zurückfallen und genoss die weiche Federung des Bettes. »Ich darf ihn nicht vergessen. Er war mein bester Freund.« *Zumindest glaubte ich das.*

»Ich könnte versuchen, deine Erinnerungen an die Nacht, in der er starb, zu erwecken.«

Der junge Gelehrte richtete sich auf. »Wie soll das gehen?« Eine Mischung aus Angst und Hoffnung durchflutete ihn. Auf der einen Seite fürchtete er zu erfahren, Vallentin ermordet zu haben, auf der anderen verlockte ihn der Gedanke, endlich die Wahrheit zu kennen und eventuell den Schuldigen zu finden. Aber würde er mit dem Wissen, seinen Freund getötet zu haben, leben können?

»Du wurdest von einem Vampir gebissen.«

Icherios' Hand fuhr an seinen Hals. Die Einstiche der Zähne waren immer noch zu spüren, und bei seiner Berührung kehrte der ziehende Schmerz in seiner Kehle zurück.

»Dadurch wird es einfacher«, erläuterte Carissima. »Du nimmst ein paar Schlucke von meinem Blut, wodurch eine Verbindung zwischen uns entsteht, mit deren Hilfe ich dich in deinen Erinnerungen zurückführen kann.«

»Ich soll dein Blut trinken?« Icherios rückte von der wunderschönen Vampirfrau ab. »Ich bin doch kein Blutsauger.«

»Das könnten wir ändern.« Carissima lachte. »Keine Angst, dir wird nichts passieren. Du müsstest dem Tode schon nahe sein, um durch Vampirblut eine Verwandlung zu erfahren.«

»Und du besitzt dann die Kontrolle über meine Erinnerungen?«

Die Vampirin nickte. »Ich würde alles, was du siehst, ebenfalls wahrnehmen. Du müsstest mir vertrauen.«

»Woher weißt du, dass es funktioniert?«

»Vampire vergessen nicht. Anders als Menschen können wir jederzeit in unseren Gedanken zurückkreisen und alte Geschehnisse neu erleben. Die Verbindung verwandelt deine Erinnerungen für kurze Zeit in meine eigenen, und ich kann uns durch die Zeit zurückführen.«

Der junge Gelehrte sank zurück und starrte gegen die Wand. Wollte er wirklich erfahren, was in jener Nacht geschehen war? Und war er bereit, dieses Wissen mit Carissima zu teilen? Er schloss die Augen. Ihm blieb keine andere Wahl. Er durfte die Möglichkeit herauszufinden, wer Vallentins Mörder war, nicht ungenutzt verstreichen lassen. »Ich mache es.«

Die Vampirin stand auf, gab ihm einen Kuss und holte eine dünne Decke, die sie, nachdem sie Icherios zur Seite geschoben hatte, über dem Bett ausbreitete.

»Ich mag keine Blutflecken auf meiner Wäsche«, erklärte sie.

Dann zog sie ihr Kleid und Korsett aus, sodass sie nur ein weißes Unterkleid und Strümpfe trug, die ihre wohlgeformten Waden betonten. Sie setzte sich im Schneidersitz vor ihn.

»Ich beiße mir ins Handgelenk, dann musst du trinken.«

Der junge Gelehrte starrte sie entsetzt an. »Aus einer Wunde?«

Die Vampirin lachte spöttisch. »Dachtest du, ich serviere es dir in einem Weinglas?«

Icherios errötete. Er hatte versucht, nicht zu genau über den Vorgang nachzudenken.

»Noch kannst du zurück«, bot sie ihm an.

»Ich werde es schon schaffen.« Icherios sammelte sich und beobachtete mit einer Mischung aus Faszination und Grauen, wie Carissima sich ins eigene Fleisch biss. Dunkelrotes Blut quoll aus dem tiefen Riss, als sie ihm auffordernd den Arm hinhielt. Er zögerte, dann packte er ihn, hielt das Handgelenk über seinen Mund und fing einige Tropfen auf.

Es schmeckte salzig, und während sein Kopf ihm Ekel signalisierte, reagierte sein Körper mit Erregung. Seine Lippen legten sich auf ihre Haut. Er begann zu saugen, hörte ihr wollüstiges Keuchen. Nach kurzer Zeit versuchte sie, sich ihm zu entziehen. Sanft drückte sie ihn zurück in die Federn. Icherios begehrte auf, ihr prickelnder Lebenssaft, in dem er einen Hauch von Mondscheinblumen und Violen erahnte, versetzte ihn in Ekstase. Plötzlich wurde ihm bewusst, was er tat, und er stieß die Vampirin von sich. Angeekelt wandte er sich ab. Die Macht des Strigoi erschreckte ihn. Oder hatte diese blutdürstende Seite schon immer in ihm gelauert?

Carissima riss ein Stück von der Decke ab und band die Wunde ab. Anschließend ergriff sie seine Hand und legte sich neben ihn. »Schließ die Augen, und versuche, dich zu entspannen. Ich werde dich führen.«

Icherios glitt in eine Art Traum, doch er war anders als gewöhnliche Träume. Er wusste, dass es nicht die Realität war, die er sah und fühlte, sondern dass er nur der Beobachter von etwas bereits Erlebtem war. Bilder zogen an ihm vorbei, das Antlitz seiner Mutter, seine erste Schulstunde, sein erster Kuss. Auf einmal wurde er Carissimas körperloser Präsenz gewahr. Aus dem Dunkeln schälten sich die Umrisse einer Gasse, zuerst nur in Grautönen, doch dann gewannen sie an Intensität und Farbe. In dieser Gasse hatte er Vallentin das letzte Mal lebend gesehen. Morsche Kisten, die am Straßenrand lagerten, stiegen aus dem Nebel der Erinnerung empor. Er sah sich Arm in Arm mit Vallentin über die im Mondlicht glänzende Straße schlendern. Er spürte seine Gegenwart, hörte sein Lachen. Plötzlich sprang etwas vom Dach herunter, packte Vallentin und schleuderte ihn gegen eine Hauswand, sodass er mit einem dumpfen Stöhnen hinuntersank. Eine Dachschindel löste sich durch die Erschütterung des Aufpralls und zersplitterte krachend auf dem Boden. Die Kreatur richtete sich auf. Erst jetzt erfasste Icherios ihre abartige Hässlichkeit. Sie sah aus wie eine aus Holz geschnitzte Puppe mit langen, steifen Gliedern und einem kugelrunden, haarlosen Kopf und Augen, die schwarzen Höhlen glichen. Ein weißer Umhang umwehte den tonnenförmigen Leib mit jeder ruckartigen Bewegung, und als sich das Wesen vor dem jungen Gelehrten aufrichtete, überragte es ihn um eine Handbreite. Nachdem das Ding prüfend zu Vallentin geblickt hatte, packte es ihn am Kinn, hob ihn hoch und presste ihn so heftig gegen die Wand, dass er nicht mehr zu atmen vermochte. Die Kreatur legte den Kopf schief und begutachtete ihn. Icherios rang röchelnd nach Luft, seine Brust schmerzte, und die Umgebung begann, vor seinen Augen zu verschwimmen. Jäh ließ der Druck nach, sodass er zu Boden sackte. Wimmernd stützte er sich auf seinen Händen ab und versuchte wegzukriechen, aber das Wesen schlang ein hauchdünnes Seil um seine Hand- und Fußgelenke. Voller Grauen beobachtete er, wie er langsam in die Höhe gehoben wurde und in der Luft schwebte. Die Schnüre schnitten tief in Icherios' Fleisch, als ein Ruck durch sie ging und er einer Marionette gleich auf die Beine gezerrt wurde. Trotz ihrer dünnen Geschmeidigkeit waren sie so fest und scharf wie Draht. Mit aller Kraft wehrte sich der junge Gelehrte gegen den Zug, dennoch wurde er wie an den Fäden eines unsichtbaren Puppenspielers zu einem Schritt gezwungen. Blut tropfte auf den Boden. Auf die nächste Bewegung war er besser vorbereitet. Sobald der Ruck durch sein Bein lief, warf er sich dagegen und gewann für einen Augenblick die Kontrolle über seine Glieder. Doch sein Widerstand blieb von der Puppe nicht unbemerkt. Sie stach mit einer überdimensionierten Nähnadel in das Fleisch seiner Armbeuge und

Kniekehle, zog weitere Seile hindurch, die sich ebenfalls in die Luft erhoben und ihm jede Möglichkeit zur Gegenwehr raubten. Icherios biss sich auf die Innenseite seiner Wange, bis sie blutete, in der Hoffnung, aus diesem Albtraum erwachen zu können. Die groteske Gestalt an seiner Seite folgte dem Rhythmus seiner Schritte, als ob sie seine Bewegungen nachahmen würde. Unsägliche Schmerzen durchzuckten seinen Körper. Plötzlich hörte er einen Schrei. Vallentin! Icherios drehte den Kopf und sah seinen Freund, wie er benommen sein blondes Haar aus den Augen strich, während er laut um Hilfe rief. Dann rappelte er sich auf, rannte auf den jungen Gelehrten zu und stieß die Kreatur zur Seite. Mit dem Messer, das er von seinem Vater zum zehnten Geburtstag geschenkt bekommen hatte, versuchte er die Seile an Icherios' Körper zu durchtrennen, doch sie gaben nur widerwillig nach, sodass Vallentin nicht bemerkte, wie die Puppe sich hinter ihm lautlos wieder aufrichtete. Der Kopf des Wesens hing schief auf seiner Schulter und wackelte von einer Seite auf die andere, als sie zu einem gewaltigen Sprung ansetzte. Icherios rief seinem Freund eine Warnung zu, aber es war zu spät. Ein heftiger Hieb in die Nieren zwang Vallentin in die Knie, doch zuvor gelang es ihm, den rechten Arm des jungen Gelehrten zu befreien. Das Puppenmonster stieß Vallentin zu Boden und setzte dazu an, ihm den Kopf mit einem Tritt zu zerschmettern. Icherios nahm all seine Kraft zusammen, holte Schwung, warf sich gegen die Kreatur, packte sie mit dem freien Arm und riss sie zu Boden. Im Fallen verhedderte sich das Wesen in den eigenen Seilen und prallte hart auf das Pflaster. Vallentin versuchte sich aufzurichten, während das Puppenmonster sich nach und nach befreite, aber sein Körper wollte ihm nicht gehorchen.

»Das Messer.«

Mit zitternden Händen hob Vallentin die Klinge auf und hielt sie Icherios hin. Dieser ergriff sie und begann, heftig an den Schnüren, die ihn fesselten, zu sägen. Aber der grausame Puppenspieler gab nicht auf. Mit einem schmatzenden Geräusch riss Icherios' Fleisch, als sein Bein hochgezerrt wurde und er sich dagegenstemmte. Ein Schluchzen drang über seine Lippen, Schmerzen rasten durch seinen Leib, doch er gab nicht auf. Endlich gelang es ihm, ein weiteres Seil zu durchtrennen, allerdings befreite sich im selben Moment die Puppe von ihren Fesseln. Ein Laut des Entsetzens entrang sich Icherios' Kehle und warnte seinen Freund. Verzweifelt warf dieser sich auf die Kreatur und rollte sich zur Seite, sodass das Wesen auf ihn stürzte. Während Vallentin mit dem Monster rang, zerschnitt der junge Gelehrte die restlichen Seile und versuchte seinem Freund zu helfen. Doch die Puppe zeigte im Gegensatz zu ihnen kein Anzeichen von Erschöpfung und konnte sie ohne große Anstrengung immer wieder abschütteln.

Aus einiger Entfernung schallten Stimmen durch die Nacht, und eilige Schritte waren in den Straßen zu hören. Die Stadtwachen mussten alarmiert worden sein! Die Puppe schien nichts von der nahenden Hilfe zu ahnen. Langsam richtete sie sich auf, betrachtete aus den schwarzen Kratern heraus ihre Opfer, um sich dann unvermittelt auf Icherios zu stürzen, der unter dem Aufprall in die Knie ging. Vallentin, kreidebleich und schweißbedeckt, torkelte von hinten auf sie zu und umschlang die Bestie. Mit einer beiläufigen Bewegung schlug diese ihm hart ins Gesicht. Ein Knacken erklang, als Vallentins Schädel brach und er zusammensackte. Für Icherios zog sich die Zeit wie ein Gummiband in die Länge. Er blickte in die Augen seines Freundes und konnte nicht fassen, was er sah. Er bekam kaum mit, wie die Lichter der Stadtwache am anderen Ende der Gasse auftauchten und ihn die Puppe aus dunklen Augenhöhlen anstarrte, bevor sie ihn niederschlug und die Schwärze über ihn kam.

Icherios fand nur mühsam zurück in die Realität. Das Bett, das er unter sich fühlte, wollte nicht zu dem nassen Pflaster aus seiner Erinnerung passen. Er würgte, als er erneut das Knacken von Vallentins Schädel hörte. Langsam öffnete er seine verklebten Augen und blickte in Carissimas besorgtes Antlitz.

»Was war das?«, krächzte er. Die Erleichterung darüber, dass er seinen Freund nicht getötet hatte, wollte sich nicht einstellen. Die Nachwirkungen des Erlebten ließen ihn erzittern, und mit jedem Atemzug spürte er erneut die Trauer. Er würde den Anblick von Vallentins Augen nie vergessen.

»Ich weiß nicht.« In Carissimas Stimme schwang aufrichtiges Bedauern mit.

»Das kann nicht die Realität gewesen sein. Ein solches Geschöpf kann nicht existieren.«

»Was du gesehen hast, ist keine Täuschung. Es war die Wahrheit, wie du sie erlebt hast.«

»Das ist doch nichts weiter als Hokuspokus!«, begehrte Icherios auf. Er wollte nicht nach solch einem Wesen suchen müssen, fühlte sich der Aufgabe nicht gewachsen. Einen Menschen könnte er vor Gericht zerren, aber ein Monster?

Carissima sah ihn ernst an. »Nach all dem, was wir erlebt haben, glaubst du da wirklich, dass ich dich hereinlegen will?«

»Du bist ein Vampir, für dich bin ich nichts weiter als ein Stück Vieh.« In dem Moment, in dem er die Worte ausgesprochen hatte, taten sie ihm schon leid, aber es war zu spät.

Sie hingen wie ein feines, aber undurchdringliches Netz zwischen ihnen.«

»In dem Fall kann ich dir nicht weiter helfen«, flüsterte Carissima. Es war das erste Mal, dass er sie so verletzt sah.

Icherios wusste, dass er sich entschuldigen sollte, aber er brachte kein Wort über die Lippen. Er durchforstete seine Erinnerungen nach Hinweisen auf das Puppenmonster. Was brachten ihm alle Wissenschaften, wenn sie ihm für solche Wesen keine Erklärung boten?

23

Eine böse Überraschung

8. Novembris, Heidelberg

Gismara saß im Schneidersitz auf einem burgunderfarbenen Sitzkissen in Hazechas Wohnzimmer. Während die Hohepriesterin des Hexenzirkels Duftkerzen anzündete, bewunderte Gismara deren feuerrotes Haar, das in langen Locken bis auf ihren Rücken fiel. Im Gegensatz zu Gismaras schmaler Figur strahlte Hazechas Leib die reinste weibliche Verlockung aus. Gismara liebte ihre Mentorin von ganzem Herzen, wenn auch nicht so, wie Hazecha es sich wünschte.

»Lydia macht gute Fortschritte in der Beherrschung ihrer Hörigen.« Hazecha setzte sich ihr gegenüber nieder. »Dennoch ist sie eine Gefahr für uns.«

»Ich weiß.« Gismara hielt dem Blick aus den taubengrauen Augen stand. »Nichtsdestotrotz bereue ich nicht, sie aufgenommen zu haben. Wir müssen unseren Schwestern zeigen, dass es Wege gibt zu leben, ohne den Menschen zu schaden oder Rache an ihnen zu nehmen.«

Lydia war eine Pythonissa, die Todesgeister und Verfaulte beherrschen kann. Neben den Maleficia fiel es diesen Hexen am schwersten, sich an die Welt der Menschen anzupassen. Gismara war trotz Hazechas Bedenken bereit gewesen, sie als dreizehntes Mitglied in ihren Zirkel aufzunehmen.

»Rache«, sinnierte Hazecha. »Rache kann befreiend sein.«

»Nur für einen Augenblick.«

»Nichts ist von Dauer, Liebes.« Hazecha lächelte, wodurch der harte Zug um ihren Mund verblasste. »Ich habe einen Auftrag für dich.«

Gismara zuckte zusammen, als sie sich an Auberlins Anordnung erinnerte. Nicht nur, dass er sie zwang, ihre Mentorin auszuspionieren, nun sollte sie diese auch noch bestehlen.

»Wylhelm liegt im Sterben und verlangt nach dir.«

»Warum ich? Wäre eine Hagzissa nicht besser, um ihn unter ihrem Bann seine Schmerzen vergessen zu lassen?«

Hazecha beugte sich vor und strich sanft über Gismaras Wange. Ihre Hände waren so weich und warm.

»Du weißt, dass das nicht sein Wunsch ist. Fürchte den Tod nicht, er ist Teil des Lebens.«

Gismara nickte voller Unbehagen. Ihr machte es nichts aus, den Tod zu bringen, aber einen geliebten Menschen sterben zu sehen, brachte auch sie an ihre Grenzen.

»Ich werde sofort aufbrechen.«

Hazecha begleitete sie zur Tür und gab ihr einen Kuss auf die Stirn.

»Gehe mit dem Segen der Göttinnen, meine Tochter.«

»Sinthgut schütze dich.« Gismara versank in einem demütigen Knicks, befestigte ihren Hut auf dem Kopf und atmete tief durch, bevor sie hinausging.

Hazechas weinrote Kutsche, die von vier Füchsen gezogen wurde, brachte sie zum Anwesen von Wylhelm von Dilak. Wylhelm stammte aus einer reichen Händlerfamilie, die ihren Reichtum bis ins Unmoralische gesteigert hatte. Raffiniert, wie er war, hatte er sich in eine verarmte Adelsfamilie eingeheiratet und den Titel übernommen. Böse Stimmen behaupteten, dass er bei dem frühen Tod seiner Gattin, die nach der Geburt des zweiten Sohnes starb, nachgeholfen hatte. Andere munkelten, dass ihm ihr Tod den letzten Rest Menschlichkeit geraubt hatte. Bei ihrer ersten Begegnung war Gismara auf einen alten, verbitterten Mann getroffen, der weder Kontakt zu seinen Söhnen noch der übrigen Familie pflegte. Seine Bitte, einen Konkurrenten mit Magie zu vernichten, lehnte sie ab. Trotzdem wurden sie Freunde, und nach und nach drang Gismara durch die harte Schale zum weichen Kern vor. Denn eigentlich war er ein verletzlicher Greis, der den Tod seiner Frau nicht verkraftet hatte und darunter litt, dass seine Söhne ihn für deren Tod verantwortlich machten. Die Hexe war sich bis zum heutigen Tag nicht sicher, ob Wylhelm sein Weib getötet hatte und deswegen an Schuldgefühlen krankte oder ob er sie aufrichtig geliebt hatte. Anfang des Jahres dann hatte der Husten begonnen, der ihn immer mehr quälte. Inzwischen vermochte er kaum noch zu atmen, der Tod schien schon auf ihn zu warten.

Sobald sie das Haus betrat, gab Gismara einem Diener ihren Mantel. Darunter trug sie ein hellbraunes Kleid mit goldenen Stickereien. Ein Schwarzes wäre der Situation angemessener gewesen, aber Wylhelm verabscheute diese Farbe. Sie nahm dem Dienstmädchen ein Tablett mit Tee und Keksen ab und ging in das Zimmer des alten Mannes. Er lag in einem riesigen Bett, in dem er regelrecht zu verschwinden schien. Sein Körper war von der Krankheit so ausgezehrt, dass von dem einst übergewichtigen Hünen nur noch Haut, Knochen und hervortretende Sehnen übrig geblieben waren.

Keuchend versuchte er, sich aufzurichten.
»Da bist du ja endlich.«

Sie stellte das Tablett auf einen Nachttisch und drückte ihn in die Kissen zurück.

»Bleib liegen, schon deine Kräfte.«

»Wofür denn? Der Tod klopft bereits an das Fenster.«

»Wo sind deine Ärzte?«

Eine Mischung aus Husten und Lachen durchzuckte die schmächtige Brust.

»Ich habe sie davongejagt. Es gibt schon genug Speichellecker, die von meinem Tod profitieren. Da brauche ich nicht noch ein paar Quacksalber, die mir sagen, dass ich sterbe. Das weiß ich auch so.«

»Sie wollen dir nur helfen.« Gismara steckte die dicke Decke fest um den alten Körper. Wylhelm fror bei diesem Wetter schnell.

»Haben sie dir Schmerzmittel dagelassen?«

»Bleib mir weg mit dem Zeug. Meine letzten Stunden will ich wach erleben und nicht wie eine benebelte Hure.«

Gismara lachte. »Wenn du nur ein wenig nimmst, bleibt dein Geist klar.«

»Ich sagte *Nein*!«

»Hazecha sprach von einem Auftrag.«

»Ja, eine letzte, sehr gut bezahlte Aufgabe.«

»Was möchtest du dieses Mal?«

Er hob abwehrend die Hand. »Gedulde dich einen Augenblick, ich erwarte noch jemanden.«

Die Hexe starrte ihn überrascht an. Sie hatte nicht gewusst, dass es einen Menschen in seinem Leben gab, den er an seinem Sterbebett sehen wollte, als auch schon die Türglocke erklang.

»Da kommt er schon.«

Während der Besucher das Zimmer betrat, war Gismara froh, dass sie saß. Ein Laut des Schreckens drang über ihre

Lippen, den weder Wylhelm noch der Neuankömmling bemerkten. Eine Woge der Übelkeit stieg in ihr auf. Sie kannte ihn! Es war derselbe Mann, mit dem sie im *Mäuseschwanz* geschlafen hatte, nur dass er diesmal die Gewandung eines Priesters trug!

»Darf ich vorstellen: Gismara Marlewag, das ist Diakon zur Hohenweide.«

Gismara stand kurz vor einer Ohnmacht. Sie hatte den Glauben an einen gütigen Gott aufgegeben, nachdem ihr Mann sie zum ersten Mal geschlagen hatte. Dennoch steckte genug katholische Erziehung in ihr, um die Höllenfeuer zischen zu hören, als ihr bewusst wurde, dass sie mit einem Priester geschlafen hatte.

24

Der letzte Wunsch

8. Novembris, Heidelberg

Silas wanderte mehrfach vor dem Haus von Wylhelm von Dilak auf und ab, bevor er sich entschließen konnte hineinzugehen. Er wäre lieber einer kampfbereiten Hexe gegenübergetreten als diesem alten Mann. Sich aus der Beichte eines Heuchlers einen Spaß zu machen oder selbstverliebte Pfaffen an der Nase herumzuführen, war eine Sache. Einen Sterbenden zu betrügen eine ganz andere.

Wylhelm hatte zeit seines Lebens keine enge Bindung zur Kirche gehabt. »Umso wichtiger ist es, seine Seele Gott zuzuführen«, konstatierte August, während sich sein feistes Gesicht voller Verachtung für den Ungläubigen verzerrte.

Silas wusste, worum es eigentlich ging – den Zaster des alten Knackers. Er wäre nicht der Erste, der sich im Angesicht des Todes von seinen vermeintlichen Sünden freizukaufen versuchte, und die Kirche hielt nur zu gerne die Hand auf. Aber was sollte er machen, wenn er jemandem gegenüberstand, der ernsthaft bereute?

Ein elegant gekleideter Diener empfing ihn voll ehrfürchtigem Respekt, ein Verhalten, das den Hexenjäger, gewohnt an Verachtung und Angst, verunsicherte. Man führte ihn in Wylhelms Gemach, bei dessen Anblick Silas' Mundwinkel sich angewidert verzogen. Der Kerl hatte wirklich zu viel

Geld. Vergoldete Griffe prangten an den Türen, die Wände zierten Tapeten, in die Goldfasern eingewebt waren, und ein goldener Kristallüster, von dessen Wert eine fünfköpfige Familie mehrere Monate leben könnte, hing von der Decke. *Alles Gold der Welt schützt weder vor Krankheit noch vor Tod*, dachte Silas, als er den mageren, von Leid gezeichneten Mann sah. Dann bemerkte er die Frau, die neben ihm auf einem Stuhl saß. Eine Gespielin? Etwas mager, kalter Blick, umwerfendes Gesicht – von der Bettkante würde er sie nicht stoßen. *Verflucht, denk wie ein Priester!* Doch warum starrte sie ihn so entsetzt an? Er blickte an sich hinunter. Hatte er aus Versehen seine Waffen angelegt? Nein, äußerlich entsprach er dem Bild eines Diakons. Und warum kam sie ihm so bekannt vor?

»Fangen wir an«, krächzte der alte Knacker, nachdem er die Frau als Gismara Marlewag vorgestellt hatte. War sie eine Verwandte? Immerhin schien sie sich wieder beruhigt zu haben.

»Wie Ihr wisst, läuft meine Zeit auf Erden ab.«

Die Frau legte ihm eine Hand auf den Arm, entweder war sie eine gute Schauspielerin, oder die Tränen in ihren Augen waren echt.

»Meine Wünsche für die Bestattung wurden bereits festgehalten, alles ist organisiert, nur eine Sache gilt es noch zu klären. Ich möchte sowohl eine christliche Zeremonie als auch eine, die im Namen der Göttinnen abgehalten wird.«

Gismara atmete tief ein, ängstlich schielte sie zu Silas hinüber. Musste sie fürchten, direkt zu einem Scheiterhaufen gezerrt zu werden?

»Natürlich würde ich es entsprechend honorieren, meine nichtsnutzigen Verwandten enterben und mein Vermögen der katholischen Kirche zu Heidelberg überlassen.« Er tätschelte die Hand der Frau. »Ich weiß, dass Ihr mein Geld ohnehin nicht annehmen würdet.«

Der Hexenjäger wusste nicht, ob er verärgert oder amüsiert sein sollte über das Angebot des Alten. Sich auf diese Weise doppelt für das Nachleben abzusichern, war schon etwas dreist. Diese Marlewag starrte ihn verwundert an. Rasch brachte er sein Gesicht, auf das sich ein Lächeln gestohlen hatte, unter Kontrolle und zwang es zu einem Ausdruck der Empörung.

»Euer Anliegen ist verwerflich, dennoch werde ich darüber nachdenken. Gottes Wege sind unergründlich.« Silas stand auf und ging zur Tür. »Vielleicht will der Herr, dass Euer Wunsch erfüllt wird, um mit Eurer Zuwendung sein Werk auf Erden zu vollbringen. Ich werde um Erkenntnis beten.« *Hör sich das einer an! Er wurde immer besser.*

Der alte Knacker verzog angewidert das Gesicht, wodurch er in dem Hexenjäger einen Funken Sympathie erweckte. Trotzdem achtete er darauf, seine wahren Gefühle nicht zu zeigen, bis er die Tür hinter sich geschlossen hatte, und sich bei dem Gedanken, was August zu diesem Anliegen zu sagen hätte, ein breites Grinsen gönnte. Das Rascheln von Röcken erklang, dann trat Gismara ebenfalls in den Gang. Dieses Weib sollte also eine Zeremonie im Namen der Göttinnen abhalten. Asche auf sein Haupt, wenn sie nicht zu dem Hexenzirkel gehörte.

»Tut Ihm bitte diesen Gefallen.« Sie blickte ihn flehentlich an. Was für wunderschöne, blaugrüne Augen.

»Tief in seinem Herzen ist er ein guter Mann.«

»Dann soll er sich vollkommen in Gottes Hände geben.« Silas fand es köstlich, die angebliche Hexe mit seiner vorgetäuschten Gläubigkeit herauszufordern.

»Wenn Gott barmherzig ist, so sollten es seine Jünger

ebenfalls sein und einen alten Mann in Frieden sterben lassen.«

»Die Rache ist mein; ich will vergelten, spricht der Herr«, rezitierte der Hexenjäger.

»Was seid Ihr nur für ein Heuchler.«

Silas starrte sie überrascht an. Das war leichter gewesen, als er gedacht hatte. Aber wenn sie sich so schnell provozieren ließ, war sie vermutlich eine echte Hexe, die ausreichend Mut und Macht besaß, um sich mit einem Pfaffen anzulegen. Äußerst interessant.

»Ich bin ein treuer Diener meines Herrn.«

»Ich habe Euch wiedererkannt.«

Der Hexenjäger erblasste. Wusste sie um seine wahre Identität? Wie hatte sie es herausgefunden?

»Ihr seid so blind! Nur weil ich keine Maske trage, erkennt Ihr die Frau nicht, mit der Ihr geschlafen habt?«

Die rote Witwe! Silas war erleichtert und schockiert zugleich. Das verkomplizierte die Situation erheblich. Er verfluchte sich, sie nicht sogleich an dem energischen Kinn und den Augen, die so viel von ihren Gefühlen preisgaben, erkannt zu haben.

»Ich kann ein Geheimnis für mich behalten, aber dafür erfüllt Ihr ihm seinen letzten Wunsch.« Ihre Stimme war kalt und schneidend.

Weiber, sie brachten nichts als Ärger, Hexe oder nicht! Er brauchte Eisen! Verdammt, warum gab es nie Eisen, wenn man es benötigte? Er blickte zum Kamin. Der Schürhaken!

»Lasst uns einen Schritt zur Seite gehen.« Er senkte die Stimme und bemühte sich verlegen zu wirken. »Die Türen sind dünn.«

Sie fiel auf den Trick herein und folgte ihm. Silas musterte sie von oben bis unten. Sie war raffiniert, das musste er ihr lassen. Und vorsichtig. Sie entblößte kaum einen Fingerbreit von ihrer milchfarbigen Haut. Das Biest trug sogar Handschuhe! Am Kamin angelangt, positionierte er sich so, dass seine Finger den Schürhaken berührten. Ein kurzer Stoß würde reichen, um sie auszuschalten. Doch wohin mit der Leiche?

Er beugte sich vor, als ob er ihr ins Ohr flüstern wollte. Sie kam näher. Da nutzte er die Gelegenheit, ergriff das Eisen und presste es gegen ihren Hals. Es zischte, und der Geruch von verbranntem Fleisch stieg ihm in die Nase. Sie schrie auf und riss sich los.

»Ich weiß, was Ihr seid, Incantatrix.« Das Eisen verriet sie – einzig diese Hexenart reagiert derart auf das Metall – und ihre erschrockenen Augen bestätigten es. Dieses Opalgrün war wirklich faszinierend.

Sie setzte zu einem Zauberspruch an. *Zähes Biest.* Er versuchte sie an der Kehle zu packen, doch sie wich ihm aus. Ihre Reaktionen waren schnell, zu schnell für eine einfache Incantatrix. Mit einer beiläufigen Handbewegung schleuderte sie ihn zu Boden. Pfeifend entwich die Luft aus seinen Lungen. *Das tat weh!*

»Wagt es nicht, mich noch einmal zu berühren.«

»Was wollt Ihr denn tun? Mich töten mit all den Dienern als Zeugen? Ihr und Euer Hexenzirkel wärt enttarnt.«

Ein entsetztes Keuchen drang über ihre Lippen.

»Ja, ich weiß von Euch. Aber es interessiert mich nicht.« Silas durfte sich nicht in einen Kampf verwickeln lassen. Ein Patt war besser, als seine Tarnung zu verlieren, wenn er sie in einem Haus voller Zeugen kaltmachte. Zudem war sie eine Verbindung zum Hexenzirkel und brachte ihm mit etwas Glück Zacharas Mörder oder zumindest den hundert Gulden einen Schritt näher. »Wir verlassen das Gebäude ohne

Blutvergießen. Zur Sicherheit werde ich nach meiner Rückkehr in die Kirche einen Brief aufsetzen, der bei meinem Tod verlesen wird und Eure wahre Natur aufdeckt.« Er lächelte sie an. »Nur damit Ihr auf keine dummen Gedanken kommt. Durch Euer Wissen über mich habt Ihr Gewissheit, dass ich Euch nicht verraten werde.«

Sie blickte ihn misstrauisch an. Dann nickte sie. »Unter einer Bedingung.«

»Ich höre.«

»Ihr erfüllt Wylhelms Wunsch.«

Was für eine seltsame Hexe. »Einverstanden.« Damit hatte er zumindest die Garantie, sie noch einmal wiederzusehen und mehr über sie zu erfahren.

Gemeinsam gingen sie zu dem Sterbenden zurück und gaben ihr Versprechen ab, seine Beerdigung nach seinen Vorstellungen zu gestalten.

Einige Stunden später tat Wylhelm seinen letzten Atemzug. Man informierte Silas umgehend, sodass die Bestattung unter Ausschluss der Öffentlichkeit zwei Tage darauf stattfinden würde.

25

Unter falschem Namen

9. Novembris, Heidelberg

Marthes zupfte unauffällig an Icherios' Ärmel und brachte diesen so in die traurige Realität einer öden Vorlesung bei Pater Frissling zurück. Vor Müdigkeit fiel es ihm an diesem Morgen schwer, seine Augen offen zu halten, während sich gleichzeitig eine quälende Unruhe in ihm ausbreitete.

»Alles in Ordnung?«, flüsterte sein Freund.

Was sollte er darauf antworten? Eine grauenerregende, abartige Puppe hatte seinen besten Freund umgebracht in Zeiten, zu denen er geglaubt hatte, dass die Welt allein den Menschen und der Wissenschaft gehörte. Leichen tauchten auf, die keinen Schatten besaßen, und er war sich nicht sicher, wie sehr er bereits vom Strigoi kontrolliert wurde.

»Lange Nacht«, wisperte er.

Marthes blickte ihn enttäuscht an, kritzelte etwas auf einen Zettel, den er ihm zuschob. *Schon wieder dieses Weib?*

Der junge Gelehrte nickte, auch wenn es ihn schmerzte, seinen Freund belügen zu müssen und zu enttäuschen. Aber er durfte ihn nicht in die Welt des Ordo Occulto hineinziehen.

Wenn du sie siehst, wirst du es verstehen.

Wann? Marthes grinste zweideutig.

Wie er wohl auf Carissima reagieren würde? Icherios verwarf den Gedanken sogleich wieder. Die Vampirin betrachtete die meisten Menschen als Nahrungsquelle, als Vieh, das ihren Wünschen zu gehorchen hatte. Schuldbewusst erinnerte er sich an seinen überhasteten Aufbruch von letzter Nacht. Ihre Gegenwart ließ ihn Vallentins Tod immer und immer wieder erleben, bis er es nicht mehr ertragen hatte und geflohen war. Die Verletzungen an Schulter und Oberschenkel waren inzwischen verheilt; eine Tatsache, die Icherios zutiefst erschreckte, sodass er die Nacht rastlos in seinem Zimmer auf und ab laufend verbracht hatte. An Schlaf war nicht zu denken gewesen, und das Bild von Vallentins Augen und der tote Blick der Puppe verfolgte ihn in jeder wachen Minute.

Bald. Der junge Gelehrte hoffte Marthes so lange vertrösten zu können, bis Carissima wieder abgereist war. Unruhig wippte er mit den Füßen. In was war Vallentin geraten, dass solch ein Monster ihn tötete? Oder war es Zufall gewesen? Icherios massierte seine Schläfen. Er glaubte nicht an Zufälle. Kreaturen wie diese trugen die Handschrift des Ordo Occulto. Er rieb über die Narben an seinen Handgelenken, die unter seinem Hemd mit den überlangen Ärmeln vor neugierigen Blicken verborgen lagen. Sein Gefühl sagte ihm, dass das Monster von jemandem gelenkt worden war, der Vallentin töten wollte. Wer erschuf ein derartiges Wesen? Ein Puppenmacher? Sollte es so einfach sein?

Marthes versuchte während der Vorlesung immer wieder, mehr über Carissima zu erfahren, obwohl Icherios vorgab, sich auf seine Notizen zu konzentrieren. Dann endlich beendete Frissling seinen Vortrag, woraufhin hektisches Geraschel in den Bankreihen erklang. Der junge Gelehrte stellte seine Tasche auf den Tisch und packte Tintenfass, Feder und

Papiere hinein. »Kannst du mir einen Puppenmacher in Heidelberg empfehlen? Ich möchte einen Freund besuchen, der eine kleine Tochter hat.« Obwohl Kroyan Nispeths Laden verdächtig wirkte, wollte er keine voreiligen Schlüsse ziehen und sich auch bei anderen Puppenmachern umsehen.

Marthes zuckte mit den Schultern, während er seine Tasche zuknotete. »Nispeths Laden hast du ja bereits gesehen. Ich mag ihn zwar nicht, aber seine Puppen sind sehr beliebt.«

»Das Gebäude wirkte so verlassen, und ich habe nicht viel Zeit.«

»Es gibt noch einen in einer Gasse, die einige Straßen von der Heiliggeistkirche entfernt liegt.«

Icherios schulterte seine Tasche. »Danke.« Bevor Marthes ihn aufhalten konnte, war er schon in der Menge verschwunden und eilte zum Magistratum. Die restlichen Vorlesungen fielen an diesem Tag aus, da die Kälte ihren Tribut bei den Dozenten einforderte und sich die meisten krankgemeldet hatten.

Vallentin war zwar in Karlsruhe getötet worden, aber er hatte für den Heidelberger Ordo Occulto gearbeitet, und obwohl es unwahrscheinlich war, den Mörder hier zu finden, gab es dem jungen Gelehrten zumindest das Gefühl etwas zu tun, wenn er sich bei den Puppenmachern umschaute. Doch zuerst wartete eine andere Aufgabe auf ihn. Er hielt bei einer heruntergekommenen Schneiderei an und kaufte sich einfache Kleidung, die für einen Tagelöhner angemessen war. Dann eilte er nach Hause, beschmutzte seine neuen Kleider mit Staub, Asche und Essensresten, zog sie an und betrachtete sich prüfend im Spiegel. So ganz glaubwürdig war es nicht. Seine Wangen waren zu rosig, und seine Haut war zu weich, besonders an den Händen, aber das musste genügen. Mithilfe der Stadtkarte prägte sich Icherios die Adressen von Frytz Grenalt und Bruno Gluwark ein. Es war an der Zeit, mehr über die schattenlosen Toten zu erfahren.

Er beschloss, zuerst zu Bruno Gluwarks Haus zu gehen, das am Fuße des Heidelberger Schlosses in der Nähe des Kornmarkts lag. Der einst so weiße Schneeteppich hatte sich durch unzählige Nachttöpfe, die auf ihm entleert worden waren, Pferdedung und Hundekot in stinkenden, braunen Matsch verwandelt. In Fetzen gehüllte Bettler hockten auf klapprigen Holzkisten und reckten jedem Passanten flehentlich ihre Hände entgegen. Icherios schlang die Arme enger um sich. Die dünnen Kleider spendeten kaum Wärme. Endlich erreichte er das Haus des Toten, ein prächtiges altes Gebäude mit einer prunkvollen Fassade aus rotem Sandstein, die von unzähligen verspielten Vorsprüngen, Wappen und Mustern geziert wurde. An der Eingangstür hing eine blank polierte, kupferne Glocke. Der junge Gelehrte holte tief Luft, dann klingelte er.

Ein Mann mittleren Alters mit zu schmalen Augenbrauen und dürren Knien, die unter einem schlammgrünen Gehrock hervorstachen, öffnete die Tür und musterte Icherios. Dieser kannte das Spiel, er hatte lange genug in einer wohlhabenden Händlerfamilie gelebt, um die Gepflogenheiten verinnerlicht zu haben. Er ließ die Schultern hinuntersinken, nahm eine krumme Haltung ein und bemühte sich, einen verlotterten Eindruck zu hinterlassen.

»Sin' die Herrschaften zu sprechen?«

Der Diener runzelte die Stirn, woraufhin Icherios die Luft anhielt. Dies war der entscheidende Moment.

»Nein, kommen Sie ein anderes Mal wieder.«

Er setzte gerade dazu an, die Tür zu schließen, als eine hohe Männerstimme aus dem Hintergrund erklang.

»Wer ist denn da?«

»Nur ein Tagelöhner, Herr«.

»Lass ihn ein.«

»Aber Herr, Ihr solltet Euch nicht von solch niedrigem Gesinde behelligen lassen.«

»Ich sagte, lass ihn ein!« Die Stimme des Mannes klang scharf und schien daran gewöhnt, Befehle zu erteilen.

»Mit wem ich meine Zeit verbringe, ist nicht deine Angelegenheit.«

Widerstrebend ließ der Diener Icherios hinein. Als dieser die sauberen, weißen Fliesen sah, die mit der zartgrünen Tapete harmonierten, wünschte sich der junge Gelehrte seine Stiefel ausziehen zu können, um nicht alles zu beschmutzen. Am Fuße einer breiten Steintreppe wartete ein Mann, dessen Gesicht von den ersten Falten gezeichnet war und auf dessen Kopf eine viel zu große Perücke saß. Er musterte ihn aus wässrigen Augen, bevor er Icherios mit einem Wink aufforderte, ihm zu folgen. Der junge Gelehrte zuckte zusammen, als er das platschende Geräusch bemerkte, das seine Schritte machten, und als er die braunen Flecken auf den Fliesen sah, die von ihm stammten. Der Mann führte ihn in einen edlen Salon, an dessen Wänden die in Öl festgehaltenen Porträts seiner Vorfahren hingen. Zumindest schloss Icherios das aus der Tatsache, dass sie dieselbe spitze Nase wie sein Gegenüber besaßen. Und noch eine Gemeinsamkeit war zu erkennen. Bei genauerem Hinsehen entdeckte er, dass sie alle einen rubinverzierten Dolch trugen. Ein Erbstück?

»Was kann ich für Ihn tun?« Der Mann musterte ihn mit einer Mischung aus Verachtung und Mitleid, die bei reichen Menschen so oft zu sehen war, wenn sie auf vom Schicksal weniger Begünstigte trafen.

»Ich suche Arbeit.« Icherios verbeugte sich unbeholfen –

dazu musste er sich nichtmal anstrengen. »Herr«, fügte er nach einer kurzen Pause hinzu.

»Da kommt Er zu spät.«

Dem jungen Gelehrten fiel es schwer, nicht nachzufragen, doch er durfte seine Tarnung nicht mit auffälligen Fragen riskieren.

»Aber Er kennt sicherlich einige Etablissements, in denen man aufgeschlossenen jungen Damen begegnen kann?«

»Häh?«, stellte sich Icherios dumm.

»Huren, ich suche ein Freudenhaus«, fuhr ihn der Mann an.

»Ah«, Icherios überlegte verzweifelt. Die anderen Studenten hatten immer wieder flüsternd von einer derartigen Einrichtung berichtet, aber ihm wollte der Name jetzt nicht einfallen. »*Fräulein Maleines Haus der edlen Freuden* in der Kanalstraße«, stieß er erleichtert aus, als er plötzlich einen Geistesblitz hatte.

Der Mann drückte ihm einen Kreuzer in die Hand. »Er kann einen Brief für mich zur Stadtverwaltung bringen.« Der Mann, der es nicht für nötig befunden hatte, sich vorzustellen, zog nun einen versiegelten Umschlag aus seinem edlen Wams. »Ich gebe Ihm vier Heller und dasselbe erhält er vom Empfänger, Nikolaus Saldach. Versteht Er, was ich sage?«

Icherios nickte. Er war enttäuscht, hatte er doch auf eine Gelegenheit gehofft, sich mit einem geschwätzigen Diener zu unterhalten. Der Mann holte die Münzen aus seinem Geldbeutel und drückte sie dem jungen Gelehrten zusammen mit dem Brief in die Hand, wobei er darauf achtete, ihn nicht zu berühren. »Er kann jetzt gehen.«

Die Aufforderung war unmissverständlich, sodass Icherios unter den wachsamen Augen des Dieners das Haus verließ. Nachdem er in der Menge untergetaucht war, blieb er stehen und begutachtete den Umschlag, ohne etwas Auffälliges daran erkennen zu können. Seufzend ging er weiter – er musste den Brief abgeben, wenn er nicht im Gedächtnis des Mannes haften bleiben wollte. Zumindest wusste er nun, dass er es mit einem überaus wohlhabenden Toten zu tun hatte. Bei der Stadtverwaltung, einem monströsen Fachwerkhaus, wurde er von einem gelangweilten Wächter angehalten. »Wohin des Wegs, Geselle?«

»Muss einen Brief abgeben«, nuschelte Icherios.

Der Mann stützte sich auf seine Hellebarde. »Ich darf keine Boten hineinlassen. Gib ihn mir.«

»Aber mir wurden vier Heller versprochen!«, protestierte Icherios in der Hoffnung, aufrichtig empört zu wirken.

»Von wem?«

Das war eine gute Frage. Er holte den Brief hervor und hielt der Wache das Siegel unter die Nase. »Von irgendeinem reichen Stiesel beim Gluwark.«

»Das sieht echt aus.« Der Mann kratzte sich am Kinn. »Saldach wird erfreut sein.« Er kramte in seiner Hosentasche und brachte eine Handvoll Münzen zum Vorschein.

Icherios zögerte, dann wagte er es nachzuhaken. »Warum das?«

Er hatte Glück, die Wache schien nur zu gerne mit ihren Kenntnissen über die höheren Schichten prahlen zu wollen. »Man munkelt, der olle Gluwark sei durchgedreht. Jedenfalls ist er verreckt«, erklärte er mit gesenkter Stimme.

»Die Reichen ticken doch alle nicht richtig.«

»Das war anders. Er weigerte sich, bei Tageslicht vor die Tür zu treten oder jemanden in seine Nähe zu lassen. Alles musste nachts erledigt werden. Das ging so über mehrere Wochen, bis man ihn in der Gosse fand.«

Das überraschte den jungen Gelehrten. Er erinnerte sich an seine Begegnung mit dem Schattenwesen und die Ängste, die er seither in der Dunkelheit empfand. Warum sollte jemand, der dieser Kreatur begegnet war, die Nacht dem Tag vorziehen? War der Tote etwas, doch kein Opfer des Schattenmonsters?

»Jedenfalls ist sein einziger Sohn aus Mannheim zurückgekehrt, um sich das Erbe unter den Nagel zu reißen, und Nikolaus Saldach möchte das Haus kaufen.«

»Scheint nicht so, als würde sein Tod bedauert werden.«

Der Mann grinste und entblößte eine klaffende Zahnlücke im Oberkiefer. »Man sagt, dem Sohn käme das Erbe sehr gelegen. Ihn zog es schon immer an den kurfürstlichen Hof in Mannheim, und nun kann er sich dort einkaufen.«

Das überraschte Icherios nicht. Seit Heidelberg den Status einer Residenzstadt verloren hatte, zog es vor allem junge Männer nach Mannheim, um als Beamte im Dienste des Fürsten oder gar Kaisers ihr Glück zu versuchen.

Die Wache drückte dem jungen Gelehrten vier Heller in die Hand, nahm ihm den Brief ab und schob ihn auf die Straße. »Genug geredet, verschwinde jetzt, oder ich bekomme noch Ärger.«

Icherios machte sich grübelnd auf den Weg zu Frytz Grenalts Anwesen, das am Stadtrand in der Nähe des Neckars lag. Gedankenverloren stapfte er durch den braunen, stinkenden Schneematsch, vorbei an Bettlern, Straßenhändlern und mageren Straßenkötern. Der Sohn hatte ein Motiv, doch bei der Erinnerung an den verweichlichten Mann zweifelte er an dessen Fähigkeit, einen Mord begehen zu können. Falls es sich überhaupt um Mord handelte. Bisher wusste er lediglich, dass es zwei schattenlose Leichen gab.

Das Anwesen von Frytz Grenalt bestand aus einem großen Fachwerkhaus mit frisch gestrichenen Balken und zahlreichen bogenförmigen Fenstern, die im weißen Schnee erstrahlten. Trotz des offensichtlichen Reichtums der Bewohner – ein marmorner Springbrunnen mit einem Engel als Wasserspeier zierte die Auffahrt, die Platz für ein halbes Dutzend Kutschen bot –, schloss sich an das Gebäude ein kleiner Küchengarten und Weiden für Vieh an. Etwas abseits des Hauses, direkt an den Waldrand gebaut, stand ein windschiefer, aber geräumiger Schuppen, aus dessen Innerem Dampf in den klaren Winterhimmel stieg. Icherios beschloss, dieses Mal zuerst nach einem einfachen Angestellten zu suchen, um nicht wieder Gefahr zu laufen, von einem hochnäsigen Diener abgewimmelt zu werden. Im Stall, in dem vier gut gepflegte Kaltblüter und mehrere prächtige Reit- und Kutschpferde an ihrem Heu kauten, wurde er fündig. Ein weißhaariger, gebeugter, alter Mann, der auf einem klapprigen Hocker saß, putzte am Ende der Stallgasse mit viel Sorgfalt einen Sattel aus dunkelrotem Leder.

»Ich will nicht stören«, wagte Icherios einen vorsichtigen Vorstoß, doch der Greis reagierte nicht. »Herr?« Der junge Gelehrte ging auf den Mann zu und wartete, bevor er es erneut versuchte, bis er direkt vor ihm stand.

»Wenn du mich nicht behelligen willst, warum belästigst du den alten Kunert dann?«

Icherios trat verwirrt einen Schritt zurück. »Weil ich Hilfe benötige?«

Der Alte hustete und spuckte einen schleimigen Klumpen vor seine Füße. Zum ersten Mal sah er den jungen Gelehrten an und wurde blass. »Der Schatten, ich spüre ihn.« Icherios wollte zurückweichen, doch der Mann packte ihn am Arm. »Hüte dich vor der Dunkelheit.« Er starrte ihn aus blutunterlaufenen Augen an, die von einem milchigen Film überzogen waren, und sank dann auf seinen Hocker zurück, um mit seiner Arbeit fortzufahren, als wäre nichts geschehen.

Das Herz raste in Icherios' Brust. Er suchte mit den Augen jeden Winkel des Stalls ab, ohne etwas Bedrohliches zu bemerken, bevor er sich erneut dem Alten zuwandte.

»Was für ein Schatten?« Vergeblich versuchte er, ein Zittern in seiner Stimme zu unterdrücken.

»Von was redest du?« Der Mann sah ihn verständnislos an.

Der junge Gelehrte beschloss, es auf anderem Weg zu versuchen. »Ich suche Arbeit.«

»Schlechte Zeiten.« Kunert schniefte und zog unter lautem Gepolter einen weiteren Hocker heran. »So setz dich doch hin.«

Icherios blickte zweifelnd auf das dreibeinige Gestell. Nie im Leben würde es ihn tragen, aber er wollte nicht unhöflich sein. Langsam ließ er sich nieder, wobei er sich bemühte, den größten Teil seines Gewichts mit den Beinen abzufangen.

»Der Herr ist gestorben. Die Erben streiten sich, und niemand weiß, wie es weitergehen soll.«

Es tat dem jungen Gelehrten weh, die Trauer in der Stimme des Alten zu hören. »Was ist geschehen?«, fragte er leise.

»Sturer Bock, voller Stolz auf seine Ahnen, bis er das Tageslicht fürchtete. Traute sich nur noch spät nachts aus dem Haus. Und als Nächstes fand man ihn tot unter der großen Eiche in der Nähe der alten Brücke. Was wollte er dort bei dem Pack?« Kunert wackelte mit dem Kopf.

Das konnte kein Zufall sein! Icherios hielt aufgeregt die Luft an. Beide scheuten den Tag, beide wurden an seltsamen Orten gefunden.

»Dann wird es hier bald keinen Hof mehr geben?«

»Wer weiß.« Der Alte schnalzte mit der Zunge. »Der Junge will verkaufen, der Große nicht. Wird hoffentlich nicht entschieden, bevor Kunert die Radieschen von unten zählt. Arbeit findest du hier jedenfalls nicht.«

Icherios hoffte, dass der Greis auf dem Hof bleiben durfte und nicht einsam in einem Straßengraben sterben musste.

»Trotzdem danke«, murmelte er, doch der Alte war bereits wieder in das Putzen des Sattels versunken und bemerkte nicht, wie der junge Gelehrte den Stall verließ.

Icherios wusste nicht, was er von seinen neuen Erkenntnissen halten sollte. Brachte jemand unbemerkt die Oberhäupter alteingesessener Familien um, nur um deren Grundstücke an sich reißen zu können? Doch bevor er sich weiter um diese Angelegenheit kümmern konnte, wollte er zuerst den Puppenmacher in der Nähe der Heiliggeistkirche besuchen.

Es war bereits Nachmittag, die Schatten wurden länger, als er auf Mantikors Rücken aus dem Magistratum ritt. Er hatte sich umgezogen, da einem Tagelöhner niemand glauben würde, dass er willig und fähig war, ein kleines Vermögen für eine Puppe zu bezahlen. Die dünne Eisschicht, die das Pflaster nun bedeckte, glitzerte in der sinkenden Sonne, als er in die Straße des Puppenmachers einritt. Über dem Geschäft, das die untere Etage eines gepflegten Hauses aus gelbem Sandstein einnahm, hing ein schlichtes Holzschild. *Gerwins feyne Puppen* war darauf in geschwungenen Lettern zu lesen.

Icherios betrat den Laden mit gemischten Gefühlen. Die Furcht vor dem Puppenmonster zerrte an seiner Seele.

Im Inneren befanden sich zahlreiche Regale mit Stoffen, Stapel von Schnittmustern, Garnrollen in allen erdenklichen Farben und allerlei andere Dinge, die der Händler zur Ausübung seines Handwerks benötigte. Auf den Tischen warteten in einem bunten Reigen die verschiedensten Puppen mit bezaubernden, roten Kussmündern und weiten Kleidern auf mögliche Käufer. Icherios blickte in die kalten, toten Augen der Puppen; ein Schauer lief ihm den Rücken hinunter, fast spürte er wieder die Nadeln, die sich in seinen Körper bohrten.

Der Puppenmacher war ein untersetzter Mann mit einem dicken Bauch, einem langen Bart und einer Halbglatze. Sein Gesicht strahlte genug Gutmütigkeit aus, um seine Kunden zum Kauf verführen zu können, während in seinen Augen ausreichend Geschäftssinn stand, um einen guten Handel zu betreiben.

»Mein Name ist Sifridt Gerwin. Wie kann ich Ihnen helfen?«, fragte er zuvorkommend.

Sie könnten mir sagen, ob Sie ein bösartiges Monster erschaffen haben, das meinen besten Freund ermordet hat. »Ich suche eine Puppe für ein achtjähriges Mädchen.«

Die Ankündigung eines vielversprechenden Geschäfts ließ die Augen des Händlers erstrahlen. Als Verkäufer von Luxusgütern hatte er unter der Hungersnot besonders zu leiden. Brot brauchten die Menschen immer, auf Spielzeug und Dekoration hingegen konnten sie verzichten.

»Wie Sie sehen, warten einige Schönheiten bereits auf ein neues Zuhause. Ich bin mir sicher, da wird eine passende für die Kleine dabei sein. Des Weiteren biete ich auch Maßanfertigungen an.«

Icherios verkrampfte sich. Der Händler sprach von den Puppen, als seien es lebendige Wesen, dennoch zwang er sich zu einer anerkennenden Verbeugung seines Kopfes. »Sie haben großes Talent. Könnten Sie mich herumführen und die Entstehung der Puppen erläutern? Katharina würde sich freuen, wenn ich in der Lage wäre, ihr davon zu berichten.«

Der Händler zögerte kurz, dann nickte er und führte Icherios in einen Nebenraum, in dem er die Gesichter modellierte und Gipsformen von ihnen anfertigte, um sie sodann mit Porzellanmasse auszugießen, zu brennen und zum Schluss mit viel Sorgfalt zu bemalen. In einem anderen Raum stellte er die weichen Puppenkörper her, nähte kleine Schuhe, Hüte und Kleider. An einer Wand hingen Büschel von Menschenhaaren, die armen Frauen und Männern für einige Münzen abgekauft wurden, um zu Puppenhaaren verarbeitet zu werden. Obwohl er in jede Ecke spähte, fand Icherios bei dem Rundgang nichts Auffälliges. Oft sind die scheinbar Harmlosen die Schlimmsten, ermahnte er sich. Aber als er in Sifridts rundes Gesicht blickte, fiel es ihm schwer, in ihm einen Mörder zu sehen.

»Haben Sie sich entschieden?«

Der junge Gelehrte nickte und zeigte auf eine Puppe in einem marineblauen Kleidchen mit weißen Rüschen. Er wollte den Puppenmacher nicht vor den Kopf stoßen und dadurch unnötige Aufmerksamkeit auf sich ziehen. Der Händler lächelte glücklich. »Das wären fünf Gulden.«

Icherios zuckte zusammen. Vor wenigen Wochen hätte er von diesem Betrag noch monatelang leben müssen, daher kostete es ihn nun etwas Überwindung, die Münzen in Sifridts Hände zu legen.

Mit der sorgfältig verpackten Puppe in den Armen kletterte er auf Mantikors Rücken. Er konnte den warmen Atem des Tieres vor sich aufsteigen sehen, denn es wurde immer kälter.

Icherios' nächstes Ziel war Kroyan Nispeths Puppenladen. Die Sonne verschwand inzwischen langsam hinter den Dächern Heidelbergs und hinterließ einen qualmenden, stinkenden Moloch, der seine Schattenhände nach dem jungen

Gelehrten auszustrecken schien. Ihn beschlich ein ungutes Gefühl, als er in die Straße einritt. Was sollte er machen, wenn er dort tatsächlich dem Mörder gegenüberstand? Gespenstische Stille lag über der Gasse, weder Hunde, Ratten, Vögel noch Menschen waren zu sehen.

Icherios ritt, bis er direkt vor dem Hauseingang stand. Die Tür war verschlossen. Ebenso die Läden, durch die kein Licht nach außen drang. Der junge Gelehrte stieg ab und rüttelte an der Tür. War der Puppenmacher vielleicht schon weggezogen? Leise schlich er um das schiefe Steinhaus herum, versuchte in die Fenster hineinzuspähen, aus denen ihm jedoch nur Schwärze entgegenschlug. Eine Bewegung in den Schatten ließ ihn zurückzucken. Das Gefühl, beobachtet zu werden, kehrte zurück. Er stolperte, als er zu seinem Pferd zurückeilte, und schlug mit dem Gesicht hart auf den gefrorenen Schnee. Hastig rappelte er sich auf, wagte aber nicht, sich umzublicken. Endlich erreichte er Mantikor, den er trotz des glatten Untergrunds zum Trab antrieb, noch bevor er sicher im Sattel saß. Erst als er sich dem Stadtzentrum näherte, Kutschen an ihm vorbeifuhren und das Gemurmel vorbeieilender Passanten ihn einholte, zügelte er sein Pferd im Lichtkranz einer Laterne. Die Erschöpfung übermannte ihn beinahe. Seit Nächten hatte er kaum geschlafen, das ständige Gefühl beobachtet zu werden zehrte an seinen Kräften, und die gespenstischen Geschehnisse in Heidelberg erweckten tiefe Beklemmung in ihm. Mutlos legte er den Kopf auf den warmen Pferdehals, lauschte dem Schlagen des kräftigen Herzens. Nicht aufgeben, redete er sich zu. Weitermachen. Jeder einzelne Knochen in seinem Leib schmerzte, als er sich wieder aufrichtete und mit Mantikor zu der alten Eiche ritt, bei der die Leiche Frytz Grenalts gefunden worden war. Die Stadt war hier eine andere. Gewalt und Hass beherrschten hier die Straßen. Zwielichtige Gesellen, Huren und Diebe sammelten sich in den verlassenen Gassen. Selbst die Nachtwächter trauten sich nur in Gruppen in diesen Teil Heidelbergs. Was hatte ein wohlhabender Mann in einer solchen Gegend gesucht?

Die alte Eiche streckte ihre kahlen Zweige dürren, gierigen Fingern gleich über zwei verfallene Steinhäuser. Hier hatte man die Leiche gefunden. Icherios sprang von Mantikors Rücken und suchte die Umgebung ab, wobei er ständig auf ein verräterisches Geräusch oder eine Bewegung in den Schatten achtete. An einer Hausecke hinter einem Haufen Unrat sah er etwas glitzern. Er näherte sich und erkannte dasselbe Symbol, das er zuvor am anderen Leichenfundort entdeckt hatte: eine perfekte Doppelspirale. Aus unzähligen, kleinen Steinchen gelegt, musste jemand Stunden damit verbracht haben, sie so hinzulegen. Warum?

Zumindest stand nun für den jungen Gelehrten fest, dass es sich um eine Serie von Morden handelte. Doch dadurch wurden die offenen Fragen nicht weniger. War es etwa dieses Schattenwesen, das die Menschen getötet hatte, oder nur ein besonders bestialischer Mensch, der mordend durch die Straßen Heidelbergs zog? Oder aber steckte viel mehr dahinter?

In seine Überlegungen vertieft ritt er zurück ins Magistratum und vergaß dabei, dass er eigentlich noch Carissima besuchen wollte. Während er Mantikor absattelte und striegelte, beschloss er, in der Bibliothek des Magistratum nach Antworten zu suchen. Selbst wenn er damit ungewünschte Aufmerksamkeit auf sich zog, musste er mehr über das Schattenwesen erfahren.

Nachdem er Maleficium aus seinem Käfig geholt und in der Küche hastig ein gezuckertes Hefeteilchen verschlungen hatte, kletterte er über die schwankende Leiter in die Bibliothek hinunter. Ehrfurchtsvoll strich er über die dicken Lederbände mit den goldenen Schriftzügen auf ihrem Rücken und zog mehrere der alten Wälzer heraus, die sich mit übernatürlichen Wesen und Symbolen beschäftigten. Dann setzte er sich mit ihnen an einen Tisch. Das meiste, was er dort las, war natürlich purer Unsinn. Vampire konnten nicht fliegen, und es gab keine Einhörner, aber wenn man zwischen den Zeilen las, fanden sich interessante Informationen. Nur leider keine, die ihm weiterhalfen. Ähnlich erging es ihm in Bezug auf die Doppelspirale. Zeichen für Tag und Nacht, Tod und Leben, Fruchtbarkeitssymbol – doch was half ihm dieses Wissen?

Irgendwann übermannte den jungen Gelehrten die Müdigkeit, und er schlief mit der Ratte auf seiner Schulter über den Büchern ein.

26

Die Beerdigung

10. Novembris, Heidelberg

Der Friedhof, auf dem Wylhelms Begräbnis stattfinden sollte, lag im Schatten des Heidelberger Schlosses, etwas abseits der Stadt im Wald. Zahlreiche Bäume standen zwischen alten Familiengruften, verwitterten Engelstatuen und Grabsteinen. Zwischen den kahlen Ästen kauerten die Überreste von Vogelnestern, während die hohen Tannen einen Teppich aus spitzen Zapfen über den Boden gelegt hatten.

Neben Silas stand der Totengräber, ein untersetzter Mann mit tief in die Augen gezogener Mütze und hohen Stiefeln. Der Sarg, ein protziges Ungetüm aus Gold und Ebenholz, lag bereits im geöffneten Grab, einzig Gismara fehlte noch, um die Bestattung durchführen zu können. Der Hexenjäger trat unruhig von einem Fuß auf den anderen. Er schielte zu einer schlanken Fichte auf der gegenüberliegenden Seite des Friedhofs hinüber, unter der Zacharas' letzte Ruhestätte lag. Seit der Beerdigung hatte er nicht gewagt, sie zu besuchen. Es war einfach zu gefährlich, dort gesehen zu werden, und könnte zu viel Aufmerksamkeit erregen. Schlimm genug, dass diese Hexe behaupten konnte, er habe gegen das Zölibat verstoßen. Es war eine Ironie des Schicksals, dass ausgerechnet er zum Hexenjäger wurde, der nicht in der Lage war, auch nur einem Rock zu widerstehen. Er beabsichtigte, Gismara nach der Bestattung heimlich zu folgen. Die letzten Tage hatte er sich immer wieder unauffällig nach seinem Bruder erkundigt, und je mehr er erfuhr, desto stärker wurde die Gewissheit, dass nur diese angebliche Hexe, mit der er befreundet gewesen war, ihn getötet haben konnte. Was ihn aber verwirrte, war, warum Zacharas sich überhaupt mit einem derartigen Weib abgegeben hatte. War es der missglückte Versuch, eine weitere Seele retten zu wollen? Oder war er von ihr und ihrem Zirkel bedroht worden? Der Hexenjäger ballte die Fäuste. So oder so, er würde den Mörder büßen lassen.

Der Totengräber stapfte ungeduldig um das Grab herum. Wo blieb nur dieses verdammte Weib? Ein Windstoß trug den Duft von Gismaras Parfum zu ihm herüber, noch bevor er ihre Schritte hörte. Er drehte sich um und sah sie den Hügel heraufkommen. Ihr schwarzes Kleid ließ ihre Figur noch magerer erscheinen, ihr blasses Gesicht zeigte Trauer. Sie war ihm ein Rätsel. Nicht so wie die meisten geborenen Hexen schien sie den Menschen gegenüber freundlich gesonnen zu sein. Trotz seiner zwiespältigen Gefühle regte sich seine Männlichkeit bei ihrem Anblick, sodass er dankbar war, dass sein Gewand, seine Dalmatik, so weit war. Die Erinnerung an ihre leidenschaftliche, gemeinsame Nacht war zu lebendig. Ihre Körper hatten sich wunderbar ergänzt, und er konnte noch immer ihre seidigen Haare zwischen seinen Fingern spüren. Es frustrierte ihn, dass sie so viel Macht über seinen Leib besaß. Zu schade, dass er sie früher oder später würde töten müssen. Ein Stich durchfuhr ihn, als er sich ihr Gesicht mit leblosen Augen vorstellte. Dann unterdrückte er einen leisen Seufzer. Er wurde zu weich für dieses Geschäft.

Gismaras Begrüßung war förmlich, nur dem Totengräber schenkte sie ein kleines Lächeln, bevor sie Silas kühl anstarrte.

»Fangt an.«

Wie konnte sie es wagen, ihn herumzukommandieren? Silas kämpfte um seine Selbstbeherrschung. Es wäre der Sache nicht dienlich, wenn er am Grab eines Toten einen Streit anfing. Mühsam quälte er sich durch das Bestattungsritual, welches zu lernen ihn die gesamte Nacht gekostet hatte. Bei jedem Versprecher spürte er Gismaras prüfenden Blick auf sich, sodass er beinah einen erleichterten Seufzer ausstieß, als er am Ende der Zeremonie eine Handvoll Erde auf den Sarg streute.

Nun war die Hexe an der Reihe.

»Sinthgut, Nachtwanderin, ich flehe dich an, stehe deiner Tochter bei.«

Wer zur Hölle war Sinthgut? Bisher hatte er sich nicht weiter um den Glauben der Hexen gekümmert – um sie zu töten, musste er nur ihre Schwächen kennen –, trotzdem fühlte er Neugierde in sich aufkeimen. *Kenne deinen Feind besser als dich selbst.*

Den Rest der Zeremonie verbrachte der Hexenjäger damit, Gismaras anmutige Bewegungen und ihren schlanken Körper zu bewundern. Der Totengräber, der für sein Schweigen eine hübsche Summe kassiert hatte, stand furchtsam am anderen Ende des Friedhofs. Nachdem die Hexe eine rubinrote Rose auf den Sarg gelegt hatte, gab Silas dem Totengräber ein Zeichen, das Grab zu schließen.

»Sollte ich Euch noch einmal im *Mäuseschwanz* sehen, ist unsere Abmachung hinfällig.«

Eiskaltes Biest. Es frustrierte den Hexenjäger, dass sie offensichtlich kein Verlangen nach ihm spürte.

»Ich verstehe.«

Sie blickte ihn erwartungsvoll an, aber auf seine Zustimmung würde sie bis in alle Ewigkeit warten können. Sein Schweigen beunruhigte sie offensichtlich, bis sie ihn schließlich wütend anfunkelte und sich verabschiedete. Silas widerstand der Versuchung, ihr hinterherzublicken, sondern konzentrierte sich darauf, dem Totengräber bei der Arbeit zuzuschauen. Nachdem das Grab geschlossen war, gab er dem Mann einen kurzen Segen und ging mit gesenktem Kopf, die Umgebung aus den Augenwinkeln im Blick haltend, über den Friedhof zu Zacharas' Ruhestätte. Verborgen durch eine Reihe Büsche lag sie im Schatten einer Fichte. Er schritt gerade an einem hohen Grabmal vorbei, als er ein leises Schluchzen hörte. Vorsichtig spähte er dahinter, um sogleich erschreckt einzuatmen. Gismara stand am Grab seines Bruders! Das durfte nicht sein! War sie die Hexe, die er suchte? Hatte er womöglich mit Zacharas' Mörderin geschlafen? Er widerstand seinem ersten Impuls, sich auf sie zu stürzen und zur Rede zu stellen. Sie war zu mächtig, also zog er sich in den Schatten eines Rhododendrons zurück und beobachtete vor Anspannung zitternd die Szene. In ihrer Hand hielt sie eine blaue Rose. Zacharas' Lieblingsblume. Der Drang, zu ihr hinüberzuspringen und ihr den Hals umzudrehen, verstärkte sich. Aber er musste bedachter vorgehen. Schließlich zog er sich langsam zurück. Nicht weit von hier hatte er eine alte Gruft gesehen, deren Eichentür mit einer rostigen Eisenkette verschlossen war. Obwohl ihn die Gewandung eines Diakons behinderte, schlich Silas zu der Gruft und öffnete mithilfe eines als Kreuz getarnten Dietrichs, den ihm Oswald besorgt hatte, das Schloss an der Kette. Während er arbeitete, bemühte er sich, seine verwirrten Gefühle unter Kontrolle zu bringen. Trotz der albernen Robe musste er jetzt zum abgebrühten Hexenjäger werden, wenn er sich mit einer solch mächtigen Incantatrix anlegen wollte.

Kurze Zeit später pirschte er sich an die Hexe heran. Mit geschlossenen Augen kniete sie vor Zacharas Grab. Hatte sie etwa ein schlechtes Gewissen? Wie auch immer, so war es einfacher für ihn. Er versteckte sich hinter einem Grabstein und wartete auf einen günstigen Moment. Dann sprang er vor und schlang ihr in einer flüssigen Bewegung die Eisenkette um den Hals, zog sie aber nicht an, sodass sie die empfindliche Haut nicht berührte, sondern auf ihrem Kleid lag. Bevor sie einen Schrei ausstoßen konnte, legte er seine andere Hand auf ihren Mund. »Wehrt Euch, und das Eisen brennt sich durch Euren hübschen Hals.«

Sie blieb bewundernswert ruhig, nur ein leichtes Zittern zeugte von der Angst, die sie verspürte. Silas zog sie mit sich zu der Gruft. Eine Treppe führte in einen unterirdischen Raum, in dem sich mehrere Särge befanden. Eine Incantatrix konnte er hier zwar nicht lange unbeaufsichtigt lassen, aber für seine Zwecke würde es reichen.

Kaum waren sie in das Gewölbe getreten, schlug er ihr hart mit der Faust gegen die Schläfe. Sie brach sofort zusammen. Wie leicht sie war, dachte er, als er sie auffing und an einer nicht so verdreckten Stelle auf den Boden legte. Er überprüfte ihren Puls. Sie lebte noch, würde aber lange genug ohnmächtig bleiben, dass er seine Werkzeuge holen konnte. Eisennadeln, -klammern und -ketten waren hervorragend geeignet, um aus widerspenstigen Hexen Informationen herauszuholen oder um ihnen ein qualvolles Ende zu bereiten. Er glaubte nicht, dass Gismara alleine gehandelt hatte, falls sie die Mörderin war. Dafür wirkte sie nicht korrupt genug. Er schwor sich, noch diese Nacht herausfinden, wer seinen Bruder getötet hatte und warum.

27

Maskenball

10. Novembris, Heidelberg

Carissima stieg aus der Kutsche, die sie zum Anwesen des Grafen von Ziesling gebracht hatte. Warmer Atem stieg aus den Nüstern der rassigen Schimmel, deren Fell im blassen Mondlicht wie die Haut von Geistern schimmerte. Die Vampirin fühlte sich sicher, wusste sie doch um die Anwesenheit der Worge, die ihr heimlich in den Schatten folgten. Sorgfältig glättete sie ihr Kleid aus dunkelblauer Seide, das mit in Streifen angeordneten goldenen Blumen bestickt war und sich üppig über ihrem Reifrock bauschte. Sie hatte es ausgewählt, weil seine Farbe das tiefe Blau ihrer Augen zur Geltung brachte. Um den Hals trug sie ein goldenes Band, an dem eine große, weiße Perle baumelte, die zu den in ihre hochgesteckten Haare eingeflochtenen Perlenschnüren passte. Sie war schön, und sie war sich dessen bewusst. Am heutigen Abend würde sie die Königin des Balls sein. Zu lange hatte sie auf Icherios gewartet. Zu lange hatte sie gehofft, er würde das Geschenk der Unsterblichkeit annehmen. Seine ständigen Zurückweisungen und der Ekel, den er ihr gegenüber empfand und trotz seiner Bemühungen nicht zu überspielen vermochte, verletzten sie. Sie, eine Vampirin, zurückgestoßen von einem Menschen! Es war an der Zeit, zu ihrem wahren Ich zurückzukehren und das Leben zu genießen. Trotzig reckte sie das Kinn vor. Sie war schließlich noch immer sehr begehrenswert.

Ein Ziehen in ihrem Magen erinnerte sie daran, dass sie lange nichts mehr getrunken hatte. Zu sehr hatte sie sich von den Problemen des Jünglings ablenken lassen. Sie seufzte leise, während sie auf die goldverzierte Eingangstür zuschritt. Für einen Vampir war das Leben in einer Stadt schwieriger als in Dornfelde, wo ihr Bruder, der Fürst von Sohon, stets einen Vorrat an Menschen in den Verliesen hielt, damit sie jederzeit ihren Hunger stillen konnten. Sie schenkte dem Diener, der ihr die Tür öffnete und dabei in eine tiefe Verbeugung sank, ein atemberaubendes Lächeln und registrierte zufrieden, wie er beinah zu atmen vergaß. Dafür gab es hier mehr Abwechslung und reichlich Gelegenheit sich zu vergnügen.

Das Anwesen des Grafen von Ziesling, einem Günstling des Kurfürsten, befand sich etwas außerhalb der Stadt auf einem riesigen, parkähnlichen Gelände. Das Gebäude sollte mit seinen weißen Säulen und Treppen an die römische Architektur erinnern. Das Thema setzte sich auch in dessen Innerem fort. Statuen von Göttern in Tuniken, römische Vasen und eine weitläufige Treppe prägten das Bild.

Carissima hörte bereits den Klang von Musik und das Summen von Stimmen, als sie dem Diener die Einladung überreichte. Der süße Duft seines Blutes stieg ihr in die Nase, doch sie war auf edlere Beute aus.

Mit einer weiteren Verbeugung forderte er sie auf, ihm zu folgen und führte sie durch einen Gang, dessen weißer Marmorboden im Schein zahlreicher Kerzen schimmerte. Sie war ganz bewusst erst zu später Stunde erschienen, um die Aufmerksamkeit aller Anwesenden zu haben, wenn sie den Raum betrat. Natürlich freute sie sich auch, dass Magarete von Hohenbach, eine blonde Giftspritze und umschwärmte Schönheit, nicht in Heidelberg weilte, sondern dem Kurfürsten in Mannheim schöne Augen machte. So war ihr allein die Bewunderung aller sicher. Obwohl sie natürlich nicht abgeneigt gewesen wäre, ihre Zähne in die Kehle ihrer unliebsamen Konkurrentin zu schlagen, wäre sie anwesend gewesen. Das Blut von Feinden schmeckte noch immer am süßesten. Bei dem Gedanken daran lief ihr das Wasser im Mund zusammen. Sie brauchte dringend ein mehr oder weniger williges Opfer.

Der Diener bedeutete ihr, vor der zweiflügeligen Tür zu warten, während er in den Ballsaal schlüpfte. Carissima vergewisserte sich noch einmal, dass ihr Kleid saß und jede ihrer prachtvollen, schwarzen Locken am richtigen Platz ihr Gesicht umspielte. Sie biss sich kräftig auf die Lippen und kniff sich in die Wangen, um ihnen eine leichte Röte zu verleihen.

Endlich öffnete sich die Tür, und sie wurde mit volltönender Stimme angekündigt. Voller Genugtuung sah sie, wie sich alle Augen auf sie richteten. Sie knickste anmutig und begrüßte den Grafen von Ziesling, einen ältlichen Mann mit rundem Bauch und überdimensionaler Perücke, die sein schwindendes Haar kaschieren sollte. Verführerisch zwinkerte sie ihm zu. Der Fürst hielt ihre Hand einen Moment zu lange, nachdem er darüber einen Kuss in die Luft gehaucht hatte. Seine Gemahlin, eine Frau mittleren Alters mit auffälligen Haarteilen und einer spitzen Nase, musterte sie argwöhnisch. Carissima lächelte ihr verschlagen zu. Sie genoss diesen Abend schon jetzt. Zu schade, dass es zu viel Aufmerksamkeit auf sich ziehen würde, den Gastgeber zu töten.

Nach einem letzten verführerischen Blick, der dem Fürsten die Röte ins Gesicht trieb, ging sie zum Büfett hinüber. Beim Anblick der üppigen Speisen verzog sie angewidert den Mund. In Dornfelde, ihrer Heimat, regierten Vampire und Werwölfe über die Menschen, die in deren Obhut keinen Hunger leiden mussten. Derartige Verschwendung in einem Land zu sehen, in dem täglich Männer, Frauen und Kinder verhungerten, erzürnte sie. Da wagten es diese Wesen, ausgerechnet sie als Monster zu bezeichnen! Sie stand wenigstens zu dem, was sie war: ein Raubtier, ständig auf der Jagd. Carissima zwang ein Lächeln auf ihre Lippen. Sie war schließlich hier, um sich zu amüsieren.

»Möchten Sie ein Glas Wein?«

Sie drehte sich zu dem Besitzer der samtigen, volltönenden Stimme um. Bei seinem Anblick stockte ihr der Atem. Seidiges, langes Haar von tiefstem Schwarz umrahmte ein schmales, aristokratisches Gesicht, dessen Perfektion einzig durch den zu weichen Schwung seiner Lippen abgeschwächt wurde. In den rauchgrauen Augen, die bis in ihr Innerstes zu blicken schienen, lag eine Härte, die sie erregte. Er war groß, schlank und kräftig. Eine echte Herausforderung und somit das perfekte Opfer für diese Nacht. Sie lächelte gewinnend.

»Einen Roten bitte.«

»Tinuvet Avrax, zu Ihren Diensten.« Der Mann verbeugte sich gekonnt.

Kein Adelstitel. Entweder war er zu bescheiden, oder er hatte jemanden bestochen, um hier zu sein.

»Carissima, Fürstin von Sohon.«

Avrax ergriff ihre Hand, drehte sie um und hauchte ihr einen Kuss in die Handfläche, der sie erschaudern ließ. Mit gespielter Verlegenheit zog sie sie zurück. Das Spiel hatte begonnen.

Der Mann ging zu den Karaffen hinüber und goss ihr einen rubinroten Wein ein. Lächelnd nahm Carissima den Kristallkelch entgegen und nippte daran. Auch wenn Vampire den Geschmack von Blut bevorzugten, waren sie ab und an einem guten Tropfen nicht abgeneigt.

Avrax trat dicht an sie heran und nahm ihr den Kelch aus der Hand. Sie roch sein herbes Duftwasser und spürte die Wärme seines Körpers. Ein Kribbeln durchfuhr sie, als er ihre Hand ergriff. Was war nur mit ihr los?

»Gnädigste, gewährt Ihr mir die Freude eines Tanzes?«

Die Vampirin knickste anmutig. Sie stellte sich vor, wie sein Blut in ihren Mund quoll, und die Vorfreude ließ sie erzittern. Eigentlich eine Schande, aber sie verdiente eine Köstlichkeit an diesem Abend.

Nachdem ein neuer Tanz angekündigt worden war, gesellten sie sich zu den anderen Paaren. Carissimas Augen leuchteten vor Freude. Sie liebte es zu tanzen, vor allem das Menuett, da es ein hohes Maß an körperlicher Kraft und Beherrschung verlangte, über die sie als Vampir im Überfluss verfügte. Sie spürte die bewundernden Blicke der Herren auf sich, als sie sich anmutig verbeugte und sich im Takt der Musik um ihren Partner drehte. Wann immer sich ihre Hände berührten, lächelte sie verschämt. Sie hatte schon früh gelernt, dass Männer es liebten, ihre Beute zu jagen, und das Gefühl der Überlegenheit schätzten. An dem Begehren, das sich in Avrax' Gesicht abmalte, war zu erkennen, dass ihre Strategie bei ihm von Erfolg gekennzeichnet war.

Ihre neue Bekanntschaft erwies sich als herausragender Tänzer, der ebenso leichtfüßig über das Parkett schwebte wie sie. Ihr Gespräch drehte sich um belanglose Dinge, und die Vampirin bemühte sich, den Eindruck einer leicht naiven, jungen Frau zu erwecken. Sie hörte das empörte Tuscheln der alten Weiber, als sie zum dritten Mal miteinander tanzten. Sie verstießen gegen die Sitte, die gebot, regelmäßig den Partner zu wechseln. Carissima blickte den Damen herausfordernd entgegen. Heute war ihr Bruder nicht da, um sie zu bremsen. Heute konnte sie sich benehmen, wie es ihrer Rasse entsprach, und musste sich nicht an die dummen Regeln der Menschen halten.

»Ihr seid ein kleines Biest«, flüsterte ihr Partner ihr ins Ohr, als sie sich bei der nächsten Tour de Main umkreisten.

Carissima riss in gespielter Unschuld die Augen auf. »Was meint Ihr?«

»Ihr wisst, dass wir gegen die Anstandsregeln verstoßen, und genießt es sichtlich.«

Sie wurden für einige Zeit getrennt, während sie sich im Wechsel mit den anderen Tänzern durch die Reihe schwangen. Carissima behielt Avrax genau im Auge. So leicht ließ er sich wohl doch nicht täuschen.

»Keine Sorge, Madame. Ich genieße Eure Anwesenheit genug, um mich nicht an den strengen Blicken der Damen zu stören.« Er lächelte sie gewinnend an, während er sie im Kreis drehte. Danach wurden sie erneut getrennt, und der Tanz endete. Als sie Aufstellung für eine Courante nahmen, trat Graf Ziesling an sie heran und verbeugte sich leicht, wobei seine Perücke vom Kopf zu rutschen drohte.

»Graf Davol, darf ich Ihnen diese Schönheit für einen Tanz entführen?«

Carissima blickte Avrax überrascht an. Warum hatte er sie in Bezug auf seinen Namen angelogen?

»Zwar mit höchstem Bedauern, aber wie könnte ich dem Gastgeber dieses wunderbaren Abends einen Wunsch abschlagen.« Elegant küsste er Carissimas Hand. »Lauft mir nicht davon, meine Schöne«, hauchte er ihr ins Ohr, bevor er sich abwandte.

Graf von Ziesling grinste sie unverschämt an, während er umständlich Aufstellung bezog. »Lasst Euch von Davol nicht täuschen«, flüsterte er ihr bei der ersten Drehung ins Ohr, wobei sie Tröpfchen seines Speichels spüren konnte. »Ich kann Euch weit mehr bieten als dieser Jungspund.« Seine Hand fuhr wie unbeabsichtigt über ihren Busen.

Carissima verspürte den Wunsch, ihm die Adern aufzuschlitzen. Warum musste er nur der Gastgeber sein? Mit einem bösartigen Lächeln packte sie seinen Schwanz, als die Tanzschritte sie dicht zueinander führten, wobei sie darauf achtete, dass ihr Rock ihr Handeln verbarg.

»Ihr seid sehr forsch, meine Liebe«, wisperte er.

Sie spürte seine körperliche Reaktion zwischen ihren Fingern. Dann drückte sie zu, und sein erregter Atem wandelte sich in ein unterdrücktes, schmerzhaftes Keuchen.

»Berührt mich noch einmal, und ich reiße Euch Euer erbärmliches Stück Männlichkeit ab.« Sie blickte ihm tief in die Augen und gewährte ihm für einen kurzen Moment Einblick in ihre Seele.

Ziesling erblasste. Rasch ließ Carissima ihn los, bevor sie Aufmerksamkeit erregten. Während des Tanzes spürte sie, wie sein erster Schrecken sich in Zorn wandelte. Auf seiner Gästeliste würde sie nicht noch einmal auftauchen, dachte sie amüsiert. Sie liebte die Zeit der Aufklärung. Heutzutage wagte kein gebildeter Mann mehr, *Hexe* oder *Vampir* zu rufen. Zu groß war die Gefahr, als abergläubiger Verrückter eingestuft zu werden, und umso einfacher war es für die Kreaturen der Nacht, sich in der Welt der Menschen einzurichten.

Nach dem Tanz suchte Carissima nach Tinuvet Avrax. So leicht wollte sie ihre Beute nicht entkommen lassen. Zudem schmerzte ihr Magen vor Verlangen nach Blut, und es fiel ihr zunehmend schwer, der Versuchung zu widerstehen, dem erstbesten Menschen die Zähne in den Hals zu schlagen. Während sie durch den Ballsaal schritt, bewunderte sie den gewaltigen Kronleuchter, der über den Tanzenden in der Luft zu schweben schien und dessen unzählige fein geschliffene Bleikristalle wie kleine Sonnen funkelten. Von der Rückseite des Saales führte eine breite, offen stehende Tür auf die Terrasse hinaus. Dort fand sie Avrax, wie er entspannt an der marmornen Brüstung lehnte und sich im Takt der Musik wiegte.

»Graf Davol?«

Er drehte sich lächelnd um. »Ertappt. Ihr fragt Euch vermutlich, warum ich mich unter anderem Namen vorgestellt habe?«

»Glaubt Ihr, dass ich mich so sehr für Euch interessiere?« Carissima trat neben ihn an die Brüstung und legte ihre Hände auf den Stein. Sie spürte die Kälte durch ihre Handschuhe hindurch.

»Immerhin habt Ihr mich gesucht.«

Die Vampirin errötete. Das war von allem am schwersten zu lernen gewesen: zum passenden Zeitpunkt zu erröten. »Ich benötige frische Luft. Vom Tanzen ist mir ganz schwindelig. Wärt Ihr so galant, mich in den Park zu begleiten?«

Avrax verbeugte sich voller Vorfreude. Sein schwarzes Haar schimmerte im Mondlicht, und seine rauchgrauen Augen raubten ihr den Atem. Elegant bot er ihr den Arm an. Wirklich zu schade, aber ihr Körper verlangte nach Blut.

»Ihr müsst frieren«, bemerkte er mit einem Blick auf ihre nackten Schultern.

»Die Kälte hält mich wach.« Sie musste in Zukunft vorsichtiger sein. »Nun erzählt mir, wieso Ihr mehr als einen Namen führt.« Unmerklich lenkte sie ihn auf einen Pavillon zu, der gut verborgen im Schutz einiger Eichen und Büsche stand.

»Ich bin Künstler und verfasse anspruchsvolle Poesie für feine Geister, die sich an meinem Adelstitel stören könnten.«

Der Eingang zum weiß gestrichenen Pavillon, den sie nun betraten, war von Weinranken umwachsen.

»Tragt mir von Eurer Lyrik vor.«

Avrax sprang auf eine kleine Bank und verbeugte sich theatralisch. »Euer Wunsch sei mir Befehl, Schöne.« Er überlegte einen Moment, dann begann er mit weicher Stimme, ein Gedicht zu rezitieren.

>»Wie unvergleichlich ist
Die Schöne, die recht küsst!
In ihren Küssen steckt
Was tausend Lust erweckt.

Den Mund gab die Natur
Uns nicht zur Sprache nur:
Das, was ihn süßer macht,
Ist, dass er küsst und lacht.

Ach, überzeuge dich
Davon, mein Kind! durch mich
Und nimm und gieb im Kuss
Der Freuden Überfluss.«

Carissima musste ob seiner Frechheit lachen. »Und das entstammt aus Eurer Feder?«

Avrax sprang von der Bank herunter und ergriff ihre Hand. »So muss ich Euch gestehen, dass ich mir die Worte eines anderen lieh. Friedrich von Hagedorn ist der Schöpfer dieses Werks, doch sprach er aus der Seele mir.« Vertraulich beugte er sich vor. »Möchte die Schöne meinen Vortrag mit einem vielbesungenen Kuss belohnen?«

Die Vampirin spürte ihr eigenes Blut in den Adern rauschen. Gleich würde sie sich an dem unglückseligen Poeten laben können. Der Schlag seines Herzens würde erlöschen und ihr neue Kraft schenken. Verwirrt hielt sie für einen Moment inne. Sie konnte Avrax' Herzschlag nicht hören, ebenso wenig roch sie sein Blut oder seinen Schweiß, nur der Duft seines Rasierwassers wehte zu ihr hinüber. Sie musste sehr geschwächt sein. Erwartungsvoll näherte sie ihre Lippen den seinen und schloss die Augen. Sie zitterte vor Verlangen, gleichermaßen nach seinem Blut und seinem Körper. Zu schade, dass sie heute nur eines von beidem haben konnte. Als sich ihre Münder trafen, lief ein Schauer der Lust ihren Rücken hinunter. Sie genoss das Spiel ihrer Zungen, hörte ihn leise stöhnen, oder war es sie selbst? Mit der Erregung wuchs ihr Verlangen nach seinem Lebenssaft. Sie löste sich von seinen Lippen, küsste sein Kinn, wanderte zu seinem Nacken hinunter. Endlich war es so weit! Sie spürte, wie ihre Zähne zu Fangzähnen heranwuchsen, wie sie sich verschoben, um über genug Platz in ihrem Gaumen zu verfügen. Sie lehnte den Kopf zurück, um einen günstigeren Winkel zu finden, dann schoss sie fauchend auf ihn hinunter; doch bevor sich ihre Zähne in sein Fleisch gruben, packte eine starke Hand sie am Kinn.

»Nicht so hastig, meine Süße«, lachte Avrax. Seine Finger hielten sie eisern fest.

Trotz ihrer übermenschlichen Kräfte gelang es Carissima nicht, sich loszureißen. Wer war er? Oder besser: Was war er? »Lasst mich los«, fauchte sie ihn an.

»Kann ich mich darauf verlassen, dass Ihr mich nicht noch einmal beißt?«

»Euer Blut würde ich nicht anrühren, selbst wenn es das letzte auf Erden wäre.« Carissima erboste es, dass dieser Geck offensichtlich Spaß an der Situation hatte. Als er sie losließ, widerstand sie der Versuchung, sich das schmerzende Kinn zu reiben. »Wer seid Ihr?«

Er grinste frech. »Wenn Ihr das wissen wollt, kommt in zwei Nächten zum Heidelberger Schloss.« Bevor sie es verhindern konnte, hauchte er einen Kuss auf ihre Wange. Sie wich zurück. Er lachte erneut auf. Dann konnte sie sehen, wie er sich veränderte. Seine Haut wurde blasser und irgendwie glänzender. Seine Atmung erlahmte, seine Bewegungen verlangsamten sich. Schließlich stand er wie von Glas überzogen vor ihr. Zaghaft streckte Carissima eine Hand aus und berührte ihn. Kaum fuhren ihre Finger über die kalte Oberfläche, zersprang sie, und Tausende Splitter fielen klimpernd zu Boden. »In zwei Nächten, meine Schöne«, hörte sie es im Wind wispern. Als sie hinunterblickte, waren die Scherben verschwunden.

28

Eine lange Nacht

10. Novembris, Heidelberg

War dies das Ende?
Gismara wusste sofort, was mit ihr geschehen war, als sie zu Bewusstsein kam – der Diakon hatte sie niedergeschlagen und eingesperrt. Sie beschloss, sich vorerst nicht zu bewegen, um in Ruhe nachdenken zu können. Wollte er sie beseitigen, damit sie nicht von seinem Fehltritt berichten konnte? Mit jeder Minute, die verging, nahmen die Schmerzen in ihrem Kopf zu. Für einen Priester hatte er kräftig zugeschlagen. Sie hätte nicht gedacht, dass er einer dieser Männer ist, die Frauen Gewalt antun, selbst wenn es Hexen waren. Allerdings war Menschenkenntnis noch nie ihre Stärke gewesen.

Sie öffnete die Lider einen Spaltbreit und sah dicke Holzbalken, die eine Art Höhle stützten. Das Licht von Fackeln oder Kerzen erhellte den Raum. Sie schloss die Augen wieder. Sie wollte nicht riskieren, dass er bemerkte, dass sie wach war. Ganz leicht hob sie einen Arm und einen Fuß. Sie spürte Gewichte, aber keine Ketten, die ihr ins Fleisch schneiden könnten.

Was hatte er mit ihr vor? Gehörte er zu denen, die glaubten, ihrem Gott zu gefallen, wenn sie Hexen zu Tode folterten? Eine altbekannte Wut kochte in ihr hoch. Sie hatte ihr Leben den Menschen gewidmet in dem Bemühen, ihr großes Vergehen zu sühnen. Und dennoch sollte sie nun durch Menschenhand sterben? Mit jedem Atemzug holte sie die Gewissheit ein, dass sie diese Nacht nicht überleben würde. Es war so leichtfertig von ihr gewesen, die Augen vor der Tatsache zu verschließen, dass Krieg zwischen Hexen und Menschen herrschte. Nun musste sie den Preis dafür zahlen.

Sie sandte ein kurzes Gebet an Sinthgut, die Göttin, die sie gezeichnet hatte, dann öffnete sie die Augen. Das Licht war heller, als sie zuvor bemerkt hatte. Ein Stöhnen kam über ihre Lippen. Sie hob eine Hand, um sie schützend auf ihr Gesicht zu legen.

»*Das* würde ich *nicht* tun«, drang die harte, raue Stimme des Diakons an ihr Ohr.

Sie zögerte, aber nein, sie würde ihm nicht gehorchen. Wenn sie ihn genug erzürnte, tötete er sie vielleicht schnell. Entschlossen legte sie die Hand über ihre Augen und schrie vor Schmerzen auf, als sie spürte, wie sich Eisen in ihre Haut brannte. Entsetzt betrachte sie ihre Handgelenke. Eisenketten führten von der Wand zu ihren Armen und umschlossen sie mit dicken Schellen. Einzig ein dünner Stofflappen trennte ihre empfindliche Haut von dem Metall. Der Mistkerl musste Erfahrung haben. Wie viele ihrer Schwestern hatte er bereits getötet? Hasserfüllt starrte sie ihn an.

Silas wusste, dass die Hexe erwacht war, als ihr Atem einen Moment aussetzte. Er hatte dafür gesorgt, dass sie lange genug ohnmächtig blieb, um sie in einen verlassenen Stollen zu bringen. Er lag etwas außerhalb von Heidelberg und war dazu genutzt worden, Mangan abzubauen. Außerdem hatte er Zeit gehabt, seine Werkzeuge zu holen. Er ließ ihr einen

Moment, um sich zu orientieren. Sie sollte nicht zu leicht aufgeben, ihre Strafe nicht zu sehr verkürzen. Noch nie zuvor hatte er eine Hexe gehasst. Es war seine Aufgabe, sie zu töten, die Menschen von der bösartigen Brut zu befreien, aber noch nie hatte er sich auf die Folter und ihren Tod gefreut. Zuerst hatten ihn Zweifel beherrscht, doch mit eisernem Willen unterdrückte er sie nun. Mit unschuldigen Frauen, die der Zauberei aus niederen Motiven beschuldigt wurden, verspürte er Mitleid. Wahre Hexen hingegen waren gefährliche Kreaturen, die vor keiner Schandtat zurückschreckten. Wenn nicht sie, wer sonst sollte einen Priester töten wollen? Das Biest hatte ihn erpresst und getäuscht, nun würde sie für ihre Vergehen sterben, aber nicht bevor sie ihm nicht die Gründe für ihre Tat dargelegt hatte.

Er hatte genug Fackeln und Kerzen mitgebracht, um einige Tage in dem Raum verbringen zu können. Bergleute hatten einen mehrere hundert Schritt langen Stollen in den Berg getrieben, der sich ab und an zu großen Gewölben verbreiterte. Dicke, schwarz angelaufene Deckenbalken verhinderten, dass das Erdreich sie unter sich begrub. Sie befanden sich tief im Inneren des Berges, sodass kein Lichtschein, kein Klagelaut nach draußen dringen würde.

Eingehend betrachtete er Gismara. Das erste Mal, dass er wirklich Gelegenheit dazu hatte. Ihre samtweiße Haut schimmerte verführerisch im Feuerschein. Verfluchtes Miststück! Das hatte man davon, wenn man sich mit einer Hexe einließ. Sie verwirrten die Gedanken und legten ihren Zauber über ahnungslose Männer.

Er beobachtete, wie sie den Arm hob. Obwohl er wusste, dass sie ihn nicht beachten würde, warnte er sie. »*Das* würde ich *nicht* tun.« Wie erwartet, ignorierte sie ihn. Das Eisen brannte sich zischend in ihr Fleisch.

Der Hass, der sich in ihren Augen widerspiegelte, ließ ihn auflachen. »Sagt mir, warum Ihr Zacharas getötet habt und wer Euch dabei geholfen hat, und ich werde Euch nicht leiden lassen.«

Sie spuckte ihm ins Gesicht. Die Nadeln, die ihr Haar hielten, lösten sich, und ihre Locken fielen rot schimmernd herunter. Silas wischte sich den Speichel ab, dann stellte er einen Tisch neben die Hexe, sodass sie ihn genau beobachten konnte, als er eine schwere Tasche hervorholte.

Gismara spürte, wie ihr das Blut aus den Wangen wich, als der Priester die erste Zange auf den Tisch legte. Ihr folgten weitere in allen Größen und Formen, dann Messer, Nadeln, Klammern, verschiedene Flüssigkeiten, ein Kohlebecken, Brandeisen und ein Glas mit unzähligen kleinen Eisenkugeln.

Tränen stiegen ihr in die Augen. Hazecha hatte sie zahlreiche Bücher über Hexenverfolgung und Folter lesen lassen, sodass sie wusste, was ihr bevorstand. Wie konnte ein Mann Gottes Derartiges tun? Und woher wusste ein einfacher Priester, dass sie kein Eisen berühren konnte, ohne vor Schmerzen aufzuschreien?

Der Diakon setzte sich neben sie. In den Händen drehte er das Glas mit den Eisenperlen. Die Kugeln rasselten, als sie aneinander vorbeiglitten. »Ich werde Euch zwingen sie zu schlucken, wenn Ihr mir nicht die Wahrheit sagt. Es ist ein äußerst schmerzhafter Tod. Sie fressen sich durch Eure Eingeweide, bis nur noch ein qualmender Kadaver von Euch übrig ist.«

Was wollte dieser Mann von ihr? Woher kannte er Zacharas, und warum glaubte er, sie habe ihn getötet? Nur weil sie eine Hexe war? Zorn stieg in ihr auf, verdrängte die Angst.

»Ich habe Zacharas nicht umgebracht. Bis gestern wusste ich nicht einmal von seinem Tod.« Ihre Stimme brach, als die Erinnerungen sie einholten. Gismaras Mutter hatte einst Zacharas Vater geholfen, einer Seuche auf seinen Ländereien Herr zu werden. Zum Dank hatte sie bis zu ihrem Tod unter seinem Schutz leben dürfen, und die beiden Kinder waren Freunde geworden. Dann war ihre Mutter gestorben, und die achtjährige Gismara zog fort zu ihrer Tante. Durch Zufall trafen sie und Zacharas sich in Heidelberg wieder und erneuerten ihre Freundschaft, trotz seiner ständigen Versuche, ihre Seele retten zu wollen.

»Ich finde es sehr zuvorkommend von den Bergleuten, dass sie uns einige Möbel zurückgelassen haben.« Der Priester klopfte mit der Linken gegen den Hocker, auf dem er saß. »Zwar etwas morsch, aber es wird reichen.«

Gismara konzentrierte sich auf ihre Umgebung. Sinthgut hatte ihr zahlreiche Gaben verliehen. Der Diakon kratzte nur an der Oberfläche, wenn er in ihr eine einfache Incantatrix sah. Sie spürte das Gestein, die Erde um sich herum und die Einsamkeit. Hilfe von außen war nicht zu erwarten. Grimmig prüfte sie erneut die Ketten und schwor sich, den Priester mit ins Grab zu nehmen, wenn es so weit kommen würde.

Die Hexe legte den Kopf zurück auf die Tischplatte und sandte ihren Geist hinaus. Es war Nacht, der abnehmende Mond stand hoch am Himmel. Sie flog den Sternen entgegen und zog Kraft aus der Dunkelheit. Da fuhr plötzlich ein unsäglicher Schmerz durch ihren Körper. Ungläubig blickte sie auf ihre Hand. Eine dicke Eisennadel steckte in ihrem Handrücken.

»Nicht einschlafen, meine Liebe.«

Der Diakon zog die Nadel heraus. Sie blinzelte die Tränen fort, die ihr in die Augen traten. Nicht schwach werden!

Während der Priester ihre Ketten am Tisch festzurrte, sodass sie sich nicht mehr bewegen konnte, konzentrierte sie sich erneut auf die Finsternis. Sinthgut würde ihr helfen.

Silas hatte nicht erwartet, dass es ihm so schwerfallen würde, der Hexe Gewalt anzutun. Wann immer er mit einer Nadel in ihr weiches Fleisch stach, glaubte er den Schmerz am eigenen Leib spüren zu können. So wie es den Anschein hatte, weit mehr als sie. Er wurde unruhig. Der Tisch, auf dem Gismara lag, färbte sich rot von ihrem Blut, dennoch flehte sie ihn nicht an, leistete keinen ernsthaften Widerstand. Auch wenn eine gefesselte Incantatrix ohne ihre Sprüche, magischen Tinkturen und Pulver vergleichsweise harmlos war, war das zu einfach. Er musste auf der Hut sein.

Silas nahm ein kleines Messer und trat an die Hexe heran. Dann besann er sich eines Besseren, legte die Klinge zur Seite und zerriss mit einem kräftigen Ruck ihren Rock.

Sofort war sie hellwach und presste ihre Schenkel aneinander. Das Entsetzen in ihren Augen ließ ihn zusammenzucken. Glaubte sie wirklich, dass er sie vergewaltigen würde? Silas ballte die Fäuste. Er sollte sich freuen, dass sie das erwartete. Je mehr Angst sie verspürte, desto besser. Dennoch fühlte er sich elend bei dem Gedanken. Er wurde zu alt für diesen Job.

Seufzend setzte er sich neben sie. »Sagt mir, was Ihr wisst. Dann werde ich Euch nicht länger quälen.« Er las in ihren Augen, dass sie um ihren bevorstehenden Tod wusste. Wen schützte sie, dass sie so verbissen schwieg?

»Ich sagte Euch bereits die Wahrheit, doch Ihr wollt sie nicht glauben. Ich habe Zacharas nicht getötet.«

»Was sonst sollte eine Hexe mit ihm, einem Diakon der heiligen katholischen Kirche, zu tun haben?«

»Nicht alle sind heuchlerischer Abschaum wie Ihr, der seine Freude an der Misshandlung von Frauen hinter göttlichem Geschwafel verbirgt.«

Das hatte gesessen. So kam er nicht weiter. Silas hasste es zu foltern. Nichts ging über einen ehrlichen Kampf von Angesicht zu Angesicht. Er brauchte eine andere Strategie, bevor sie seinen Unwillen erkannte und ausnutzte. »Warum befandet Ihr Euch an seinem Grab?«

Die Hexe schwieg. Sie hatte erneut die Augen geschlossen und lag friedlich auf dem Tisch. Wären ihre Arme nicht von zahlreichen Wunden gekennzeichnet und von Blut bedeckt, hätte man glauben können, sie schliefe.

In den nächsten Stunden war sich der Hexenjäger nicht sicher, wer der Peiniger und wer das Opfer war. Gismara ertrug jegliche Qual, ohne ein einziges Wort zu verlieren, während Silas es zunehmend schwerer fiel, mit der Folterung fortzufahren oder, wie er sich eingestehen musste, richtig zu beginnen. Bisher waren ihre Wunden oberflächlich, er konnte sich einfach nicht überwinden zu den härteren Methoden, die mit ihrem qualvollen Tod enden würden, überzugehen. Immer wieder rief er sich ins Gedächtnis, dass sie Schuld am Tod seines Bruders trug, aber Bilder ihrer gemeinsamen Nacht – ihr schlanker Körper, der sich ihm entgegenbog, ihr weiches, duftendes Haar – überlagerten dieses Wissen.

»Warum liegt Euch so viel an Zacharas?«, stöhnte sie, als er eine Eisennadel in ihre Fußsohle trieb.

»Er war ein Mann Gottes.« Selbst in der Verkleidung eines Priesters wollte er sich für diese Worte auf die Zunge beißen. Er musste endlich den Mörder finden, um diese elende Maskerade zu beenden. »Wenn Ihr mir sagt, wer ihn getötet hat, lasse ich Euch laufen.«

»Ihr wisst ebenso gut wie ich, dass Ihr das niemals tun werdet oder könnt«, lachte Gismara.

Für einen Moment herrschte Stille. Silas fuhr mit den Fingern über die eisernen Zangen, mit denen es ein Leichtes gewesen wäre, ihr hübsches Gesicht zu entstellen. Sollte er sie einfach töten? Sich der Hoffnung hingeben, dass er sich täuschte und sie die alleinige Mörderin seines Bruders war? Eine verdammte Hexe lag vor ihm, und er kämpfte mit seinen Gefühlen!

Silas zog die Eisennadel aus ihrem Fuß und strich mit ihr so leicht über Gismaras blasses Bein, dass sie eine Spur aus Rauch hinterließ. Er war es Zacharas schuldig, nicht so schnell aufzugeben.

Gismara bemerkte die Veränderung, die in dem Priester vorging. Sie wusste nicht, warum, aber er hielt sich zurück. Nicht ein Bruchteil seiner Folterinstrumente war bisher zum Einsatz gekommen. Hatte der Diakon festgestellt, dass Foltern nicht so einfach war, wie man sich das vorstellte? Inzwischen hatte sie der Finsternis ausreichend Energie abgezogen, doch ihr fehlte die Konzentration und Kraft, sie auch zu benutzen. Obwohl sie sich bemühte, es sich nicht anmerken zu lassen, quälten die Schmerzen sie sehr. Die Löcher in ihrer Haut, in denen Rückstände von Eisen verblieben waren, glichen brennenden Kratern in ihrem Fleisch, und ihre Augen brannten von den zurückgehaltenen Tränen. Dennoch kehrte allmählich ihre Zuversicht zurück. Die Saga hatte ihr einen Flammentod prophezeit und nicht, dass sie unter der Folter sterben würde. Der Priester war zögerlich und mit seiner Aufgabe im Unreinen. Vielleicht konnte sie ihn töten und entkommen. Sie musste ihn ablenken, ihn davon abhalten, ihre Konzentration erneut durch Schmerzen zu unterbrechen. Bei der nächsten Berührung mit der Nadel stöhnte sie laut auf. Er starrte sie überrascht an. »Wir waren Freunde«, presste sie zwischen zusammengebissenen Zähnen hervor.

Der Priester lachte. »Ein Diakon würde sich niemals mit einer Hexe anfreunden.«

»Er war nicht wie die anderen. Er hatte ein Herz.« Sie konnte die Verachtung in ihrer Stimme nicht verbergen.

»Und wie kam es zu Eurer Freundschaft?«

Gismara unterdrückte ein Lächeln. Es klappte. Er hatte den Köder geschluckt. Sie spürte, wie ihr Körper auf die Atempause reagierte, wie ihre Kraft zurückkehrte. »Meine Mutter half seinem Vater einst bei der Bekämpfung einer Seuche auf seinen Ländereien.«

Der Priester erstarrte, während sie ihre Geschichte erzählte. »So sagt mir, warum sollte ich ihn umbringen?«, schloss sie.

Sie sah den Schrecken in seinem Gesicht, ohne ihn zu verstehen. Glaubte er ihr etwa? Sie nutzte die Ruhe, um die Augen zu schließen und nach der Macht zu greifen.

Silas war zu erschüttert, um die Hexe weiter zu beobachten. Woher kannte sie die Geschichte? Er selbst war zu der Zeit der Seuche noch ein Kind und dem Tode nahe gewesen, bis ihn eine später vom Volk als Heilige verehrte Frau rettete. War sie tatsächlich deren Tochter? War sie eine Freundin seines Bruders? Silas' Gedanken drehten sich im Kreis. Was sollte er tun? Glaubte er ihr, konnte er sie nicht töten, auch wenn sie eine Hexe war. Ließ er sie laufen, würde sie sich grausam rächen. Hexen waren nicht für ihre Fähigkeit zur Vergebung bekannt. Zudem war sie nicht dumm, sie würde sich schon bald fragen, warum ein Priester sie heimlich folterte, ohne die Riten der Inquisition anzuwenden. Er senkte den Kopf. In so eine hundsdämliche Situation hatte er sich noch nie zuvor manövriert.

In seine Grübeleien vertieft entging Silas, wie sich Gismara veränderte. Ihr Haar begann in einem nicht vorhandenen Wind zu wehen, ihre Haut erstrahlte in gleißendem Weiß.

Gismara spürte, wie die Schmerzen nachließen, als Sinthguts Macht durch ihren Körper floss. Sie richtete den Blick auf die Fesseln an ihren Armen, konzentrierte sich darauf und hörte, wie sie mit einem leisen Klacken brachen. Der Hexenjäger blickte verwirrt auf. Doch bevor er reagieren konnte, warf sie ihm ihre gesamte Wut entgegen, schleuderte ihn nach hinten, sodass er schmerzhaft gegen die unebene Wand des Stollens prallte. Voller Genugtuung sah sie die Schmerzen in seinem Gesicht und die Überraschung. Nach Angst suchte sie jedoch vergeblich. Die würde sie ihm lehren, dachte sie verbittert. Während sie ihn weiter an die Wand presste, öffnete sie die Fesseln an ihren Beinen und schleuderte sie von sich. Mit steifen Gliedern setzte sie sich auf, dankbar, die Schmerzen durch Sinthguts Nähe einen Moment nicht spüren zu müssen. Langsam ging sie auf ihn zu. Noch immer zeigte er keine Furcht. Sie kniete neben ihm nieder.

»Ihr habt mich unterschätzt, kleiner Priester.«

»Was bist du?«, presste er zwischen zusammengebissenen Zähnen hervor.

»Eine Hexe, von meiner Göttin mit besonderen Kräften gesegnet.« Sie erwartete, dass er nun sein wahres Gesicht zeigen würde. Die Blasphemie, nicht nur einen Gott anzuerkennen, würde er, wie jeder Priester zuvor, nicht durchgehen lassen können. Nur Zacharas war da anders gewesen. Statt aber in Rage zu geraten, blickte er sie weiterhin nur starr an.

»Dann weiß ich, worauf ich in Zukunft achten muss.«

Ein Schauer rann ihr den Rücken hinunter. »Wie viele meiner Schwestern hast du getötet?«

Sein harter Blick durchfuhr sie. »Ich habe vor Langem aufgehört zu zählen.«

All dieser Hass – hörte das denn nie auf? Gismara spürte, wie eine tiefe Erschöpfung sie zu überwältigen drohte. Wofür sollte sie noch kämpfen, wenn alles doch nur wieder mit der Frage endete, wer wen zuerst umgebracht hatte? Sie glaubte nicht, dass sie mit einem weiteren Mord auf ihrem Gewissen leben konnte, aber sie war es ihren Schwestern schuldig, sie vor diesem Mann zu schützen.

»Verratet mir eines, bevor ich Euch töte. Warum ist Euch Zacharas so wichtig?«

Für die Dauer eines Wimpernschlags vermeinte sie, Trauer und Schmerz auf seinem Gesicht zu sehen.

»Er war mein Bruder.«

Gismara brauchte einige Sekunden, bis sie begriff, was er gesagt hatte, und erkannte, dass es die Wahrheit war. Dieselben Augen, dasselbe kantige Kinn. Die neue Erkenntnis überwältigte sie, sodass sie die Beherrschung über ihre Magie verlor. Mit ihrem Schwinden kehrten Schmerzen und Schwäche in vielfacher Stärke zurück. Keuchend sank sie zu Boden.

Silas stand vorsichtig auf und betrachtete die weinende Hexe. Die Nacht war anders verlaufen, als er geplant hatte. Was sollte er nun tun?

29

Das Heidelberger Schloss

12. Novembris, Heidelberg

Carissima näherte sich dem Schloss durch den Hortus Palatinus, den Garten, der auf vier Terrassen angelegt war und von vielen als das achte Weltwunder angesehen wurde. Im Sommer lag der Duft von Salbei und Thymian in der Luft, doch nun bestimmten Schnee und die kahlen Überreste von Laubbäumen das Bild.

Verärgert betrachtete die Vampirin ihre Seidenpantoffeln, an denen Schlamm und Laub klebten. Sie war zum Schloss gelaufen, da sie den zahmen Pferden der Städte nicht traute und sie ihre vampirischen Schwarzwaldpferde in Dornfelde hatte zurücklassen müssen. Sie genoss es, von Hausdach zu Hausdach zu springen und den Wind an ihren Locken zerren zu spüren, dennoch ärgerte es sie, dass sich ihre Art in den Schatten verbergen musste.

Die letzten Stunden hatte sie mit Nachforschungen über Tinuvet Avrax verbracht. Zuerst hatte sie nichts Auffälliges gefunden, aber dann war sie über ein Bild aus dem vergangenen Jahrhundert gestolpert, das einen Ball zeigte, auf dem ein Mann tanzte, der Avrax zum Verwechseln ähnlich sah. Wie alt mochte er sein, und vor allem, was war er?

Während sie durch die mondbeschienene Anlage schlich, lauschte sie auf jedes verdächtige Geräusch. Über das

Schloss waren zahlreiche Gerüchte und Sagen im Umlauf. Es war mehrfach zerstört, aber niemals wieder richtig hergestellt worden. Wann immer sich jemand an der Restaurierung versucht hatte, war ein Unglück geschehen. Zuletzt im Jahr 1764, als der Blitz zweimal hintereinander in den Saalbau einschlagen war und große Teile des Schlosses niedergebrannt hatte. Nur ein Fluch konnte Derartiges bewerkstelligen, munkelte das einfache Volk, während die Obrigkeit sich bemühte, die seltsamen Vorgänge zu ignorieren. Dennoch hatte der Kurfürst Karl Theodor nach dem letzten Vorfall seine Pläne zur Wiederherstellung des Schlosses aufgegeben.

Carissima blickte zum Heiligenberg hinüber. Was auch immer hier hausen mochte, die Menschen Heidelbergs übersahen eine viel größere Bedrohung, die sich vor ihren Augen entwickelte. Sie wusste nicht, warum, aber die Anwesenheit der Craban, der magischen Krähen, beunruhigte sie. Diese Kreaturen waren ihr bereits bei ihrer Ankunft aufgefallen. Schwarze, gefiederte Vögel mit violetten Augen und einer ungewöhnlichen Intelligenz. Wo auch immer sie auftauchten, stand großes Leid bevor. Bisher hatte sich Carissima nicht in die Nähe des Heiligenbergs gewagt. Die Ruinen zweier Klöster standen auf seinem Gipfel, und trotz ihrer Unwissenheit machten die Menschen einen Bogen um diesen Ort. Man sprach von verschwundenen Kindern, angriffslustigen Tieren und einem Flüstern im Wind. Selbst Carissima fürchtete den Ort und wandte rasch den Blick ab.

Sie verharrte einen Moment und betrachtete das Schloss. Im Mondlicht wirkte der rötliche Sandstein, aus dem es gebaut war, wie aus rostigen Nägeln geschmiedet. Mit seinen zahlreichen, ineinander verschachtelten Gebäuden und Türmen war es ein prunkvolles Symbol menschlicher Kunstfertigkeit. Die Vampirin bedauerte, zu seiner Blütezeit nicht in Heidelberg geweilt zu haben. Es musste ein Vergnügen gewesen sein, in den hellen Räumen zu wandeln, in die bei Nacht das Mondlicht fiel.

Langsam ging sie auf dem Kiesweg weiter. Das Knirschen der Steine unter ihren Füßen besänftigte ihre Nervosität. Rasch versicherte sie sich, dass die Worge ihr gefolgt waren. Das Heidelberger Schloss war riesig. Woher sollte sie wissen, wo sie Avrax fand?

Ein leises Lachen klang im Wind. Suchend blickte sie sich um. Als sie sich wieder umdrehte, stand der Gesuchte schon vor ihr. Mit einem Fauchen sprang sie zurück. Er grinste sie an.

»So schreckhaft, meine Schöne?«

Carissimas Augen funkelten. Sollte er doch jemand anderes verspotten. Ihre Fingernägel wuchsen zu scharfen Krallen heran. Sie machte einen Schritt nach vorne und schlug nach seinem Gesicht, doch ihre Klauen fanden nur glitzernden Glasstaub, den der Wind davontrug.

Erneut erklang sein fast schon nervendes Lachen. »Ihr findet mich in der Grotte auf der Hauptterrasse.«

Leise fluchend ging sie weiter. Der Kerl sollte nicht glauben, dass er nach ihr wie nach einem zahmen Hündchen pfeifen konnte. Aber ihre Neugier war größer, sodass sie schließlich doch dem Pfad zur Grotte folgte. An deren Ende fand sie sich vor einem großen, steinernen Portal wieder, das von Statuen wilder Tiere bewacht wurde, über denen ein Löwe thronte.

Carissima schloss die Augen und lauschte auf verdächtige Geräusche. Außer dem nächtlichen Rufen von Eulen und dem Rauschen des Windes in den Nadelbäumen umgab sie aber völlige Stille. Sie pfiff leise, und die drei Worge trabten zu ihr. Sie würde nicht ohne sie gehen und lästige Zeugen notfalls beseitigen.

Icherios würde das nicht gutheißen, aber der hatte sowieso genug andere Dinge im Kopf. Carissima musste zugeben, dass der Gelehrte ihr fehlte. Sie hatte vorgegeben, aus Langeweile nach Heidelberg zu reisen, doch in Wirklichkeit war es aus Sehnsucht gewesen. Zähneknirschend hatte sie feststellen müssen, dass er sich nicht verändert hatte und noch immer nicht auf ihr Angebot eingehen wollte, sich von ihr in einen Vampir verwandeln zu lassen. Sie hatte gehofft, die Erlebnisse der Andreasnacht hätten seine Meinung geändert; inzwischen musste sie sich jedoch eingestehen, dass eine Beziehung zwischen einem Vampir und einem Menschen zum Scheitern verurteilt war. Sie würde niemals verstehen, warum er so an dem von Schwäche geprägten Dasein als Mensch festhielt, und er konnte nicht akzeptieren, dass seine Artgenossen ihre Nahrung waren.

Leise schritt sie in die Grotte hinein und fand sich in einem Raum wieder, in den das Mondlicht in hellen Strahlen durch geschickt platzierte Öffnungen fiel. Von dieser von Menschenhand gefertigten Höhle gelangte sie in den ersten Grottenraum, an dessen Wänden kunstvolle, steinerne Figuren von Tieren prangten und in dessen Zentrum sich ein Becken befand, in welches das Wasser einst kaskadenartig geflossen sein musste. Aus dem zweiten Grottenraum, der von gröberer Machart war, drang schwaches Licht. Mit den hechelnden Worgen an ihrer Seite ging Carissima langsam darauf zu. Ihre Finger strichen durch das grau melierte Fell der wolfsähnlichen Kreaturen, die ihr Bruder so gerne züchtete. Hielt sie seine Begeisterung sonst für kindisch, so war sie jetzt dankbar für ihre Begleiter.

Das Licht kam aus einem schmalen Treppengang, der sich

am hinteren Ende der Grotte nach unten wand. Sie befahl Favia, der Leitwölfin, voranzugehen, bevor sie sich an den Abstieg wagte. Die Treppe führte etwa zehn Schritte in die Tiefe. Elegante Lampen aus rötlichem Gold spendeten Helligkeit und wirkten an dem groben Stein fast deplatziert. Schließlich kam Carissima in eine große Höhle, deren raue Wände von eingeschlossenen Mineralien glitzerten. Unzählige Laternen und Kerzen erhellten den Ort, den Avrax offensichtlich zum Leben nutzte. Ein prunkvolles Bett mit Samtvorhängen, ein massiver Tisch, Bücherregale und Stühle – alle von höchster Qualität – verwandelten die Grotte in einen kleinen Palast. Avrax saß entspannt in einem Sessel. Als er sie sah, schlug er das Buch zu, in dem er gelesen hatte – *Damon, oder die wahre Freundschaft* von Lessing.

»Wie schön, Euch zu sehen.« Er lächelte. »Ihr habt ein paar prächtige Hunde.«

»Ich bin nicht hier, um mit Euch über Worge zu sprechen.«

»Weshalb dann?« Er grinste anzüglich.

»Was seid Ihr?«

»Ich war einst ein Mensch.«

Carissima ballte die Hände. Ihr war nicht nach Spielchen zumute. »Und was seid Ihr heute?«

Er trat dichter an sie heran. Die Wölfe knurrten bedrohlich. Carissima bedeutete ihnen zu schweigen. Seine rauchgrauen Augen fesselten sie, und sie musste der Versuchung widerstehen, über sein schwarzes Haar zu streichen.

»Ich bin ein Verehrer von Schönheit.«

»Und der Fluch des Heidelberger Schlosses.«

»Fluch klingt so negativ, heimlicher Hausherr gefällt mir besser.«

»Dann habt Ihr mich nur hierhergebeten, um über meine Schönheit zu sprechen?«

»Und sie zu bewundern.«

Carissima stöhnte genervt auf und wandte sich ab.

»Euer Menschenfreund befindet sich in gefährlicher Gesellschaft.«

Die Vampirin drehte sich um. Sie bemühte sich, teilnahmslos zu klingen. »Welcher Menschenfreund?«

»Der Student, den ich noch immer an Euch riechen kann. Der junge Mann, der zu viele Fragen stellt.«

»Wenn Ihr ihm etwas antut.« Der Zorn ließ ihre Augen funkeln, ihre Krallen wuchsen, und die Fangzähne schoben sich hervor. Sie sprang auf ihn zu, doch er zerfiel erneut in tausend kleine Glassplitter, die nun durch den Raum schwebten und sich anschließend einige Schritte von der Vampirin entfernt wieder materialisierten.

»Ihr könnt mir kein Leid zufügen.« Avrax blickte sie spöttisch an. »Ich wollte Euch nur warnen«, versuchte er sie zu beschwichtigen.

»Was liegt Euch an ihm?«

»Seine Interessen überschneiden sich mit meinen. Der Ordo Occulto ist eine gefährliche Einrichtung, und ihr Führer gewinnt zu viel Macht in Heidelberg.«

»Dann geht doch einfach fort.«

»Wenn ich das könnte.« Das Grau seiner Augen verdunkelte sich. »Mahnt ihn, achtsam zu sein. Ihm droht Verrat.«

»Wieso sollte ich Euch vertrauen?«

»Das solltet Ihr nicht.« Avrax strich mit einem Finger über ihre Wange. Seine Haut war eiskalt. »Ich bin ein Spieler, der des Spiels schon vor Jahrhunderten leid war.«

Carissima hielt den Atem an. Seine Augen schimmerten feucht, und seine Trauer überschwemmte sie. »Wie alt seid Ihr?«

»Mindestens vierhundert Jahre. Ich weiß es nicht genau.«

Er beugte sich vor und strich sanft mit seinen Lippen über ihren Nacken. Ein Schauer lief Carissima den Rücken hinunter und fast hätte sie ihn an sich gezogen, aber da hatte er sich von ihr zurückgezogen. Sie holte tief Luft, sammelte sich und deutete auf all den Luxus, der ihn umgab.

»Ihr seid reich, jung und unsterblich. Warum genießt Ihr das Leben nicht? Es bietet so viele Freuden.«

Avrax' Finger streichelten ihre Wangenknochen, die Stirn und folgten dem Lauf ihres Kinns zum Hals hinunter.

»Ich bin ein Gefangener meiner selbst. Weder spüre noch empfinde ich etwas außer dem kurzen Entzücken, das Schönheit mir bereitet.«

In seiner Stimme schwang eine ungeheure Sehnsucht mit. Carissima zweifelte nicht an der Wahrheit seiner Worte. Was für ein Geschöpf war er?

»Ich muss Euch nun verlassen. Besucht mich, wann immer Euch nach Gesellschaft ist. Eure Anmut bringt neuen Glanz nach Heidelberg.« Mit diesen Worten zersprang er in feinste Glassplitter, die sich zu Staub auflösten und verschwanden.

Auf dem Weg zurück in die Stadt ging Carissima langsam. Sollte sie Icherios tatsächlich warnen? Der junge Mann war bereits ängstlich und misstrauisch genug, aber konnte sie es sich verzeihen, ihn ohne Vorwarnung in eine Gefahr rennen zu lassen?

Sie grübelte noch immer, als sie ihre Zähne in den Hals eines betrunkenen Schlägers versenkte, der aus dem *Mäuseschwanz* getorkelt war. Sie hätte das edle Aroma eines sauberen Jünglings bevorzugt, aber in der Stadt musste sie Vorsicht walten lassen.

30

Die Serie setzt sich fort

13. Novembris, Heidelberg

Icherios saß im Magistratum an seinem Schreibtisch, während Maleficium das Zimmer durchstöberte.

»Komm her zu mir, Kleiner.«

Die Ratte hielt in der Bewegung inne, blickte prüfend zu dem jungen Gelehrten hinüber und legte den Kopf schief. Nach einem leisen Quietschen entschloss sie sich zu gehorchen und zu ihm hinüberzutrippeln. Icherios hob sie hoch und kraulte ihren samtigen Pelz. Vor ihm auf dem Tisch lag der Grund für seine Sorgen, ein einfacher Zettel, der doch so viel Ärger versprach.

Ich erwarte dich heute in der Karlsstraße 16.
Raban von Helmstatt

Ein Bote hatte den Brief in einem einfachen Umschlag gebracht. Seither grübelte er, ob er zu seinem ehemaligen Mentor gehen sollte oder nicht. Er wusste, dass Raban nicht zögern würde, ihn zu zwingen oder ungebeten im Magistratum aufzutauchen.

Der junge Gelehrte legte den Brief beiseite und studierte erneut das Symbol, welches er an den beiden Leichenfundorten gefunden hatte. Zur Sicherheit hatte er es auf ein Stück

Papier gezeichnet, um kein Detail zu vergessen. Eine Doppelspirale stand für Unendlichkeit, Fruchtbarkeit und Erneuerung. Was wollte der Mörder ihm damit sagen? Selbst in den Büchern, die er bei seiner Rückkehr aus Karlsruhe mitgebracht hatte, fand er keinen Hinweis.

Unruhig trommelte er mit den Fingern auf das Holz. Zu viele Dinge gingen in Heidelberg vor, die er nicht verstand, und er konnte das Netz aus Dunkelheit, das sich immer enger um ihn schnürte, förmlich spüren. Icherios stand auf. Er musste ein Problem nach dem anderen lösen, anstatt sich im Magistratum zu verstecken.

Schließlich schob er Maleficium unter seinen Hut, sattelte Mantikor und machte sich auf den Weg, um seinen ehemaligen Mentor zu treffen. Er fürchtete sich vor einer Auseinandersetzung mit Raban. Einerseits wusste er, was er dem Vampir alles verdankte, andererseits konnte er ihm nicht verzeihen, ihn benutzt und verraten zu haben.

In der Karlsstraße Nummer 16 stand ein einfaches, kleines Steingebäude – eigentlich zu bescheiden und unscheinbar für Rabans Verhältnisse. Sobald ihn ein Diener hineingelassen hatte, stellte der junge Gelehrte fest, dass der äußere Schein täuschte. Goldene Lampen, weiche Teppiche und edles Holz bestimmten die Inneneinrichtung, die Icherios bewunderte, während er in die Bibliothek geführt wurde. Raban saß wie so oft mit einem Buch in der Hand vor dem Kaminfeuer.

»Wie schön, Euch zu sehen.« In seinem Blick lag eine Härte, die seine freundlichen Worte Lügen strafte.

»Was wünscht Ihr von mir?«

»Ihr habt Euch verändert.« Raban musterte ihn von oben bis unten. »Vor wenigen Wochen wärt Ihr noch nicht so forsch aufgetreten.«

»Die Schachfigur entwickelt ein Eigenleben.«

Raban runzelte die Brauen. »Bei all meinen Plänen wart Ihr nie nur ein Mittel zum Zweck. Ich dachte, Ihr wüsstet das.«

»Ich weiß nichts mehr. Ich vertraue niemandem. Das habe ich Euch zu verdanken.«

Raban wandte sich dem Diener zu. »Friedemar, bringt uns Tee und Gebäck.«

Icherios wollte ablehnen, aber er beschloss, seine Kräfte für die wichtigen Auseinandersetzungen aufzusparen.

»Setzt Euch bitte.« Sein ehemaliger Mentor zog einen Sessel herbei, sodass sie sich gegenübersitzen konnten, nur durch den kleinen Beistelltisch mit gläserner Platte getrennt.

»Wie geht es Euch?«

»Gut.« Dem jungen Gelehrten war nicht nach belanglosem Gerede zumute.

»So seht Ihr nicht aus. Gewinnt der Strigoi bereits Macht über Euren Verstand?«

Icherios blickte entsetzt auf und verfluchte sich innerlich für die Reaktion. Er musste lernen, seine Gefühle zu verbergen.

»Dachte ich es mir.« Raban nickte nachdenklich. »Dann sind die Berichte also wahr.«

»Was für Berichte?« Icherios hasste es, den Köder so bereitwillig zu schlucken.

»Ich erläutere es Euch, wenn Ihr mir Einblick in Eure bisherigen Experimente gewährt.«

»Da gibt es nichts zu sagen.«

»Ihr habt Euch noch nicht um ein Heilmittel bemüht?« Raban wirkte aufrichtig überrascht und entsetzt zugleich.

Der junge Gelehrte war froh, dass in diesem Moment

Friedemar mit dem Tee und einem Tablett kleiner Kuchen zurückkehrte. Rasch nahm er sich einen und biss herzhaft hinein, um durch das Kauen Zeit zu gewinnen, doch irgendwann konnte er einer Antwort nicht länger ausweichen. »Ich habe mit dem Blut von Ratten experimentiert und es mit Maleficiums Blut verglichen, bin aber zu keinem Ergebnis gelangt.«

»Fehlen Euch die Mittel? Ich richte Euch ein Labor ein, in dem Ihr unbemerkt forschen kannst, ohne dass Ihr neugierige Mitglieder des Magistratum unangenehme Fragen stellen. Ich würde sogar Dred aus Karlsruhe kommen lassen, um Euch zu assistieren.«

Icherios lehnte sich in seinem Sessel zurück. »Von was für Berichten habt Ihr gesprochen?«

»In alten Überlieferungen der Vampire steht geschrieben, dass sich ein Mensch nach dem Biss langsam in einen Strigoi verwandelt, sobald er das erste Menschenfleisch gekostet hat. Sie erzählen von blutrünstigen Stimmen in ihren Gedanken und dem Verlangen nach Blut und Fleisch. Es wird davon ausgegangen, dass kurz nach der Infizierung eine Wandlung stattfindet, die mit zunehmendem Alter fortschreitet und im Tod ihren Abschluss findet.«

»Dann werde ich also langsam zum Monster?« Icherios fragte sich, ob Raban ihm die Wahrheit sagte oder ihn nur manipulierte. Aber woher sollte er von der Stimme und dem Verlangen wissen?

»Ihr seht, es gibt ohne Heilmittel kein Entkommen, wenn Ihr Eure sterbliche Seele retten wollt.«

»Und aus reiner Uneigennützigkeit stellt Ihr mir ein Labor zur Verfügung?«

»Natürlich nicht, aber ist es so verwerflich, sterben zu wollen? Könnt Ihr Euch vorstellen, wie es ist, jeden Morgen in dem Wissen zu erwachen, dass alle Freunde, die Familie und Eure Liebste schon vor langer Zeit gestorben sind. Könnt Ihr Euch vorstellen, wie es ist, nicht sterben zu können?«

Rabans Verzweiflung war echt. Daran bestand kein Zweifel, und irgendwie konnte er den alten Vampir sogar verstehen. Icherios stand auf. »Ich werde darüber nachdenken.«

»Lasst Euch nicht zu viel Zeit. Und seht Euch vor, mein Junge. Ich spüre eine Veränderung, die ich nicht genauer benennen kann, und sie hat ihren Ursprung in Heidelberg. Etwas geht hier vor.

Der junge Gelehrte nickte ihm kurz zu, bevor er die Bibliothek verließ und seinen Mantel holte. Er musste sich von dem Fluch befreien, aber konnte er es wagen, Rabans Hilfe in Anspruch zu nehmen? Wollte er dem alten Blutsauger ein weiteres Mal vertrauen?

Icherios seufzte, als er in die kalte Nachtluft hinaustrat. Es gab ein Muster hinter dem Ganzen, das er nicht erkannte. Plötzlich stockte ihm der Atem. Das musste es sein!

Er eilte in die Stallungen und galoppierte mit Mantikor zurück zum Magistratum. Dort holte er seine Stadtkarte hervor und zeichnete die auf gegenüberliegenden Seiten Heidelbergs liegenden Leichenfundorte ein. Anschließend verband er sie durch eine Linie und nutzte sie als Ausgangspunkte, um eine Doppelspirale zu zeichnen. Wenn er mit seinen Vermutungen richtig lag, würde er im Zentrum der Doppelspirale, im Schnittpunkt mit der Verbindungslinie eine weitere Leiche finden. Aufgeregt zog er sich an und holte Mantikor aus dem Stall. Er beabsichtigte, zumindest diesen Teil des Rätsels heute Nacht zu lösen.

Diesmal fand Icherios sich in einer gehobeneren Gegend wieder. Zu dieser Zeit befand sich niemand mehr auf den Straßen, und durch die Ritzen der geschlossenen Läden drang schwaches Licht. Er schlang die Arme eng um sich. Die Kälte schmerzte ihn im Gesicht, und Maleficiums warmer Körper war eine Wohltat an seiner Brust. Die Straßen, auf denen am Tage der Schnee im Sonnenlicht geschmolzen war, hatten sich in eine spiegelglatte Eisfläche verwandelt. Icherios blickte zum Himmel empor. Nach dem Regen der letzten Monate war es der reinste Hohn, dass ausgerechnet jetzt der Himmel kristallklar war ohne auch nur den Hauch einer Wolke. Jetzt, da die Menschen eine schützende Wolkendecke benötigt hätten, verweigerte sie ihnen die Natur. Wen der Hunger nicht schon dahingerafft hatte, wurde nun von der Kälte ausgelöscht wie eine Kerzenflamme ohne ausreichend Sauerstoff.

Der junge Gelehrte blickte sich um. Wo könnte man hier eine Leiche verbergen? Die Straßen waren hell beleuchtet, und bei Tag eilten Passanten und Kutschen vorbei. Sein Blick fiel auf eine große, umzäunte Villa, durch deren Fensterläden kein Licht schimmerte. Icherios stieg ab, band Mantikor an einen Laternenpfahl und näherte sich vorsichtig dem Haus. Die Schneedecke in der Auffahrt lag unberührt vor ihm. Er vergewisserte sich, dass ihn niemand beobachtete, dann öffnete er behutsam das Tor und folgte dem verschneiten Weg, der zur Eingangstreppe führte. Je weiter er sich von der Straße entfernte, desto dunkler wurde es. Ein Krächzen erklang. Er blickte nach oben und sah auf dem Dach eine Krähe sitzen. Ihre Silhouette zeichnete sich klar gegen den Sternenhimmel ab. Sie legte den Kopf schief und verfolgte Icherios' Schritte, als er vor dem überdachten Eingang abbog und um das Haus herumging. Als der junge Gelehrte das nächste Mal hinschaute, war sie verschwunden. Dennoch kribbelte seine Haut, und ein unheimliches Gefühl blieb zurück.

Er kam zu einem kleinen Stall, dessen Tür nicht verschlossen war. Er presste beide Hände gegen das eisige Holz, sodass sich die Tür unter lautem Quietschen öffnete. Nachdem sich seine Augen an die Dunkelheit gewöhnt hatten, ging er hinein. Er legte einen Stein vor die Tür, damit sie nicht zufallen konnte und zumindest ein wenig Licht in das Innere drang. Langsam schritt er an den geöffneten Boxen vorbei, lauschte seinen eigenen angespannten Atemzügen. In der letzten Box fand er sie.

Ein junges Mädchen von vielleicht sechzehn Jahren lag nackt und blass in altem Stroh. Icherios kniete neben ihr nieder, doch als er die eisige Haut berührte, wusste er, dass er zu spät kam. Sie war tot. Sanft strich er ihr das gefrorene, schwarze, hüftlange Haar aus dem Gesicht. Irgendetwas war seltsam, aber bevor er sich ausgiebiger mit ihr befasste, beschloss er, das Symbol zu suchen. Es dauerte nicht lange, bis er es entdeckte. Diesmal sorgfältig aus Stroh und Heu geflochten. Er steckte es ein und ging zu der Leiche zurück. Ihr Unterleib wurde von altem Stroh bedeckt, doch ihre Brüste, viel zu voll für so ein junges Mädchen, trieben Icherios die Schamröte in die Wangen. Das gefrorene Haar erregte seine Aufmerksamkeit. Es musste nass oder bereits vereist gewesen sein, als man sie hierherbrachte, denn der Stall war trocken. In den letzten Tagen hatte es nicht geregnet. War sie früher gestorben, als er gedacht hatte? Der junge Gelehrte betrachtete ihr Gesicht genauer. Ihre Wangenknochen waren extrem hoch, während die Nase kurz und platt war. Ihre Augen standen auffällig schräg. Als er sie öffnete, zuckte er zurück. Sie waren nicht milchig, wie sie bei einer Toten sein sollten, doch das war nicht das, was ihn erschreckte: Ihre Pupillen bildeten schmale Schlitze wie bei einer Katze. Icherios hatte Derartiges schon einmal gesehen.

Mit zitternden Fingern schob er das Stroh beiseite. Sein Verdacht bestätigte sich. Anstatt Beine sah er dort einen kräftigen, meeresgrünen, geschuppten Fischschwanz. Vor ihm lag die Leiche einer Nixe. Wie war sie hierhergekommen? Er erinnerte sich an den verführerischen Gesang, den er auf dem Weg zur Mühlenhexe gehört hatte, und die blau leuchtenden Augen im Wasser. Waren es Nixen gewesen? Waren sie der Grund dafür, dass nur selten Leichen aus dem Neckar gezogen wurden?

Das Schreien einer Krähe holte ihn aus seinen Grübeleien. Jetzt war keine Zeit, darüber nachzudenken. Prüfend hob er ihren Arm. Obwohl er fast damit rechnete, dass sie ebenfalls keinen Schatten besaß, zitterten seine Hände, als sich die Ahnung in Gewissheit verwandelte. Schnell ließ er sie wieder los; ihr Arm fiel unter leisem Rascheln ins Stroh. Was sollte er jetzt tun? Er konnte sie hier nicht einfach so liegen lassen, aber die Wachen rufen konnte er auch nicht. Wie sollte er ihnen die Existenz einer Nixe erklären? Er musste Mantikor holen und sie zum Magistratum bringen.

Als Icherios aus dem Stall trat und zur Straße zurückging, blickte er erneut zum Dach empor. Zwei Krähen saßen nun dort und legten die Köpfe schief, als er an ihnen vorbeieilte. Bildete er es sich ein oder leuchteten ihre Augen violett?

Bevor er mit Mantikor zu der Leiche zurückkehrte, hüllte er dessen Hufe in Leinen, um die Geräusche zu dämpfen. Neugierigen Nachtwächtern würde er auf dem Rückweg erzählen, dass er so verhindern wollte, dass die Hufe auf dem Eis wegrutschten. Es gab wahrlich Seltsameres in Heidelbergs Straßen. Als er den Körper der Nixe nach draußen zog, musste er mit ihrem Gewicht kämpfen. Der Fischschwanz wog fast so viel wie eine junge Frau allein. Wie sollte er sie nur jemals auf Mantikors Rücken bekommen?

»Hast du eine Idee, Maleficium?«

Die Ratte saß vor ihm auf dem Eis. Sie war nicht glücklich über diesen kalten Platz, das konnte er an ihren vorwurfsvollen Augen sehen.

»Wenn du mir hilfst, kommst du schneller ins Warme«, scherzte Icherios, während er schon in Erwägung zog, eine Art Flaschenzug zu bauen. Doch plötzlich ging der Wallach mit den Vorderläufen in die Knie. Der junge Gelehrte traute seinen Augen nicht. Hatte Maleficium dem Pferd den Befehl gegeben? Icherios schüttelte den Kopf. Er war übermüdet, das konnte nicht sein. Er hatte sich in den letzten Monaten mit vielem abgefunden und eingesehen, dass die Wissenschaft noch nicht in der Lage war, alle Kreaturen und Phänomene auf der Welt zu erklären, aber das ging zu weit! Er beschloss, nicht weiter darüber nachzudenken, sondern die Gelegenheit zu nutzen. Mühsam schob er die Leiche auf den Rücken. Es beschämte ihn, einen nackten Frauenkörper anzufassen. Bei toten Männern war es einfacher, deshalb lenkte er sich ab, indem er dabei eine erste Untersuchung vornahm. Er musste allerdings feststellen, dass sie keine äußerlichen Verletzungen aufwies. Nachdem sie quer über seinem Sattel hing, bedeckte er sie mit seinem Mantel und hoffte, dass niemand ihn anhalten würde. Als er auf die Straße hinausritt, blickte er zurück. Die beiden Krähen saßen noch immer auf dem Dach und verfolgten ihn mit funkelnden Augen.

Auf dem Weg zum Magistratum grübelte er darüber nach, was er mit der Nixe tun sollte. Er würde sie niemals unbemerkt in seine Räumlichkeiten bekommen. Dafür war sie zu schwer. Nach den Ereignissen der letzten Tage traute er den Bewohnern des Magistratum noch weniger als zuvor, auch wenn er Franz als einen Freund betrachtete.

Er beschloss, sie vorerst in einer leeren Box in den Stallungen des Magistratum unter einer Decke Stroh zu verbergen, bis ihm etwas Besseres einfiel. Nachdem er den Wallach versorgt hatte, kniete er sich neben die Nixe und untersuchte sie genauer, wobei ihn ein leichtes Bedauern beschlich, sie nicht obduzieren zu können. Sie glich in vielen Dingen einem Menschen, aber neben einer Lunge, deren Existenz er aufgrund der Nase und der ertastbaren Luftröhre vermutete, entdeckte er unter den Armen seitlich im Brustkorb feinste Kiemen, die es ihr erlaubten, unter Wasser zu atmen. Nachdem er sie von allen Seiten begutachtet hatte, bedeckte er sie mit Heu, tätschelte Mantikor und ging in sein Zimmer hinauf. Dort entzündete er sofort sämtliche Kerzen, Feuer und Lampen, um den Raum aufzuheizen. Der Heimritt ohne Mantel hatte ihn bis auf die Knochen durchfrieren lassen. Dann nahm er das *Monstrorum Noctis* und setzte sich mit einer Decke vor den Kamin. Er wusste, wo er zu suchen hatte, und fand nach wenigen Minuten den Abschnitt über die Wassergeborenen. »Menschenfresser«, murmelte er fröstelnd. Bei dem Gedanken, das junge Mädchen könnte einen Menschen töten und fressen, stieg Übelkeit in ihm hoch. »Uralte Rasse mit dem Wissen von Jahrtausenden.«

Eine Stunde später legte er sich ins Bett. Er wusste nun, was er zu tun hatte. Morgen Nacht würde er zum Neckar gehen und versuchen, die tote Nixe an ihre Artgenossinnen zurückzugeben. Vielleicht konnte er so etwas über diese eigentümliche Mordserie erfahren. Er hoffte nur, dass sie ihn nicht für den Mörder hielten.

31

Der Hufschmied

14. Novembris, Heidelberg

Gismara nahm ihre rote Maske ab, legte sie auf den kleinen Tisch und setzte sich betont gelassen auf einen Stuhl. Einzig der angespannte Zug um ihre Augen und die Art, wie sie Silas musterte, verrieten ihre innere Unruhe. Es war das erste Mal seit jener Nacht, in der sie vom Hexenjäger gefoltert worden war, dass sie ihn wiedersah.

»Keine Folterwerkzeuge?«, fragte sie spöttisch.

Silas zuckte zusammen. Trotz der dicken Schicht Schminke konnte er ihre dunklen Augenränder und Blutergüsse noch erkennen.

»Heute nicht«, erwiderte er bissig. »Was wollt Ihr?« Ihre Aufforderung, sie im *Mäuseschwanz* zu treffen, hatte ihn überrascht. Seit er sie als notdürftig verbundenes Häufchen Elend auf dem Kornmarkt abgesetzt hatte – sie weigerte sich, ihm ihre Adresse zu nennen –, hatte er sich bemüht, sie aus seinem Gedächtnis zu streichen.

»Wieso dachtet Ihr, ich wäre Zacharas' Mörderin?«

»Ihr seid eine Hexe.«

»Und das genügte als Beweis meiner Schuld?«

»Überrascht Euch das?«

»Das sollte es wohl nicht«, erwiderte sie leise. »Wisst Ihr irgendetwas über den wahren Mörder?«

Silas lehnte sich zurück. »Wenn dem so wäre, warum sollte ich es Euch sagen?«

»Denkt Ihr nicht, dass Ihr mir das schuldet?«

Ganz Unrecht hatte sie damit nicht, musste Silas zugeben. In ihm wechselten sich die verschiedensten Gefühle ab. Auf der einen Seite empfand er Verachtung für sie, weil sie eine Hexe war. Seine Erfahrung hatte ihm gezeigt, dass man mit diesen zwar ab und an das Bett teilen konnte, aber vertrauen durfte man ihnen niemals. Auf der anderen fühlte er sich mit ihr verbunden, weil sie Zacharas' Freundin gewesen war, das heißt, falls ihre Geschichte stimmte. Aber er musste einsehen, dass zu vieles dafürsprach. Zudem hatte er ihre Macht am eigenen Leib erfahren. Sie war gefährlich, und auch wenn sie jetzt äußerlich gelassen vor ihm saß, glaubte er ihr nicht, dass sie keinen Hass auf ihn verspürte. Dennoch wollte er weiterhin den Mörder seines Bruders finden, und das um jeden Preis.

»Wir könnten zusammenarbeiten, bis wir den Schuldigen gefunden haben.«

Gismara starrte ihn verblüfft an. »Ein Priester und eine Hexe?«

Silas hoffte, dass sie niemals herausbekommen würde, was er wirklich war – das konnte nur mit seinem oder ihrem Tod enden.

»Ich bin kein gewöhnlicher Priester, das solltet Ihr inzwischen begriffen haben.«

Sie wanderte unruhig im Zimmer auf und ab. »Ich habe Euch nicht gerufen, um mich mit Euch zu verbünden. Sagt mir, was Ihr wisst, und ich werde den Mörder töten.«

Der Hexenjäger lehnte sich gelassen zurück. »Nein, wenn es Euch nach Informationen verlangt«, er lächelte sie spöttisch an, »dann müsst Ihr den Preis bezahlen.«

Ihre Augen funkelten, als sie empört aufstand. »Niemals!«

Sie ist so wunderschön, wenn sie wütend ist. »Denkt an die Möglichkeiten, die sich bieten, falls wir das Wissen unserer beiden Welten vereinen. Die Chance, Zacharas' Mörder zu fassen, wäre ungleich größer.« *Und ich kann dich im Auge behalten.*

Nach einer Weile der Stille drehte sie sich zu ihm um. »Nun gut, um Zacharas' willen, aber unter zwei Bedingungen.«

»Die wären?« *Nun wurde es interessant.*

»Der Mörder wird sterben.«

Silas nickte. Immerhin bestand sie nicht darauf, dass sie ihn töten durfte.

»Alles, was bis dahin geschieht, wird mit dem Tod des Mörders vergessen sein. Ihr seid ein Priester, und ich bin eine Hexe – mehr nicht.«

Das konnte vieles bedeuten. Da er kein Priester war, fand Silas es dennoch nicht schwer, auch darauf einzugehen.

In den folgenden Stunden trugen sie ihr Wissen zusammen, was erschreckend wenig war. Den einzigen wahren Ansatzpunkt brachte Gismara ein, indem sie vorschlug, den Mann zu befragen, der Zacharas' Leiche gefunden hatte.

»Ich frage mich, was ein Hufschmied um diese Uhrzeit am Neckar zu suchen hat«, grübelte sie.

»Ich werde mit ihm reden.«

Zuerst schien sie ihm widersprechen zu wollen, doch dann stimmte sie zu. »Es ist vermutlich besser, wenn ein Priester ihn befragt. Er kann dann mit Höllenfeuern drohen. Eine Frau würde mit seltsamen Fragen nur auffallen.«

Daran hatte Silas noch nicht gedacht. Diese Verkleidung brachte durchaus Vorteile mit sich.

»Wir treffen uns morgen um die gleiche Zeit«, schlug Gismara vor. »Sehe ich Euch vorher in meiner Nähe, ist unsere Abmachung hinfällig.«

»Angst um Eure Schwestern?«

Die Hexe schenkte ihm erneut ein spöttisches Lächeln. »Eher Angst um Euch. Wenn Ihr mich schon nicht töten konntet, was glaubst Ihr, was Ihr erst für Probleme mit unserer Hohepriesterin bekommen würdet? Noch brauche ich Euch.«

Das war interessant. Er wusste nicht viel über Hexenzirkel, aber Hohepriesterin klang wichtig genug, um mehr als 100 Gulden für ihren Kopf verlangen zu können. Er musste mit Oswald sprechen.

Nachdem sie sich so herzlich wie zwei zankende Katzen verabschiedet hatten, machte sich Silas auf den Weg zu Kaspar Nilek, dem Mann, der Zacharas' Leiche gefunden hatte.

Kaspars Schmiede, in der er vor allem die Hufe von Ackergäulen, Maultieren, Eseln und sogar Zugochsen beschlug, lag am Rand der Stadt. An ein altes Steinhäuschen schloss sich eine überdachte Fläche an, auf der Wasserfässer, Esse und Amboss standen, an denen der Schmied, drei Gehilfen und ein paar magere, apathisch wirkende Pferde arbeiteten.

Bei Silas' Anblick weiteten sich Kaspars Augen, und er kam sogleich, seine dreckigen Pranken an der Schürze abwischend, auf ihn zugeeilt.

»Hochehrwürdiger Herr, womit kann ich Euch behilflich sein?«

Der Hexenjäger nickte dem Schmied hoheitsvoll zu. »Mein Sohn, ich muss Euch einige Fragen über die Leiche stellen, die Ihr gefunden habt.«

Unter der dicken Rußschicht, die Kaspars Gesicht bedeckte, schien dieser blass zu werden.

»Wollt Ihr mir berichten, ob Euch etwas aufgefallen ist?«
Der Schmied schüttelte den Kopf.

»Wollt Ihr nicht, oder habt Ihr nichts zu sagen?«

Selbst der Ruß schien nun an Farbe zu verlieren. »Ich hab nisch so genau hingeschaut«, nuschelte er. »War kein schöner Anblick.«

»Und wie kam es dazu, dass Ihr sie fandet? Der Fundort liegt doch ein ganzes Stück von Euch entfernt.«

»Der Händler Gruber stammt aus der Gegend hier und war mit meiner Arbeit so zufrieden, sodass er mich auch jetzt, wo er in so nem edlen Haus wohnt, seine Pferde beschlagen lässt.«

»Und wie seid Ihr an den Neckar gekommen?«

»Herr, bitte.« Der Schmied blickte ihn flehentlich an. »Er wird mich umbringen.«

»Gott wird Euch für Eure Sünden richten, so Ihr nicht um Vergebung fleht.« Silas tat der arme Mann fast schon leid, aber er durfte keine Rücksicht nehmen, wenn er den Mörder seines Bruders fassen wollte.

Der Schmied senkte den Kopf. »Ich war auf dem Heimweg. Eine Kutsche hielt neben mir, und ein Mann gab mir den Auftrag, den Fund einer Leiche zu melden. Zuerst wollte ich mich weigern. Das müsst Ihr mir glauben!« Er blickte Silas flehentlich an. »Doch dann drückte er mir ein Messer an die Kehle. Er kannte meinen Namen und sagte mir, dass er mich finden würde, wenn ich es nicht täte. Ich habe drei Kinder, hochehrwürdiger Herr!«

»Wie sah er aus?« Der Hexenjäger hielt gespannt die Luft an.

»Ich weiß nicht. Er trug eine Kapuze über dem Gesicht, aber er war nicht groß.«

»Irgendetwas anderes Auffälliges?« Silas fiel es schwer,

seine Enttäuschung zu verbergen. So dicht dran und doch nichts Brauchbares.

»Seine Stimme klang alt, und der Kutscher war ein übler Geselle mit einer verwachsenen Hand, an derem einzigen heilen Finger ein aus Gold geflochtener Ring prangte. Beste Handwerksarbeit, so wahr ich hier stehe.«

Immerhin etwas. »Gott sei mit Euch.«

Der Schmied seufzte vor Erleichterung und kehrte unter zahlreichen Demutsbekundungen zu seinen Gehilfen zurück, die das Gespräch im Schatten der Schmiede beobachtet hatten.

Auf dem Rückweg zur Heiliggeistkirche hielt Silas plötzlich inne. Jemand verfolgte ihn. Der wolkenverhangene, in bedrohlichem Gelb leuchtende Himmel tauchte die Gasse in ein finsteres Zwielicht. Der Hexenjäger wandte sich um und sah eine Bewegung in den Schatten. Langsam ging er darauf zu. Nun verfluchte er das weite Gewand eines Diakons, das es ihm unmöglich machte, schnell an den Dolch zu kommen, den er an sein Bein geschnallt trug. Doch als er an die Stelle kam, wo er die Bewegung gesehen hatte, fand er nur einen Haufen Unrat vor, auf dem sich zwei magere Ratten um einen undefinierbaren Klumpen Dreck stritten. Hatte er sich geirrt? Silas glaubte nicht. Bisher hatten ihn seine Instinkte nie getäuscht. Immer wieder drehte er sich unvermittelt um, während er die letzten Schritte zur Kirche zurücklegte, doch das Gefühl beobachtet zu werden war verschwunden.

32

AM NECKARUFER

14. Novembris, Heidelberg

Icherios schlenderte in der Dämmerung durch Heidelberg und beobachtete dabei die Händler, die ihre Waren allmählich aus den Auslagen räumten und die Geschäfte abschlossen. Kinder rannten kichernd an ihm vorbei, um rechtzeitig zum Abendessen zu Hause zu sein, und das Trappeln von Pferdehufen auf dem Lehmboden prallte von den kahlen Hauswänden ab. Er hatte es nicht mehr im Magistratum ausgehalten, zu viele Fragen schwirrten in seinem Kopf herum und zu groß war seine Unruhe bei dem Gedanken, in dieser Nacht den Nixen gegenüberzutreten. Er wollte Carissima besuchen, um sich für seine lange Abwesenheit zu entschuldigen. Er wusste, dass sie vor allem gekommen war, um Zerstreuung zu finden, deshalb hätte er sich mehr um sie kümmern müssen, anstatt sie nur aufzusuchen, wenn er Trost benötigte. Er bog gerade in die Straße ein, in der Carissimas Haus lag, als er eine ihm bekannte, schnarrende Stimme hörte. Schnell drückte er sich in einen überdachten Hauseingang. Die Kutsche des Doctore stand nur wenige Meter weit entfernt vor dem Anwesen der Vampirin. Aus ihrem Inneren erklangen gedämpfte Stimmen, die verstummten, als sich die Tür öffnete und ein gut aussehender, schwarzhaariger Mann ausstieg. Er verabschiedete sich mit einer eleganten Verbeugung, woraufhin die Pferde anzogen und die Kutsche an dem jungen Gelehrten vorbeifuhr. Er glaubte, obwohl er sich in die Schatten drückte, den Blick des Doctore auf sich zu spüren, und atmete erst auf, als sie in eine andere Straße abgebogen war. War es ein Zufall, dass er den Doctore hier traf? Warum hatte er nie Auberlin nach diesem Wesen gefragt. Der Leiter des Magistratum musste wissen, um was für ein Geschöpf es sich dabei handelte.

Verdutzt beobachtete er, wie der schwarzhaarige Mann auf Carissimas Haus zuging und die Türglocke bediente. Es dauerte nur wenige Augenblicke, bis Carissima ihm persönlich öffnete und ihn mit einem leidenschaftlichen Kuss begrüßte. Bei dem Anblick setzte Icherios' Herzschlag einen Moment aus. Es überraschte ihn, wie sehr es ihn schmerzte, die Vampirin in den Armen eines anderen zu sehen. *Sie ist nicht dein Eigentum*, ermahnte er sich, doch es half nicht. Wut und Enttäuschung überdeckten langsam die Trauer, die er über Carissimas Verlust empfand. Fast wäre er zu Carissima gestürmt und hätte sie zur Rede gestellt, doch dann besann er sich eines Besseren und wankte zum Magistratum zurück. Was sollte er ihr auch sagen? Sie hatten sich nie ein Versprechen gegeben, und er hatte sich sogar mit einem Schankmädchen eingelassen. Trotzdem wünschte er, sie hätte ihn vorgewarnt. *Du warst ja nie da*, flüsterte die kleine, gemeine Stimme in seinem Kopf. Zurück im Magistratum wanderte er in seinem Arbeitsraum auf und ab. Er wollte sich mit Arbeit ablenken, fand aber keinen neuen Ansatzpunkt für seine Experimente. Schließlich beschloss er, eine Probe getrockneten Werwolfbluts, die er in einer der Vorratskammern entdeckt hatte, in Wasser zu lösen und mit ihr dieselben Versuche durchzuführen, die er zuvor mit Maleficiums, seinem eigenen und dem Blut der gewöhnlichen

Ratten gemacht hatte. Vielleicht stieß er so auf einen Hinweis, und zumindest lenkte es ihn ab, bis es an der Zeit war, die Nixe ihren Artgenossen zurückzugeben.

Diese Nacht war noch kälter als die vorherigen. Icherios atmete die kalte Luft ein. Der Dampf, der von Mantikors Körper aufstieg, ließ ihn wie ein Höllenross erscheinen. Der junge Gelehrte hatte lange warten müssen, bis Ruhe im Magistratum eingekehrt war und er es wagen konnte, die Leiche aus dem Stroh zu holen und in ein Leinentuch gehüllt auf Mantikors Rücken zu schnallen. Auf seinem Weg zum Neckarufer hatte er die schmalen Gassen gewählt, die abseits der Hauptwege lagen. Er wollte vermeiden, einem Nachtwächter zu begegnen.

Endlich tauchte der Neckar vor ihm auf, der sich im gelben Mondlicht durch das Land fraß. Icherios' Atem ging schnell. Schweiß perlte auf seiner Stirn. Die Berichte über Nixen, die fröhlich im Nass planschten, waren fromme Vorstellungen, die nichts mit der Wahrheit zu tun hatten. Böse Geschichten rankten sich um den Fluss. Menschen, die in seine Fluten fielen, verschwanden unauffindbar, und Mörder erfreuten sich an dem Umstand, dass auch Leichen selten an dessen Ufer geschwemmt wurden. Icherios wusste nun, dass die Nixen die Ursache dafür waren. Menschenfressende Mischwesen aus Fisch und Frau, die sich obendrein von Toten ernährten, hausten im Neckar und wandelten sich in der Finsternis des Neumonds zu jungen Frauen, die ahnungslosen Männern beiwohnten, um Kinder zu empfangen, die sie dann in den schwarzen Tiefen gebaren.

Er erreichte das Ufer und ritt eine Weile parallel dazu, während er auf das Wasser hinausspähte. Als er sich sicher war, dass er sich weit genug von der Stadt entfernt hatte, saß er ab und zog die Leiche der Nixe vom Pferd. Er führte Mantikor etwas vom Fluss weg und band ihn an einen Baum. Schließlich wollte er nicht, dass das Tier als Futter für die Nixen endete.

Anschließend ging er zu der Leiche zurück und wickelte sie aus dem Leinentuch. Wie sollte er es anstellen? Sie einfach ins Wasser gleiten lassen? Genügte es, wenn sie nur das Wasser berührte?

Der junge Gelehrte faltete das Tuch, legte die Nixe darauf und zerrte sie ans Ufer. Dann zog er Mantel, Hose, Stiefel und Socken aus, sodass nur noch sein weißes Hemd seine dürren Beine umwehte. Danach nahm er die Leiche auf den Arm und watete mit ihr in das kühle Nass. Im Vergleich zu der eisigen Außentemperatur war das Wasser warm, feine Nebelschwaden stiegen von ihm empor. Vorsichtig ließ er die Leiche in den Neckar gleiten und hielt sie an den Händen fest. Sie trieb leicht an der Oberfläche, und ihre langen Haare glitten über ihr zartes Gesicht wie ein Schleier.

Icherios stand eine Weile hilflos in den Fluten und achtete darauf, dass ihm die Strömung die Nixe nicht entriss. Die Kälte drang in seine Knochen; er fing an zu zittern, seine Zähne klapperten. Mit einem Mal fühlte er sich lächerlich, halb nackt im Winter im Fluss zu stehen und auf einen Kontakt zu mystischen, menschenfressenden Wesen zu hoffen. Er wollte sich gerade abwenden, als vor ihm ein Kopf aus dem Wasser auftauchte, dem der vollbusige Oberkörper einer Frau folgte. Das lange, schwarze Haar klebte an ihrem kantigen Gesicht, das durch die hellblaue Hautfarbe noch fremdartiger wirkte. Ihre Wangenknochen saßen noch höher als bei ihrer toten Artgenossin, und ihre schlitzförmigen Pupillen starrten ihn emotionslos an.

»Gib sie mir.«

Beim Sprechen entblößte sie ein Gebiss, das an einen Haifisch erinnerte: zwei Reihen scharfer, ineinandergreifender Zähne, die deutlich länger als bei dem Raubfisch waren. Der junge Gelehrte hegte keinen Zweifel, dass sie selbst einen Knochen innerhalb von Sekunden zermalmen konnten.

Die Nixe war schwer zu verstehen. Ihre Stimme war zu tief für menschliches Empfinden, und die Worte wurden von eigentümlichen Zischlauten begleitet. Icherios ging einen Schritt auf sie zu, wobei er darauf achtete, dass die Leiche zwischen ihnen lag. Er wagte nicht, sie in der starken Strömung loszulassen. Kaum war er in ihrer Reichweite, tauchten drei weitere Nixen auf und nahmen sie ihm ab. Bevor er etwas sagen konnte, verschwanden sie in der Tiefe. Während das Wasser um seine Taille schwappte, war er sich der Gefahr, die von der tintenschwarzen Flut ausging, nur zu bewusst. Die erste Nixe wollte sich ebenfalls abwenden, da fasste Icherios all seinen Mut.

»Warte.«

Blitzschnell wie ein Reptil wendete sie sich um und schwamm an Icherios heran, bis ihre kalten Brüste nur wenige Zentimeter vor ihm in der Luft wippten. Eine eigentümliche, ringförmige Ausbeulung befand sich auf ihrem Brustbein, die er bei den anderen nicht gesehen hatte.

»Was will es?«, fragte die Nixe.

»Wer hat ihr das angetan? Warum hast du nicht gefragt, ob ich sie getötet habe?«

Sie deutete mit einer Hand, zwischen deren Fingern grünliche Schwimmhäute glänzten und deren Spitzen von scharfen Klauen gekrönt waren zur abnehmenden Mondsichel. »Sprechen schwer. Reden sobald Mond weg.«

Der junge Gelehrte beobachtete fasziniert, wie sie den Mund wie in Grimassen bewegte, um die Laute zu bilden.

»Ich soll zum Neumond wiederkommen, da du besser sprechen kannst, wenn du dich in einen Menschen verwandelst?«

Die Nixe nickte. »Nicht fressen, wenn helfen.«

Icherios schluckte. Er hatte bisher verdrängt, in welcher Gefahr er schwebte, nun kehrte die Angst umso heftiger zurück, und sein Zittern verstärkte sich. Schnell schätzte er ab, wann der nächste Neumond sein würde – noch mindestens ein halbes Dutzend Tage.

»Das dauert zu lange, bis dahin könnte es zu spät sein.«

Die Nixe stieß einen Zischlaut aus, der vermutlich dem Seufzen eines Menschen entsprach. »Böser Mann fragen. Schatten töten.«

Also hatte das Schattenwesen tatsächlich die Nixe getötet. Aber warum? Und von was für einem Mann sprach die Nixe? »Ich werde ihn fangen, doch dazu brauche ich mehr Informationen.«

»Hazecha.«

»Die Hohepriesterin des Hexenzirkels?«

Die Nixe nickte mit einer reptilienartigen Bewegung.

»Ist sie in den Mord verwickelt?« Der junge Gelehrte fürchtete die Antwort. Falls Hazecha an den seltsamen Vorgängen beteiligt war, wäre auch Gismara nicht unbeteiligt.

»Nein, sie fragen.«

»Ich verstehe.« In einem Anflug von Mut rang er sich zu einem Versprechen durch. »Ich werde den Mörder fangen.«

Ihre Lider schoben sich kurz seitlich vor die Pupillen, dann blickte sie ihn wieder an. »Danke.« Blitzschnell drehte sie sich um und verschwand in den Fluten.

33

Kroyan Nispeth

15. Novembris, Heidelberg

In der Mittagspause zwischen den Vorlesungen stand Icherios erneut vor dem Haus des Puppenmachers Kroyan Nispeth. Es war ihm nicht leichtgefallen, Marthes davon zu überzeugen nicht mitzukommen. Ihr letzter Ausflug hatte ihn zwar gelangweilt, trotzdem verlangte er ständig, mehr über Icherios' Tätigkeit zu erfahren.

Die Tür zum Geschäft stand offen. Nach dem Besuch bei dem anderen Puppenmacher bekam der junge Gelehrte ein ungutes Gefühl, als er die heruntergekommene Fassade betrachtete. Nispeth schien keinen großen Wert darauf zu legen, dass Kunden sich bei ihm wohlfühlten.

Als er in den Laden ging, fiel ihm als Erstes der betäubende Gestank auf, der ihm entgegenschlug. Es roch nach Verwesung und Tod, doch vermochte Icherios nicht, die Quelle des Geruchs auszumachen. Die Wände waren zwar feucht, aber der Ausstellungsraum ordentlich aufgeräumt und die zierlichen Puppen von herausragender Machart. Hatte Nispeth es deshalb nicht nötig, sein Auftreten angenehm zu gestalten, weil seine Arbeiten so gut waren?

Dann erblickte Icherios den Händler, und der Verdacht, den Mörder seines besten Freundes vor sich zu haben, breitete sich in ihm aus. Nispeth war ein sehr kleiner Mann, der trotz seiner mageren Statur einen runden Kopf mit tiefen Falten besaß. An seinen linken Arm hatte er ein Nadelkissen gebunden, und als der junge Gelehrte ihm in die blassgrünen Augen blickte, raubte ihm der Schrecken fast den Atem. In ihnen schwelte der Funke des Wahnsinns. Icherios' Blick wich instinktiv auf den Kopf des Mannes aus, der nur noch von einzelnen Strähnen fettigen, grauen Haares bedeckt war.

»Wie kann ich Euch helfen?«, knurrte der Händler. Seine Worte klangen zuvorkommend, seine Stimme schien allerdings etwas ganz anderes zu fordern.

»Ich suche eine Puppe für die Tochter meines Freundes.« Es kostete den jungen Gelehrten viel Kraft, ein unbefangenes Lächeln auf die Lippen zu zwingen.

»Sucht Euch eine aus.« Nispeth deutete auf seine Ausstellung. Icherios fiel in der Nähe der Tür, die zum Nachbarraum führte, eine atemberaubend schöne Puppe auf, die ein weißes Kleid mit rotem Blumendruck trug.

»Diese gefällt mir.« Icherios nahm sie vorsichtig hoch, während er zur Tür schielte. Dahinter lagen weitere Räume und eine Kellertreppe, von der der Gestank zu kommen schien.

»Fünf Gulden.«

Der junge Gelehrte nickte und holte ohne mit der Wimper zu zucken seinen Geldbeutel hervor. Inzwischen hatte er sich an die Preise gewöhnt.

»Das Mädchen würde sich sehr freuen, wenn ich ihr etwas über die Herstellung der Puppe erzählen könnte. Wärt Ihr so nett, mich ein wenig herumzuführen?«

»Ich hab zu tun. Kauft Janine, oder lasst es.« Nispeth starrte ihn bösartig an.

In Icherios keimte der Verdacht auf, dass der Händler

wusste, warum er hier war. Sein Inneres krampfte sich zusammen. Er nahm die Münzen, legte sie auf den Tisch und ging mit der Puppe nach draußen, während Nispeth sein Rechnungsbuch aufschlug. Das musste der Mörder seines Freundes sein.

Plötzlich trat Marthes mit undeutbarer Miene aus dem Schatten eines Hauses auf ihn zu.

»Planst du etwa wieder einen Besuch bei einem Freund?«

Icherios starrte ihn verblüfft und zugleich entsetzt an. War er ihm etwa gefolgt? »Ja, bald, und nachdem du mir diesen Puppenmacher empfohlen hast, wollte ich mir seine Arbeit anschauen.«

»Lüg mich nicht an.« Marthes sah ihn finster an. »Ständig verschwindest du, erfindest seltsame Ausreden. Ich will endlich die Wahrheit wissen.«

Der junge Gelehrte blickte zu Boden. Konnte er Marthes davon erzählen? Würde er ihm überhaupt glauben? Und wenn ja, was würde das Wissen aus ihm machen? »Ich kann nicht«, seufzte Icherios.

»Nun gut, dann hat es mich gefreut, Ihre Bekanntschaft gemacht zu haben. Lebt wohl.« Er wandte sich ab und ging die Straße hinunter.

Icherios spürte etwas in sich zerbrechen. Er wollte nicht schon wieder einen Freund verlieren. Es verlangte ihn danach, sich jemandem anzuvertrauen, jemandem, der nicht in die seltsamen Vorgänge um ihn herum verstrickt war.

»Warte«, rief er. Dann führte er Marthes zu einem Brunnen, auf dem sie in der fahlen Mittagssonne saßen, während einzelne Schneeflocken auf sie herunterrieselten, und erzählte ihm von Vallentins Tod und seiner Arbeit im Ordo Occulto. Nur das Schattenwesen, die Leichen und seine Verwandlung in einen halben Strigoi verschwieg er.

Anfangs blickte Marthes ihn ungläubig an, wollte sogar mehrfach empört gehen, in dem Glauben, dass Icherios sich einen bösen Scherz mit ihm erlaubte. Schließlich wurde er ruhig und nachdenklich, bis er am Ende von dem Bericht furchtbar aufgeregt war und sofort zur Stadtwache rennen wollte. Mit Mühe und Not konnte der junge Gelehrte ihn davon abhalten.

»Man würde uns kein Wort glauben, uns gar für verrückt halten, wenn wir von einem Puppenmonster erzählen.«

Nach einiger Diskussion rang er Marthes das Versprechen ab, nichts zu unternehmen. Er versprach, sich selbst darum zu kümmern.

Nachdem sich ihre Wege getrennt hatten, kehrte Icherios ins Magistratum zurück. Der heutige Abend galt dem nächsten Schritt in seinen Untersuchungen: Er würde Maleficium töten.

Er wartete, bis die Sonne untergegangen war. Franz war seit dem Morgengrauen unterwegs, um in Mannheim Bücher und alchemistische Gerätschaften in Auberlins Auftrag zu kaufen, und wurde nicht vor dem morgigen Tag zurückerwartet.

Die Hände des jungen Gelehrten zitterten, als er Maleficium aus dem Käfig hob. Das Tier bemerkte seine Unruhe. Ein leises Quietschen drang aus seiner Schnauze, und Icherios spürte, wie der Herzschlag des Nagers sich beschleunigte.

»Alles wird wieder gut, mein Kleiner.« Ihm traten die Tränen in die Augen. Übelkeit stieg in ihm auf, und er vergrub seine Finger in Maleficiums warmem, weichem Fell. Scham überkam ihn. Es war nur eine Ratte, aber sie hatte ihm all die Jahre treu zur Seite gestanden, sogar sein Leben in Dornfelde gerettet. Durfte er riskieren, sie zu töten? Icherios beschloss, zuerst mit einer kleinen Verletzung anzufangen. Heilte sie nicht schnell wieder, konnte er sich immer noch überlegen, das Experiment abzubrechen. Während er den Nager weiter kraulte, nahm er ein scharfes Messer und befreite eine schmale Stelle am Nacken vom Fell. Maleficium knabberte dabei ungerührt an einem Stück Trockenfisch. Anschließend entnahm er dem Tier eine kleine Blutprobe und beobachtete fasziniert, wie sich die Einstichstelle in Sekundenschnelle wieder schloss. Icherios' Forscherdrang erwachte. Wäre Maleficiums Körper auch in der Lage, größere Verletzungen, gar den Tod zu heilen? Rasch füllte er die Blutprobe in ein Glasfläschchen ab, gab einige Tropfen Acetum Citrorum, Zitronensäure, hinzu und stellte es auf die Fensterbank. Die Kälte der Nacht würde es kühlen, bis er Verwendung dafür fand.

Trotz seiner Neugierde überkamen den jungen Gelehrten erneut Schuldgefühle. War er besser als Vallentin oder Raban, wenn er Maleficium tötete wegen einer geringen Chance auf Heilung? *Es ist nur eine Ratte!*, versuchte er sich einzureden. Die Erinnerungen an die Andreasnacht kehrten zurück, an das Fleisch, das er noch immer zwischen seinen Zähnen fühlen konnte, das Blut und die Exkremente des Sterbenden an seiner Kleidung. Er musste es tun! Damit stellte sich ihm die nächste Frage: Wie sollte er seinen kleinen Freund töten? Mit Gift? Nein, dann könnte er die hoffentlich erfolgende Heilung nicht beobachten. Ihm den Kopf abschlagen? Zu gefährlich, Vampire, Ghoule, Strigoi – sie alle starben endgültig nach dem Abtrennen des Schädels. Erschlagen? Zu brutal, Icherios schüttelte sich bei dem Gedanken, das Knacken von Maleficiums Knochen zu hören. Ein Stich ins Herz? Schwer zu zielen, aber machbar. Mit zitternden Händen nahm er einen dünnen Holzstab und begann ihn anzuspitzen. Vampire wurden lediglich bewegungsunfähig, wenn man ihnen das Herz durchbohrte. Icherios fragte sich, wie viele Menschen bereits gestorben waren, weil sie glaubten, einen Vampir auf diese Weise töten zu können.

Nachdem der junge Gelehrte fertig war, setzte er Maleficium zurück in den Käfig und ging in die Küche, um ein Stück Schinken zu holen. Der Nager würde alles tun, um etwas von dieser Köstlichkeit zu bekommen. Heute würde er dafür sterben müssen. Icherios lachte bitter. Bevor er in sein Zimmer zurückkehrte, nahm er sich ein Glas Wein und stürzte es hinunter. Zum ersten Mal wünschte er sich, Geschmack an Schnaps und anderen, härteren alkoholischen Getränken zu haben.

Zurück im Arbeitsraum legte er Maleficium auf seinen Schoß, drehte die Ratte auf den Rücken und lenkte sie mit einem Stückchen Schinken ab, um ihr den Kopf nach hinten zu legen. Das Herz lag bei einer Ratte direkt unter der Kehle, wenn sie sich in dieser Position befand, und war nahezu unmöglich zu verfehlen. Dennoch benötigte Icherios mehrere Anläufe, bis er Nager, Schinken und Holzpflock koordiniert bekam. Endlich lag das Tier für einen Moment ruhig. Der junge Gelehrte spürte das rasche Pochen des Herzens unter seinen Fingern. Er zögerte. Wie konnte er das nur tun? »Die höchste Tugend ist die Freiheit von Emotionen«, flüsterte er. Jetzt war der Zeitpunkt zu beweisen, dass er ein wahrer Sucher nach der Wahrheit war. Er umklammerte das Stück Holz und trieb die Spitze durch Maleficiums festes Fleisch mitten ins Herz. Das Tier zuckte zusammen, quietschte einmal kurz auf, dann lag es still. Die Nase ruhte neben dem Stück Schinken, die Schnurrhaare zitterten noch immer. *Nein! Er durfte nicht tot sein!* Icherios zog den Pflock heraus und hob seinen kleinen Gefährten hoch, der kein Zeichen von Regeneration zeigte. Schuldgefühle überrollten ihn. Seine Sicht verschwamm vor Tränen, die ihm in Strömen über die Wange liefen. Zitternd presste er den Nager an seine Brust, ignorierte, dass er sein Hemd so mit Blut befleckte.

Immer wieder untersuchte er Maleficium in der Hoffnung, dass doch noch eine Heilung eintrat, aber die Ratte blieb leblos, und der Körper kühlte langsam ab.

Dann riss die Wolkendecke auf, und der Mond trat hervor. Icherios erinnerte sich an die wichtige Rolle, die die Mondphasen bei der Erstellung des Unsterblichkeitstranks gespielt hatten. Ein Hoffnungsschimmer keimte in ihm auf. Vielleicht brauchte der Nager das Mondlicht, um sich heilen zu können. Als Icherios das Fenster öffnete, fegte ein eisiger Windstoß durch den Raum, der Schneekristalle mit sich brachte. Behutsam legte er Maleficium neben die Blutproben, die er draußen lagerte. Er durfte seinen kleinen Freund nicht verlieren!

Veränderte sich die Wunde? Der junge Gelehrte blickte genauer hin. Tatsächlich! Hauchdünne Fasern wuchsen aus den Wundrändern hervor, verbanden sich miteinander und bildeten ein Netz, das sich rasch verdichtete. Ein Zucken ging durch den Leib des kleinen Tieres. Icherios nahm die Ratte sachte auf den Arm, sorgfältig darauf bedacht, dass das Mondlicht weiter auf die Wunde schien. Er wollte nicht riskieren, dass Maleficium nun auch noch hinunterstürzte. Plötzlich spürte der junge Gelehrte ein zögerliches Pochen, dann noch eins. Das Herz fing wieder an zu schlagen! Freudentränen stiegen in seine Augen, liefen seine Wangen hinab und zogen frostige Bahnen in seinem Nacken. Als Herzschlag und Atmung gleichmäßig erklangen und die Wunde sich geschlossen hatte, schloss Icherios das Fenster und begab sich in sein Wohnzimmer. Er wollte nicht, dass Maleficium sich in dem Raum befand, in dem er gestorben war, wenn er aufwachte.

Icherios bemerkte nicht einmal mehr, wie die Zeit verging, während seine Finger durch das erneut warme Fell des Nagers fuhren. Er wusste nun, dass der Trank, von dem Maleficium bei seinem letzten Auftrag aus Versehen gekostet hatte, Unsterblichkeit verlieh. Aber selbst wenn der Fürst von Sohon ihm die Rezeptur gab, wäre Icherios nicht in der Lage, die Tinktur herzustellen. Dazu müsste er zahlreiche Menschen, Vampire und Werwölfe töten, nur um die benötigten Reagenzien zu erhalten. Da konnte er ebenso gut ein Strigoi bleiben, zumal Carissimas Bruder das niemals zulassen würde. Dennoch keimte in Icherios neue Hoffnung auf. Eventuell bestand die Möglichkeit, Unsterblichkeit auch auf andere Weise zu erlangen und nicht nur durch diesen Trank. Er musste nur das Geheimnis, das in Maleficiums Blut lag, lüften. Sobald er unsterblich wäre, wäre er nicht zum Tode verdammt, wenn er in der Andreasnacht niemanden tötete.

Und es gab noch einen weiteren Ansatz: Das Blut dieser drei Arten unterschied und ergänzte sich zugleich. Wenn er herausfand, was genau die Andersartigkeit des Vampirbluts ausmachte, konnte er es eventuell extrahieren und sich vom Strigoi befreien. Er nahm einen Stift und begann eine Reihe Fragen niederzuschreiben, um sie später in einem Brief an Carissimas Bruder zusammenzufassen. Es war schwierig mit einer Hand zu schreiben, aber er wollte Maleficium nicht aus den Augen lassen. Er brauchte das Gefühl des warmen Pelzes unter seinen Fingern.

Es würde lange dauern, bis er eine Antwort erhalten würde. Carissima wäre diesmal sicher nicht bereit, den Boten zu spielen. Der junge Gelehrte senkte den Kopf. Konnte er ihr wirklich einen Vorwurf daraus machen, sich mit einem anderen Mann eingelassen zu haben? Er hatte sich zu lange nicht mehr bei ihr gemeldet. Nicht dass Carissima sich nicht um sich selbst kümmern konnte, aber er wusste, dass Missachtung sie schmerzte, und sie hatte Besseres verdient nach all dem, was sie für ihn getan hatte. Sie würde nicht erfreut sein, wenn sie erfuhr, dass er auf dem Weg war, ein Heilmittel zu finden.

Er konnte natürlich auch zu Raban gehen und sein Angebot annehmen. Der alte Vampir verfügte sicherlich über ein gewaltiges Wissen, mit dem er die Lücken füllen konnte, bis er die Antworten von Carissimas Bruder erhielt.

Der junge Gelehrte wurde in seinen Überlegungen gestört, als ein leises Quietschen erklang. Maleficium öffnete die Augen und blickte sich orientierungslos um. Er stand auf und machte einen Buckel wie eine Katze. Icherios lachte mit Tränen in den Augen und hielt dem Nager ein Stück Schinken hin, woraufhin die Ratte ihn empört anfunkelte. Anscheinend mochte er keinen Schinken mehr. Icherios holte eine kleine, getrocknete Makrele aus einer Dose und bot sie dem misstrauischen Tier an. Nachdem Maleficium ausgiebig daran geschnuppert hatte, schnappte er sich die Leckerei, sprang von Icherios' Schoß und verschwand in eine Ecke. Während er fraß, starrte er den jungen Gelehrten vorwurfsvoll an.

Icherios' Freude über die Unsterblichkeit seines Gefährten bekam durch dessen unübersehbaren Argwohn einen Dämpfer. Er hoffte, dass Maleficium ihm eines Tages verzeihen würde.

Dann widmete er sich wieder seinen Notizen. Nachdem er auch die letzte Frage notiert hatte, überkam ihn eine tiefe Müdigkeit, doch als er sich hinlegte, fand er keinen Schlaf. Zu viele Bilder geisterten durch seinen Kopf, zu viele Sorgen plagten ihn, und er verspürte Scham über das, was er Maleficium angetan hatte. Ruhelos wälzte er sich hin und her. Er wollte vergessen, Ruhe finden. Das Laudanum könnte ihm dabei helfen. *Nein!*, gellte es in seinem Schädel, aber die Sucht gewann mit jeder wachen Minute mehr Macht über ihn. Schließlich gab er auf, nahm einen Schluck der grünen Tinktur und gab sich der seligen Leichtigkeit hin, bevor er in einen tiefen Schlaf fiel.

Das Mondlicht zeichnete ein Muster aus Schatten und Licht auf Icherios' Bett, als er mit schmerzendem Kopf erwachte. Es dauerte einige Sekunden, bis er bemerkte, was ihn geweckt hatte: Ein Gewicht lastete auf seiner Brust. Hatte Maleficium sein Schmollen aufgegeben und war zu ihm zurückgekehrt? Er öffnete die Augen und blickte in die schwarzen Knopfaugen der hässlichsten Puppe, die er je gesehen hatte. Sie war etwa einen Fuß hoch, aus hellem Kirschholz geschnitzt und trug eine enge Hose und ein Hemd, durch das man die eckigen Umrisse des Körpers erkennen konnte. Vom kreisrunden Kopf sprossen schlauchförmige Haare. Das Gesicht bestand aus einem rot aufgemalten Kussmund, einer Nase und zwei schwarzen Knöpfen, die als Augen dienten. In der Hand hielt sie ein für den kleinen Körper viel zu großes Messer, das sie auf Icherios richtete.

Kalter Schweiß brach dem Gelehrten aus. Für einen Moment riss er sich vom Anblick der Puppe los und entleerte sich beinahe vor Angst, als er erkannte, dass sein ganzes Bett von diesen Monstern umzingelt war. Es waren mindestens ein Dutzend, die stumm mit ihren Klingen auf ihn deuteten.

Die Puppe, die auf seiner Brust stand, senkte das Messer, sodass es seine Kehle berührte. Sie beugte sich zu ihm herab. Ihre Knopfaugen fixierten den jungen Gelehrten. »Halt dich fern, sonst ...« Sie vollführte eine blitzschnelle Bewegung und ritzte Icherios' Hals von Schlagader zu Schlagader auf. Ein wenig tiefer und er würde innerhalb von Sekunden verbluten. Tränen stiegen in Icherios' Augen.

Dann wurde der Druck plötzlich von seiner Brust genommen. Die Puppe hüpfte in ruckartigen Bewegungen von seiner Brust. Die kleinen Monster reihten sich hintereinander auf wie Soldaten und marschierten auf den Arbeitsraum zu. Dort sprangen sie durch das offene Fenster nach draußen. Wie hatten sie das Fenster geöffnet? Icherios war sich sicher, dass er es geschlossen hatte.

Der junge Gelehrte wagte es noch eine ganze Weile nicht, sich zu bewegen. Ängstlich starrte er das Fenster an. Schließlich überwand er sich, stand zitternd auf, rannte hinüber und schloss es mitsamt den Läden. Wo war Maleficium? Nach einigen Minuten des Suchens entdeckte er ihn in einem offen stehenden Käfig auf der hintersten Arbeitsbank. Erleichtert holte er ihn heraus und sank schluchzend auf sein Bett.

In dieser Nacht fand er keinen Schlaf mehr, sodass er am nächsten Morgen vollkommen übermüdet in die Vorlesung torkelte.

Marthes blickte ihn besorgt an. »Alles in Ordnung?«

»Später.«

In der Mittagspause gingen sie zu Marthes nach Hause. Seine Mitbewohner befanden sich auf der Straße, um sich die Zeit mit Ballspielen zu vertreiben, sodass sie ungestört waren. Nach anfänglichem Zögern berichtete der junge Gelehrte von dem nächtlichen Besuch. Sein Experiment mit Maleficium erwähnte er nicht. Marthes wusste nichts von dem Vampirbiss und dabei wollte Icherios es vorerst belassen. Es war schon schwer genug, den jungen Mann in die anderen seltsamen Vorgänge einzuweihen. Icherios war sich am Ende ihres Gespräches nicht sicher, ob Marthes ihm glaubte. Zu schnell hatte er eingewilligt, erst noch weitere Nachforschungen anzustellen, bevor sie etwas unternahmen. Entweder war er viel geneigter, Magie und übernatürliche Wesen zu akzeptieren als Icherios, oder er glaubte ihm kein Wort.

Nach der letzten Vorlesung eilte er zurück ins Magistratum. Franz hatte ihm am Morgen versprochen, Gismara um ein Gespräch zu bitten. Sie war die Einzige, die Icherios kannte, die Verbindung zu Hazecha hatte. Die beiden erwarteten ihn bereits in der Küche, wo die Werratte eifrig am Herd werkelte. Der Geruch nach gebratenen Würstchen, Kartoffeln und gebackenen Äpfeln mit Honig schlug Icherios entgegen und nahm ihm etwas von der Nervosität, die ihn unter Gismaras berechnendem Blick befiel.

»Du kommst wie gerufen.« Franz lächelte ihn herzlich an. »Das Essen ist gleich fertig. Wie war dein Tag?«

»Die Vorlesungen waren eintönig wie immer.«

Gismara lachte verächtlich. »Ihr seid wohl zu gut für eine einfache Universität?«

»Ich, nein«, stotterte Icherios.

»Lass den Jungen, Gis. Er ist wirklich gut, und die Jesuiten eine Plage. Das solltest du am besten wissen.«

Die Hexe schloss beleidigt den Mund. Franz zuckte mit den Achseln. Der junge Gelehrte würde nie verstehen, warum sich die liebenswerte Werratte zu diesem eiskalten Biest hingezogen fühlte.

Während des Essens sprach in erster Linie Franz, der versuchte, ein lockeres Tischgespräch in Gang zu bringen, doch Gismara blockte jeden Versuch ab. Als sie ihr Gesicht ins Licht drehte, sah Icherios, dass ihre Haut unter einer dicken Schicht Schminke an einigen Stellen blau angelaufen war.

Erst jetzt fiel ihm auf, dass sie sich etwas steif und übervorsichtig bewegte. Was war nur mit ihr geschehen? Aber er wagte nicht zu fragen. Immerhin war das wohl der Grund für ihre besonders schlechte Laune an diesem Abend.

Nach der Mahlzeit schenkte ihnen Franz einen süßen Muskatwein ein und schürte das Feuer im Herd, sodass sich eine heimelige Wärme in der Küche ausbreitete, während draußen ein Sturm heulend um die Ecken pfiff.

»Nun können wir reden.« Franz setzte sich mit einer Schale Nüsse an den Tisch. »Was liegt dir auf dem Herzen, Grünschnabel?«

Icherios schwieg einen Moment. Er traute sich nicht zu fragen. Verlegen musterte er seine Schuhe.

»Für so etwas habe ich keine Zeit.« Gismara schlug ungeduldig mit der Hand auf den Tisch. Franz blickte sie beschwörend an.

»Ich muss mit Hazecha reden«, stieß Icherios hervor.

Für einige Augenblicke war nur das Knistern des Feuers zu hören.

»Das halte ich für keine gute Idee.« Franz nippte an seinem Wein. »Sie ist nicht ungefährlich und nicht so duldsam wie Gismara.«

Icherios versuchte Anzeichen dafür zu entdecken, dass Franz einen Witz machte. Gismara und duldsam?

»Soll er sich doch beweisen«, wandte die Hexe ein. »Wenn er eine Unterredung mit ihr übersteht, wissen wir zumindest, dass er nicht völlig nutzlos ist.«

Icherios funkelte sie böse an, wagte aber nicht, ihr zu widersprechen. Er musste Hazecha sehen.

»Was willst du von ihr?«, fragte Franz. »Vielleicht können wir dir helfen?«

Der junge Gelehrte schüttelte abwehrend den Kopf. Er

wollte nicht noch jemanden mit hineinziehen. Zudem musste er wieder an Freybergs Warnungen denken.

»Ich muss ihr eine Frage stellen, die ich niemand anderem verraten darf. Es tut mir leid.«

Franz blickte ihn traurig an. »Also gut. Ich hoffe, du weißt, dass du mir vertrauen kannst.«

Icherios nickte und hoffte, dass ihm Franz seine Zweifel nicht anmerkte.

»Kommt morgen zur Mittagsstunde zum Hexenturm. Ich bringe Euch zu ihr.«

»Ich werde da sein.«

»Das will ich für dich hoffen.« Gismara stand auf und hauchte Franz einen Kuss auf die Wange. »Danke für das Essen, mein Lieber.« Dann rauschte sie hinaus.

Icherios ertrug Franz' prüfende Blicke nicht lange und zog sich in sein Zimmer zurück. Er versuchte sich mit Lesen abzulenken, um nicht an die geheimnisvollen Puppen, Nispeth, die Morde und seine bevorstehende Begegnung mit Hazecha zu denken. Es gab so viele Dinge, die er nicht verstand. Mit dem Eindringen der Magie in seine Welt hatte er das Gefühl, langsam den Halt zu verlieren. In Dornfelde hatte ihn die Gewissheit getröstet, dass zu Hause ein normales Leben auf ihn wartete. Inzwischen gab es keinen Ort mehr, an den er flüchten konnte.

34

Hazecha

17. Novembris, Heidelberg

Die Vorlesungen am Morgen brachte Icherios im Halbschlaf hinter sich. Er hatte dem Verlangen nach Laudanum widerstanden, aber der Preis dafür war hoch. Er hatte so gut wie keinen Schlaf gefunden.

Inzwischen hatte er sich an den eintönigen Ablauf seines Studiums gewöhnt, und angesichts des Chaos und der Ungewissheit, die sein sonstiges Leben beherrschten, begann er die Langeweile fast zu schätzen.

»Ich komme heute Nachmittag eventuell nicht«, flüsterte Icherios Marthes zu. »Falls einer fragt, ich bin krank.«

»Warum?«

»Ich muss etwas Wichtiges erledigen.«

»Wieder Weibergeschichten, oder hast du einen Auftrag?«

»Weibergeschichte.« Der junge Gelehrte vermied es, Marthes ins Gesicht zu blicken, obwohl seine Antwort nicht so weit von der Wahrheit entfernt war. Es behagte ihm nicht, seinen Freund erneut anzulügen, aber er wusste, dass Marthes darauf bestehen würde mitzukommen, und er wollte ihn nicht tiefer in die düsteren Vorgänge in Heidelberg ziehen. Zu sehr fürchtete er, auch diesen Freund zu verlieren.

Als er gemeinsam mit Marthes die Domus Wilhelmiana

verließ, um seinen Freund nach Hause zu begleiten, bevor er sich zum Magistratum und anschließend zu dem Treffen mit Hazecha begab, bedeckte den Himmel eine triste graue Wolkendecke, die in Vorankündigung eines heftigen Schneetreibens einen gelblichen Stich hatte. Das Pflaster war rutschig und der junge Gelehrte so darauf konzentriert, nicht zu stürzen, dass er die Frau, die aus dem Schatten eines Gebäudes trat, erst bemerkte, als Marthes ihn am Ärmel packte und zum Anhalten zwang.

Trotz der weiten Kapuze aus taubenblauer Seide, die ihre schwarzen Locken vor der Feuchtigkeit schützte, erkannte Icherios die Vampirin sofort.

»Wir müssen reden«, Carissimas samtige Stimme duldete keinen Widerspruch.

Marthes starrte sie mit aufgerissenem Mund an. »Ist das …?«

»Lässt du uns bitte alleine?«, bat ihn der junge Gelehrte.

»Natürlich«, stotterte Marthes und geriet auf dem glatten Boden ins Schlittern, da er seine Augen nicht von der wunderschönen Vampirin lösen konnte. »Jetzt verstehe ich dich«, flüsterte er Icherios zu. »Wir sehen uns morgen.« Damit verschwand er um die nächste Straßenecke.

»Ein Freund von dir?«

»Warum bist du hier und setzt dich dem Tageslicht aus?«

»Ich weiß, dass du mich mit Avrax gesehen hast.«

Icherios zwang sich, ruhig zu bleiben. Auch wenn er sie verstand, schmerzte es ihn, sie mit einem anderen Mann zu wissen. »Dein Bruder hat mich vor dir gewarnt. Ich wusste, auf wen ich mich einlasse.«

Carissima trat näher an ihn heran und berührte seine Wange. »Du warst nie nur eine kleine Abwechslung, aber du bist ein Mensch. Das wird immer zwischen uns stehen.«

»Ich verstehe.« Der junge Gelehrte senkte den Kopf. »Liebst du ihn?«

»Ich weiß nicht, es ist anders als mit jedem zuvor«, flüsterte die Vampirin. Tränen schimmerten in ihren Augen. »Ich möchte trotzdem deine Freundin bleiben und mein Angebot, dich zu verwandeln, bleibt bestehen.«

Icherios überraschte es, sie so verletzlich zu sehen. Ihm war sie immer stark und furchterregend erschienen. »Natürlich sind wir Freunde.« Er holte tief Luft. »Gib mir nur etwas Zeit, mich an all das zu gewöhnen.«

»Ich habe alle Zeit der Welt.« Carissima verwandelte sich in die selbstbewusste Vampirin zurück und schenkte ihm ein freches Lächeln. »Du weißt, wo du mich finden kannst.« Sie hauchte ihm einen Kuss auf die Wange, dann verschwand sie in dem schmalen Durchgang zwischen zwei Häusern und kletterte wie eine Spinne die Wand empor, um dann auf dem Hausdach zu verschwinden.

Der junge Gelehrte ging nachdenklich zum Magistratum. Zum einen fühlte er sich, als ob er einen Verlust erlitten hätte, zum anderen spürte er Erleichterung, da es nun einfacher wäre, ihr Angebot, ihn in einen Vampir zu verwandeln, auszuschlagen.

Gismara wartete bereits vor dem bogenförmigen, vergitterten Eingang des Hexenturmes, als Icherios eintraf. Sie war schön und wirkte unnahbar wie immer. Ihr eng anliegendes, braunes Kleid betonte ihre schmale Figur, und auf dem Kopf trug sie einen kecken Hut mit langer Feder. Niemals hätte jemand vermutet, dass sie zu der Art Frauen gehörte, die hier einst eingesperrt und verbrannt worden waren. Icherios blickte zur Spitze des Turmes hinauf. Eine dieser seltsamen, schwarzen Krähen saß auf dessen Spitze und beobachtete die vorbeieilenden Menschen. Nein, korrigierte er sich mit einem Schaudern. Das Tier beobachtete ihn. Was waren das nur für Geschöpfe, die immer häufiger in der Stadt zu sehen waren?

Gismara tippte ungeduldig mit der Spitze ihres zierlichen Lederschuhs auf den Boden. »Wir müssen uns beeilen. Hazecha ist niemand, den man warten lässt.«

»Ich freue mich auch, Euch zu sehen«, murmelte Icherios, während er der Hexe folgte.

Sie führte ihn durch ein unüberschaubares Netzwerk kleiner Gassen und Straßen; vorbei an alten, verfallenen Gebäuden, Ställen mit Kühen und Pferden und Kindern, die über den eisigen Boden schlitterten und mit mühsam zusammengekratztem Neuschnee Figuren bauten.

Schließlich blieben sie vor einem hohen Fachwerkhaus stehen, dessen tiefschwarze Fensterläden das Licht verschlangen. Gismara deutete auf Icherios' Schuhe.

»Zieht die aus, bevor Ihr das Haus betretet.«

Die Haustür war unverschlossen. Drinnen befand sich ein schmaler Gang mit einem Schuhregal, in das Gismara ihre Stiefel stellte. Der junge Gelehrte folgte ihrem Beispiel. Am Ende des Ganges hing ein schwerer Vorhang aus dunkelrotem Samt, den Gismara beiseiteschob. Sie drehte sich zu Icherios um.

»Geht die Treppe nach oben, und klopft an die erste Tür auf der linken Seite.«

»Ihr kommt nicht mit?« Trotz ihrer unnahbaren Art wünschte er sich, die Hexe würde ihn begleiten.

»Das ist eine Angelegenheit zwischen Euch und meiner Herrin.«

Icherios schluckte. Was für eine Frau mochte es sein, die Gismara als Herrin bezeichnete? Zögerlich stieg er die schmale Treppe hoch. Ein dunkelroter Läufer dämpfte seine Schritte. Das Innere des Hauses wurde nur von einigen wenigen Kerzen beleuchtet, sodass die schwarzen Holzbalken finster über ihm hingen. Icherios pochte sanft gegen die Tür und wartete. Nichts geschah. Er klopfte kräftiger. Wieder keine Reaktion. Schließlich drückte er den Türknauf langsam nach unten, schob die Tür langsam auf und spähte hinein. Der Raum lag im Halbdunkeln. Eine Vielzahl weicher Kissen und Teppiche in allen erdenklichen Farben lag auf dem groben Holzboden. An den Wänden hingen Tücher, Goldketten und goldene Kerzenhalter. Ein tannengrüner Vorhang bedeckte das einzige Fenster, neben dem ein breites Regal mit getrockneten Kräutern und Flaschen aus dunklem Glas stand. In der Mitte des Raumes saß die schönste Frau, die Icherios jemals gesehen hatte. Ihr karmesinrotes Haar fiel in langen Wellen bis zur Hüfte hinab und umspielte ihre schmale Taille und die vollen Brüste. Ein hellgraues Kleid mit dunkelroten Stickereien betonte ihre klaren, taubengrauen Augen, die Icherios aufmerksam beobachteten. Der junge Gelehrte konnte sich nicht von ihren sanft geschwungenen Lippen, ihrem weichen Kinn und den hohen Wangenknochen losreißen.

Hazecha schien derartige Reaktionen gewohnt zu sein. »Tritt ein«, forderte sie ihn ruhig auf.

»Ich wollte nicht stören, Herrin«, stotterte Icherios und verbeugte sich linkisch.

Hazechas Lächeln raubte Icherios den Atem. »Es war die erste Prüfung. Nur wer wirklich nach Antworten sucht, öffnet diese Tür.«

Der junge Gelehrte starrte sie stumm und scheu an. Er hatte eine ältere, warzenbedeckte Frau erwartet. Schöne Frauen brachten ihn noch immer in Verlegenheit.

»Schließ die Tür, und setz dich«, verlangte Hazecha.

Vor Aufregung zitternd befolgte Icherios ihre Anweisungen und setzte sich unbeholfen auf ein dickes, grünes Kissen.

»Gismara bat mich, mit dir zu sprechen. Sie versicherte mir, dass du mir und den meinen nichts Böses willst. Ist dem so?« Ihre Augen schienen bis in seine Seele zu sehen.

»Nein«, stotterte er. »Ich meine, ich beabsichtige nicht, Euch zu schaden.«

»Du weißt, was ich bin?«

»Eine Hexe?«

Hazecha lachte. »Zumindest bezeichnen die Menschen in Heidelberg mich so.«

»Könnt Ihr fliegen?« Icherios biss sich auf die Zunge, als er die Frage stellte, aber seine Neugierde war zu stark. Selbst im *Monstrorum Noctis* gab es die unterschiedlichsten Aussagen über Herkunft und Fähigkeiten der Hexen.

Diesmal klang Hazechas Lachen aufrichtig amüsiert. »Nein, ich kann nicht auf einem Besen durch die Nacht reiten. Aber ich sehe, dass Gismara nicht gelogen hat, als sie mir einen wachen Geist ankündigte.«

Icherios war überrascht. Gismara dachte so von ihm?

»Ich will dir etwas über Hexen erzählen, das ich sonst keinem Menschen gewähre. Wo sie herkommen, ist nicht geklärt. Manche schreiben ihr Entstehen Hermes Trismegistos und seinen Experimenten zu, andere, wie Gismara, glauben von Göttinnen abzustammen und von ihnen gesegnet zu sein. Da es die verschiedensten Arten gibt – Pythonissa, Hagzissa, Incantatrix, Saga, Maleficia und Striga –, mag es sein, dass sie alle unterschiedliche Entstehungsgeschichten haben und die Menschen sie nur aufgrund ihres Geschlechts als Hexen bezeichnen. Die Einzigen, die in der Lage sind zu fliegen, sind die Striga. Legenden behaupten, dass es einst Incantatrix gab, die die Fähigkeit besaßen, Zauber auf unbelebte Gegenstände zu legen und sich mit deren Hilfe in die Luft zu erheben. Aber selbst Gismara, obwohl sie eine der mächtigsten Hexen unserer Zeit ist, vermag es nicht.«

Icherios bemühte sich, diese Informationen zu behalten, um sie sich später zu notieren. Allein wegen dieser Erkenntnisse hatte sich der Besuch bereits gelohnt.

»Und was seid Ihr?«

Hazecha lachte. »Eine andere Art Hexe. Mehr brauchst du nicht zu wissen.« Dann wurde sie ernst, ihre Stimme geschäftsmäßig. »Aber deshalb bist du nicht hier, oder?«

Icherios holte tief Luft. »Ich habe eine Frage und erhoffe mir eine Antwort von Euch.«

»Wissen ist eines der kostbarsten Güter auf dieser Welt. Der Preis wird hoch sein.« Hazecha stand auf und holte ein Kästchen aus einem Schrank.

»Ich habe Geld.« Der junge Gelehrte zog seinen Geldbeutel heraus.

»Gold hat keinen Wert. Zeig mir die Ratte, die du vor mir zu verbergen versuchst.«

Icherios wurde blass. Widerstrebend griff er in seine Manteltasche und holte Maleficium hervor. Der Nager blickte sich schläfrig um und protestierte nicht, als Hazecha ihn hochhob. Icherios roch ihren erdigen Duft, als sie ihm so nahe kam.

»Du kannst deinen Mantel nun ablegen. Hier drin ist es warm.«

Die Ohren des jungen Gelehrten liefen rot an. Er beobachtete genau, was die Hexe mit seinem kleinen Gefährten machte, während er seinen Mantel auszog. Aber sie war freundlich und sanft zu der Ratte.

»Wie ist sein Name?«

»Maleficium.«

»Ein außergewöhnliches Tier.«

Du hast keine Ahnung, wie besonders es ist.

»Ich erlasse dir den üblichen Preis, wenn du es mir überlässt. Ich werde gut für es sorgen.« Sie stieß einen leisen Pfiff aus, und ein großer, schwarzer Kater trat hinter dem Vorhang hervor. Icherios hielt den Atem an, als er an den Nager herantrat, doch der Kater schnupperte nur an ihm, bevor er um seine Herrin umherstrich und seinen Kopf an ihr rieb.

»Gram mag ihn.«

Was auch immer der Preis sein mochte, Icherios war bereit ihn zu bezahlen. Aber seinen kleinen Gefährten würde er nicht noch einmal verlieren.

»Ich gebe Maleficium nicht her.«

»Willst du nicht zuerst den Preis wissen?« Hazecha neigte neugierig den Kopf.

»Nein.«

Sie setzte die Ratte auf den Boden und öffnete das Holzkästchen. In seinem Inneren lagen sechs mit giftgrüner Flüssigkeit gefüllte Phiolen. »Du wählst eine und trinkst sie. Im Gegenzug beantworte ich dir eine Frage, wenn es mir möglich ist.«

»Was ist in den Phiolen?«

»Fünf sind mit gefärbtem Wasser gefüllt. Die sechste beinhaltet ein tödliches Gift.«

Icherios blickte sie fassungslos an.

»Es tötet schnell. Du wirst nichts spüren.«

Der junge Gelehrte stand auf und ging im Raum auf und ab. Sollte er es wagen?

»Was geschieht, wenn Ihr mir die Frage nicht beantworten könnt?«

»Dann darfst du mir eine andere stellen. Wann immer du möchtest.«

Icherios sah sie prüfend an. Würde sie Wort halten? Oder war es Gismaras Plan, ihn auf diese Weise zu beseitigen? Hatte Freyberg doch recht mit seinen Anschuldigungen? Er dachte an die Nixen, an den geheimnisvollen Schatten und die Leichen. Er musste Antworten finden.

»Ich tue es.« Seine Stimme klang tonlos, sein Magen verkrampfte sich.

Hazecha nickte. »Ich hatte nichts anderes erwartet.« Sie hob den Kater hoch, ging zur Tür und ließ ihn hinaus. »Geh, und fang ein paar Mäuse.« Gram maunzte leise, bevor er im Dunkeln verschwand. Die Hexe nahm ein schwarzes Tuch von der Wand und stellte die Phiolen eine nach der anderen darauf. »Bist du sicher, dass du das tun willst?«

Icherios' Herz raste, als er nickte. Das ging alles viel zu schnell. Er hatte auf ein Ritual gehofft, um nachdenken zu können, aber Hazecha blickte ihn erwartungsvoll an.

»Die Flüssigkeit riecht etwas unangenehm, doch der Geschmack ist erträglich.«

Als ob das seine größte Sorge wäre. Mit zitternden Händen wählte er die mittlere Phiole. Dann überlegte er es sich anders und schloss die Augen. Mit angehaltenem Atem fuhr er im Kreis über das Tuch, bis ihm sein Gefühl befahl, anzuhalten. Seine Finger ruhten über der linken. Sein Herz drohte aus seinem Körper zu springen, als er den Korken hinauszog. Sein Atem ging unregelmäßig und stoßweise. Sollte man nicht noch etwas Bedeutungsvolles sagen in so einer Situation? Sollte er nicht an seine Familie und Freunde denken? Ungeachtet dessen beherrschte einzig die Angst seinen Geist. Ihm wurde bewusst, dass er, sollte er überleben, sich vom Strigoi befreien musste. Niemals hätte er den Mut sich zu töten. Raban hatte recht. Er hatte noch nicht genug gelitten.

»Ihr kümmert Euch um Maleficium, falls ich sterbe?«

Hazecha nickte. »Er wird ein gutes Leben haben.«

Der junge Gelehrte holte tief Luft, dann stürzte er die Flüssigkeit hinunter. Ein Brennen breitete sich in seiner Kehle aus. Er musste würgen, aber es war nur die Angst, die seinen Magen verknotete. Er hatte die richtige Phiole gewählt.

Hazecha lächelte, und er erkannte aufrichtige Freude in ihren Augen. »Der Preis wurde gezahlt«, sagte sie feierlich. »Nun stelle mir deine Frage.«

Aber Icherios' Knie gaben nach, und er sank auf den weichen Teppich. Er brauchte einen Moment, um wieder zu sich zu finden. Was genau sollte er fragen? Was war das Entscheidende?

»In Heidelberg sterben Menschen, etwas Böses zieht durch die Stadt und raubt ihnen den Schatten. Was ist es?«

Hazecha senkte den Kopf. »Ich weiß es nicht.«

Icherios blickte sie fassungslos an. War alles vergebens gewesen?

»Es tut mir leid. Ich spüre die Anwesenheit des Wesens, aber ich habe nie zuvor Derartiges gesehen oder davon gehört. Hast du eine andere Frage?«

Icherios schüttelte den Kopf. »Nicht jetzt.« Er konnte nicht glauben, dass sie ihm nicht weiterhalf.

»Ich gebe dir einen Rat. Gehe zu Ehregott Kossa, ein Pfaffe, der ranghöchste, katholische Pfaffe in Heidelberg, um genau zu sein. Sag ihm, dass ich dich schicke, und erinnere ihn an seine Schuld. Dann fordere ihn auf, dich in die Bibliotheca Palatina zu führen.«

Der junge Gelehrte musterte Hazecha misstrauisch. Die Bibliotheca Palatina galt als Mutter aller Bibliotheken, doch war ihr Bestand im Jahre 1626 von der Bibliotheca Apostolica Vaticana übernommen worden. Zurzeit gab es keine Büchersammlung in der Heiliggeistkirche.

»Die Bibliotheca Palatina befindet sich seit Jahrhunderten nicht mehr in Heidelberg.«

Hazecha schmunzelte. »Manchmal sind Geistliche doch zu etwas zu gebrauchen. Einige waren nicht glücklich mit dem Abtransport all des Wissens und fürchteten, dass einige spezielle Bücher vom Vatikan vernichtet werden würden. Sie verbargen diese in einem geheimen Gewölbe in der Kirche.«

»Und nach was suche ich dort?« Icherios' Herzschlag beschleunigte sich. Bücher waren seine größte Leidenschaft.

»Nach den *Ritualen der Hexereye* von Alheit Dovelnig.« Sie ging zu einem Bild, das eine blonde Frau in einem Rosengarten darstellte, und nahm es ab. Dahinter kam ein kleines Fach zum Vorschein, aus dem sie eine Ampulle aus schwarzem Glas hervorholte. »Kopiere den Text, den du in dem Abschnitt *Abhandlungen der Schatten* finden wirst, auch wenn er dir unverständlich erscheinen mag. Achte darauf, dass du jede einzelne Linie exakt wiedergibst.«

»Aber wenn Ihr wisst, was darin steht, warum sagt Ihr es mir nicht einfach?«

Hazecha schüttelte den Kopf. »Ich habe es nie gelesen, doch das Buch ist eine der umfassendsten Sammlungen magischer Rituale, die ich kenne, und mein Gefühl sagt mir, dass dieses Wesen nicht auf natürlichem Wege entstanden ist.«

»Und ein derartiges Buch befindet sich im Besitz der Kirche?«

»Sie wissen nicht, was dort in ihren Regalen verstaubt.« Sie drückte ihm die Ampulle in die Hand. »Du musst es mit dieser Tinte schreiben, ansonsten wird sich dir der Zauber nicht erschließen.«

»Was ist das?«

»Hexenblut.«

Icherios starrte sie entsetzt an.

»Alheit Dovelnig war eine mächtige Saga und dennoch im Hexenturm gefangen gehalten, der in Hexenkreisen den Namen Krähenturm trägt. Sie wusste um ihren baldigen Flammentod, wollte aber nicht, dass das Wissen in Vergessenheit geriet, welches ihr die Geister verstorbener Hexen zugeflüstert hatten. Deshalb schrieb sie dieses Buch mit ihrem eigenen Blut. Und man vermag es auch nur mit Hexenblut zu kopieren.«

»Warum nennt man ihn den Krähenturm?« Icherios steckte die Ampulle in seine Manteltasche. Allein der Gedanke daran, statt Tinte Blut zu verwenden, ekelte ihn an.

»Diese Vögel und ihre magischen Verwandten spüren die Magie, die von ihm ausstrahlt, und fühlen sich davon angezogen. Aber ich war mit meinen Anweisungen nicht fertig. Du musst es in den letzten Stunden der Nacht im Schatten des Krähenturmes lesen, um die Worte verstehen zu können.«

Der junge Gelehrte nickte. Allmählich gewöhnte er sich an nächtliche Ausflüge. Die Hexe stand auf und öffnete die Tür. »Würdest du mich nun bitte entschuldigen?«

Icherios' Knie zitterten noch immer, als er sich aufrichtete. Immerhin hatte er nun einen Anhaltspunkt. »Vielen Dank«, murmelte er, als er sich an ihr vorbeidrückte.

»Vergiss nicht, dass du eine Frage bei mir guthast.«

»Das werde ich nicht.«

Sie gab ihm einen sanften Kuss auf die Wange, der ihn erröten ließ. »Sei vorsichtig. Großes Unheil nähert sich und wirft seinen Schatten voraus.« Dann schloss sie die Tür.

Als er die Treppe hinunterging, fühlte er sich beobachtet. Er drehte sich um und sah Gram auf einer Fensterbank liegen. Seine Blicke verfolgten ihn, bis er das Haus verlassen hatte.

Obwohl Icherios der Kopf schwirrte von den Ereignissen der letzten Stunde, ging er direkt zur Heiliggeistkirche. Das gewaltige Gebäude faszinierte ihn, und er bewunderte die kunstvollen Fenster, während er zum Eingang schritt. Kaum hatte er das Schiff betreten, wurde er von einem feisten, jungen Mann abgefangen, der sich als August vorstellte. Icherios fand seine überhebliche und zugleich kriecherische Art äußerst unangenehm. Es wurde noch schlimmer, als er sich weigerte, den jungen Gelehrten zu Ehregott Kossa vorzulassen. Icherios blieb jedoch stur, sodass er zwar eine Stunde warten musste, dann aber in ein prunkvolles Zimmer geführt wurde, das unter der Last des Goldes zusammenzubrechen drohte.

Ehregott Kossa saß hinter einem schweren Holztisch aus Eichenholz und blickte ihn streng an. Er war von mittlerer Größe und hatte in seiner Jugend sicher nicht schlecht ausgesehen, aber die Zeit hatte seine Wangen nach unten sacken lassen, und dicke Tränensäcke hingen inzwischen unter seinen braunen Augen.

»Hochehrwürden.« Icherios verbeugte sich.

»Wie kann ich Ihm helfen?« Kossa senkte seinen Blick wieder auf die Papiere, die auf dem Tisch ausgebreitet lagen.

Der junge Gelehrte versicherte sich, dass sich niemand im Raum befand, dann antwortete er leise. »Hazecha schickt mich. Ich soll Euch an Eure Schuld erinnern und um Zugang zur Bibliotheca Palatina bitten.«

Kossa wurde mit jedem Wort blasser und zorniger. »Verfluchte Höllenbrut. Ich hätte sie ausrotten sollen, als ich Gelegenheit dazu hatte.«

Icherios glaubte den Hass riechen zu können, den dieser Mann ausstrahlte.

Nach einigen tiefen Atemzügen beruhigte sich der Priester wieder und starrte Icherios kalt an. »Noch ist es nicht zu spät, aus den Schatten zu treten und im Licht des Herrn zu wandeln.«

Der junge Gelehrte schwieg. Der Fanatismus in den Augen des Mannes sagte ihm, dass es keinen Sinn machte, sich mit ihm auf eine Diskussion einzulassen.

»Kommt morgen früh wieder. Heute bin ich zu beschäftigt.«

Der junge Gelehrte nickte und wendete sich der Tür zu.

»Richtet der Teufelshure aus, dass wir damit quitt sind.«

»Sagt es ihr doch persönlich.« Icherios schloss die Tür hinter sich und holte tief Luft. Er verabscheute Menschen, die sich von Wut und Vorurteilen leiten ließen.

35

Im Zwiespalt

17. Novembris, Heidelberg

»Verfluchte Hühnerkacke«, grummelte Oswald, während er sein Gewicht vom linken auf den rechten Fuß verlagerte. »Warum, sagtest du, stehen wir hier?«

»Nicht so laut«, ermahnte Silas ihn, während er weiterhin unauffällig das Haus im Auge behielt, in dem Gismara lebte. Nachdem sie mit ihren Untersuchungen des Mordes an seinem Bruder nicht weitergekommen waren, hatte der Hexenjäger beschlossen, zumindest etwas über seine widerspenstige Partnerin herauszufinden und war ihr bis zu ihrer Wohnung gefolgt. Sie mochte zwar eine mächtige Hexe sein, aber im Aufspüren von Verfolgern war sie nicht so gut.

»Ich bin dem Hexenzirkel auf der Spur.«

»Klar, die hübsche Rothaarige, der du nachspionierst, ist eine Hexe«, grinste Oswald und stieß ihn freundschaftlich mit der Schulter an. »Ich bin auch ein Mann, mir brauchst du nichts vorzumachen.«

»Red' keinen Schwachsinn, sag mir lieber, was du herausgefunden hast.«

»Na, wenn du sie nicht willst, ich vergnüge mich gerne mit der Kleinen.«

»Die ist nichts für dich«, fauchte Silas. Die Anspielungen seines Freundes nervten ihn.

»Ich verstehe«, schmunzelte Oswald.

Der Hexenjäger verspürte den Drang, seinem Freund einen wohlplatzierten Hieb auf die Nase zu versetzen. Warum ärgerte er sich nur so über diese harmlosen Kommentare? Er schüttelte den Kopf. Hexen hatten schon immer einen schlechten Einfluss auf Männer ausgeübt. Bleib bei der Sache, ermahnte er sich, als das Bild ihres nackten, blassen Körpers vor seinen Augen auftauchte.

»Männer mit verwachsenen Händen gibt es viele«, meinte Oswald. »Allerdings kannte keiner der Kutscher jemanden aus ihren Rängen mit diesem Merkmal, dem auch noch so ein auffälliger Ring gehört.« Er verschränkte die Arme vor der Brust. »Ich wäre aber nicht ich, wenn ich so schnell aufgeben würde. Ninges Siebenklinge weilt in der Stadt. Er ist ein Mörder und keiner von der ehrenvollen Art. Für ein paar Münzen ist er bereit alles zu tun.«

»Wie unterscheidet er sich dann von dir?«, neckte der Hexenjäger seinen Freund.

»Das weißt du ganz genau. Keine Kinder, keine Frauen und niemals mehr Leid als notwendig.« Oswald senkte die Stimme. »Zudem wird behauptet, dass manche Auftraggeber von Siebenklinges bestialischen Morden so erschüttert waren, dass ihr Gewissen sich meldete und sie die Zahlung verweigerten.«

»Könnte der Mistkerl sein, der meinen Bruder getötet hat«, überlegte Silas.

»Er ist aber ertrunken, oder?«

Silas lief ein Schauder über den Rücken. Er versuchte, Zacharas' aufgedunsene Gestalt aus seinen Erinnerungen zu streichen.

»Zumindest lag er im Fluss und wies keine äußeren Verletzungen auf.«

»Dann ist es unwahrscheinlich. Siebenklinge wählte seinen Namen nicht aus Zufall – er mordet immer mit Dolch oder Degen.«

»Ich muss ihn dennoch überprüfen«, beharrte Silas. Er wollte die einmal gefundene Spur nicht so schnell wieder aufgeben. »Ich brauche seine Adresse.«

»Das wird nicht so einfach ...«

»Leise, da kommt sie«, unterbrach ihn der Hexenjäger und deutete auf Gismara, die in ein moosgrünes Taftkleid gehüllt ihre Haustür abschloss.

Sie folgten der Hexe in einigem Abstand. Dadurch, dass sie zu zweit waren und Silas schlichte Kleidung trug – er hatte sein Priestergewand im *Mäuseschwanz* zurückgelassen –, schenkte ihnen kaum jemand Beachtung. Doch dann wurde die Gegend einsamer, sodass sie die Entfernung vergrößern mussten, um nicht aufzufallen. Sie schlichen von einem dunklen Hauseingang zum nächsten, um sie zu beobachten. Immer wieder drehte sich Gismara um, anscheinend war sie nicht so leichtsinnig, wie Silas vermutet hatte, aber er und Oswald verfügten über jahrelange Erfahrung im Verfolgen von Opfern, sodass die Hexe sie nicht bemerkte. Schließlich blieb sie vor einem Steinhaus stehen, dessen Fenster seltsame Formen und Anordnungen aufwiesen. Offenbar fand sie nicht den richtigen Schlüssel, ununterbrochen suchte sie ihren gewaltigen Schlüsselbund danach ab.

»Oh je«, murmelte Oswald.

»Was?«, fauchte der Hexenjäger. Allmählich verlor er die Geduld.

»Nicht hier.« Der Mörder wirkte fast schon ängstlich und winkte Silas, ihm zu folgen.

Nachdem Gismara im Haus verschwunden und die Tür hinter sich geschlossen hatte, wandte sich Silas ab – so schnell würde sie vermutlich nicht wieder herauskommen – und suchte seinen Freund. Er fand ihn in einer angrenzenden Gasse an eine Hauswand gepresst mit kreidebleichem Gesicht.

»Deine kleine Hexe scheint in größere Angelegenheiten verwickelt zu sein.«

»Und das verrät dir ein Haus?«

»Es gehört irgendeinem Geheimbund. Gerüchte gehen um, dass sie sich um Probleme der besonderen Art kümmern, du verstehst schon, Geister und so ein Kram. Jedenfalls hält sich jeder, dem seine Seele lieb ist, von diesem Haus fern.«

»Interessant.« Silas wandte sich ab und suchte einen Ort, von dem aus er das Gebäude unauffällig beobachten konnte. Er hatte das Gefühl, viel zu wenig von dem zu wissen, was um ihn herum vorging, und das gefiel ihm nicht. Ganz und gar nicht.

Nachdem er Gismara einige Zeit später zurück zu ihrem Haus gefolgt war, ging er in den *Mäuseschwanz*, zog sich um und begab sich zur Heiliggeistkirche, um seinen lästigen Aufgaben als Diakon nachzukommen. Er war so in Gedanken verloren, dass er es sogar unterließ, die heuchlerischen Sünder, die er bei der Beichte anhörte, mit seltsamen Bibelzitaten zu verwirren.

Am Abend traf er sich mit Gismara in ihrem Zimmer im *Mäuseschwanz*. Auch wenn es ihm schwerfiel, hatte er sich entschlossen, der Hexe nicht zu verraten, dass er von ihrem Besuch bei dem Geheimbund wusste. Diesen Trumpf wollte er sich für später aufheben. *Du willst sie nur nicht verärgern*, flüsterte eine gehässige Stimme in seinem Kopf. *Du genießt ihr kleines Lächeln, das sie dir schenkt, wenn sie glaubt, dass du nicht hinsiehst, viel zu sehr.*

Gismara, nun ganz auberginefarben gekleidet, einschließlich eines gefärbten Pelzes, den sie um ihre schmalen Schultern trug, wanderte unruhig im Zimmer auf und ab. Sie hatten vereinbart, dass sie sich ohne ihre Verkleidung als rote Witwe über die Hintertür hineinschlich, damit keine Gerüchte über eine Liebschaft der sagenumwobenen Wahrsagerin aufkamen. Schließlich zwang sie sich zur Ruhe, setzte sich auf die breite Fensterbank und starrte den Hexenjäger an.

Er trug einfache Leinenkleidung, seine Waffen und die mit Leder verstärkte Hose und das Hemd lagen in seinem Zimmer. Sie würden ihr Misstrauen nur noch weiter schüren.

»Erstaunlich, wie leicht es einem Diakon fallen kann, seine Robe abzulegen.«

Silas zuckte mit den Schultern. »Um den Mörder meines Bruders zu fangen, bin ich zu einigen Opfern bereit. Zudem müsstest du wissen, dass ich kein gewöhnlicher Geistlicher bin.«

Gismara schnaubte. »Das kannst du laut sagen.«

Mit Freude registrierte der Hexenjäger, dass sie zu einem vertraulichen *Du* übergegangen war.

Silas sah die Zweifel in ihren Augen. Sie kannte Zacharas, wusste um dessen Stolz auf seine geistlichen Gewänder. Er wollte sich ihre Reaktion nicht vorstellen, wenn sie erfuhr, dass er sein Geld mit der Ermordung ihrer Schwestern verdiente.

»Ich habe vielleicht herausgefunden, wer der Kutscher ist, den der Hufschmied gesehen hat.«

»Wir sollten ihm einen Besuch abstatten.« Gismara sprang auf.

Silas hob beschwichtigend die Hand. »Er ist ein Auftragsmörder, die lassen sich nicht so einfach aufspüren.«

»Dann hat der Kutscher Zacharas also getötet?« In die Augen der Hexe trat ein bedrohliches Leuchten.

»Ich glaube nicht. Ninges tötet mit Klingen und begnügt sich nicht damit, jemanden in den Fluss zu werfen. Aber mein Gefühl sagt mir, dass er da mit drinsteckt.«

»Dein Gefühl?«

»Gott«, korrigierte sich der Hexenjäger rasch.

»Gib mir die Adresse dieses Mannes, und ich finde die Wahrheit heraus.«

Silas beschlich Unbehagen bei dem Gedanken, die zierliche Hexe alleine mit einem ruchlosen Mörder zu wissen.

Sie war eine Freundin seines Bruders; natürlich wollte er nicht, dass ihr etwas zustieß, versuchte er sich einzureden.

»Ich habe sie nicht, noch nicht. Zudem sollten wir vorsichtig vorgehen. Mir genügt es nicht, einen einfachen Handlanger auszuschalten. Ich will wissen, wer dahintersteckt.«

»Solange ein Stückchen von ihm übrig bleibt, erfahre ich alles von ihm.«

»Wirklich?«

Gismara wich seinem Blick aus. »Es gibt ein Ritual, das es ermöglicht, Bilder aus der Vergangenheit einer Person heraufzubeschwören. Dazu benötige ich aber einen Teil oder zumindest die Überreste dieses Menschen oder etwas, das er mir freiwillig überlassen hat.« Gismara holte eine Kette, an der ein kleines goldenes Kreuz hing, unter ihrem Kleid hervor. »Das war ein Geschenk von Zacharas. Sobald ich etwas von Ninges besitze, kann ich die Vergangenheit der beiden nach Überschneidungen untersuchen.«

»Damit könnten wir problemlos den Mörder finden!« Vor dem Hexenjäger taten sich unendliche Möglichkeiten auf, auch wenn es ihn erschreckte, welche Macht Gismara besaß. Kein Wunder, dass die Menschen die Hexen auslöschen wollten. »Falls er nicht verantwortlich ist, wiederholen wir es mit jedem weiteren Verdächtigen.«

Gismara schüttelte den Kopf. »Das Ritual erschöpft mich und ist äußerst gefährlich. Manchmal zieht der Tod die Hexe mit sich in die Finsternis.«

Schweigend setzte sich der Hexenjäger an den Tisch. Ihn behagte der Gedanke immer weniger, sie einer Bedrohung auszusetzen, doch vorerst sah er keine Alternative.

36

Aus Glas geboren

17. Novembris, Heidelberg

Carissima lag nackt unter ihrer weichen, flauschigen Bettdecke. Obwohl sie die Kälte nicht spürte, liebte sie das geborgene, kuschelige Gefühl. Sanft strich sie dem nackten Mann an ihrer Seite über die eiskalte Haut. Avrax. Ihm war letztlich doch gelungen, sie in sein Bett zu locken. Und sie musste gestehen, dass sie es bisher nicht bereute. Sie beugte sich vor und gab ihm einen Kuss auf die weichen Lippen. Sofort schlug er die Augen auf und lächelte sie an.

»Und was bist du nun?«

Die Wärme schwand aus seinem Gesicht, seine Miene verhärtete sich. »Ich bin hier, genügt das nicht?«

»Nun ja, ich würde einfach nur gerne wissen, mit was für einem Geschöpf ich das Bett teile. Ist das so schwer zu verstehen?«

Avrax verschränkte die Arme hinter seinem Kopf und starrte schweigend an die Decke. Nach einer Weile kuschelte Carissima sich in seine Armbeuge. Irgendwann würde sie es herausfinden, doch jetzt wollte sie nicht weiterbohren, dazu genoss sie seine Gegenwart zu sehr.

Viel zu wenig Zeit war ihnen vergönnt gewesen, nachdem sie sich das erste Mal nach einer weiteren Begegnung auf einem Ball geliebt hatten. Danach schien ihn etwas jedes Mal förmlich zu zwingen, von ihr wegzugehen. Sein Körper löst sich auf, wenn er zu lange an ihrer Seite weilte. Nie sah sie ihn am Tage.

»Ich weiß es aber nicht«, flüsterte er. »Vielleicht bin ich ja auch ein Vampir? Mich gelüstet es nicht nach Blut, trotzdem ist meine Haut kalt und leblos.«

»Du musst doch deine Vergangenheit kennen.«

»Es ist eine lange Geschichte.«

Sie rutschte auf ihn, verschränkte ihre Hände unter dem Kinn, sodass sie ihm ins Gesicht blicken konnte.

»Ich habe Zeit.«

Avrax seufzte. »Irgendwann im zwölften oder dreizehnten Jahrhundert wurde ich geboren. Als ich erwachsen war, wurde ich von einer Krankheit befallen, ich erinnere mich an Fieber, Schmerzen und Kälte.« Ein Zittern lief durch seinen Körper.

Carissima gab ihm einen sanften Kuss. »Es ist nur die Vergangenheit.«

»Ich starb an der Krankheit, aber ich erwachte wieder. Jedoch war ich in dem Moment, als ich meine Augen wieder aufschlug, umgeben von Dunkelheit, gefangen in einem Sarg, dessen Wände mit Spiegeln ausgekleidet waren.«

»Wurdest du vielleicht von einem Vampir gebissen?«

»Ich erinnere mich nicht daran.«

»Deine Familie muss davon ausgegangen sein. Verstorbene, von denen man glaubt, dass sie nach ihrem Tod wiederkehren könnten, legt man manchmal in verspiegelte Särge, in dem Glauben, Vampire könnten sich daraus nicht befreien.«

»Bei mir glückte es. Ich weiß nicht, wie lange ich gegen die Wände meines Gefängnisses hämmerte, um Hilfe schrie und winselte, doch niemand hörte mein Flehen. Nach und nach veränderten sich meine Augen, und ich konnte im Dunkeln sehen. Das erwies sich für mich allerdings als Fluch, konnte ich doch nun mein ausgezehrtes, blasses Gesicht im Spiegel erkennen. Die Unendlichkeit ist lang, wenn du deinem eigenen Ich nicht entkommen kannst.« Er schob sie sanft von sich und ging nackt, wie er war, zum Fenster. Carissima bewunderte seine muskulösen Schultern. »Bis heute verstehe ich nicht, warum meine Verwandten mir dies antaten. Ich sehnte mich mit jedem grausamen Atemzug, der nur noch verbrauchte Luft in meine Lungen pumpte, nach dem Tod, nach einem Ende der Einsamkeit. Und plötzlich geschah das auch. Nach einem Anfall von Verzweiflung, in dem ich meine Finger blutig gekratzt hatte, wurde mein Wunsch zu entkommen erhört, und ich stand mitten in Heidelberg. Ich weiß nicht, wie das passiert war, aber plötzlich war ich wieder in der Welt der Lebenden. Und sie hatte sich verändert, die grellen Lichter blendeten mich, aber trotzdem weinte ich vor Glück, die Sterne über mir wiedersehen zu können. Diese Freude war mir allerdings nur wenige Sekunden vergönnt, dann spürte ich einen Sog, und ich merkte, wie mein Körper erstarrte und zersplitterte, und plötzlich fand ich mich in meinem Sarg wieder.« Er holte tief Luft und presste seine Hand auf das Fensterglas. »Du kannst dir nicht vorstellen, wie verzweifelt ich war, wieder in diesem Gefängnis zu sein. Aber mir blieb der Hoffnungsschimmer, dass ich es vielleicht noch einmal schaffen könnte, mich zu befreien. Ich hatte endlich wieder ein Ziel vor Augen. Ich nutzte all meine verbliebene Energie, um zu lernen, wie ich meine Fähigkeit kontrollieren konnte. Und tatsächlich, mir gelang es wieder herauszukommen, zwar wieder nur für eine kurze Zeit, aber mir gelang es danach wieder und wieder. Jedes Mal schaffte ich es, mich länger außerhalb meines Grabes aufzuhalten.

Und mit der Zeit traf ich andere Kreaturen mit ungewöhnlichen Fähigkeiten und war schon bald als Glasfürst unter ihnen bekannt. Niemals bin ich jedoch jemandem mit den gleichen Fähigkeiten begegnet.«

»Glasfürst – das ist ein schöner Name«, murmelte Carissima.

»Du, meine Blume, darfst mich nennen, wie es dir beliebt, solange du nur in meinem Bett liegst.« Er setzte sich neben sie und streichelte ihren Rücken. »Meine Reichweite ist allerdings begrenzt auf einige Meilen rund um die Stadt.«

»Warum nimmst du deinen Sarg nicht einfach mit?«

»Ich habe ihn nie gefunden.«

Carissima kuschelte sich an ihn. Was für ein grausames Schicksal: der Leib gefangen, der Geist gezwungen, immer wieder zurückzukehren.

»Du bist wahrhaft unsterblich«, flüsterte sie.

»Das bitterste Geschenk, das man einem Geschöpf geben kann. Aber lass uns über etwas anderes sprechen, mir bleiben nur noch wenige Minuten.«

Carissima gab ihm einen zärtlichen Kuss. »Wir könnten die verbleibende Zeit auch ohne Worte verbringen.«

Avrax grinste. »Unersättliches Biest«, und zog sie an sich.

Nachdem er verschwunden war, räkelte sie sich genüsslich im Bett, bevor sie aufstand und sich anzog. Sie wählte ein burgunderfarbenes Kleid mit goldenen Stickereien und ließ sich von ihrer Zofe Rosina die Haare zu einer kunstvollen Frisur hochstecken, in die sie kleine Perlen einflocht. Raban legte viel Wert auf ein gepflegtes Aussehen bei einer Frau, und sie war dem alten Vampir sehr zugetan, sodass sie ihm bei ihrem anstehenden Besuch gerne diese Freude bereiten wollte. Sie vergewisserte sich, dass Rosina, ein pausbäckiges, einfältiges Mädchen, in die Küche gegangen war, bevor sie einen leisen Pfiff ausstieß. Rosina hatte zwar inzwischen sowieso schon viel zu viel gesehen, sodass sie sie vor ihrer Rückkehr nach Dornfelde würde töten müssen, aber die Worge wären wohl doch etwas zu viel für sie. Aus dem Nebenraum kamen die Tiere laut hechelnd hereingetrabt. Dann rieben sie ihre Köpfe an Carissimas Händen. Bei dem Anblick der Worge stieg die Sehnsucht nach den tiefen Wäldern des Schwarzwalds in ihr auf und nach der Freiheit, die ihr das offene Leben dort trotz der Abgeschiedenheit bot.

Aber es war Zeit für ihren Besuch, und sie fuhr mit ihrer Kutsche zu Rabans Haus, um ihre Frisur und Kleidung nicht zu ruinieren, während die Wölfe ihr durch schmale Gassen folgten. Der steife Diener des alten Vampirs ließ sie ein und führte sie in den Salon, an dessen Wänden nichtssagende Landschaftsbilder in pompösen, goldenen Rahmen hingen. Raban trat durch eine niedrige Seitentür herein und begrüßte sie mit einem Kuss auf die Wange.

»Schön, dich zu sehen.«

»Ich hatte es dir versprochen.« Carissima drückte sanft seinen Arm.

»Nimm Platz. Wie ist es dir ergangen? Genießt du die Ballsaison in Heidelberg?«

Sie verloren sich eine Weile in belanglosen Gesprächen, in denen sie Neuigkeiten über alte Bekannte und Politik austauschten, dann wurde Carissima ernst.

»Wir können ihn nicht ewig vor unseren Regeln schützen.«

Raban schnaubte. »Heutzutage interessiert sich niemand mehr für den alten Codex, zu viele Sippen haben sich davon bereits losgesagt.«

»Trotzdem gibt es noch zahlreiche Sangosten, die Jagd auf ihn machen werden, sobald sie von seiner Verwandlung in einen Strigoi erfahren. Ich kann Icherios nicht für immer abschirmen.« Das war eine der größten Ängste der Vampirin: dass die Hüter der alten Verhaltensregeln der Vampire, die die Existenz von Strigoi verbaten, da ihr unkontrolliertes Wüten zu viel Aufmerksamkeit auf sich zog, von Icherios erfuhren und dessen Tod beschlossen.

»Ist etwas vorgefallen?«

Carissima senkte den Blick. »Nein, aber er ist in Gefahr.«

»Lüge mich nicht an. Du bist die Tochter, die ich nie hatte. Vor mir kannst du kein Geheimnis bewahren.«

»Er hat mich mit einem anderen Mann gesehen.«

Raban schlug mit der Faust auf den Tisch. »Was hast du nur getan?« Er stand auf und wanderte im Raum auf und ab.

»So kannst du nicht mit mir sprechen. Ich bin doch kein normaler Mensch, über dessen Leben du einfach verfügen kannst.« Nun wurde auch Carissima zornig.

»Dann verhalte dich nicht wie einer und riskiere alles für eine kleine Liebelei.«

Die Vampirin zuckte zusammen. Raban zog überrascht eine Augenbraue hoch. »Oder ist es mehr als das?« Er kniete sich vor sie hin und blickte ihr in die Augen. »Hat meine Kleine nun doch die Liebe gefunden?«

Carissima wandte sich ab. »Stell dir vor, Icherios stirbt und erwacht als Strigoi inmitten einer Stadt, bevor wir es verhindern können. Die Hüter würden uns daraufhin jagen und töten.«

»Ich werde dich nicht mit hineinziehen.«

»Dafür ist es zu spät.«

»Gib mir noch etwas Zeit. Er wird einen Weg finden, sich zu retten und mir den Tod zu schenken. Ich weiß es.«

Sie nahm einen Schluck von dem mit Blut versetzten

Wein, den Rabans Diener gebracht hatte. »Hast du dich je gefragt, was mit uns anderen geschieht, wenn es einen Weg geben würde, einen Vampir in einen Menschen zu verwandeln.«

»Es gäbe einen Ausweg.«

Carissima grub ihre Finger in das weiche Polster ihres Stuhls. »Ich wurde aber so geboren, bin ich dann also eine lebendig gewordene Krankheit?«

Raban hob beschwichtigend eine Hand. »So habe ich es nicht gemeint.«

Sie seufzte, stand auf und gab ihm einen Kuss auf die Wange. »Ich weiß. Diese Diskussionen machen mich hungrig, ich gehe jagen.«

»Pass auf dich und den Jungen auf, Liebes.«

Carissima ließ die Kutsche alleine nach Hause fahren und genoss es, auf der Suche nach einem Opfer über die Dächer Heidelbergs zu eilen. Ihre Gedanken wurden von einer einzigen Frage beherrscht: Liebte sie Tinuvet Avrax?

37

Die Statue des Nepomuk

18. Novembris, Heidelberg

Müde und mit verquollenen Augen blinzelte Icherios gegen das trübe Tageslicht an. Er entschloss sich, trotz einer Spezialvorlesung von Professor Crabbé, noch einen weiteren Tag der Universität fernzubleiben. Wer wusste, ob Kossa es sich ansonsten nicht anders überlegte, wenn er nicht pünktlich auftauchte? So ging er bereits mit den ersten Sonnenstrahlen zur Heiliggeistkirche und wurde direkt von einem Messdiener zu dem Geistlichen geführt. Die Laune des Priesters schien sich über Nacht noch weiter verschlechtert zu haben, sodass er jetzt kein einziges Wort mehr mit dem jungen Gelehrten sprach, während er ihn eine schmale Treppe hinunter in die unteren Gewölbe der Kirche führte.

»Wenn Ihr mit jemandem über das sprecht, was Ihr nun sehen werdet, werde ich Euch in Gottes Namen richten.«

Icherios nickte stumm. Kossa zog an einem Kerzenhalter, und plötzlich bewegte sich die einfache Steinmauer, sodass ein schmaler Spalt entstand, hinter dem nur Dunkelheit zu sehen war.

Kossa nahm eine Lampe aus ihrer Halterung und ging in den geheimen Raum hinein. Zuerst war Icherios bei dem Anblick, der sich ihm bot, enttäuscht. Er hatte ein riesiges

Gewölbe mit Hunderten von Regalen erwartet. Stattdessen fand er sich in einer winzigen Kammer wieder mit drei großen, verschlossenen Schränken, einem Tisch und einem Stuhl. Dann jedoch öffnete Kossa die Schranktüren und gab dem jungen Gelehrten Gelegenheit, die Bücher genauer zu betrachten. Icherios' Wangen röteten sich nun vor Freude. Da standen sie ordentlich aufgereiht, zum Teil in schützende Tücher gehüllt: alte Schriften von Hippokrates, Abhandlungen über Magie und Riten und zahlreiche Werke, um die sich nur noch Mythen rankten!

»Ich lasse Euch jetzt allein. Schließt die Tür hinter Euch, wenn Ihr geht, und kehrt nie wieder.«

Icherios bemerkte kaum, wie der Priester den Raum verließ. Trotz der geringen Größe beherbergte die Bibliotheca Palatina, oder was davon noch übrig war, mehrere hundert Bücher. Er fuhr vorsichtig mit dem Finger die Buchrücken entlang. Dann nahm er ein Buch über die geheimen Künste heraus und blätterte es durch, aber außer einigen seltsamen Ritualen fand er keine hilfreichen Informationen. Schließlich entdeckte er die *Rituale der Hexereye* in einem schmalen Regal unter einem verhangenen Fenster. Es handelte sich um ein dünnes Buch in einem verschlissenen Ledereinband. Als er es aufschlug, sah er eine endlose Buchstabenreihe, die sämtliche Seiten bedeckte und nur unterbrochen von Überschriften war. Solange er es auch studierte, er konnte keinen Sinn darin erkennen. Dennoch setzte er sich an den niedrigen Tisch und kopierte die Abhandlungen über die Schatten. Als er das Hexenblut roch, das durch Beimischung von Alkohol haltbar gemacht worden war, und sah, wie es sich rostrot in das Papier einfraß, wurde ihm übel. Dennoch bemühte er sich um äußerste Genauigkeit bei der Arbeit und vergaß so schon bald seine Abneigung gegen die Tinte und ging ganz in seiner Arbeit auf. Als er fertig war, betrachtete er zufrieden sein Werk, bevor er aufstand und seine Sachen zusammenpackte. Die *Rituale der Hexereye* bedeckte er mit einer dünnen Staubschicht, bevor er sie in das Regal zurückstellte, damit Kossa nicht so einfach herausfinden konnte, welches Buch er gelesen hatte.

Behutsam schloss er die Tür hinter sich, nachdem er noch einen letzten, sehnsüchtigen Blick auf die Bücher geworfen hatte. Es war eine Schande, dass das Wissen hier so unbeachtet verborgen lag.

Die Sonne stand tatsächlich bereits hoch am Himmel, als er auf die Straße trat. Verdeckt war sie nur durch eine milchige Wolkendecke, die unablässig feinen Schneeregen zur Erde sandte. Das mildere Wetter hatte zahlreiche Kinder auf die Straßen gelockt. Ihre Eltern waren bestimmt froh darum, dass sie ausgelassen herumtollten und ihre überschüssige Energie loswurden, bevor sie sich wieder der winterlichen Heimarbeit zuwenden mussten. In einer nach faulem Kohl stinkenden Gasse saßen zwei kleine Mädchen auf einem Stapel Feuerholz und spielten mit zerlumpten Puppen aus Leinen und Stroh. Beim Anblick des jungen Gelehrten kicherten sie und zeigten verstohlen auf seinen hohen Kastorhut, während sie sich per Zeichensprache austauschten. Icherios blieb wie erstarrt stehen. Der Spott der Kinder prallte zwar unbemerkt an ihm ab, ihn interessierte aber etwas anderes. Die Mädchen unterhielten sich in einer erfundenen Geheimsprache genau wie er und Vallentin früher, nur dass ihre sich auf geschriebene Nachrichten bezogen hatte. So schnell er konnte, rannte er nach Hause, holte Maleficium aus seinem Käfig, um die beruhigende Wärme des Nagers auf seiner Schulter zu spüren, während er sich an die Arbeit machte. Er nahm ein stabiles Pergament, zeichnete eine Linie darauf und schnitt dann sieben Löcher hinein. Es fiel ihm schwer, sich an ihre genaue Position zu erinnern. Immer wieder hielt er inne, überlegte und fuhr sich verzweifelt mit den Fingern durch die Haare, bis er endlich fertig war. Anschließend legte er die Schablone auf die Randnotizen in Vallentins Tagebuch und notierte die in den sieben Öffnungen sichtbaren Buchstaben. Endlich wusste er, was es mit diesen seltsamen Bemerkungen auf sich hatte! An einigen Stellen hatte die Feuchtigkeit zu großen Schaden angerichtet, sodass er nicht alles entziffern konnte, doch zum Schluss hielt er die Nachricht in Händen.

In der Statue des Nepomuk ... Unterlagen für dich ... vorsichtig ... immer dein Freund.

Er erinnerte sich, bei seiner Einreise nach Heidelberg an dieser Figur vorbeigekommen zu sein. Es drängte ihn, sofort dorthin zu gehen, doch er musste sich bis zur Nacht gedulden. Unruhig wanderte er in seiner Wohnung auf und ab, bevor er sich dazu zwang, die Suche nach einem Heilmittel fortzusetzen. Er wusste, dass er früher oder später Rabans Angebot, ein Labor für ihn einzurichten, annehmen musste. Dennoch wollte er die Hoffnung noch nicht aufgeben, allein eine Lösung finden zu können. Vielleicht sollte er den Zusammenhang zwischen Mond und Magie noch etwas genauer untersuchen. Magische Wesen standen oft unter dem Einfluss des Mondlichts, der Vollmond verstärkte meist ihre Magie. Icherios schob seinen Widerwillen bei dem Gedanken an Magie beiseite. Er durfte diese Möglichkeit nicht außer Acht lassen, wenn sie Rettung versprach. Nachdem er mehrere Bücher durchsucht hatte, kam er zu dem ernüchternden Ergebnis, dass er für sämtliche Versuche abwarten musste, bis der nächste Vollmond eintrat. Seufzend lehnte er sich zurück. Also musste er es wieder mit den wissenschaftlichen Methoden der Alchemie versuchen und eine Heilung aus den sieben Elementen Wasser, Feuer, Erde, Luft, Schwefel, Salz und Quecksilber herleiten. Nachdem er sich erneut etwas Blut abgenommen hatte und damit einen neuen, komplexen alchemistischen Aufbau in Gang gesetzt hatte, der sich über eine Breite von drei Schritten zog, legte er sich ins Bett.

Icherios erwachte im Schein der gelben Mondsichel. Hektisch rappelte er sich auf, er hatte nicht so lange schlafen wollen, und zog sich an, wobei er sich bemühte, keine lauten Geräusche zu verursachen. Im Magistratum herrschte Stille. Franz schlief vermutlich, Gismara war in ihrem eigenen Haus, sodass der Einzige, dessen Aufmerksamkeit der junge Gelehrte erregen konnte, Auberlin war. Trotz seiner Zweifel an Freybergs Geschichte legte er keinen Wert auf ein nächtliches Gespräch mit dem Leiter des Magistratum. Nachdem Icherios seinen Hut aufgesetzt hatte, huschte Maleficium vor die Tür und blickte ihn auffordernd an. Seufzend hob er ihn auf, steckte ihn in seine Manteltasche und setzte seine gelb getönte Brille auf. Sein Blick blieb an seinem Spiegelbild im Fenster hängen. Zu dürr mit viel zu langen Armen, aber immerhin schmeichelte ihm der dunkle Gehrock, aus dem die überlangen Ärmel seines Hemdes ragten. Auch wenn er offenbar der Einzige war, der dieser Meinung anhing, gefielen ihm seine Brille und sein Hut. Sie verliehen ihm einen geheimnisvollen, intellektuellen Ausdruck. Zumindest redete er sich das gerne ein. Es mutete ihn seltsam an, sich über sein Aussehen Gedanken zu machen, aber er fühlte sich wie vor einer Verabredung mit einer jungen Frau. Auch wenn die Dokumente, die er in dieser Nacht zu finden hoffte, vermutlich den Tod seines Freundes verursacht hatten, so waren sie doch eine Art Nachricht aus dem Jenseits und gaben ihm das Gefühl, noch einmal mit Vallentin sprechen zu können.

Inzwischen war er geübt im Hinausschleichen und im Satteln von Mantikor, sodass es nur wenige Minuten dauerte, bis er aus dem Hof ritt. Zuerst spürte Icherios eine ungewohnte Leichtigkeit, fast schon Fröhlichkeit, dann blickte er zum Heiligenberg hinüber und sah, wie Tausende Flügel darüber hinwegflatterten, und er meinte sogar das violette Schimmern der Krähenaugen sehen zu können, die ihre Kreise um den Gipfel zogen. Er spähte zu den Dächern hinauf, und tatsächlich saßen drei dieser seltsamen Vögel dort und beobachteten ihn. Icherios senkte den Blick und streichelte Mantikors warmen Hals, um sich selbst zu beruhigen. Das Schlagen von Flügeln erklang hinter ihm, ein leichter Wind strich durch sein Haar, dann setzten sich die Krähen vor ihm auf einen Hausgiebel und starrten ihn aus hungrigen Augen an. Sie folgten ihm bis zur Brücke, auf deren achtem Pfeiler die Statue des Nepomuk ruhte. Kein Mensch war zu sehen, nur die Vögel harrten auf dem Brückendach aus. In den frühen Abendstunden gingen an der Brücke Diebe und Huren ihren Geschäften nach, doch zu dieser späten Stunde verirrten sich weder Freier noch Passanten, die eines Raubes wert waren, an diesen Ort.

Icherios stieg von Mantikor ab, band ihn vor der Brücke an einen Laternenpfahl und schritt dann auf die steinerne Figur des Nepomuk zu, die auf einer von Engeln getragenen Weltkugel stand. Er ging um die Statue herum, strich mit seinen Fingern über das Podest. Wo hatte Vallentin es versteckt? Vorsichtig kletterte er auf den Sockel und fuhr mit den Händen über die Weltkugel. Nichts. Dann fiel sein Blick auf einen schmalen Zwischenraum, der zwischen der Kugel und den vom Mantel überschatteten Füßen lag. Zarte Linien bildeten ein Quadrat. Ihm gelang es, den Fingernagel seines Daumens in den filigranen Spalt zu schieben. Nach mehreren Versuchen löste sich tatsächlich ein Stück aus der Weltkugel, die an dieser Stelle viel dünner war, als Icherios erwartet hatte. Der junge Gelehrte blickte sich um. Niemand war zu sehen, nur das Rauschen des Flusses und Mantikors gelegentliches Schnauben durchbrachen die Stille. Feine Nebelschwaden stiegen vom Neckar auf und brachten den schlammigen, erdigen Geruch des Wassers mit sich.

Icherios zog sich hoch und spähte in die Kugel hinein. Die obere Hälfte war hohl! Er kletterte weiter hinauf, sodass er zu Füßen des Nepomuk lag, und griff in den Hohlraum hinein. Seine Finger ertasteten einen von Schnüren zusammengehaltenen Stapel Papier. Rasch zog er ihn heraus, steckte seinen Fund in die Manteltasche, verschloss die Kugel und eilte zu Mantikor. So sehr es ihn auch drängte, er wagte nicht, seine Entdeckung hier anzuschauen. Zuerst musste er in die Sicherheit des Magistratum zurück.

Mantikors Hufe verursachten knirschende Geräusche auf dem gefrorenen Schneematsch, auf den die Stadtwache Sand gestreut hatte. Aus den Kaminen der Häuser stieg Rauch in die kalte Nachtluft auf, der in einiger Höhe unter der Wucht des stetigen Windes zerstob. Icherios blickte sich suchend um. Wohin waren die Krähen verschwunden? Eine gespenstische Stille lag über der Stadt, nicht einmal das Heulen eines Hundes erklang. Schweiß rann dem jungen Gelehrten den Rücken hinunter. Er fühlte sich beobachtet. Der Mond war hinter die Häuser gesunken, sodass die Schatten wie gierige Klauen in die Länge wuchsen und das Licht langsam verschluckten. Er konnte sehen, wie sich etwas in der Dunkelheit bewegte. Icherios trieb Mantikor zu einem raschen Trab an. Er musste hier weg. Ängstlich blickte er über seine Schulter. Die Schatten ballten sich zusammen, verdichteten sich und kamen auf ihn zu. Das Pferd spürte die Angst des jungen Gelehrten und fiel in einen Galopp. Immer wieder rutschten die Hufe unter dem mächtigen Wallach weg, Ratten huschten quiekend in ihre Verstecke, als sie vorbeirasten. Dennoch kamen die Schatten immer näher, wurden schneller und schneller. Während Icherios sich an Mantikors Mähne festklammerte, die Zügel hatte er längst verloren, sah er über seine Schulter. Die Schatten berührten fast den wehenden Schweif des Pferdes, schnellten dann einer Welle aus Schwärze gleich in die Höhe und stürzten sich auf ihn. Als die wirbelnden Schatten über ihm zusammenschlugen, wurde er aus dem Sattel gerissen und schlug mit einem dumpfen Geräusch auf dem Boden auf. Mit seinem letzten bewussten Atemzug sog er die Finsternis in sich ein, lauschte Mantikors entsetztem Wiehern, bevor er in der Dunkelheit versank.

Icherios erwachte durch die Berührung von Mantikors weichen Nüstern, die ihm über das Gesicht strichen, und weil Maleficium ihn sanft an der Nase knabberte. Stöhnend öffnete er die Augen. Er fühlte sich schwach und benommen, aber warum lebte er noch? Soweit er es beurteilen konnte, fehlte ihm nichts. Mühsam versuchte er sich aufzurichten, doch es gelang ihm nicht. Sein Mantel war auf dem Boden festgefroren, nachdem seine Körperwärme das Eis zuerst geschmolzen hatte. Er sammelte seine Kräfte und riss sich los. Mit jeder Sekunde, die er bei Bewusstsein war, spürte er die Kälte in seine Knochen kriechen. Er blickte auf seine ungeschützte Hand, die auf dem Eis gelegen hatte. An manchen Stellen färbte sie sich bereits schwarz, an anderen leuchtete sie in tiefem Rot. Er musste schnell an einen warmen Ort. Als er sich auf die Knie aufrichtete, fiel sein Blick auf einen Zettel, der neben ihm lag, als ob er von seiner Brust gefallen wäre. Mit steifen Fingern hob er ihn auf und entfaltete ihn.

Neugierde tötet.

Dem jungen Gelehrten schnürte es die Kehle zu. Das war ein deutlicher Hinweis. Würde der Schatten ihn das nächste Mal töten? Doch aus was sollte er sich raushalten? Erschrocken fuhr seine Hand zu Vallentins Unterlagen. Zu seiner Überraschung befanden sie sich noch immer an ihrem Platz. Falls die Warnung seinen Nachforschungen über den geheimnisvollen Tod seines Freundes galt, warum hatte man ihm die Papiere nicht weggenommen? Oder sollte er sich nicht weiter mit den schattenlosen Mordopfern beschäftigen? Zitternd rieb er sich die Arme. Zuerst musste er raus aus der Kälte. Nur quälend langsam konnte er sich mithilfe seiner Steigbügel in den Sattel ziehen. Sobald er oben saß, fiel Mantikor in einen gemächlichen Schritt. Der Mond war inzwischen untergegangen, und die Morgenröte drängte gegen die von Osten aufziehenden schwarzen Wolkenberge.

Icherios versorgte sein Pferd nur notdürftig, beschränkte sich darauf, es in den Stall zu führen, eine Decke überzuwerfen und etwas Heu zu geben, bevor er sich in die Wärme des Magistratum flüchtete. Er fühlte sich zwar schwach, aber dennoch brannte die Neugierde in ihm. Er wollte wissen, welches Geheimnis das Bündel Papiere barg, auch wenn die Drohung von dem Zettel ihm auf den Magen drückte. Warum hatte das Schattenwesen ihn nicht getötet? Und wer hatte den Zettel geschrieben?

Nachdem er die Türen hinter sich abgeschlossen hatte, nahm er eine Laterne von der Wand, zündete sie an und ging die Treppen hinauf. Die Wärme erweckte seine Lebensgeister, aber zugleich brachte sie die Furcht zurück. Beobachteten die Schatten ihn? Sein Blick fiel auf seinen eigenen Schatten. Beinahe hätte er seine Lampe fallen gelassen, so stark fingen seine Hände zu zittern an. Das konnte nicht sein! Icherios rannte in sein Zimmer, zündete alle Lichter an und vergewisserte sich, dass er sich das nicht nur eingebildet hatte. Wie konnte das sein? Was war das? Sein Fuß warf keinen Schatten! Waren die Opfer etwa so gestorben? Verschlang etwas ihren Schatten? Mieden sie deshalb das Tageslicht, damit niemandem auffiel, was vor sich ging? Angst fraß sich in die Seele des jungen Gelehrten. Er würde sterben, wenn er das nicht aufhielt. Galle stieg aus seinem Magen empor und quoll in seinen Gaumen. Nun verstand er die Drohung auf dem Zettel. Waren die schattenlosen Toten ebenfalls gewarnt worden und hatten sich geweigert zu gehorchen?

Icherios spülte sich den Mund aus und kauerte sich mit Maleficium in seinen Sessel. Was sollte er nun tun? Konnte er sich auf seine Schlussfolgerungen verlassen, dass es dem Schattenmonster nicht um Vallentin ging, obwohl er ausgerechnet in dem Moment angegriffen wurde, als er gerade eine Spur entdeckt hatte? Er rief sich das fröhliche Lachen seines Freundes in Erinnerung. Durfte er den Mord an ihm ungesühnt lassen? Er stand auf, zog sich aus, schleppte sich in sein Schlafzimmer, fiel in sein Bett und wickelte sich mit angezogenen Knien in seine Decke. Er war zu müde, um zu denken, aber er wagte nicht, das Licht zu löschen. Wahrscheinlich würde er niemals wieder dazu fähig sein, in der Dunkelheit zu schlafen. Das Verlangen nach Laudanum quälte ihn, doch er gab der Sucht nicht nach. Er durfte jetzt nicht die Kontrolle über seinen Verstand verlieren. Er war das Einzige, was ihn jetzt noch zu retten vermochte.

38

Feuer in der Nacht

19. Novembris, Heidelberg

Die wenigen Stunden Schlaf, die Icherios bekam, wurden von Träumen über Blut und Schatten beherrscht. Die Sonne war gerade über die Dächer Heidelbergs geklettert, als er aufstand und sich in sein Nachtgewand gehüllt vor den Kamin setzte, in dem er vorher das Feuer angeschürt hatte. Während Maleficium an einem langen Streifen Trockenfleisch knabberte, untersuchte der junge Gelehrte die Papiere, die er in der Statue gefunden hatte. Er fand eine Karte, die das Heilige Römische Reich darstellte. Jemand hatte ein Christusmonogramm mit blutroter Tinte in sie hineingezeichnet, ein Bekenntnissymbol der frühen Kirche, das einem mit einem X gekreuzten P glich. Icherios legte die Karte auf seinen Tisch und studierte sie genauer. Feuchtigkeit musste in das Versteck eingedrungen sein, Schimmel färbte die Ränder schwarz und hinterließ dunkle Flecken auf dem Pergament, dennoch entdeckte der junge Gelehrte, dass einige Städte gekennzeichnet worden waren: Münster, Fulda, Augsburg und Tübingen. Sie alle lagen auf dem Christusmonogramm. Grübelnd legte er die Karte beiseite und wandte sich den anderen Unterlagen zu. Es waren Zeitungsausschnitte. Icherios blätterte sie flüchtig durch. Die Feuchtigkeit hatte die Tinte an manchen Stellen bis zur Unleserlichkeit verwischt. Er runzelte die Stirn, denn sie stammten aus den Städten, die auf der Karte markiert worden waren, und berichteten von Mordfällen. Er nahm ein Stück Papier, Feder und Tinte und setzte sich an den Tisch. Dann listete er die Morde chronologisch auf. Verblüfft starrte er auf das Ergebnis: Es gab einen zeitlichen Zusammenhang! In jeder Stadt hatte es innerhalb weniger Wochen eine Reihe ungelöster Mordfälle gegeben, die ebenso plötzlich, wie sie begonnen hatten, auch wieder aufhörten. Monate später wiederholte sich das Geschehen in einer anderen Stadt.

Was wollte sein Freund ihm damit sagen? Es konnte doch einfach ein Zufall sein. Aber Vallentin war wahrscheinlich deshalb ermordet worden, also musste er etwas Wichtiges entdeckt haben.

Icherios beschloss, in das Archiv des Magistratum zu gehen, um die vollständigen Artikel zu lesen. Es war zu mühsam, die verwischte Tinte zu entziffern. Eilig zog er sich an und öffnete leise die Tür. Als er an der Küche vorbeikam, hörte er das Klappern von Töpfen und Pfannen; Franz war beschäftigt. In der Bibliothek stand der junge Gelehrte einen Moment ratlos vor den unzähligen Kisten, die das Zeitungsarchiv bargen, zudem drang nur wenig Tageslicht in den Raum. Doch er traute sich nicht, eine Kerze zu entzünden. Es dauerte eine knappe Stunde, bis er das Ordnungssystem begriffen hatte, dann wurde er allerdings schnell fündig und blätterte den Jahrgang 1769 von Fulda durch. Frustriert wandte er sich der nächsten Kiste zu. Die gesuchten Zeitungen fehlten. Sein Ärger wuchs, als er auch von den anderen Städten die entsprechenden Exemplare nicht fand. Jemand musste sie gestohlen haben! Oder war Vallentin so leichtsinnig gewesen, die Zeitungen zu stehlen und für ihn zu verstecken? Icherios schüttelte den Kopf. Er wäre niemals so unvorsichtig gewesen, zumal er durch seine Leidenschaft für alte Landkarten Beziehungen zu Historikern pflegte, die ihm jederzeit die Exemplare besorgt hätten.

Die Beine des jungen Gelehrten gaben nach. Er hatte nun Gewissheit – jemand aus dem Magistratum war an dem Mord an seinem Freund beteiligt. Warum sollten sonst ausgerechnet diese Zeitungen fehlen? Geschwächt von den Ereignissen der letzten Nacht und geschockt von seiner neuen Erkenntnis stolperte er in sein Zimmer zurück und verbarg Karte und Zeitungsartikel in den gesammelten Werken Shakespeares und Lessings. Anschließend ging er zum Frühstück hinunter.

»Verschlafen?«, grinste ihn Franz an. »Ich habe dir ein paar hart gekochte Eier und Speck aufbewahrt.«

Icherios hastete zu einem Stuhl und setzte sich so, dass es nicht auffiel, dass ein Stück seines Schattens fehlte. Täuschte er sich, oder wirkte die Fröhlichkeit der Werratte aufgesetzt? Er würgte das Mahl hinunter um keine Aufmerksamkeit zu erregen, und eilte danach zur Universität. Wenn er noch einen Tag verpasste, bestand die Gefahr, dass man ihn exmatrikulierte. Er wollte sich nicht ausmalen, was Freyberg und Auberlin ihm dann antun würden.

Zwar war es leichtsinnig, mit einem unvollständigen Schatten die Vorlesungen zu besuchen, doch in dem Getümmel der Menschen hoffte er, dass es nicht weiter auffallen würde. Etwas so Selbstverständliches wie einen Schatten nahm ohnehin kaum jemand wahr. Dennoch fühlte er sich unbehaglich, als er sich in den Hörsaal setzte. Marthes war nun, da er von Icherios' Nachforschungen wusste, deutlich nachsichtiger und akzeptierte die Entschuldigung des jungen Gelehrten für sein Fehlen mit einem breiten Grinsen.

Pünktlich mit dem Glockenschlag stürmte Frissling herein und begann seinen monotonen Vortrag.

Marthes kritzelte einige Worte auf einen Zettel, den er danach Icherios hinschob. *Wirst du den Puppenmacher noch einmal besuchen?*

Der junge Gelehrte gab vor, mitschreiben zu müssen, um Zeit zu gewinnen. Über die Ereignisse der letzten Nacht hatte er Kroyan Nispeth beinahe vergessen. Sollte er sich zuerst auf das Schattenwesen konzentrieren oder beim Puppenmacher einbrechen, um Beweise zu suchen? *Oder du hältst die Füße still und hoffst darauf zu überleben*, flüsterte eine Stimme in seinem Kopf, doch Icherios verwarf den Gedanken sofort wieder. Er war es seinem Freund schuldig, dessen Mörder zu finden.

»Ja, heute Nacht« schrieb er auf den Zettel und schob ihn Marthes zu. Bei der Vorstellung, in das Haus des Puppenmachers einzubrechen, schnürte ihm die Angst die Kehle zu.

Ich komme mit.

Icherios schüttelte den Kopf. *Zu gefährlich.*

Eben.

Wenn mir etwas passiert, muss jemand die Stadtwache zu Nispeth schicken.

Zu zweit ist es sicherer.

»Nein«, flüsterte der junge Gelehrte. »Ich gehe allein.«

Frissling starrte ihn erbost an. Der Mann hatte Ohren wie ein Luchs.

Keine Diskussion. Er wollte nicht riskieren, noch einen Freund zu verlieren.

Die restlichen Vorlesungen vergingen in quälender Langsamkeit, obwohl Marthes immer wieder versuchte, ihn zum Lachen zu bringen. Auch die anderen Studenten wirkten übermüdet und blickten sich bei jedem ungewohnten Geräusch ängstlich um. Sie spüren es, dachte Icherios. Sie spüren die Finsternis, die Besitz von Heidelberg ergreift.

Dunkelheit lag über der Stadt, und ein Hund heulte in der Ferne, als der junge Gelehrte sich an eine Hauswand drückte, um das Haus von Kroyan Nispeth zu beobachten. Ein eisiger Wind fegte ihm beinahe den Hut vom Kopf und trieb dicke Nebelschwaden vor sich her. Verborgen unter seinem Mantel trug er ein Stemmeisen mit sich, in der Hand hielt er eine noch nicht entzündete Laterne. Er hatte bei seinem letzten Besuch bei dem Puppenmacher eine Kellertreppe an einer Seite des Hauses gesehen und hoffte, dort einsteigen zu können. Die Haare auf seiner Haut stellten sich vor Angst auf, wenn er sich vorstellte, von Nispeth erwischt zu werden. Dennoch schlich er in dem Moment, als eine Wolke den Mond verdunkelte, zu dem Gebäude hinüber und stieg die schmale Treppe hinunter. Icherios legte ein Ohr an die aus groben Latten gezimmerte Tür, die von gefrorenem Moos überwuchert war. Stille. Vorsichtig drückte er gegen die Tür, und zu seinem Erstaunen schwang sie auf. Beißender Gestank schlug ihm entgegen, ließ ihn würgen. Er zündete seine Laterne an, ging einen Schritt hinein und schloss die Kellertür hinter sich. Langsam schwenkte er das Licht von einer Seite zur anderen. Er befand sich in einer Abstellkammer, in der Tische, Nadeln unterschiedlicher Größe, rostige Messer und Fleischerhaken lagerten. Der junge Gelehrte lauschte an der Tür, die in den nächsten Raum führte, dann öffnete er sie einen Spaltweit und spähte hinein, die Laterne hinter sich haltend. Der Lichtkranz spendete ein schummriges Licht, das Konturen von Tischen und grotesken Gestalten enthüllte. Icherios zog sich zurück. Sein Herz pochte so laut, dass es jedem Bewohner des Hauses seine Anwesenheit verraten musste. Schließlich nahm er all seinen Mut zusammen und trat in das Kellergewölbe. Nach einem Schwenken der Laterne bereute er seine Entscheidung. Würgend erbrach er sich neben der Tür. Zitternd lehnte er den Kopf gegen die feuchte Wand, wischte sich den Mund ab und drehte sich dann erneut um. Er befand sich in einem Kabinett des Grauens. Von der Decke hingen an rostigen Fleischerhaken die verwesenden, zum Teil gehäuteten Körperteile von Menschen. Der skalpierte Schädel einer Frau starrte ihn aus toten Augen und mit einem zu einem Schrei geöffneten Mund an. In einer Ecke lag ein Haufen Knochen, teilweise mit Fleisch bedeckt, die Icherios als Beine und Arme von Menschen identifizierte, um die ein Schwarm dicker, schillernder Fliegen schwirrte.

Mit einer Mischung aus Grauen und Faszination ging der junge Gelehrte zu einem großen Tisch, der in der Mitte des Raumes stand. Jeder Schritt auf dem schleimigen Boden, der ihm das Gefühl gab, auf einem Teppich aus Schnecken zu laufen, kostete ihn Überwindung. Auf dem Tisch lag eine menschengroße Puppe, die kurz vor der Vollendung stand, doch statt Stoffe und Keramik hatte Nispeth Knochen und Menschenhaut verwendet, die er mit feinen Stichen aneinandergenäht hatte. Icherios' Blick wanderte die Regale entlang. In ihnen saßen reglos die kleinen Puppen, die ihn nachts besucht hatten, dann stockte ihm der Atem. An der Wand lehnte das Puppenmonster, das Vallentin getötet hatte. Noch immer flößten ihm die schwarzen Augen Angst ein. Er rechnete jede Sekunde damit, dass sie sich erneut bewegten. War das Nispeths Ziel? Sich eine menschliche Puppe zu erschaffen, die seinen Befehlen gehorchte? Icherios ging in den nächsten Raum hinein, der sich einst von einer Tür hatte verschließen lassen, an die nur noch ein Paar rostige Angeln erinnerten. Schweiß rann ihm in die Augen. Den Gestank nahm er schon gar nicht mehr wahr, weil die Furcht ihm die Kehle zuschnürte. Er fühlt sich wie in einem lebendig gewordenen Albtraum. Auch in diesem Gewölbe bot sich ihm der gleiche grausame Anblick. Überall Tische mit halb gehäuteten Menschenteilen, ein Haken, an dem Kopfhäute hingen und Schwärme von Fliegen. Plötzlich stolperte er über etwas. Er blickte hinunter und zuckte zurück. Unter einem Tisch lag die blutüberströmte Leiche von Kroyan Nispeth. Der Puppenmacher war furchtbar zugerichtet. Krallen hatten sein Gesicht und den Oberkörper zerfetzt. Icherios war sich sicher, dass er tot war, trotzdem kniete er nieder und fühlte den Puls an dem blutverkrusteten Hals. Hier würde er keine Informationen mehr finden. Anschließend untersuchte er die Wunden, die ihm erschreckend bekannt vorkamen. Wo hatte er Derartiges schon mal gesehen? War das das Werk eines Vampirs oder das eines Ghouls? Er hob eine Hand hoch und inspizierte die dreckigen Fingernägel. Unter einem hing ein Stück dunkelgraues Fell. Icherios wurde blass. Es sah aus wie das von Franz! Auch die Verletzungen konnten von einer Werratte stammen, und die Fellfarbe stimmte genau überein. Der junge Gelehrte schüttelte sich. Das durfte nicht sein! Aber es passte alles zusammen. Franz kannte Vallentin, besaß Zugang zu den Archiven des Ordo Occulto und schlief auffällig viel. Ging er in diesen Zeiten seinen finsteren Geschäften nach?

Icherios hustete. Es roch nach Rauch. Er blickte sich um und sah eine dunkle Rauchschwade über den Boden wabern. Hastig stand er auf und eilte in den Hauptraum. Unter der Tür, die zum Haus führte, drang Qualm hervor. Es brannte! Jemand wollte wohl die Beweise vernichten! Das durfte er nicht zulassen! Er erinnerte sich, oben ein Rechnungsbuch gesehen zu haben, vielleicht fand er darin einen Hinweis. Icherios glaubte nicht, dass der Puppenmacher Vallentin aus eigenem Antrieb getötet hatte. Warum hätte er dazu nach Karlsruhe gehen sollen, wenn er es ebenso gut in Heidelberg hätte erledigen können?

Der junge Gelehrte riss sich ein Stück aus seinem Hemd, holte tief Luft und presste sich den Stofffetzen vor die Nase, bevor er die Tür zum Haus öffnete. Sofort drangen ihm dichte Rauschwaden entgegen, der rote Schein von Feuer erhellte die Treppe. Oben waren nur noch Flammen zu sehen. Trotzdem rannte Icherios hinauf. Hitze umhüllte ihn, das Gebälk krachte bereits. Das Feuer breitete sich viel zu schnell aus, es konnte keinen natürlichen Ursprung gehabt haben. Er blickte sich um und fand das noch unversehrte Rechnungsbuch auf einem Tisch liegend. Er wich den brennenden Stoffballen und den herunterfallenden Balken aus, sprang zu dem Tisch und packte das Buch. Hilflos suchte er nach einem Ausgang, die Tür stand bereits in Flammen, die Hitze nahm ständig zu. Es gab nur einen Ausweg: zurück in den Keller. Auf seiner Flucht stolperte er, stürzte die letzten Stufen hinunter und schlug mit dem Gesicht auf den schleimigen Boden. Jetzt durfte er nicht anhalten! Das Gebäude würde bald einstürzen und ihn unter sich begraben. Mit letzter Kraft, von Husten geschüttelt, rannte er nach draußen. Erste Rufe drangen durch die Nacht, Lichter flammten in den Nachbarhäusern auf. Ihm blieb nicht viel Zeit, um unentdeckt zu entkommen. Vorsichtig spähte er um die Ecke. Harrte der Brandstifter dort etwa noch aus, um sein Werk zu begutachten? Hatte er vielleicht nur auf den jungen Gelehrten gewartet, um ihn zusammen mit den Beweisen zu vernichten? Doch die Gasse lag leer vor ihm, sodass Icherios es wagte, sich zu Mantikor zu schleichen, den er einige Straßen weiter zurückgelassen hatte.

Zurück im Magistratum brachte er das Pferd in den Stall, rieb sich das Gesicht mit Schnee ab und huschte in sein Zimmer. Dort verriegelte er die Tür und schloss die Vorhänge, bevor er sich seiner stinkenden, dreckigen Kleider entledigte und sich notdürftig wusch. Anschließend setzte er sich mit dem Rechnungsbuch, das den Gestank von Rauch und Verwesung verströmte, an seinen Schreibtisch. Der Puppenmacher hatte nicht nur seine Verkäufe ordentlich aufgelistet, sondern weiter hinten über mehrere Seiten auch seine Morde. Das bewies eindeutig, dass Nispeth ein Auftragsmörder gewesen war. Fein säuberlich standen dort die Namen der Opfer, daneben die der Auftraggeber, gefolgt von der erhaltenen Bezahlung. Icherios fühlte erneut Übelkeit in sich aufsteigen, als er sah, dass Nispeth manchmal auch mit Leichen belohnt worden war. Mit zitternden Fingern fuhr er die Spalten entlang, bis er auf Vallentins Namen stieß. Als Kunde war *Der Bund* verzeichnet. Diese Organisation hatte zahlreiche weitere Morde bei Nispeth in Auftrag gegeben bis vor etwa einem halben Jahr. Icherios stiegen die Tränen in die Augen, als er den Lohn sah, den der Puppenmacher für Vallentins Tod erhalten hatte: zwei Leichen. Mehr war er nicht wert gewesen. Der junge Gelehrte schlug das Rechnungsbuch zu, verbarg es hinter einigen anderen Büchern im Regal und legte sich in sein Bett. Was war dieser Bund? In was war Vallentin da nur geraten?

Icherios zog die Vorhänge zur Seite und blickte hinaus. Noch herrschte tiefste Nacht, doch trotz seiner Erschütterung über die Erkenntnis, dass eine geheimnisvolle Organisation seinen besten Freund getötet hatte, und darüber, dass sein Schatten sich nach und nach auflöste, durfte er sich keine Pause gönnen. Gähnend zog er die Vorhänge wieder zu. Er hatte nur knapp zwei Stunden geschlafen, um noch vor Morgengrauen das Buch der Hexe zu Ende zu lesen. Aber jetzt war Eile geboten. Er zog sich an, holte sich aus der Küche ein paar Rosinenbrötchen, um seinen knurrenden Magen zu füllen, eilte in den Stall und sattelte Mantikor. Kurze Zeit später ritt er aus dem Hof, warf einen Blick auf das Magistratum und glaubte zu sehen, wie der Vorhang vor einem der erleuchteten Fenster hastig wieder zugezogen wurde. Die Angst ließ seine Haut kribbeln. Würde er Franz' nächstes Opfer werden?

Icherios wartete, bis ein Nachtwächter seine Runde gedreht hatte und den Platz, auf dem der Krähenturm stand und der nur von einer einzelnen Laterne beleuchtet war, wieder verließ. Dann ging er zu einem Springbrunnen, der von einem gruselig aussehenden Wasserspeier gekrönt wurde und im Schatten des Krähenturms lag. Selbst das Licht der Straßenlaterne vermochte nicht, den Schatten des Turms zu durchdringen.

Der junge Gelehrte vergewisserte sich, dass in keinem der Häuser Licht brannte, bevor er seine Laterne entzündete. Ein Krächzen erklang. Icherios drehte sich um. Auf der Straßenlaterne saß eine der Krähen mit den violett leuchtenden Augen und starrte ihn an. Er bemühte sich, die Kreatur zu ignorieren, und setzte sich auf den Brunnenrand, wobei er dem Wasserspeier voller Unbehagen den Rücken zukehrte, denn dieses merkwürdige Geschöpf mit seinen ledrigen, unebenen Schwingen, die an einem abstoßend mageren Körper saßen, und diesem Maul mit der heraushängenden, geschwollenen Zunge wirkte nicht gerade vertrauenerweckend. Mantikor stand gelassen neben einem der hohen Fachwerkhäuser und döste. Der junge Gelehrte stellte die Laterne neben sich, dann holte er die Abschrift der *Rituale der Hexereye* hervor. Seine Hände zitterten vor Angst, aber es war eine Angst, die er sich nicht erklären konnte. Schließlich war es nur ein Text! Seit wann fürchtete er sich vor Büchern? Er blickte zu der Krähe hinauf, die ihn unablässig beobachtete. Er musste herausfinden, was in Heidelberg vorging. Vielleicht konnte er so seine Schuld ableisten, die er durch sein Verbrechen in der Andreasnacht auf sich geladen hatte. Er wünschte sich, Heidelberg, das Magistratum und die Kanzlei mit all ihren seltsamen Kreaturen hinter sich lassen zu können. Aber nun war es zu spät, zu tief war er schon in die Geschehnisse verstrickt. Seine einzige Hoffnung lag in der Aufklärung der Vorgänge.

In dem Moment, in dem er die Papiere entfaltete, flog die Krähe mit einem lauten Krächzen davon. Icherios zuckte zusammen und sah ihr nach, dann wandte er sich dem Text zu. Fasziniert starrte er darauf. Das wenige Licht wurde von den Buchstaben aufgesogen, sodass sie in einem grellen Rot leuchteten, während sie zugleich ein eigenes Leben zu entwickeln schienen. Wie mit tausend feinen Spinnenbeinchen versehen lösten sie sich vom Pergament und huschten umher. Beinahe hätte der junge Gelehrte die Abschrift vor Schreck fallen lassen, doch er konnte sich gerade noch beherrschen. Schließlich hatten alle Zeichen ihren richtigen Platz gefunden, saugten sich am Papier fest und offenbarten damit die Anweisung für ein unheiliges Ritual. Es wurde vollzogen, um einen Menschen in eine Schöpfung des Leids zu verwandeln, indem man ihn zwang, die Unendlichkeit des Steins zu erblicken. Dabei wurde der Verstand ausgelöscht und durch bedingungslosen Gehorsam gegenüber seinem Macher ersetzt. Icherios schloss einen Moment erschüttert die Augen, bevor er die Kopie der *Rituale der Hexereye* in der festen Absicht faltete, sie so bald wie möglich zu vernichten. Dieses Wissen war zu grausam, um es zu bewahren. Er stand auf und klopfte sich das Eis von seinen Kleidern. Immerhin wusste er nun, was diese Kreatur war, die in der Abschrift Schattenverschlinger genannt wurde, und dass sie im Auftrag eines Menschen handelte.

39

Verräterherz

20. Novembris, Heidelberg

»Ich habe ein Geschenk für dich.« Silas warf Gismara einen großen Lederbeutel vor die Füße. Als sie nach ihm greifen wollte, hob er die Hand. »Warte.«

Sie blickte ihn skeptisch an. »Was ist das?«

»Wie ich sagte, ein Geschenk.«

Sie befanden sich wieder im *Mäuseschwanz*. Die Hexe weigerte sich weiterhin ihm zu verraten, wo sie wohnte. Dass er es mittlerweile auch ohne ihre Hilfe herausgefunden hatte, musste er ihr ja nicht unbedingt auf die Nase binden. Zähneknirschend gestand sich Silas ein, dass er ihren täglichen Treffen inzwischen freudig entgegensah. Ihre spitzen Kommentare amüsierten ihn, und er bewunderte ihren Mut.

»Es ist etwas blutig.« Er bedeutete Gismara, den Beutel zu öffnen.

Vorsichtig löste sie die Schnüre und spähte hinein. Mit angewiderter Miene zog sie einen Schädel an den Haaren heraus und hielt ihn in die Höhe. »Wahrlich ein Geschenk, über das sich jede Dame freut. Wem gehörte dieses prachtvolle Exemplar einst?«

»Darf ich vorstellen? Ninges Siebenklinge.«

Gismaras Augen blitzten auf. »Ihr habt ihn einfach getötet? Ohne mich?«

Silas grinste über ihre Empörung. *Was für ein Weib!* »Ich habe ihm einige Fragen gestellt, sehr nachdrücklich. Allerdings weigerte er sich, mit der Sprache rauszurücken. Schien ziemlich große Angst zu haben. Deshalb beschloss ich, es dir zu überlassen, die Wahrheit zu finden.«

»Ich sagte, dass es gefährlich ist«, fauchte sie. »Was für ein Priester bist du eigentlich?«

Das willst du nicht wissen. »Ein besonderer«, wich er aus.

Gismara stopfte den Kopf zurück in die Tasche und wusch sich sorgfältig die Hände. »Ich werde das Ritual durchführen, aber nicht hier. Ich sage dir morgen, was ich herausgefunden habe.«

»Nichts da. Ich komme mit.«

»Warum? Traust du mir noch immer nicht?«

»Sollte ich? Zudem solltest du nicht allein sein, wenn es so gefährlich ist.«

»Ach, der männliche Beschützerinstinkt greift auch bei Hexen?«, spöttelte Gismara. Dann wurde sie ernst und blickte ihn lange prüfend an. »In Ordnung, komm mit in meine Wohnung, aber eine falsche Bewegung, und ich vernichte dich.«

»Das hast du schon mal versucht.«

Ein Schatten legte sich über ihr schönes Gesicht. Sofort bereute Silas seine Worte. Er hätte sie nicht an die Nacht erinnern sollen, in der er sie gefangen hatte. Es war eine schmerzhafte Erinnerung. Für sie beide.

Gismara zeichnete mit Kreide eine große Spirale aus einem verschlungenen Netz weißer, roter, brauner und blauer Linien auf den Boden. Anschließend stellte sie in gleichmäßigem Abstand Kerzen auf die Linien und entzündete die Lichter, sodass ihr Wohnzimmer in einen warmen Glanz getaucht wurde. Sie hatte ihre Hutsammlung und Arbeitsmaterialien in die Küche verbannt, um über ausreichend Platz zu verfügen.

Dann setzte sich die Hexe in die Mitte der Spirale und platzierte Siebenklinges Schädel vor ihren Füßen. Silas beobachtete sie mürrisch vom Türrahmen aus. Sie gestattete ihm nicht, näher zu kommen. Er umklammerte sein Kreuz, bereit, es jedem Angreifer in die Augen zu rammen. Hätte er nur sein Schwert dabei. Er fand es nicht richtig, dass sich eine Frau in Gefahr begab, vor allem nicht, solange er nur hilflos dabei zusehen konnte, selbst wenn es nur um eine Hexe ging. Er bezweifelte, dass er es noch fertigbrachte, sie zu töten.

Gismara legte ihren Kopf in den Nacken und stimmte die komplexe Anrufung an. Sie brauchte ihre gesamte Kraft und die Unterstützung Sinthguts, wenn ihr das gelingen sollte. Normalerweise wurde dazu ein Zusammenschluss mehrerer Hexen benötigt, mindestens eine Incantatrix und eine Saga mussten dabei sein. Da Sinthguts Segen ihr einige Fähigkeiten einer Wahrsagerin verliehen hatte, hoffte sie, dass sie das Ritual auch allein würde vollenden können. Sie wollte nicht darüber nachdenken, was geschah, wenn sie versagte. Die Geister konnten bösartig sein.

Allmählich spürte sie, wie die Macht in sie einströmte. Sie konzentrierte sich voll und ganz auf ihr Ziel und verlor langsam das Gefühl für die eigene Identität, bis der Schmerz des Zaubers sich bei ihr einstellte.

Silas' Nackenhaare stellten sich auf, als Gismara langsam in die Luft schwebte. Normalerweise wäre das der Zeitpunkt gewesen, einen kräftigen Eisenspeer zu nehmen und ihn in die Hexe zu stoßen, nun stand er aber einfach da und hoffte darauf, dass ihr das Ritual gelang. Vielleicht gab es doch einen Gott, und er erlaubte sich gerade einen bösen Scherz mit ihm.

Wind wehte in den Raum und schien sich in dessen Mitte zu sammeln. Dann fuhr er unter lautem Brausen durch die Haare der Hexe und löste sie, sodass sie als rote Flut um ihren Körper fielen. Die Kerzen flackerten wild. Nach und nach verdichtete sich der Wind zu einem wirbelnden Nebel, aus dem ein kleiner Mann mit weißen Haaren trat. Neben ihm erschien Zacharas, der schreiend auf die Knie fiel. Der Hexenjäger wollte ihm zu Hilfe eilen, doch er vermochte sich nicht zu bewegen. Er sah, wie sich sein Bruder auf dem Boden krümmte, seine Augen traten vor Schmerzen hervor. Es zerriss Silas das Herz, ihn so leiden zu sehen. Aber wo war Siebenklinge? War ihr ein Fehler unterlaufen?

»Auberlin«, hauchte die Hexe und fiel in Ohnmacht. Die Illusion verblasste, wurde vom Wind verzerrt und davongetragen. Der Hexenjäger hob Gismara auf und trug sie zu ihrem Bett. Das Zimmer strahlte so viel Weiblichkeit aus, dass es ihn fast schon erschreckte. Er fasste noch immer nicht, dass sie eine Hutmacherin war. Dann tunkte er einen Waschlappen in kaltes Wasser und strich ihr sanft über die Stirn. Kurz darauf erwachte sie unter leisem Stöhnen. »Das kann nicht sein. Ich muss einen Fehler gemacht haben. Auberlin darf nicht in die Angelegenheit verstrickt sein.«

»Erklär es mir«, verlangte Silas und setzte sich neben sie aufs Bett.

Gismara seufzte. »In Ordnung, du wirst es ohnehin herausfinden.« Dann begann sie, ihm in groben Zügen vom Ordo Occulto und dessen Arbeit zu berichten. »Auberlin ist der Leiter des Magistratum und mein Mentor«, schloss sie.

»Und der Mörder meines Bruders.«

Die Schultern der Hexe sackten herab. Tränen traten in

ihre Augen. »Ich wusste es nicht. Bei der Anrufung bat ich, mir Zacharas' Tod zu zeigen.« Sie holte aus einer kleinen Tasche in ihrem Rock das Signum Hieroglyphica Monas, den Siegelring des Ordo Occulto, und zeigte ihn Silas. »Da ich immer etwas von Auberlin bei mir trage, konnte der Zauber mir den wahren Mörder zeigen.« Sie erblasste. »Ich bin schuld an Zacharas Tod.«

»Was hast du getan?« Silas packte sie an ihren Oberarmen.

»Du tust mir weh«, presste sie zwischen zusammengebissenen Zähnen hervor.

Erst jetzt bemerkte der Hexenjäger, dass er seine Finger tief in ihr Fleisch gegraben hatte. Verlegen ließ er sie los. »Tut mir leid.«

Gismaras Hände fuhren gedankenverloren über ihre Bettdecke. »Zacharas war mit meiner Arbeit nicht einverstanden. Vielleicht hat er so Auberlins Zorn auf sich gezogen.«

Silas spürte Erleichterung. Mit dieser Enthüllung konnte er leben. Es wäre typisch für Zacharas, sich in Gefahr zu begeben in dem Bemühen, eine Seele retten zu wollen. Zart strich er über Gismaras Wange. Sie blickte ihn verwundert an.

»Schlaf, wir werden herausfinden, was hier gespielt wird.«

40

Am Bittersbrunnen

20. Novembris, Heidelberg

Icherios klopfte an die Tür von Hazechas Haus; seine Hände zitterten vor Aufregung. Er wusste nun, welche Frage er ihr stellen würde. Die Hohepriesterin der Hexen öffnete ihm persönlich und schenkte ihm ein warmes Lächeln, das ihm den Atem raubte. »Ich habe dich bereits erwartet.«

Der junge Gelehrte fragte gar nicht erst, woher sie von seinem Kommen gewusst hatte. Sie führte ihn in einen Raum, der ganz in Grün gehalten war, mit Tapeten aus tannengrünem Leinen und eleganten Kirschholzstühlen, die mit weißem Samt bezogen waren, auf dem Farnblätter rankten. Auf einem runden Tisch stand eine Vase mit einem Strauß blutroter Rosen.

»Setz dich«, forderte sie ihn auf und ließ sich im Schneidersitz auf einem der Stühle nieder. Sie trug ein burgunderfarbenes, mit goldenen Blumen besticktes Kleid, das ihre atemberaubende Schönheit nur unterstrich. »Und nun stell mir deine Frage.«

»Was ist der Bund?«

Hazecha runzelte ihre makellose Stirn. »Eine gute Frage, die ich dir jetzt nicht beantworten werde.«

Icherios konnte seine Enttäuschung nicht verbergen. »Dafür habe ich also mein Leben riskiert?«

Die Hohepriesterin lächelte. »Ich sage, nicht *jetzt*. Komm heute um Mitternacht zum Bittersbrunnen auf dem Heiligenberg.«

»Der Heiligenberg?«, krächzte der junge Gelehrte. Dort hatte er des Nachts die seltsamen Vögel kreisen sehen.

Hazecha starrte ihn aus unergründlichen, grünen Augen an. »Stimmt etwas nicht?«

Er fürchtete, sich lächerlich zu machen, trotzdem antwortete er. »Diese schrecklichen Krähen.«

»Die Craban?« Die Hohepriesterin lachte. »Sie sind harmlose kleine Biester, neugierig auf alles Menschliche.«

»Wo kommen sie her?«

»Ich werde es dir heute Nacht erklären.« Damit erhob sie sich und forderte Icherios auf zu gehen. Ihr Blick fiel auf seinen Schatten, der inzwischen bis zum Oberschenkel angefressen war, doch sie verlor kein Wort darüber.

Icherios ritt dicht an Mantikors Hals geschmiegt den schmalen Pfad zum Heiligenberg hinauf. Die tief hängenden Äste der Bäume peitschten angetrieben vom Wind gegen seinen Rücken. Ihre Bewegungen spiegelten sich in den tanzenden Schatten auf dem Boden wider. In der Luft kreisten Krähen. Sie schienen ihn zu verfolgen. Ab und an setzten sich einige von ihnen auf einen Baum in seiner Nähe und beobachteten ihn mit violett schimmernden Augen. Es wurden immer mehr, je höher er kam. Endlich erreichte er die freie Fläche um die Ruinen des Stephansklosters. Zwischen den Baumstämmen hindurch konnte Icherios das Glitzern des Neckars sehen und die Umrisse des Heidelberger Schlosses auf dem gegenüberliegenden Schlossberg erahnen.

Er stieg ab und führte Mantikor zu einem Baum, an dem er ihn festband. Dann ging er den schmalen Pfad hinauf, der unterhalb der Überreste des Klosters St. Michael begann, der zweiten Ruine auf dem Heiligenberg, und zum Bittersbrunnen führte.

Hazecha saß, in ein einfaches, weißes Leinenkleid gehüllt, auf dem steinernen Rand des Brunnens. Sie hatte eine Laterne auf den Boden gestellt, deren Licht mit dem Rot ihrer Haare spielte. Sie trug es offen, nur ein zierliches Diadem hielt es aus ihrem Gesicht heraus.

»Wir haben nicht viel Zeit, bis sich das Fenster schließt.«

»Was für ein Fenster?«

»Das Mondlicht«, Hazecha deutete auf die hoch am Himmel stehende Mondsichel. »Es ermöglicht mir, dir die Antwort auf deine Frage zu zeigen. Bist du bereit?«

Icherios war sich nicht sicher, auf was er sich da einließ, doch es gab jetzt kein Zurück für ihn. »Ja.«

»Was auch immer geschieht, ich werde dir kein Leid zufügen, das schwöre ich bei den großen Göttinnen.« Sie biss sich ins Handgelenk und ließ einige Tropfen Blut in den Brunnen fallen. »Nun musst du den Eid ablegen, mir nichts anzutun.«

»Bitte kein Blut«, stammelte er.

Hazechas ungeduldiger Blick war Antwort genug.

»Ich brauche ein Messer.«

Die Hohepriesterin beugte sich vor und zog einen kleinen Dolch aus ihrem Stiefelschacht. Icherios nahm ihn, holte tief Luft und ritzte sich in den Arm. Während einige Tropfen seines Blutes in den Brunnen fielen, leistete er ihr den Schwur. Beim Anblick seines Lebenssaftes, der aus seinem Arm tropfte, wurde ihm schwindelig, und er ging in die Knie.

Hazecha blickte ihn amüsiert an. »Mut und Angst können doch so nah beieinanderliegen.«

Einige Minuten herrschte Stille, dann hörte die Welt auf, vor den Augen des jungen Gelehrten zu kreisen, und er richtete sich auf. »Ich bin bereit. Was auch immer Ihr vorhabt.«

»Zuerst musst du meine wahre Gestalt kennenlernen.« Bevor er etwas erwidern konnte, öffnete sie die Verschlüsse ihres Kleides, warf es mit einem achtlosen Schulterzucken ab und stand nackt vor ihm. Bevor er sich mit roten Wangen abwenden konnte, begann blutrotes Licht um sie zu erstrahlen, ihre Figur zu umschmeicheln. Sie hielt ihre Arme in die Luft gestreckt, während sich ihre Haut verfärbte und einen blaugrauen Ton annahm. Ihre Füße verlängerten sich, Klauen bildeten sich statt Zehen, und aus ihrem Rücken wuchsen schwarze, ledrige Schwingen. Auch in ihrem Gesicht war eine Veränderung zu erkennen. Sie war zwar noch immer wunderschön, aber ihre Augen füllten sich mit dunklem Rot, während aus ihrem Mund zwei dolchartige Fangzähne hervorschossen.

Icherios torkelte zurück, als sie sich in die Luft erhob und einen Schritt über dem Boden schwebte. Was für ein Geschöpf war sie?

»Ich bin seit Jahrhunderten kein Mensch mehr. Folge mir.«

Der junge Gelehrte blieb vor Angst erstarrt mit weit aufgerissenen Augen stehen.

»Ich gab dir mein Wort, dich am Leben zu lassen.«

Icherios fiel es schwer, ihr zu glauben, dennoch zwang er sich, ihr zu folgen. Sie führte ihn in die Ruine des Stephansklosters vor eine alte, verwitterte Grabplatte mit lateinischer Inschrift.

»Das ist mein Grab. Das Grab, in das Ricfrid, der geldgierige Bruder meines Gatten, mich brachte. Zuerst tötete er meinen Mann, nahm mich dann zu seinem Weib, vergewaltigte und ermordete mich anschließend. Sind Zorn und Leid groß genug, wird einer Frau manchmal die Gnade der Rache gewährt.«

»Was bist du?«, krächzte Icherios. Seine Kehle war vollkommen ausgetrocknet.

»Eine Lamia, eine Rachedämonin, die vom Fleisch der Männer lebt.«

Nun verstand Icherios, warum sie auf dem Schwur bestanden hatte, auch wenn er die Vorstellung, dass er eine Dämonin vernichten könnte, als lächerlich empfand.

»Komm her, und nimm meine Hand. Es ist Zeit, dass ich dir deine Antwort zeige.«

Die Neugier des jungen Gelehrten besiegte seine Angst. Entschlossen packte er zu. Die Welt um ihn herum versank sogleich in einem Wirbel; die Ruine vervollständigte sich und wuchs in die Höhe, bis er in der Mitte eines Klosters stand. Dann zerfiel es innerhalb von Sekunden wieder vor seinen Augen, bis er sich auf einer gerodeten Landfläche befand. Die Erde wölbte sich, von Steinen verstärkt, in konzentrischen Ringen auf, bis eine riesige Ringwallanlage entstanden war. Die rasende Entwicklung kam zum Stillstand, die Luft um Icherios waberte grau, alles war verzerrt. Hätte er Hazechas Hand nicht gespürt, wäre er zurückgeprallt, als sich aus dem Nebel der Zeit die Gestalten von geflügelten Dämonen mit funkelnden Zähnen und langen Schwänzen schälten. Sie rannten, mit brutalen, gezackten Schwertern und mit Widerhaken besetzten Speeren bewaffnet, auf den Ringwall zu, hinter dem in grobe Felle gekleidete Menschen kauerten. Ihre zum Teil steinernen Waffen und hölzernen Schilde wirkten harmlos im Vergleich zu den auf sie einstürmenden Monstern. Sie hatten keine Chance. Er schluckte, als er Kinder und Frauen in ihren Reihen entdeckte.

Dann verschwand das Bild, und Icherios fand sich auf dem Gipfel des Berges wieder, der zu dieser Zeit fast vollständig gerodet war und einen guten Überblick auf die gestaffelten Ringwälle erlaubte, zwischen denen Tausende Feuer brannten, und hinter denen die Verteidiger hockten, um ihre ärmlichen, in die Erde gegrabenen Behausungen zu beschützen. Doch trotz der anstürmenden Dämonen lag Hoffnung in ihren Augen. Ein lautes Brüllen erklang hinter dem jungen Gelehrten. Er drehte sich um. Ein Mann mit geflochtenem Bart und langen, schwarzen Haaren, der die Selbstsicherheit eines geborenen Anführers ausstrahlte, stand auf einem steinernen Podest und brüllte seine Herausforderung in die Nacht. In den Händen hielt er einen Stab, der an einen krummen, knorrigen Wanderstock erinnerte, nur dass er aus Gold gearbeitet war und von einem schwarzen Diamanten gekrönt wurde. In dem Moment, in dem die Dämonen den Wall erreichten, hob er den Stab, rief fremdartige Worte und schlug ihn in eine Öffnung auf dem Podest. Ein pulsierendes Licht erstrahlte. Lautes Gebrüll erscholl, als sich das Fleisch von den Dämonen schälte, bis nur noch ihre Skelette braun im Mondlicht glänzten und schließlich zu Staub zerfielen. Icherios schauderte beim Anblick des nackten Entsetzens in den Augen dieser Kreaturen. Selbst Dämonen schienen Angst zu verspüren. Plötzlich verschwamm das Bild erneut. Die Landschaft veränderte sich, Bäume schossen in die Höhe, die Ringwälle versanken gemeinsam mit Podest und Stab im Erdreich. Dann stoppte die rasante Entwicklung, ein bierbäuchiger Mönch in brauner Kutte kam ächzend den Berg hinaufgeklettert. Er schloss die Augen, sprach ein Gebet und eilte sodann auf die Stelle zu, an der einst das

Podest gestanden hatte. Seine Finger fuhren suchend über das Laub, gruben sich in die Erde, wühlten sich in die Tiefe, bis er schließlich den goldenen Stab triumphierend in die Höhe hielt.

Das Bild verblasste, ein Sog packte Icherios, dann fand er sich in der Wirklichkeit wieder. Er hielt noch immer die Hand der Lamia umklammert.

»Ich verstehe nicht«, stammelte er, verwirrt von der Flut der Eindrücke.

»Du hast das Artefakt gesehen?« In ihrer wahren Gestalt sprach Hazecha die Worte aus, als wenn sie ihr fremd wären, und begleitete sie mit einer Reihe von Zischlauten.

»Es hat die Dämonen vernichtet.«

»Der Stab löscht alle Magie aus, und wie Menschen aus Wasser, so sind Dämonen aus Magie erschaffen. Ein großer Magier erschuf das Artefakt vor Tausenden von Jahren, um sein Volk in dem Kampf gegen die schwarzen Heerscharen zu unterstützen. Später fand es ein Mönch, brachte es nach Rom, wo sich die Spur des Stabs verliert, bis es in den Händen eines religiösen Fanatikers auftauchte, der in Heidelberg eine Maschine errichtete, um die Wirkung des Artefakts zu verstärken. Mit ihr erzeugte er den Schleier, der seither den Kontinent bedeckt.«

Icherios blickte sie ungläubig an. »Was soll dieser Schleier bewirken?«

»Kannst du es dir nicht denken?«

»Das ist nicht möglich«, hauchte er.

»Doch, er verbannt die Magie aus der Welt. Erst durch die Errichtung der Maschine konnten sich die Menschen Europas entwickeln.«

»Aber es gibt Euch, Lamien, Vampire, Hexen, Werwölfe, Craban ...«

»In alten Zeiten waren die Menschen in der Unterzahl, beherrscht von den Geschöpfen der Magie und Nacht. Durch den Schleier verschwanden viele Arten, von manchen gab es nur noch wenige, und auf andere Wesen hatte es kaum eine Auswirkung. Die genauen Gesetzmäßigkeiten hat bisher keiner entschlüsselt. Bei den Vampiren und Werwölfen geht man davon aus, dass sie aufgrund ihres Ursprungs weniger stark betroffen sind. Es sind von der Alchemie, der Wissenschaft, erschaffene Wesen und keine Kreationen reiner Magie. Doch gleich, welches Schicksal ihre Art erlitt, alle Überlebenden lernten schnell, dass die Schatten und die Verheimlichung ihrer Existenz ihre einzige Chance sind, um die schwierige Zeit überdauern zu können.«

Icherios' Knie zitterten, er setzte sich trotz der Kälte auf den Boden. »Warum Heidelberg?«

»Die Magie ist stark an diesem Ort. Hier kreuzen sich zwei Ley-Linien, magische Kanäle höchster Intensität, die durch den Schleier ausgelöscht werden.«

»Und was hat es mit dem Bund auf sich?«

»Es ist ein Zusammenschluss von magischen Kreaturen und Menschen, die sich danach sehnen, die Welt in ihren natürlichen Zustand zurückzuversetzen. Manche wollen nicht länger im Geheimen leben müssen, andere versprechen sich Macht davon, und wieder andere glauben, dass der Mensch nicht das Recht hat, so in die Welt einzugreifen.«

»Deshalb wollen sie den Schleier vernichten.«

»Ihnen ist es fast gelungen.« Hazecha kniete nieder und strich mit ihren Händen sanft über die Grabplatte. »Der Stab benötigt sehr viel Energie, mehr als ein einzelner Mensch ihm geben kann. Deshalb wurden mehrere Fragmente erschaffen, die mit Menschen und all ihren Nachfahren in einem Ritual verbunden wurden. Diese Menschen opfern einen Teil ihrer Lebensenergie, um den Schleier aufrechtzuerhalten. Eine Gruppe Geistlicher verbarg sie und übernahm ihren Schutz.«

»Die Morde in Fulda, Augsburg und den anderen Städten«, hauchte Icherios.

»Orte von magischer Bedeutung, an denen die Fragmente verborgen wurden. Städte wurden zu ihrem Schutz errichtet, und dennoch gelang es dem Bund, sie aufzuspüren, ihre Träger zu töten und sie an sich zu bringen.«

»Das kann nicht sein«, protestierte der junge Gelehrte. Die Kälte schlich sich in seine Knochen, doch war sie nicht der einzige Grund für sein Zittern.

»Wie erklärst du dir den Kälteeinbruch, die Anwesenheit der Craban?«

»Wollt Ihr sagen, dass der Schleier das verursacht?«

»Je mehr Fragmente ihren Dienst versagen, desto weniger Energie erhält die Maschine. Um dies auszugleichen, zieht sie die Wärme aus dem Land. Aber es reicht nicht. Der Schleier schwindet, und die magischen Kreaturen kehren zurück. Allen voran die Craban, die Schaben der magischen Welt.«

Icherios blickte zum Himmel hinauf. Ein gewaltiger Schwarm der seltsamen Krähen zog seine Kreise um den Gipfel. Das Rauschen hunderter Flügel hing in der Luft. »Warum haltet Ihr es nicht auf?«

»Schau mich an, glaubst du, mir wäre es wichtig, dass die Welt so bleibt, wie sie ist?«

Auf einmal fühlte Icherios sich allein. Welches übernatürliche Wesen wäre bereit, den Schleier zu erhalten? Die ständig vom Menschen verfolgten Hexen, die Werwesen, die ihre wahre Natur nur im Geheimen ausleben konnten, oder die Vampire, gehasst von der gesamten menschlichen Bevölkerung?

»Warum helft Ihr mir dann?«
»Neutralität, mein Lieber«, lachte sie. »Es ist immer sinnvoll, Verbündete auf beiden Seiten zu haben. Mein Leben ist auch jetzt gut, es besteht für mich kein Zwang, der Magie zurück in die Welt zu verhelfen.«
»Wisst Ihr, wer das Heidelberger Fragment besitzt?«
Sie schüttelte den Kopf.
Trotzdem begann Icherios allmählich, die Zusammenhänge zu begreifen. Der Schattenverschlinger war erschaffen worden, um das Versteck des Fragments aus den Männern herauszupressen. Was war besser dazu geeignet als diese furchteinflößende Kreatur und die Angst vor dem sich auflösenden Schatten, die der junge Gelehrte am eigenen Leib erfuhr. Eine brennende Frage nagte an ihm: War der Schattenverschlinger bereits erfolgreich gewesen?
»Du musst gehen«, sagte Hazecha. »In der Dämmerung erwachen die hungrigeren Geschöpfe. Halte dich vom Heidenloch fern.«
»Was ist das?«
Sie griff seine Hand mit ihren ledrigen, klauenbewehrten Fingern und führte ihn an dem Kloster St. Stephan vorbei zu einem notdürftig mit einem Gitter bedeckten Loch in der Mitte einer Reihe hoher Bäume. Icherios spähte in die Dunkelheit, konnte aber keinen Boden erkennen. »Wie tief ist es?«
»Mindestens fünfzig Schritte«, flüsterte die Lamia. »Sprich nicht so laut, sie können dich hören.«
»Wer?«
»Die Toten.«
Icherios schauderte.
»Hier wurden Menschenopfer dargebracht, doch die Seelen fanden keine Ruhe, wandelten sich im Laufe der Jahrhun-

derte in nach Menschenfleisch gierende Bestien. Sie werden die Ersten sein, die zum Leben erwachen, wenn der Schleier fällt. Nun geh.«

Das ließ Icherios sich nicht zweimal sagen. Er eilte zu Mantikor, sprang in den Sattel und stürmte den eisigen Berg hinunter, das Krächzen der Craban in den Ohren.

41

Im Gespinst der Lügen

20. Novembris, Heidelberg

Sie trafen sich im Keller eines verlassenen Universitätsgebäudes in einem Raum, in dem die Präparate von menschlichen und tierischen Organen und Embryonen in großen Glasgefäßen lagerten. Eiserne Laternen spendeten ein schwaches Licht und ließen die schwarzen, gläsernen Augen der ausgestopften Tiere funkeln. Avrax hatte sie durch einen Boten um das Treffen gebeten. Suchend sah sie sich im Raum um, dann hörte sie das vertraute Geräusch hinter sich und blickte ihrem Liebsten ins Antlitz.

»Warum hast du mich an diesen Ort bestellt?«

Zärtlich legte er einen Finger auf ihre Lippen. »Keine Fragen.«

Carissima nickte. Avrax wirkte ungewohnt ernst, und das flößte ihr mehr Angst ein, als sie je zuvor in ihrem Leben verspürt hatte.

»Dein kleiner Freund ist in Gefahr. Verrat droht ihm.«

»Das sagtest du bereits. Er wird schon auf sich aufpassen.«

»Hast du ihn nicht gewarnt?« Avrax schrie entsetzt auf.

»Keine Sorge, er traut Auberlin ohnehin nicht.«

»Auberlin?«

Carissima blickte ihn ungläubig an. »Du glaubst doch nicht, dass Freyberg der Verräter ist?«

Er packte ihren Arm, seine Hände schimmerten gläsern. »Sag nicht, er weiß noch immer nicht, was vor sich geht.«

»Ich fürchte nicht.« Die Vampirin wurde blass. Sie hätte sich nicht so sehr von Avrax und den Bällen ablenken lassen sollen.

Plötzlich drang das Lachen eines Mannes an ihr Ohr, und ein halbes Dutzend slawischer Vampire, ein besonders brutaler Stamm, der sich oft als Söldner verdingte, schlenderte die Treppen herunter. »Du weißt, wer uns schickt, du hättest stillhalten sollen. Nun werden du und deine kleine Freundin sterben.«

Carissima blickte Avrax an. »Was geht hier vor?«

»Ich wurde erpresst, doch ich bin nicht länger bereit, mich den Machenschaften dieser Kreatur zu unterwerfen.«

Die Vampire kreisten sie ein, Carissimas Fangzähne schossen hervor, und sie fauchte sie an.

Der Glasfürst packte ihren Arm. »Du musst fliehen und Icherios warnen. Er muss ihn aufhalten.«

»Ich lasse dich nicht zurück.«

Avrax lachte. »Sie können mich nicht töten.« Dann flüsterte er ihr den Namen des Verräters ins Ohr und stürzte sich auf die Männer. Carissima fühlte sich hin- und hergerissen, während sie sich eines schwerfälligen Vampirs mit langem schwarzem Bart erwehrte und ihm zuerst die Kehle aufriss, um ihm dann mit ihren scharfen Klauen den Kopf abzuschlagen. Durfte sie Avrax zurücklassen? Ein Blick auf ihn räumte jeden Zweifel aus. Immer wieder verwandelte er sich zu Glasstaub, um sich hinter den Männern wieder zu materialisieren und ihnen mit bloßen Händen schwere Knochenbrüche und tiefe Wunden zuzufügen. Wann immer einer ihn packte, löste er sich auf und zerrann im wahrsten Sinne des Wortes zwischen dessen Fingern. Die Vampirin trat einem Angreifer ins Gesicht, hörte die Knochen unter ihrem Absatz knirschen, dann wandte sie sich ab und rannte die Treppe hinauf.

Carissima wusste, dass ihr nicht viel Zeit blieb, um Icherios zu warnen. Warum hatte sie nicht vorher erkannt, welches Spiel hier gespielt wurde? Dass es dem jungen Gelehrten erneut gelungen war, sich in ein gefährliches Netz aus Lügen zu verstricken?

Während sie über die Dächer Heidelbergs sprang, den Mond als helle Sichel in ihrem Rücken, folgten ihr die Worge im Schatten der Häuser. Plötzlich erklang ein hohes Jaulen. Nein! Carissima kannte diese Stimme, Favia, die Leitwölfin! Von allen Worgen war sie ihr die liebste. Die Weisheit und Gelassenheit des Alters, gepaart mit dem Respekt, den sie nach der Aufzucht von sechs Würfen von den anderen Wölfen einforderte, machten sie zur idealen Begleiterin in einer dicht bevölkerten Stadt. Die Vampirin sprang mit einem Satz zu Boden, ging in die Knie, um die Wucht des Aufpralls abzumindern, und eilte auf die Quelle des Jaulens und Winselns zu. Warum gab es keine Kampflaute? Worge fürchteten niemals den Kampf.

Als sie um die Ecke bog, sah sie Flavia, die vor einem rostigen Pflug mit starren, leblosen Augen auf dem eisbedeckten Pflaster lag, hinter ihr die toten Körper der beiden anderen, jungen Rüden. Sie wiesen keine äußerlichen Verletzungen auf. Nur die eingekniffenen Schwänze zeugten von der Angst, die sie in ihren letzten Minuten verspürt hatten. Tränen schossen ihr in die Augen. Sie wandte sich ab und blickte in eine Wolke aus lebendig gewordenem Schatten, die selbst ihr kaltes Vampirherz angstvoll verkrampfen ließ. Ich bin noch nicht bereit zu sterben, begehrte sie auf, während sie zugleich wusste, dass dies ihre letzten Minuten auf Erden waren. *Ich muss Icherios warnen.* Sie drehte sich um und rannte so schnell sie konnte von der Schattenkreatur fort, sprang eine Hauswand empor, hielt sich in den kleinsten Spalten fest und huschte mit der Eleganz einer Spinne hinauf. Dann sprintete sie über die Dächer, jetzt war ihr auch egal, ob sie Geräusche verursachte. Wenn sie von einem Giebel zum nächsten sprang, barsten die Ziegel mit einem lauten Krachen unter ihren Füßen. Sie hinterließ eine Spur aus aufflammenden Lichtern in den Häusern.

Sie musste es schaffen. Schon tauchten die Umrisse der Heiliggeistkirche auf, deren Turm das gelbe Mondlicht einen gespenstischen Glanz verlieh. Sie wagte nicht, sich umzudrehen, dennoch spürte sie das Schattenwesen näher und näher kommen. *Ich muss auf die Straße! Der Schatten wird es nicht wagen, sich vor so vielen Menschen zu zeigen.* Mit einem gewaltigen Satz stieß sie sich ab und landete auf dem Kopfsteinpflaster vor der Kirche. Es knirschte in ihren Knien, doch sie ignorierte den flüchtigen Schmerz und rannte weiter. Carissima zwang sich, langsam zu laufen, um keine Aufmerksamkeit auf sich zu ziehen. Im Licht der Laternen schlenderten Passanten und verliebte Paare durch die Nacht. Als sie sie beiseitestieß, drehten sie sich mit einem empörten Aufschrei um und blickten ihr missbilligend hinterher. Eine junge Blondine mit einem einfältigen Hütchen konnte sich gerade noch an ihrem ältlichen Begleiter festhalten, um einen Sturz zu verhindern. Es war Carissima gleich. Sie musste Icherios warnen. *Tinuvet, ich hätte dir zuhören müssen.* Die Angst, ihn womöglich nie wiederzusehen, brach ihr beinahe das Herz. So lange hatte sie gesucht und nun, da sie glaubte, ihren Seelengefährten gefunden zu haben, durfte sie einfach nicht sterben. Nicht aufgeben, versuchte sie sich zu ermutigen. Nicht alle deine Vorausahnungen bewahrheiten sich.

Schon bald musste sie die Sicherheit der beleuchteten Straßen wieder aufgeben, um sich durch schmale, dunkle Gassen dem Magistratum zu nähern. Ein feiner Schweißfilm benetzte bereits ihre Haut, das Zeichen äußerster Anstrengung bei einem Vampir, als sie noch an Geschwindigkeit zulegte. Sie verlangte ihrem Körper das Letzte ab. Als sie um die nächste Ecke gebogen war, hielt sie abrupt an. Der Weg war von wirbelnden Schatten eingenommen worden. Keuchend wandte sich um und lief in eine andere Gasse, doch schon bei der übernächsten Abzweigung stand sie erneut dem Schattenmonster gegenüber. Es treibt mich weg vom Magistratum, erkannte sie, nachdem es sie immer wieder zur Umkehr zwang. Sie musste ihre Nachricht überbringen, bevor es ihr das Leben aussaugen konnte. Mitten im Rennen setzte ihr Herzschlag für eine Sekunde aus. Sie war tot, untot. Vermochte das Wesen ihr überhaupt zu schaden? Sie fasste einen waghalsigen Plan, wählte einen Weg, der sie näher zum Magistratum bringen würde. Die lebendig gewordene Finsternis erwartete sie bereits. »Verzeih mir, Tinuvet«, flüsterte sie und trat in den wogenden Schatten hinein.

Plötzlich spürte sie einen stechenden Schmerz in ihrer Leibesmitte. Sie blickte an sich hinunter und sah in der wirbelnden Schwärze einen hölzernen Pflock von hinten aus ihrem Bauch ragen.

»Ruhig, meine Schöne«, flüsterte jemand in ihr Ohr. »Bald ist es vorbei.«

Sie war so sehr auf das Schattenwesen konzentriert gewesen, dass sie den Mann, der von hinten an sie heranschlich, nicht bemerkt hatte. Carissima wollte nach dem Pflock greifen, ihn aus sich herausziehen, doch sie konnte sich nicht mehr bewegen, ihre Muskeln erstarrten. Ein Pflock tötete einen Vampir nicht, aber er bannte sie in vollkommene Bewegungsunfähigkeit. Tränen rannen ihr über die Wangen, als sie nach hinten in die Arme des Mannes sank. Der Schatten wirbelte im Kreis um sie herum, schützte sie vor den Blicken neugieriger Menschen, während sie wie im Auge eines Sturms ins Mondlicht hinaufblickte.

»Es wird nicht lange wehtun«, versprach ihr der Verräter und zog einen spitzen Dolch. Er holte aus, sie spürte einen scharfen Schmerz an ihrer Kehle, dann Wärme, die ihr den Hals hinunterrann. Ich hätte Icherios eine Nachricht hinterlassen sollen, schoss es ihr noch durch den Kopf, dann umfing sie die Dunkelheit.

42

Der Karzer

21. Novembris, Heidelberg

Der Morgen begann trübe und wurde auch nicht besser, als Icherios das Gesicht Professor Frisslings in der ersten Stunde erblickte. Der Jesuit lauerte nur auf ein weiteres Vergehen des jungen Gelehrten, um ihn dem Karzer einen Schritt näher bringen zu können.

In der Mittagspause versuchte Marthes ihn zu überreden, den Nachmittag bei einem anderen Studenten zu verbringen.

»Seine Gastfamilie hat ein üppiges Essen für uns vorbereitet.«

Icherios zögerte. Es gab so viele Dinge zu tun, zudem war es riskant, mit seinem unvollständigen Schatten bei Tageslicht umherzulaufen, aber er wollte seinen Freund nicht schon wieder enttäuschen und fürchtete sich, ins Magistratum zurückzukehren. Er hatte Angst vor Franz und verzweifelte zugleich an der Tatsache, dass er über keine handfesten Beweise für dessen Schuld verfügte.

»Wir müssen doch eh zur Sperrstunde aufhören, und dann hast du noch genug Zeit für deine verrückten Aufgaben«, versuchte Marthes ihn weiter zu überreden.

Mit einem Seufzen stimmte der junge Gelehrte zu.

Thomas, der Student, der die Feier ausrichtete, lebte im obersten Stockwerk eines alten Fachwerkhauses. Die Familie, die ihr Einkommen durch das Aufnehmen von Studenten aufbesserte, hatte bereits ihren Wohnraum leer geräumt und mehrere große Tische hineingestellt, sodass ausreichend Platz für die Studenten zur Verfügung stand. Während die Töchter bedienten, unterhielt sie der Vater mit Geschichten von seinen Reisen und Erlebnissen mit den Kunden seines Weinhandels. Das Essen war traditionell und reichlich, wenn auch teilweise etwas verkocht. Dazu wurden ihnen verschiedene vollmundige Weine serviert, von denen vor allem die herben Rotweine Icherios' Geschmack trafen. Dennoch hielt er sich zurück, da er fürchtete, sich im Rausch zu verraten oder aus Unvorsichtigkeit seinen fehlenden Schatten zu offenbaren. Die Stimmung wurde schnell immer ausgelassener, und der junge Gelehrte fühlte sich wie ein Fremdkörper, da er in die trunkenen Lieder als einzig Nüchterner nicht so recht einstimmen wollte. Ständig blickte er nach draußen und hoffte, die ersten Rufe der Nachtwächter zu hören. Zu unruhig war er, um die Feier zu genießen und sich der Gefahr, in der er schwebte, zu bewusst.

Endlich riefen die Nachtwächter die Sperrstunde aus. Icherios wollte gerade aufstehen, als die Tür aufgerissen wurde und der Pedell gemeinsam mit einem halben Dutzend Männern in den Raum stürmte, die die Studenten umzingelten. Icherios war zu entsetzt, um dem Pedell zu lauschen, als er ihre Verstöße und die dazugehörigen Paragrafen zitierte. Er blickte hilfesuchend zu Marthes und fing einen heimtückischen Blick auf. Der junge Mann grinste boshaft und gab einer der Wachen einen unauffälligen Wink. Sofort wurde Icherios von den anderen getrennt und aus dem Haus gebracht. Zuerst versuchte er, sich zu wehren, doch der Griff der Männer war eisern. Er verstand nicht, was hier vorging. Wollte die Universität ein Exempel statuieren? Aber warum wurde er von den anderen getrennt, und was hatte es mit Marthes' eigentümlichem Verhalten auf sich?

»Wohin gehen wir?«

Die beiden Wächter ignorierten seine Frage und zerrten ihn durch dunkle Seitenstraßen in einen abgelegenen Teil Heidelbergs, bis sie an einem kleinen Platz angekommen waren, um den sich nur unbewohnte Häuser befanden. Eine rutschige Treppe führte zu einer massiven Tür, die einer der Wächter aufschloss. Dann wurde Icherios hineingeschubst und hinter ihm die Tür verriegelt. Immerhin waren sie so freundlich, ihm eine Laterne dazulassen.

Der junge Gelehrte blickte sich um. Durch das schmale vergitterte Fenster in der Tür fiel ausreichend Licht, um den dreckigen Boden und die bemalten Wände zu erkennen. Das musste der Karzer sein, vor dem ihn Marthes gewarnt hatte. An den Wänden waren die von Studenten gemalten Bilder zu erkennen. Eine Landsmannschaft war zu sehen, die vor hundert Jahren besonders stark in Heidelberg vertreten gewesen waren. War das nur ein übler Scherz von Marthes und seinen Kommilitonen? Verspätete Rache für sein Ausbleiben im *Neckartänzer*?

Icherios zitterte, als er einen blutigen Handabdruck an einer Wand entdeckte. Oder war es nur Farbe? Er bemühte sich, die aufkeimende Panik zu unterdrücken und logisch zu denken. »Die höchste Tugend ist die Freiheit von Emotionen«, flüsterte er seinen Leitsatz. Er war in einem Raum eingesperrt, wie sollte hier etwas unbemerkt an ihn herankommen?

Plötzlich erklang ein Knirschen aus der Wand. Der junge Gelehrte hastete auf die andere Seite und drückte sich gegen den feuchten Stein. Ein kratzendes Geräusch, als ob Krallen über Stein fuhren, drang ihm durch Mark und Bein. Danach herrschte Stille.

Icherios' Herz raste, sein Atem ging stoßweise. Was sollte er tun? Langsam schritt er zur Wand, presste ein Ohr dagegen. Erst hörte er nichts, dann einen Atemzug gepaart mit einem schmatzenden Laut, gefolgt von dem kratzenden Geräusch. Vorsichtig schlich er zur gegenüberliegenden Seite zurück. Tränen rannen ihm über die Wangen. Er wagte nicht, gegen die Tür zu hämmern oder nach Hilfe zu rufen, aus Angst, das Wesen, das hinter der Mauer lauerte, damit nur anzutreiben.

Die Zeit verging. Ab und an erklang das Kratzen und Schmatzen, dazwischen beklemmende Stille. Irgendwann verließen den jungen Gelehrten die Kräfte. Er sackte in einer Ecke zusammen. Der Verlust seines Schattens und die damit verbundene Schwäche machten sich bemerkbar.

Auf einmal hämmerte etwas gegen die Wand, Mörtel rieselte, ein Stein wackelte. Icherios wimmerte leise. Was auch immer das war, es hatte bereits andere Studenten geholt, und er konnte sich nicht wehren, weil er keine Waffe bei sich trug.

Die Anstrengungen der Kreatur verstärkten sich, der Stein löste sich und fiel mit einem lauten Krachen zu Boden. Ein klauenbewehrter Arm, übersät mit schwärenden Wunden, fuhr durch die Öffnung, tastete blindlings nach Beute. Icherios schrie auf. Der Arm verschwand, ein Gesicht presste sich gegen das Loch, ein rot glühendes Auge funkelte ihn boshaft an.

Der junge Gelehrte rappelte sich auf. Er brauchte eine Waffe! Der Stein! Er nahm all seinen Mut zusammen und stürzte zu dem am Boden liegenden Mauerstück, packte es und zog sich damit in seine Ecke zurück. Ein unmenschliches Heulen erklang, als das Wesen in Raserei verfiel und sich mit seinem ganzen Körpergewicht gegen die Wand warf. Drei Anläufe brauchte es, dann brach es hindurch. Icherios starrte die Kreatur entsetzt an. Es war seine Zukunft: ein Strigoi! Überlange Arme, die in scharfe Krallen mündeten, spitze Fangzähne und eine unbändige Mordlust.

Das Wesen stürzte sich in blinder Wut auf den jungen Gelehrten, der sich in letzter Sekunde zur Seite werfen konnte. Trotzdem fuhren die Klauen über seine Schulter, Blut spritzte hervor. Der Strigoi leckte sich Icherios' Lebenssaft von den Fingern, dann stockte er und legte den Kopf schief. »Wie ich«, schnarrte es.

»Nein«, stammelte Icherios. »Nein, ich bin nicht wie du.«

Langsam ging die Kreatur auf ihn zu. Die Augen leuchteten in einer Mischung aus Gier und Trauer. Der junge Gelehrte versuchte auszuweichen, doch es gab keinen Platz. Das Wesen drängte ihn in die Ecke, während Icherios weiterhin den Stein umklammert hielt.

»Töte mich«, krächzte es. Tiefer Gram lag in seinen Worten. »Bitte.«

Icherios schüttelte den Kopf. Er wollte kein weiteres Leben auslöschen.

Der Strigoi schlug mit der Faust gegen die Wand. In seinem Gesicht war ein ständiger Wechsel der Gefühle zu erkennen, mal Trauer, dann wieder reinste Wut. »Vernichte mich, bevor ich dich fresse.«

»Du kannst es kontrollieren, du musst mich nicht verletzten.«

»Nein«, brüllte das Wesen und warf sich zurück. Der junge Gelehrte beobachtete, wie der letzte Funke Menschlichkeit aus ihm wich, das geifernde Maul aufklaffte und es auf ihn zusprang. Panisch schloss er die Augen, holte mit dem Stein aus und schlug zu. Er traf auf Widerstand, etwas barst unter dem Aufprall, heiße Flüssigkeit spritzte ihm ins Gesicht. Dann riss ihn ein schwerer Körper um, und plötzlich war es still. Langsam öffnete er die Augen. Der Strigoi lag reglos auf ihm, verströmte aus den schwärenden Wunden den Geruch von Fäulnis. »Oh, nein«, keuchte er. Er hatte schon wieder getötet. Die Schuldgefühle überrannten ihn. Vielleicht hätte er ihn irgendwann heilen können. Noch hatte es einen Funken Menschlichkeit in dem Wesen gegeben.

Er musste hier raus. Er versuchte, den Strigoi von sich zu schieben, aber dessen Leib war so schwer, dass es eine Weile dauerte. Eiter sickerte aus den Wunden, durchtränkte Icherios' Kleider. Der junge Gelehrte schüttelte sich vor Ekel, stieß einen gutturalen Schrei aus und schob die Kreatur von sich. Angewidert versuchte er sich von Blut, Schleim und Eiter zu befreien, verschmierte es dabei aber nur zu einer gelbgrauen Schicht, die seinen Körper bedeckte.

Kurz entschlossen nahm er seine Laterne, schob sich durch die durchbrochene Mauer und fand sich in einem schmalen, lehmigen Gang wieder. Schritt für Schritt kämpfte er sich vorwärts. Manchmal wurde es so eng, dass er nur mit angehaltenem Atem hindurchkam. Erfrorene Schaben zerplatzten unter seinen Füßen, und hervorstehende Wurzeln kratzten über seine Haut. Der junge Gelehrte verlor jegliches Zeitgefühl. War er seit Stunden, Tagen oder Minuten in dem Stollen? Immer wieder glaubte er, Arme aus der Wand ragen zu sehen, doch es waren nur knorrige Wurzeln, an denen schleimige Nacktschnecken ihre Spuren hinterließen, während schillernde Käfer sie bei lebendigem Leib auffraßen. Endlich flimmerte ein schwaches Licht am Horizont. Tränen traten ihm in die Augen, als er ins Freie stolperte. Er stand in einem ausgebrannten Haus etwas außerhalb von Heidelberg, nicht weit von der Katharinenmühle entfernt.

Erschöpft setzte er sich auf die Reste einer steinernen Kaminbank und atmete die klare, kalte Luft ein. Wie lange mochte der Strigoi hier gelebt haben? Waren die Legenden falsch, besaß diese Kreatur doch noch so etwas wie Verstand? Wie sonst hätte sie so lange unbemerkt überleben können? Nachdem er sich beruhigt hatte, schmolz er Schnee in seinen Händen, um sich notdürftig damit zu reinigen. Er wollte weder den Bewohnern des Magistratum noch einem neugierigen Nachtwächter erklären müssen, was vorgefallen war.

Ein fernes Jaulen ließ ihn aufhorchen, doch nach einer Weile kehrte die Stille zurück.

43

Wahrheiten

22. Novembris, Heidelberg

Ich werde nicht untätig rumsitzen, solange der Mörder meines Bruders frei herumläuft.« Der Diakon gestikulierte zornig, wobei er beinahe einen Hut umstieß.

Sie befanden sich wieder in Gismaras Haus, um ihr weiteres Vorgehen zu besprechen.

»Das erwarte ich doch nicht, aber Auberlin ist gefährlich, und wir kennen seine Pläne nicht.«

»Dann fragen wir ihn.«

Gismara seufzte. Inzwischen kannte sie den sturen Ausdruck in seinem Gesicht. Sie würde ihn nicht so leicht von seinem Vorhaben abbringen können. Zudem wollte sie selbst gerne wissen, was hier vor sich ging. Sie war nicht bereit zu glauben, dass Auberlin, ihr Mentor, ein Mörder war. »Unter einer Bedingung.«

»Ich höre.« Er blickte sie misstrauisch an.

»Wir bitten einen Freund von mir, eine Werratte, uns zu unterstützen.«

Sah der Diakon tatsächlich gekränkt aus?

»Ich werde mit einem alten Mann schon fertig.«

»Er ist mehr als das, und du bist nur ein Geistlicher.«

»Dieser Priester hat dich ohne Schwierigkeiten gefangen genommen.«

»Nur weil du mich überrascht hast«, fauchte Gismara. »Ich brauchte nicht lange, um mich zu befreien.«

»Wenn ich dich töten wollte, wärst du innerhalb von Sekunden tot.«

Gismara lachte verächtlich. »Versuch es doch.« Sie empfand die Diskussion als lächerlich. Er mochte einiges über Hexen wissen, aber seit dem Ende der Inquisition gab es keine Priester mehr, die sich auf das Töten von Hexen spezialisiert hatten. Da konnte er noch so viel mit der Anzahl der Hexen prahlen, die er angeblich getötet hatte. Zudem wollte sie ihn nicht in Gefahr bringen, musste sie sich eingestehen. Verstohlen strich sie über ihren Bauch. Sie war schwanger. Von einem Priester. Das zugleich schönste und schrecklichste Ereignis in ihrem Leben. Es hatte ihre Gefühle dem Diakon gegenüber vollkommen auf den Kopf gestellt. Immer wieder ertappte sie sich dabei, wie sie ihn unauffällig berührte oder ihm auf der Straße hinterherblickte, wenn er sie verließ.

Er seufzte und blickte sie lange an. »Warte hier, ich muss dir etwas zeigen.« Dann trat er dicht an sie heran. »Was auch immer du nachher denken wirst, vergiss nicht, dass ich keine Wahl hatte und ansonsten immer ehrlich zu dir war.«

Sofort kehrte das alte Misstrauen zu Gismara zurück. Was hatte der Priester ihr verheimlicht? Unruhig wanderte sie im Haus auf und ab, nachdem er gegangen war. Unzählige Fragen wirbelten in ihrem Kopf durcheinander. Sie sehnte sich nach einem Augenblick der Ruhe. Ihre Gefühle für den Priester beunruhigten sie. Nicht nur dass sie sich schuldig fühlte, mit ihm geschlafen zu haben, ihn für seine Tat verachtete und sein Kind in ihrem Leib heranwuchs, nein, sie fühlte sich noch immer zu ihm hingezogen. Im Gegensatz zu anderen Männern wusste er, was sie war, und fürchtete sie dennoch nicht, sondern begegnete ihr mit provozierender Arroganz.

Endlich hörte sie, wie die Eingangstür sich öffnete und schwere Stiefel die Treppe hinaufstiegen. Dann trat der Priester mit grimmiger Miene vor sie, nur dass er nicht mehr wie ein Geistlicher aussah, sondern wie ein Söldner.

»Was?«, flüsterte sie.

»Die Rolle als Diakon war nur Tarnung, um Zacharas' Mörder zu finden. Ich konnte anfangs nicht wissen, ob ich dir trauen kann, deswegen sagte ich dir nicht die Wahrheit. Mein wirklicher Name ist Silas.«

»Dann habe ich gar nicht mit einem Priester geschlafen?« Gismara fühlte sich töricht, etwas Derartiges zu fragen, aber sie spürte tiefe Erleichterung.

Silas lachte. »Nein, und bevor du zornig wirst, möchte ich etwas nachholen, das ich schon längst hätte tun sollen.« Er trat dicht an sie heran, zog sie in seine Arme und gab ihr einen heftigen, leidenschaftlichen Kuss.

Für einen Augenblick genoss Gismara seine Berührung, schloss die Augen und gab sich ihm hin. Dann begann die Wut in ihr aufzuwallen. Er hatte sie die ganze Zeit belogen, sie glauben lassen, von einem katholischen Priester schwanger zu sein! Sie stieß ihn von sich und gab ihm eine Ohrfeige. »Fass mich nicht noch mal an«, fauchte sie.

»Oh doch, das werde ich«, lachte Silas. »So oft, bis du dich daran gewöhnt hast.«

Sprachlos starrte sie ihn an. Wie konnte er nur diese Frechheit besitzen. Sie schnaubte wenig damenhaft und zog sich Mantel und Handschuhe an.

»Ich gehe zum Magistratum und informiere Franz. Ihm kann ich wenigstens vertrauen.«

Silas folgte Gismara durch das wirre Gefüge aus Treppen und Hängebrücken, die das Magistratum ausmachten. Was für ein wahnsinniger Geist hatte sich dieses Konstrukt erdacht?

Die Hexe blickte ihn immer noch nicht an. Wie er erwartet hatte, war sie jetzt schon zornig, dabei kannte sie noch nicht einmal die ganze Wahrheit. Trotzdem fühlte er sich erleichtert, sich nicht länger verstellen zu müssen.

Gismara führte ihn in eine gemütliche Küche und forderte ihn auf, zu warten, während sie Franz holte, um ihn einzuweihen. Sobald die Werratte den Raum betreten hatte, wusste er, dass sie niemals Freunde werden würden. Sie begehrten beide dieselbe Frau. Sorgfältig musterte er den dürren Mann, der ständig auf einer Nuss kaute. Er hatte bereits andere Wesen seiner Art getroffen und kannte ihre unglaublichen Kräfte. Selbst wenn die Abneigung zwischen ihnen offensichtlich war, wäre er doch ein guter Bundesgenosse.

»Das ist der Kerl?«, fragte Franz mürrisch. »Und dem hast du abgekauft, dass er ein Diakon ist? Mädel, ich hätte dir mehr Menschenkenntnis zugetraut.«

Ohne sich vorzustellen, ging die Werratte an den Herd und entzündete die Flammen. »Noch jemand Rührei und Speck?«

»Keine Sorge, er tötet nicht mit Gift«, grinste ihn die Hexe boshaft an.

Während Franz zu kochen begann, erklärten Silas und Gismara abwechselnd, was sie herausgefunden hatten. Nachdem sie sich alles angehört hatte, stellte die Werratte Pfanne und Teller auf den Tisch und setzte sich.

»Du bist dir ganz sicher, Gis? Das sind schwere Anschuldigungen. Könnte nicht deine Wut auf ihn die Vision beeinflusst haben?«

»Nein«, beharrte sie, doch Silas sah die Unsicherheit in ihren Augen. »Das Bild war eindeutig. Auberlin ist in Zacharas' Tod verstrickt.«

»Wir müssen mit ihm reden«, stellte der Hexenjäger fest.

Franz würdigte ihn keines Blickes. »Wir müssen den Jungen einweihen.«

»Er wird uns nur im Weg stehen«, schnaubte Gismara verächtlich.

»Täusch dich nicht, er hat Potenzial und als Bewohner des Magistratum ein Recht darauf zu erfahren, was vor sich geht.«

»Wir erzählen es ihm, wenn es vorbei ist.«

»Nein«, beharrte Franz. »Sollte Auberlin tatsächlich in Zacharas' Tod verwickelt sein, müssen wir ihn ausschalten, und du weißt, wie mächtig er ist.«

Gismara stöhnte genervt auf. »In Ordnung, reden wir mit ihm, anstatt den ganzen Tag mit Streitereien zu verbringen. Aber hast du schon daran gedacht, dass er mit Auberlin unter einer Decke stecken könnte?«

»Das glaube ich nicht. Freyberg würde niemals jemanden schicken, der seinem alten Widersacher traut.«

Schweigend aßen sie auf. Silas hatte nicht alles verstanden, doch anscheinend würden sie eine weitere Person ins Vertrauen ziehen. Ihm behagte der Gedanke nicht. Je mehr von ihren Plänen wussten, desto leichter waren sie zu verraten. Dennoch schloss er sich ihnen an, als sie durch das Gewirr der Treppen zu der Wohnung dieses Icherios gingen. Inzwischen war es später Nachmittag, und die Dunkelheit begann, sich über die Stadt zu legen.

Icherios hatte den halben Tag verschlafen. Er war zu erschöpft, und der Verlust seines Schattens schwächte ihn zunehmend. Noch in sein Nachtgewand gekleidet saß er über seinen Büchern und versuchte Hinweise zu finden, wie er den Schattenverschlinger vernichten konnte oder was es mit der Doppelspirale auf sich hatte. Er hatte bereits in Erwägung gezogen, nach Dornfelde zu reisen, um in der Bibliothek des Schlosses nach Informationen zu suchen. Allerdings glaubte er nicht, dass er die lange Fahrt überstehen würde.

Stimmen erklangen vor seiner Tür, dann klopfte es. Drei von ihnen konnte er erkennen. Es waren Franz und Gismara, aber wer war der dritte fremde Mann? Waren sie gekommen, um ihn zu töten? Was sollte er tun? Eine Flucht aus dem Fenster würde ihm niemals gelingen. Unruhig knetete er seine Hände. Ihm blieb keine andere Wahl, als zu öffnen.

»Einen Moment.«

Er zog sich einen Morgenmantel an, setzte Maleficium auf seine Schulter, um ihn bei einer Flucht nicht zurücklassen zu müssen, und öffnete die Tür.

Ohne auf eine Aufforderung zu warten, traten Franz, Gismara und ein hagerer Mann mit durchdringenden, stahlgrauen Augen und einer Furcht einflößenden Narbe quer über dem Gesicht ein. Als sie zu seinem Tisch gingen, bereute er, die Bücher und seine Unterlagen nicht weggelegt zu haben.

»Wir müssen mit dir reden«, stellte die Werratte fest, nachdem er den Fremden kurz vorgestellt hatte.

»Über was?« Die Frage klang schärfer, als Icherios beabsichtigt hatte.

Franz blickte ihn überrascht an. »Setz dich erst einmal.«

»Das wird nicht nötig sein«, sagte Silas und zog bereits sein Schwert. Er hielt den Zettel mit der Doppelspirale in der Hand, den Icherios neben dem *Monstrorum Noctis* liegen gelassen hatte.

Franz schob sich schützend vor den jungen Gelehrten.

»Was soll das?«, fauchte Gismara. »Bist du nun vollständig durchgedreht?«

Der fremde Mann zeigte ihr das Symbol. »Hältst du es für einen Zufall, dass dieses Symbol hier rumliegt?«

Die Hexe drehte sich um. »Geh weg von ihm, Franz.«

Icherios blickte verwirrt von einem zum anderen. Was ging hier vor?

»Erklärt es mir erst«, verlangte die Werratte.

»Mein Bruder hatte in seiner Kindheit das zwanghafte Bedürfnis, überall Doppelspiralen zu zeichnen. Später legte es sich, aber ganz verschwand der Tick nie.«

Franz zögerte, dann wandte er sich an Icherios. »Du bist uns eine Erklärung schuldig.«

Was sollte er nun tun? Er durfte der Werratte nicht vertrauen. Die Spuren an der Leiche des Puppenmachers waren eindeutig gewesen. Steckte Gismara etwa auch mit ihm unter einer Decke? Oder verriet er die Hexe ebenso?

»Ich erzähle Gismara alles, was ich weiß, aber nur ihr allein.«

Franz blickte ihn überrascht und verletzt an.

»Das ist zu gefährlich«, protestierte Silas.

»Ich fürchte mich nicht vor dem Knaben.« Die Hexe forderte die Männer mit einer unmissverständlichen Geste auf zu gehen. Murrend gehorchten sie.

»Keine Dummheiten«, warnte sie den jungen Gelehrten.

Icherios nickte und ging mit ihr in seinen Arbeitsraum, da dieser am schwersten von außen zu belauschen war. Fieberhaft suchte er nach einer Ausrede, doch dann beschloss er, ihr die Wahrheit zu sagen. Er kam allein nicht weiter und hatte nichts mehr zu verlieren.

Während er seine Geschichte erzählte, weiteten sich Gismaras Augen. Ab und an stellte sie ihm eine Verständnisfrage, blieb aber ansonsten stumm und erschüttert sitzen. Icherios stand zwischendurch immer wieder auf und wanderte auf und ab.

»Und auf welcher Seite steht Ihr?«, schloss er seinen Bericht.

»Ich habe geschworen, den Menschen zu helfen. Der Gedanke ist verlockend, in einer Welt zu leben, in der ich nicht allein für das getötet werde, was ich bin. Aber ich könnte weder mit dem Tod von unzähligen unschuldigen Seelen leben noch in einer Welt existieren, in der die magischen Wesen Rache an den Menschen nehmen. Zudem hat der Bund meinen besten Freund in ein Monster verwandelt.«

»Zacharas?«

Gismara nickte und erzählte ihm ihre und Silas' Geschichte. »Auberlin muss Zacharas aus irgendeinem Grund in den Schattenverschlinger verwandelt haben und kontrolliert ihn seitdem.«

Den jungen Gelehrten verwirrten all die neuen Erkenntnisse. Er nahm einen Stift und begann, sich alles in zeitlicher Reihenfolge zu notieren.

»Vor vielen Jahrhunderten wurde der Schleier in Heidelberg erschaffen, und die Fragmente, die ihn stabilisieren, in anderen Städten verborgen. Irgendwann wurde der Bund gegründet, mit der Absicht, die Magie in die Welt zurückzuholen, woraufhin sie in einem langwierigen Unternehmen ein Fragment nach dem anderen in ihren Besitz brachten. Vallentin kam ihnen auf die Schliche, doch bevor er die Zusammenhänge erkannte, tötete der Puppenmacher ihn im Auftrag des Bundes. Als nur noch das letzte, in Heidelberg verborgene Fragment zu finden war, erschuf Auberlin aus Zacharas den Schattenverschlinger, um mit seiner Hilfe den

Aufenthaltsort des Fragments aus den verdächtigen Männern herauszupressen. Nur hat er nicht damit gerechnet, dass noch genug von Silas' Bruder in der Bestie steckte, um uns Hinweise zu geben.«

Gismara nickte. »Das ergibt Sinn. Aber warum wurde die Nixe getötet?«

Icherios schüttelte den Kopf. »Ich weiß es nicht.«

»Wir müssen es den anderen erklären und dann Auberlin unschädlich machen. Wenn dieser Mistkerl Zacharas nicht mehr zwingen kann, diese Verbrechen zu begehen, wird er auch endlich Ruhe finden können.«

»Oder der Wahnsinn ergreift vollständig Besitz von ihm.«

»Ich kenne Zacharas, er ist stark.« Die Hexe wandte sich zum Gehen, doch Icherios hielt sie auf.

»Wir können Franz nicht trauen.«

»Ungeachtet Eurer Zweifel könnt Ihr das«, erklang eine Stimme hinter ihrem Rücken.

Icherios stieß vor Schreck ein Fläschchen mit gemahlenen Krötensteinen um, als er herumfuhr. Vor ihm stand der schwarzhaarige Mann, mit dem er Carissima und den Doctore gesehen hatte.

»Der Glasfürst«, hauchte Gismara.

»Ihr kennt ihn?«, fragte der junge Gelehrte.

»Auch Tinuvet Avrax genannt.« Er verbeugte sich mit einem schelmischen Grinsen.

»Jeder, der sich mit Magie und übernatürlichen Kreaturen in Heidelberg beschäftigt, stößt früher oder später auf den Glasfürsten«, erklärte die Hexe.

»Obwohl mich Eure Schönheit bezaubert, bringe ich doch schlechte Kunde.« Ein Schatten legte sich über sein Gesicht. »Carissima ist tot.«

»Nein, das kann nicht wahr sein. Das ... das ist doch nicht möglich.« Icherios wurde kreidebleich vor Schreck. »Was habt Ihr getan?« Er stürzte auf den Glasfürsten zu und wollte ihn packen, doch dieser zerfiel unter seinen Fingern zu feinem Staub.

»Ein Verräter hat sie getötet, als sie Euch vor ihm warnen wollte«, erklang Avrax' Stimme hinter ihm.

Mit einer Mischung aus Misstrauen, Zorn und Faszination drehte sich der junge Gelehrte um. »Wieso sollte ich Euch glauben?«

»Er könnte uns töten, ohne auch nur einen Kratzer davonzutragen«, erklärte Gismara. »Wenn ihn nicht gerade die Langeweile quält, gäbe es keinen Grund für ihn, solche Spielchen zu treiben.«

»So ist es, Gesegnete.«

Icherios war noch nicht ganz überzeugt, dennoch beschloss er, vorerst mitzuspielen. »Wer ist der Verräter? Franz?«

»Nein, Euer kleiner Studentenfreund Marthes. Auberlin setzte ihn auf Euch an, sobald ihm Euer Kommen angekündigt worden war.«

In dem jungen Gelehrten zerbrach etwas. Die Gewissheit, verraten worden zu sein, zwang ihn in die Knie. Er wollte nicht glauben, dass der lustige, leichtfertige junge Mann ein Mörder war. Doch alles schien zusammenzupassen. Er hatte von seinem Plan, beim Puppenmacher einzudringen, gewusst und ausreichend Zeit gehabt, Nispeth zu töten, und alles nach dem Werk einer Werratte aussehen zu lassen. Jetzt verstand er auch, weshalb Marthes gegrinst hatte, als man ihn in den Karzer steckte.

»Aber warum Carissima?«

Eine Träne rollte über die Wange des Glasfürsten, verwandelte sich im Fallen zu Glas und zersprang auf dem Boden.

»Es war meine Schuld. Man erpresste mich, doch ich wollte mich nicht länger beugen und erzählte Carissima die Wahrheit. Plötzlich wurden wir angegriffen, und sie floh, um Euch zu warnen. Dabei geriet sie in einen Hinterhalt – die Ränke des Bundes sind überaus raffiniert.«

»Wie ist sie gestorben?« Icherios war sich nicht sicher, ob er die Wahrheit ertragen würde. Wie sollte er dem Fürsten von Sohon erklären, dass seine Schwester bei einem Ausflug, der ihrem Vergnügen hatte dienen sollen, umgekommen war?

»Jemand rammte ihr einen Pflock in den Leib und trennte ihren Kopf ab.« Avrax' Stimme brach. »Ihr wart ihr sehr wichtig.«

Eine weitere Schuld, die Icherios auf sich geladen hatte. Die Last drückte ihn nieder. Er hätte sie besuchen sollen, sich ihr anvertrauen, vielleicht wäre sie dann noch am Leben.

»Also ist Franz unschuldig«, stellte Gismara fest.

Avrax nickte. Daraufhin beschlossen sie, die beiden Männer dazuzuholen und zu beraten, was sie als Nächstes tun sollten.

Die Entscheidung war einfach: Sie mussten mit Auberlin reden und zumindest versuchen herauszufinden, wer alles hinter dem Bund steckte. Sollte er sich weigern, den Schattenverschlinger freizulassen, würden sie ihn töten müssen. Obwohl Franz und Silas dem Glasfürsten misstrauten, fast so sehr, wie sie eine Abneigung füreinander empfanden, ließ dieser sich nicht davon abbringen ihnen zu helfen. Er wollte Rache für den Tod seiner Liebsten.

44

Der Schattenverschlinger

22. Novembris, Heidelberg

Gemeinsam stiegen sie die Wendeltreppe zu Auberlins privaten Räumen hinauf. Gismara klopfte an und bat um Einlass. Sie war die Einzige, die schon mal in seinen Gemächern gewesen war.

Der Leiter des Magistratum forderte sie auf einzutreten. Er klang ruhig, so als wüsste er nicht, wer ihn da aufsuchte. Doch als sie die Tür geöffnet hatten, konnten sie die Schatten sehen, die herumwirbelten und über die Lampen strichen. Sie erzeugten ein bizarres Wechselspiel aus Licht und Dunkelheit.

»Glaubt Ihr, ich wüsste nichts von Eurem Verrat?« Auberlin trat hinter einem niedrigen Schreibtisch hervor. Der ganze Raum war mit Büchern und Pergamenten übersät, auf dem Boden war ein großes Heptagramm eingebrannt, an dessen Ecken schwarze Kerzen standen. Die Decke wurde von einem nur über eine Leiter erreichbaren Regal gesäumt, auf dem kleine Flaschen, Tiegel, Dosen und Mörser lagerten und an dessen Unterseite die verschiedensten Kräuter, Krähenfüße, Taubenschnäbel und derlei hingen.

Avrax wollte nach vorne springen, doch sofort schnellte der Schatten zwischen ihn und Auberlin und bildete eine schützende Barriere.

»Euer kleines Haustier kann mir nicht schaden«, spottete der Glasfürst.

»Euch nicht, aber Euren Begleitern. Wollt Ihr noch eine tote Frau in den Armen halten?«

Zähneknirschend trat Avrax einen Schritt zurück.

Gismara starrte ihren ehemaligen Mentor mit aufgerissenen, tränengefüllten Augen an. »Wie konntest du dich so verändern?«

Auberlin lachte verächtlich. »Du hast die Wahrheit nie sehen wollen. Dein eiskaltes Gebaren ist doch nur eine Maske. Sobald ein Mann bereit ist, sich dein Wehklagen anzuhören, bist du ihm ein williges Werkzeug.«

Der Ausdruck von Trauer machte blankem Hass in Gismaras Gesicht Platz.

Icherios wagte sich einen Schritt nach vorn. Der Schattenverschlinger hatte ihn bereits infiziert, er konnte vielleicht wagen, dessen Aufmerksamkeit auf sich zu ziehen, damit die anderen Gelegenheit erhielten, Auberlin auszuschalten.

»Ihr habt Vallentin töten lassen.«

Der Leiter des Magistratum nickte. »Einer von Freybergs kleinen Spitzeln. Er hätte seine Nase nicht in meine Angelegenheiten stecken sollen.«

»Aber was versprecht Ihr Euch vom Fall des Schleiers? Ihr seid doch auch nur ein Mensch.«

»Ein Mann, dem die Dankbarkeit der zukünftigen Herrscher Europas gewiss sein wird. Kein Mensch wird über mir stehen.«

Icherios war erschüttert von so viel Machtgier. »Und dafür verratet Ihr die Prinzipien des Ordo Occulto?«

»Welche Prinzipien?«, höhnte Auberlin. »Wir sollen doch die Magie erforschen. Wie könnte man das besser, als durch die Freiheit für die Magie und ihre Geschöpfe? Glaubt Ihr, der Mensch hat das Recht zu bestimmen, wer auf der Welt existieren darf und wer nicht?«

Für einen Moment keimten Zweifel in dem jungen Gelehrten auf. Er hatte immer geglaubt, Magie wäre das Unnatürliche, dabei war die Welt, wie er sie kannte, nur ein von Menschen geschaffenes, künstliches Produkt. Er würde noch lange darüber nachdenken müssen, doch gleich, zu welchem Entschluss er kommen würde, er durfte nicht zulassen, dass der Schleier fiel. Zu viele Menschen würden sterben.

»Sagt uns, wie wir das aufhalten können, und ich verspreche Euch, dass wir Euch am Leben lassen werden.«

»Ihr kommt zu spät«, lachte Auberlin.

»Jetzt reicht es.« Silas, der sich bisher im Hintergrund gehalten hatte, sprang nach vorn.

Der Leiter des Magistratum hob die Hand, und der Schatten zog sich zusammen wie eine sprungbereite Spinne. »Keinen Schritt näher.«

»Er ist mein Bruder, er wird mir nichts tun.«

»Silas, nicht.« Gismara versuchte, seinen Arm zu greifen, doch er schüttelte sie ab.

»Zacharas ist tot«, höhnte Auberlin. »Ich löschte seinen nervtötenden Verstand aus.«

Der Hexenjäger ignorierte ihn und ging langsam weiter. »Zach, erinnerst du dich noch daran, wie wir beim Äpfelstehlen erwischt wurden und du die ganze Schuld auf dich genommen hast? Ich weiß, dass du mir nichts tun wirst.«

Auberlin runzelte die Stirn. »Genug. Setz dem ein Ende.«

Der Schatten erhob sich, schwebte auf Silas zu und umhüllte ihn. Ein surrendes Geräusch erklang, als der Schattenverschlinger um die Gestalt des Hexenjägers wirbelte, sodass Icherios nur noch die Lippenbewegungen sah, aber nicht mehr hörte, was Silas zu seinem Bruder sagte.

Plötzlich hielt der Schatten an, dann fiel er in sich zusammen und bildete eine kleine Kugel zu den Füßen des Hexenjägers.

»Jetzt bist du fällig.« Er blickte herausfordernd auf Auberlin, holte mit seinem Schwert aus und stürzte sich auf ihn. Dieser gab sich jedoch nicht so schnell geschlagen. Blitzschnell warf er sich zur Seite und entleerte einen Beutel mit dunkelrotem Pulver über Silas. Dann griff er nach einer brennenden Kerze und holte aus, um sie auf den Hexenjäger zu schleudern. Doch in diesem Moment flog der Schattenverschlinger auf Auberlin zu und schloss sich wie ein Kokon um ihn. Der Leiter des Magistratum riss den Mund zu einem Schrei auf. Die Schwärze floss in seinen Rachen und drang in seine Augen, bis sie gänzlich verschwunden war. Zurück blieb ein blasser, alter Mann mit starrem Blick. »Ich danke euch«, sagte er. »Silas, du wirst immer mein Bruder sein. Wenn ich nun zu Gott gehe, werde ich über dich wachen, ebenso über dich Gismara, meine liebe Freundin.«

»Zacharas?« Tränen standen in den Augen des Hexenjägers.

»Ja. Mir bleibt nicht viel Zeit. Jetzt, wo Auberlins Bann über mich gebrochen ist, darf ich die Unendlichkeit verlassen.«

»Was ist mit dem Burschen da hinten?« Gismara zeigte auf den jungen Gelehrten.

Ein kleines, schwarzes Wölkchen drang aus Auberlins Mund, schob sich über den Boden zu Icherios' Schatten und füllte die fehlenden Stellen auf.

»Lebt wohl.« Auberlin riss die Augen auf, grelles Licht strahlte aus ihnen, sodass Icherios schützend seine Hände vors Gesicht hielt, dann brach Auberlin zusammen.

Schluchzend sank Gismara in die Knie. Silas wollte ihr

tröstend einen Arm um die Schulter legen, doch Franz kam ihm zuvor und legte ihren Kopf an seine Brust.

»Es ist noch nicht vorbei«, sprach Avrax in die Stille. »Ich spüre, dass der Schleier zerfällt.«

Ein Klopfen hallte durch den Raum. »Jemand ist an der Tür«, murmelte Gismara. Sie wischte sich die Tränen aus dem Gesicht. »Ein Zauber, den ich einst für dieses Schwein beschworen habe.«

»Ich gehe«, bot sich Franz an. »Wir treffen uns in der Küche.«

Schweigend trennten sich ihre Wege. Selbst Avrax schien von den Ereignissen der vergangenen Minuten bedrückt.

Obwohl Icherios sich durch die Rückkehr seines Schattens kräftiger fühlte, spürte er zugleich eine Schwäche und sank, in der Küche angekommen, matt auf einen Stuhl. Würden sie jemals wieder gemeinsam hier sitzen, während Franz für sie kochte? Er bemerkte erst jetzt, wie sehr ihm dieses kleine Ritual ans Herz gewachsen war. Von draußen drang Geschrei an sein Ohr. Betrunkene Studenten, dachte der junge Gelehrte. Schnelle Schritte erklangen auf dem Flur, dann stürmte ein kreidebleicher Franz, gefolgt von Ehregott Kossa in die Küche.

»Sie haben das Fragment! Draußen ist die Hölle los!«

Der Priester musterte die Anwesenden. Auf Silas blieb sein Blick einen Moment länger hängen, dann wanderte er weiter.

»Anscheinend wissen Sie bereits von den Machenschaften des Bundes. Der letzte Hüter, der Messdiener August, ist gefallen.«

»Dieser eingebildete Fatzke war ein Hüter?«, platzte es aus dem Hexenjäger heraus.

Gismara warf ihm einen strafenden Blick zu.

»Wo ist das Fragment jetzt?«, fragte Avrax.

»Es wurde aus seinem Versteck in der Trennwand der Heiliggeistkirche entwendet.«

Ein Schrei erklang vom Hof. »Abolesco«, Gismara wischte mit der Hand durch die Luft. Schlagartig erloschen alle Lichter im Raum, sodass sie nach draußen sehen konnten. Ein Mann in der Kleidung eines Tagelöhners lag in der Mitte des Hofes, die Augen starr in den Himmel gerichtet. Um ihn herum schwebten geisterhafte Menschen, deren Haut und Kleidung schwerste Verbrennungen aufwiesen. Die Augen von einigen hingen lose aus ihren Höhlen, und ihre Arme und Beine waren teilweise bis auf die Stümpfe zu Asche verbrannt.

»Geister«, hauchte Icherios. Normalerweise waren sie ungefährlich, doch ohne die dämpfende Wirkung des Schleiers schienen sie an Macht gewonnen zu haben.

»Wenn alle Brandopfer die Straßen unsicher machen, sind die Menschen verloren. Wisst ihr, wie oft in Heidelberg das Feuer wütete?«, fragte Silas.

»Und es wird noch schlimmer werden«, prophezeite Ehregott Kossa. »Gott erschuf den Menschen nach seinem Ebenbild, kein anderes Wesen hat ein Recht auf Intelligenz.« Er blickte Franz und Gismara verächtlich an.

»Und doch seid Ihr hier, um unsere Hilfe zu erbitten«, stellte Silas fest.

»Ich biete Euch die Gelegenheit, Eure Seelen reinzuwaschen, indem Ihr Gottes Werk verrichtet.«

»Diese Diskussion führt zu nichts«, fuhr Icherios genervt dazwischen. »Könnt Ihr uns sagen, wo das Fragment hingebracht wurde oder wo sich die Maschine mit dem Artefakt befindet?«

»Irgendwo unter dem Hexenturm.« Kossa holte ein Pergament hervor, auf dem ein Ring aus verschiedenen Perspektiven abgebildet war. »Kennt Ihr diesen Ring?«

»Ich weiß, wem er gehört«, sagte Gismara. »Auberlin wollte, dass ich ihn von Hazecha stehle.«

»Er soll den Zugang zur Maschine öffnen.«

»Dann sollten wir keine Zeit verlieren.« Silas stand auf. »Ich habe keine Lust, mit einer Horde Verrückter zu leben.«

»Danke«, bemerkte Franz trocken.

»Anwesende ausgenommen.«

»Ihr solltet Verstärkung mitbringen. Meine Kräfte lassen nach, und wir wissen nicht, was uns dort unten erwartet«, sagte der Glasfürst.

»Raban«, sagte Icherios. »Er wird sich die Gelegenheit, Gottes Werkzeug zu sein, nicht entgehen lassen.«

»Wir teilen uns auf.« Silas' Stimme duldete keine Widerrede. Man merkte, dass er früher Söldner kommandiert hatte. »Gismara und ich gehen zu Hazecha. Der Rest holt diesen Raban. Wir treffen uns an der Heiliggeistkirche.«

Franz wollte aufbegehren, doch Gismara blickte ihn warnend an. »Du kennst Hazecha. Sie wird keine zwei Männer in ihrem Haus dulden, und ich will jemanden an der Seite des jungen Burschen wissen, dem ich vertraue.«

Niemand beachtete Ehregott Kossa, während sie ihre Vorbereitungen trafen und dann leise aus dem Haus schlichen.

45

Die Nacht der Craban

22. Novembris, Heidelberg

Von der Spitze des Hexenturms schoss ein dunkelvioletter Strahl in den nächtlichen Himmel und beleuchtete die sich verdichtende Spirale aus Wolken, die sich über Heidelberg gelegt hatte. Die Stadt schien den Atem anzuhalten. Dann erschall das Wehklagen Tausender Stimmen, und aus dem dichten Forst um das Heidelberger Schloss erhob sich ein gewaltiger Schwarm Craban, der auf den Turm zuflog. Blitze zuckten in der tosenden Wolkenspirale, als die Vögel eintrafen und kreischend um den Turm kreisten, der in dieser Stunde seinen alten Namen *Krähenturm* zurückforderte. Auf den Straßen fielen die Menschen auf die Knie und beteten zu Gott. Vergessen waren die Auseinandersetzungen zwischen Katholiken und Protestanten. Gemeinsam drängten sie sich in die Schatten der Häuser, um den wütenden Geistern zu entkommen.

In diesem Wahnsinn schlichen Silas und Gismara durch die Straßen. Sinthgut ermöglicht es ihr, die Anwesenheit eines Geistes in einigen Schritten Entfernung zu spüren, sodass sie unbehelligt bis zu Hazechas Haus gelangten.

Nachdem sie leise angeklopft hatten, ließ die Lamia sie ein und musterte sie von Kopf bis Fuß.

»Ihr wollt meinen Ring.« Sie drehte sich um und ging mit

schwingenden Hüften hinauf in ihr verschwenderisch ausgestattetes Schlafzimmer. Zahlreiche Spiegel vervielfältigten ihr hinreißendes Antlitz. Silas blickte sich misstrauisch um. An Gismara hatte er sich gewöhnt; das bedeutete jedoch nicht, dass er seine Abneigung und seinen Argwohn den anderen Hexen gegenüber abgelegt hatte.

Gismara sank vor der Hohepriesterin in die Knie. »Herrin, ich bitte dich um diesen Schlüssel.« Sie blickte ihr in die Augen. »Du weißt, wie viel mir die Menschen bedeuten.«

Hazecha zog sie sanft auf die Füße und strich ihr zärtlich über die Wange. »Der Ring ist dein, wenn du mir ein Versprechen gibst.«

»Was immer du verlangst.«

Die Lamia blickte zu Silas hinüber. Dem Hexenjäger lief es kalt den Rücken hinunter. Sie wusste, wie viele Hexen er getötete hatte.

»Du bleibst für immer bei mir als meine Gefährtin.«

Gismara riss die Augen auf. »Aber ...« Tränen rannen ihr über die Wange.

»Nein«, fuhr Silas dazwischen. »Das könnt Ihr nicht verlangen.«

»Glaubt Ihr, ich überlasse sie einem Mann, der unzählige Schwestern ermordet hat?«

Gismara sah ihn ungläubig an. »Ist das wahr?«

Der Hexenjäger schlug die Augen nieder. »Es ist wahr, aber das war, bevor ich dich kannte.«

Hazecha lächelte, als sich Gismara zu ihr umdrehte. »Ich verspreche es. Wenn ich zurückkehre, bin ich dein.«

Die Lamia gab ihr einen Kuss auf den Mund, dann griff sie in den Ausschnitt ihres Kleides und holte eine Kette hervor, an der ein Ring hing. Sie streifte ihn über den Kopf und legte ihn in Gismaras Hände.

»Ihr braucht seinen Zwilling, um das Tor zu öffnen.«

»Was?«, japste der Hexenjäger. Das Gefühl, Gismara verloren zu haben, rüttelte an seiner Selbstbeherrschung und raubte ihm seine Kraft.

»Die Herrin der Nixen trägt das Gegenstück zu meinem Ring.«

»Deswegen hat Auberlin die Nixe getötet«, hauchte Gismara.

»Der Bund muss einen anderen Zugang gefunden haben«, überlegte Silas. »Doch warum besitzen ausgerechnet Hexen und Nixen die Schlüssel zum Schleier?«

Hazecha lächelte kalt. »Kontrolle. Wir stahlen die Ringe, um so etwas Macht über die Vorgänge zu gewinnen. Den Schleier und damit die Menschheit zu vernichten, ergab für uns aber keinen Sinn. Warum etwas zerstören, wenn man auf die eine oder andere Weise von ihm profitieren kann.«

Silas glaubte nicht, dass das die ganze Wahrheit war, aber der zunehmende Lärm auf der Straße beunruhigte ihn. Sie mussten von hier verschwinden, bevor es zu spät war.

»Geht zu den Wassergeborenen, und bittet um den Ring. Nehmt Icherios Ceihn mit – sie mögen ihn.«

»Das ist ein Umweg«, wandte Silas ein.

»Es ist die einzige Möglichkeit.« Gismaras entschiedener Ton duldete keine Widerrede.

Die Lamia umarmte Gismara. »Nun geht.« Ein lautes Kreischen erklang von draußen. Hazechas Augen erglühten in dunklem Rot. »Die Opfer des Heidenlochs sind erwacht. Eilt Euch.«

Während sie zur Heiliggeistkirche rannten, sprachen sie kein Wort. Was sollte Gismara ihm auch sagen? Dass sie keine andere Wahl gehabt hatte? Dass es ihr leidtat?

Schreie des Entsetzens begleiteten sie auf ihrem Weg. Sie

ertönten jedes Mal, wenn die Geister sich an den Lebenden labten. Endlich trafen sie an der Kirche ein. Die anderen warteten bereits in deren Schatten, die Blicke zum Himmel gerichtet.

Nachdem Gismara und Silas den Rest der Gruppe über die neuen Erkenntnisse informiert hatten und ihnen Raban vorgestellt worden war – es hatte nicht vieler Worte bedurft, den alten Vampir von ihrem Plan zu überzeugen –, schlichen sie unter Gismaras Führung zum Neckarufer. Dort bot sich ihnen ein Anblick, der sich für immer in Icherios' Gedächtnis einbrannte: Das Wasser sprudelte über mit wild um sich schlagenden Leibern. Dampf stieg in dicken Schwaden aus dem Wasser auf. Der Neumond spendete nur wenig Licht, trotzdem erkannte Icherios die aufgequollenen Leichen ertrunkener Männer und Frauen, die wieder zum Leben erwacht waren und im Kampf mit den Nixen lagen. Die Wassergeborenen hieben ihre spitzen Zähne in das Fleisch der Toten, rissen Stücke aus deren Leibern, und dennoch erlahmte die Gegenwehr der Untoten nicht.

»Offensichtlich haben sie nicht alle Menschen gefressen, die in die Fluten fielen«, wisperte Franz.

»Wenn sie uns sehen, werden sie über uns herfallen«, sagte Silas.

»Wir haben keine andere Wahl.« Franz runzelte besorgt die Stirn. »Wir brauchen den Ring, oder unsere Zukunft wird so aussehen.«

Icherios lief es kalt den Rücken hinunter. »Bleibt ihr zurück, ich werde gehen. Falls mir etwas geschieht, müsst ihr den anderen Zugang suchen, den der Bund bereits entdeckt hat.«

»Nichts da«, wandte Raban ein. »Wir werden dich und die Nixen beschützen, während ihr miteinander sprecht.«

Die restliche Gruppe nickte entschlossen. Der junge Gelehrte blickte von einem zum anderen. So unterschiedlich sie auch waren, und so seltsam ihre Gruppe auch war, so stark war sein Vertrauen zu ihnen.

Er holte tief Luft, dann ging er, gefolgt von seinen Freunden, zum Ufer und schrie gegen die tosenden Fluten an. »Ich versprach Euch, den Mörder Eurer Gefährtin zu fassen. Er starb heute Nacht, doch nun brauche ich Eure Hilfe.«

Zuerst war nichts zu sehen. Die Nixen und Untoten führten einen verbissenen Kampf, in dem sich abzeichnete, dass die Wassergeborenen ihn verlieren würden. Zu viele verunstaltete Leichen wimmelten im Wasser, und immer wieder stiegen neue aus den schwarzen Tiefen empor. Dann tauchten die Köpfe von drei wunderschönen, jungen Frauen mit vollen Lippen und eigentümlich großen, schräg stehenden Augen aus dem Neckar auf. Sie glitten auf das Ufer zu, offenbarten dabei schlanke Glieder, üppige Brüste und eine grünlich schimmernde Haut.

»Nixen«, hauchte Franz.

»Sie sehen aus wie Menschen«, sagte Silas.

»Es ist Neumond«, erklärte Icherios. »In dieser Nacht vermögen sie die Gestalten von Frauen anzunehmen, um sich zu paaren.«

»Das würde Oswald gefallen«, murmelte der Hexenjäger grinsend.

Die Wassergeborenen gingen selbstsicher auf die Gruppe zu, ignorierten Silas' gezücktes Schwert und blieben einen Schritt vor dem jungen Gelehrten stehen.

»Wir danken Euch für den Tod des Mörders. Das Wasser sang, als er starb.«

Icherios nickte verlegen. Es beschämte ihn, dass sie ihm dankten, obwohl er so wenig dazu beigetragen hatte, aber jetzt war nicht die Zeit, darüber zu diskutieren.. Er erkannte das Gesicht der Nixe, die zu ihm sprach. Es war dieselbe, die er zuvor getroffen hatte. »Ich habe eine Bitte.« Er gab Gismara einen Wink, und sie holte den Ring hervor. »Hazecha sagte uns, dass Ihr den Zwilling von diesem Ring besitzt. Wir brauchen ihn, um großes Unheil abzuwenden.

Die Wassergeborenen tuschelten in einer seltsamen Sprache voller Zischlaute miteinander, dann wandte sich ihre Anführerin erneut an den jungen Gelehrten. »Er wurde uns vor Jahrhunderten anvertraut, aber unsere Schuld wiegt schwer. Ich werde Euch den Ring für diesen Mondlauf überlassen, bringt ihn uns danach zurück, oder das Wasser wird Euch töten.«

»Ich verspreche es bei meinem Leben.« Icherios verneigte sich feierlich. Die anderen folgten seinem Beispiel, während sie dabei die Vorgänge um sie herum im Auge behielten.

Die Nixe nickte zufrieden, dann flüsterte sie ein Wort, und die Luft entflammte in einem blauen Feuer, das sich zu einem verschlungenen Symbol zusammenzog. Sie reckte die Arme gegen den Himmel und blickte zu den Sternen empor. Ein Stöhnen kam über ihre Lippen, als sich ihr Brustbein ausbeulte und die Haut darüber aufbrach. Grünes Blut sickerte aus der Wunde, während sich aus dem Fleisch und den Knochen der Ring schälte und auf den Boden fiel. Der junge Gelehrte vermochte nicht wegzuschauen, als die Knochen wieder zusammenwuchsen und sich die Wunde schloss. Die Wassergeborene senkte die Arme, hob den Ring auf und überreichte ihn Icherios.

»Viel Glück.« Sie deutete auf die hinter ihr tobende Schlacht. »Wir müssen zurück und unseren Schwestern beistehen.«

»Danke.« Der junge Gelehrte wollte noch mehr sagen,

doch der Hexenjäger packte ihn am Arm. »Wir müssen uns beeilen.«

Sie kamen unbehelligt bis zur Heiliggeistkirche, dann vernahm Icherios Schritte und ein widerwärtiges Schmatzen.

»Hört ihr das?«

»Die Laute kommen mir bekannt vor.« Raban runzelte die Stirn. »Lauft! Ghoule!«

Doch die Warnung kam zu spät. Von allen Seiten strömten die halb zerfallenen Kreaturen mit den langen spitzen Zähnen und den scharfen Klauen, die direkt aus ihren Fingerknochen zu wachsen schienen, auf den Platz vor der Kirche.

»Die Toten des Heiligenbergs«, krächzte Icherios. In Dornfelde hatte er bereits unangenehme Erfahrungen mit diesen Bestien gemacht, die nur der Wunsch nach Menschenfleisch beherrschte.

»Ich werde sie aufhalten.« Avrax blickte sie ernst an. »Sobald ich sie abgelenkt habe, rennt ihr zum Hexenturm. Meine Kraft wird nicht reichen, um euch dort zu unterstützen.«

Sie stimmten zu. Es blieb ihnen keine Wahl. Schon drangen Schreie des Entsetzens aus den umliegenden Häusern, als die Ghoule Fenster zerschmetterten und über die Menschen herfielen.

»Gib mir dein Schwert«, bat Avrax den Hexenjäger. Silas gehorchte ohne zu zögern. Er führte ausreichend Klingen mit sich, um eine kleine Armee damit versorgen zu können.

Dann stürmte der Glasfürst in die Menge der Ghoule, sang ein altes Schlachtlied, während er sich durch ihre Reihen mähte und deren Köpfe und Gliedmaßen abtrennte. Ein lautes Geheul erklang, und die Bestien stürzten sich auf ihn. Doch wann immer es ihnen gelang, Avrax zu packen, zersplitterte er, flog als Glasstaub durch die Luft, um sich einige Schritte weiter wieder zu materialisieren.

»Hört auf zu gaffen! Lauft!«, blaffte Silas sie an und stürmte voraus, Gismara dicht auf seinen Fersen.

Raban rannte an Icherios' Seite. Die Aussicht auf einen Kampf im Namen Gottes ließ sein Gesicht erstrahlen.

Bald erreichten sie den Hexenturm, in den unentwegt Blitze einschlugen. Das Geschrei der Craban hing ohrenbetäubend in der Luft. Sie traten durch den steinernen Bogen in das Innere des Turmes. Hilflos blickten sie sich an.

»Was nun?«, fragte Silas.

Gismara holte Hazechas Ring hervor und forderte Icherios unwirsch auf, ihr den anderen zu geben. »Sinthgut, zeige mir den Weg«, schrie sie gegen das Tosen der Vögel an. Ein feiner Lichtfaden tropfte von dem Ring hinunter, floss in die Ritzen zwischen den Steinplatten, bis ein leises Klacken erklang und sich eine der Platten zur Seite schob.

Icherios schauderte. Er konnte sich einfach nicht an Magie gewöhnen. Raban entzündete eine Laterne und hielt sie in das Loch. Eine Treppe schälte sich aus der Dunkelheit.

»Ich gehe voraus«, flüsterte Silas und drückte sich an ihnen vorbei. Der alte Vampir bildete die Nachhut.

Die Stufen führten sie tief unter die Erde. Die Wände waren mit verschlungenen Symbolen bedeckt, die im Fackelschein rötlich schimmerten. Der Geruch von Alter und Einsamkeit hing in der Luft. Allmählich verstummten die Laute aus der Oberwelt und machten einer gespenstischen Stille Platz. Nach einer kleinen Ewigkeit endete die Treppe an einem schmalen Gang, der sich in einer Spirale in die Tiefe wand. Während Raban und Franz von der körperlichen Anstrengung unbeeindruckt waren, fingen Icherios und Gismara an zu keuchen. Die Luft wurde stickiger, und das Wissen um die Tonnen von Erde, die über ihnen lagen, ließ ihre Herzen rasen.

»Wartet.« Silas hob die Hand. »Könnt ihr das hören?«

Der junge Gelehrte hielt den Atem an. Ein Surren erklang aus der Tiefe.

»Das ist unser Ziel.«

Leise gingen sie weiter, bis sie an eine eiserne Tür gekommen waren, an der ein verschlungenes Christusmonogramm prangte.

»Was machen wir nun?«, fragte Icherios.

»Hineingehen und sehen, was uns erwartet«, lautete Silas' trockene Antwort.

Gismara nickte, ihr Gesicht war schweißüberströmt.

Der Hexenjäger zählte bis drei, dann riss er die Tür auf. Vor ihnen lag eine Plattform aus Bronzegittern, die etwa vier Schritte über dem Boden lag. Eine Treppe, ebenfalls aus bronzenen Gittern, führte hinab. Doch das war es nicht, was der Gruppe den Atem stocken ließ. Es waren auch nicht die gewaltigen Ausmaße des unterirdischen Gewölbes, sondern vielmehr die unfassbare Maschine, deren unzählige Zahnräder und Stangen aus Bronze, Silber und Gold sich perfekt ineinandergreifend drehten.

Icherios' Mund klappte auf. Er hatte Derartiges noch nie gesehen und vermochte nicht einmal ansatzweise die Funktion des Gebildes zu verstehen. In der Mitte des Raumes befand sich eine Plattform aus Bronze, die auf einem massiven Sockel stand, um die sich eine Wendeltreppe wand. In ihrer Mitte ragte der Stab, den er in Hazechas Vision gesehen hatte, in die Höhe. Dann fiel Icherios' Blick auf die zwei Personen, die auf der Plattform knieten: Marthes und der Doctore. Der junge Gelehrte konnte es nicht fassen. Er war der Wurzel allen Übels bereits auf seiner Reise in der Geisterkutsche begegnet. »Sobald er den Stab herausnimmt, ist das Spiel verloren«, sagte Raban. »Ich habe Ähnliches in Zeichnungen aus dem alten Ägypten gesehen.«

»Dann sollten wir uns beeilen«, stellte Silas fest und eilte die Treppe hinunter auf die Mitte der Halle zu. Gismara zuckte mit den Schultern und folgte ihm, woraufhin sich auch Raban und Icherios anschlossen. Durch den Lärm der Maschine getarnt, gelangten sie unbemerkt bis auf die Plattform, doch dann wandte sich der Doctore um.

»Keinen Schritt weiter.« Schwärze tropfte von seiner Robe, die Kapuze trug er tief ins Gesicht gezogen.

»Icherios.« Marthes starrte ihn überrascht an.

»Dachtest du, ich wäre tot?«

»Natürlich nicht. Ich sollte dich nur aufhalten.«

Der junge Gelehrte musterte seinen einstigen Freund. Der Verrat zerriss ihm das Herz. »Und warum?«

Der Doctore blickte ihn an. »Erinnert Ihr Euch an unser Gespräch? Ich sagte Euch, dass wir eines Tages nicht mehr die Ausgestoßenen sein werden. Was gibt den Menschen das Recht, über uns zu urteilen?« Er warf die Kapuze zurück und entblößte ein verwachsenes Gesicht ohne Nase mit nur einem Auge, das beinahe herauszuspringen drohte.

»Eine Mischung aus Vampir und Werwolf, Gott steh uns bei«, flüsterte Raban.

»Ganz recht. Während sich Eure Artgenossen unauffällig in den Städten bewegen können, musste ich mich verbergen. All mein Wissen verkümmerte ungenutzt, nur weil ich kein Mensch bin.«

»Meine Schwester verbrannten sie«, fiel Marthes ihm ins Wort, »nur weil sie eine Saga war. Die Magie soll ihren rechtmäßigen Platz zurückerhalten.«

Silas spuckte auf den Boden. »Da redet ihr mit dem

Falschen. Hexen töten ist mein Beruf.« Er warf einen raschen Blick auf Gismara, doch ihre Miene blieb ausdruckslos. »Ich kann mein Tätigkeitsfeld auch auf andere Kreaturen ausweiten.«

»Ihr seid nur einer. Warum sollten sich ein Vampir, eine Hexe und ein Strigoi meiner Sache nicht anschließen?«

»Weil dies der falsche Weg ist«, sagte Icherios, erstaunt über seinen Mut. »Wenn der Schleier bricht, sterben Tausende.«

»Es wird immer Opfer geben.«

»Nicht heute Nacht.« Silas schleuderte ein Messer in das verzerrte Gesicht des Doctore, doch der wich mit Leichtigkeit aus. Ein schwarzer Blitz zuckte aus seiner Hand und traf den Hexenjäger. Mit einem Aufschrei ging dieser zu Boden. Der junge Gelehrte bereute es, keine Waffe zu tragen. Er nahm sich fest vor, sollte er diese Nacht überleben, Fechten zu lernen.

Marthes zog seinen Degen und schritt zielstrebig auf Icherios zu. »Ich habe dir so viele Chancen gegeben.« Er holte aus und zielte auf den Kopf des jungen Gelehrten, doch Rabans Hand schnellte nach vorn und packte Marthes' Arm. Auch der Doctore zog seine Waffe, ein hauchdünnes, pechschwarzes Schwert, und attackierte den alten Vampir. Es entbrannte ein heftiger Kampf. Der Doctore bewegte sich mit der Eleganz eines Vampirs und der Kraft eines Werwolfs, während Marthes geschickt jede Schwäche der Angreifer ausnutzte.

Wann immer einer von ihnen in Bedrängnis geriet, sprach Gismara einen schützenden Zauber, aber es war ihr anzusehen, dass ihre Kräfte erlahmten. Schweiß rann ihr über das Gesicht, tränkte ihr Kleid, und ihr ganzer Körper zitterte. Silas lag noch immer bewusstlos am Boden. Icherios eilte zu ihm und zog eines seiner Messer. Da öffnete der Hexenjäger die Augen. »Bring ihn zu mir«, flüsterte er lautlos.

Der junge Gelehrte nickte, auch wenn er nicht wusste, wie er es anstellen sollte. Mit einem Schrei stürzte er sich in den Kampf. In seiner Ungeschicktheit fürchtete er, Raban mehr zu behindern, als zu unterstützen, trotzdem gelang es ihm durch schnelle Stöße mit dem Dolch, Marthes auf Silas zuzutreiben, während der alte Vampir ihn vor den Schlägen des Doctore schützte. Sobald Marthes in seiner Reichweite war, sprang der Hexenjäger auf und rammte ihm ein Messer von hinten ins Herz. Blut sprudelte aus dem Mund des jungen Mannes, als er mit ausdruckslosen Augen zu Boden sank.

»Einer weniger«, stellte Silas zufrieden fest.

Icherios konnte seine Freude nicht teilen. Er hatte Marthes einst für einen Freund gehalten. Traurig blickte er auf den toten Körper hinab. Dann sammelte er sich. Der Doctore war der weitaus mächtigere Gegner. Gemeinsam mit dem Hexenjäger und Raban versuchte er ihn zu besiegen, doch die schwarz gewandete Kreatur wich ihnen behände aus. Ein Stöhnen erklang in Icherios' Rücken, und Gismara brach zusammen. Silas warf ihr einen besorgten Blick zu, dann schlug er mit unglaublicher Wucht auf den Doctore ein. Der alte Vampir nutzte die Gelegenheit zu einem Vorstoß, hatte jedoch nicht mit der Schnelligkeit seines Gegners gerechnet. Surrend fuhr die schwarze Klinge durch seinen Hals, trennte seinen Kopf von seinem Rumpf. Icherios schrie auf. Dadurch war der Doctore für einen Moment unaufmerksam, und Silas' Dolch traf ihn mitten ins Herz. Das Wesen fauchte ihn an, riss sich die Klinge aus dem Leib und hieb in rasender Wut auf den Hexenjäger ein.

Lass mich dich leiten, flüsterte die Stimme des Strigoi in Icherios' Kopf. Er sah zu Silas, der kaum noch die Kraft für einen Angriff fand, sondern sich nur darauf konzentrierte, von der wirbelnden Klinge des Doctore nicht getroffen zu werden.

Was war schon sein eigenes Leben im Vergleich zu dem seiner Freunde und der Menschheit? Er umklammerte seinen Dolch, dann schloss er die Augen und überließ sich der Führung des Strigoi. Er spürte, wie ein Ruck durch seinen Körper ging, als sich seine Muskeln verfestigten. Seine Sinne verschärften sich, er roch das Blut, das aus ihren Wunden strömte, hörte das Pochen der Herzen seiner Gefährten. Mit schlangengleichen Bewegungen und roher Gewalt drang er auf den Doctore ein. Silas starrte den jungen Gelehrten einen Moment verblüfft an, dann stieß er einen Kampfschrei aus und stürzte sich mit neuer Kraft in den Kampf. Unter ihren gemeinsamen Attacken erlahmte die Gegenwehr des Doctore. Immer wieder fuhren ihre Klingen in sein runzeliges Fleisch. Seine Wunden hörten auf, sich immer wieder zu regenerieren, und schwarzes Blut tropfte auf den Boden. Als der Doctore auf seinem eigenen Blut ausrutschte und für einen Augenblick taumelte, trat der Hexenjäger ihm voller Wucht die Waffe aus der Hand, sodass sie in hohem Bogen zur Seite flog und der Doctore mit einem Aufschrei in die Knie ging. In einer fließenden Bewegung warf sich Silas zu Boden, rollte sich ab und ergriff im Aufstehen Rabans Schwert. Mit letzter Kraft holte er aus und schlug dem Doctore den Kopf ab. Schwer atmend blickte der Hexenjäger noch einmal auf den Leichnam des Mischlingswesens, um anschließend zu Gismara zu eilen.

Icherios rang nach Luft, während er sich bemühte, den Strigoi in sich zu verdrängen. Noch immer spürte er die fremdartige Energie durch seinen Körper strömen, und – was ihn noch mehr erschreckte – ein Verlangen nach Fleisch und Blut, das ihn an die Andreasnacht erinnerte, versuchte sich seiner zu bemächtigen. Schließlich zog der Strigoi sich lachend zurück. Der junge Gelehrte wusste, dass sein Kampf gegen diese Kreatur in ihm nun noch schwerer werden würde, aber im Moment war es ihm egal. Er hatte nicht mehr geglaubt, diesen Kampf zu überleben, und war für jeden Atemzug dankbar. Schleppend schritt er auf den Stab in der Mitte der Plattform zu. Um ihn herum lagen alte Amulette und Zierdolche – die Fragmente.

»Wir müssen uns mit ihnen verbinden, um den Schleier zu stabilisieren«, stöhnte Gismara. Sie lag kreidebleich in Silas' Armen.

»Wir sind nur drei«, wandte Icherios ein.

»Mir verleiht Sinthgut mehr Energie, als jeder Mensch sie geben kann, und du trägst eine mächtige Kreatur, den Strigoi, in dir.«

»Dann muss ich also für immer so bleiben?« Icherios schauderte bei dem Gedanken.

»Nur bis wir andere vertrauenswürdige Personen gefunden haben.«

Der junge Gelehrte starrte zu den sich drehenden Rädern hinauf. Auf der Erde starben gerade unzählige Menschen. Er hatte keine Wahl.

Mit Silas' Hilfe stand Gismara auf. Sie wisperte lateinische Verse, während sie dem Hexenjäger und Icherios jeweils ein Amulett überreichte und sich selbst einen goldenen Ring überstreifte. »Es ist anders als der ursprüngliche Zauber, aber es wird genügen, bis wir mehr herausgefunden haben. Spürt ihr etwas?«

Icherios horchte in sich hinein; der Strigoi kicherte vergnügt, doch ansonsten fühlte er keine Veränderung. Dann kam es: Es fing mit einem Kribbeln in seinen Zehenspitzen an, breitete sich als leichtes Ziehen über seinen ganzen Körper aus, als wenn er in einem starken Sog stünde. Es war kein angenehmes Gefühl, aber er würde damit leben können.

Sie blieben noch einige Zeit auf der Plattform. Der junge Gelehrte saß neben Rabans Leiche. Trotz ihrer Auseinandersetzungen schmerzte ihn der Verlust. Das war es doch, was Raban gewollt hatte, versuchte er sich zu beruhigen. Trotzdem rannen die Tränen über seine Wangen. Ein leichter Wind strich über sein Gesicht und trug den Duft von Veilchen an seine Nase. Er blickte auf und sah die schlanke Gestalt einer Frau, die sich über Raban beugte. Er blinzelte, und da war die Vision auch schon verschwunden.

46

Das Leichenmahl

24. Novembris, Heidelberg

»Küss mich ein letztes Mal«, verlangte Gismara. Sie befanden sich im Schlafzimmer ihrer Wohnung, und während Silas noch nackt in ihrem Bett lag, stand sie bereits angekleidet vor dem Spiegel.

Silas sprang auf und zog sie in seine Arme. »Ich dachte schon, du fragst nie.« Er verschloss ihre Lippen mit einem innigen Kuss. »Bleib bei mir. Wir könnten doch einfach abhauen.«

»Ich habe Hazecha mein Wort gegeben. Wenn ich morgen wiederkomme, bist du verschwunden.« Ihre Augen schimmerten feucht. Sie konnte es nicht fassen, aber sie liebte diesen ungewöhnlichen Mann von Herzen, obwohl er so viele ihrer Schwestern getötet hatte.

»Ich werde dich nie vergessen.« Er räusperte sich. »Meine Güte, ich bin wohl zu alt und weichherzig geworden.«

Sie legte ihren Kopf auf seine Schulter, prägte sich seinen Geruch, den Rhythmus seines starken Herzens, die Geräusche seines Atems ein, bevor sie sich von ihm löste und hinauseilte. Wenn sie nur einen Moment länger bliebe, würde sie ihn niemals verlassen können.

Hazecha empfing sie in ihren Gemächern, in denen der schwere Duft von Rosen in der Luft lag. Das Licht unzähliger

Kerzen erhellte die Räume und spielte mit ihren feuerroten Locken. »Da bist du endlich.«

Gismara versank in einem Knicks. »Ganz dein.«

Die Hohepriesterin nahm ihre Hand und führte sie zu einem dunkelvioletten Diwan. »Ich bin froh, dass du Wort gehalten hast.« Ihre Finger strichen zärtlich über Gismaras Gesicht, dann gab sie ihr einen sanften Kuss. Ihre Lippen fühlten sich weich an, ihr Atem schmeckte nach Honig, gemischt mit der Bitternis von schwarzem Tee. Gismara versuchte, sich ihr hinzugeben, den Hexenjäger aus ihren Gedanken zu verbannen.

»Hältst du mich tatsächlich für so grausam?« Hazecha rückte ein Stück von ihr ab.

»Ich verstehe nicht.« Gismara schüttelte den Kopf. Der fehlende Schlaf der letzten Nächte, die Trauer und Angst verursachten bei ihr ein Schwindelgefühl.

»Ich könnte niemals dein Herz brechen und Liebe verlangen, die nicht da ist«, sagte Hazecha traurig. Zärtlich strich sie über Gismaras Bauch. »Und dein Kind braucht seinen Vater.«

»Ich liebe dich«, protestierte sie.

»Nicht so wie ihn, nicht so, wie es sich für eine Geliebte gehört. Geh zu ihm, und werde glücklich.«

Gismara blickte sie einen Moment lang ungläubig an. »Ich habe es dir doch geschworen.«

»Und ich entbinde dich hiermit von deinem Eid.« Hazecha zog sie in ihre Arme, und Gismara brach in Tränen aus. »Weine, kleine Schwester.«

Viele Stunden später verabschiedete sich Gismara von der Hohepriesterin mit einer Umarmung. »Danke«, flüsterte sie.

»Hier wird immer ein Platz für dich sein.«

Gismara konnte ihr Glück nicht fassen, als sie in der Hoffnung zu ihrem Haus zurückeilte, Silas noch dort anzutreffen.

Mit den letzten Sonnenstrahlen verstreuten sie Rabans und Carissimas Asche von der Spitze des Torturmes des Heidelberger Schlosses aus. Es war ein schmerzlicher Moment für Icherios. Trotz ihrer Auseinandersetzungen waren die beiden Vampire doch Freunde für ihn gewesen, etwas, das er inzwischen zu schätzen gelernt hatte. Er hoffte, dass die Wunde, die ihr und Vallentins Tod in seiner Seele hinterließ, irgendwann heilen würde.

Zwei Tage nach der Stabilisierung des Schleiers bemerkte man erste Veränderungen beim Wetter, das deutlich milder wurde. Icherios spürte durch seine Verbindung mit der Maschine inzwischen so etwas wie ein ständiges Ziehen in seinem Hinterkopf, dafür war allerdings die Stimme des Strigoi in ihm verstummt, und er fühlte sich zum ersten Mal seit Wochen wieder wie ein Mensch.

Nachdem sie schweigend ins Magistratum zurückgekehrt waren, begab sich Franz an den Herd, um das vorbereitete Fleisch zu braten und die anderen Speisen aufzuwärmen, damit sie zu Ehren der Verstorbenen einen üppigen Leichenschmaus abhalten konnten. Icherios saß neben Avrax und starrte bedrückt auf seine Füße. Er vermisste Raban und Carissima, und auch wenn er Auberlin für seinen Verrat hasste, lag ohne ihn ein Gefühl von Trauer über dem Magistratum.

Franz seufzte. »Es sind nicht mehr viele von uns übrig.« Die Augen der Werratte waren tief umschattet. Er sehnte sich offensichtlich nach Gismara und ertrug es zugleich nicht, sie leiden zu sehen.

Stimmen erklangen auf der Straße, und kurz darauf näherten sich Schritte. »Gis«, rief Franz erfreut und riss die Tür auf.

Die Hexe warf sich in seine Arme. »Ich bin frei!« Icherios hatte sie noch nie zuvor so glücklich gesehen. Ihre Augen strahlten, und es fehlte ihnen die gewohnte Kälte.

Hinter ihr trat der Hexenjäger ein. Bei seinem Anblick verdunkelte sich die Miene der Werratte für einen Moment, um sogleich der Freude Platz zu machen. Er flüsterte Gismara etwas ins Ohr, so leise, dass Icherios es nicht hören konnte, aber eine Träne kullerte über die Wange der Hexe, und sie gab Franz einen flüchtigen Kuss.

»Dann gibt es wenigstens für Euch ein glückliches Ende.« Es waren Avrax' erste Worte an diesem Abend. Carissimas Verlust hatte ihn schwer getroffen.

Trotz der Trauer um die verstorbenen Freunde entwickelte sich eine fröhliche Stimmung mit viel Gelächter und Neckereien, während sie um den mit Speisen beladenen Tisch saßen. Maleficium hockte zuerst auf Icherios' Schulter, um dann von einem zum anderen zu wandern und sich mit Leckereien füttern zu lassen.

Während Franz ein gewagtes Gebilde aus Zucker, Honig und Früchten aufschnitt, wagte Aurax eine Frage zu stellen, die Icherios schon lange auf der Zunge brannte. »Wie wird es mit dem Magistratum weitergehen?«

Die Werratte legte ein Stück des Desserts auf einen Teller. »Hier ist meine Heimat. Ich werde versuchen, es wieder aufzubauen.«

»Ich könnte Euch dabei helfen«, bot Tinuvet an. »Ich bin noch immer an die Stadt gebunden, und die Unsterblichkeit langweilt mich. Es ist an der Zeit, etwas Sinnvolles mit meinem Leben anzufangen.«

»Ich habe Euch mit dem Doctore gesehen.« Icherios' Anklage hing einen Moment im Raum.

»Dennoch hat er uns geholfen«, wandte die Werratte ein.

»Lasst es mich erklären«, bat Avrax, stand auf und lehnte sich an ein Regal. Dann erzählte er ihnen die Geschichte, wie er zu diesem seltsamen Wesen wurde. »Nachdem ich unzählige Jahre versucht hatte, mein eigenes Grab zu finden, kontaktierte mich der Doctore. Er war womöglich noch älter als ich und behauptete, den Aufenthaltsort meines Sargs zu kennen.«

»Und das habt Ihr ihm geglaubt?«, fragte Gismara.

»Nicht sofort, aber er bewies es, indem er eine Nadel durch meinen Leib bohren ließ und ich zum ersten Mal seit Jahrhunderten Schmerz verspürte.«

»Was habt Ihr für ihn getan?«, fragte Icherios.

»Nicht viel, er verlangte einzig, mich aus seinen Angelegenheiten rauszuhalten, doch als ich Carissima kennenlernte …«, seine Stimme brach, und er holte tief Luft. »Ich wollte nicht sehen, wie ihr Leid zugefügt wird, und Euch Tod«, er blickte den jungen Gelehrten an, »hätte sie sehr geschmerzt.«

»Eines verstehe ich noch immer nicht«, sagte der Hexenjäger. »Warum musste Zacharas sterben?«

Gismara legte ihm eine Hand auf den Arm. »Genau werden wir es nie wissen, aber dein Bruder fürchtete um meine Seele und bat Auberlin ständig darum, mich gehen zu lassen. Vermutlich war er Auberlin lästig, und er brauchte ohnehin ein Opfer, um den Schattenverschlinger zu erzeugen, also löste er damit zwei Probleme zugleich.«

»Oder er hörte etwas, das nicht für seine Ohren bestimmt war«, ergänzte Icherios. »Ebenso, wie es anscheinend mit Vallentin der Fall gewesen war.«

»Dein Freund war ein guter Kerl.« Franz hielt ihm mit einem treuherzigen Lächeln einen Teller mit Nachtisch hin. »Es tut mir leid, dass ich mich nie gewundert habe, warum er einfach seine Anstellung beim Ordo Occulto aufgab. Aber was wirst du nun machen?«

Der junge Gelehrte nahm den Teller entgegen. »Ich werde Freyberg bitten, mein Studium hier fortsetzen zu dürfen. Ich will noch immer Mediziner werden und irgendwann das Band zwischen mir und dieser seltsamen Maschine lösen, damit ich mich von dem Strigoi befreien kann.«

»Ich sehe schon, es wird nicht langweilig«, lachte Gismara. »Silas und ich werden einige Zeit aus Heidelberg verschwinden, damit die Menschen das Gesicht des Diakons von Hohenweide vergessen.« Sie drückte die Hand des Hexenjägers. »Doch irgendwann werden wir zurückkehren.«

Die verbleibenden Stunden bis zum Sonnenaufgang verbrachten sie mit lustigen Geschichten. Icherios fühlte sich zum ersten Mal in seinem Leben wirklich geborgen im Kreis dieser seltsamen Wesen. Auch wenn noch viel Arbeit vor ihm lag, hatte er das Gefühl, seinen Platz im Leben gefunden zu haben.

Nachwort und Danksagung

In diesem Roman habe ich mich zum ersten Mal an eine real existierende Stadt als Haupthandlungsort gewagt und mich bemüht, mich möglichst an die Fakten zu halten, obwohl ich keine Historikerin bin. So befand sich die Heidelberger Universität zu dieser Zeit tatsächlich in einer Krise, was es mir allerdings erschwerte, Informationen über den Ablauf eines gewöhnlichen Studiums zu finden, wodurch viele Einzelheiten meiner künstlerischen Freiheit entsprangen. In anderen Punkten bin ich bewusst von historischen Tatsachen abgewichen, um eine spannende Geschichte bieten zu können. So gab es weder einen Karzer an der beschriebenen Stelle, noch entsprechen die Legenden vom Hexenturm der Realität.

Wer jedoch auf den Spuren von Icherios wandeln möchte, der sei herzlich dazu eingeladen, das Heidelberger Schloss, die Domus Wilhelmiana, den Hexenturm, den Bittersbrunnen, das Heidenloch und die beiden Klöster auf dem Heiligenberg zu besuchen. Ein Aufenthalt in dieser wunderbaren Stadt lohnt sich immer.

Dieses Buch hätte ich ohne die Unterstützung vieler lieber Menschen nicht schreiben können, deshalb geht ein dickes Dankeschön an meine Eltern, Ele und Helmut, auch wenn mein Vater der Ansicht ist, dass man sich solche Geschichten nur ausdenken kann, wenn man etwas wirr im Kopf ist.

Meinen Freunden, *Old Man* Dennis, Jörg, Thomas *Digger* Dauenhauer, der angefangen hat, sich selbst in der dritten Person anzusprechen, und Sandra möchte ich für ihre Freundschaft, den lustigen Dreh des Buchtrailers und ihre ständige Bereitschaft, über meine Texte zu diskutieren, danken.

Nicht zu vergessen: Claudia, die das Manuskript in letzter Sekunde gelesen hat; Nora Melling für den unglaublich motivierenden Austausch und Ole für eine ehrliche Meinung zu einem verkorksten Anfang.

Meinem Agenten Bastian Schlück danke ich für seine Unterstützung und sein Bemühen, das Beste aus meinen Texten herauszuholen.

Ein Dankeschön geht ebenfalls an meine Lektorin Nicole Geismann, die jede einzelne Seite besser macht, Barbara Henning, Katrin Hausbacher und an das ganze Team vom Goldmann Verlag.

Und zu guter Letzt: Saltatio Mortis. Danke für eure wunderbare Musik!

Glossar

Alchemie: Ein Zweig der Naturphilosophie, die Chemie und Magie miteinander verknüpft.

Codex Nocturnus: Handbuch des Ordo Occulto.

Craban: Magische Krähen mit violetten Augen, die auch als Ratten der magischen Welt bezeichnet werden.

Dornfelde: Ortschaft im Nordschwarzwald, in der Icherios eine Mordserie aufklärte.

Ghoul: Eine untote, leichenfressende Kreatur, die auch vor frischem Fleisch nicht zurückschreckt.

Hagzissa: Eine Hexenart, die an ihren goldfarbenen Augen zu erkennen ist. Sie nutzen die Emotionen der Menschen, bevorzugt die von Männern, aus, um sie in ihren Bann zu schlagen. Menschenfresser.

Hermes Trismegistos: Verfasser hermetischer Schriften in vorchristlichen Zeiten, die zur Grundlage der Alchemie wurden; Schöpfer der Werwölfe und Vampire.

Hexe: Eine Bezeichnung, die häufig gebraucht wird, um fälschlicherweise Frauen der schwarzen Magie zu beschuldigen und damit der Inquisition auszuliefern. Es gibt aber auch wahre Hexen, siehe Saga, Striga, Pythonissa, Hagzissa, Incantatrix und Maleficia.

Hexenverfolgung: Fand vor allem in der Frühen Neuzeit statt, in der man von einer vom Teufel geleiteten Verschwörung gegen das Christentum ausging und Tausende von Frauen verbrannte.

INCANTATRIX: Eine Hexenart, die auf alle Arten von Zaubersprüchen und die Herstellung von magischen Pulvern und Tränken spezialisiert ist.

INQUISITION: Spätmittelalterliche und frühneuzeitliche Gerichtsverfahren, die in erster Linie der Verfolgung von Häretikern dienten, wird oft im Zusammenhang mit der Hexenverfolgung erwähnt.

KASTORHUT: Ein aus Biberhaar gefertigter Filzhut, Vorgänger des Zylinders. Wurde Ende des achtzehnten bis Mitte des neunzehnten Jahrhunderts getragen.

KANZELLEY ZUR INSPEKTION UNNATÜRLICHER BEGEBENHEITEN: Niederlassung des Ordo Occulto in Karlsruhe.

KARZER: Eine Arrestzelle an Universitäten.

LAUDANUM: In Alkohol gelöstes Opium.

LUNALION: Von Hermes Trismegistos verfasstes Buch.

MALEFICIA: Eine Hexenart, die auf Schadenszauber und Flüche spezialisiert ist.

MANSARDDACHHAUS: Bestimmter Haustyp, bei dem die Dachflächen im unteren Dachbereich abgeknickt sind, sodass im Dachgeschoss zusätzlicher Wohnraum entsteht.

MAGISTRATUM: Niederlassung des Ordo Occulto in Heidelberg.

MIASMA: Ein übler Dunst oder eine Verunreinigung, die bis zum Ende des neunzehnten Jahrhunderts als Verursacher für geistige und körperliche Krankheiten angesehen wurde.

MONAS GLYPHE: Ein Symbol, das unter anderem 1616 in einer Schrift der Rosenkreuzer, der *Chymischen Hochzeit*, erwähnt wird.

MONSTRORUM NOCTIS: Buch über die verschiedenen Kreaturen der Nacht.

NIXE: Im Wasser lebende Frau mit einem Fischschwanz, die sich in eine menschliche Frau verwandeln kann, um sich zu paaren. Menschenfresser.

ORDO OCCULTO: Ein geheimer Bund der Rosenkreuzer, der sich der Überwachung und Untersuchung übernatürlicher Geschehnisse verschrieben hat.

PYTHONISSA: Hexenart – Beschwörerinnen von Verfaulten und Todesgeistern.

ROSENKREUZER: Geheimer, mystischer Orden, dessen Ursprünge im Anfang des sechzehnten Jahrhunderts liegen. Seine Lehrinhalte bestehen aus hermetischen, alchemistischen und kabbalistischen Elementen.

SAGA: Eine Hexenart, die alle Arten von Wahrsagerinnen umfasst. Oft die den Menschen am wohlgesonnensten Hexen.

SIGNUM HIEROGLYPHICA MONAS: Ring mit einem Obsidian, in den in Gold die Monas Glyphe eingelassen ist. Dient als Erkennungszeichen der Mitglieder des Ordo Occulto.

SINTHGUT: Göttin der nordischen Mythologie, auch die Nachtwanderin genannt.

SOLEQUIUM: Von Hermes Trismegistos verfasstes Buch.

STRIGA: Eine Hexenart, die meistens als alte Frau in Erscheinung tritt und fliegen kann. Menschenfresser.

STRIGOI: Sonderform des Vampirs, in den sich Menschen verwandeln, die von einem Vampir gebissen werden. Sie verfügen über keinen Verstand, hoher Blutdurst, sehr gefährlich.

VAMPIR: Ein untotes Wesen, das von Menschenblut lebt.

WERRATTE: Ein Mensch, der sich in ein Mischwesen aus Mensch und Ratte verwandeln kann. Verfügen auch in Menschengestalt über einen ausgesprochen guten Geruchssinn.

WERWOLF: Ein Mensch, der sich in einen Wolf verwandeln kann. Seine Kräfte stehen in Verbindung mit dem Mond.

WORGE: Von Vampiren erschaffene, wolfsähnliche Kreaturen.

Dramatis personae

Icherios Ceihn	Junger Gelehrter
Anselm von Freyberg	Chronist der Kanzlei in Karlsruhe
Vallentin Zirker	Icherios' verstorbener Freund
Raban von Helmstatt	Icherios' Mentor, Vampir
Doctore	Reisender
Marthes Ringeldück	Medizinstudent
Franz Dorbrecht	Agent des Magistratum
Auberlin zu Hohengassen	Leiter des Magistratum
Gismara Marlewag	Agentin des Magistratum
Hazecha	Erste des Heidelberger Hexenzirkels
Julie	Schankmädchen im *Neckartänzer*
Professor Crabbé	Dozent für Rechtsmedizin
Professor Frissling	Jesuit, Dozent für Anatomie
Carissima von Sohon	Vampirin, die Icherios aus Dornfelde kennt
Calan von Sohon	Ihr Bruder
Tinuvet Avrax	Adliger aus Heidelberg
Kroyan Nispeth	Heidelberger Puppenmacher
Sifridt Gerwin	Heidelberger Puppenmacher

Silas-Vivelin Ismalis	Hexenjäger
Zacharas von Orvelsbach	Sein Bruder
Oswald	Freund des Hexenjägers
Ehregott Kossa	Pfarrer der Heiliggeistkirche
August Machtolder	Ministrant in der Heiliggeistkriche
Rothgar	Besitzer des *Mäuseschwanz*
Bruno Gluwark	Ein reicher Händler
Frytz Grenalt	Ein wohlhabender Gutsbesitzer

Sonstige Wesen

Maleficium	Icherios' zahme Ratte
Mantikor	Icherios' Pferd
Favia	Leitwölfin von Carissimas Worgen

Um die ganze Welt der
Romantischen Mystery & Fantasy
bei GOLDMANN kennenzulernen,
besuchen Sie uns doch im Internet unter:

www.goldmann-verlag.de

Dort können Sie
nach weiteren interessanten Büchern **stöbern**,
Näheres über unsere **Autoren** erfahren,
in **Leseproben** blättern, alle **Termine** zu Lesungen und
Events finden und den **Newsletter** mit interessanten
Neuigkeiten, Gewinnspielen etc. abonnieren.

Ein **Gesamtverzeichnis** aller Goldmann Bücher finden
Sie dort ebenfalls.

Sehen Sie sich auch unsere **Videos** auf YouTube an und
werden Sie ein **Facebook**-Fan des Goldmann Verlags!

www.goldmann-verlag.de
www.facebook.com/goldmannverlag